SEKTOR DER FINSTERNIS

Die Wölfe des V-Clans

USA Today Bestsellerautorin

LEXI C. FOSS

Sektor der Finsternis

Bearbeitung durch: Outthink Editing, LLC

Englisches Lektorat: Katie Schmahl & Jean Bachen

Umschlaggestaltung: Jay R. Villalobos mit Covers by Juan

Umschlagfotos: CJC Photography

Cover-Modelle: Eric Guilmette & Samantha Wisecarver

Titelblattgestaltung: Susan Gerardi

Veröffentlicht von: Ninja Newt Publishing, LLC

Digitale Ausgabe

ISBN: 978-1-68530-328-0

Gedruckte Ausgabe

ISBN: 978-1-68530-383-9

Für alle, die es lieben, wenn der Abweisende zum Abgewiesenen wird … Wem bitte gefällt es denn nicht, wenn einem jemand in den Arsch kriecht?

„Eines Tages wirst du mich zum Tanz auffordern, Cillian, und dann wird es zu spät sein.“ – Ivana

SEKTOR DER FINSTERNIS

EIN V-CLAN-ROMAN

SEKTOR DER FINSTERNIS

Ich habe einst einen Alpha geliebt.
Einen unerreichbaren Elitemann.
Einen vormaligen V-Clan-Prinzen.

Ich glaubte, dass wir einen Draht zueinander hätten.
Ein einzigartiges Band, das in unseren gemeinsamen
Werten und Zielen wurzelte.
Und dann hat er mir mit ein paar ausgewählten Worten
das Herz gebrochen.

Er will mich nicht? Na schön. Dann werde ich mir einen
Alpha suchen, der es tut.
So ende ich auch auf der Bühne und werde als dreizehnte
Kandidatin für das Programm für qualifizierte Omega-
Gefährten vorgestellt.

Es gibt nur einen winzig kleinen Haken … Der Alpha, der
mir das Herz gebrochen hat, wurde damit beauftragt, die
Gefährten-Aktivitäten zu überwachen. Was bedeutet, dass
er in jedes Gespräch eingeweiht ist. Von jeder Verabredung
weiß. Jeden *Kuss* mitverfolgt.

Wie soll ich einen passenden Gefährten finden, wenn er mich mit diesem schwelenden Blick beobachtet?
Wenn er mir besitzergreifende Bemerkungen ins Ohr *schnurrt* …?
Wenn er jeden Mann *anknurrt*, der es auch nur wagt, in meine Richtung zu blicken …?
Wenn er um mein Nest *herumstreift* …?

Es hilft nicht, dass jemand die Omegas im Programm angreift.
Jetzt ist mein Alpha noch territorialer als zuvor und seine tierische Natur umso potenter.
Er weigert sich, mir von der Seite zu weichen.
Und er hat versprochen, zu tun, was immer nötig ist, um mich zu beschützen.
Auch wenn das bedeutet, dass er mich für sich beanspruchen muss.

Anmerkung der Autorin: Es handelt sich hierbei um einen eigenständigen dunklen Formwandler-Liebesroman, der im Omegaversum spielt – Alpha-, Beta-, Omega-Dynamik inklusive, samt Verknoten, Nestbau und Beißen. Lies bitte die Trigger-Warnungen zu Beginn des Buches, um weitere Details zu erfahren.

EINE ANMERKUNG

VON LEXI

Sektor der Finsternis ist ein eigenständiger Roman aus der V-Clan-Welt. Du brauchst keine der anderen Bücher zu lesen, um der Handlung folgen zu können.

Dieser Formwandler-Roman spielt im Omegaversum. Es geht um die Alpha/Omega-Dynamik, den Nestbau, das Schnurren, den Östrogen-Zyklus und natürlich um das *Verknoten*.

Wenn ihr mit diesen Begriffen nicht vertraut seid, macht euch keine Sorgen – sie werden im Buch erklärt. ;)

Diejenigen von euch, die mit meiner X-Clan-Reihe vertraut sind, werden die Ähnlichkeiten bemerken.

Aber die V-Clan-Alphas neigen dazu, etwas geduldiger zu sein als die Alphas des X-Clans. Sie sind nach wie vor besitzergreifend und beißen gern zu, aber sie respektieren das Recht einer Omega, sich für einen Gefährten zu entscheiden.

Cillian ist ohne jeden Zweifel aus dem Stoff gemacht, aus dem wahre Helden sind. Er hat einen langen Weg vor sich, um Ivana zurückzugewinnen, und der Weg wird so manche Drehungen und Wendungen aufweisen. Es ist eine Reise voller Liebe, Herzschmerz und unbestreitbarer Chemie. Auch wenn der Weg mal etwas holprig wird, wird der Inhalt nicht allzu triggernd sein.

Ein paar Anmerkungen, die dich im Hinblick auf den Inhalt der Geschichte interessieren könnten:

✓ Einverständnis

✓ Kein Die-andere-Frau-Drama (Kein Fremdgehen)

✓ Wenig Andere-Männer-Drama (Kein Fremdgehen)

✓ Schwangerschaft

✓ Urinstinkte

✓ Übertrieben besitzergreifender Alpha, der sich nicht zurückhalten kann

✓ „Touch her and die"-Vibes

✓ Verknoten, Nestbau, Schnurren, Knurren (ich meine, das Buch wäre ohne das doch nicht dasselbe, habe ich recht?)

Viel Vergnügen! <3

EINFÜHRUNG

Vor fast einem Jahrhundert hat sich ein zombieähnlicher Virus auf der Welt verbreitet und über neunzig Prozent der menschlichen Bevölkerung ausgelöscht. Viele der übernatürlichen Spezies, die die Welt bevölkerten, waren immun gegen die Seuche, andere nicht.

Jetzt regieren die Überlebenden – menschlicher wie auch übernatürlicher Natur – über ihre eigenen Territorien, auch genannt ‚Sektoren‘.

Du stehst kurz davor, die Welt des V-Clans zu betreten – einer Rasse von Formwandler-Wölfen, die über vampirische Eigenschaften verfügen. Diese Wesen ziehen die Nacht dem Tag vor. Sie leben von Magie. Und, was vielleicht am wichtigsten ist, die Alphas dieser Art wissen ihre Omega-Gefährtinnen zu schätzen und halten sie in Ehren.

TEIL I

Liebe Sterne,

Ich bin verliebt in einen Alpha-Prinzen,
obwohl er sich nicht als solchen sieht. Er zieht es
vor, als Elitemann bezeichnet zu werden.
Vorwiegend, weil er sich eher für einen Beschützer
als eines Adeligen hält.

Aber ich sehe, wer er wirklich ist. Ich weiß,
dass er ein gutes Herz hat. Und meine Wölfin ist
entschlossen, ihn zu unserem Gefährten zu machen.

Also drückt uns die Daumen.

Wir werden alles Glück brauchen.

Denn dieser Elitemann ist ein stures
Alphaloch.

Aber er ist die Mühe wert.

Hoffe ich, zumindest ...

In Liebe
Ivana

IVANA

„TANZ MIT MIR."

Es war eher eine Forderung als eine Bitte. Eine Forderung, die Cillian einen Seufzer ausstoßen hatte lassen, sobald ich mich neben ihm im Schatten des Ballsaals materialisiert hatte.

Den viel zu ernsten Alpha auf die Palme zu bringen, war eine meiner Lieblingsbeschäftigungen. Es war so spaßig, seine Verstecke aufzuspüren.

Der *Elitemann* – ein gehobener Begriff für einen *Rudel-Vollstrecker* – besaß ein Talent dafür, sich im Hintergrund zu halten, und verfügte über beachtliche Tarnfähigkeiten. Aber Cillian war nicht der Einzige, der sich gern als Chamäleon ausgab.

Und genau deswegen fand ich ihn immer wieder – weil ich genauso dachte wie er.

„Nein", sagte er knapp und sein Tonfall machte klar, dass er keine Widerrede dulden würde.

Typisch Cillian. Er hatte sich immer unnahbar gegeben.

Eines Tages würde ich dieses Spiel, das wir spielten, gewinnen.

Hoffentlich eher früher als später, weil ich schon lange darauf gewartet hatte, dass Cillian sich dazu entschloss, eine Gefährtin zu nehmen.

Vielleicht würde er es jetzt, wo seine zwei besten Freunde vor Kurzem ihre Omegas auserwählt hatten, in Erwägung ziehen. Klar, Lorcan schien nichts weiter als eine Zweckverpaarung für Kyra gewesen zu sein, aber wenn ihr mich fragt, zählt das. Vor allem, weil es Cillian beweisen sollte, dass er mit jemandem verbunden *und* ein Elitemann sein konnte.

Ich respektierte seine Entscheidung, König Kieran – Cillians anderer bester Freund – und Kierans Gefährtin, Königin Quinnlynn, beschützen zu wollen, aber der Elitemann schien zu glauben, sich zwischen seinem Glück und seinem Pflichtbewusstsein entscheiden zu müssen.

Jetzt, wo Lorcan Kyra hatte, würde Cillian vielleicht einsehen, wie lächerlich sein Opfer wirklich war, und in Erwägung ziehen, sich mit der Omega zu verbinden, die immer an seiner Seite war: *mir*.

Leider schien das heute Abend nicht auf der Liste zu stehen, was er mir klarmachte, indem er durch die Schatten in einen anderen Bereich des Raumes wandelte.

Ich folgte ihm nur, um mein Argument zu unterstreichen. „Ich kenne all deine Verstecke, Prinz Cillian."

„Nicht alle. Das kann ich dir versichern", erwiderte er, sein irischer Akzent jetzt etwas prägnanter, weil er aufgebracht war. „Und außerdem heißt es *Cillian*, nicht

Prinz Cillian." Endlich sah er mich an. Seine dunklen Augen zogen mich unmittelbar in ihren Bann. „Aber wenn du dich respektvoll zeigen willst, kannst du mich mit *Alpha Cillian* ansprechen und darauf ein ‚Ich wünsche dir einen schönen Abend' folgen lassen."

„Hm." Ich dachte einen Augenblick darüber nach. „Damit die Aussage der Wahrheit entspräche, müsstest du mit mir tanzen. Ansonsten wäre es kein *schöner* Abend."

„Für dich vielleicht." Er wandte seinen Blick von mir ab und ließ ihn zu König Kieran wandern, dann zog er seine Augenbraue hoch.

„Für dich auch", murmelte ich leise, im Wissen, dass er und der König des Blutsektors eine mentale Unterhaltung führten.

Cillians Fähigkeit, Gedanken zu lesen und telepathisch zu kommunizieren, war im Sektor bestens bekannt. Deswegen hatte er wohl auch nicht viele Freunde.

Vielleicht vertrieb er aber auch alle mit seinem barschen Auftreten.

Er und Lorcan waren beide ziemlich furchteinflößend. König Kieran auch. Aber ich hatte mich nie vor ihnen gefürchtet. Vielleicht lag das an meiner ersten Begegnung mit Cillian.

Damals war er ohne jede Frage bedrohlich gewesen. *Wie er sie abgeschlachtet ...*

Ich räusperte mich, wollte die blutrünstige Erinnerung nicht an die Oberfläche holen.

Stattdessen sah ich den Helden aus meiner Vergangenheit an.

Cillian.

Der Blick in seinen fast schwarzen Augen wanderte zu mir zurück, weil er vermutlich meine Gedanken aufgeschnappt hatte, als mir sein Name durch den Kopf gegangen war.

Ich warf ihm bloß ein Lächeln zu.

Er erwiderte es nicht.

„Such dir einen anderen Alpha, mit dem du tanzen kannst, Ivana. Ich bin nicht interessiert."

Die letzten drei Worte brachen mir das Herz, obwohl ich es gewohnt war, sie von ihm zu hören. Jahrelang hatte er diese Lüge schon erzählt.

Ich hätte ihm geglaubt, wenn ich ihn nicht immer wieder dabei erwischt hätte, wie er mich mit heißem Blick anstarrte. Genau wie jetzt, während er angestrengt versuchte, seinen Blick nicht in den tiefen V-Ausschnitt meines Kleids wandern zu lassen.

Der Muskel in seinem Kiefer spannte sich an, während er sich mit spürbarer Verärgerung wieder dem König des Blutsektors zuwandte.

„Meine Königin und ich ziehen uns jetzt zurück", verkündete König Kieran von jetzt auf gleich. „Genießt den Wein. Er ist mit Blut versehen."

Cillian, der neben mir stand, schnaubte, während andere sichtbar erschrocken über die abrupte Ankündigung des Blutsektor-Königs waren. Eine Ankündigung, die er kurz darauf in die Tat umsetzte und seine Königin aus dem Zimmer geleitete.

Im nächsten Augenblick schloss sich Lorcan uns an und musterte den Saal mit intensivem Blick, während er seinen Kopf leicht in Cillians Richtung neigte. Letzterer gab ein Knurren von sich, was mir sagte, dass die beiden sich in Gedanken unterhielten.

Vermutlich über Kierans verfrühten Abgang.

Der springende Punkt einer Krönung war, das frisch gekürte Königspaar zu feiern, aber offenbar hatten unsere Adeligen heute Abend etwas anderes vor.

„Wir können trotzdem noch zusammen tanzen", sagte ich zu Cillian. „Und ich finde, das sollten wir.

Wie soll ich sonst herausfinden, ob mein Kleid einsatzfähig ist?" Ich drehte mich im Kreis, um den Rock meines Kleids hervorzuheben. Die durchdachten Schlitze daran waren dazu gedacht, Tanzbewegungen flüssig ausführen zu können. „Cameron hat das hier *versatile Mode* genannt. Ich würde seine Kreation gern vorführen."

Die lächerliche Ausrede ließ mich um ein Haar zusammenzucken. Cameron hatte es nicht nötig, dass ich seine Schöpfungen *vorführte*. Er war der begehrteste Kleiderdesigner im Blutsektor. Jeder wollte mit ihm arbeiten. Und Cillian wusste das auch.

Der Kiefermuskel des Alphas trat erneut hervor, als er seinen Blick über mein bloßgelegtes Bein wandern ließ. „Ich bin heute Abend für die Sicherheit dieses Anlasses verantwortlich, Ivana. Du wirst dir jemand anderen suchen müssen, mit dem du quer durch den Raum wirbeln kannst."

Ich stieß einen tiefen Seufzer aus. „Du arbeitest ununterbrochen."

„Ja", stimmte er zu und sah mich mit brennendem Blick in seinen dunklen Augen an, als er zu mir zurücksah. „*Ja*, tue ich. Und jetzt such dir einen anderen Alpha, dem du auf die Pelle rücken kannst."

Ich rollte die Augen. „Eines Tages wirst du mich zum Tanz auffordern, Cillian, und dann wird es zu spät sein." Das war eine Lüge. Ich würde für immer auf ihn warten. Meine Wölfin hatte sich für seinen Wolf entschieden, und ich war mir ganz sicher, dass das auf Gegenseitigkeit beruhte. Der sture Kerl musste der Wahrheit nur noch ins Auge blicken.

„Das werden wir ja sehen, was?", murmelte Cillian.

„Ich schätze, das werden wir", flötete ich und wandelte dann durch die Schatten auf die andere Seite des Raumes

7

– vorwiegend, um mich davon abzuhalten, ihm etwas Verstand einzubläuen.

„Gibt er sich immer noch unnahbar?", flötete eine tiefe Stimme zu meiner Rechten, was mich einen lauten Seufzer ausstoßen ließ.

„Ja." Ich knirschte mit den Zähnen, wie es Cillian eben noch getan hatte. „Er bringt mich total auf die Palme, Benz."

Mein bester Freund lachte und reichte mir einen dringend benötigten Drink. Nur seinetwegen hatte ich mich an diese Stelle des Saals befördert. Ich wusste, dass ich den stämmigen Mann neben dem Büffet und der Getränkestation antreffen würde.

Seinem Körper waren die Unmengen an Nahrung, die er zu sich nehmen konnte, nicht anzusehen. Der fast eins neunzig große Beta-Mann schien gänzlich aus Muskeln zu bestehen.

Ich nahm einen Schluck vom sprudelnden Getränk und sah den Formwandlern, die durch den Ballsaal tanzten, mit funkelndem Blick zu. „Er hat mir gesagt, dass ich mir einen anderen Alpha suchen soll, mit dem ich tanzen kann."

Benz gab ein leises Pfeifen von sich und musterte mich mit interessiertem Blick in seinen türkisfarbenen Augen. „In diesem Kleid? Der ist ja super drauf."

„Oder er macht sich nichts aus mir", murmelte ich. *Dieser elende sture Alpha.*

Cillian konnte mich vermutlich hören.

Aber das war mir egal.

Er hatte die Beleidigung verdient.

„Vertrau mir, Schätzchen, das tut er", erwiderte Benz, der Kosenamen mit einem subtilen deutschen Akzent unterlegt. „Er ist nur beschäftigt mit Kierans Krönung und der damit verbundenen Thronbesteigung. Sobald er dich mit einem anderen Mann tanzen sieht – und erst recht mit einem *Alpha* –, wird er den Verstand verlieren und von seinen besitzergreifenden Instinkten übermannt werden."

„Hm, nein. Langsam glaube ich, dass diese besitzergreifenden Instinkte gar nicht existieren." Die Aussage war mehr für mich selbst gedacht als für Benz. Doch für ihn ergänzte ich: „Und du weißt, dass es nicht meine Art ist, ihn so zu provozieren."

„Vielleicht solltest du das."

Ich zog meine Augenbrauen hoch. „Aha? Wie genau?", wollte ich wissen und fragte mich, was für eine Idee er in seinem schmutzigen kleinen Köpfchen zusammengekocht hatte. Denn Benz neigte dazu, anderen Streiche zu spielen, was ihn oft in Schwierigkeiten brachte.

„Tanz mit einem anderen Wolf", erwiderte er und wackelte anzüglich mit den Augenbrauen. „Einem Wolf, wie … ich weiß auch nicht. Oh, ja, genau: einem Wolf wie *mir*, zum Beispiel."

Ich sah ihn schockiert an. „Du willst mit mir tanzen?"

„In diesem Kleid?" Er ließ seinen Blick ein weiteres Mal an mir hinabwandern. „Ja, tue ich."

Ich lachte. „Wenn ich es nicht besser wüsste, würde ich sagen, dass du mit mir flirtest, Beta Benz."

„Werteste Omega … Mag sein, dass ich ein Beta bin, aber mein Wolf ist zu besitzergreifend, um mit dir zu flirten, während du dich nach einem Alphaknoten verzehrst." Er streckte seine Hand aus. „Aber ich werde es genießen, auf dem Parkett mit dir anzugeben, wenn das die besitzergreifende Seite dieses Alphas erwecken wird."

„Hast du nicht gerade angedeutet, dass Cillian einen anderen Alpha töten könnte, der mit mir tanzt?"

Er zuckte die Schultern. „Ich bin ein Beta, kein Alpha."

Ich schüttelte meinen Kopf. „Du willst nur beweisen, dass du in Bezug auf seine *besitzergreifende Art* richtig liegst."

„Selbstverständlich", gab er zu. „Aber mit dir angeben will ich auch." Er bewegte die Finger, die in meine Richtung ausgestreckt waren. „Tust du mir den Gefallen, Sonnenschein?" Benz sagte meinen Spitznamen mit zuckersüßer Stimme, was mich erröten ließ. Nicht unbedingt, weil ich mich zu ihm hingezogen fühlte, sondern weil ich seinen Appeal nicht bestreiten konnte.

Obwohl ich mich nach einem gewissen Alpha verzehrte, entgingen mir Benz' verlockende Merkmale nicht. Auch wenn einige dieser Merkmale zu hinterlistigen Plänen führten.

Und über einen dieser Pläne dachte ich jetzt, während ich meinen Blick an meinem Kleid hinabwandern ließ, nach. Es glitzerte und sah aus, als wäre es aus eisblauem Stoff gemacht, der zu meinen Augen passte. Und außerdem ließ es meine Haut um einiges blasser aussehen.

„Na ja, es wäre wirklich ein Verbrechen, Camerons Kreation nicht vorzuführen", sinnierte ich. „Aber wir werden durch die Schatten auf die gegenüberliegende Seite des Saals wandeln müssen, damit Cillian uns sieht. Andernfalls wird es ihm nicht einmal auffallen."

„Oh, du würdest ihm überall auffallen. Aber wenn dir das lieber ist, machen wir es auf deine Art." Er verbeugte sich übertrieben. „Nach dir, Mylady." Seine braunen Haare reichten gerade so bis zu seinen Ohren und die wilden Strähnen verliehen ihm diesen gewissen Sexappeal.

Ich stieß einen tiefen Seufzer aus und schüttelte meinen Kopf, bevor ich durch die Schatten zurück auf die andere Seite des Raumes wandelte. Aber dieses Mal materialisierte ich mich nicht direkt neben Cillian, sondern nur nahe genug, damit er mich sehen und hören konnte, bevor Benz neben mir auftauchte.

Als ich Cillians tiefe Stimme vernahm, zog ich meine Augenbrauen interessiert hoch. „Vielleicht solltest du deinen Wolf sich mit ihr verknoten lassen. Vielleicht würde dich das von deiner Abgelenktheit erlösen."

Cillian redet über Knoten? Ich lächelte. *Das muss ich mir anhören.*

Wenn er gehört hatte, dass ich über ihn nachgedacht hatte, zeigte er es nicht. Vermutlich weil mein Gedanke nur einer von vielen im Raum war, die er blockiert hatte. Ich stellte keine potenzielle Gefahr dar, dessen war er sich bewusst, warum also Energie darauf verschwenden, mich zu überwachen?

„Projizierst du deine Gefühle auf mich, Cillian? Verzehrt dein Wolf sich nach einer gewissen *Ablenkung*?", schoss Lorcan neckisch zurück, was mich meine Lippen erstaunt öffnen ließ.

Denn Lorcan meldete sich sonst *nie* zu Wort.

„Ich *verzehre* mich weder nach Ivana noch nach sonst jemandem." Cillians direkte Antwort ließ mich blinzeln.

Wie bitte?

„Es ist nur schwierig, eine so entschlossene Omega zu ignorieren, auch wenn sie in der falschen Liga spielt", fuhr er fort, was mir den Atem verschlug.

Es folgte ein amüsiertes Schnauben. Vielleicht von Lorcan? Ich ... ich war nicht sicher. Mir gingen noch immer Cillians Worte durch den Kopf. *In der falschen Liga ...*

„Sie muss wirklich damit anfangen, sich nach einem geeigneteren Gefährten umzusehen. Jemand, dem ihr fehlgeleiteter Hang, Alphas zu sagen, was sie tun und lassen sollen, nichts ausmacht", ergänzte er. Jedes seiner Worte stach mir mitten ins Herz. Ich hätte nie für möglich gehalten, dass Cillian zu so herzlosen Aussagen imstande wäre.

Moment mal … doch, tat ich.

Er wies mich die ganze Zeit über ab.

Aber … aber ich hatte gedacht …

Ich dachte, er wollte nur die Augen vor der Wahrheit verschließen.

„Ich glaube, sie genießt es, dich auf die Palme zu bringen", lautete Lorcans Antwort, doch ich nahm seine Worte kaum wahr, weil ich zu verletzt von Cillians schroffer Aussage war.

„Ja, und genau das ist das Problem. Sie muss jemanden finden, der ihre kindischen Spiele mitspielt. Jemand, der ihre unrühmlichen Eigenschaften zu schätzen weiß – wie zum Beispiel ihre Dreistigkeit und ihr deplatziertes Selbstbewusstsein."

Unrühmliche Eigenschaften?, wiederholte ich und legte meine Arme um meine Körpermitte. *Deplatziertes Selbstbewusstsein?*

Wie …?

Wie habe ich die Situation derart missverstehen können?

Ich …

Ich weiß nicht …

„Was ich damit sagen will, ist, dass es nicht ich bin, der wegen einer Omega einen Knacks weghat, Kumpel. Ich habe es ganz einfach mit einer zu tun, die so ausdauernd ist, dass es nervig ist. Du hast eine, die deine gesamte Aufmerksamkeit absorbiert. Zwischen den beiden Situationen besteht ein beträchtlicher Unterschied."

Ich zuckte zusammen, als Benz seine Hand auf meine Schulter legte. Bis gerade eben hatte ich nicht einmal bemerkt, dass er direkt neben mir stand.

Ein Blick in sein Gesicht verriet mir, dass er alles gehört hatte.

Und der bemitleidende Ausdruck …

Nein. Ich wandelte durch die Schatten aus dem Saal,

konnte ihn jetzt nicht ansehen. Konnte kaum atmen, geschweige denn reden.

Es fühlte sich an, als hätte Cillian ein Loch in meine Brust gestanzt.

Mir das Herz rausgerissen.

Und es mit seinem schweren, schwarzen Stiefel *zertrampelt*.

Das Gesicht in meine Hände gelegt, zwang ich mich, einen Atemzug zu nehmen, während in mir alles brannte. Doch das Einzige, was ich vernahm, war dieser ... dieser *keuchende* Laut.

Etwas, das sich wie ein Schluchzer anhörte.

Nur ... gebrochener?

Schlimmer.

Am Boden zerstört.

„Sonnenschein", flüsterte Benz, der mir offensichtlich gefolgt war.

Ich schüttelte bloß meinen Kopf. Ich hatte jetzt nicht die Nerven dafür. „Es geht mir gut." Aber ich hörte mich überhaupt nicht so an. Meine Stimme klang heiser, als wäre ich gerade einen Marathon gelaufen oder so.

Aber nein. Ich war nur von Cillians Unbarmherzigkeit überrollt worden.

„Er hat nur versucht, sich selbst davon zu überzeugen, dass er nicht auf dich abfährt", insistierte Benz. „Vertrau ..."

„*Spar dir das*", entgegnete ich mit barscherem Tonfall als noch vor wenigen Sekunden. „Lass dir keine Ausreden für ihn einfallen."

„Sonnenschein ..."

„Nein", fiel ich ihm ins Wort. „Ich ... ich brauche nur ..."

Na ja, ich wusste nicht so recht, was ich brauchte, aber ich wandelte dennoch durch die Schatten zurück in den Ballsaal — in erster Linie, um Benz zu entkommen. Was dumm war. Er wollte mich doch bloß trösten.

Aber ich wollte keinen *Trost*.

Ich … ich wollte …

Ich biss die Zähne zusammen und legte meine Arme abermals um meine Körpermitte.

Ich wusste nicht recht, *was* ich wollte.

Der Alpha, den ich begehrte … der Alpha, von dem ich überzeugt gewesen war, dass er *mir* gehören sollte …

In der falschen Liga.

Unrühmliche Eigenschaften.

Deplatziertes Selbstbewusstsein.

Kindische Spiele …

Ich zuckte zusammen, als mir die Worte durch den Kopf gingen, und krümmte meine Schultern. *Was für kindische Spiele?*, dachte ich wie betäubt. *Ich … ich dachte, du wärst nur stur. Dass du keine Gefährtin — irgendeine Gefährtin — wolltest und du nur zur Einsicht kommen musstest, dass es möglich ist, verpaart und Elitemann zu sein.*

Aber es hatte überhaupt nicht daran gelegen.

Cillian wollte bloß *mich* nicht zur Gefährtin.

Die Instinkte meiner Wölfin hatten mich fehlgeleitet und ich hatte mir Dinge eingebildet.

Und er hatte sich die ganze Zeit wirklich nur über mich aufgeregt.

So ausdauernd, dass es nervig ist.

Der Ballsaal begann zu verschwimmen.

Ich muss hier weg, realisierte ich. *Ich muss wegrennen. Muss diesen … Schmerz vertreiben.*

Ich schluckte hart, umgab mich wieder mit Dunkelheit und teleportierte zu einem meiner liebsten verschneiten Feldern am Fuße eines schlafenden Vulkans.

Der Blutsektor — vormals Island — war voller

Landschaften wie dieser, und voller wunderbarer Verstecke.

Ich riss mir das Kleid vom Leib, schüttelte die Schuhe ab und wollte das Outfit nie wiedersehen. Ein Outfit, das ich für *ihn* getragen hatte.

Dann ließ ich mich zu Boden sinken und meine Wölfin überhandnehmen.

Sie mochte Cillians Worte nicht verstanden haben, aber sie verstand meinen Schmerz. Und sie verstand auch, dass er den besagten Schmerz verursacht hatte.

Ein Heuler drang aus meiner Schnauze, sobald meine Verwandlung vollzogen war. Mein Tier war genauso verletzt wie ich.

Unser auserwählter Gefährte will uns nicht.

Unser Held … ist kein Held.

Unser Alpha existiert für uns nicht mehr.

Meine Pfoten trugen mich durch den Schnee, die Eiseskälte ein willkommener Kontrast.

Genau das brauchen wir, dachte ich. *Freiheit. Frische Luft. Eine neue Perspektive.*

Jeder Schritt und jeder Sprung führte uns tiefer aus der Vergangenheit und katapultierte uns in die Gegenwart.

Eine Gegenwart, in der wir von vorn anfingen.

Eine Gegenwart, in der wir uns daran erinnerten, was wir wert waren.

Eine Gegenwart, in der wir beschlossen, dass der Alpha nicht in *unserer* Liga spielte.

Denn kein potenzieller Gefährte würde so etwas über seine Omega sagen.

Omegas waren selten. Mächtig. Dazu bestimmt, verehrt zu werden – und nicht herabgesetzt und kleingeredet. Wiederholt abgewiesen. Für ihr *Selbstbewusstsein* lächerlich gemacht.

Cillian ist nicht unser Gefährte.

Wir verdienen etwas Besseres.

Wir wollen mehr.

Einen Alpha, der uns liebt. Der uns zu schätzen weiß. Der für uns kämpft.

Es war an der Zeit, über ihn hinwegzukommen. Damit aufzuhören, Cillian für sein Potenzial zu sehen.

Er will uns wirklich nicht, dachte ich erneut und mein Wolf geriet ins Stolpern. *Tja, dann wollen wir ihn auch nicht.*

Meine Wölfin bellte schrill, als wollte sie mir zustimmen.

Und rannte über das eisige Feld.

Wir werden Cillian nicht länger hinterherrennen.

Er dachte, ich hätte ein *kindisches Spiel* gespielt?

Tja, dieses *Spiel* hatte soeben ein Ende gefunden.

Und Cillian hatte verloren.

Denn der richtige Alpha hätte mich als einen Preis angesehen.

Der richtige Alpha wird mich wollen.

Nimm dir den heutigen Abend, um zu trauern, sagte ich zu mir selbst. *Aber morgen wirst du aufstehen und den falschen Alpha vergessen.*

Das sollte sich nicht besonders schwierig gestalten.

Es war ja nicht so, als hätte Cillian sich je um mich bemüht.

Vermutlich würde es ihm nicht einmal auffallen, und wahrscheinlich würde er froh darüber sein, dass er die so *nervig ausdauernde* Omega los war.

Mein Herz brach und ließ meine Wölfin abermals ins Stolpern geraten.

Heute Nacht trauern wir, schärfte ich mir ein. *Und morgen machen wir einen ersten Schritt auf die Zukunft zu und beginnen unsere Jagd nach einem würdigen Gefährten …*

CILLIAN

Vor wenigen Minuten

UND ICH HABE IHN SCHON WIEDER VERLOREN, DACHTE ICH,
mein Blick auf Lorcan gerichtet.

Er hatte sich in sein Gefährtenband begeben, was seine
Gedanken undurchsichtig und unverständlich machte.
Seine Verbindung zu Kyra hatte seine mentalen Mauern
auf eine Art gestärkt, die ich nie für möglich gehalten
hätte.

Dasselbe galt für Kierans Verbindung zu Quinnlynn.

Es war wirklich faszinierend, weil ich mich in ihren
Köpfen fast so gut auskannte wie in meinem, und doch
konnte ich Lorcan jetzt kaum noch vernehmen. Zwar war
er von Haus aus keine gesprächige und laute Person, aber

normalerweise konnte ich ihn denken und alles analysieren spüren.

Das Einzige, was ich jetzt noch hören konnte, war ein komisches statisches Surren, als er sich nach dem Befinden seiner Gefährtin erkundigte.

Wie sich das wohl anfühlen muss?, fragte ich mich und musterte die Menschenmenge. *Beängstigend? Befreiend? Intim?*

Natürlich würde ich das nie erfahren.

Meine Treue galt voll und ganz Kieran. Immer. Aber das hielt mich nicht davon ab, über das Konzept nachzudenken oder mich zu wundern, wie sich das wohl anfühlen musste.

Was natürlich dazu führte, dass ich nach dem kleinen aschblonden Plagegeist Ausschau hielt, der mich ununterbrochen meinen Verstand anzweifeln ließ.

Plagegeist ist vielleicht etwas hart gefasst. *Versuchung* war der treffendere Begriff.

Eine Versuchung, die weit außerhalb meiner Liga spielt, sinnierte ich und suchte den Saal nach ihr ab. *Sie braucht einen Alpha, der …* Der Gedanke verblasste, als ich Ivana mit ungewohnt gekrümmten Schultern auf der gegenüberliegenden Seite des Raumes erblickte.

Wie aus eigenem Antrieb machte ich einen Schritt nach vorn. Meine Instinkte meldeten sich.

Ivana Michaels saß *nie* mit gekrümmten Schultern da.

Trotz ihrer zierlichen Figur sah sie aus wie eine unerschütterliche Göttin. Die Frau konnte jeden Alpha kleinkriegen, der sich ihr in den Weg stellte – und das nur mittels ein paar ausgewählter Worte. Etwas, das mich unheimlich aufregte und ich zugleich verlockend fand.

Ivana. Den Namen in Lorcans Gedanken zu hören, hielt mich um ein Haar dazu an, zu ihm zurückzublicken, aber ich war zu fokussiert auf die Omega und ihre schlanken Arme, die um ihren Oberkörper geschlungen waren. Sie schien zu versuchen, ihre Atmung zu beruhigen.

Hat ein Alpha ihr vielleicht Angst eingejagt?, fragte sich Lorcan. *Mit wem hast du sie tanzen lassen?*

Mit niemand Spezifischem. Ich habe ihr nur gesagt, dass sie jemand anderen fragen soll, da ich nicht hier bin, um zu feiern. Ich arbeite.

Glaubst du, jemand hat sie abgewiesen?, fragte er.

Ich runzelte die Stirn, weil mir dieser Gedanke überhaupt nicht gefiel. *Wenn dem so ist, werde ich den Verantwortlichen töten.*

Lorcan warf mir mit spöttelndem Ausdruck einen Seitenblick zu, den ich nur aus dem Augenwinkel heraus erhaschte. *Technisch gesehen, hast du sie abgewiesen. Du weist sie die ganze Zeit über ab. Wirst du dich jetzt etwa selbst bestrafen?*

Ich schnaubte verächtlich. *Das ist etwas anderes, und das weißt du auch.*

Aber weiß sie das?, fragte er mit sanfter Stimme, was mich die Zähne zusammenbeißen ließ.

Ivana wusste, dass ich mit meiner Arbeit verheiratet war. Dass meine Treue in erster Linie Kieran galt. Ich hatte nie ein Geheimnis daraus gemacht und ihr immer die Wahrheit gesagt.

Na ja, fast immer, jedenfalls.

Ich konnte mir keine Gefährtin nehmen und ich wollte auch keine. Und obwohl sie meinen Wolf zweifelsohne in Begattungsstimmung versetzte, wann immer sie einen Raum betrat, so hatte ich keine Absichten, mich tatsächlich mit ihr zu verknoten.

Das konnte ich nicht.

Das *würde* ich nicht.

Aber Lorcan hatte nicht unrecht.

Ich wies sie oft ab.

Der heutige Abend war wie jeder andere verlaufen und für gewöhnlich reagierte sie nie so auf meine Abweisung.

Nein, jemand anderes musste sie traurig gemacht haben.

Und wer auch immer es war, würde mir gegenüber Rechenschaft ablegen müssen. Omegas standen unter dem Schutz des Blutsektors und, weil ich ein Elitemann war, daher auch unter meinem.

Mit einem schweren Seufzer wandelte ich durch die Schatten, um mich ihr neben der Tanzfläche anzuschließen. *Bin gleich zurück*, sagte ich Lorcan mit beiläufigem Tonfall.

Doch Ivana war bereits verschwunden, als ich mich an der Stelle materialisierte, wo sie eben noch gestanden hatte. Ihr zitroniger Duft war wie ein Leuchtfeuer im Wind. Stirnrunzelnd hielt ich Ausschau nach ihrem auffälligen Haarschopf – nach diesen weißblonden Strähnen.

Nichts.

Keine Spur von diesem glitzernden Kleid, das viel zu freizügig war. Mein Wolf hatte vor Verlangen geradezu geknurrt, sobald sie neben mir erschienen war und mit sinnlicher Stimme verlangt hatte, dass ich mit ihr *tanzte*.

Nein. Nein, *verdammt*. Ich traute mich nicht, sie zu berühren, wenn sie in einem so heißen Kleid steckte.

Also hatte ich ihr gesagt, dass sie sich einen anderen Alpha suchen sollte, dem sie auf die Pelle rücken konnte. Den sie in *Versuchung* führen konnte. Den sie *bezirzen* konnte.

Auch wenn ich nicht einmal daran denken wollte, dass sie in *dieser* Hinsicht erfolgreich sein könnte.

Mit steigender Verärgerung knirschte ich mit den Zähnen.

Vielleicht war sie mit einem anderen davongerannt. Ich könnte es herausfinden, indem ich in ihre Gedanken blickte, aber ich weigerte mich, in ihre Privatsphäre einzudringen. Und außerdem waren ihre mentalen Funkwellen … einzigartig. Auch wenn sie sehr mitteilsam sein konnte, waren ihre Gedanken immer still. Geradezu friedlich.

Sie war traurig, redete ich mir ein. *Ich sollte mich vergewissern, dass es ihr gut geht.*

Obwohl mich das eigentlich nichts anging, oder?

Ich hätte mich davon überzeugen können, dass ich sicherstellen sollte, dass ihr nichts zustieß, aber sie war aus freiem Willen gegangen. Und obwohl sie geschlagen und mit gekrümmten Schultern dagesessen hatte, hatte sie nicht geweint. Und es hatte auch nicht danach ausgesehen, als wäre sie verletzt.

Ich reagiere über, beschloss ich kopfschüttelnd. *Das liegt bloß an dieser ganzen Gefährtenenergie, die hier herumschwirrt. Und an Ivanas sinnlicher Einladung.*

Meine verdammten Reißzähne sehnten sich danach, sie zu beißen, und mein Wolf wollte sie *begatten.*

Sie war eine Verlockung, gegen die ich schon jahrelang angekämpft hatte.

Und ich würde diesen Kampf heute Nacht nicht verlieren.

Kieran und Quinnlynn hatten sich früh zurückgezogen. Es lag an mir, die Krönung und die Gäste im Ballsaal zu überwachen.

Die Verantwortung als agierender Sektoren-Alpha zu übernehmen.

Es war meine Pflicht, wann immer Kieran eine Pause brauchte.

Das machte mir nichts aus.

Auch wenn ich mich fragte, wie es wäre, den Luxus zu haben, sich mit einer Gefährtin zu vergnügen, anstatt einen Sektor anzuführen.

Ich würde Kieran morgen darüber ausfragen. Ihn ein

kleines bisschen anstacheln. Vielleicht wäre mir dann ein kleiner Ringkampf vergönnt.

Das würde mich zweifelsohne von meiner verführerischen kleinen Göttin ablenken.

Mit einem Räuspern konzentrierte ich mich wieder auf den Raum vor mir und suchte umgehend erneut nach der erwähnten Göttin. Aber offensichtlich war sie weg.

Wenn sie mich brauchte, würde sie mich rufen. Sie wusste, wie. *Seit diesem Tag vor vielen, vielen Jahren …*

Ich schluckte hart und schob die Erinnerung beiseite, bevor ich mich wieder Lorcan anschloss, der im Schatten stand.

Wie lange müssen wir hier stehen und diese Tiere beaufsichtigen?, fragte mich Lorcan mit beiläufigem Tonfall und machte sich keine Mühe, sich nach Ivana zu erkundigen. Entweder ging er davon aus, dass ich mich darum gekümmert hatte, oder er hatte mir dabei zugesehen, wie ich in den vergangenen paar Minuten erfolglos nach der Omega gesucht hatte.

Solange wie nötig, erwiderte ich auf seine Frage hin.

Hm. Er verschwand und tauchte dann eine Sekunde später wieder mit zwei Gläsern Sterblichen-Blut auf und bot mir eines davon an.

V-Clan-Formwandler brauchten die menschliche Essenz, um ihre magischen Fähigkeiten zu stärken, von denen ich eine Unmenge besaß. Als ich noch jünger war, musste ich täglich Blut zu mir nehmen, was mir das Gefühl gegeben hatte, ein Vampir zu sein.

Zum Glück war ich jetzt weniger bestialisch und brauchte nur alle paar Tage etwas Blut, das ich als Getränk oder in ähnlicher Form zu mir nehmen konnte.

Und zum Glück hatte Kieran einen Ort geschaffen, an dem V-Clan-Formwandler und Sterbliche koexistierten. Wir beschützten die Sterblichen vor dem tödlichen, zombieähnlichen Virus, das über neunzig Prozent ihrer Art ausgelöscht hatte, und sie erwiderten unsere Bemühungen, indem sie Blut spendeten.

Zum Wohl, sagte Lorcan und führte seinen Kelch an meinen.

Zum Wohl, erwiderte ich geistesabwesend. Vorwiegend, weil meine Gedanken bei einer gewissen Frau hängengeblieben waren.

Vielleicht hatte Lorcan recht.

Vielleicht hatte ich vorhin meine Gefühle auf ihn projiziert.

Mit einem kaum hörbaren Knurren verbannte ich die nagenden Gedanken aus meinem Kopf und richtete meinen Fokus wieder auf die Formwandler, die sich durch den Ballsaal bewegten. Es war meine Aufgabe, die Sicherheit aller Anwesenden zu gewährleisten und die Gäste unter Kontrolle zu behalten.

Und ich würde die Bewohner des Blutsektors nicht enttäuschen.

Anders als jene im Sektor der Finsternis, flüsterte ein dunkler Teil von mir.

Ich nahm einen Schluck vom dickflüssigen, geschmacklosen Blutwein.

Anstatt über meine morbide Vergangenheit nachzudenken, richtete ich meine Aufmerksamkeit auf die Gegenwart. Auf die tanzenden Formwandler. Auf die herumstehenden Sterblichen. Auf die Prinzen, die zu Besuch waren.

Ich hüllte sie alle in meine Kraft.

Las ihre Absichten.

Und konzentrierte mich auf meine vorübergehende Position als Sektoren-Alpha.

Morgen konnte ich wieder Cillian sein.

Heute Abend war ich *Prinz* Cillian, wie mich Ivana

vorhin im Scherz genannt hatte. Wenn ich doch nur in Erwägung ziehen könnte, sie zu meiner Königin zu machen.

Leider musste man ein guter König sein, um eine Königin zu verdienen.

Und die Vergangenheit hatte bewiesen, dass ich das nie sein würde.

Ich war einfach nur … Cillian.

Ein Elitemann.

Ein gefallener Held.

Der Brecher des Familienschwurs.

TEIL II

Liebe Sterne,

Ich bin nicht länger in einen Alpha-Prinzen verliebt.

Elitemann.

Was auch immer, verdammt.

Ich bin über ihn hinweg. Bin fertig mit ihm. Hege kein Interesse mehr an ihm.

Okay, okay. Das ist gelogen.

Aber ich werde tun, was immer ich tun muss, damit ich über ihn hinwegkomme.

Und das beinhaltet, mich beim neuen Omega-Gefährten-Programm einzuschreiben.

Vielleicht finde ich dort einen Alpha, der in meiner Liga spielt. Einen Alpha, der mich will. Der nicht findet, dass ich deplatziert selbstbewusst bin, oder so ausdauernd, dass es nervt. Einen Mann, der meine Eigenschaften als Stärken ansieht, anstatt sich an ihnen zu stören, und der die mutigen Bestrebungen meiner Wölfin zu schätzen weiß.

Also, ähm, drückt mir und meinem Tier erneut die Daumen. Bitte.

Wir werden das Glück zweifellos brauchen.

In Liebe
Ivana

IVANA

Einige Wochen später

IVANA MICHAELS.

Qualifizierte Omega-Gefährtin.

Ich starrte auf die Karte in meiner Hand und mein Hals fühlte sich plötzlich trocken an.

Ich schaffe das, redete ich mir gut zu. *Du brauchst bloß auf die Bühne zu treten, zu lächeln und vielleicht zu winken.*

Nein. Nein, ohne Winken.

Oder vielleicht doch mit Winken?

Ich schüttelte meinen Kopf. Die widersprüchlichen Gedanken machten mich ganz benommen, als Königin Quinnlynn – die es vorzog, *Quinn* genannt zu werden – die nächste Omega-Kandidatin aufrief. Die zierliche blonde Omega trat durch die Vorhänge und verschwand außer

Sichtweite, sodass ich ihren Auftritt nicht mitverfolgen konnte.

Alles, was ich tun konnte, war, das aufgeregte Raunen der Männer in der Menge zu vernehmen.

Alphas, ging mir durch den Kopf und ich schluckte hart. *Alphas aus verschiedenen V-Clan-Sektoren.*

Und aus einigen anderen Regionen.

Wie zum Beispiel X-Clan-Alphas.

Und sogar ein Z-Clan-Alpha.

Ich erschauderte und letzterer Gedanke ließ meinen Magen sich verkrampfen. Z-Clan-Alphas waren nicht für ihre Güte bekannt, vor allem, wo Omegas betroffen waren.

Für gewöhnlich gaben sich V-Clan-Wölfe nicht mit anderen Formwandlern oder übernatürlichen Geschöpfen ab. Normalerweise hielten wir uns im Verborgenen und ließen die Welt glauben, dass wir in der Infizierten-Ära alle ums Leben gekommen waren.

Aber es gab eine Handvoll Übernatürlicher da draußen, mit denen sich König Kieran über die Jahrhunderte hinweg angefreundet hatte, und viele dieser Verbündete waren heute Abend hier.

Zum Glück bedeutete das nicht unbedingt, dass sie Teil des Programms für qualifizierte Omega-Gefährten sein würden, aber sie konnten sich anmelden und mitmachen.

Ein Gefährten-Programm, sinnierte ich und konnte noch immer nicht ganz glauben, dass es wirklich passierte.

Als Quinn mir davon erzählt hatte, war ich total erstaunt gewesen. Vorwiegend, weil auf ihre Offenbarung eine unerwartete Erklärung gefolgt war.

Anstatt um den heißen Brei herumzureden, sagte sie: „Über tausend Jahre lang hat meine Familie eine Zufluchtsstätte für Omegas inmitten der Arktis betrieben."

Ich hatte meine Augenbrauen überrascht hochgezogen, als ich das gehört hatte. „Eine

Zufluchtsstätte für Omegas?" So etwas hatte ich noch nie gehört. Omegas wurden für gewöhnlich von Alphas beschützt.

Zumindest in der V-Clan-Welt.

Die X-Clan- und Z-Clan-Sektoren waren völlig anders als unserer, ganz wie die Unmengen an Formwandler- und Übernatürlichen-Reiche rund um den Globus.

Quinn hatte genickt und bestätigt, dass ich richtig gehört hatte. „Ein Zufluchtsort für Omegas aller Arten. Meine Eltern wurden umgebracht, weil ein sadistischer Alpha versucht hat, den Ort aufzuspüren. Und ich dachte, es wäre ein Alpha-Prinz …"

Sie war verstummt und das, was sie ungesagt ließ, hatte in der Stille zwischen uns gehangen. „Deswegen bist du vor Kieran geflüchtet."

„Neben anderen Gründen, ja", hatte sie zugegeben. „Aber diese Geschichte erzähle ich dir ein andermal. Was ich dir eigentlich sagen wollte, ist, dass wir neue Sicherheitsvorkehrungen für das Refugium entwickeln, darunter zum Beispiel, dass wir es in den Nachtsektor umbenennen. Alle werden es für ein neues Territorium des V-Clans halten, das von Kyra und Lorcan regiert wird."

Ich zog meine Augenbrauen abermals hoch. „Aha?" Meine Überraschung rührte daher, dass ihre Worte darauf hindeuteten, dass Lorcan seine Gefährtenverbindung jetzt ernst nahm.

Diese Einsicht hatte einen Funken Hoffnung in meinem Herzen entfacht.

Einen, den ich im nächsten Augenblick mit kaltem Wasser übergoss.

Denn ich weigerte mich, dem Strang zu folgen, der direkt zu *ihm* führte. Zu meinem vormaligen Schwarm. Zum Alpha, der gesagt hatte, dass ich *nicht in seiner Liga* spielte.

Quinn, die sich meines inneren Aufruhrs nicht bewusst gewesen war, fuhr fort und erzählte mir von König Kierans Plänen, den Anwesenden heute Abend den neuen Sektor zu offenbaren.

„Aufgrund der jüngsten Ereignisse haben wir das Gefühl, dass wir die Geheimnisse des Refugiums so am besten bewahren können", hatte sie hinzugefügt, ohne auf diese *jüngsten Ereignisse* einzugehen.

Stattdessen hatte sie mir einige der Sicherheitsmaßnahmen im Refugium offenbart, darunter auch eine kurze Zusammenfassung des Zaubers, der die Insel beschützte.

„Nur Omegas und Alphas, die mit einer Omega-Bewohnerin verbunden sind, können eintreten", hatte sie erklärt. „Was bedeutet, dass Kieran und Lorcan die Schutzschranke passieren können, und eine Handvoll Omegas und Alpha-Gefährten, die vor Kurzem dorthin gezogen sind. Aber weil diese Omegas und Alphas noch ganz neu dort sind, trauen die Omegas des Refugiums ihnen noch nicht, also …"

Dann hatte sie gesagt, dass sie einen Plan entwickelt hatten, der den Schutz der Insel verstärken würde.

Und diese Idee beinhaltete, ein Gefährten-Programm für interessierte Omegas im Refugium zu schaffen.

„So können wir ein paar weitere Alphas dorthin bringen, die theoretisch das Vertrauen des Refugiums etwas schneller gewinnen sollten, da sie sich mit Omegas verbinden würden, die schon eine Weile lang dort leben."

„Vertrauen durch Zusammenschluss", fasste ich zusammen.

Sie nickte. „Ganz genau."

„Keine schlechte Idee", hatte ich gesagt.

„Es freut mich, dich das sagen zu hören", hatte sie

gemurmelt. „Denn ich habe mich gefragt, ob du beim Programm mitmachen möchtest."

Ich hatte sie blinzelnd angesehen. Das Angebot war völlig unerwartet gekommen.

„Du müsstest danach auch nicht unbedingt in den Nachtsektor umziehen", hatte sie ergänzt. „Ich wollte dir nur sagen, dass es dir freisteht, dich dem Kandidatinnen-Pool anzuschließen. Wenn du interessiert bist, meine ich."

Ich … hatte zunächst nicht gewusst, was ich sagen sollte.

Aber nachdem ich fast eine Woche lang darüber gegrübelt hatte, dachte ich mir: *Warum nicht? Gibt es einen besseren Weg, einen Alpha „in meiner Liga" zu finden?*

Okay, vielleicht war das ein bisschen gehässig.

Aber viel anderes blieb mir auch gar nicht übrig. Irgendwie musste ich über *Alpha Cillian* hinwegkommen.

Er wollte mich nicht.

Das hatte er nie.

Jetzt war mir das bewusst. Ich hatte die Situation völlig falsch eingeschätzt.

Das würde mir nicht noch einmal passieren.

Da stand ich also, in ein schimmerndes blaues Kleid mit Schlitzen an den Schenkeln gehüllt − ein weiterer Meisterstreich von Beta Cameron −, und wartete darauf, dass meine Nummer aufgerufen wurde.

Ist es verrückt, das hier zu tun?, fragte ich mich zum tausendsten Mal.

„Du kannst jederzeit aussteigen", hatte Quinn gesagt. „Alle Omegas und Alphas können das. Das Programm soll Wölfen, die vielleicht bereit sind, sich zu verpaaren, nur eine Möglichkeit bieten, einander zu begegnen. Das ist alles."

Sie hatte es sich so einfach anhören lassen.

Aber ich wusste, dass es das nicht sein würde.

Alphas waren besitzergreifende Geschöpfe. Und Omegas waren besitzergreifend, wenn es um ihre auserwählten Alphas ging.

Ein Schnuppern in der Luft war alles, was nötig war, um einen idealen Gefährten zu erkennen.

Bedauerlicherweise hatte meine Wölfin in den fast drei Jahrzehnten meines Lebens nur eine einzige Übereinstimmung gefunden.

Aber er will uns nicht, ermahnte ich mich.

Irgendwo da draußen musste es jemanden geben, der das anders sah.

Und dieses Gefährten-Programm könnte mir vielleicht dabei helfen, ihn zu finden.

Ich ließ meine Handflächen an meinem paillettenbesetzen Kleid hinabwandern und zwang mich, tief einzuatmen. *Vergiss Cillian. Er liegt in der Vergangenheit. Es ist Zeit, dich auf die Zukunft zu konzentrieren.*

Als würde das Schicksal auf meinen Gedanken antworten, hörte ich Quinn sagen: „Unsere dreizehnte und letzte Omega-Kandidatin hat sich im letzten Moment entschieden, am Programm teilzunehmen."

Ich sah abermals auf meine Karte und blickte auf die Nummer unter meinem Status als qualifizierte Omega-Gefährtin.

Dreizehn.

Ich machte einen Schritt nach vorn und positionierte mich direkt hinter dem Vorhang, damit man mich nicht sehen konnte. Dann zog ein Beta den Stoff zurück und warf mir ein ermutigendes Lächeln zu, das mir bedeuten sollte, mich dem König und der Königin des Blutsektors auf dem Balkon anzuschließen. Einem Balkon, der als eine Art Plattform diente, die für alle klar zu sehen war.

Jetzt wird es ernst. Ich straffte die Schultern. *Jetzt gibt es kein Zurück mehr.*

Erhobenen Hauptes trat ich ins sprichwörtliche Rampenlicht.

Quinn lächelte mich mit ermutigendem Ausdruck an.

Ich erwiderte ihr Grinsen, bevor ich auf den Raum unter uns blickte. Es waren zu viele Formwandler da, um mich auf einen spezifischen konzentrieren zu können, also ließ ich meinen Blick kurz durch die Menge streifen, bevor ich zurück zu Quinn sah.

„Ivana ist eine V-Clan-Omega aus dem Blutsektor", verkündete sie den Anwesenden. „Ihre Interessen sind Analytik, fortgeschrittene Technologie und Waffen."

Letzteres ließ ein Lächeln an meinen Mundwinkeln zupfen.

Was Quinn damit gemeint hatte, war, dass ich gern mit Waffen spielte. Die meisten Wölfe zogen ihre Klauen und Zähne vor, aber ich war eine Omega. Klein. *Schwächer* als Alphas und Betas. Etwas, das ich schon sehr früh im Leben gelernt hatte.

Aber gewisse Waffen verschafften mir einen Vorteil.

Genau deswegen hatte ich Jahre darauf verwendet, meine Zielgenauigkeit zu perfektionieren.

Ich war eine der besten Schützinnen im ganzen Blutsektor. Nicht, dass man mir je erlaubte, meine Fähigkeiten einzusetzen.

Omegas sollten beschützt, nicht in die Pflicht gerufen werden.

Obwohl Quinn erwähnt hatte, dass sich das im Refugium ändern würde. „Als Waffennärrin wirst du bei Jas und den anderen ziemlich beliebt sein", hatte sie mir gesagt.

Das werden wir ja sehen, ging mir jetzt durch den Kopf, während ich die Treppe, die in den Ballsaal hinunterführte, hinabzusteigen begann.

Benz wartete am Fuß der Treppe auf mich, seine

vollen Lippen an den Mundwinkeln nach oben gezogen. Er bot mir wortlos seinen Arm an – ich hatte ihn für den heutigen Abend als meinen Begleiter ausgesucht – und führte mich auf die Tanzfläche, während Quinn die Regeln für das Programm der qualifizierten Omega-Gefährten verlas.

Ich konnte sie aufgrund des Surrens, das meine Ohren ausfüllte, kaum hören und ich war froh um das mit Champagner gefüllte Tulpenglas, das Benz herbeizauberte, weil sich mein Rachen staubtrocken anfühlte.

Na ja, er hatte das Getränk nicht mit *Magie* heraufbeschworen.

Er hatte einen Kellner im richtigen Augenblick abgefangen. Aber es hätte genauso gut Magie sein können.

Manchmal hatte ich das Gefühl, dass Benz' Charme seine geheime Kraft war, und all seine anderen Fähigkeiten nur Nebeneffekte seines V-Clan-Wolf-Daseins waren.

Ich nahm einen weiteren großen Schluck und lauschte Kierans Erklärung, wie die Alphas Teil des Kandidatenpools werden konnten. Sie wurden durchleuchtet, bevor man ihnen gestattete, mitzumachen. Dann würde man den Omega-Kandidatinnen – *mir inklusive* – ihre Akten geben, damit wir sie uns ansehen konnten.

„Die ersten Treffen beginnen in einer Woche", sagte König Kieran. „Heute Abend feiern wir bloß die Zukunft. Benehmt euch. Genießt es. Und seid euch eurer Taten bewusst."

Mit dieser klaren Warnung erhob er seine Hand, um der Menge zu bedeuten, dass sie gehen konnten, bevor er seine Hand auf den unteren Rücken seiner Gefährtin legte und sie die Treppe hinab geleitete.

Ein Murmeln erfüllte den Raum und Neugier lag in der Luft.

An meinen Armen breitete sich ein Kribbeln aus, weil ich spüren konnte, dass man mir Blicke zuwarf und mich bewunderte.

Das ist erst der Anfang, dachte ich und trank mein Glas fast ganz aus. *Atme einfach tief ein und wieder aus und genieße den Augenblick.*

„Du siehst wunderschön aus", murmelte Benz mir ins Ohr.

„Du hast dich auch ganz schön rausgeputzt", erwiderte ich und musterte ihn in seinem schwarzen Smoking. „Danke, dass du mich heute Abend begleitet hast."

Um seine Augen bildeten sich ein paar zarte Fältchen. „Ich kann dir versichern, dass es eine sehr vergnügliche Aufgabe war." Er blickte über meine Schulter, dann wanderte sein Blick zu meiner Rechten. „Obwohl ich das Gefühl nicht loswerde, dass ich gerade von ein paar Alphas eingehend gemustert werde. Und zwar nicht so, wie ich es gern hätte."

„Und wie wäre es dir lieber?", fragte ich neckisch.

Er schien mich nicht gehört zu haben, denn er gab bloß ein Summen von sich.

„Benz?", fragte ich, nachdem er mich kurz vollends ausgeblendet und sich umgesehen hatte.

„Es dürfte ungeheuer spaßig werden, das Spektakel mitzuverfolgen", sagte Benz plötzlich und ließ von meinem Arm ab. „Ich bin direkt da drüben, wenn du mich brauchst, Schätzchen."

„Wie bitte?", fragte ich.

Doch er lief bereits davon und hatte es irgendwie geschafft, mein Glas mitzunehmen.

Hatte es mir einfach aus der Hand genommen.

Es war fast leer, aber ich war nicht darauf vorbereitet gewesen, dass er es mir abnehmen würde. „Wohin …?"

35

An meinen Armen bildete sich Gänsehaut und eine bekannte Präsenz näherte sich mir von hinten.

Oh. Ich knirschte mit den Zähnen und suchte nach Benz, damit ich ihn anfunkeln konnte. Aber er war überhaupt nicht *direkt da drüben*, wie er gesagt hatte. Er war spurlos verschwunden. *Mieser Verräter.*

Ich hatte ihm eingeschärft, mich …

„Was zum Teufel soll das?"

… nicht allein zu lassen, falls Cillian auf mich zukommen würde.

Denn ich wollte nicht mit ihm sprechen, wollte ihn nicht sehen und schon gar nicht an ihn denken.

Und jetzt stand er direkt hinter mir.

IVANA

Mɪᴛ ᴇɪɴᴇᴍ ᴛɪᴇꜰᴇɴ Aᴛᴇᴍᴢᴜɢ ᴡᴀᴘᴘɴᴇᴛᴇ ɪᴄʜ ᴍɪᴄʜ ᴀᴜꜰ ᴅᴀs Kommende und sah Cillian mit hochgezogenen Augenbrauen an.

„Wie bitte?" *Was hat der denn für ein Problem?*

Fordert mich auf, ihm zu sagen, was ich hier mache …

Wir stehen doch beide im Ballsaal. Ist doch offensichtlich, was ich hier mache.

„Du hast dich für das qualifizierte Omega-Gefährten-Programm eingeschrieben. Warum?", wollte er wissen.

Wie bitte?, hätte ich am liebsten erwidert.

Stattdessen verschränkte ich meine Arme vor der Brust und warf ihm den eingebildetsten Blick zu, der mir gelang. „Wie soll ich sonst jemanden finden, *der in meiner Liga spielt*?" Das hatte er letzte Woche doch gesagt, oder?

Er zog seine Augenbrauen hoch, wie ich es gerade getan hatte. „Was?"

„Du weißt schon, einen Alpha, der meine – wie war es noch gleich?" Ich sah zur Decke und tat so, als würde ich mich nicht an den genauen Wortlaut erinnern, mit dem er mir das Herz gebrochen hatte. „Oh, richtig. Mein *deplatziertes Selbstbewusstsein*, neben meinen anderen *unrühmlichen Eigenschaften*, zu schätzen weiß."

Die beschreibenden Adjektive zu wiederholen, ließ meine seelischen Wunden zwar nicht verheilen, aber den verwirrten Ausdruck auf Cillians Gesicht genoss ich allemal. Den Elitemann erwischte man nur selten kalt, aber darauf war er offensichtlich nicht gefasst gewesen.

Er blinzelte. „Entschuldige, wie bitte?"

„Komm schon, du hast doch gesagt, dass ich anfangen soll, mich nach einem geeigneteren Gefährten umzusehen, der sich nicht an meinen …", mein Blick wanderte abermals zur Decke, dann schnippte ich mit dem Finger, „meinem Hang, Alphas zu sagen, was sie tun und lassen sollen, stört. Vielleicht finde ich diesen Alpha durch das Gefährten-Programm. Vielleicht wird er sich auch mit meinen *kindischen Spielen* abfinden."

Das ließ ihn seine Augenbrauen hochziehen. Endlich schien dem sturen Bock ein Licht aufzugehen. „Ivana …"

„Ist schon gut, Cillian", fiel ich ihm ins Wort, weil ich nicht weiter darüber reden wollte. „Ich habe Quinnlynn bereits gesagt, dass ich gern in den Nachtsektor umziehen werde. Du wirst dich schon bald nicht mehr mit mir herumschlagen müssen."

Ich tätschelte ihm mitfühlend auf den Arm und wandelte dann durch die Schatten auf die andere Seite des Saals, ehe er mir ansehen konnte, was wirklich in mir vorging.

Oder bevor ich etwas Unüberlegtes sagte.

Etwas Aufrichtiges. Etwas Schmerzhaftes. Etwas *Deprimierendes*.

Denn allein ihn zu sehen, ließ all die Gefühle wieder hochkommen, die er in jener Nacht ausgelöst hatte.

Eine Nacht, in der ich gehofft und erfolglos versucht hatte, die Aufmerksamkeit des Alphas zu erhaschen, der mich seiner nie für würdig empfinden würde.

Der mich nie so begehren würde, wie ich ihn begehrte.

Hör auf damit, tadelte ich mich selbst. *Hör auf, an ihn zu denken.*

Natürlich hatte ich Benz nur deswegen gebeten …

„Gut gemacht", unterbrach der Beta, der sich neben mir materialisierte, als hätte ich ihn mittels Gedankenkraft herbeigerufen. „Ich glaube, ich habe Cillian noch nie so durch den Wind gesehen."

Zähneknirschend wirbelte ich zu meinem *besten Freund* herum und sah ihn mit zusammengekniffenen Augen an. „Du hattest heute Abend eine einzige Aufgabe als mein Begleiter, Benz: Zusehen, dass ich mich nicht mit Cillian unterhalten muss."

„Du hast mir nur gesagt, dass ich dafür sorgen sollte, dass du nicht nach ihm suchst, auf ihn zugehst oder *über* ihn sprichst", erwiderte Benz. „Du hast nichts davon gesagt, ihn davon abzuhalten, auf dich zuzukommen."

Ich schürzte die Lippen, drauf und dran, etwas zu erwidern.

Aber …

Aber die Worte blieben mir im Halse stecken.

Denn er hatte recht.

Ich hatte ihm gesagt, dass er mich davon abhalten sollte, mich Cillian zu nähern. Mir war nie in den Sinn gekommen, Benz zu sagen, Cillian davon abzuhalten, mit mir zu sprechen.

Weil er sonst *nie* auf mich zukam.

LEXI C. FOSS

Kein einziges Mal in den vergangenen sechs Jahren.

Es sei denn, man bezieht die erste Nacht, in der wir uns begegnet sind, mit ein. Aber er war nicht meinetwegen dort gewesen. Ich war unerwarteterweise Teil der Situation geworden, also zählte das nicht.

Cillian ist auf mich zugekommen, staunte ich. *Wie … seltsam.*

Und zugleich frustrierend.

Denn jetzt bekam ich ihn nicht mehr aus dem Kopf. An einem Abend, an dem ich mir geschworen hatte, ihn mir aus dem Kopf zu schlagen. Mich der Zukunft zuzuwenden. Aufzuhören, mir Gedanken um einen Alpha zu machen, der mich nicht wollte.

Ich ballte die Hände zu Fäusten und biss die Zähne zusammen. Ich konnte meine Verärgerung bis in die Fingerspitzen spüren.

„Prinz Cael", grüßte Benz aus dem Nichts, jetzt mit ehrfürchtigem Tonfall, und ließ darauf eine Verbeugung folgen.

„Hallo", erwiderte die Stimme eines kultivierten Mannes mit dem Hauch eines englischen Akzents. „Störe ich?"

„Keineswegs", erwiderte Benz, noch immer mit gesenktem Kopf. „Ich begleite Ivana heute Abend bloß."

„Du bist also ein Freund von ihr?"

„Nur ein Freund", wiederholte Benz.

„Mein *bester* Freund", korrigierte ich ihn.

Benz' Mundwinkel wanderte kaum merklich nach oben. „Ja, ihr bester Freund."

„Das ist ein sehr wichtiger Unterschied", murmelte Prinz Cael. „Beta …?"

„Benz", antwortete mein bester Freund und hob jetzt seinen Kopf wieder.

„Cael", sagte der Alpha daraufhin und die beiden

schüttelten sich die Hände. „Wie es scheint, muss ich nicht nur Omega Ivana, sondern auch dich beeindrucken."

Ich blinzelte überrascht und mein Blick wanderte zum Alpha-Prinzen.

Prinz Cael und ich waren uns noch nie zuvor begegnet, aber ich hatte schon von ihm gehört. Er hatte der Krönung vor ein paar Wochen beigewohnt – ganz wie Tadhg, Prinz Lykos und eine Handvoll anderer hochrangiger V-Clan-Wölfe.

Natürlich hatte ich schon vor diesem Ereignis von Prinz Cael gehört.

Er war ein Alpha-Prinz.

Jeder kannte ihn.

Er sah mir mit seinen blaugrünen Augen in meine und hielt den Blickkontakt aufrecht, selbst als ich ihn eingehend musterte. Vermutlich hätte ich mich verneigen oder einen Knicks machen sollen, aber meine Wölfin schien zu interessiert an diesem Mann zu sein, um klein beizugeben oder sich zu unterwerfen.

Was eine völlig verkehrte Reaktion auf einen Alpha-Prinzen war.

Trotzdem mahnte er mich nicht ab. Stattdessen lächelte er bloß, was seine gutaussehenden Gesichtsmerkmale nur noch verführerischer machte.

„Warum würdest du einen von uns beeindrucken müssen?", fragte ich ihn. Normalerweise lief das Spiel mit Alpha-Prinzen andersherum.

„Weil ich mich dem Gefährten-Pool anschließen werde", erwiderte er mit sanfter Stimme.

Ich zog die Augenbrauen hoch. „Aber du kannst nicht in den Nachtsektor umziehen."

Er lachte und schüttelte den Kopf. „Da hast du recht. Aber Kieran hat mir eine Sondererlaubnis erteilt, da ich eine Gefährtin für den Lunarsektor benötige."

„Oh." Ich runzelte die Stirn und dachte über das Gesagte nach. „Habt ihr denn keine qualifizierten Omegas?"

„Es gibt ein paar wenige im Lunarsektor, aber keine davon passt zu mir", erwiderte er. „Entweder bin ich mit ihnen verwandt oder sie sind zu jung."

„Hm, ich schätze, das ist wahrhaftig ein Problem", stimmte ich zu und neigte meinen Kopf zur Seite. „Dann trifft es sich gut, dass König Kieran mehr aufgespürt hat."

Benz, der neben mir stand, räusperte sich, was meinen Blick zu ihm wandern ließ. Er schien mir mit seinen türkisblauen Augen eine Warnung übermitteln zu wollen, die ich nicht ganz verstand.

Hätte Prinz Cael nicht neben uns gestanden, wäre ich versucht gewesen, zu fragen: *Was soll der Blick?*

Aber allein der Gedanke lieferte mir die Antwort auf die Frage.

Ich sprach mit Prinz Cael wie mit jedem anderem.

Und er war nicht wie *jeder andere*. Er war ein *Alpha-Prinz*. Ein Adeliger aus einem anderen Sektor, der hier zu Gast war. Ein Wesen, dem man Respekt entgegenbringen sollte, der eine Autoritätsperson war und zweifelsohne erwartete, dass ich mich ihm *unterordnete*.

Erst recht als Omega.

„Vergebt mir, Prinz Cael", sagte ich augenblicklich und machte einen Knicks. „Ihr habt mich überrascht."

„Ganz im Gegenteil. Ich glaube, *du* hast mich überrascht", erwiderte er und streckte eine Hand aus. „Formalitäten sind überflüssig, und Entschuldigungen auch. Ich finde deine schonungslose Offenheit erfrischend."

„Erfrischend?", erwiderte ich betreten und ließ meinen Blick auf seiner Hand verweilen, während ich noch immer mit geneigtem Kopf da stand.

„Ja, *erfrischend*", erwiderte er und wackelte mit seinen Fingern.

Ich schluckte hart, wusste nicht, was ich darauf erwidern sollte. *Was meint er mit ,erfrischend'?* Es hörte sich nach einem Kompliment an. Aber ich hatte ihn bestimmt missverstanden.

Und warum bewegt er seine Hand so? Will er mir damit sagen, dass ich mich aufrichten soll?

„Sollen wir noch einmal von vorn beginnen?", fragte er, was mich meine Stirn runzeln ließ. „Vielleicht kann ich mich dann angemessen vorstellen und du könntest den Gefallen erwidern? Und dann könntest du mich wieder mit deinen wunderschönen Augen ansehen, anstatt meine Hand anzustarren."

Seine Worte kamen so unerwartet, dass ich mir einen erstaunten Blick in seine Augen nicht verkneifen konnte.

Sein graziles Lächeln wurde von ein paar Grübchen umspielt und um seine Augen herum bildeten sich sanfte Lachfältchen. „Hallo, ich bin Cael."

Ich richtete mich auf. „Meinst du das ernst?"

„Todernst. Und du bist?"

Mit hochgezogener Augenbraue und ausdruckslosem Tonfall entgegnete ich: „Ivana."

Er grinste und streckte seine Hand erneut aus. „Schön, dich kennenzulernen, Ivana."

Ich streckte ihm meine Hand entgegen, weil es sich natürlich anfühlte. Dann spürte ich, wie meine Mundwinkel scheinbar aus eigenem Antrieb zuckten, als er sich nach vorn beugte und mir einen Kuss auf den Handrücken drückte. Es war eine sehr förmliche Geste, auch wenn sie irgendwie ein wenig intim war. „Ich dachte, du hättest gesagt, dass Formalitäten überflüssig sind?"

„Ja, sind sie", sagte er mit geheimnisvollem Blick in

seinen blaugrünen Augen. „Aber ich lasse mir keine Gelegenheit entgehen, um eine Omega zu küssen."

„Es sei denn, du bist mit der Omega verwandt oder sie ist zu jung", erwiderte ich. „Oder nicht?"

Er lachte und ließ meine Hand los, bevor er sich wieder aufrichtete. „Du gefällst mir, Ivana."

„Das beantwortet meine Frage nicht", bemerkte ich.

„Wenn ich eine Omega küsse, mit der ich verwandt bin, dann gebe ich ihr nur einen Schmatz auf die Wange, wie man es bei einem Geschwisterchen tun würde." Er hielt inne und ließ seinen Blick nach oben wandern. „Ich schätze, dasselbe könnte man von den zwei kleinen fünfjährigen Höllenhund-Omegas im Lunarsektor sagen. Aber das liegt daran, dass sie Küsse von mir verlangen."

Ich lächelte erneut, belustigt von der Beschreibung. „Also wurdest du bereits beansprucht?"

„Manchmal kommt es mir so vor", erwiderte er. „Sie werden vermutlich nicht besonders angetan davon sein, dass ich mich dem Gefährten-Pool angeschlossen habe."

„Das kann ich mir gut vorstellen."

Er zuckte die Schulter. „Vielleicht werden sie mir vergeben, wenn ich eine Gefährtin finde, die in meinem Alter ist und mir hilft, einen Alpha-Welpen zu zeugen, um den sie sich streiten können."

„Schmiedest du schon Pläne für deine zukünftigen Kinder?", fragte ich mit hochgezogener Augenbraue. „Was, wenn du und deine Gefährtin stattdessen eine Omega zeugt?"

„Dann werden ich und meine Gefährtin es ein zweites Mal versuchen müssen", entgegnete er, ohne zu zögern.

„Also willst du mehrere Welpen?"

„Selbstverständlich. Welcher Alpha möchte das nicht?"

„Hm", summte ich und dachte über die Frage nach. „Na ja …"

Ich erwiderte um ein Haar: „Cillian" – denn natürlich waren meine Gedanken umgehend *zu ihm* gewandert –, aber Benz' Räuspern unterbrach meinen Gedankengang.

„Ich werde mir ein Glas Blutchampagner holen. Hättet ihr auch gern welchen?", fragte er. Es war ein geschmeidig vorgetragener Satz, den jeder andere als unschuldige Frage verstanden hätte.

Aber ich kannte ihn zu gut.

Benz hatte gewusst, was ich sagen wollte, und hatte mich mit seiner Frage spielend leicht davon abgehalten, den Namen eines gewissen Alphas von mir zu geben.

„Jetzt hast du mir den Spruch gestohlen", sagte Prinz Cael mit hörbarer Belustigung. „Sollte nicht ich der entzückenden Frau ein Getränk anbieten?"

Benz grinste. „Ich glaube, diese *entzückende Frau* genießt euer Gespräch viel zu sehr, um dich davonlaufen zu lassen. Also werde ich mich um die Getränke kümmern, wie es ein Begleiter, der etwas auf sich hält, tut." Er zwinkerte mir zu, bevor er davonging und mich in der Ecke des Ballsaals mit dem Alpha allein ließ.

„Ich muss schon sagen, dein bester Freund ist ziemlich charmant", sinnierte Prinz Cael.

„Ich glaube, Benz würde dasselbe von dir behaupten." Denn dieser Alpha war zweifellos aus demselben Holz geschnitzt wie Benz.

„Aha?", erwiderte er mit gespielter Überraschung. „Du findest mich charmant?"

„Ich glaube, du weißt, dass du charmant bist, mein Prinz", sagte ich.

„Bitte nenn mich Cael." Er warf mir dieses bezaubernde Lächeln zu. „Wir haben uns doch darauf geeinigt, die Formalitäten sein zu lassen, oder etwa nicht?"

„Dann musst du mich aber Ivana anstelle von *entzückender Frau* nennen", entgegnete ich.

45

Er stieß ein Lachen aus, dass so ansteckend war, dass ich mir ein Grinsen nicht verkneifen konnte.

Jepp. Er ist definitiv ein Charmeur, ging mir durch den Kopf. Es überraschte mich, wie wohl ich mich in seiner Gegenwart fühlte. Bisher war dieses Kunststück nur Benz gelungen. Und sogar für ihn hatte ich mich erwärmen müssen.

„Kieran hat mir gesagt, dass ich dich mögen würde", sagte Cael und ließ seinen Blick mit unverhohlener Freude an mir hinabwandern. „Er hatte recht."

„König Kieran hat dir von mir erzählt?"

Er nickte. „Ja. Es war sein Vorschlag, dich heute Abend anzusprechen, und ich muss sagen, dass ich froh bin, seinem Rat gefolgt zu sein."

„Warum hat er dir gesagt, dass du mich ansprechen sollst?"

Er zuckte die Schulter. „Ich glaube, er wollte sicherstellen, dass ich mich dem Gefährten-Pool anschließe."

„Indem er uns miteinander bekannt macht?"

„Ja." Er neigte seinen Kopf leicht zur Seite, woraufhin seine dunklen Locken in seine Stirn fielen. „Wenn er vorhatte, mich zu bezaubern, dann hat er sein Ziel erreicht."

„Ich dachte, du würdest dich anschließen, weil du eine Gefährtin brauchst?"

„Ja, tue ich auch, und ich habe fest vor, mich dem Gefährten-Pool anzuschließen", erwiderte er. „Aber das habe ich Kieran nicht verraten. Er ist einer meiner Verbündeten, nicht mein Freund. Obwohl ich Letztes zu überdenken beginne. Er hat ein gutes Gespür für meine Bedürfnisse und Wünsche."

Meine Wangen wurden heiß, als Cael mich von Kopf

bis Fuß musterte. Mir war klar, was er mit seinen Worten andeuten wollte.

„Ich hoffe, dass ich nicht zu forsch bin", sagte er, nachdem eine kurze Stille über uns gekommen war. „Ich sehe nur nicht ein, warum ich meine Absichten verbergen oder um den heißen Brei herumreden sollte. Und etwas sagt mir, dass es dir genauso geht."

„Da liegst du richtig", gab ich zu und schluckte hart.

Benz kehrte in diesem Augenblick zurück, was dem Alpha ein breites Grinsen aufs Gesicht zauberte. „Aha, dein Timing könnte nicht besser sein, mein Freund." Er nahm Benz eines der Tulpengläser ab und reichte es mir, bevor er nach dem zweiten für sich griff.

„Danke", sagte ich zu den beiden.

Benz warf mir ein Grinsen zu.

Cael bedankte sich beim Beta, bevor er sich wieder mir zuwandte. „Worauf trinken wir?", fragte er. „Auf die Gefährtenspiele?"

Gefährtenspiele, wiederholte ich. *Interessante Wortwahl.*

„Ja", stimmte ich zu und führte mein Glas an seines. „Auf die Gefährtenspiele."

Sein darauffolgendes Lächeln war bezaubernd. „Zum Wohl."

„Zum Wohl", erwiderte ich und hielt mein Glas auch in Benz' Richtung.

Ich nahm einen Schluck und ließ den mit Blut versetzten Alkohol meinen Rachen hinabrieseln. Etwas, das Cael mit interessiertem Blick beobachtete, bevor er es mir gleichtat.

Alles fühlte sich so natürlich mit ihm an.

So *einfach*.

Und doch … konnte ich Cillians Blick auf mir *spüren*.

Vielleicht bildete ich mir das bloß ein. Vielleicht glaubte ein hoffnungsfroher Teil von mir, der ihn nicht loslassen wollte, daran. Vielleicht war es meine Wölfin, die sich *weigerte*, klein beizugeben.

Ich konnte es nicht recht sagen.

Aber ich hätte schwören können, dass ich ihn fast schon in meinen Gedanken knurren hören konnte.

Nur ein Hirngespinst, beschloss ich. *Mehr war es nie.*

Aber Cael – *Prinz* Cael – könnte sich vielleicht als wahr gewordener Traum entpuppen.

Die Zeit würde es zeigen.

Gefährtenspiele, dachte ich abermals. *Im wahrsten Sinne des Wortes …*

CILLIAN

Verdammt.

Ich ballte meine Hände zu Fäusten und war versucht, auf- und abzugehen.

Nein, nicht auf- und abzugehen. *Loszurennen.*

Denn Prinz Cael unterhielt sich gerade mit Ivana.

Meins, schien mein inneres Biest zu knurren.

Nicht unseres, gab ich zähneknirschend zurück. *Überhaupt nicht unseres.*

Eine Tatsache, die ich schon viele Male zuvor glasklar gemacht hatte. Und doch war mir der schmerzhafte Ausdruck in ihren Augen von vorhin unter die Haut gegangen.

Es war, als hätte sie mir nicht ganz geglaubt … bis jetzt.

Bis sie mein Gespräch mit Lorcan mitgehört hat, dachte ich, und verzog das Gesicht. *Verdammt. Ist das der Grund für ihr Verhalten? Hat sie sich deshalb für dieses soziale Experiment zwischen Omegas und Alphas gemeldet? Habe ich sie mit meinen unbedachten Worten dazu getrieben?*

„Komm schon, du warst es doch, der gesagt hat, dass ich anfangen muss, mich nach einem geeigneteren Gefährten umzusehen", hatte sie gesagt. Und dann hatte sie das Gespräch mit den Worten „Ich habe Quinnlynn bereits gesagt, dass ich gern in den Nachtsektor umziehen werde" beendet. „Du wirst dich schon bald nicht mehr mit mir herumschlagen müssen."

All das deutete darauf hin, dass es meine Schuld war, dass sie sich für das Programm für qualifizierte Omega-Gefährten angemeldet hatte.

Scheiße. Ich brauche einen Drink.

Ich wandelte durch die Schatten an die Bar und schnappte mir ein Glas vom Tresen, ehe ich mir einen großzügigen Schluck bernsteinfarbener Flüssigkeit, die mit Blut versetzt war, eingoss. Das moussierende Zeug, das man im Saal herumreichte, war definitiv nicht stark genug, um meine Laune aufzubessern.

„Du machst die Elitemänner des Lunarsektors nervös." Die Worte fanden wie ein Flüstern im Wind zu mir, bevor Lorcan sich neben mir materialisierte. „Sollte ich mir Sorgen machen? Spürst du eine Bedrohung?"

Anstatt zu antworten, nahm ich einen Schluck von meinem Getränk, weil sich mein Rachen viel zu trocken für meinen Geschmack anfühlte.

Lorcan sah mich mit hochgezogener Augenbraue und forderndem Blick an. „Cillian?"

„Es geht mir gut", gab ich zähneknirschend und mit unbeabsichtigtem Biss von mir.

„Das habe ich nicht gefragt."

„Ich weiß." Ich nahm einen weiteren Schluck, dann

griff ich nach der Flasche, um mein Glas aufzufüllen. „Es ist alles in Ordnung." Na bitte, das klang doch schon viel besser.

Aber es war auch gelogen.

Denn *nichts* war in Ordnung.

Nicht genug damit, dass Ivana sich meinetwegen als qualifizierte Omega-Gefährtin auf die Liste hatte setzen lassen, Kieran hatte mich auch noch eingeladen, mich dem Alpha-Pool anzuschließen.

Elender Mistkerl, dachte ich wütend.

Er hatte gerade eben vorbeigeschaut. Und ich hatte seinem arroganten Lächeln seine Belustigung ganz klar ansehen können.

Ein Lächeln, das ich ihm am liebsten aus dem Gesicht geschlagen hätte.

Denn er hatte zugelassen, dass Ivana sich diesem verdammten Experiment anschloss.

Du siehst aus, als wärst du drauf und dran, Prinz Cael umzubringen, hatte Kieran gemurmelt, als er sich neben mir materialisiert hatte. *Hat er etwas getan, worum ich mir Sorgen machen sollte?*

Ich hatte mit den Zähnen geknirscht und meinen ältesten Freund mit zusammengekniffenen Augen angesehen. *Er flirtet mit Ivana.*

Na und?

Gar nichts, hatte ich gekeift. *Sie ist Teil des Programms für qualifizierte Omega-Gefährten, richtig?*

Ganz recht, hatte er zugestimmt. *Es sei denn, sie ist nicht …*

Ich hatte nichts darauf erwidert. Was sollte ich schon sagen? Sie gehörte mir nicht. Es stand ihr frei, sich umwerben zu lassen. Zur Hölle, ich hatte sie dazu *ermutigt,* sich anderen Alphas zuzuwenden.

Nur hatte ich nicht erwartet, dass es umgehend und hier geschehen würde.

Na, dann sollten die kommenden Wochen höchst interessant werden, hatte Kieran mit irischem Akzent sinniert. *Lass es mich wissen, wenn du der Liste von Bewerbern hinzugefügt werden möchtest. Du hast bis morgen Zeit, dich zu entscheiden …*

Jetzt umklammerte ich das Glas mit aller Kraft, während ich mir sein Angebot durch den Kopf gehen ließ und versucht war, den Behälter gegen die Wand zu schmettern.

Was soll das?, wollte ich ihn fragen und meine Gedanken verbanden sich mit jenen des Blutsektor-Königs.

Kieran wusste, dass ich keine Gefährtin wollte.

Erst recht nicht Ivana.

Sie verdiente etwas so viel Besseres als einen Alpha, der sie nie an erste Stelle setzen konnte.

Verdammt. Ein weiteres Mal leerte ich mein Glas und wollte es abermals auffüllen, doch dann streckte Lorcan seine Hand in den Weg.

„Hast du auch nur ein Wort von dem, was ich gesagt habe, mitbekommen?"

Ich knirschte mit den Zähnen. Vor wenigen Wochen hatte ich anlässlich der Krönung genau dasselbe zu ihm gesagt. Er war zu beschäftigt damit gewesen, an Kyra zu denken, als mir zuzuhören. Womit ich ihn damals aufgezogen hatte.

Und dann hatte er mich wegen Ivana aufgezogen.

Ein Gespräch, das sie offensichtlich mitgehört hat.

Seufzend stellte ich das leere Glas auf den Tresen und sah Lorcan an. „Ich bin etwas abgelenkt."

„Das sehe ich", erwiderte er ausdruckslos. „Von Ivana und Prinz Cael, wenn ich raten soll."

Ihre Namen im selben Satz zu hören, ließ meinen Blick umgehend zum erwähnten Paar schnellen.

Paar, wiederholte ich in Gedanken. *Sie. Sind. Kein. Paar. Verdammt.*

Obwohl sie jetzt miteinander tanzten. Verflucht.

Wie ist es dazu gekommen?

Ich machte einen Schritt auf die beiden zu, bevor ich mich von meinen Gedanken davon abhalten lassen konnte, doch ehe ich mich versah, stand Lorcan mit düsterem Blick neben mir. „Tu es nicht. Seine Elitemänner sind ohnehin schon nervös, weil du ihren Prinzen immer wieder so finster anblickst. Denk darüber nach, was wir tun würden, wenn einer von ihnen Kieran so ansähe."

Wir würden ihn umlegen, ohne Fragen zu stellen, dachte ich, und sandte die Worte in Lorcans Kopf.

Ganz genau, erwiderte er und führte den Rest des Gesprächs in Gedanken fort. *Sie stehen in der hinteren Ecke des Zimmers zu deiner Linken. Sieh hin. Siehst du, was ich sehe? Reiß dich verdammt noch mal zusammen.*

Wie würdest du es finden, wenn Prinz Cael mit deiner Omega quer durch den Raum tanzen würde?, konterte ich, ohne nachzudenken.

Meine Omega ist keine qualifizierte Gefährtin, entgegnete er. *Und soweit ich weiß, hast du Ivana bisher nicht als deine Omega bezeichnet.*

Ich verzog das Gesicht. *Das war ein falscher Zungenschlag.*

Er schnaubte. *Schon klar.*

Damit wollte ich nur sagen, dass ein Außenseiter mit einer unserer Omega flirtet. Wir sollten sie beschützen, oder etwa nicht? Das war eine echt lahme Ausrede, die Lorcan mir ganz offensichtlich nicht abnahm.

Zum Glück hatte er ein Nachsehen mit mir und sagte: „Es wird etwas dauern, bis du dich daran gewöhnt hast." Er führte das Gespräch jetzt wieder laut weiter und sein Blick wanderte in die Ecke, die er vorhin erwähnt hatte.

Ganz offensichtlich waren seine Worte eher an die Elitemänner des Lunarsektors gerichtet und nicht an mich.

Damit wollte er sie beruhigen und sie wissen lassen,

dass ich nicht kurz davorstand, ihren Alpha-Prinzen zu ermorden.

Der Muskel in meinem Kiefer zuckte, als ich Lorcans Blick zu den erwähnten Elitemännern folgte. *Granger und Dixon*. Alphas. Alt. Aber nicht einmal ansatzweise alt genug, um sich gegen mich behaupten zu können.

Obwohl mir eine kurze Suche durch ihre Gedanken verriet, dass sie darüber nachdachten, wie sie mich ausschalten würden, wenn ich zu einem Problem würde.

Zumindest deuteten Grangers Gedanken darauf hin. Dixons waren schwieriger zu lesen. Seine Gedanken waren bestenfalls durchwachsen.

Interessant, ging mir durch den Kopf. *Wie es scheint, ist Dixon in der Lage, meiner Gabe zu entgehen.*

Aha? Lorcan hörte sich neugierig an. *So wie Orion? Oder kämpft er gegen dich an wie Myon?*

Die beiden Alphas, die Lorcan erwähnte, hatte ich vor ein paar Wochen wegen eines potenziellen Mordes verhört. Die beiden waren schwierig zu lesen gewesen, was bei jemandem wie mir nicht oft vorkam.

Ähnlich wie Orion, erwiderte ich und bezog mich dabei auf die angeborene Fähigkeit des Alphas, mich aus seinen Gedanken auszusperren.

Myon hatte meine Versuche, in seinen Kopf einzudringen, abwehren können, weil er alt und mächtig war. Aber ich verhörte Dixon derzeit nicht, also hatte er keinen Grund, mich auszusperren.

Was mich zum Schluss führte, dass es sich um eine angeborene Fähigkeit handelte.

Wie bei Orion.

Aber nicht wie bei Ivana. Der Gedanke kam ungebeten, was meinen Blick zurück zur wunderschönen Blondine wandern ließ, die sich in den Armen eines anderen Alphas drehte. *Ihre Gedanken sind ... still. Nicht, weil sie eine Schranke errichtet hat, sondern weil es einfach still in ihrem Kopf ist. Ruhig. Was für ein wunderbarer Ort.*

Jetzt drehten sich ihre Gedanken ganz allein um den Mann, der mit ihr über die Tanzfläche schwebte.

Sie lächelte ihn mit etwas schüchternem Ausdruck an. Es war nicht dasselbe Lächeln, das sie mir schenkte – ein Lächeln, das vor Selbstvertrauen und Wissen nur so strotzte. Ein Lächeln, das mich immer, wenn sie mich ansah, das Gesicht verziehen ließ.

Denn ich hasste, dass ich sie nicht haben konnte.

Dass sie mich in Versuchung führte und mich dazu brachte, all meine Regeln brechen zu wollen.

Dass sie mich dazu brachte, einmal in meinem Leben selbstsüchtig zu sein.

Zähneknirschend entfernte ich meinen Blick von ihr. *Ich muss rennen.* Die Worte waren für Lorcan bestimmt. *Kierans Angebot, mich dem Gefährten-Programm anzuschließen, und Ivana, die ...* Ich verstummte, weil ich nicht darüber reden wollte, was Ivana gehört hatte.

Denn es spielte keine Rolle.

Was getan ist, ist getan, sagte ich zu mir selbst, bedacht darauf, die Aussage nicht in Lorcans Kopf zu senden.

Kieran und ich können für dich übernehmen, murmelte Lorcan mir zu, sein Blick bereits auf die Menge gerichtet. *Soweit ich sehe, scheinen sich alle zu benehmen. Sogar Tadhg gibt sich Mühe, charmant zu wirken, und wir beide wissen, wie schroff er sein kann.*

Mein Blick folgte Lorcans zu Tadhg, der sich gerade nach vorn beugte, um das Handgelenk einer Omega zu küssen. *Sylvia*, wusste ich von der Vorstellung der Kandidatinnen von vorhin. Außer dass sie eine der Refugiums-Omegas war, wusste ich nicht viel über sie.

Wenn sich etwas an der Lage ändert, werde ich einen Heuler ausstoßen und dich rufen, ergänzte Lorcan und versuchte damit, mich zum Gehen zu animieren.

Ich ballte meine Hände zu Fäusten und hatte plötzlich das Gefühl, dass sich mir die Kehle zuschnürte.

Mit einem steifen Nicken teleportierte ich mich ans andere Ende von Island.

Es sah mir völlig fremd, mitten in einer Mission zu verduften und Lorcan und Kieran so einen großen Anlass selbst zu überlassen, aber mir war klar, dass ich mental zu eingenommen war.

Dass ich mich nicht darauf konzentrieren konnte, ein guter Alpha zu sein. Und dass ich mein Volk nicht angemessen beschützen konnte.

Nicht, wenn meine ungeteilte Aufmerksamkeit von einer einzigen Omega eingenommen wurde.

Verdammt noch mal. Ich riss mir die Kleidung vom Leib und verwandelte mich im nächsten Augenblick, sodass die riesigen Pfoten meines Wolfes auf dem Eis landeten und ein Knurren aus dem Rachen meines Tieres stieß.

Mein Wolf war *außer sich vor Wut.*

Er wollte zurück zur Feier laufen und Prinz Cael den Kopf abreißen. Wollte seine Zähne in Ivanas zierliche Schulter versenken und sie zu seiner machen. Und dann einen Heuler ausstoßen, der allen V-Clan-Sektoren klarmachen würde, dass sie *ihm* gehörte.

Kommt nicht infrage, sagte ich zu ihm, was mir ein weiteres Knurren einbrachte. *Renn. Gib deine Frustration ruhig an den Erdboden ab. Aber wir werden* nicht *zurück zu Ivana gehen.*

Er stieß abermals ein Knurren aus, weil er meine Worte nicht vollends verstand, konnte aber offensichtlich interpretieren, was sie zu bedeuten hatten.

Zum Glück stellte er meine Autorität nicht infrage.

Aber das hielt ihn nicht davon ab, durch die eisige Landschaft in eine unbekannte Richtung loszurennen.

Unsere Wut und Frustration war klar in der Luft zu

spüren und die Aggression meines Tieres kam der eines wilden Biestes gleich.

Deswegen musste ich rennen. Musste dieser langatmigen Feier entkommen und *meinen Verpflichtungen den Rücken zukehren.*

Verdammt.

So ein Alpha bin ich nicht, redete ich mir gut zu. *Ich bin stärker als das.*

Doch ich hatte mich noch nie zuvor schwächer gefühlt.

Genau deswegen kann ich mir keine Gefährtin nehmen. Genau darum musste ich Ivana jemand anderen finden lassen. Weil ich meine Verpflichtungen nicht eines anderen Wolfs wegen vergessen durfte. Auch wenn es ein so wunderschöner und starker Wolf war wie Ivana.

Ich muss sie gehen lassen. Endgültig.

Aber heute Abend würde ich mich den Verlust betrauern lassen.

Heute Abend würde ich selbstsüchtig sein.

Meinen Wolf frei lassen.

Würde dieser wilden Energie ein Ventil geben, indem ich rannte.

Und mich ein für alle Mal von ihr verabschieden.

Sie hasste mich sowieso schon dafür, was ich gesagt hatte. Obwohl die Mehrheit davon aus dem Kontext gerissen war, würde ich nicht versuchen, mich zu erklären. Ich würde mich nicht entschuldigen. Ich würde sie einfach … in Ruhe lassen.

Die Strafe für meine unüberlegten Worte würde darin bestehen, ihr dabei zuzusehen, wie sie sich in einen anderen Alpha verliebte. In einen Alpha, der besser zu ihr passte. Der sie aus dem Blutsektor bringen würde. Der sie in jeglicher Hinsicht zu seiner machen würde.

Und mich meinem einsamen Schicksal überlassen würde.

Wie es sein sollte.

Wie es sein muss.

Ich würde mich freiwillig melden, beim Programm für qualifizierte Omega-Gefährten mitzuwirken. Würde die involvierten Omegas beschützen, während sie abwogen, ob und welchen Alpha-Gefährten sie haben wollten. Aber ich würde nicht Teil des Kandidaten-Pools sein – etwas, das ich Kieran jetzt mittels eines kurzen Gedankens übertrug.

Er erwiderte meinen Gedanken bloß mit einem Summen. Aber ich brauchte keinen Kommentar von ihm, denn ich würde es mir nicht anders überlegen.

Ich hatte mich vor langer Zeit mit meinem einsamen Schicksal abgefunden.

Ivana verdient etwas Besseres, ermahnte ich mich, während mein Wolf unermüdlich über die kalte Eisschicht rannte. *Ivana verdient nur das Beste.*

Und ich würde dafür sorgen, dass sie es bekam, da Kieran mich mit der Sicherheit der Omegas betraut hatte. Ivana Michaels würde mit dem perfekten Gefährten enden. Dafür würde ich sorgen.

Einen anderen Weg gab es nicht.

Sie war ein kostbares Juwel. Schön wie keine andere. Eine Omega mit dem Geist eines Alphas. Und ein potenzieller Gefährte, der das nicht sah – der das nicht *respektierte* und *verehrte* – würde ihr nicht nahekommen.

Denn vorerst war es immer noch meine Aufgabe, sie zu beschützen.

Und ich würde sie beschützen, bis ein würdiger Alpha kommen würde …

IVANA

Eine Woche später

Prinz Cael.

Heimat: Lunarsektor.

Alter: Zu alt, um diese Frage zu beantworten. Aber wenn man mich nett fragt, bin ich vielleicht gewillt, eine Zahl anzugeben.

Sprachen: Englisch, Norwegisch, Schwedisch, Russisch, Deutsch und Französisch.

Hobbys: Eisangeln, teure Autos, Technologie.

Mag ich: Alles, was mich zum Lächeln bringt.

Mag ich nicht: Alles, was mich das Gesicht verziehen lässt.

Mir kam ein Lachen über die Lippen, als ich die beiden letzten Einträge auf dem Bildschirm auftauchen sah, was Quinns Blick zu mir wandern ließ. „Bist du interessiert oder nicht?"

„Er ist ein Alpha-Prinz", meinte ich achselzuckend. „Ich glaube, jede Omega wäre an ihm interessiert."

„Ich frage nicht jede Omega, sondern dich."

„Ich werde einen Alpha nicht aufgrund seines Profils oder eines Fragebogens bewerten, den man ihn hat ausfüllen lassen, als er sich als Kandidat angemeldet hat", erwiderte ich. „Die Umwerbung ist eine zu persönliche Angelegenheit dafür."

Sie nickte. „Das stimmt. Also soll ich aufhören, dir die Fragebogen zu zeigen?"

Ich musterte das Foto von Prinz Cael auf dem Bildschirm und das teuflische Funkeln in seinen blaugrünen Augen.

Die anderen Omegas hatten sich heute dieselben Fotos angesehen, das aber im Nachtsektor mit Kyra. Quinn hatte sich freiwillig gemeldet, mir die Alpha-Kandidaten hier im Blutsektor zu zeigen, vermutlich, weil sie sehen wollte, ob ich auf einen der potenziellen Gefährten besonders positiv reagierte.

Oder vielleicht war sie auch einfach eine gute Freundin.

Unsere Freundschaft hatte ziemlich holprig angefangen, da ich die vormalige Prinzessin abgrundtief verachtet hatte. Sie hatte ihr Volk im Stich gelassen – etwas, das ich nicht respektieren konnte. Aber dann hatte mir Quinn gezeigt, dass sich unter der sanftmütigen Oberfläche Klauen verbargen, und änderte meine Meinung über sie unmittelbar.

Und jetzt, wo ich wusste, was ihre vermeintliche Flucht zu bedeuten gehabt hatte, mochte ich sie noch mehr.

„Ivana?", fragte sie und zog ihre fast schwarze Augenbraue hoch, während sie den Mauszeiger über einem Icon schweben ließ, auf dem *Schließen* stand.

„Nein, ich will die Fotos sehen." Ich räusperte mich.

„Das wird mir dabei helfen, mir die Namen für das Willkommensdinner morgen Abend einzuprägen."

Dreizehn Omegas.

Und dreißig Alphas.

Die Chancen, einen passenden Gefährten zu finden, standen ... gut. Aber das war keine allzu große Überraschung. Es gab generell mehr Alphas als Omegas, was vermuten ließ, dass es mehr Alpha-Kandidaten als Omegas geben würde.

Aber was, wenn keiner von ihnen mich für würdig erachtet?, fragte ich mich. *Werden sie mich alle so sehen, wie Cillian mich sieht?*

Ich zuckte zusammen, weil ich mir eingeschärft hatte, nicht mehr an ihn zu denken. Aber ich wusste mir nicht zu helfen. Hier, in Quinns Privatgemächern zu sein, erinnerte mich an König Kieran. Und wenn ich an König Kieran dachte, dachte ich unweigerlich auch an seine Elitemänner.

Ich biss die Zähne zusammen und musterte den Bildschirm vor mir. Nur las ich jetzt kein Wort mehr, das darauf geschrieben stand. Was die ganze Übung zunichtemachte. „Kannst du mir das letzte Foto noch einmal zeigen?", fragte ich, frustriert darüber, dass ich mich nicht konzentrieren konnte.

Quinn scrollte zurück zu Alpha Hawk. Seine mandelförmigen Augen wurden von dichten, dunklen Wimpern umrahmt, die zu seinem schwarzen Haarschopf passten.

„Er ist Prinz Tadhgs Stellvertreter", informierte mich Quinn mit leiser Stimme. „Ich bin ihm schon ein paarmal begegnet. Er ist ein stiller Mann, aber er scheint ganz nett zu sein."

„Ich nehme an, Prinz Tadhg hat sich dem Programm nicht angeschlossen?", riet ich.

Quinn schnaubte höhnisch. „Nein. Er hegt kein Interesse daran, sich eine Gefährtin zu nehmen."

„Wirklich?", fragte ich überrascht.

„Er hat Kieran gesagt, ich zitiere: *Ich bin nicht daran interessiert, in nächster Zeit den Knoten fürs Leben zu schließen.*"

Ich lachte abschätzig. „Wie charmant."

„Dachte ich auch", murmelte sie. „Er ist höflich, aber etwas an ihm hat mich immer gestört." Sie zuckte mit den Achseln. „Wie dem auch sei … Alpha Hawk scheint sehr nett zu sein. Er wird gut ins Programm passen."

Ich war nicht sicher, was ich darauf erwidern sollte, also nickte ich bloß und ging dann die Fakten über ihn durch, um sie mir einzuprägen. Oder versuchte es, zumindest. Dass er der Stellvertreter von jemandem war, hatte meine Gedanken zu einem anderen gewissen Stellvertreter abdriften lassen.

Mir kam um ein Haar ein Seufzer über die Lippen, doch ich verkniff ihn mir gerade rechtzeitig.

Und zwang mich, die nächste Seite zu lesen.

Quinn zeigte mir einige weitere Kandidaten und hielt dann inne, als Alpha Grey auf dem Bildschirm auftauchte. Seine eisblauen Augen zogen meine Aufmerksamkeit umgehend auf sich und der intensive Ausdruck ließ mir den Atem stocken.

„Wow", flüsterte ich, beeindruckt von seiner Ausstrahlung.

Seine Gesichtsmerkmale waren der Inbegriff von Perfektion. Hohe Wangenknochen. Volle Lippen. Dichte, sandfarbene Wimpern. Hellblondes Haar, das zerzaust auf seine breiten Schultern fiel.

„Ich … ich kann mich nicht daran erinnern, ihn letzte Woche gesehen zu haben." Und ich war mir ziemlich sicher, dass er mir aufgefallen wäre. Er war zu gut aussehend, um übersehen zu werden.

„Das liegt daran, dass er nicht an der Feier teilgenommen hat", erwiderte Quinn. „Er ist als stellvertretender Sektoren-Alpha im Lunarsektor geblieben."

„Er ist Prinz Caels Stellvertreter?", fragte ich, überrascht und verärgert zugleich. Natürlich erinnerte mich das an Cillian. *Schon wieder.*

„So in der Art." Sie musterte den Bildschirm. „Ich glaube, er ist eher ein Vollstrecker. Er ist zu einem Teil ein Z-Clan-Alpha, weshalb er kein V-Clan-Prinz sein kann."

„Z-Clan?", wiederholte ich. Der Begriff schnürte mir die Kehle zu. „Er ist zu einem Teil ein Z-Clan-Alpha?"

Bei den Sternen …

Z-Clan-Alphas waren tödliche Wesen. Gewalttätig. *Abscheulich.*

Aber seine Züge ließen ihn beinahe engelsgleich wirken. Zu schön, um wahr zu sein.

Sehen alle Z-Clan-Alphas so aus? Tragen sie alle eine engelhafte Maske, die ihre Dunkelheit überdecken soll?

„Er ist auch zu einem Teil ein V-Clan-Alpha", stellte Quinn klar. „Seine Mutter war eine V-Clan-Omega, die von Prinz Caels Eltern gerettet wurde, als sie Grey in ihrem Bauch trug."

Ich schluckte hart. „Verstehe."

„Also ist er kein würdiger Herrscher, aber trotzdem sehr mächtig. Darum hat Kyra ihn auch als Alpha im Gefährten-Programm angenommen. Sie und Lorcan haben das Gefühl, dass er eine Bereicherung für die Sicherheit des Nachtsektors sein könnte."

Das ergab Sinn. Seine Mischgene könnten ihn wirklich zu einer Bereicherung machen.

„Wir werden sehen, was die Omegas im Refugium …", sie räusperte sich, „ich meine natürlich, im *Nachtsektor* von ihm halten."

Das Refugium für Omegas war einmal ein Familiengeheimnis der MacNamaras gewesen. Leider hatten die jüngsten Ereignisse Quinn dazu gezwungen, das Erbe ihrer Familie der Welt zu offenbaren. Genau darum hatte sie auch die Schöpfung des *Nachtsektors* angekündigt. Ich ahnte, dass hinter der Geschichte einiges mehr steckte, als Quinn oder König Kieran offenbarten, aber ich drängte meine Freundin nicht, mir mehr zu verraten.

„Wie dem auch sei. Ich stimme Kyra und Lorcan zu, was sein Potenzial angeht", schloss Quinn. „Mal sehen, wie er ankommt."

Da ich Alpha Grey noch nie persönlich begegnet war, hatte ich keine Meinung über ihn. Aber ich fragte mich, wie Ashlyn – eine Z-Clan-Omega-Kandidatin – auf ihn reagieren würde. Obwohl ich ihre Geschichte nicht kannte, ging ich davon aus, dass es einen triftigen Grund gab, aus dem sie im Nachtsektor Zuflucht gesucht hatte. Und dieser Grund hing vermutlich mit der Flucht aus dem Z-Clan-Sektor zusammen.

„Wie dem auch sei", murmelte Quinn und scrollte zur nächsten Folie, auf der ein muskulöser Mann mit dunkler Haut und wunderschönen schwarzen Augen zu sehen war. „Alpha Ransom, Gletschersektor."

Ich erschauderte – nicht wegen des attraktiven Mannes auf dem Bildschirm, sondern beim Gedanken an seine Heimat. Soweit ich wusste, hieß sie mit gutem Grund so.

Und zufälligerweise war das auch der erste Sektor, den die qualifizierten Omega-Gefährtinnen während unserer bevorstehenden V-Clan-Tour besuchen würden.

„Die Alpha-Prinzen unterstützen alle unser Programm, aber sie haben den Wunsch geäußert, die Omegas in ihren Heimatsektoren zu beherbergen", hatte Quinn mir vorhin erklärt.

Offensichtlich sollte das gewährleisten, dass die

Omegas – mir inklusive – sich in der Heimat unseres potenziellen Gefährten wohlfühlten, ehe wir uns mit ihnen verpaarten. Nur für den Fall, dass wir auf einen Besuch eingeladen wurden oder uns später entschieden, dorthin zu ziehen.

Es ergab Sinn.

Aber einige der V-Clan-Sektoren jagten mir Angst ein.

Allen voran der Gletschersektor.

„Er sieht aus wie ein Wikinger", sinnierte ich mit Blick auf das Foto von Alpha Ransom.

Quinn musterte das Bild. „Die Wikinger-Alphas, die ich gesehen habe, waren alle breiter gebaut und haben einschüchternder ausgesehen. Und außerdem tragen sie weißes Fell, kein schwarzes."

„Du bist Wikinger-Alphas begegnet?", fragte ich überrascht. „Aus dem vormaligen Europa?"

Ihr Blick verfinsterte sich und sie kniff ihre Augen zusammen. „Nicht direkt. Aber ich habe ihre rohe Kraft schon bezeugt. Alpha Ransom ist einiges zivilisierter."

„Nicht alle Wikinger-Alphas sind unzivilisiert", sagte König Kieran, der sich im Zimmer materialisierte. Seine Wolfsohren hatten es ihm offensichtlich erlaubt, unser Gespräch zu belauschen, bevor er eingetreten war.

Meine Nackenhärchen sträubten sich, als Cillian neben ihm erschien. Seine Hände waren elegant hinter seinem Rücken ineinandergelegt, wie er es immer zu pflegen tat.

Ich blendete ihn gezielt aus und konzentrierte mich stattdessen darauf, was König Kieran über Wikinger-Alphas zu sagen hatte. „Lass dich vom Namen des Barbaren-Sektors nicht beirren, Schätzchen. Die Alphas dort verehren ihre Omegas. Vielleicht nicht so sehr, wie wir es hier tun, aber ich habe das Gefühl, dass ihr beide gerade an Anomalien ihrer Art denkt."

„Wie der V-Clan-Alpha, den ich gerochen habe", murmelte sie, was mich meine Stirn in Falten legen ließ.

„Ja, ihn auch." König Kieran legte eine Hand an ihre Wange und drückte ihr einen Kuss auf die Stirn. „Ich habe immer noch vor, ihn für dich zu jagen."

„Ich habe ihn nicht mehr gespürt."

„Ich weiß."

„Hast du etwa gelauscht?"

„Ich lausche immer, kleine Betrügerin", erwiderte er mit einem belustigten Blick in seinen dunklen Augen, während er seine Hand zur sichtbaren Wölbung ihres Bauches hinunterwandern ließ. „Das weißt du doch."

Quinn schnaubte. „Es ist ja nicht so, als könnte ich durch die Schatten wandeln."

„Wir beide wissen, dass du weitaus gewiefter bist als das."

„Ich glaube, ich habe bewiesen, dass ich bleiben will."

„Ja, hast du." Er lehnte sich zu ihr und führte seine Lippen an ihr Ohr. „Aber ich habe gehört, wie du daran gedacht hast, diesen Alpha zu jagen, Schätzchen. Um deine Omegas zu beschützen. Um unser ungeborenes Kind zu beschützen. Glaub ja nicht, dass ich dich allein losziehen lassen würde."

„*Nichts* lässt du mich machen." Sie hörte sich gereizt an, als führten die beiden zwei völlig verschiedene Gespräche.

„Ich habe dir gesagt, dass du sie besuchen kannst, Quinn. Sag mir nur wann und wir bereiten das Flugzeug vor."

Sie verkniff sich eine Antwort, ihre Augen noch immer fest zusammengekniffen. „Ich muss die Omegas vorbereiten."

„Das ist mir bewusst."

„Wenn ich damit fertig bin, werden wir gehen." Sie

hörte sich zufrieden an, auch wenn ich keine Ahnung hatte, worüber die beiden sich unterhielten. Es schien, als hätten sie drei oder vier andere Themen besprochen.

„Okay." Er strich mit seinen Lippen über ihre Schläfe und warf ihr einen gutmütigen Blick zu. „Ich unterstehe deinem Befehl, meine Königin. Immer."

Sie nickte und legte ihm die Arme um die Taille, bevor sie das Gesicht an seinem Hals vergrub.

Ich wandte meinen Blick ab, weil ich mich plötzlich gehörig fehl am Platz fühlte.

Seit ich Quinn kannte, hatte sie immer ausgeglichen gewirkt und ein königliches Verhalten an den Tag gelegt. Sie ließ sich nichts gefallen und machte sich für jene, die Hilfe brauchten, stark. Aber im Moment brauchte sie das Schnurren eines Alphas – etwas, das er ihr mit einem lauten Rumpeln in der Brust schenkte.

Liebesbekundungen standen bei den beiden an der Tagesordnung.

Aber das hier … das hier fühlte sich noch liebevoller an als üblich.

Sie ist schwanger, sagte Cillian in meine Gedanken. *Schwangere Omegas sind oft emotional.*

Ich warf ihm einen scharfen Blick zu. *Was hast du in meinem Kopf zu suchen?*

Deine Gedanken sind heute besonders laut, knurrte er. *Ich sah es als meine Pflicht, deine Frage zu beantworten.*

Mir entfuhr um ein Haar ein abschätziges Schnauben. *Du kannst dir aussuchen, was du hören möchtest.*

Ja, und das tue ich auch. Aber zufälligerweise denkst du auch an die Namen, bei denen ich immer hellhörig werde: Quinn und Kieran.

Es ist sonnenklar, dass ich keine Bedrohung bin, schoss ich zurück. *Also blende mich aus.*

Ich wünschte, das könnte ich. Ein verärgerter Ausdruck

stand in seinen fast schwarzen Iriden. Ein Ausdruck, den ich nur allzu gewohnt war.

Denn Cillian funkelte mich immer so an. Als würde ich seinen Verstand bedrohen.

Wie konnte ich diesen Blick jemals als etwas anderes deuten als Abscheu?, fragte ich mich und musterte sein Gesicht. *Wie konnte ich jemals glauben, dass zwischen uns mehr sein könnte?*

Ein Hauch von einem Gefühl huschte über sein Gesicht. Etwas, das verdächtig nach *Mitleid* aussah.

Ivana …

Spar dir das, fauchte ich. *Raus aus meinem Kopf.*

Das war der letzte Ort, an dem ich ihn haben wollte. Er brauchte nicht zu hören, dass mein Herz gebrochen war, oder meinen lächerlichen Gedanken darüber lauschen, dass ich gehofft hatte, was einst sein würde. Das ging ihn nichts an.

Ich war jetzt eine qualifizierte Omega-Gefährtin. Erpicht darauf, einen neuen Alpha zu finden. Wild entschlossen, diesen Sektor zu verlassen. *Ihn* zu verlassen.

„Kannst du mir den Rest der Akten zusenden, Quinn?", fragte ich und richtete meine Aufmerksamkeit auf sie. Sie hatte sich indessen aus Kierans Umarmung gelöst und sah mich und Cillian abwechselnd an. „Oder ich kann mir diejenigen, die ich ausgelassen habe, einfach morgen vor dem Willkommensdinner ansehen?"

Der Vorschlag war als Frage formuliert, weil ich bereits rückwärts auf die Tür zusteuerte.

„Ich weiß es zu schätzen, dass ich mir die Profile ansehen darf, aber … ich …" Ich räusperte mich. „Ich weiß, dass du Wichtigeres zu tun hast."

Sie sah mich stirnrunzelnd an. „Es macht mir wirklich nichts aus, Ivana."

„Das weiß ich, aber …" Ich verstummte und mein

Blick wanderte zu König Kieran, bevor er auf einen finster dreinblickenden Cillian fiel.

Ich zuckte zusammen.

Es sah mir überhaupt nicht ähnlich, vor einer Auseinandersetzung zu flüchten. Teufel, ich hatte sie mit Cillian immer gesucht. Aber jetzt … jetzt … wollte ich einfach mit meinem Leben weitermachen.

„Ich werde sie dir per E-Mail zusenden", sagte Quinn mit sanfter Stimme. „Lass es mich wissen, wenn dir einer gefällt."

Das würde ich nicht. Trotzdem nickte ich. Vorwiegend, weil ich mich aus dem Staub machen wollte. „Danke." Ich drehte mich um, prallte dann aber gegen Cillians Brust.

Denn dieser Mistkerl war durch die Schatten gewandelt, um mir den Weg abzuschneiden. „Ich werde dich nach Hause begleiten." Seine tiefe Stimme war mit einem autoritären Tonfall unterlegt, seine Worte kein Angebot oder eine Bitte, sondern ein Befehl.

Vor einem Monat hätte mich ein solcher Befehl in Ekstase versetzt. Er hätte mir Hoffnung gegeben, dass Cillian mich endlich als eine potenzielle Gefährtin ansah.

Aber jetzt wusste ich es besser.

Cillian wollte mich nicht. Er fand mich lästig. Sah mich als eine Omega mit *unrühmlichen Eigenschaften* an, die nicht in seiner Liga spielte.

Und ich würde seine Version eines aufmunternden Klopfers auf den Rücken nicht annehmen. „Ich werde allein nach Hause gehen, vielen Dank auch." Ich machte einen knappen Knicks – um aus formeller Sicht Respekt zu zeigen – und versuchte dann, um ihn herumzugehen.

Doch er packte mich an der Hüfte und ließ mich nicht los. „Ivana."

„Ich wünsche dir einen angenehmen Abend, Alpha Cillian", flüsterte ich.

Denn ich wollte mir nicht anhören, was er zu sagen hatte. Vermutlich würde es nur eine weitere beschwichtigende Erklärung sein. Oder noch schlimmer: ein Befehl, mich von ihm nach Hause begleiten zu lassen.

Bald werde ich Teil eines anderen Sektors sein, dachte ich, im Wissen, dass er die Worte vermutlich vernehmen konnte. *Und du wirst dich nie wieder mit mir herumschlagen müssen.*

Mit diesem Gedanken löste ich mich in Luft auf und wandelte durch die Schatten ihn meine Wohnung.

Ich hatte Besseres zu tun, als mich mit Cillians Mitleidstour zu befassen.

Zum Beispiel, mir überlegen, wie ich nicht jeden Kandidaten mit dem erwähnten Elitemann verglich.

Heiliger Sternenstaub, murmelte ich leise. Es waren über dreißig Alphas interessiert daran, eine Gefährtin zu finden. Und einer von ihnen war sogar ein Sektor-Prinz.

Prinz Cael.

Gut aussehend. Ausgefuchst. Kokett. Unterhaltsam.

Ein echter Fang.

Wenn meine innere Wölfin das doch nur auch so sehen würde …

Seufzend ließ ich mich aufs Bett sinken und schloss meine Augen.

Vergiss den Blutsektor, sagte ich zu meinem Tier. *Vergiss Cillian. Er liegt in unserer Vergangenheit. Es ist Zeit, sich auf die Zukunft zu konzentrieren.*

CILLIAN

BALD WERDE ICH TEIL EINES ANDEREN SEKTORS SEIN. UND du wirst dich nie wieder mit mir herumschlagen müssen.

Ivanas gestrige Gedanken gingen mir durch den Kopf. Vorwiegend, weil ich nicht erwartet hatte, dass sie mir derart auf dem Magen liegen würden.

Es hatte physischer Zurückhaltung bedurft, um ihr nicht durch die Schatten hinterherzujagen und mich ihr zu erklären. Sie wissen zu lassen, dass ich sie nicht nervig fand. Ich fand sie zu verlockend, was mich verärgerte – und ein völlig anderes Konzept war, als ich ihr vermittelt hatte.

Und auch ihre Gesellschaft gefiel mir und ich hatte auch nicht das Gefühl, dass sie mir in irgendeiner Hinsicht unterlegen war. Ich sah sie mir *übergeordnet*, und ich hasste, wie sehr ich mich nach ihr verzehrte.

Die Frau führte mich in Versuchung, mich ablenken zu lassen. *Unentwegt.*

Jetzt genauso.

Wie eine Frau so hinreißend aussehen konnte, während sie Suppe aß, wusste ich nicht, aber ich konnte meinen Blick kaum von ihr abwenden. Was ein Problem darstellte, weil ich einen Saal voller Alphas zu beobachten und beaufsichtigen hatte.

Die meisten von ihnen hatte ich bereits unter Kontrolle, weil ich meine Kraft wie ein unsichtbares Lasso um sie geschlungen hatte. Die übliche Liste von Worten, nach denen ich in den Köpfen anderer suchte, war einiges länger geworden und meine Gedanken suchten den Raum unentwegt nach Bedrohungen ab.

Bisher bezogen sich die einzigen alarmierenden Gedanken auf die *Verpaarung.*

Vor allem, weil einige dieser Gedanken sich um Ivana drehten.

Alpha Ransom hegte besonderes Interesse an ihr und setzte sich zum Essen neben sie, während Prinz Cael ihr gegenübersaß.

Beide Männer versuchten, eine Unterhaltung mit ihr zu führen. Cael schien die Nase vorn zu haben. Er unterstrich seinen Charme mit diesem hochgezogenen Mundwinkel, während er meine Omega ganz angetan ansah.

Sie ist nicht meine *Omega,* korrigierte ich mich, biss die Zähne zusammen und zwang mich, den Rest des Raumes zu mustern.

Dreizehn Omegas.

Einunddreißig Alphas.

Technisch gesehen hätten zweiunddreißig Alphas hier sein sollen, aber Grey war im Lunarsektor geblieben. Prinz Cael hatte nicht erklärt, warum, nur dass Grey nach wie vor interessiert wäre und vorhätte, an zukünftigen Anlässen teilzunehmen.

Und so saßen einunddreißig qualifizierte Alphas im riesigen Speisesaal des *MacNamaras* – einem renovierten Veranstaltungsort, den Kieran zu Ehren der Familie seiner Gefährtin wiedererbauen hatte lassen. Es war der perfekte Ort für das Willkommensdinner. Nicht nur wegen seiner Größe, sondern wegen der vielschichtigen Sicherheitsvorkehrungen im Innern.

Überall hingen Kameras.

Die derzeit allesamt von Lorcan überwacht wurden. Er hatte beschlossen, sich mit Kyra bedeckt zu halten, sodass ich als primärer Wächter auf Schicht war. Es war eine Zurschaustellung von Macht, die meine übergeordnete Stellung unterstrich und betonte, dass Lorcan und Kieran mir zutrauten, diese einunddreißig Alphas unter Kontrolle zu halten.

Klar, es standen mir noch zwei Leutnante zur Seite. Die hatte ich aber nicht persönlich durchleuchtet.

Einer davon war Fritz, ein Beschützer des Omega-Refugiums. Er hatte es vor Kurzem echt vermasselt, indem er einen Vampir-Alpha seine Gedanken hatte manipulieren lassen.

Wobei *lassen* die falsche Bezeichnung sein könnte. Viel eher war er ausgenutzt und gegen seinen Willen benutzt worden.

Trotzdem machte dieser Anflug von Schwäche es mir schwer, ihm zu vertrauen. Diese Aufgabe sollte dazu führen, dass er wieder gut angeschrieben bei den anderen Omegas war. Vielleicht hatte er aber das Gefühl, dass er damit Buße tat. Wie dem auch sei, er hatte sich freiwillig gemeldet, zu helfen, und Lorcan hatte ihn gewähren lassen.

Benz war der andere im Raum, der meinem Befehl

unterstellt war. Der Beta hatte Kieran und nicht etwa mir seine Unterstützung angeboten, und mein bester Freund hatte ohne meine Zustimmung eingewilligt.

Nicht, dass er meine Zustimmung einholen musste. Es brauchte echt Eier, dem Blutsektor-König seine Dienste anzubieten. Aber es wäre ein Zeichen von Respekt gewesen, wenn er auch mit mir das Gespräch gesucht hätte.

Erst in der letzten Stunde in seiner Gegenwart dämmerte mir, warum er sich nicht bemüht hatte, das Gespräch mit mir zu suchen. Er respektierte mich nicht.

Weil ich seine beste Freundin verletzt hatte.

Ivana.

Mein Blick wanderte umgehend zurück zu ihr. Gerade rechtzeitig, um sie über etwas lachen zu sehen, das Ransom gesagt hatte. Oder vielleicht sollte ich sagen, *gemurmelt*, weil der Alpha des Öfteren sehr leise sprach.

Das differenzierte ihn ganz klar von Prinz Cael und weckte eine morbide Neugier in mir darüber, wen Ivana lieber mochte. Oder ob sie überhaupt einen von ihnen mochte.

Aber ich weigerte mich, in ihrem Kopf herumzustöbern.

Ich fürchtete, dass ich gewaltsam reagieren könnte.

Mit einem weiteren Räuspern musterte ich den Speisesaal erneut, während meine Kräfte alle Gedanken aufnahmen und sie katalogisierten.

Keine Bedrohungen.

Keine finsteren Absichten.

Nur ein Summen, das von Gefährtenpotenzial zeugte. Eines, das eine seltsame Sehnsucht in mir erweckte. Weil ich das nie erleben würde. Das durfte ich nicht zulassen.

Ich zwang mich, einen neutralen Ausdruck

aufzusetzen, während ich an der Seite stand und beobachtete, mithörte und mich *insgeheim nach ihr sehnte.*

Die Zeit verging schleppend und mein Wolf ging auf und ab, verzehrte sich danach, lange und ausgedehnt rennen zu gehen.

Ich hatte gelobt, dieses Leben zu führen. Es war die Strafe, die ich verdiente. Auch wenn die Sünden, für die ich Buße zu tun versuchte, nicht unbedingt meine eigenen waren.

Gibt es etwas, von dem ich wissen sollte?, flötete Kieran in meine Gedanken und zog mich aus dem Sog der Vergangenheit.

Wenn dem so wäre, hätte ich es dir gesagt, erwiderte ich.

Er schnaubte. *Da hat wohl jemand schlechte Laune.*

Ich habe Benz die letzten drei Stunden dabei zugehört, wie er meinen Charakter angegriffen hat, knurrte ich und erfand die erstbeste Ausrede, die mir einfiel. *Wie kann ich mich darauf verlassen, dass er mir bei der Sicherheit hilft, wenn er seinen Vorgesetzten verachtet?*

Ich bin mir sicher, dass er nicht der erste verdrossene Beta ist, der deinen Weg gekreuzt hat, entgegnete mein ältester Freund. *Verdiene dir seinen Respekt, wie du es bei anderen auch getan hast.*

Ich bin mir nicht so sicher, ob ich das kann. Er hat den Eindruck, dass ich seine beste Freundin verarscht habe und hasst mich dafür, sie abgewiesen zu haben.

Benz ist Ivanas bester Freund?, meinte Kieran ausdruckslos. *Faszinierend. Das wusste ich nicht.*

Mir kam um ein Haar ein hörbares Knurren über die Lippen. *Elender Lügner.*

Würde ich über so etwas Triviales lügen?

Ja. Denn Kieran liebte es, sich in die Angelegenheiten anderer einzumischen. Oder zumindest in mein Leben. Politik, die verabscheute er, aber mit mir zu spielen, das gefiel ihm.

Hm, summte er verhalten in meinen Kopf. *Wie schlägt sich Ivana? Glaubst du, sie wird einen passenden Gefährten finden?*

Deine Sticheleien werden nicht funktionieren.

Ich stichle doch gar nicht. Ich erkundige mich nur nach einer Frau, die unter meinem Schutz steht.

Alle Omegas stehen unter deinem Schutz, sagte ich rasch. *Du bist der König, verdammt noch mal.*

Ganz recht. Er hörte sich viel zu amüsiert für meinen Geschmack an. Vermutlich, weil er hören konnte, dass ich verärgert war. Was bedeutete, dass seine Sticheleien Wirkung zeigten, auch wenn ich das Gegenteil behauptete.

Ich muss mich konzentrieren, murmelte ich in seine Richtung. *Wenn du also die Güte hättest, zu verduften,* Sire.

Sein Lachen hallte durch meinen Kopf und ließ mich die Hände zu Fäusten ballen.

Er war eine der wenigen Köpfe, mit denen ich konstant verbunden war, was ich in diesem Augenblick zutiefst bedauerte. Wenn seine Sicherheit nicht mein Sinn und Lebenszweck wäre, würde ich ihn einfach ausblenden.

Bedauerlicherweise musste ich den Kanal offen behalten – für den Fall, dass er mich brauchte.

Der Abend ist fast schon vorbei, Cillian, murmelte er und ignorierte meine Bitte. *Geh und renn. Du hast es offensichtlich bitter nötig.*

Ich machte mir keine Mühe, darauf zu antworten. Es gab nichts zu sagen, und außerdem hatte ich keine Lust darauf, mir ein weiteres Wortgefecht mit ihm zu liefern.

Während ich mich gegen die Wand hinter mir lehnte, ging ich die Gedanken aller Anwesenden erneut durch. Die meisten Omegas und Alphas waren indessen aufgestanden und unterhielten sich miteinander, während sie Dessertgetränke schlürften – viele davon mit Blut versehen.

Ivana stand in der Mitte einer Gruppe und unterhielt

sich wieder mit Cael. Seine beiden Elitemänner standen mit genauso wachsamem Blick wie ich hinter ihm.

Was natürlich auch dazu führte, dass sie immer wieder zu mir sahen. Immerhin war ich die größte Bedrohung vor Ort. Jemand, der ihren Prinz mit Leichtigkeit herausfordern könnte, um seinen Sektor zu kämpfen.

Nicht, dass ich Interesse daran hegte, zu einem Alpha-Prinzen zu werden.

Aber ganz egal, wie oft ich das auch sagte, niemand glaubte mir. Kieran inklusive.

Vielleicht würden Dixon und Granger mir glauben, wenn ich es ihnen direkt in die Köpfe sende, dachte ich finster.

Aber Dixons Gedanken blieben mir nach wie vor verborgen.

Jetzt, wo ich den muskulösen Mann so musterte, fielen mir die Ähnlichkeiten zu Cael auf. Man sah den beiden an, dass sie verwandt waren. Mal abgesehen von Dixons Augen, die tiefgrün waren, während die seines Bruders blaugrün schimmerten.

Und beide Männer scheinen von Natur aus Schranken in ihren Köpfen errichtet zu haben, realisierte ich, während ich Caels Gedanken oberflächlich absuchte.

Hier und da konnte ich ein paar Schnipsel vernehmen. Genug, um zu wissen, dass sie keine bösen Absichten hatten, was Ivana anbelangte. Aber die Gedanken waren bloß Fragmente, keine kompletten Sätze.

Meine Fähigkeit schaltete sich ein, wollte sich der Herausforderung stellen und mehr herausfinden.

Doch dann durchbrach Caels Stimme meine Gedanken urplötzlich. *Ich kann das spüren, Cillian. Ich glaube, es ist klar, was ich hier will. Aber wenn du meine Absichten eingehender bereden willst, bleibe ich gern etwas länger, damit wir sie lang und breit besprechen können.*

Ich kniff meine Augen zusammen. *Du schließt mich aus.*

Ja, tue ich.

Warum?

Weil meine Gedanken dich nichts angehen. Er sah mich mit seinen blaugrünen Augen an. In ihnen flammte der Hauch von Verärgerung auf. *Mir ist klar, dass einige Alpha-Prinzen eine Bedrohung darstellen, aber ich bin ganz bestimmt keine von ihnen.*

Jetzt hast du mich neugierig gemacht, erwiderte ich. *Welche Alpha-Prinzen stellen deiner Meinung nach eine Bedrohung dar?*

Darüber können wir ein andermal reden, entgegnete er. *Alles, was du im Moment wissen musst, ist, dass ich keine Bedrohung bin.*

Doch, bist du, erwiderte ich, ohne zu zögern. *Die größte im ganzen Raum.*

Das ließ ihn eine Augenbraue hochziehen. *Ist das eine Einladung zum Knotenmesswettbewerb, Cillian?*

Ich fordere dich nicht heraus, Cael. Ich sage nur, was Sache ist.

Den Gefallen würde ich gern erwidern, flötete er. *Du bist eine genauso große Bedrohung für mich, und doch lasse ich mir davon den Abend nicht vermiesen. Ich schlage vor, dass du dasselbe tust.*

Er beendete das Gespräch, indem er seinen Blick zu einer stirnrunzelnden Ivana wandern ließ und ein entschuldigendes Lächeln aufsetzte. „Tut mir leid, Liebste. Wo waren wir?" Er erhob seine Hand, um ihr eine der weißblonden Strähnen hinters Ohr zu klemmen, die sich gelöst hatte.

Ich war nicht sicher, was mich mehr nervte – der Kosename oder dass er sie berührte.

„Du hast mir von euren untertägigen Straßen erzählt", sagte sie bedächtig und ihr Blick wanderte von ihm zu mir, dann wieder zurück. „Belästigt dich Cillian?"

Cael lachte. „Nein. Er verfügt nur über einen übertrieben starken Beschützerinstinkt."

Sie legte die Stirn in Falten. *Weswegen?,* fragte sie sich.

Deinetwegen, antwortete ich um ein Haar.

Doch stattdessen ließ ich die beiden ihr Gespräch

ungestört fortführen und wandelte durch die Schatten in einen dunkleren Abschnitt des Raumes. Ich wollte weder gesehen, gehört noch gespürt werden. Ich wollte mich in Luft auflösen und die Anwesenden in Ruhe überwachen.

Und genau das tat ich für die nächsten zwei langwierigen Stunden, bis die Veranstaltung endlich zu einem Ende kam.

Ich ließ Fritz und Benz die Alphas zu ihren Gastgemächern geleiten – mehrere von ihnen würden für den Rest der Woche im Blutsektor verweilen. Einige lebten bereits hier. Und andere reisten zurück in ihre Heimatsektoren.

Zum Glück gehörte Cael zu Letzteren.

Er zwinkerte mir zu, ehe er mit seinen beiden Elitemännern durch die Schatten wandelte. Nach außen hin zeigte ich keine Reaktion darauf, aber innendrin knurrte mein Tier.

Etwas an dieser Geste hatte sich wie eine Herausforderung angefühlt.

Und es war eine Herausforderung, an die ich nicht denken wollte.

Er konnte den Lunarsektor für sich behalten. Ich war zufrieden, hier, im Blutsektor.

Na ja, im Großen und Ganzen, jedenfalls.

Ivana war ohne Begleitung gegangen und stattdessen durch die Schatten in ihr Nest gewandelt. Vermutete ich jedenfalls.

Ich blendete das Verlangen danach, ihr nachzurennen, aus und begleitete die auswärtigen Omegas zu ihren Gästesuiten in Kierans und Quinnlynns Palast – der eher wie ein Wohngebäude als ein traditionelles Adelshaus aussah.

Sobald sie in Sicherheit waren, informierte ich Kieran

mental darüber, was in der ereignislosen Nacht geschehen war, und teleportierte mich in meinen Bau.

Doch hier unten fühlte sich alles falsch an.

Es waren zu viele fremde Alphas in unserem Sektor. Auf unserem Grund und Boden.

Und Ivana hatte sich entschieden, nicht da zu schlafen, wo die anderen Omegas sich aufhielten.

„Verdammt", murmelte ich und fuhr mir mit den Fingern durchs Haar. Ich hätte darauf bestehen sollen, dass sie ein Zimmer bei den anderen hat. Das ergab sicherheitstechnisch gesehen am meisten Sinn, vor allem weil einunddreißig Alphas zu Besuch waren.

Mein Griff um die erwähnten Alphas wurde fester und aus Gewohnheit suchte ich ihre Gedanken mit meinen mentalen Fähigkeiten nach bösen Absichten ab.

Nichts.

Kein einziger übler Gedanke.

Und doch konnte ich das Gefühl nicht abschütteln, dass etwas nicht stimmte.

Ich ging ungeduldig auf und ab, versuchte Ivanas Gedanken zu erreichen. Doch sie waren still. Wie immer. Friedlich. Es gab keine Aussage, auf die ich mich konzentrieren konnte.

Sie war in Sicherheit.

Es sei denn, jemand stört die Verbindung, dachte ich, und hielt mitten im Schritt inne. *Nein. Das ist unmöglich.*

Und doch brachte mich der Gedanke daran, dass Cael und Dixon in der Lage waren, meine Fähigkeiten abzublocken, ins Grübeln.

Ich biss die Zähne zusammen. *Du bist von allen guten Geistern verlassen*, sagte ich mir. *Lass den Unsinn.*

Aber dieses ungute Gefühl in meiner Brust wollte einfach nicht von mir ablassen. Immer weiter kursierte es durch meine Adern und rüttelte meine Instinkte wach.

Brachte mich dazu, meine Hände wiederholt zu Fäusten zu ballen und dann wieder zu lösen.

Ich knurrte und kniff meine Augen fest zu, um gegen den Drang anzukämpfen, durch die Schatten zu wandeln.

Ein Blick auf die Uhr ließ mich mit den Zähnen knirschen.

Es war fast schon neunzig Minuten her, seit ich Ivana zuletzt gesehen hatte.

Vielleicht würde es mir besser gehen, wenn … ich … einfach kurz nach ihr sah. Dann würde dieses Gefühl vergehen.

„Na gut", knurrte ich, wandelte durch die Schatten und auf die Straße zu ihrem Gebäude.

Die Sonne spähte bereits fast über den Horizont, weil das Eröffnungsessen bis in die frühen Morgenstunden angedauert hatte.

Wir waren von Natur aus nachtaktive Wesen und zogen es vor, tagsüber zu schlafen. Aber anders als anderen Geschöpfen in unserer Welt machte uns die Sonne nichts aus.

Schlimmstenfalls reizte die Sonne unsere Augen leicht.

Mit einem Seufzer lehnte ich mich gegen das Gebäude und versuchte mich abermals auf Ivanas Gedanken zu konzentrieren.

Noch immer nichts, murmelte ich und kniff die Augen zusammen.

Ohne darüber nachzudenken, wandelte ich durch die Schatten auf ihre Etage und horchte erneut.

Als ich immer noch kaum etwas hören konnte, lief ich zu ihrer Tür und erhob meine Hand, um anzuklopfen.

Doch dann vernahm ich ein sanftes Stöhnen aus dem Innern, das meine Sinnesorgane umgehend schärfte. Die Welt verschwamm und trat dann in geschärftem Fokus wieder in Erscheinung. Im nächsten Augenblick stand ich nicht mehr im Flur vor der Wohnungstür, sondern mitten in Ivanas Refugium.

Obwohl ich wusste, wo sie wohnte, hatte ich sie noch nie zuvor besucht. Aber meine Nase hatte mich direkt zu ihrem Nest geführt.

Und zur zierlichen Omega, die in die Laken gekuschelt war.

Meine Lippen öffneten sich angesichts des umwerfenden Anblicks, der sich mir bot. Ihr Haar war verwuschelt und sah aus wie ein goldener Heiligenschein, der im dunklen Zimmer zu glühen schien.

Verdammt. Ich wurde umgehend hart und mein Knoten pulsierte voller Verlangen danach, mich ihr anzuschließen. *Wandle durch die Schatten*, befahl ich mir selbst. *Raus hier. Sofort.*

Aber dann kam ihr ein weiteres himmlisches Stöhnen über ihre vollen Lippen, das wie ein Lockruf wirkte und Flammen durch meine Adern rauschen ließ.

In meiner Brust machte sich das Verlangen breit, zu schnurren.

Und mein Schwanz …

Nein. Nein, verdammt. Ich zwang mich, einen Schritt zurück zu machen. *Auf keinen Fall.*

Das Gefährten-Programm spielte mir übel mit.

Ich musste rennen. Musste dem Verlangen meines Tiers nachkommen, sich zu verwandeln und …

„Cillian", flüsterte Ivana, was mich meine Augen aufreißen ließ.

Scheiße. Ich schluckte hart und mein Rachen fühlte sich plötzlich staubtrocken an. Denn ich wusste nicht, wie ich erklären sollte, was ich hier verloren hatte. Warum ich mit steifem Schwanz neben ihrem Nest stand. „Ivana, ich …"

„*Ooooh, Cillian* …" Sie rollte sich noch fester ein und der

Geruch ihres Nektars erfasste mich wie eine Lawine, die mich unter sich begrub und mir den Atem raubte.

Ein Knurren ging durch meine Brust und das Verlangen danach, zu schnurren, und mein Instinkt, sie zu begatten, brachten mich fast um den Verstand.

Ivana stieß ein weiteres Stöhnen aus und sie öffnete ihren Mund, um nach Atem zu ringen, ehe sie ihren Kopf in den Nacken legte und ihre Nasenflügel blähte.

Doch ihre Augen blieben geschlossen, während sie meinen Namen ein weiteres Mal flüsterte.

Sie träumt, realisierte ich trotz des Nebels der Erregung, der meine Gedanken trübte. *Sie träumt von mir …*

Verdammt, ich musste mich schleunigst aus dem Staub machen, bevor ich ihre Gedanken anzapfte und ihre Fantasien beobachtete.

Oder noch schlimmer: Hier blieb und ihren Traum in die Realität überführen würde.

Ich stieß ein weiteres Knurren aus, dann zwang ich mich, zu gehen.

Aber ich schaffte es nur bis in ihr Wohnzimmer.

Dort angekommen, verweilte ich vor der Tür, schaffte es aber nicht, mich wegzuteleportieren und atmete stattdessen ihren süßen Geruch ein.

Ergötzte mich daran.

Tat für einen winzigen Augenblick so, als wäre er mir bestimmt. Als könnte ihr süßer Nektar mir gehören. Als könnten ihre Fantasien wahr werden.

Doch als ihr Herz schneller zu klopfen begann, riss ich mich aus der berauschenden Lust, die mich an sie fesselte.

Wandelte durch die Schatten auf eine Eisscholle hinaus.

Riss mir die Klamotten vom Leib.

Verwandelte mich.

Und *rannte* los.

TEIL III

Liebe Sterne,

ich träume immer wieder von Cillian. Was noch seltsamer ist, ist, dass sein Geruch überall in meinem Nest verteilt zu sein scheint.

Mir ist nicht klar, wieso.

Er war noch nie in meinem Zimmer.

Obwohl ich ihn eingeladen hatte. Jedes Jahr war er der einzige Alpha auf meiner Östrus-Liste, aber er kam nie. Hat mir kein einziges Mal einen Besuch abgestattet.

Weil er mich nie so begehrt hat, wie ich ihn.

Vielleicht werde ich zu Beginn meines nächsten Östrus verpaart sein.

Vielleicht werde ich endlich einen richtigen Knoten erleben.

Vielleicht werde ich endlich ... erfahren, was Liebe bedeutet.

In Liebe
Ivana

IVANA

Einige Tage später

ICH STARRTE MEINEN LETZTEN TAGEBUCHEINTRAG AN UND tippte mit meinem Füller gegen das Papier. Auf Liebe zu hoffen, schien mir etwas extrem. Vielleicht war *Lust* der passendere Begriff.

Aber genau das war ja das Problem.

Ich war indessen einigen Alphas begegnet. Sie alle waren gut aussehend und charmant und interessiert daran, sich eine Gefährtin zu nehmen, und doch war Cillian immer wieder der Hauptdarsteller in meinen Träumen.

Und sein Geruch auch, dachte ich und erschauderte dabei. *Sein Geruch war überall.*

In meinem ganzen Nest verteilt.

In meinen Zimmern.

Fast so, als hätte er meiner Wohnung einen Besuch abgestattet.

Was ein völlig abwegiger Gedanke war. Klar, ich hatte ihn schon etliche Male eingeladen, aber er hatte das Angebot nie angenommen und mich meine Läufigkeit stattdessen allein durchleiden lassen.

Zu einem Teil war das mein Fehler. Blutsektor-Omegas durften eine Liste von Alphas anfertigen, die uns dabei helfen sollten, unsere Östrogen-Zyklen zu durchlaufen, und ich hatte immer nur Cillian notiert.

Aber er ist nie aufgetaucht, murmelte ich zu mir selbst und zuckte dann zusammen. *Er hat mich Jahr um Jahr leiden lassen.*

Ich versuchte, ihm keinen Vorwurf zu machen. Zumindest nicht nur ihm.

Ich hätte um einen anderen Alpha bitten können.

Aber ich wollte keinen anderen.

Und dieses Gefährten-Programm ließ mich wundern, ob ich jemals einen anderen Mann begehren würde.

Liebe Sterne, schrieb ich, nachdem ich eine leere Seite aufgeschlagen hatte. *Vielleicht ist es mir bestimmt, allein zu bleiben. Prinz Cael ist wunderbar, aber zwischen uns funkt es einfach nicht. Nicht wie bei …*

Wütend strich ich den Eintrag durch und schmiss mein Tagebuch auf den Tisch. Meine Gedanken brachten mich auf.

Das ist doch lächerlich, sagte ich mir.

Ich hatte Cillian fünf Tage lang – seit dem Eröffnungsessen, wo er Löcher in Prinz Cael gestarrt hatte – nicht mehr gesehen.

„Er verfügt nur einen übertrieben starken Beschützerinstinkt", hatte Prinz Cael gesagt.

Weswegen?, hatte ich fragen wollen.

Stattdessen hatte ich nur ein ödes „Oh" von mir gegeben.

Dann hatten wir uns wieder dem Gespräch über das untertägige Straßensystem im Lunarsektor – das ich unbedingt mit eigenen Augen sehen wollte – zugewandt.

Leider war der Lunarsektor erst die dritte Haltestelle auf unserer Rundreise.

Als Erstes würden wir den Gletschersektor besuchen.

Ich blickte aus dem Fenster, fasziniert von den fluffigen Wolken, die uns umgaben. Sie glitzerten im Mondlicht und warfen fast schon einen schaurigen Schein auf die Landschaft. Das war erst meine zweite Reise in einem Flugzeug, weil ich sonst einfach von meinen Schattenwandelfähigkeiten Gebrauch machte.

Aber nicht alle Omegas im Programm konnten sich teleportieren.

Und aus diesem Grund flogen wir alle zusammen zum Gletschersektor, anstatt durch die Schatten dorthin zu wandeln.

Allen qualifizierten Alpha-Gefährten stand es frei, uns vor Ort zu treffen, aber die Gletschersektor-Alphas durften ihre ‚Verabredungen' für den Rest der Woche zuerst vereinbaren.

Alpha Ransom hatte sich mich ausgesucht.

Ich presste die Lippen aufeinander und konzentrierte mich wieder auf mein Tagebuch.

Liebe Sterne, begann ich erneut. *Die Omegas im Flugzeug sind nervös. Oder vielleicht bin das nur ich. Ich bin noch nie mit einem Alpha ‚ausgegangen'. Aber Alpha Ransom scheint nett zu sein. Und still. Aber seine Augen …*

„Ist hier noch frei?", fragte eine sanfte Stimme, die meine Aufmerksamkeit von meinem Stift zu zwei großen blauen Augen wandern ließ.

Ashlyn.

Ich blinzelte sie an, überrascht darüber, dass sie sich für den Sitz in meinem stillen, nischenartigen Eck im Flugzeug entschieden hatte. Alle anderen Omegas waren beschäftigt damit, auf den Sofas ganz vorn zu sitzen und miteinander zu plaudern. Ihre Aufregung ließ dieses elektrische Summen durch die Luft sausen. Ich war zu vertieft in meine Gedanken gewesen, um mich ihnen anzuschließen.

„Ähm, klar. Setz dich ruhig hin", sagte ich und deutete auf den freien Sitzplatz mir gegenüber.

Sie warf mir ein sanftes Lächeln zu und ließ sich auf den übergroßen, beigen Ledersessel sinken, der ihren zierlichen Körper beinahe verschluckte. „Danke." Sie holte ein Notizbuch und einen Stift hervor. „Ich habe eine Vision, die mich in den Wahnsinn treibt. Ich muss sie zu Papier bringen, und dieses Plätzchen schien mir der geeignete Ort dafür."

„Eine Vision?", wiederholte ich.

„Mh-hm", summte sie und kritzelte bereits auf der leeren Seite herum.

Z-Clan-Omegas waren dafür bekannt, über eine sehr starke Intuition zu verfügen und die Auren in ihrem Umfeld lesen zu können. Es war eine einzigartige Gabe, die ihre Alphas oft missbrauchten.

Wo Z-Clan-Omegas mit hellseherischen Fähigkeiten gesegnet waren, verfügten Z-Clan-Alphas über Dominanz und Kraft. Was sie wilder machte als andere, vor allem, wenn es darum ging, ihre Omega-Gefährtinnen zu kontrollieren.

Ich hatte noch nie das Unvergnügen gehabt, einem Z-Clan-Alpha zu begegnen, und ich hoffte, dass mir diese Erfahrung erspart bleiben würde.

Aber Ashlyn … Ich hatte so ein Gefühl, dass sie schon einigen begegnet war.

„Ich kann deine Sorge spüren, aber es geht mir gut", murmelte sie mit ihrer sanften Stimme. „Was geschehen ist, ist geschehen. Es ist die Zukunft, die mir Sorgen bereitet." Sie hielt inne und sah mich an. „Kann ich dir ein Geheimnis verraten?"

Ihrem Blick wohnte diese verträumte Note inne, die mich wundern ließ, ob sie wirklich mich oder etwas anderes ansah. „Ähm, klar", erwiderte ich, etwas überrumpelt von dem unerwarteten Gespräch.

„Ich liebe es, Tagebuch zu führen." Sie hörte sich ziemlich zufrieden über dieses *Geheimnis* an. „In meinem Nest liegen schon so viele Hefter, die ich mit meinen Gedanken gefüllt habe. Aber nur wenn man weiß, wo man danach suchen muss, findet man meine Tagebücher auch."

„Verstehe."

Sie lächelte. „Nein, tust du nicht, aber das wirst du noch." Sie lehnte sich nach vorn. „Ich verstecke meine Tagebücher unter meinem Nest, unter den Dielen. Das ist mein Geheimnis."

„Und das vertraust du mir an, weil …?"

Sie zuckte mit der Schulter. „Falls du jemals etwas wissen musst."

Ich starrte sie an. „Gibt es etwas, das ich wissen sollte?"

„Eine Unmenge an Dingen, dessen bin ich mir sicher", meinte sie seufzend. „Aber genau das ist das Problem mit Visionen. Ich kann sie nur sehen, nie teilen. Aber nur für den Fall …" Sie verstummte und widmete sich wieder ihrem Tagebuch, als hätte sie nicht gerade mitten im Satz zu sprechen aufgehört.

Ich war versucht, mich zu ihr zu lehnen und das Gekritzel in Kursivschrift zu lesen, aber das wäre unhöflich gewesen.

Was für eine sonderbare Omega, dachte ich, und beobachtete sie dabei, wie sie Worte in ihr Tagebuch schrieb. Ich würde Quinn davon erzählen müssen.

Es sei denn, Z-Clan-Omegas verhielten sich für gewöhnlich immer so?

Ich wusste es nicht.

Als sie sich nicht wieder zu Wort meldete, wandte ich mich wieder meinen eigenen Gedanken über den gut aussehenden Ransom zu.

Dunkle Haare.

Braune Haut.

Gütige Augen.

Volle Lippen.

Breite Schultern.

Ich kaute auf meiner Wange herum und tippte mit dem Stift gegen meinen Kiefer, während ich seine ruhige Art in Worte zu fassen versuchte. Aber das war eigentlich auch alles, was ich über ihn sagen konnte. *Er ist ruhig.*

Vielleicht würde unser Date diese Woche mir etwas Tiefgründigeres entlocken.

Cillian würde gezwungen sein, auf Abstand zu bleiben. Nicht, dass ihm das schwerfallen würde. Er hatte es schon die ganze Woche über getan und mich keines Blickes gewürdigt, als wir ins Flugzeug eingestiegen waren. Jetzt war er ganz vorn und saß neben Benz im Pilotensitz. Ich konnte ihn von hier aus nicht sehen.

Gut, dass ich den los bin, beschloss ich und zwang mich, meine Gedanken wieder Ransom zuzuwenden.

Aber ich konnte spüren, dass Ashlyns Blick jetzt wieder auf mir weilte, was mich zu ihr hochsehen ließ. „Kann ich dir noch etwas anvertrauen? Es ist eher eine Warnung, kein Geheimnis?"

Diese Aussage – die sie als Frage formuliert hatte – ließ mich die Stirn runzeln, weil sie sich ziemlich ominös anhörte. „Ähm, klar?"

Sie sah sich um, dann drehte sie ihr Notizbuch langsam in meine Richtung, damit ich die Worte, die sich auf dem Papier befanden, lesen konnte.

Hüte dich vor Prinz Cael, stand in eleganter Schrift darauf. *Er ist von Dunkelheit umgeben.*

Ich zog meine Augenbrauen hoch.. „Was?"

Sie presste ihren Finger auf die Lippen, dann blickte sie über ihre Schulter und zeigte auf ihr Ohr.

Ich runzelte die Stirn. „Ich verstehe nicht."

Das ließ sie einen Seufzer ausstoßen und abermals nach ihrem Stift greifen, um auf das Papier zu schreiben: *Wolfsohren, Ivana. Jeder kann uns hören. Und dieses Gespräch ist nicht für sie bestimmt.*

Ich antwortete ihr um ein Haar laut, beschloss dann aber, ihr Spiel mitzumachen und notierte ein paar Worte in meinem aufgeschlagenen Tagebuch. *Wenn Prinz Cael gefährlich ist, dann musst du es Quinn sagen.*

Sie schüttelte ihren Kopf. *Er ist nicht gefährlich*, erwiderte sie auf dem Papier. *Die Dunkelheit, von der er umgeben ist ... Ich weiß nicht, wie ich es erklären soll. Sei ... einfach vorsichtig, okay?*

Ich starrte sie an und deutete dann abermals auf meine Aussage von vorhin.

Sie kniff ihre blauen Augen zusammen. „Du bist wirklich ein echter Sturkopf."

Mir fiel alles aus dem Gesicht. „Wie bitte?"

Sie lächelte. „Das war nicht als Beleidigung gemeint, Ivana, sondern als Kompliment. Wenn wir mehr Zeit hätten, glaube ich, würden wir zu guten Freundinnen werden." Sie warf einen Blick aus dem Fenster. „Leider landen wir bald."

Mit diesen Worten klappte sie ihr Tagebuch zu und eilte in den vorderen Bereich des Flugzeugs. Ihr langes, weißblondes Haar wallte an ihrem Rücken.

Ich sah ihr blinzelnd hinterher. *Was war das denn bitte?*

Sie hatte versucht, mich vor Prinz Cael zu warnen, meine Antwort aber einfach ... Ich sah blinzelnd auf mein

93

Notizbuch und stellte fest, dass die Seite, auf die ich geschrieben hatte, abgerissen worden war.

Sie hatte meine Antwort mitgenommen.

Wie …? Ich hatte nicht einmal gehört, wie das Papier zerrissen war.

Ashlyns Kichern hallte zu mir zurück, als eine der anderen Omegas ihr etwas ins Ohr flüsterte. Ich sah in die braunen Augen der Frau. Ihr Name begann mit *S*.

Was auch immer sie sagte, es ging dabei zweifelsohne um mich.

Und Ashlyn fand es witzig.

Ich kniff meine Augen zusammen. Ich war mir den Umgang mit fiesen Mädchen gewohnt, weil ich mir in den vergangenen Jahren mit mehreren von ihnen ein Gebäude geteilt hatte.

Miranda, eine unverpaarte Omega, die sich in den Kopf gesetzt hatte, sich einen Alpha-Prinzen zu angeln, hatte versucht, mir das Leben zur Hölle zu machen, als ich im Blutsektor angekommen war. Sie hatte klargemacht, dass Kieran ihr gehörte und niemandem sonst.

Aber er hatte überhaupt gar nicht ihr gehört.

Quinn hatte ihn vor über einem Jahrhundert auserwählt. Nur war die Prinzessin weggelaufen, bevor ihre Verpaarung komplett gewesen war, sodass Kieran in ihrer Abwesenheit die Kontrolle über den Blutsektor gehabt hatte.

Das hatte Kieran in Mirandas Augen zu Freiwild gemacht. Zu ihrem Unglück hatte er kein Interesse an ihr gehabt.

Aber das hatte sie nicht davon abgehalten, die Königin der fiesen Zicken im Blutsektor zu sein.

Und wie es schien, war ich jetzt noch ein paar weiteren Exemplaren dieser Art begegnet.

Hüte dich vor Prinz Cael, hatte Ashlyn geschrieben.

Jetzt kam mir fast schon ein verächtliches Schnauben über die Lippen.

Für einen kurzen Augenblick hatte ich mir Sorgen gemacht, aber ganz offensichtlich erlaubte sich die kleine Z-Clan-Omega einen Scherz mit mir. Vermutlich wollte sie Cael für sich gewinnen. Gab es einen besseren Weg, ihn für sich zu beanspruchen, als die Konkurrenz zu vergraulen?

Meiner Meinung nach war Cael völlig normal. Charmant. Gut aussehend. *Interessiert an einer Verpaarung.*

Jepp, ich würde ihm ganz bestimmt nicht aus dem Weg gehen. Wenn er weiterhin auf mich zukam, würde ich dasselbe tun.

Vielleicht wird ein Kuss den Schmetterlingen, die ich im Bauch haben sollte, auf die Sprünge helfen.

Klar, Cillian hatte diese Gefühle nie erwecken müssen. Dass er existierte, genügte schon.

Ich knirschte mit den Zähnen und mein Blick wanderte von den kichernden Omegas zum vorderen Teil des Jets. Nach wie vor konnte ich weder ihn noch Benz sehen, was vermutlich auch gut so war.

Aber das würde sich schon bald ändern.

Denn Ashlyn hatte nicht gelogen, als sie gesagt hatte, dass wir gleich landen würden.

Der Druck in der Kabine veränderte sich mit jeder Sekunde und wir gingen in den Sinkflug, um unsere frostige Destination anzusteuern.

Ich riss meinen Blick von der geschlossenen Tür an der Front los und schaute aus dem Fenster. Auf der anderen Seite breitete sich ein endloses Meer aus. Sogar von hier oben konnte man sehen, dass das Wasser eiskalt war.

Wir waren in nordöstliche Richtung geflogen, an einen Ort, der vormals als russische Inselgruppe in der Arktis bekannt gewesen war. Ich war zu dieser Zeit noch nicht auf der Welt gewesen, hatte aber nach meiner Ankunft im Blutsektor davon erfahren.

Es wird ganz schön kalt werden, dachte ich, während ich die Eiskappen in der Ferne musterte. *Sehr kalt, sogar.*

Ich schluckte hart, als das Flugzeug auf das gefrorene Stück Land vor uns zusteuerte.

Ich hatte den Blutsektor seit meiner Ankunft vor all den Jahren nicht verlassen. Es hatten sich keine Reisen ergeben. Aber selbst, wenn es so gewesen wäre, hätte ich die Gelegenheit wohl nicht wahrgenommen.

Nicht, nachdem ich mit aller Kraft nach einem sicheren Ort gesucht hatte.

Weg von meiner Familie.

Weg von meinem bösartigen Vater.

Ich schloss meine Augen und meine Vergangenheit drohte über mich zu kommen. *Blut. Tränen. Gewalt aller Art. Cillians Gesicht, als er mich halb erfroren in diesem eiskalten Loch gefunden hatte.*

Er hatte wie ein dunkler Ritter über mir gekniet und mich mit besorgtem Ausdruck in den fast schwarzen Augen angesehen.

Seine Arme hatten sich so warm angefühlt. So beschützend. So *richtig*.

Ich hatte sofort gewusst, dass ich zu ihm gehörte.

Aber er war nie wirklich mein.

Dieser Gedanke suchte mich heim, während das Flugzeug auf dem Boden aufprallte, was mehrere Omegas nach Atem ringend von der verbesserten Technologie sprechen ließ. Ich war nicht sicher, was sie damit meinten. Mein einziger Flug vor diesem war genauso gewesen.

„Mehr Raumschiff als Flugzeug", konnte ich eine von ihnen flüstern hören.

„Ich habe dir doch gesagt, dass es spaßig werden wird", meinte eine andere.

„Dein Verständnis von *Spaß* unterscheidet sich stark von meinem", jammerte eine andere.

Ich musste mir wirklich ihre Namen einprägen, aber ich war mein ganzes Leben lang Einzelgängerin gewesen. Ashlyns Namen kannte ich nur wegen ihrer Herkunft. Sie war die einzige Z-Clan-Omega in der Gruppe.

Kimmi war eine Vampir-Omega.

Und Jane eine W-Clan-Omega.

Alle anderen waren V-Clan-Omegas wie ich. Und mir die Namen jener Omegas einzuprägen, fiel mir schwer. Die Alpha-Namen hatten mir wichtiger geschienen, aber diese Omegas waren meine zukünftigen Nachbarinnen, also sollte ich mich vermutlich auch mit ihnen auseinandersetzen.

Mal abgesehen von der Brünette, die mit Ashlyn spricht, beschloss ich. Wenn es nach mir ging, konnte die Clique der Zimtzicken Leine ziehen.

Die Tür zur Pilotenkabine schwang auf und als Cillian in der Tür erschien, bildete sich Gänsehaut an meinen Armen.

Er musterte umgehend das Innere des Flugzeugs, obwohl sein Blick es nicht zu mir schaffte, bevor er sich auf den Ausgang konzentrierte.

Alle Omegas wurden still und blickten gebannt zu Cillian.

Einige sahen ihn mit unverborgenem Interesse an. Seine Dominanz war spürbar und bezirzte alles und jeden in seinem Orbit.

Er ignorierte sie alle, vermutlich, weil er die Köpfe der Anwesenden, die draußen warteten, durchsuchte.

Ich konnte ihn seine Kraft fast schon um den Gletschersektor legen spüren – wie er mittels seiner Gedanken Kontrolle über jedes einzelne Wesen darin nahm.

Seine Kraft wanderte surrend über meine Haut. Es war fast schon beängstigend, wie mächtig er war.

Er war ein Alpha-Prinz ohne den Titel. Seine uralte Blutlinie zeigte sich in seiner stillen Kraft.

Nach einem langen, angespannten Augenblick lief er auf die Tür zu und drückte auf einen Knopf. Mehrere Schlösser klickten und die Kabine stieß ein Zischen aus, als sich der Druck in der Kabine löste. Die eisige Luft drang ins Innere, und das, obwohl die Tür noch nicht einmal *offen* war.

„Mäntel", sagte er mit ruhiger und doch autoritärer Stimme.

Alle im Flugzeug folgten seinem Befehl, griffen nach den Jacken, die man uns vor Abflug gegeben hatte, und zogen sie an. Er selbst zog nichts über. Stattdessen öffnete er die Tür in Jeans und einem langärmligen Thermo-Shirt.

Es war eine Zurschaustellung seiner Macht. Seine Art, den Anwesenden wortlos klarzumachen, dass die eiskalte Energie dieses Sektors ihm nichts anhaben konnte.

Ein Teil von mir hatte sich gefragt, ob diese Besuche in anderen Sektoren dazu gedacht waren, neue Bündnisse mit den anderen V-Clan-Prinzen einzugehen. Mir schien, es würde Kieran ähnlich sehen, so etwas in die Wege zu leiten und es als Gefährten-Programm zu tarnen. Und natürlich hatte er Cillian damit betraut, das Programm zu überwachen, um eine klare Botschaft zu senden.

Denn Cillian war der politisch Bewanderte des Trios. Er war auch ein einzigartiges Symbol der Kraft. Er hätte ein Prinz sein können, hatte sich aber stattdessen entschieden, Kieran zu dienen. Das bedeutete, dass der Blutsektor nicht nur einen, sondern gleich zwei fähige Alphas am Steuer hatte, was ihre Position ganz oben auf der V-Clan-Hierarchie sicherte.

„Prinz Lykos", grüßte Cillian.

„Alpha Cillian", erwiderte eine kühle Stimme von draußen.

Stille kam über uns und schien der Luft einen noch eisigeren Wind einzuhauchen.

Die Alphas musterten einander.

Oder vielleicht unterhielten sie sich auch wortlos.

Mein Magen verkrampfte sich, als ich Cillians Gesicht musterte und mir das subtile Zucken in seinem Kiefer auffiel. Ansonsten ließ er sich nichts anmerken. Er schien gelassen wie immer. *Der geborene Politiker.*

Aber er wandte seinen Blick keine Sekunde vom anderen Mann ab. Nickte nicht. Gab mit keiner Geste zu verstehen, dass er ihm unterlegen wäre.

Prinz Lykos mochte hier das Sagen haben, aber Cillian würde sich nicht verbeugen. Das musste er nicht. Er war ein ebenbürtiges Wesen. Etwas, das er mit einer nicht so subtilen Gedankendurchsuchung unterstrich.

Ich konnte seine Gabe fast immer spüren. Sie fühlte sich an wie eine warme Liebkosung, nach der ich mich ununterbrochen sehnte und die ich nur sehr selten zu spüren bekam.

Umso mehr genoss ich die Empfindung jetzt und liebte es, wie sie meine innere Wölfin beruhigte.

Beschützt, schien sie zu sagen. *In Sicherheit.*

Denn genau dieses Gefühl hatte Cillian uns gegeben, als wir uns zum ersten Mal begegnet waren.

Ich schloss meine Augen um ein Haar, um mich in dieser Wärme zu sonnen. Aber im nächsten Augenblick ließ sie von meinen Gedanken ab, als Prinz Lykos sagte: „Willkommen im Gletschersektor. Sollen wir mit einer Führung beginnen?"

CILLIAN

Ivanas natürlicher Duft legte sich wie eine verdammte Schlinge um meinen Hals.

Jeder Atemzug erinnerte mich daran, wie ich neulich morgens in ihrem Zimmer gestanden hatte.

Und seither jeden Morgen, dachte ich düster.

Ja, ich ging immer wieder zurück. Wie ein Verrückter war ich unter dem Vorwand, nach ihr zu sehen, jeden Morgen durch die Schatten in ihr Gebäude gewandelt.

Dann hatte ich gewartet und ihrem wunderbaren Stöhnen gelauscht.

Ein Stöhnen, das meinen Namen durch die Luft trug.

Ein Stöhnen, das ich mit mir nach Hause nahm.

Ein Stöhnen, das mich heimgesucht hatte, während ich nach meinem Knoten gegriffen und meine Fantasien mit ihr in meinem Kopf ausgelebt hatte.

Es war … ein echtes Problem. Eine Sucht. *Und so verdammt falsch.*

Ivana war immer schon meine einzige Versuchung gewesen, und dieses Gefährten-Programm hatte mein Verlangen nach ihr um ein Vielfaches verstärkt.

Ich biss die Zähne zusammen und zwang mich, meine Gedanken von der erwähnten Versuchung loszureißen, die derzeit hinter mir lief, und suchte unsere Umgebung erneut nach Bedrohungen ab.

Alpha Lykos hatte es nicht gefallen, dass ich bei unserer Ankunft direkt ein Lasso um seine Alphas geschlungen hatte, aber sein Wohlbefinden ging mir am Knoten vorbei. Ich hatte dreizehn Omegas in einem unbekannten Land zu beschützen, das ich erst ein paar wenige Male besucht hatte. Die Landschaft war etwas zu eisig für meinen Geschmack. Und die Magie, die hier herrschte, irritierte meine Sinne.

Mein Wolf erschauderte, als würde er mir zustimmen, und sein Verlangen danach, rennen zu wollen, wurde von der eiskalten Luft, die an meinen freigelegten Hautstellen nagte, gedämpft. Kein Fell der Welt hätte diesem eisigen Klima standgehalten.

Nur Zauberei würde helfen.

Ich hatte meinen Körper bereits in einen Zauber gehüllt. Der Schild war dünn, aber funktionell. Wenn ich nicht eine Insel voller Alphas hätte überwachen müssen, hätte ich vielleicht mehr Magie darauf verwendet, die Schranke zu verdichten. Leider musste ich etwas Kraft in mir bewahren – für den unwahrscheinlichen Fall, dass ich jemanden bekämpfen musste.

Natürlich wäre Prinz Lykos ein Dummkopf, wenn er versuchte, den Omegas, die unter meinem Schutz standen, wehzutun. Ich war ein verlängerter Arm des Blutsektor-

101

Königs. Ein Anschlag auf mich würde einem auf Kieran gleichkommen.

Und kein Wolf, der bei Verstand war, wollte Kieran O'Callaghan herausfordern.

Na ja, einige hatten es einst in Erwägung gezogen. Prinz Tadhg, zum Beispiel. Er hatte Kierans Herrscherfähigkeiten angezweifelt und war auch nicht allzu angetan von Quinns Königswahl gewesen. Aber bisher war er im Alpha-Sektor geblieben – seinem Zuhause, das er regierte – und hatte keine Bedrohung dargestellt.

Falls und wenn sich das änderte, würde er sterben.

Denn auch wenn er über beachtliche Kräfte verfügte, war er nicht so mächtig wie Kieran. Niemand konnte es mit Kieran aufnehmen.

„Dieser Ort erinnert mich an mein Zuhause", flüsterte eine Omega hinter mir.

Sylvia, stellte ich fest. Der Gedanke war laut und von Staunen erfüllt, während sie die eisähnlichen Gebäude vor uns musterte.

„Ja", erwiderte eine weitere.

Prinz Lykos sah mit neugierigem Blick zurück, erwiderte jedoch nichts. Ganz offensichtlich hatte er die Bemerkung überhört und vermutlich auch das darunterliegende Kompliment vernommen.

Diese Omegas waren an Schnee und Eis gewöhnt. Sie alle liebten es hier.

Na ja, zumindest fast alle.

Ivana sagte nichts und auch ihre Gedanken waren still.

Ich warf ihr um ein Haar einen Blick zu, weil ich ihre innersten Gedanken kennen wollte. Würden mir ihre eisblauen Augen etwas verraten? Würde sie ihre Gedanken mit mir teilen, wenn ich sie darum bat?

Zähneknirschend schlug ich mir den dämlichen

Gedanken aus dem Kopf und konzentrierte mich stattdessen auf meinen Auftrag: die Omegas zu beschützen.

Ich schenkte den Worten von Prinz Lykos kaum Beachtung, während er die Infrastruktur des Sektors erklärte und von Zaubern sprach, die das Eis davon abhielten, zu schmelzen, und es den Bewohnern zugleich erlaubten, ein gutes Leben zu führen.

Alphas, Betas und eine Handvoll Omegas erwarteten uns auf dem Stadtplatz – einer weitläufigen Eisbahn inmitten der frostigen Stadt – und auf unsere Ankunft hin ging die Willkommensfeier los.

Nichts Extravagantes.

Nur ein paar Getränke, darunter auch die Spezialität des Gletschersektors – blutgetränkter Wodka –, sowie ein paar geheimnisvolle Snacks. Letztere bestanden aus Häppchen, die mittels Magie warmgehalten wurden.

Ich ließ mir ein paar davon schmecken und lehnte den Alkohol ab. Nicht, weil er meine Sinne trüben würde, sondern weil mir Wodka nicht besonders schmeckte.

Benz und Fritz folgten mir, ihr Blick stets auf der Menge, während unsere Omegas sich mit den Bewohnern des Gletschersektors unterhielten. Die meisten Alphas aus dem Gefährten-Programm waren hier, doch einige fehlten, darunter Prinz Cael.

Ivana schien dieser Umstand nichts auszumachen. Sie war zu beschäftigt damit, mit Ransom zu plaudern, um es zu bemerken.

Obwohl *plaudern* etwas zu übertrieben war. Sie unterhielt sich nicht wirklich mit ihm, sondern stand vielmehr neben dem Alpha und musterte die Menge.

Allem Anschein nach hatte Prinz Cael den anderen Alpha nicht mit seiner Redegewandtheit ausgestochen;

offensichtlich war er ganz einfach ein wortkarger Zeitgenosse.

Passt nicht zu Ivana, ging mir mit einem inneren Schnauben durch den Kopf. Sie brauchte jemanden, der es genoss, sie reden zu hören, und nicht jemanden, der ihr sagen würde, dass sie den Mund halten sollte.

Ich griff nach einem Glas Wasser, das auf einem Tablett in der Nähe stand, trank es in einem Zug leer und zwang mich dann, meinen Blick von ihr abzuwenden, um meine Aufmerksamkeit wieder auf die Menge zu richten.

Die Zeit schien dahinzukriechen wie eine Schnecke im Wald, aber als Prinz Lykos endlich das Ende der Feier ausrief, waren erst zwei Stunden seit unserer Ankunft vergangen.

Es wird eine verdammt lange Woche werden, murmelte ich zu mir selbst, als Lykos uns zu unseren Unterkünften führte.

„Lasst euch vom Eis nicht in die Irre führen", sagte er, bevor er auf eine Straße abbog, in der mehrere Iglus aneinandergereiht standen. „Sobald ihr im Iglu seid, werdet ihr feststellen, dass sie wohlig warm und behaglich sind."

Mehrere Omegas gaben ein begeistertes Raunen von sich.

„Jede Unterkunft bietet Platz für zwei Gäste", fuhr Prinz Lykos fort. „Ich habe euch bereits ein Iglu für euren Aufenthalt zugewiesen – basierend auf den Informationen, die ich von Königin Quinnlynn erhalten habe. Als Erstes haben wir Ashlyn und Sylvia."

Er warf der Z-Clan-Omega ein vernarrtes Lächeln zu, bevor er nach Sylvia suchte. Als die zierliche Blondine nach vorn trat, grinste er sie auch an und deutete mit der Hand auf ihr Iglu.

„Ich brauche eine Kopie der Unterkunftsliste", sagte ich zu ihm, als wir weitergingen.

Er zog seine dunkle Augenbraue hoch. „Dein König und deine Königin haben dir keine Kopie ausgehändigt?"

Mein Kiefermuskel drohte zu zucken, als ich die Frage vernahm. Sie deutete auf etwas hin, das mir überhaupt nicht gefiel: *Misstrauen*.

„Nein." Ich warf ihm ein angespanntes Lächeln zu, dass er – so viel war mir klar – direkt durchschaute. Aber nur für den Fall, dass dem nicht so war, ergänzte ich: „Kieran lag die Sicherheit mehr am Herzen. Deswegen hat er mir Pläne deines Sektors gegeben, nicht die Unterkunftsliste für die Omegas."

Jetzt war es Prinz Lykos, der das Zucken seiner Kiefermuskulatur überspielen musste. Mit dem Unterschied, dass es ihm nicht einmal annähernd so gut gelang wie mir. „Verstehe."

Eine lange Zeit sagte er nichts. Allem Anschein nach hatten meine Worte volle Arbeit geleistet. Ich hatte Kieran absichtlich ohne seinen Titel erwähnt, weil ich das konnte. Und wie wir beide wussten, stand Lykos nicht dasselbe Recht zu.

Weil er nicht der beste Freund des Blutsektor-Königs war.

Obwohl an dieser Stelle zu erwähnen ist, dass alles, was ich Lykos gesagt hatte, der Wahrheit entsprach. Kieran und ich hatten den Grundriss des Gletschersektors studiert und alle potenziellen Gefahren markiert. Vorübergehende Unterkünfte hatten uns nicht interessiert. Ich hatte gewusst, wo wir im Gletschersektor unterkommen würden, nur nicht, wer sich ein Iglu mit wem teilen würde.

„Du kannst diese Auflistung haben, wenn ich fertig bin", murmelte Prinz Lykos schließlich, bevor er Benz und Fritz das nächste Iglu zuteilte.

Ich sah meine beiden Männer an. „Begleitet uns weiter.

Ihr könnt zurückkehren, sobald wir wissen, wer wo unterkommt."

Die beiden nickten und folgten uns, während die Omegas in Zweiergruppen ihren Unterkünften zugewiesen wurden. Als wir uns den letzten paar Iglus näherten, beschlich mich ein ungutes Gefühl.

Denn ich hatte so eine Ahnung, wie die Sache ausgehen würde.

Vielleicht war Kieran besser im Bilde über die vorübergehenden Unterkünfte, als ich angenommen habe, dämmerte mir. Jetzt knirschte ich aus einem ganz anderen Grund mit den Zähnen.

Meine Befürchtung bestätigte sich, als Prinz Lykos sagte: „Und das letzte Iglu da drüben gehört dir und Omega Ivana."

Ich werde dich verdammt noch mal umlegen, Kieran, knurrte ich.

Nicht, dass der Mistkerl mich hören konnte. Er war zu weit weg, um ihn mittels meiner telepathischen Fähigkeiten erreichen zu können. Aber ich würde ihm sehr bald eine Nachricht schreiben.

„Oh, ich …" Ivana verstummte und ihr Blick schnellte zu mir, dann zurück zu Prinz Lykos. „Okay."

Der Gletschersektor-Alpha legte seinen Kopf schief. „Bis du dir sicher, Kleine?", fragte er sie mit sanfter Stimme, was mir gehörig auf die Nerven ging. „Ich hatte die Einteilung zunächst angezweifelt, aber dein König und deine Königin sagten, dass Cillian und du euch nahesteht. Wenn dem nicht so ist, dann …"

„Dann was?", fiel ich ihm mit hochgezogener Augenbraue ins Wort. „Teilst du ihr dann eine Gästesuite in deinen persönlichen Gemächern zu?"

Ein verärgerter Ausdruck flackerte in Prinz Lykos'

Augen auf, als er mich ansah. „Ich wollte vorschlagen, dass du in eurem Flugzeug schläfst."

Ich schnaubte abschätzig. „Kommt nicht infrage. Ich werde in der Nähe meiner Schützlinge bleiben und auf sie aufpassen."

„Willst du damit sagen, dass du sie nur aus nächster Nähe beschützen kannst, Cillian? Denn ich glaube, wir beide wissen, dass das gelogen ist." Er zog an der mentalen Schlinge, die ich um seinen Sektor geworfen hatte, sobald wir hier angekommen waren. Seine Kraft war fast so stark wie meine.

Aber eben nur *fast*.

Denn ich war stärker. Schneller. Und imstande, den Gletschersektor sprichwörtlich in die Knie zu zwingen.

„Ist schon gut", unterbrach Ivana, bevor ich antworten konnte. „Ich war nur etwas überrascht. Aber es macht mir nichts aus. Wirklich." Sie räusperte sich und machte einen Schritt nach vorn, bevor sie mich mit ihren schönen Augen ansah. „Lass uns gehen, Alpha Cillian."

Das war jetzt schon das zweite Mal diese Woche, dass sie mich mit *Alpha Cillian* angesprochen hatte. Zum ersten Mal, als sie mir einen guten Abend gewünscht hatte. Mir war klar, dass sie es absichtlich tat.

Weil ich ihr das vor mehreren Wochen ins Gesicht gepfeffert hatte. Damals, als ich vorgeschlagen hatte, dass sie mich so nennen und mich in Ruhe lassen sollte.

Jetzt … jetzt gefiel mir die Anrede nicht mehr. Überhaupt nicht.

Aber anstatt etwas zu bemerken, nickte ich und bedeutete ihr, voranzugehen. „Danke, für die Unterkünfte, Prinz Lykos. Ich werde mein Lob gern an Kieran weitergeben."

Mit diesen Worten ließ ich den Gletschersektor-Alpha zurück und presste eine Hand auf Ivanas unteren Rücken.

So weit hätte ich nicht gehen müssen, doch mein Wolf verlangte, dass ich meinen Anspruch geltend machte. *Die hier beschütze ich*, sagte die Platzierung meiner Hand. *Halt dich von ihr fern, verdammt.*

Der Kerl hatte doch tatsächlich vorgeschlagen, dass ich im Flugzeug schlafe. Was für ein Vorschlag war das denn? Und anzudeuten, dass Ivana sich in meiner Anwesenheit nicht wohlfühlen könnte …

Ich verkniff es mir, ein Knurren auszustoßen.

Wenn dieses Arschloch über unsere Vergangenheit im Bilde gewesen wäre, hätte er meine Absichten gegenüber Ivana keine Sekunde angezweifelt.

Ivana betrat das Iglu als Erste und ihr aschblondes Haar glitzerte im schummrigen Licht, das sie in ein goldenes Glühen einhüllte. Eines, das ich ganze zwei Sekunden lang bewunderte, ehe sie durch die Schatten auf die gegenüberliegende Seite des Zimmers wandelte und sich funkelnd zu mir umdrehte.

In der Mitte des beengten Zimmers stand ein riesiges Bett und schien eine Art Schutzschranke zwischen uns zu bilden.

Und es ist das einzige Bett hier drinnen, dämmerte mir, nachdem ich mich kurz umgesehen hatte. *Warum zum Teufel …?*

„Bist du jetzt plötzlich daran interessiert, ein Sektoren-Alpha zu werden?", keifte Ivana und riss mich mit ihrer Frage aus meinen Gedanken.

„Was?" Ich runzelte die Stirn und schloss die Tür hinter mir. „Was soll die Frage?" Sie wusste besser als jeder andere, dass ich kein Verlangen verspürte, ein Anführer zu sein.

Sie zeigte nach draußen. „Deswegen."

Ich blinzelte sie an. „Ich verstehe nur Bahnhof, Ivana."

„Du hast Prinz Lykos gewissermaßen herausgefordert",

sagte sie mit zusammengebissenen Zähnen. „Also will ich wissen, ob du plötzlich das Bedürfnis verspürst, ein Sektoren-Alpha zu werden. Denn soweit ich weiß, hattest du kein Interesse an etwas anderem, als König Kieran zu verehren."

Ich riss meine Augenbrauen hoch. Ihr Tonfall erwischte mich eiskalt – und ihre Anschuldigung auch. „Ich habe gar niemanden herausgefordert."

Sie warf mir einen Blick zu, der sagte: *Schon klar.* Oder vielleicht war das auch der Gedanke, der ihr durch den Kopf ging. Ich konnte mich nicht genug konzentrieren, um zu bestimmen, was sie dachte, weil ich zu überrascht von ihrem tadelnden Blick war. Omegas funkelten mich sonst *nie* an. Vor allem nicht Ivana.

„Was hast du für ein Problem?", wollte ich wissen. „Ich habe mir diese Wohnsituation nicht ausgedacht, also lass deine Frustrationen nicht an mir aus."

Sie stieß ein lautes, humorloses Lachen aus. „*Wow.*" Mit dieser tiefgründigen Aussage lief sie zu unserem Gepäck auf dem Sofa – das während unserer Führung und der Feier hierhergebracht worden war – und riss ihr Gepäckstück auf.

Ich wartete darauf, dass sie ihrer Aussage noch etwas hinzufügen würde.

Aber das tat sie nicht.

Stattdessen riss sie eine kleinere Tasche und ein paar Kleidungsstücke aus ihrem Koffer, bevor sie ins anliegende Badezimmer stampfte und die Tür hinter sich mit derartiger Wucht zuwarf, dass ich das dunkle Holz zwischen uns mit weit aufgerissenen Augen anstarrte.

Glaubst du wirklich, dass eine Tür mich davon abhält, mit dir zu kommunizieren?, fragte ich in ihre Gedanken, irgendwie amüsiert und verärgert zugleich.

Sie antwortete nicht.

Nicht einmal in Gedanken.

Natürlich konnte ich nichts hören. Ivana lebte in einem ständigen Zustand des Friedens, den ich nicht stören wollte.

Ivana.

Nichts.

Ich knurrte. *Du hast drei Sekunden, ehe ich durch die Schatten wandle, da reinkomme und dich zum Reden bringe, Ivana.*

Ich tue nur, was du von mir verlangst hast, Alpha Cillian, flötete sie zurück.

Was ich von dir verlangt habe?, wiederholte ich, vollends eingenommen von den verrückten Gedanken dieser Frau.

Ja. Ich sehe davon ab, dich mit meinem fehlgeleiteten Hang, Alphas zu sagen, was sie tun und lassen sollen, zu verärgern. Immerhin will ich dich nicht mit meinem deplatzierten Selbstbewusstsein belästigen.

Seufzend ließ ich meinen Kopf in den Nacken fallen und war mir sicher, dass sie den Laut durch die Tür vernehmen konnte. *Ivana …*

Lass mich einfach in Ruhe, Alpha Cillian. Ich würde jetzt gern duschen und mich dann schlafen legen.

Hör auf, mich Alpha Cillian zu nennen, knurrte ich zurück.

Stille. Kein Hinweis darauf, dass sie mich gehört hatte. Kein einziger Gedanke, kein einlenkendes Murmeln.

Ich ballte meine Hände zu Fäusten und wurde mit jeder Sekunde wütender.

Aber anstatt durch die Schatten zu wandeln und das Badezimmer zu betreten, wie es ein dunkler Teil von mir tun wollte, zwang ich mich, stattdessen das Iglu zu verlassen.

Eigentlich hatte ich tief durchatmen und mich sammeln wollen, doch als ich rauskam, standen Benz und Fritz bereits vor der Tür. Letzterer schien ein Stück Papier in der Hand zu halten. Ich vermutete, dass es sich dabei um die Liste mit den Unterkünften von Prinz Lykos handelte.

Verdammt. Ich hatte meine beiden Leutnante ohne Befehle hier draußen stehen gelassen.

Weil mir völlig entfallen war, dass sie hier waren.

Ein Iglu mit Ivana zu teilen, würde mich verdammt noch mal den Verstand kosten.

Und meinen Stolz.

„Ich übernehme die erste Schicht", sagte ich zu Benz und Fritz. „Geht und ruht euch aus."

„Um wie viel Uhr sollen wir bereit sein?", fragte der Beta.

Es war eine harmlose Frage.

Aber sie brachte mich dazu, ihn anknurren zu wollen.

Vielleicht, weil ich auch die Gedanken, die ihm durch den Kopf schossen, vernehmen konnte. Alle davon drehten sich darum, dass ich mit Ivana im selben Iglu unterkam und dass er damit nicht einverstanden war.

Tja, er war nicht der Einzige, der ein Problem mit der Zimmerverteilung hatte.

Aber es war nicht seine Aufgabe, sich darum zu kümmern, sondern meine.

Dennoch war mein Instinkt, ihn anzufallen, problematisch. Denn, wen interessierte es, was er dachte, verdammt?

Mich sollte es jedenfalls kaltlassen.

Und doch ging mein Wolf unter meiner Haut geradezu auf und ab, entschlossen, frei zu brechen und sich diesen Beta zu unterwerfen.

Scheiße. Ich konnte mich nicht erinnern, wann ich zuletzt das Gefühl gehabt hatte, die Kontrolle über mein Tier zu verlieren.

Es liegt an Ivana. An ihrem Duft. Ihrer frechen Art. Zu wissen, dass sie in diesem Augenblick vermutlich nackt unter der Dusche steht …

Ich schluckte. Und zwar *hart*. Und konzentrierte mich dann auf Benz. „Ich werde euch aufwecken, wenn ich euch brauche. Bis dahin könnt ihr euch ausruhen."

Anstatt auf seine Antwort zu warten, wandelte ich zurück durch die Schatten zum Flugzeug und projizierte mithilfe meiner Uhr einen Bildschirm an die Wand. Prinz Lykos hatte recht gehabt: Ich konnte die Omegas von hier aus überwachen.

Aber das bedeutete noch lange nicht, dass ich in diesem verdammten Flugzeug nächtigen wollte.

Trotzdem wollte ich ungestört mit meinem ältesten Freund sprechen. Spezifisch gesagt über die *Unterkunftsliste*, die ich Fritz überlassen hatte. Oder zumindest ging ich davon aus. Ich hatte keine Ahnung, was er sonst in den Händen gehalten hatte.

Egal. Ich werde von dem Arschloch, der die besagte Liste erstellt hat, eine Kopie verlangen.

Kieran beantwortete den Anruf binnen weniger Sekunden, nachdem ich seinen Namen auf dem durchsichtigen Bildschirm gewählt hatte. Sein besorgter Ausdruck tauchte umgehend auf der Oberfläche auf. „Was ist los?"

„Findest du nicht, dass Benz ein besserer Zimmergenosse für Ivana gewesen wäre?", fragte ich ihn, ohne auf seine Frage einzugehen oder ihn zu begrüßen.

Alles war in Ordnung.

Im Großen und Ganzen.

Mal abgesehen davon, dass das Iglu nur über ein Bett verfügt, verdammt, dachte ich und rief mir die Einrichtung des Zimmers in Erinnerung. Ich hatte es beim Eintreten kaum bemerkt, weil Ivana so wütend gewesen war. Sie hatte mich von der Schlafsituation abgelenkt – eine Schlafsituation, die ich jetzt mit Kieran besprechen wollte.

„Du hättest sie auch mit Fritz einteilen können, der wie sie auch ein Omega ist", ergänzte ich.

„Willst du mir jetzt wirklich sagen, dass du meine Nistzeit mit Quinnlynn unterbrochen hast, um dich über deine Schlafsituation zu beschweren?", wollte Kieran mit leicht verärgertem Tonfall wissen, der aber nicht zum belustigten Ausdruck in seinen dunklen Augen passte.

„Ich weiß, was du im Schilde führst", informierte ich ihn, blendete seinen Tonfall aus und überging seine Frage. „Hör auf, dich in mein Privatleben einzumischen, Kieran."

„Das würde ich nie tun!"

„Ja, ja. Schon klar." Ich hatte keinen Zweifel daran, dass er das durchaus tun würde. „Hast du auch nur einen Augenblick darüber nachgedacht, was Ivana davon hält? Vergiss mich. Denk mal an sie und ihr Wohlbefinden."

„Ich bezweifle stark, dass Ivana sich nicht wohlfühlt", erwiderte Kieran, ohne zu zögern. „Wenn dem so wäre, dann wegen dir, nicht meinetwegen."

Ich kniff meine Augen zusammen. „Ich habe rein gar nichts getan."

„Dann bin ich mir sicher, dass es ihr gut geht", meinte er und zuckte mit seiner nackten Schulter. „Was deine Fragen angeht ... Fritz war vor Kurzem der Gedankenkontrolle eines Alphas unterworfen. Ich bezweifle, dass er sich das Zimmer mit einem bekannten Telepathen teilen möchte. Und du hast erwähnt, dass Benz dir vielleicht physischen Schaden zufügen möchte, also bin ich davon ausgegangen, dass du nicht mit ihm zusammenwohnen willst."

Er hielt inne, doch ich spürte, dass es nicht daran lag, weil er auf eine Antwort von mir wartete. Vielmehr schien er abgelenkt von etwas – oder, was wahrscheinlicher war, von *jemandem* – im Hintergrund.

Trotzdem erachtete ich es für wichtig, zu sagen: „Ich habe meine Vorbehalte, was Benz angeht, geäußert, weil seine gewalttätigen Gedanken mir gegenüber dazu führen dürften, dass er mich als seinen Befehlshaber nicht respektiert. Ich habe zu keinem Zeitpunkt gesagt, dass ich um meine persönliche Sicherheit fürchte oder besorgt bin. Diese Ausrede ist fadenscheinig, und das weißt du auch."

„Hm, wenn ich falschliege, kannst du den Wechsel gern vornehmen", erwiderte er abgelenkt. „Wenn du mich jetzt entschuldigst, meine Omega ist schwanger und braucht meinen Knoten."

Die Kamera wanderte von ihm weg und an seine Stelle rückte die Wand seines Schlafzimmers, während Quinnlynn etwas auf Kierans unverblümten Kommentar erwiderte.

„Ich will eine elektronische Kopie der Unterkunftsliste", sagte ich, bevor er auflegen konnte.

Das würde es mir ersparen, Fritz um den Zettel zu bitten. Ich war nicht einmal sicher, ob sich darauf die Information befand, nach der ich suchte. Es hätte sich genauso gut um einen Bericht oder einen Brief handeln können.

Kieran erschien erneut. „Das scheint mir reine Zeitverschwendung, aber na gut. Ich werde sie dir heute Abend schicken."

Er mochte es als Zeitverschwendung ansehen, ich aber nicht. Ich musste das geradebiegen, damit ich mich auf meinen Auftrag konzentrieren konnte.

Wieder wurde die Kamera bewegt. Die Wand kam abermals in Sicht und wurde dann wiederholt von Kierans Gesicht abgelöst.

„Oh, und Cillian", fügte er an, „wenn du mich jemals

wieder ohne Grund störst, wenn ich im Nest meiner Königin bin, werde ich dich in eine Grube voller Infizierten werfen."

„Ich würde mich ganz einfach mittels meiner Schatten hinauszaubern", erwiderte ich.

Er zuckte abermals mit den Achseln. „Ich würde es trotzdem tun."

„*Kieran*", tadelte Quinnlynn im Hintergrund, mit einem Tonfall, der mich daran erinnerte, wie Ivana gerade mit mir gesprochen hatte.

Er lächelte bloß. „Ich komme, Schatz."

Der Bildschirm wurde schwarz und ich schüttelte den Kopf, während ich die Tastatur hervorholte, um zu schreiben: *Kuppler zu spielen, passt nicht zu dir.* Dann drückte ich auf *Senden* und schloss den Bildschirm.

Eine Sekunde später machte sich ein Surren an meinem Handgelenk bemerkbar.

Ich blendete es um ein Haar aus.

Aber mein Stolz zwang mich, einen Blick auf Kierans Antwort zu werfen.

Ich bereute meine Entscheidung umgehend.

Denn seine Worte trafen mitten ins Herz.

Die Rolle eines Märtyrers steht dir auch nicht gut, alter Freund.

IVANA

Das muss ein schlechter Witz sein, dachte ich, und starrte mit finsterem Blick aufs Bett.

Klar, es hatte eine gute Größe – ein Doppelbett. Vielleicht sogar noch etwas größer. Aber es gab nur eines davon. Ein einziges.

Mir kam ein Knurren über die Lippen, als ich mich davor stellte, und mein Seidenpyjama raschelte mit jedem Schritt. *Ich kann dieses Bett nicht mit Cillian teilen. Es geht einfach nicht. Nicht, wo ich doch all die Träume von ihm gehabt habe.*

Bei den Göttern, es wäre echt ganz schön peinlich, wenn ich über einen Gedankenleser fantasierte, während ich neben ihm schlief. Er würde jedes Wort mitbekommen. Jedes Detail.

Und dann würde er mich nur noch mehr bemitleiden.

Vermutlich würde er mir ins Gesicht sagen, dass ich in der falschen Liga spiele oder so.

„Bäh", ächzte ich und legte meine Hände auf die Augen. „Schlimmer geht's kaum."

Ich hatte ihn ausgeschimpft, jetzt musste ich auch noch mit ihm zusammenwohnen. *Eine ganze Woche lang.*

„Das ist der reinste Albtraum."

Ich war versucht gewesen, Benz anzuflehen, seinen Mitbewohner mit meinem zu tauschen, aber ich hatte nicht schwach erscheinen wollen.

Und vielleicht wollte ein winzig kleiner, unbedeutender Teil von mir ein Iglu mit Cillian teilen.

Aber mir war nicht klar gewesen, dass es nur ein Bett geben würde. Ich hatte mindestens zwei erwartet. Bevorzugt in getrennten Schlafzimmern.

Dann hatte Cillian angefangen, sich mit Prinz Lykos zu messen. Etwas, das er seit unserer Ankunft getan hatte – und ich hatte reagiert. Ihr steigender Alpha-Testosteronspiegel hatte mich völlig durcheinandergebracht und meine Knie weich werden lassen. Ich hatte gespürt, wie sich Nektar zwischen meinen Beinen gebildet hatte und mein Inneres ganz erpicht darauf war, vom Alpha *beansprucht* zu werden, den ich fälschlicherweise schon viel zu lange als meinen angesehen hatte.

Was mich dazu getrieben hatte, auf die einzige Weise, die ich kannte, zu antworten: indem ich die Zimmerverteilung akzeptierte.

Entweder das oder öffentlich bloßgestellt werden und Cillian um seinen Knoten anflehen.

Bei den Sternen, was hat er überhaupt hier zu suchen? Hätte König Kieran nicht einen anderen Alpha mit unserer Sicherheit beauftragen können?

Nein, natürlich nicht. Denn es gab niemand anderen.

Lorcan musste den Nachtsektor beschützen. Und Cillian war der einzig andere Alpha, den man mit einer solchen Aufgabe betrauen konnte.

Ein weiteres Knurren rumpelte durch meine Brust, woraufhin ich meine Hände an die Seiten sinken ließ und die Matratze anfunkelte. „Ich weigere mich, neben ihm zu schlafen. Kommt nicht in die Tüte."

Und das Sofa war viel zu klein, um ihm genug Platz zu bieten. Was bedeutete, dass ich darauf nächtigen musste.

Die einzig andere Option wäre, das Bett zu teilen, und das kam nicht infrage.

Ich näherte mich dem Sofakissen, um meine Hand dagegen zu pressen. Es war fest, aber nicht zu hart, um nicht darauf nächtigen zu können.

„Hm", summte ich, während ich unsere Gepäckstücke auf den Boden stellte – Cillians war überraschend leicht – und die Wurfkissen musterte. Über der Lehne des Sofas lag eine Decke. Leider würde die nicht genügen, um mich in diesem Sektor warmzuhalten.

Klar, das Iglu wurde magisch beheizt, was für eine angenehmere Temperatur sorgte, aber es war trotzdem kalt.

Alle Omegas sagten immer wieder, dass sie dieser Sektor an ihr Zuhause erinnerte – ein Zuhause, in das ich vorhatte, mit meinem zukünftigen Gefährten zu ziehen.

Der Gedanke ließ mich erschaudern. Sobald ich das eisige Klima hier gespürt hatte, war mir … übel geworden. Als würde ich nicht hierhin gehören. Es hatte mir nichts ausgemacht, bis ich all die anderen Omegas aufgeregt hatte sagen hören, wie ‚heimelig' sich dieser Sektor anfühlte.

Bedeutet das, dass ich mich im Nachtsektor nicht wohlfühlen werde?, fragte ich mich. *Werde ich es dort hassen?*

Der Gedanke, dass ich nicht dazu passen könnte …, hatte mich völlig aus der Bahn geworfen.

Das, und dass ich mir mit Cillian ein Iglu teilen musste, hatten mich in ein emotionales Wrack verwandelt und dazu geführt, dass ich meinen Frust an ihm ausgelassen hatte.

Ich atmete scharf aus und lief zurück zum Bett, um nach der Steppdecke und einem Kissen zu greifen. „Das hier wird genügen müssen."

Zum Glück war Cillian nirgends zu sehen. Dieser Mistkerl hätte sich vermutlich eine Diskussion mit mir geliefert. Oder noch schlimmer: wieder verlangt, dass ich mit ihm *sprach*. Etwas, wonach mir überhaupt nicht der Sinn stand.

„*Hör auf, mich Alpha Cillian zu nennen*", waren seine letzten Worte gewesen.

Bei den Göttern, die Dinge, die ich ihm in diesem Augenblick hatte an den Kopf werfen wollen …

Wie viele Male hast du verlangt, dass ich dich so nenne?

Glaub mir, ‚Alpha Cillian' ist die nettere Bezeichnung von zweien.

Jetzt weist du mich schon dafür zurecht, dass ich höflich bin? Wie ironisch.

Wäre dir ‚Prinz Cillian' lieber?

Sag mir nicht, was ich tun und lassen soll. Dieses Recht hast du verloren, als du mir das Herz gebrochen hast.

Fick dich, Alpha Cillian.

Hör auf, mich zu belästigen.

Hör auf, mich anzuknurren.

Hör auf, zu existieren.

Hör auf, Nacht für Nacht meine Träume heimzusuchen.

Die Liste war endlos. Jede einzelne Aussage war mir, während ich geduscht hatte, durch den Kopf gegangen und tat es auch jetzt noch, als ich mich auf das Sofa legte.

Wenn mein Gehirn doch nur einen Ausschaltknopf hätte.

Als ich meine Augen schloss, ging mir der vergangene Abend durch den Kopf.

Der Flug zum Gletschersektor. Ashlyns merkwürdiges Verhalten. Wie ich versucht hatte, Tagebuch zu führen. Die Willkommensfeier. Ransoms leicht dominante Haltung, während er, ohne viel Worte zu verlieren, neben mir stand. Cillians nicht so subtile dominante Haltung, als er Prinz Lykos praktisch herausgefordert hatte.

Die Worte, die ich mit Cillian in diesem Iglu gewechselt hatte.

Die Worte, von denen ich mir wünschte, sie gesagt zu haben.

Die Worte, von denen ich froh war, dass ich sie nicht gesagt hatte.

Ich boxte ins Kissen neben meinem Kopf und versuchte, es mir gemütlicher zu machen.

Hör auf, befahl ich meinem Hirn. *Hör einfach auf. Ich muss schlafen.*

Ransom hatte gefragt, ob ich morgen mit ihm eislaufen gehen wollte. Etwas, das ich noch nie getan hatte. *Vielleicht wird es spaßig*, dachte ich. *Und vielleicht breche ich mir den Hals.*

Zum Glück bin ich so gut wie unsterblich.

Heilige Muttergottheiten, hör auf, zu denken.

La. La. La.

Ich dachte an Ransom und sein sanftes Lächeln. *Eislaufen wird bestimmt witzig. Ich meine, es wird bitterkalt sein, aber … aber es wird mir gefallen.*

Es muss mir gefallen.

Diese Umgebung muss mir gefallen. Sie ist meine Zukunft. Nicht Cillian. Nicht der Blutsektor.

Der Nachtsektor.

Ich schaffe das.

Ich schaffe das.
Ich schaffe das.

Der Singsang hallte durch meinen Kopf und ließ meine Zweifel in den Hintergrund rücken.

Oder zumindest hatte ich das gehofft.

Aber als ich endlich ins Land der Träume abdriftete, suchte mich eine Erinnerung aus längst vergessenen Tagen heim. Eine Zeit, in der mir kalt gewesen war. In der ich allein gewesen war. In der ich Angst gehabt hatte. *Und in der ich halbtot gewesen war …*

Eine Zeit, in der Cillian mein Held gewesen war.

„Ich passe auf dich auf", hatte er mir ins Ohr geflüstert. „Du bist jetzt in Sicherheit."

Eine Wärme, wie keine andere, hatte sich in diesem Augenblick in meinem Herzen ausgebreitet. Eine Wärme, die ich nur verspürte, wenn ich an ihn dachte.

An meinen intendierten Gefährten.

Das Objekt der Begierde meiner Wölfin.

Mein Alpha.

Sein Duft – Pfefferminze versetzt mit etwas Männlichem, etwas, das durch und durch Cillian war – legte sich wie eine schützende Decke über mich.

Ich atmete tief ein. Liebevoll. *Sehnsüchtig.*

Meins, schnurrte meine Wölfin.

Doch kurz darauf erinnerte ich mich an die Worte, die er an der Krönung im Blutsektor von sich gegeben hatte, was mich aus meinem schlafähnlichen Zustand rüttelte. Ich erwachte in einem Meer aus Dunkelheit. Ich zog meine Knie an meine Brust und ein kalter Schauer rann meinen Rücken hinab.

Wo bin ich? Es war unmöglich, dass ich zurück in dieser Grube war. Der weiche Untergrund fühlte sich nicht im Geringsten so an wie der kalte, harte Boden dieser vermaledeiten Grube.

Trotzdem verspürte ich das Bedürfnis, in der Luft zu schnüffeln, um mich zu vergewissern, dass mir der Gestank von Kupfer und Dreck nicht entgangen war.

An ihrer Stelle roch ich Cillian. *Ein erfrischender Pfefferminz-Kuss.*

Wie in den vergangenen Tagen auch.

Aber ich hatte nicht von ihm geträumt, wie ich es bisher hatte. Dieser Traum ... dieser Traum war zu real gewesen. Zu nahe an dem, was uns in der Vergangenheit widerfahren war.

Ich blinzelte verwirrt und rollte mich auf meinen Rücken.

Dann presste ich meine Lippen aufeinander und musterte das fremde Bett, in dem ich lag.

Wie ...? Wo ...?

Erinnerungen an die gestrige Nacht – oder vielleicht an die frühen Morgenstunden – prasselten auf mich nieder und erinnerten mich daran, dass ich im Gletschersektor war. In einem Iglu. *Und ich bin auf dem Sofa eingeschlafen.*

Aber ... aber ... Ich lag nicht mehr auf dem Sofa. Ich befand mich jetzt in Decken eingerollt auf dem Bett.

Und Cillian ... Cillian war nirgends zu sehen.

Das Einzige, was ich vernahm, war der verweilende Duft und die Wärme, die er zurückgelassen hatte.

An meinem Rücken, realisierte ich und legte meine Hand an die Stelle. Sie fühlte sich warm an, als wäre ich stundenlang gegen einen andern Körper gepresst gewesen.

Das Bett ... Ich ließ meine Hand über die Matratze wandern. *Die Stelle neben mir ist immer noch warm.*

Cillian war hier gewesen.

Er hatte mich auf die Matratze gelegt.

Und ... *hat mich dann in seinen Armen gehalten? Wie lange? Geschieht das hier gerade wirklich? Träume ich? Was hat das zu bedeuten?*

Fragen über Fragen gingen mir im Kopf herum und meine Fantasie drohte, mich mit einer Sturmflut an hoffnungsvollen Bildern zu überwältigen.

Ich schüttelte den Kopf und zwang mich, ihn zu klären. Ich würde noch überschnappen, wenn ich mich in Was-wäre-wenn-Szenarien verlieren würde.

Cillian hatte mich ins Bett gebracht.

Ich hatte geschlafen.

Das war alles.

Ich sah auf die Uhr an meinem Handgelenk und stellte fest, dass es noch früh war, aber ich stand trotzdem auf. Schlafen konnte ich jetzt ganz sicher nicht mehr. Ich würde … mich ganz einfach auf den Tag vorbereiten.

Auf meine Verabredung.

Mit Alpha Ransom.

CILLIAN

Ich war mir nicht ganz sicher, was mich mehr aufbrachte: dass Ivana versuchte, eiszulaufen oder Ivana schlafend auf dem Sofa liegen zu sehen.

Beides bedrohte ihre Gesundheit und ihre Sicherheit. Letzteres Problem hatte ich lösen können, indem ich sie ins Bett gelegt hatte. Ersteres Problem, aber, war ich derzeit gezwungen, als unbeteiligter Außenstehender zu beobachten.

Während ein anderer Alpha seine dreckigen Pfoten an sie legte, um zu versuchen, sie vor dem Sturz zu bewahren.

Immer, wenn es dem Arschloch misslang, wandelte ich um ein Haar durch die Schatten zur Eisbahn, um mich eigenhändig um Ivana zu kümmern.

Bedauerlicherweise lautete meine heutige Aufgabe, aus der Ferne zuzusehen und zu beschützen, und nicht, Ivana beizubringen, wie man sich auf tödlichen Klingen aufrecht hielt.

Sie kicherte, während Ransom ihr die Arme um die Taille legte, und wedelte wild mit den Armen, um das Gleichgewicht zu halten.

Mein Wolf knurrte innerlich, aufgebracht über den Anblick, der sich uns bot. *Ein anderer Alpha hat seine Hände an unserer Frau*, schien mein inneres Biest zu sagen. *Töte ihn.*

Sie gehört uns nicht, dachte ich zu meiner tierischen Hälfte.

Ivana den ganzen Tag über zu halten, während sie schlief, war eine dumme Idee gewesen. Aber sie zu einer Kugel zusammengerollt auf diesem Sofa liegen zu sehen, hatte einem Teil von mir das Herz gebrochen.

Ein Teil, dem der Hauch von Blau auf ihren Lippen und die Gänsehaut an ihren Armen überhaupt nicht gefallen hatte. Sie hatte geschlottert und gezittert und war *allein* gewesen.

Es hatte mich an die Nacht erinnert, in der wir uns begegnet waren.

Eine Nacht, in der ich instinktiv für sie geschnurrt und ihren Körper stundenlang an meinen gekuschelt hatte.

Sie hatte so jung ausgesehen. So schwach. So *gebrochen*.

Und letzte Nacht hatte sich mir ein ähnlicher Anblick geboten.

Oder vielleicht hatte ich mir das nur eingebildet.

Trotzdem hatte ich mich nicht davon abhalten können, sie zum Bett zurückzutragen und für sie zu schnurren, während sie schlief. Es hatte sich so richtig angefühlt, obwohl es so falsch gewesen war.

Ich verdiente weder sie noch eine andere Omega. *Nicht nach dem, was ich meinen Vater habe tun lassen …*

Bevor die Gedanken an sie meinen Kopf einnehmen konnten, kreiste ich meinen Nacken, um die uralte

Erinnerung abzuschütteln. Das Letzte, was ich jetzt brauchte, war noch mehr Ablenkung. Ivana war mehr als genug.

Wenn dieser Alpha sie noch einmal anfasst ... Ich knirschte mit den Zähnen, als Ransom Ivana erneut abfing, bevor sie vornüber aufs Eis fallen konnte.

Ihr darauffolgendes Lachen wanderte auf direktem Wege in meinen Magen. So einen Laut hatte ich sie noch nie ausstoßen hören.

Weil sie in meiner Anwesenheit nie lachte.

Klar, sie hatte mich schon angelächelt und mit mir geflirtet, aber sie hatte nie gelacht. Das Höchste der Gefühle war ein aufgesetztes Kichern, wenn sie umringt von anderen Blutsektor-Omegas war, was sie aber meist mit einem Rollen der Augen kombinierte.

So hatte Ivana sich in Anwesenheit von Miranda und ihrer Bande aus fiesen Mädchen verhalten.

Genau das hatte ich an ihr so bewundert – ihre Fähigkeit, sich nicht darum zu scheren, was andere dachten.

Verdammt, ich bewunderte so vieles an Ivana. Zum Beispiel, wie ihre Hüften in dieser engen Jeans aussahen.

So verdammt gebärfreudig, dachte ich und mein Knoten pulsierte.

Ich wandte meinen Blick von ihr ab, um meine Aufmerksamkeit auf die anderen Omegas zu richten, die mit ihren Alpha-Dates am heutigen Abend auf der Eisbahn liefen. Mein Wolf beruhigte sich umgehend, weil er nicht im Geringsten interessiert an den anderen Paaren war.

Ich ballte meine Hände zu Fäusten und löste sie dann wieder, suchte den Sektor mit meinen mentalen Fähigkeiten nach Hinweisen ab, die auf eine Bedrohung hätten hindeuten können, fand aber nichts.

Mal abgesehen von mir.

Niemals zuvor in meinem Leben hatte ich je das Gefühl gehabt, so kurz davorzustehen, die Kontrolle zu verlieren.

Na ja, das stimmte so nicht.

Ich hatte schon einmal die Kontrolle verloren. Vor über tausend Jahren.

In jener Nacht, in der ich meine Familie hintergangen habe.

Wieder drohte die Erinnerung, mich zu überwältigen, und ließ mich mit den Zähnen knirschen. Es war eine Erinnerung, an die ich sehr selten dachte. Und trotzdem war sie jetzt schon zweimal in einer sehr kurzen Zeitspanne fast wieder …

Cillian. Fritz' mentaler Ruf zog umgehend meine Aufmerksamkeit auf sich, da ich den ganzen Abend über lose mit ihm und Benz verbunden gewesen war.

Ja?

Ashlyn ist in den Eisteich gefallen. Es geht ihr gut, aber …

Ich wandelte durch die Schatten an seine Seite, bevor er den Satz beenden konnte, und mein Blick landete umgehend auf der zitternden Blondine, die sich am Ufer des zugefrorenen Teiches zu einer Kugel eingerollt hatte. Grey verweilte ganz in ihrer Nähe und seine eisblauen Augen verengten sich, als er Henrik – einen der Gletschersektor-Alphas – erblickte.

Volltrottel, hörte ich Grey denken. *Z-Clan-Omegas sind nicht wie V-Clan-Omegas. Sie verfügen über mentale Kräfte, nicht physische.*

Ich runzelte die Stirn. *Was ist passiert?*, fragte ich Fritz. *Und wann ist Grey hier aufgetaucht?*

Mir war nicht einmal bewusst gewesen, dass er sich uns heute anschließen würde. Bisher hatte er alle Gefährten-Anlässe verpasst. Es schien mir seltsam, dass er bei den heutigen Gruppendates dabei war, vor allem, weil das hier nicht einmal sein Heimatsektor war.

Ashlyn ist in eines der Angellöcher gefallen, erwiderte Fritz.

Das sehe ich. Ich habe gefragt, wie es dazu gekommen ist, formulierte ich um.

Ich bin nicht sicher. Ich habe ein paar Angelruten geholt, als …

Du hast nicht aufgepasst?, fiel ich ihm in den Gedanken und mein Blick schnellte zu ihm.

„Henrik hat mich gebeten, ein paar weitere Angelruten aus der Hütte zu *holen* – seine Worte", sagte Fritz hörbar und verschränkte die Arme vor der Brust. „Also bin ich durch die Schatten gewandelt, um sie zu *holen*. Als ich Ashlyn kreischen hörte, habe ich mich umgehend zurück teleportiert, aber Grey war bereits ins Wasser gesprungen, um sie zu retten."

„Ich h… habe nicht gek…kreischt", murmelte Ashlyn mit klappernden Zähnen.

„Er ist aus dem Nichts aufgetaucht", knurrte Henrik.

„Wer?", wollte ich wissen, weil ich seinem Kommentar nicht ganz folgen konnte.

„Das Halbblut." Der Mann deutete mit abschätziger Geste auf Grey, der auf den *Halbblut*-Kommentar hin nur die Augenbraue hochzog. „Im einen Augenblick haben wir noch geangelt und dann ist er uneingeladen durch die Schatten gewandelt, woraufhin Ashlyn ins Wasser gefallen ist."

„Ich bin einer der Kandidaten", erinnerte Grey ihn mit ungerührter Miene. „Also bin ich sehr wohl *eingeladen*."

„Es geht mir gut", fiel Ashlyn ihm ins Wort. „Es ist nichts passiert. Ich bin nur baden gegangen. Ich würde mir jetzt gern umziehen." Sie begann, davonzulaufen, doch ich stellte mich ihr in den Weg.

„Ich werde dich begleiten", sagte ich zu ihr mit so sanftem Tonfall wie angesichts der Situation möglich.

Henriks und Greys Testosteronspiegel waren so hoch, dass mein Wolf nur zu gern darauf reagiert hätte, aber das war jetzt nicht der richtige Zeitpunkt, um ihnen zu zeigen, dass ich ihnen überlegen war.

Zuerst musste ich sicherstellen, dass es Ashlyn gut ging.

Dann würde ich mich mit den beiden brodelnden Alphas befassen.

Finde heraus, wie sie wirklich reingefallen ist, befahl ich Fritz. Ich wollte, dass er Grey und Henrik befragte.

In der Zwischenzeit würde ich Ashlyns Sicht der Dinge in Erfahrung bringen.

Mit einer Handgeste sagte ich: „Nach dir."

Sie starrte mich kurz an und schien mit ihren blauen Augen direkt durch mich hindurchzusehen. Dann nickte sie und setzte sich in Bewegung.

Ich folgte ihr, mein Blick noch immer auf die Alphas hinter mir gerichtet. Sie waren zu beschäftigt damit, sich mit dem anderen zu messen, um sich etwas daraus zu machen, dass ich ihnen die Omega weggenommen hatte.

Aber das führte dazu, dass Fritz sich mit ihrer Aggression befassen musste.

Für einen Omega war er von beträchtlicher Größe und offenbar sehr bewandert im Umgang mit einer Pistole. Dennoch war ich nicht sicher, ob das genügen würde, um Grey niederzustrecken.

Henrik vielleicht.

Aber Grey … Grey auszuschalten, könnte selbst mir schwerfallen. Weil er zu einer Hälfte ein Z-Clan-Alpha war, bestand diese Unbekannte, was ihn anbelangte. Und sein Geist fühlte sich auch nicht besonders angreifbar an.

Ich konnte seine oberflächlichen Eingebungen hören, aber keine tiefer gehenden Gedanken.

Und überhaupt konnte das darauf zurückzuführen

sein, dass er derzeit von den Beleidigungen eingenommen war, die Henrik ihm an den Kopf warf.

Du solltest gar nicht hier sein.

Du bist keiner von uns.

Nur weil sie eine Z-Clan-Omega ist, heißt das nicht, dass sie dir gehört. Also komm ja nicht auf die Idee, sie in eine Höhle zu schleppen und sie gegen ihren Willen zu beanspruchen.

Die Worte gingen Grey wiederholt durch den Kopf und er schien während der Flut aus negativen Aussagen von Henrik kein Sterbenswort zu sagen.

Was? Wirst du jetzt einfach so dastehen und nichts sagen? Du hast sie in den Teich geschubst, verdammt!

Nein, habe ich nicht, dachte Grey, doch soweit ich das abschätzen konnte, sprach er die Worte nicht laut aus.

Was Henrik nur noch mehr aufbrachte.

Siehst du? Er streitet es nicht einmal ab. Sag ihm, dass er gehen soll.

Ich schnaubte, weil ich nicht sicher war, ob der weinerliche Tonfall nur Greys mentale Interpretation von Henriks Stimme war oder ob er tatsächlich so sprach. Was es auch war, es war witzig.

„Er hat mich nicht geschubst", sagte Ashlyn leise und blickte über ihre Schulter zu mir. „Ich habe ihn nur nicht kommen sehen, also hat seine Ankunft … mich überrascht. Was gelinde gesagt sehr selten vorkommt."

„Aber du wusstest, dass er Teil des Gefährten-Pools ist, oder?"

Ein Lächeln zupfte an ihren Mundwinkeln. „Ja. Quinn hat mich gefragt, ob es mir recht ist, wenn er sich anschließt. Ich kämpfe nicht gegen das Schicksal an, also habe ich zugestimmt." Sie zuckte mit den Achseln. „Obwohl ich davon ausgegangen bin, dass sich unsere Wege erst später kreuzen würden. Nicht heute."

Sie beschleunigte ihr Tempo etwas. Ihr Blick wanderte

von mir weg und sie drehte sich um, sodass ich jetzt ihren Rücken anstarrte.

Ihre kryptischen Aussagen gingen mir im Kopf herum und ich versuchte, Sinn aus ihnen zu machen.

Z-Clan-Omegas waren extrem selten. Vor allem, weil ihre Alphas sie nicht so wertschätzten, wie sie es sollten. Dass Quinnlynn Ashlyn um Erlaubnis gebeten hatte, Grey der Bewerberliste hinzufügen zu dürfen, ergab Sinn. Wenn jemand etwas dagegen hatte, einen Alpha, der zu einem Teil Z-Clan war, dem Kandidatenpool hinzuzufügen, dann eine Z-Clan-Omega.

Dass Ashlyn ihm erlaubte, mitzumachen, bedeutete entweder, dass sie das Gefühl hatte, dass seine V-Clan-Seite sein Z-Clan-Erbe ausgleichen würde, oder sie hatte etwas gesehen, das ihr gezeigt hatte, dass sie sich nicht vor ihm fürchten musste.

Ihre Worte ließen mich auf Letzteres schließen.

„Zerbrich dir den Kopf nicht allzu sehr darüber, Alpha Cillian", murmelte sie. „Alpha Grey hat gute Absichten. Er jagt nur."

„Wonach?", fragte ich stirnrunzelnd.

„Wonach jagen die meisten guten Alphas?", fragte sie mit neugierigem Tonfall. „Gefährten, oder nicht? Obwohl … Ich schätze, sie jagen auch Schurken, die gern kostbare Reliquien stehlen. Hm."

Ich zog eine Augenbraue hoch. „Drückst du dich absichtlich so kryptisch aus?"

Sie zuckte die Schultern. „Ich will nur sagen, dass du dir nicht den Kopf zu zerbrechen brauchst. Nicht darüber. Und außerdem musst du an deine eigene Zukunft denken. Eine, die dir nicht gefallen wird, wenn du weiterhin dem Weg folgst, den du eingeschlagen hast."

Ich sah mit gerunzelter Stirn auf ihren Rücken. „Das klingt ganz schön ominös."

„Das war die Absicht." Sie bog in die Straße, auf der sich unsere Gäste-Iglus befanden, ohne mich anzusehen.

Ich wartete darauf, dass sie dem Gesagten noch etwas hinzufügen würde, aber das tat sie nicht.

Z-Clan-Omegas waren für ihre einzigartige Wahrnehmung von Auren und Emotionen bekannt. Aber wie es schien, besaß die hier auch wahrsagerische Fähigkeiten.

Oder vielleicht beruhten die Weissagungen auf Instinkt?

Etwas sagte mir, dass ich die Antwort nicht in ihrem Geist finden würde, aber dennoch war ich plötzlich gewillt, es zu versuchen. Bisher hatte ich meine Fähigkeiten auf die Alphas im Gletschersektor verwendet, anstatt auf die Betas und Omegas, weil ich mir Sorgen um mögliche Bedrohungen gemacht hatte.

Das Lasso, das ich um die Omegas geworfen hatte, galt nur ihrem Schutz, und meine mentale Verbindung mit ihren Gedanken suchte diese mehrheitlich nach Worten ab, die auf Angst hindeuteten.

Aber von Ashlyn hatte ich nichts vernommen. Keine Angst. Nicht einmal den Hauch von Überraschung, als sie in den Eisteich gefallen war.

Jetzt fragte ich mich, ob ich überhaupt gar nicht mit ihrem Geist verbunden war.

„Tu das nicht", sagte sie, als wir ihr Iglu erreichten. „Wenn du mich drängst, wird dir nicht gefallen, was du finden wirst. Und wie ich schon sagte: Du solltest dir mehr Gedanken um deine eigene Zukunft machen als um meine."

Dann drehte sie sich zu mir um. Der Ausdruck in ihrem Gesicht schien unterlegt von Weisheit und Erfahrung, als hätte sie Millionen von Zeitstrahlen gesehen, und zwar nicht nur ihre eigenen.

„Es geht mir gut. Ich bin reingefallen, weil ich erschrocken bin. Grey und Henrik wollen mir nichts Böses." Sie griff mit ihren eiskalten Fingern nach meiner Hand. „Mach dir keine Sorgen um mich, Cillian. Ich weiß deinen Beschützerinstinkt zu schätzen, aber er ist komplett überflüssig."

„Warum habe ich das Gefühl, dafür in die Schranken gewiesen zu werden, dass ich dich zu deinem Iglu begleitet habe?", fragte ich die zierliche Omega mit hochgezogener Augenbraue.

„Vielleicht, weil du in die Schranken gewiesen werden musst", erwiderte sie und drückte dann meine Hand, ehe sie sie losließ. „Dir ist schon klar, dass du mit deinem Verhalten nicht nur dich selbst bestrafst, oder?"

Jetzt wanderten meine Augenbrauen nach oben. „Wie bitte?"

„Hm, alles klar. Du verstehst überhaupt nichts." Sie warf mir einen bedächtigen Blick zu. „Aus einem deplatzierten Verlangen der Reue heraus zu leiden, hat nicht nur Einfluss auf dich, Cillian. Diese Entscheidung – dass du alle anderen immer voranstellst – hat auch Einfluss auf sie. Wenn du auch nur etwas aus diesem Gespräch mitnimmst, hoffe ich, dass es dieser Gedanke ist."

Mit dieser tiefgründigen Aussage betrat sie ihr Iglu und schloss die Tür, bevor ich mir eine Antwort überlegen konnte.

Schon wieder war ich von einer Omega gescholten worden. Und ich war nicht sicher, wofür.

Irgendwie fühlte es sich so an, als wäre es wegen etwas, das ich noch nicht einmal getan hatte, sondern wegen etwas, das ich vielleicht tun *würde*.

Es sei denn, sie spricht davon, dass ich die Eisbahn verlassen habe, um beim Angelloch nach ihr zu sehen?, wunderte ich mich und starrte die vereiste Tür an, bevor mein Blick auf die leere Straße hinter mir wanderte.

Mit flauem Gefühl im Magen wandelte ich durch die Schatten zurück zur Eisbahn und fand sie mehrheitlich leer vor. Die Omegas und Alphas hatten sich zum Abendessen zurückgezogen.

Ein kurzer mentaler Scan verriet mir, dass Ivana neben einem stummen Ransom saß und frisch geräucherten Lachs aß.

Worauf wollte Ashlyn dann hinaus?

Ich griff mir an den Nacken und legte meinen Kopf zurück, um zum Mond hochzustarren. Ashlyns Worte gingen mir unentwegt durch den Kopf. Ihre Aussagen hatten etwas Prophetisches an sich. Etwas … *Bedrohliches.*

Mit meiner Uhr projizierte ich einen Bildschirm an die Wand und schrieb Kieran eine Nachricht, um mich über Ashlyns Hintergrund und ihre Wahrsager-Künste schlauzumachen. Vielleicht konnte Quinnlynn etwas Licht ins Dunkle bringen und Kieran mehr über die Z-Clan-Omega erzählen, was mir dann wiederum verraten würde, wie ernst ich ihre Warnungen nehmen sollte.

Ich schob die Gedanken an die zierliche Frau beiseite und wandelte durch die Schatten in den Speisesaal, wo ich mich gegen eine Wand lehnte. *Ich gehe davon aus, dass du dich um Henrik und Grey gekümmert hast?*, fragte ich Fritz.

Grey ist verduftet, ohne ein einziges Wort zu verlieren, erwiderte Fritz. *Henrik …*

Hat gejammert wie ein Baby?, riet ich.

Einen Augenblick lang wurde Fritz' Geist von Belustigung geflutet. *So in der Art.* Dann ernüchterte er und fragte: *Geht es Ashlyn gut?*

Sie hat sich etwas kryptisch gegeben, aber es scheint ihr gut zu gehen.

Fritz lachte abermals in meinen Gedanken. *Hat sie wieder einmal Orakel gespielt?*

Kommt das oft vor?

Nur, wenn sie findet, dass es die Warnung wert ist, flötete er.

Jetzt gibst du *dich kryptisch*, murmelte ich ihm zu.

Vertrau mir. Niemand ist kryptischer als Ashlyn. Aber ihre Warnungen sind für gewöhnlich wichtig. Wenn sie also etwas gesagt hat, solltest du auf sie hören. Sie ist mächtiger, als manche Leute glauben.

Eine Z-Clan-Omega mit Wahrsagerkräften, dachte ich zurück. *Kein Wunder, dass sie Zuflucht im Refugium gesucht hat. Es überrascht mich, dass sie einen Gefährten sucht.*

Ich habe das Gefühl, dass sie überhaupt nicht versucht, einen Gefährten zu finden, erwiderte Fritz, jetzt wieder mit ernstem Tonfall. *Sie nimmt aus anderen Gründen teil, die ich noch nicht erschlossen habe.*

Das erhaschte meine Aufmerksamkeit. *Weiß Quinnlynn davon?*

Ja. Er ging nicht weiter darauf ein, aber ich konnte die leise Erinnerung an das Gespräch zwischen ihm und der Königin des Blutsektors über Ashlyns Absichten vernehmen.

Hm, summte ich und sah auf meine Uhr.

Wenn Quinnlynn davon wusste – und offensichtlich tat sie das –, dann war es gut möglich, dass Kieran auch im Bilde darüber war.

Sobald diese Verabredungen zu einem Ende kamen, würde ich ihn anrufen, um darüber zu sprechen.

Bis dahin … Mein Blick streifte zu einer stillen Ivana, die wortlos kaute. Sie schien zufrieden, wenn auch etwas scheu. Ganz anders als die Omega, die ich kannte und die es liebte, ihren Mund aufzureißen.

Was findest du an diesem Alpha?, fragte ich sie um ein Haar. *Es ist nicht zu übersehen, dass er dich langweilt, Schätzchen.*

135

Ihr Blick fand meinen, als hätte sie meine Bemerkungen gehört. Vielleicht hatte sie auch ganz einfach meinen Blick auf ihr ruhen gespürt.

Ich wandte meinen Blick ab.

Aber meine Gedanken blieben unentwegt bei ihr.

Ich … verweilte. Hörte zu. Wartete ab, ob ich einen Hinweis darauf vernehmen konnte, dass es Probleme gab.

Oder zumindest redete ich mir das ein.

Zwang mich, daran zu glauben.

Denn es konnte keinen anderen Grund geben, aus dem ich mich mit ihrem Geist verband.

Überhaupt nicht …

IVANA

RANSOM LIEF WORTLOS NEBEN MIR. NICHT EINMAL SEINE Schritte machten ein Geräusch. Hätte er meine Hand nicht alle paar Sekunden mit seiner gestreift, hätte ich nicht einmal gewusst, dass er da war.

Irgendwie erinnerte er mich an Lorcan, mit dem Unterschied, dass Ransom immerzu in Gedanken versunken schien, während Lorcans Stille sich immer nur sehr ominös anfühlte. Vielleicht lag es daran, dass Lorcan von Haus aus einschüchternder und seine Macht spürbar war, wenn man sich in seiner Nähe befand.

Ransom kam mir nicht besonders bedrohlich vor. Klar, er war – wie die meisten Alphas – breit gebaut, aber seinen Berührungen wohnte diese Sanftheit inne, die eher an einen Teddybären als an ein Biest erinnerten.

Cillian ist zweifelsfrei kein Teddybär, dachte ich finster.

Seine Energie umgarnte mein Wesen, obwohl er fast hundert Meter hinter uns lief.

Der Elitemann hatte den gesamten Sektor mit seiner Gabe ummantelt, sobald wir hier eingetroffen waren, und er hatte noch von keinem abgelassen.

Ich hasste es. Seine verdammte Aura machte es mir umso schwieriger, mich auf Ransom zu konzentrieren.

„Hast du Lust, dir morgen einen Film mit mir anzusehen?", fragte mich Ransom mit samtweicher Stimme, als wir vor der Tür zu meinem Iglu ankamen. „Vielleicht einen alten Film? Einer, der vor der Infizierten-Ära gedreht wurde?"

Diese drei Fragen beinhalteten mehr Worte als er in der vergangenen Stunde von sich gegeben hatte. Aber der interessierte Blick in seinen schwarzen Augen verriet mir, dass ihm diese *alten Filme* wichtig waren.

„Mit dem größten Vergnügen."

Das war vielleicht etwas übertrieben. Filme und Kino hatten es mir nie angetan. Ich zog es vor, draußen zu sein und zu fechten, zu schießen oder in meiner Wolfsform zu rennen. Außerdem gefielen mir Computerspiele, vor allem knifflige Rätsel, die das logische Denken anregten.

Aber ich verstand, dass ich mich auch den Interessen meines Partners widmen musste, wenn ich mich verpaaren wollte.

„Okay." Er warf mir ein schmales Lächeln zu und erhob seine Hand, um über meine Wange zu streicheln. Seine Fingerspitzen wanderten sanft über meine Haut und sein Blick fiel auf meinen Mund. Ich öffnete meine Lippen leicht, fragte mich, ob er bereits jetzt vorhatte, mich zu küssen.

Will ich das?, dachte ich staunend. *Vielleicht. Ja. Ich ... ich glaube, das tue ich.*

Ein Kuss würde mir dabei helfen, zu ermitteln, wie viel

Chemie zwischen uns bestand, ob meine Wölfin ihn begehrte und ob *ich* ihn mochte.

Er schien ganz nett zu sein. Aber konnte ich mich mit ihm verpaaren?

Ich leckte meine Lippen, plötzlich ganz begierig darauf, es herauszufinden.

Mit angewinkeltem Kopf und geblähten Nasenflügeln näherte er sich mir.

Ich schloss meine Augen und wartete.

Und wartete.

Was …? Ich sah ihn verwirrt an. Ich konnte seinen Atem an meinem Mund spüren, sein Gesicht nahe an meinem. Aber sein Blick ruhte nicht länger auf mir.

Er starrte jemanden an, der hinter mir stand.

Cillian.

Ich konnte ihn zwar nicht sehen, wusste aber, dass er dort war. Er war uns den ganzen Weg zum Iglu gefolgt.

Unserem Iglu, dämmerte mir. *Verdammt.*

Ransom räusperte sich und entfernte seine Hand von meinem Gesicht, ehe er einen Schritt zurück machte.

Verdammt und zugenäht, knurrte ich in Gedanken.

„Bis morgen, Ivana", sagte er leise.

Bevor ich ihm antworten konnte, wandelte er durch die Schatten.

Mit zusammengekniffenen Augen starrte ich die Stelle an, wo er gerade noch gestanden hatte, ehe ich mich langsam umdrehte und Cillian am Ende des Weges stehen sah, der zum Iglu führte.

„Hättest du nicht die Straße runter warten können, um uns etwas Privatsphäre einzuräumen?", wollte ich wissen. Ich war fuchsteufelswild darüber, dass er das Ende meiner Verabredung derart gestört hatte.

Er zog eine Augenbraue hoch und lehnte sich gegen die fahl beleuchtete Straßenlaterne. Die Lampe hing über der leeren Straße und hüllte ihn in einen ominösen Schein. „Mir war nicht bewusst, dass ich auf etwas *warten* musste."

Ich konnte mir das darauffolgende Knurren nicht verkneifen, denn der herablassende Tonfall machte mich nur noch wütender. „Kein Alpha wird sich mit mir treffen wollen, wenn du wie eine Klette an mir hängst, Cillian. Du musst mir etwas Raum geben, damit man mich anständig umwerben kann."

„Meine Wenigkeit sollte deine Umwerbungen nicht beeinträchtigen, Ivana. Wenn ein Alpha deiner würdig ist, wird es ihm egal sein, ob ich einen oder tausende Meter von dir entfernt bin, weil ich in seinem Orbit gar nicht existieren werde."

Ich blinzelte ihn an. „Wie bitte?" Das war kompletter Stuss. „Du strotzt nur so vor Alpha-Energie. Natürlich wird es ihnen etwas ausmachen, dass du hier bist."

Er stieß sich von der Laterne ab und kam auf mich zu. „Da irrst du dich, Ivana."

„Nein, tue ich nicht", entgegnete ich und deutete auf die Stelle, wo Ransom noch gerade eben gestanden hatte. „Er ist verschwunden, weil du ihn vertrieben hast."

„Er ist verschwunden, weil er deiner nicht würdig ist und das auch weiß."

Ich riss meine Augenbrauen hoch. „Wie bitte?"

„Du hast richtig gehört, Vana", sagte er, jetzt nur noch wenige Zentimeter von mir entfernt. „Er verdient dich nicht."

Ich blendete den willkürlichen Spitznamen – den er noch nie zuvor benutzt hatte – aus und konzentrierte mich auf seine restlichen Worte. „Und warum hast du das zu entscheiden?"

„Wenn er gut genug wäre, wäre es ihm egal gewesen, dass ich hier bin. Verdammt, es wäre ihm nicht einmal aufgefallen. Er wäre zu eingenommen von dir gewesen, um mich überhaupt zu spüren." Er legte seine Hand an meine Wange, was meine Haut auf eine Art wärmte, wie Ransoms es nicht hatte.

Bei den Sternen, Cillians Berührung fühlte sich an wie ein Brandeisen. Ein Abdruck. Ein *Anspruch*.

Warum hatte sich Ransom nicht so anfühlen können?

Warum fühlte es sich nur mit *ihm* so an?

„Du verdienst einen Alpha, der nur Augen für dich hat, Ivana", fuhr Cillian fort und strich mit seinem Daumen über meine Unterlippe. „Einen Alpha, der so besessen von dir ist, dass er alles und jeden vergisst. Einen Alpha, der dich küssen wird, ohne sich etwas daraus zu machen, wer zusieht."

„Cillian …" Ich erschauderte und sein Name kam mir mit einem Keuchen über die Lippen.

Denn er stand jetzt so unglaublich nahe bei mir.

Er war so … so warm. So stark. So *Cillian*.

In seinen dunklen Augen waberten Abertausende Geheimnisse und sein intensiver Blick war geradezu hypnotisierend. Er neigte seinen Kopf und strich mit seinen Lippen über meine.

Eine sanfte Berührung folgte.

Sie kam völlig unerwartet.

Trotzdem jagte sie einen elektrischen Strom durch mein Wesen.

Die Härchen an meinen Armen und an meinem Nacken sträubten sich und mein Herz … Mein Herz fühlte sich an, als hätte es gerade zum ersten Mal in meinem Leben geschlagen.

Sein Mund berührte meinen ein weiteres Mal. Dieses Mal etwas länger als noch eben. Er verweilte und atmete, an meine Lippen gelehnt, ein und wieder aus.

„Vana", flüsterte er meinen Namen voller Ehrfurcht.

Ich konnte mich nicht bewegen. Ich konnte kaum

einen klaren Gedanken fassen, weil ich zu eingenommen von Cillians Aura, seiner Dominanz, seinem *Anspruch* war.

Ich hatte so lange auf diesen Moment gewartet, hatte davon geträumt, ihn begehrt, seit wir uns zum ersten Mal begegnet waren.

Aber nichts konnte mit der Erfahrung mithalten, seine Lippen endlich auf meinen zu spüren.

Seine Hand wanderte von meiner Wange an meinen Hals. Mit seiner Zunge öffnete er meine Lippen, bevor er unsere Liebkosung vertiefte. Ich erschauderte, völlig verloren in ihm. In seinem Geruch. In seiner autoritären Präsenz. In seinem sinnlichen Geschmack.

So hatte mich noch keiner geküsst.

So hatte mich noch niemand berührt.

So war ich noch nie *verschlungen* worden.

Das hier war … Es war …

Hör auf nachzudenken, Vana, murmelte Cillian, während er meine Zunge mit seiner berührte. *Küss mich einfach.*

Mein Herz pochte wie wild und meine Gedanken schienen zu verblassen, weil sich mein Körper Cillians Willen beugte.

Jetzt gehörte ich voll und ganz ihm. Mein Mund. Meine Zunge. Mein Wesen.

Unser Kuss war jetzt nicht mehr sanft oder liebevoll, sondern leidenschaftlich und alles einnehmend. Er legte das Tempo fest und ich ahmte es nach. Meine Lippen erlernten und prägten sich seine Bewegungen ein und erlaubten es mir, seine Bewegungen abzupausen und zu perfektionieren.

Es war himmlisch. Vom Schicksal bestimmt. *In den Sternen geschrieben.*

Dieser Mann gehörte mir.

Und ich ihm.

In diesem Augenblick fühlte sich alles richtig an. Alles war perfekt. Alles war … *magisch.*

Bei den Sternen, das muss ein Traum sein. Aber das war mir egal. Ich wollte mehr. Ich wollte, dass dieser Augenblick niemals aufhörte. Cillian schmeckte minzig. Erfrischend. Wie die Morgendämmerung an einem kalten Wintertag.

So frisch und perfekt.

Ich stöhnte an ihn gelehnt und meine Zunge duellierte sich mit seiner, wie ich es mir niemals hätte träumen lassen. Die Hand dominant an meinen Nacken gelegt, tat er es mir gleich. Den anderen Arm hatte er mir um den unteren Rücken geschlungen und hielt mich in seinen Armen, als wäre ich das kostbarste Gut der Welt.

Die widersprüchlichen Berührungen raubten mir den Atem und mein Körper erzitterte mit einem Verlangen, das mich an meinen Östrus erinnerte. Es war noch nicht Zeit für meine Läufigkeit. Es war noch nicht an der Zeit, mich nach einem Knoten zu verzehren.

Aber ich wollte seinen.

Ich wollte *ihn.*

„Cillian", keuchte ich und legte ihm die Arme um den Nacken, während ich mich fester an ihn presste. Ich war bereit für mehr. Bereit für ihn. Bereit für *uns.*

Doch dann löste er seinen Mund von meinem und führte ihn mit heißem Atem an mein Ohr. „So sollte dich ein Alpha küssen, Liebste", murmelte er, sein irischer Akzent jetzt klarer zu hören als jemals zuvor. „Als wärst du die wichtigste Frau der Welt. Als gehörte er nur dir ganz allein. Als würde es ihn nicht im Geringsten interessieren, wer zusieht."

Er presste einen Kuss auf meine pulsierende Halsschlagader, dann löste er sich aus meinen Armen und machte einen Schritt zurück.

„Jetzt leg dich schlafen." Er drehte sich zum Gehen

um, dann aber hielt er inne und drehte sich zu mir zurück, führte seine Hand erneut an meinen Hals. „Und zwar *nicht* auf dem verfluchten Sofa, Ivana. Schlaf im Bett. Verstanden?"

Ich blinzelte ihn an, zu baff von den vergangen Minuten, um etwas zu sagen.

Hat er mich gerade … geküsst …, um sein Argument zu unterstreichen?

Er hatte mich nicht geküsst, weil er mich wollte.

Sondern … um mir zu zeigen, *wie* ich geküsst werden sollte.

Vor unserem Iglu. In aller Öffentlichkeit. Wo uns jeder hätte sehen können.

„Cillian …"

„Leg dich schlafen, Ivana", fiel er mir ins Wort. „Du hast morgen viel vor. Eine Verabredung für einen Film mit Ransom und davor ein Brunch-Date mit Prinz Cael."

Was? Ich verstand nicht. *Ein … was?*

„Prinz Cael hat eben eine Nachricht geschickt und darum gebeten, dich um neun Uhr zum Brunchen ausführen zu dürfen", erklärte Cillian, der meinen verwirrten Gedanken offensichtlich gehört hatte.

Aber er hatte meine Frage völlig missverstanden.

Ich war nicht einmal sicher, ob *ich* verstand. Denn das hier … ergab keinen Sinn. Dass wir beide über Ransom und Cael sprachen, direkt nachdem … direkt nachdem …

Cillian mich geküss…

„Du musst dich ausruhen", sagte Cillian und unterbrach damit meinen Gedankengang. „Und ich muss meinen Sicherheitsrundgang drehen. Gute Nacht, Ivana."

Anstatt durch die Schatten zu wandeln, lief er davon.

Ohne zu mir zurückzublicken.

Ich rief ihm um ein Haar hinterher, schien aber meine

Atmung nicht beruhigen zu können. Mein Herz … war stehengeblieben.

Eine Verabredung fürs Kino mit Ransom.

Brunch um neun Uhr.

Mit Prinz Cael.

Cillian hatte das gesagt, als würde er erwarten, dass ich mich von anderen Alphas umwerben lassen würde.

Warum würde er das wollen, nachdem er mich geküsst hatte?

Es sei denn … Es sei denn, dieser Kuss hat nicht bedeutet, wovon ich glaubte, dass er bedeutete.

Was heißt …

Ich schluckte hart und setzte langsam die bruchstückhaften Erinnerungen zusammen.

„So sollte dich ein Alpha küssen."

„Als wärst du die wichtigste Frau der Welt."

„Als gehörte er nur dir ganz allein."

„Als würde es ihn nicht im Geringsten interessieren, wer zusieht."

Dieser Mistkerl.

Cillian hatte mir nur *demonstriert*, was ich von den Alphas erwarten sollte, die mich umwarben. Er hatte mich nicht geküsst, weil er das wollte, sondern weil er meine Erwartungen hoch stecken wollte.

Was zum Teufel?, dachte ich und sah mit finsterem Blick in die Richtung, in die er davongegangen war. Es war zu spät, um die Frage laut zu stellen. Ich konnte ihn jetzt nicht einmal mehr sehen, weil ich zu lange gebraucht hatte, um diesen Kuss zu verdauen.

Und ich würde auf keinen Fall versuchen, telepathisch mit ihm zu kommunizieren.

Das Letzte, was ich wollte, war, ihn in meinem Kopf zu haben. Dass er das Chaos, das darin herrschte, vernahm. Den *Schmerz*.

Er hatte mich gerade aus *Mitleid* geküsst.

Nachdem er mir gesagt hatte, dass Ransom nicht gut genug für mich war, weil er es nicht geschafft hatte, mich vor Cillians Augen zu küssen.

Ich knurrte. „Das soll wohl ein schlechter Scherz sein."

Wie sollte ich einen Alpha-Gefährten finden, wenn Cillian mir Mitleidsküsse gab? Jetzt roch ich nicht nur nach ihm − dank des verdammten Iglus, das wir miteinander teilten −, sondern er hatte sozusagen sein Mal auf meinem Mund zurückgelassen.

Und wofür?

Um mir eine sinnliche Lektion zu erteilen.

Aus Mitleid.

Ich riss die Tür zum Iglu auf und stampfte hinein, wutentbrannt darüber, dass ich mich seiner Liebkosung hingegeben hatte. Ja, ich hatte schon jahrelang davon geträumt. Und ja, der Kuss war weitaus besser gewesen als ich mir in meiner Fantasie ausgemalt hatte.

Doch die hässliche Wahrheit − *warum* er mich geküsst hatte −, zerstörte den Augenblick gänzlich.

Ich streifte meine Kleiderschichten ab und ging ins Badezimmer, um mich zu duschen.

„Schlaf im Bett", hatte er gesagt.

Fick dich, dachte ich darauf. *Fick dich und deinen Mund und deine Hände und deine Befehle. Fick. Dich.*

Was bildet der sich ein? Trägt mir auf, nicht auf dem Sofa zu schlafen.

Tja, er ist der Angeschmierte.

Ich werde stattdessen in der verdammten Badewanne schlafen.

Nur so konnte ich seinem *Geruch* entfliehen.

Und außerdem würde ich sowieso nicht besonders viel Schlaf abbekommen.

IVANA

AM ENDE SCHLIEF ICH DOCH NICHT IN DER BADEWANNE.

Sie war zu ungemütlich und das Wasser nicht warm genug, um in diesem Iglu nicht zu erfrieren. Und außerdem wollte ich den Zauber, der das Innere warmhielt, nicht aufbrauchen.

Stattdessen nahm ich das ganze Bett in Beschlag und breitete mich über die gesamte Matratze aus.

Mich hatte eine kindliche Schadenfreude überkommen, bis ich in einer winzigen Ecke des Betts aufwachte und wie bereits gestern Cillians Duft an mir vernahm.

Mit zusammengekniffenen Augen spähte ich über meine Schulter, doch der erwähnte Alpha war nirgends zu sehen. Genau wie gestern.

Ich griff nach dem Wecker auf dem Nachttisch und sah auf das Ziffernblatt. Es war erst siebzehn Uhr, was bedeutete, dass ich nur sechs Stunden geschlafen hatte. Aber länger konnte ich mich nicht ausruhen. Die Sonne ging wohl gerade sowieso unter.

Lass uns eine Runde drehen, sagte ich zu meiner Wölfin.

Ich streifte meinen Schlafanzug ab und begab mich auf alle viere, ehe ich mein Tier die Kontrolle übernehmen ließ. Die Verwandlung ging mit einem Rausch Adrenalin einher und die Härchen an meinem Körper verwandelten sich in Fell, während mein Körper seine Form veränderte.

Nachdem die Transformation vollzogen war, stieß ich ein Schnauben aus, was mich innerlich kichern ließ. Meine Wölfin liebte ihre Freiheit und war überhaupt nicht erfreut darüber, dass ich sie in den vergangenen paar Tagen eingeschlossen hatte.

Machen wir einen kleinen Rundgang, murmelte ich ihr zu, bevor wir durch die Schatten aus dem Iglu wandelten.

Ich hatte schon genug vom Stadtzentrum gesehen, um ungefähr zu wissen, wohin ich ging, aber ich hatte die ländliche Gegend noch überhaupt nicht erkundet.

Obwohl ich bezweifelte, dass es außer dem Schnee und Eis viel zu sehen gab.

Ich fröstelte innerlich, weil mir der Gedanke an die mangelnde Landschaftsgestaltung hier überhaupt nicht gefiel. *Du solltest dich daran gewöhnen*, murmelte ich mir zu.

Denn all die anderen Omegas sagten immer wieder, dass der Gletschersektor sie an *zu Hause* erinnerte. An ein Zuhause, dass ich bald auch als solches bezeichnen würde. *Mit einem Alpha-Gefährten.*

Dieser letzte Gedanke ließ mich nervös schlucken. Cillians Kuss war alles gewesen, wovon ich je geträumt hatte.

Zumindest bis er geendet hatte und die darauffolgenden Worte gefallen waren.

Trotzdem hatte er eine Erwartung erzeugt. Und ich wusste nicht, ob die anderen qualifizierten Alphas sie erfüllen konnten.

Bei keinem von ihnen hatte ich Schmetterlinge im Bauch.

Warum kann ich nicht einfach über ihn hinwegkommen?, fragte ich mich, während meine Wölfin in der Luft schnüffelte und nach einem Feld suchte, durch das sie rennen konnte. *Es ist lächerlich. Er steht nicht auf mich. Das hat er glasklar gemacht. Ich muss aufhören, an ihn zu denken. Mich nach ihm zu verzehren. Ihn zu* wollen.

Ich knurrte. Der Laut ließ meine Wölfin, die gerade die Schneebank vor uns gemustert hatte, interessiert ihren Kopf heben.

Tut mir leid, murmelte ich ihr zu. *Das Knurren galt Cillian, keiner Bedrohung.*

Sie verstand meine Worte zwar nicht, doch mein Tonfall beruhigte sie.

Keine Gefahr, überlieferte sie. *Es ist sicher, weiterzugehen.*

Unsere Pfoten huschten lautlos über den eiskalten Grund und ließen kleine Spuren zurück, während wir über ein flaches Stück Land liefen. Meine Wölfin blickte immer wieder zurück und sah sich um, aufmerksam und wachsam wie immer.

Die untergehende Sonne, deren Strahlen vom eisigen Boden reflektiert wurden, tauchte den Horizont in ein schönes Glühen.

Gar nicht schlecht, dachte ich, während ich die vielen Farben bewunderte. *Aber der Blutsektor bietet im Winter ähnliche Farbenspiele.*

In meiner Brust breitete sich ein tiefer Seufzer aus und mir schmerzte das Herz.

Als ich mich beim Gefährten-Programm angemeldet hatte, hatte ich geglaubt, dass der Umzug in den Nachtsektor überhaupt nicht unangenehm werden würde. Aber langsam wurde mir klar, dass ich nicht darüber nachgedacht hatte, was es bedeutete, das Land zu verlassen, das meine Wölfin als unser Zuhause ansah.

Wir können neu anfangen. Neue Freunde finden. Es ist ja nicht so, als hätten wir im Blutsektor besonders viele davon.

Aber es ging nicht nur um meine *Freunde*.

Es ging um die Umgebung. Die Bäume. Den satten Vulkansand. *Wie das Gras sich unter meinen Pfoten anfühlt.*

Meine Wölfin knurrte bei letzterem Gedanken und trat den Schnee unter uns. Ganz offensichtlich verstand sie meinen Gedankengang. Sie war auch nicht besonders angetan von dieser Umgebung.

Aber vielleicht können wir lernen, sie zu lieben, sagte ich zu ihr. *Lass es uns … einfach versuchen.*

Sie stieß ein weiteres Knurren aus – eines, das ihre Zweifel bekundete – und begann loszutrotten.

Die weiße Schneedecke erstreckte sich über mehrere Kilometer. Die Landschaft war nicht komplett flach, aber selbst die sanften Hügel waren in Schnee gehüllt.

Vielleicht ist es im Sommer …

Meine Wölfin hielt inne und das Fell an meinem Rücken stellte sich auf.

Wir waren die ganze Zeit über allein auf unserem Spaziergang gewesen. Aber jetzt … *kam jemand.*

Die spitzen Ohren meines Tiers bewegten sich in alle Richtungen, unsere Sinne geschärft. Dann sah meine Wölfin zu unserer Linken.

Oh, du bist es. Ich hätte wissen sollen, dass *er* mein frühmorgendliches Abenteuer stören würde. *Was willst du, Cillian?*

Leider stimmte die Reaktion meiner Wölfin auf Cillians Tier nicht mit meinem genervtem Tonfall überein.

Sie fing beim Anblick seiner fast zweimal größeren Bestie geradezu an, zu hecheln.

Sein Tier stolzierte mit einem Selbstbewusstsein auf uns zu, das meiner Wölfin die Zunge aus dem Mund hängen ließ, und sie wedelte ihren Schwanz mit offenkundiger Freude.

Hör auf, verlangte ich.

Sie hörte nicht auf mich.

Was mich nicht besonders überraschte. Meine Wölfin folgte ihren Paarungsinstinkten, die voll und ganz auf den nahenden Alpha konzentriert waren. Der Alpha, den sie schon viel zu lange als ihren ansah.

Cillian und ich hatten noch nie Zeit in unserer tierischen Form miteinander verbracht. Klar, ich hatte sein Tier schon zuvor gesehen, aber immer nur aus der Ferne. Und ich bezweifelte, dass er mich jemals in meiner Wolfsform gesehen hatte.

Warum auch?, dachte ich. *Ich spiele nicht in seiner Liga.*

Hältst du es für schlau, dich allein in einem unbekannten Land herumzutreiben, Ivana?, fragte Cillian mit einem tadelndem Tonfall.

Schlau?, wiederholte ich und meine Wölfin legte ihren Kopf schief. Ihr war sein Tonfall auch aufgefallen. Und sie war nicht sicher, ob er ihr gefiel. *Ich vertrete mir die Beine, Cillian. Drehe eine Runde. Als Formwandler verstehst du das doch bestimmt?*

Du bist hier zu Gast. Ivana. Eine unverpaarte *Omega*, sagte er bedächtig. Seine Worte gingen mir gehörig auf die Nerven. Denn was hatte das mit allem zu tun?

Ich bin mir meines Paarungsstatus bewusst, knurrte ich zurück. *Aber danke, dass du mich daran erinnert hast.*

Du verstehst nicht, worauf ich hinauswill.

Meine Wölfin schnaubte, während ich murmelte: *Offensichtlich.* Denn, warum spielte das eine Rolle? *Wir befinden uns in einem V-Clan-Sektor. Hier bin ich sicher.*

Bist du das?, konterte er, während sein Tier meines umkreiste. *Hier draußen? Auf weiter Flur, wo jeder hereinschneien und dich entführen könnte?*

Mein Wolf und ich schnaubten ihn abschätzig an. *Wer könnte mich* entführen *wollen, Cillian?*

Sein Tier hielt direkt vor mir inne. *Warst du damals, als du in dieser Grube gelandet bist, auch so sicher?*

Wenn ich mich in meiner menschlichen Form befunden hätte, wäre mir angesichts der herzlosen Erinnerung daran, wie wir uns begegnet waren, die Kinnlade heruntergeklappt. *Echt jetzt? Hier und jetzt sprichst du das Thema an?*

Ich versuche, mein Argument zu unterstreichen.

Und was für ein Argument soll das sein?, verlangte ich zu wissen. *Dass du ein Arschloch bist?*

Ein tiefes Knurren stieß aus seiner Brust. Eines, das mein Tier für gewöhnlich einen Schritt zurückweichen lassen würde. Aber meine Wölfin hatte sich nie vor Cillian gefürchtet.

Ich versuche, dir klarzumachen, dass sich in einem V-Clan-Territorium aufzuhalten nicht bedeutet, dass du in Sicherheit bist, sagte er mit schnippischem Tonfall in meinen Gedanken. *Warum hätte ich euch alle sonst hierhin begleiten müssen? Um euch zu* beschützen. *Dieser Ort ist eine Unbekannte. Verdammt, dieses ganze Experiment ist eine Unbekannte.*

Meine Wölfin knirschte mit den Zähnen und hatte aufgehört, mit dem Schwanz zu wedeln. Es war nicht nur sein Tonfall, der ihr missfiel, sondern auch sein Alpha-Gehabe.

Du bist eine Omega, Ivana. Verletzlich. Klein. Einfach zu fangen. Und diese Welt ist gefährlich, fuhr er fort. *Ich dachte, dass du, von allem Omegas, dir dessen am ehesten bewusst bist.*

Ich kann auf mich selbst aufpassen, gab ich mit zusammengebissenen Zähnen zurück, verärgert über seine herabsetzenden Kommentare.

Verletzlich.

Klein.

Einfach zu fangen.

Von. Wegen.

Sein Wolf stieß ein weiteres Knurren aus, das durch die telepathische Verbindung zu wandern schien, die er mit meinen Gedanken geschaffen hatte, während er zwei Worte von sich gab: *Beweise es.*

Was?

Du hast mich gehört, Vana. Du glaubst, du seist hier draußen sicher? Dass du auf dich selbst aufpassen kannst? Dann beweise es. Zeig mir, was du kannst. Zeig mir, wie du dich gegen einen Alpha zur Wehr setzen würdest. Kämpfe gegen mich.

Hätte ich mich in menschlicher Form befunden, wäre mir vermutlich ein Lachen herausgerutscht.

Aber ich konnte ihm anhören, dass er das ernst meinte. Konnte es der Haltung seines Wolfs ablesen.

Nein, erwiderte ich. *Ich werde nicht gegen dich kämpfen.*

Weil du weißt, dass du verlieren würdest.

Weil es nicht das ist, was ich tun würde, wenn ein Alpha versuchte, mich anzugreifen oder mich zu entführen – *um es mit deinen Worten zu sagen.* Meine Wölfin stieß ein zustimmendes Schnauben aus. Oder vielleicht reagierte sie auch auf seine Nähe und die bedrohliche Energiewelle, die um ihn herumwirbelte.

Sie war alles andere als beeindruckt.

Und ich auch.

Ich weiß, dass man gegen einen Alpha in Wolfsform nicht kämpft, Cillian. Ich würde durch die Schatten wandeln und mir eine Waffe suchen, die ich einsetzen kann. Aus der Ferne.

Sein Tier umkreiste mich abermals. Diese herumschwirrende Energie wurde intensiver und ließ mein Tier wimmern. Ihr gefiel das beklemmende Gefühl seiner Aura, die unsere umgab, nicht. Seine Präsenz war jetzt nicht mehr wohlige Wärme, sondern eine eiskalte Berührung.

Was passiert, wenn du nicht durch die Schatten wandeln kannst, Omega?, wollte er wissen und seine mentale Stimme nahm einen düsteren Tonfall an. *Landest du dann wieder in einer Grube? Wartest, benutzt und missbraucht, darauf, dass jemand wie ich dich rettet?*

Ich zuckte innerlich zusammen, weil seine Worte mitten ins Herz trafen und eine Unmenge an Erinnerungen zurückholten. An eine Zeit, in der ich hätte sicher sein sollen. An eine Zeit, in der ich dummerweise jenen vertraut hatte, die mich hätten beschützen sollen. An eine Zeit, in der ich am Boden geendet und mich nicht hatte bewegen können. Nicht hatte durch die Schatten wandeln können. Nicht hatte *schreien* können.

Meine Wölfin erschauderte ebenfalls, weil sie den heimsuchenden Albtraum unserer Vergangenheit zweifelsohne in mein Bewusstsein sickern spürte.

Oder aber sie reagierte auf die niederdrückende Energie, die auf unser Wesen eindrang und verlangte, dass ich mich *hinkniete*.

Cillian …

Wenn du eine Runde drehen wolltest, hättest du es Ransom sagen sollen. Um eine Verabredung im Freien anstatt eines Kinobesuchs bitten sollen. Wieder ging er um mich herum und seine Kraft drang noch stärker auf mich ein, als er sich in Bewegung setzte. *Oder vielleicht hättest du warten können, bis Cael eintrifft, damit er dich begleiten kann.*

Meine Wölfin biss auf die Zähne und ihre Beine knickten unter der Krafteinwirkung seines Alphas um ein Haar ein.

Er wollte sein Argument unterstreichen. Mein Tier mit seinen Gedanken, anstatt seiner physischen Kraft zu Boden drücken. Er wollte, dass ich seine Kraft *spürte*. Er wollte mir Angst einjagen. Wollte … wollte mir zeigen, was ein Alpha mir antun konnte.

Aber das wusste ich besser als die meisten.

Mir war vollkommen klar, was für eine Kraft seine Art besaß.

Ich hatte nur nie erwartet, dass Cillian sie gegen mich verwenden würde.

Vor allem nicht nach dem, was ich durchgemacht hatte. In welchem Zustand er mich gefunden hatte. Was er *gesehen* hatte.

Ohne einen angemessenen Beschützer herumzurennen, ist dumm und gefährlich, fuhr er fort. Er schien sich nicht bewusst zu sein, was für einen Gefühlssturm er in mir auslöste. Mir wurde bang ums Herz.

Das war der Alpha, den meine Wölfin sich ausgesucht hatte. Der Alpha, dem sie vertraute.

Aber jetzt … jetzt benutzte er seine Kraft gegen uns. Er schärfte seine Energie wie eine Klinge und tat uns *weh.*

Alles, während er meine Schattenwandelfähigkeiten blockiert, dämmerte mir. Erst jetzt verstand ich seine Fragen von vorhin.

Was passiert, wenn du nicht durch die Schatten wandeln kannst, Omega?, hatte er gefragt. *Landest du dann wieder in einer Grube? Wartest, benutzt und missbraucht, darauf, dass jemand wie ich dich rettet?*

Ich erschauderte. Da ich mich nicht bewegen konnte,

war ich gezwungen, an einen Ort in mir zu gehen, den ich fürchtete. Einen Ort, den ich sechs lange Jahre nicht besucht hatte. Einen Ort, den ich geschaffen hatte, als mein Vater eine unsichtbare Schlinge um meinen Hals gelegt und mich gezwungen hatte, in dieser *Grube* zu leben.

Wo es kalt gewesen war.

Wo ich allein gewesen war.

Wo ich auf meinen *Verlobten* gewartet hatte.

Ein Monster, an das mein Vater mich verkauft hatte.

Ein Goldsektor-Alpha.

Mein Wolf knurrte und ihre Instinkte feuerten, als sie spürte, wie ich mich in unser Bewusstsein zurückzog. Sie wollte nicht, dass ich mich versteckte. Sie wollte, dass ich *kämpfte*.

Cillian hatte weitergesprochen und etwas mittels der telepathischen Verbindung gesagt, die er geschaffen hatte, aber ich hatte nichts davon mitbekommen.

Ich … hatte ihn ausgesperrt. War an diese leere Stelle in meinem Kopf gegangen. An einen Ort, an dem ich gefühlte Monate verbracht hatte, während ich unter dem Erdboden gefangen war und mich nicht hatte bewegen können. Niedergedrückt von den mentalen Fesseln eines Alphas.

Genau wie jetzt.

Von einem Alpha, von dem ich geglaubt hatte, ihm vertrauen zu können.

Und wofür? Weil ich einen kleinen Abendspaziergang in meiner Wolfsform gemacht hatte?

Cillian hatte etwas beweisen wollen: dass ich hier nicht sicher war.

Herzlichen Glückwunsch. Ich glaube dir, dachte ich. Es war mir egal, ob er mich hören konnte oder nicht. *Jetzt weiß ich, dass ich mich nur auf mich selbst verlassen kann.*

Aber ich konnte nicht durch die Schatten wandeln. Er

hatte seine Kraft wie ein Lasso um mich geschlungen und sichergestellt, dass ich festsaß.

Zwar konnte ich meine Pfoten bewegen, aber was würde er tun, wenn ich davonrannte? Mich zu Boden drücken, wie es mein Bruder und mein Vater getan hatten? Mich zwingen, zu gehorchen? Mich wahrhaftig dazu bringen, mich hinzuknien?

Hörst du mir überhaupt zu?, wollte Cillian wissen. Seine Worte durchdrangen den dichten Nebel, der meine Gedanken trübte.

Nein, erwiderte ich, als Antwort auf seine Frage und auch auf seine dominante Haltung. *Nein*. Ich würde *nicht* zulassen, dass man mich wieder zu Boden drückte. Ich war jetzt eine freie Omega und es stand mir frei, meine eigenen Entscheidungen zu treffen.

Aber offensichtlich steht es mir nicht frei, durch die Schatten zu wandeln, knurrte ich zu mir selbst. *Und vermutlich steht es mir auch nicht frei, zu rennen. Weil es hier nicht sicher ist. Und Cillian, der Alpha, von dem ich glaubte, dass er mich immer beschützen würde, hat gerade bewiesen, dass ich ihm nicht trauen kann.*

Er blockierte meine Schattenwandelfähigkeiten.

Bestrafte mich.

Küsste mich aus Mitleid.

Teilte sich ein Iglu mit *einem* verdammten Bett mit mir.

Sagte, dass ich nicht in seiner Liga spielte.

Lehnte mich ab.

Das … das war alles zu viel. Ich hatte Jahre damit verbracht, mich nach der Liebe dieses Alphas zu sehnen und seine Gefährtin sein zu wollen – immer im Glauben, dass er sich nur zierte.

Doch jetzt …

Jetzt sehe ich dein wahres Gesicht, murmelte ich, während meine Wölfin in seine dunklen Augen blickte. *Und ich werde mich nicht beugen, verdammt noch mal.*

Vana … Der Spitzname verstummte in meinem Kopf. Seine Stimme war jetzt kaum mehr als ein Flüstern, das ich aus meinem Kopf verbannte, ehe er die tiefgründige Aussage oder die Drohung, die er von sich geben wollte, übermitteln konnte.

Ich hatte genug.

Hatte die Nase voll davon, abgewiesen zu werden.

Hatte genug von seinem Mitleid.

Genug davon, von seiner Kraft niedergedrückt zu werden.

Genug. Von. Ihm.

Mein Tier stieß ein Brüllen aus, während ich in Gedanken schrie. Ich wollte *frei* sein. Frei von seiner Präsenz. Frei von dieser Besessenheit. Frei von diesem lächerlichen Schwarm. Frei von seiner erdrückenden Energie.

Frei. Von. Ihm.

„Ivana", sagte er, nachdem er sich in seine menschliche Form verwandelt hatte.

Es war mir egal, dass er direkt vor mir stand. Ich machte mir nichts daraus, dass er sich in Sekundenschnelle verwandelt hatte. Gab einen feuchten Dreck darauf, dass er nackt war.

Es war mir egal.

Denn ich wollte nichts mit ihm zu tun haben.

Nicht mehr.

Mit dem bin ich fertig.

Ich wandelte durch die Schatten zurück ins Iglu und begab mich direkt unter die Dusche. Meine Wölfin gab mir meinen Körper umgehend zurück. Ich war nicht sicher, ob Cillian mich von seinem Griff befreit hatte oder ob es mir irgendwie gelungen war, ihn abzuwehren.

Es spielte keine Rolle.

Jetzt war ich allein.

Und das Einzige, was ich tun wollte, war … zu weinen.

Ich drehte das Wasser auf und legte mich auf den beheizten Fliesenboden.

Er würde nicht lange warm bleiben, aber vermutlich würde es mir gar nicht auffallen.

Denn alles in mir fühlte sich eiskalt an.

Dann soll es meinem Körper nicht anders gehen.

CILLIAN

WAS ZUM TEUFEL WAR DAS DENN?

Ich konnte Ivana nicht spüren. Konnte ihre Gedanken nicht erahnen. Konnte nicht einmal ihren Standort bestimmen.

Es war, als wäre sie gerade *gestorben*.

Ich suchte den Gletschersektor nach ihrer Präsenz ab. *Nichts*.

Dass ich sie nicht mehr spüren konnte, deutete darauf hin, dass sie sich außer Reichweite meiner Kräfte befand. Was nur eines bedeuten konnte: Sie hatte den Gletschersektor verlassen.

Ist sie zu ihrem Nest zurückgegangen?, fragte ich mich, fassungslos und besorgt. *Ist sie durch die Schatten an einen völlig anderen Ort gewandelt?*

Verdammt. Ich fuhr mir mit den Fingern durch die

Haare und musterte die eisige Landschaft. *Verdammt!*

Ich öffnete einen Bildschirm auf meiner Uhr und ließ meinen Finger über den Telefon-Button schweben.

Kieran würde mir umgehend sagen können, ob Ivana in den Blutsektor zurückgekehrt war.

Oder ich könnte mich selbst dorthin teleportieren.

Aber dann würde ich die anderen Omegas zurücklassen müssen.

Fritz und Benz waren nicht stark genug, um sie alle vor einem der Lust verfallenen Rudel aus Alphas zu beschützen. Nicht, dass so ein Rudel derzeit existierte, aber allein der Gedanke, dass es dazu kommen könnte, hielt mich auf dem Eis des Gletschersektors zurück.

Wie um alles in der Welt ist es Ivana gelungen, meinen Griff zu durchbrechen?, dachte ich staunend. Sie hätte nicht in der Lage sein sollen, durch die Schatten zu wandeln, ganz zu schweigen davon, diesen Sektor zu verlassen.

Ich war hart zu ihr gewesen. Grausam, sogar. *Aber sich ohne einen Beschützer herumzutreiben …* Ich knurrte beim Gedanken um ein Haar. *Was hat sie sich dabei gedacht?*

Zum ersten Mal, seit ich sie kannte, konnte ich die Frage nicht einmal ansatzweise beantworten.

Weil ich sie nicht mehr spüren konnte, verdammt.

Ich gab ein weiteres Fluchen von mir und tippte auf Kierans Namen.

Er antwortete nach dem zweiten Klingeln. Sein Gesicht war in Schatten gehüllt und er sagte: „Wehe, du störst mich ohne Grund, Cillian …“

„Ist Ivana im Blutsektor?", fragte ich und blendete den warnenden Tonfall meines besten Freundes aus.

Er setzte sich auf und schien umgehend zu ernüchtern. „Soweit ich weiß, sollte sie bei dir sein."

„Kannst du sie im Blutsektor spüren?", bekräftigte ich,

weil mir nicht danach war, mit meinem besten Freund zu spaßen.

Kieran wurde einen kurzen Augenblick still. „Nein."

„Verdammt." Ich legte auf und strich mir mit der Hand übers Gesicht. „*Verdammt.*"

Wo ist sie hingegangen? Vor meinem inneren Auge zog umgehend diese Grube auf, in der ich sie einst gefunden hatte. *Ausgehungert, nackt, verletzt und kurz vor ihrer Läufigkeit …*

Ich würde diese Nacht niemals vergessen.

Bilder einer gebrochenen Omega, die kurz davorstand, ihren ersten Östrus zu durchleben, jagten durch meinen Kopf. An meinem Handgelenk machte sich ein Surren bemerkbar. Eine Nachricht. Ich brauchte nicht auf den Bildschirm zu blicken, um zu wissen, dass es Kieran war, der mich zurückrief.

Knurrend teleportierte ich mich zurück zum Iglu, ehe ich seinen Anruf entgegennahm. „Ich …" Ich verstummte und meine Nase zuckte, als Ivanas Geruch mich einhüllte. „Ich habe sie gefunden."

Ich legte auf, bevor Kieran etwas erwidern konnte, meine Aufmerksamkeit jetzt voll und ganz auf der Omega, die ich zwar im Iglu *riechen*, aber nicht *spüren* konnte. Ich hatte mich mit der Absicht hierher begeben, mir eine Hose anzuziehen, doch jetzt war das Einzige, worauf ich mich konzentrieren konnte, Ivana und die mentale Barrikade, die sie irgendwie zwischen uns erschaffen hatte.

Die ist neu, dachte ich. Es war anderen Alphas schon gelungen, meine Fähigkeiten davon abzuhalten, ihre Gedanken zu lesen, nie aber ihre *Auren*. Ich konnte sie immer spüren, wenn sie in der Nähe waren – und ihre Kraft auch.

Aber Ivana …

Von ihr vernahm ich nur ihren Geruch.

Der süße Duft einer Omega. Wie ein Orangenhain, der von der Sonne gewärmt wird.

Doch ihrem Parfüm wohnte auch diese säuerliche Note inne, die mich an Grapefruit erinnerte.

Der Geruch beschwor die Erinnerung an unsere erste Begegnung noch klarer herauf, und meine Nase zuckte, weil sie den beschmutzten Duft kannte.

So viel Trauer.

Verzweiflung.

Angst.

Mit aufgestellten Nackenhärchen suchte ich unsere direkte Umgebung nach Bedrohungen ab. Alles und jeden, der ihr das vielleicht angetan hatte.

Aber bis auf ihre war meine die einzige Aura, die ich vernahm.

Und bis gerade eben war ich bei ihr, ging mir durch den Kopf. *Als sie aus meinem …*

Das Gerät an meinem Handgelenk surrte erneut und Kierans Name waberte wie ein böses Omen in der Luft.

Ich atmete tief ein – erhaschte einen Hauch dieses grapefruitartigen Parfüms – und beantwortete seinen Anruf. „Tut mir leid, dass ich dich geweckt habe", sagte ich zu ihm, ehe er sich zu Wort melden konnte. „Aber ich muss mich jetzt auf Ivana konzentrieren."

Sein Gesicht schwebte als durchsichtiger Schatten vor mir und er sah mich mit suchendem Blick an. „Ich werde Lorcan anrufen. Er wird durch die Schatten zu euch wandeln und für dich übernehmen, während du hinbiegst, was immer du vermasselt hast."

Dieses Mal beendete Kieran den Anruf, bevor ich etwas erwidern konnte.

Wer sagt, dass sich etwas vermasselt habe?, hätte ich ihm in Gedanken gesagt, wenn er nahe genug gewesen wäre, um mich zu hören.

Aber ich war mir ziemlich sicher, *dass* ich es vermasselt hatte.

Ivanas saurer Geruch war der Beweis.

Zähneknirschend folgte ich ihrem Duft ins Badezimmer und erstarrte vor der gläsernen Duschkabine.

Meine sonst so selbstbewusste, großschnäuzige Omega lag derzeit zu einer Kugel eingerollt auf dem Boden, während Wasser auf sie herabprasselte.

Eine weitere Erinnerung an diese schicksalshafte Nacht zog vor meinem inneren Auge auf. Eine, in der sie genau dasselbe in der Dusche getan hatte, in die ich sie nach der Rettung aus dieser Grube gebracht hatte.

„Bitte, ich … ich werde tun, was immer du willst", hatte sie geflüstert. „Bitte blockiere nur meine Kraft nicht mehr."

„Ich werde deine Kräfte nicht blockieren, *Macushla*", hatte ich ihr versprochen.

Dieses Versprechen habe ich heute gebrochen, dämmerte mir. Diese Einsicht traf mich mitten ins Herz. *Verdammt.*

All ihre Gedanken – die unzusammenhängenden, die mich dazu gebracht hatten, mich in meine menschliche Form zurückzuverwandeln – ergaben jetzt plötzlich einen Sinn.

Ich glaube dir.

Es steht mir nicht frei, durch die Schatten zu wandeln.

Es steht mir nicht frei, zu rennen.

Ich bin hier nicht sicher.

Kann ihm nicht vertrauen.

Ich zuckte abermals zusammen, als mir klar wurde, dass sie mit den letzten beiden Sätzen wohl mich gemeint hatte. Allein *ihre Kräfte zu blockieren*, hatte ihr Vertrauen in mich zerstört.

Und im Hinblick auf unsere Vergangenheit, mit gutem Grund.

„Vana", murmelte ich und kniete mich neben die Dusche. „Es tut mir so leid, Macushla." Ich hatte diesen Spitznamen nicht mehr benutzt, seit wir uns in jener Nacht begegnet waren. Nach jenem schicksalshaften Tag gehörte er ganz allein ihr.

Ganz wie mein Schnurren, dachte ich und das Rumpeln erwachte zum Leben.

Klar, ich hatte vor ihr schon für andere Omegas geschnurrt, aber nur dann, wenn sie verletzt waren oder Trost gebraucht hatten.

Aber das war nicht der Grund, aus dem ich jetzt für Ivana schnurrte.

Oder warum ich die ganze vergangene Woche für sie geschnurrt hatte.

Während sie geschlafen hat.

Es war eine Versuchung gewesen, der ich hatte widerstehen wollen. Ein Bedürfnis, das ich nicht hätte befriedigen sollen. Ein Verlangen, das ich schon viel zu lange unterdrückt hatte.

Diese Frau würde mein Ende sein. Ich hatte es von dem Augenblick an gewusst, in dem sie mit ihren eisblauen Augen in meine gesehen hatte.

Ich hatte nur nicht erwartet, dass es so passieren würde – ich auf meinen Knien, während sie auf einem kaum noch warmen Boden der Duschkabine lag und weinte.

Es war nicht nur, dass ich sie festgehalten hatte, was sie traurig machte. Das hatte ich ihren zerbrochenen Gedanken entnehmen können.

Sie hatte endgültig genug von mir.

Sie war über mich hinweg.

Darüber, was wir hätten sein können.

Jetzt trauerte sie.

Mir blieben zwei Möglichkeiten: sie mich hassen lassen und weitermachen oder um Verzeihung flehen und …

Und was?, fragte ich mich. *Und versuchen, eine Beziehung mit ihr zu führen? Könnte ich wirklich so selbstsüchtig sein?*

Sie würde nie an erster Stelle stehen. Ich hatte mein Leben Kieran und seinem Schutz verschrieben. Das war die Würde und den Respekt, die er verdiente.

Ivana verstand das nicht. Sie verstand weder mich noch meine Vergangenheit. *Weil ich ihr nie davon erzählt habe.*

Stattdessen hatte ich die vergangenen sechs Jahre damit verbracht, sie abzuweisen. Ihr den Weg zu einer besseren Zukunft zu weisen. Eine, in der sie glücklich sein würde. Verliebt. Angemessen verehrt.

Aber die Frau, die jetzt vor mir lag, war keines dieser Dinge.

Und zwar meinetwegen.

„Ich wollte dir nie wehtun", sagte ich mit sanfter Stimme zu ihr. „Verdammt, Vana, dir wehzutun, ist das Letzte, was ich will. Darum wollte ich auch verhindern, dass etwas zwischen uns passiert. Ich bin nicht gut genug für dich, Liebste. Ich war es nie. Und ich werde es nie sein."

Die Wahrheit laut auszusprechen, war schmerzhafter als erwartet. Denn wenn ich ehrlich war, wollte ein tief vergrabener Teil von mir gut genug für sie sein.

„Du bist die Erste, die mich je in Versuchung geführt hat, meinem Schicksal zu entrinnen", vertraute ich ihr an. „Aber ich spiele nicht in deiner Liga, Liebling. Das habe ich Lorcan an jenem Tag gesagt. Dass du in einer Liga spielst, die weit über meiner ist. Ich will, dass du das begreifst. Dass du jemanden findest, der besser zu dir passt. Jemand, der dir alles geben kann. Jemand, der …"

Ich verstummte und schluckte hart.

Denn ich hasste es, dieses Gespräch führen zu müssen.

„Verdammt, ich versuche es ja. Aber es ist …" Ich

schloss meine Augen und mein Wolf knurrte wutentbrannt in mir. Er verstand den Kerninhalt meiner Aussage, was ich sagen wollte, und widersprach mir.

Meins!, brüllte er geradezu.

„Es widerstrebt jedem Instinkt eines Alphas, seine Omega davon zu überzeugen, sich für jemand anderen zu entscheiden", sagte ich mit zusammengebissenen Zähnen. „Aber es ist richtig. Ich werde nie gut genug für dich sein. Ich bin mir ziemlich sicher, dass ich das heute Morgen bewiesen habe."

Ich hatte sie festgehalten und ihre Kräfte blockiert. Etwas, das ich nicht hätte tun sollen.

Alles nur, weil mir in ihrer Anwesenheit alle Kontrolle abhandenzukommen schien.

Sobald ich gespürt hatte, dass sie ohne Begleitung abgehauen war, hatte ich die Fassung verloren. Sie hätte entführt werden können. Verletzt. Oder eine Unmenge an anderen Dingen.

War es wahrscheinlich, dass ihr etwas zustoßen würde? Nicht wirklich. Nicht, wo ich doch hier war.

Aber allein der Gedanke daran hatte meinen Wolf dazu gebracht, durch die Schatten zu ihr zu wandeln. Weil er ihr Beschützer war. *Bis sie einen anderen Alpha findet, der auf sie aufpasst.*

Ich strich mir mit der Hand übers Gesicht und öffnete schließlich meine Augen, bereit, Ivana weitere Attribute aufzuzählen, die sie in einem Alpha suchen sollte. Aber ich konnte die Worte nicht von mir geben, als ich den gebrochenen Ausdruck in ihrem Gesicht sah.

Sie hatte sich endlich aus ihrer Kugel gerollt und ich wünschte mir, dass sie es nicht getan hätte. Denn die Trauer in ihrem Gesicht ließ mein Herz in tausend Stücke zerbrechen.

Ich habe ihr das angetan.

Ich habe ihr wehgetan.

Ich habe mein Versprechen gebrochen.

„Es tut mir leid", flüsterte ich abermals, die Worte noch immer von meinem Schnurren begleitet. „Ich hätte deine Schattenwandelfähigkeiten nie blockieren dürfen. Ich hätte es besser wissen sollen. Ich …" Ich schüttelte meinen Kopf, ohne den Satz zu beenden. „Ich werde dich nicht mit einer Entschuldigung beleidigen. Ich hätte es nicht tun sollen. Ende der Diskussion."

Sie starrte mich an, ihre Gedanken schaurig still. Wenn sie nicht direkt vor mir gesessen hätte, hätte ich mir Sorgen gemacht, dass sie tot wäre.

Denn so fühlte es sich an – diese Trennung von ihrer Aura.

So wird es sich anfühlen, wenn sie einen Gefährten findet und in den Nachtsektor zieht, dachte ich und schluckte hart.

Ich hatte gewusst, dass sie zu verlieren wehtun würde, nur war mir nicht klar gewesen, wie sehr.

Und doch war das hier schlimmer. Sie hatte entschieden, mich auszuschließen. Ich hatte nicht die geringste Ahnung, wie sie es angestellt hatte. Es war ein Wunder und unter anderen Umständen wäre ich völlig hin und weg gewesen.

Aber im Moment hätte ich alles darum gegeben, sie wieder zu spüren. Auch wenn ihre oberflächlichen Gedanken mit Hass auf mich erfüllt waren, zumindest hätte ich sie dann *spüren* können.

„Ich dachte, es würde dir helfen, über mich hinwegzukommen, wenn du mich hasst", sagte ich. „Ich war willens, den Schmerz, der dein Hass mit sich bringt, zu ertragen, wenn es bedeutete, dass du glücklich werden würdest." Ich fuhr mir mit den Fingern durch die Haare und atmete schwer aus. „Ich bin immer noch bereit, diesen Hass zu ertragen, Vana. Aber das …" Ich verstummte und musterte den traurigen Ausdruck, der in ihrem Porzellangesicht stand.

Sie war alles andere als glücklich.

Sie fühlte sich elend.

Damit waren wir schon zu zweit.

„Ich habe einige Dinge gesagt und getan, auf die ich nicht stolz bin, Ivana."

Das war eine verdammte Untertreibung.

Aber diese unnötige Ergänzung fügte ich nicht hinzu.

Stattdessen fuhr ich fort: „Ich dachte, dass ich es uns beiden damit leichter machen würde. Aber nichts an dem hier fühlt sich leicht oder richtig an. Ich weiß nicht, was ich sonst noch sagen soll, außer, dass ich falsch gelegen habe. Ich bin hier, um dich zu beschützen, und nicht, um dich zu verletzen."

Die Worte *Es tut mir leid* lagen mir auf der Zunge, aber das hatte ich jetzt schon zweimal gesagt. Entweder würde sie mir vergeben oder mir sagen, dass ich Leine ziehen soll.

Letzteres war wahrscheinlicher. Und vermutlich auch gerechtfertigt.

Trotzdem schnurrte ich für sie, weil es das Einzige war, das mir einfiel. Ich erinnerte mich an das Höllenloch, in dem ich sie vor all den Jahren gefunden hatte. Ich konnte mir nur vorstellen, was für schreckliche Dinge ihr derzeit im Kopf herumgingen.

Ihr Vater hatte sie einem Goldsektor-Alpha versprochen. Einem verdammten *Drachen*, keinem Wolf.

Und ihr Bruder hatte ihr nicht geholfen. Teufel, er hatte mir *lachend* von dem Arrangement erzählt.

„Was ist mit der Omega draußen im Loch?", hatte ich gefragt und so getan, als würde ich das mit Blut versetzte

Bier trinken, das er mir in der – wie er es nannte – Bar seines Rudels angeboten hatte. Sie hatte eher nach einer Höhle ausgesehen.

Ich hatte mich für einen einsamen Wolf ausgegeben, der nur einen Zwischenhalt im Dorf machte, auf seinem Weg nach sonst wo. Die Alphas hatten sich nichts dabei gedacht. Das Rudel hatte aus einer Mischung von verschiedenen Wölfen bestanden.

Ivanas Bruder und Vater waren die einzigen V-Clan-Formwandler gewesen.

Und ihre Mutter war schon lange tot, bevor ich dort angekommen war, vermutlich, weil ihr Vater sie mit den anderen Alphas geteilt hatte. Ich hatte nie gefragt und Ivana hatte es mir nie gesagt.

„Sie ist eine Trophäe", hatte Ivanas Bruder – *Chip* – mit belustigtem Tonfall gesagt. „Für Alpha Oros."

„Alpha Oros?", hatte ich erwidert, im festen Glauben, mich verhört zu haben.

„Der Goldsektor-Alpha." Ihr Bruder hatte gegrinst. „Er bezahlt für sie mit diesem geheimnisvollen Steinzeug. Das Zeug, dass Schranken errichtet." Er hatte mit der Achsel gezuckt und war sich offenbar nicht bewusst gewesen, was Drachen-Alphas mit diesem *geheimnisvollen Steinzeug* tun konnten. „Sie war nicht willens, ihren Teil der Abmachung einzuhalten, also …", er nahm einen Schluck, „hat Vater sie in die Grube gesteckt."

„Sie steht kurz davor, zum ersten Mal läufig zu werden", ergänzte ein W-Clan-Alpha mit tiefer Stimme. „Aus offensichtlichen Gründen kann Chip nicht mitspielen, aber Jinx meinte, wir können uns mit der Omega-Schlampe verknoten, bis der Drachen hier ankommt. Wenn du auch mal ran willst, musst du dich hinten anstellen. Sollte irgendwann morgen anfangen und wie ich höre, wird es einen ganzen Monat andauern."

Seine Vorfreude war nicht zu überhören gewesen.

Und hatte mich zutiefst angewidert.

Wir waren nahe genug an der Stelle, wo Ivana mental festgehalten wurde, um jedes Wort mit ihren wölfischen Sinnesorganen mitzubekommen.

Was ihr auch erlaubt hatte, meine Reaktion auf ihr bevorstehendes Schicksal zu vernehmen.

Ich hatte sie alle mittels eines brutalen Kraftschubs ausgeschaltet, den keiner von ihnen hatte kommen sehen. Sie hatten mich für einen Nomaden auf der Durchreise gehalten. Ein einzigartiger V-Clan-Wolf aus einem Sektor, der längst ausgelöscht worden war.

Weil wir der Mehrheit der Übernatürlichen in dieser Welt genau das weisgemacht hatten.

Der Sektor der Finsternis ist niedergebrannt und hat alle Wölfe in den Tod gerissen.

Einige mächtige Wesen wussten, dass das eine Lüge war. Die meisten davon waren unsere Verbündeten oder gleichgesinnte Kreaturen, die sich abseits hielten.

Trotzdem hatte ich mir Jinx – Ivanas Vater und der selbsternannte Rudelanführer – und seine Ignoranz zunutze gemacht und alle Alphas in dieser heruntergekommenen Höhle abgeschlachtet.

Dann hatte ich Ivana befreit und sie zurück in meinen Bau gebracht, wo ich sie während ihrer ersten Läufigkeit beschützt hatte.

Sie hatte sich in die Dusche begeben und sich zu einer Kugel eingerollt, wie sie es gerade eben getan hatte, und hatte mich leise angefleht, sie nicht festzuhalten.

Als ich ihr versprochen hatte, dass ich ihre Fähigkeiten nicht blockieren würde, hatte sie zu weinen begonnen.

Stundenlang.

Bis sie schließlich still geworden war. Ernst. *Neugierig.*

Und dann hatte sie mein Versprechen zum ersten Mal auf die Probe gestellt.

Ich hatte im Flur neben dem Badezimmer gesessen und geduldig gewartet, als sie durch die Schatten gewandelt war und meinen Bau inspiziert hatte. Ich blieb still, während sie ihre Wolfsform annahm und durch meine persönlichen Gemächer streifte. Und dann, nachdem sie sich endlich wieder in ihre menschliche Form zurückverwandelt hatte, hatte ich ihr Abendessen gekocht.

„Warum ist mir nicht mehr so heiß?", hatte sie mit kaum hörbarer Stimme gefragt. „Wie hast du meinen Östrus aufgehalten?"

„Ich habe gar nichts getan. Prinz Kieran benutzt seine Heilkräfte, um dich vor deiner Läufigkeit zu bewahren", hatte ich zu ihr gesagt.

Dann hatte ich ihr erklärt, dass Kieran sie jederzeit gehen lassen würde. Er hatte ihr nur geholfen, weil er ihr zeigen wollte, dass sie in Sicherheit war, bevor ihr Östrus sie einnahm.

„Im Blutsektor beschützen wir unsere Omegas während dieser verletzlichen Zeit. Wir *benutzen* sie nicht und *handeln* auch nicht mit ihnen. Wir schätzen sie. Kieran erachtete es für unabdingbar, dass du das verstehst, ehe …"

„Ehe ich meinen Verstand verliere und vielleicht verrückt werde", hatte sie mit scharfsinnigem Blick und präziser Wortwahl an meiner Stelle gesagt. „Wird er sich mit mir verknoten?"

Mir war das Stück Steak fast im Hals steckengeblieben, das ich mir gerade in den Mund gesteckt hatte. *Nein*, hatte ich in Gedanken erwidert. *Kieran ist verlobt.*

Sie hatte mich angeblinzelt und schien nicht überrascht über meine mentale Antwort gewesen zu sein. *Du bist ein Telepath?*

Ja.

Und du liest Gedanken?

Ja. Ich hatte mein Steak aufgegessen. „Aber ich versuche, nicht neugierig zu sein."

Sie hatte ihren Kopf schiefgelegt. „Woran denke ich gerade?"

Ich hatte meine Augen zusammengekniffen. „Zweifelst du meine Fähigkeiten an?"

„Ja."

Ich hatte meine Augenbrauen überrascht hochgezogen.

Und dann hatte ich meine Kräfte in ihren Kopf vordringen lassen und festgestellt, dass sie sich bloß einen Spaß mit mir erlaubt hatte.

Aber das war nicht das Einzige, was ich an diesem Tag herausfand. Ich hatte festgestellt, dass Ivanas Gedanken angenehm ruhig waren.

Zumindest bis sie darüber nachdachte, mich zu fragen, ob ich vorhatte, mich während ihrer Läufigkeit mit ihr zu verknoten.

Könnte sein, dass mir das nichts ausmachen würde, hatte sie beschlossen und mich mit interessiertem Blick gemustert. *Tatsächlich würde mir das gefallen.*

„Nein", hatte ich gesagt. „Wenn du einen Alpha willst, der dir durch den ersten Östrus hilft, kann ich dir einige vorstellen. Ich werde nicht in der Lage sein, das zu tun."

„Warum nicht?", hatte sie mich in ungeniert frechem Tonfall gefragt. Die kauernde Frau aus der Dusche war wie weggeblasen gewesen. An ihre Stelle war eine selbstbewusste Göttin getreten.

Und sie hatte bis heute in ihr gewohnt.

Bis ich ihr Vertrauen in mich zerstört hatte.

Jetzt lehnte ich mich gegen die Wand und zog die Knie an die Brust, um meine Arme darum zu legen. Es war dieselbe Haltung, die ich während ihrer Dusche im Flur eingenommen hatte. Doch dieses Mal war ich mit ihr im Badezimmer. Wir beide waren nackt und starrten einander an.

Ich hatte ihre Frage an jenem Tag nie beantwortet. *„Wieso nicht?"*

Weil die Wahrheit war, dass ich versucht gewesen war, sie zu verführen. Mich mit ihr zu verknoten. Sie mein zu machen.

Was so verdammt falsch gewesen war.

Sie war damals neunzehn gewesen – eine junge Omega, der die Welt offenstand.

Ich hatte es ihr nicht verderben wollen, indem ich sie für die Ewigkeit an mich band.

Aber irgendwie hatte ich es trotzdem geschafft, sie zu verletzen.

Wie ihre anhaltende Stille bewies.

Wenigstens weint sie nicht mehr, dachte ich und bewunderte ihre blauen Augen.

Ich schnurrte weiter, während ich ihr in die Augen sah. Die Zeit verstrich. Irgendwann hatte ich Lorcans Ankunft gespürt und ausgeblendet.

Wie ich höre, hast du es vermasselt, hatte er gesagt.

Als ich nichts erwidert hatte, hatte er meine Aufgaben übernommen.

Während ich und Ivana unseren seltsamen Starrwettbewerb weiterführten.

Wenn das Wasser kalt geworden war, reagierte Ivana nicht darauf. Ich streckte um ein Haar meine Hand aus, um es zu berühren, aber ich wollte nicht riskieren, sie zu erschrecken.

Sie brauchte Zeit.

Und die würde ich ihr geben.

Und mein Schnurren.

Solange, wie …

„Was sind meine anderen unrühmlichen Eigenschaften?", fragte sie. Ihre Frage kam so unerwartet, dass ich mich nicht davon abhalten konnte, die Augenbrauen hochzuziehen.

„Wie bitte?"

„Du hast Lorcan gesagt, dass ich jemanden finden müsste, dem meine kindischen Spiele, meine Direktheit, mein deplatziertes Selbstbewusstsein und meine anderen unrühmlichen Eigenschaften nichts ausmachen. Was sind diese unrühmlichen Eigenschaften?"

Verdammt. Dass sie den genauen Wortlaut wiedergeben konnte, obwohl ich mich nicht an alles erinnern konnte, was ich gesagt hatte, sprach Bände darüber, was meine Worte angerichtet hatten.

„Ivana, ich habe diese Dinge nur aus Frustration gesagt. Wenn ich mir einrede, dass deine Charaktereigenschaften mich nerven, werde ich eines Tages vielleicht daran glauben und aufhören, dich zu …" Ich verstummte, bevor ich den Satz zu Ende führen konnte. Aber ich hatte bereits zu viel gesagt.

„Mich was?", fragte sie und zog ihre Augenbraue hoch, während ihre innere Göttin mich durch ihre wunderschönen Augen hindurch ansah.

„Es ist egal, was ich will, Liebste. Was wichtig ist, ist, dass ich an jenem Tag ein paar Dinge gesagt habe, die nicht fair waren. Ich meinte damit, dass du einen Alpha brauchst, der dein Selbstbewusstsein und deinen Mut liebt und dem es nichts ausmacht, wenn du ihm den Marsch bläst, wenn es die Situation erfordert. Du verdienst einen Alpha, bei dem du an erster Stelle stehst. Der dich lieben kann. Der dich verehren kann. Der in deiner Göttinnen-Liga spielt."

Leider würde dieser Alpha nie ich sein.

Aber ich konnte jetzt gut zu ihr sein. Ihr die ganze Wahrheit sagen. Und hoffen, dass sie selbstbewusst genug sein würde, um sie zu glauben.

„Nichts an dir ist unrühmlich, Ivana", sagte ich zu ihr und mein Akzent trat jetzt stärker hervor. „Du bist perfekt, Macushla."

IVANA

„Du bist perfekt, Macushla."

Cillians Worte gingen mir durch den Kopf und standen in krassem Kontrast zum Herzschmerz, den er in den vergangenen Wochen herbeigeführt hatte.

Alles, was er gesagt hatte – seine Erklärungen, seine Worte, sein *Anspruch* … *„Es widerstrebt jedem Instinkt eines Alphas, seine Omega davon zu überzeugen, sich für jemand anderen zu entscheiden."*

Mein Magen zog sich zusammen, als mir seine Aussage ein weiteres Mal durch den Kopf ging.

Seine Omega.

Er hatte mich als *seine* Omega bezeichnet.

So in der Art, jedenfalls. Er hatte es angedeutet. Oder vielleicht interpretierte ich zu viel in den Satz hinein.

Mir kam um ein Haar ein Seufzer über die Lippen, weil mich das hoffnungsvolle Gefühl verärgerte, das in mir erwachte. Ich wusste, dass ich es nicht verspüren sollte. Dieser Alpha wollte mich nicht.

Und doch ...

Sagt er, dass ich perfekt bin.

Aber er hatte mich auch zu selbstbewusst und so ausdauernd, dass es nervig ist, genannt.

Lag es nur daran, dass er sich das einreden will?, fragte ich mich und rief mir alles in Erinnerung, was er heute Morgen zu mir gesagt hatte. *Weil er glaubt, dass ich in einer anderen Liga spiele? Eine Liga, in der nur Göttinnen spielen?*

Das hörte sich zu gut an, um wahr zu sein.

Ganz wie damals, als er mich geküsst hat ...

Ich kniff meine Augen zusammen. „Du hast schon wieder Mitleid mit mir, habe ich recht? Du sagst mir nur, was ich hören will, um mir eine Lektion zu erteilen. Ähnlich wie heute Morgen, stimmt's?"

Ich rollte genervt mit den Augen.

Nichts von dem, was er gesagt hatte, war aufrichtig gewesen. Er wollte ganz einfach, dass ich über ihn hinwegkam, einen neuen Alpha fand und ihn in Ruhe ließ. Was ich nicht tun konnte, wenn ich in der Dusche saß und Trübsal blies.

„Du kannst jetzt damit aufhören, mich aufzumuntern, Alpha Cillian", warf ich ein, ehe er etwas sagen konnte. „Ich brauche und will deine bemitleidenden Aussagen oder Mitleidsküsse, oder was auch immer du mir geben willst, nicht. Ich nehme deine Ablehnung an. Lass mich einfach in Ruhe."

Ich zwang mich, aufzustehen. Es war höchste Zeit, meinen Fokus auf den heutigen Tag zu legen.

Und damit aufzuhören, einem Mann nachzutrauern, der nicht mit mir zusammen sein will.

Ich schloss meine Augen und ließ das Wasser über mein Gesicht rieseln, sodass ich nichts von dem mitbekam, was Cillian sagte. Ich wollte ihn nicht hören. Ich wollte ihn nicht sehen. Ich wollte nicht einmal in seiner Nähe sein.

Er hatte klar kommuniziert, wie es um seine Gefühle stand.

Und ich hatte es satt …

Seine Hand an meinem Nacken zu spüren, ließ meine Gedanken verblassen und ich schlug meine Augen auf. „Cill…"

Er riss mich mit einer Wucht herum und an seinen Körper, die mir den Atem raubte und meine erschrockene Antwort erstarb auf meinen Lippen.

„Ich habe *kein* Mitleid mit dir", knurrte er. Meine Oberweite war an seine stahlharte Brust gedrückt. „Und abgewiesen habe ich dich schon gar nicht, Ivana."

Obwohl mir der Atem stockte, schaffte ich es, abschätzig zu schnauben und murmelte: „Die sechs Jahre, in denen ich meine Östrogen-Zyklen allein durchlitten habe, sagen etwas anderes."

Er zog seine Augenbrauen hoch. „*Ivana.*"

„Was?", wollte ich wissen. „Was willst du jetzt tun? Mich erneut küssen? Vielleicht hast du ja das Gefühl, dass deine Lektion von vorhin keine Früchte tragen wird. Oh, oder – nicht sagen! – vielleicht gibst du mir dieses Mal aus Mitleid deinen Knoten, hm? Damit du mir zeigen kannst, wie ein anderer Alpha mich richtig ficken soll, was?"

Seine dunklen Augen glichen nächtlichen Sturmwolken und ein donnernder Ausdruck zeichnete sich in seinem Gesicht ab. „Wenn ich mich mit dir verknoten würde, Omega, würde es niemals einen anderen Alpha geben. Das kann ich dir versprechen."

Ich lachte schnaubend und rollte die Augen abermals. „Was auch immer, *Alpha Cillian.*" Ich versuchte, einen

Schritt von ihm wegzumachen, aber sein Griff um meinen Nacken wurde nur noch fester, während er mir den anderen Arm um den unteren Rücken legte.

„Ich habe dir wehgetan und das tut mir leid. Aber wenn du weiterhin so frech bist, Omega, werde ich dich übers Knie legen und deinem süßen Arsch eine *Lektion* erteilen, die du nicht so schnell vergessen wirst."

Jetzt zog ich meine Augenbrauen hoch. „*Wie bitte?*"

„Du verhältst dich komplett respektlos und das weißt du auch."

„Ich bin nur ehrlich", keifte ich zurück. „Du tust all diese Dinge nur aus Mitleid und …"

„Ich habe kein Mitleid …"

„*Nein*", schnauzte ich und presste meine Hände auf seine Brust, um zu versuchen, ihn von mir wegzuschieben.

Aber er bewegte sich keinen Zentimeter.

Der sture Alpha *knurrte* bloß.

„Hör auf, mich *anzulügen*", sagte ich wutentbrannt zu ihm. „Deine Taten und Worte beweisen, dass du mich bemitleidest, Cillian. Ich meine, du hast mich geküsst, weil Ransom es nicht getan hat, nur um mir zu zeigen, was ein Alpha tun sollte. Du hast mir neulich angeboten, mich von Quinns Palast nach Hause zu begleiten, was du noch nie zuvor getan hast. Heute Abend jagst du mir hinterher, weil du fälschlicherweise das Gefühl hast, mich beschützen zu müssen. Und dann …"

Ich schloss meine Augen, während ein Knurren durch meine Brust sauste.

Denn wie hatte er es *wagen* können, meine Kräfte zu blockieren?

Aber darum ging es jetzt nicht.

„Ich brauche und will dein Mitleid nicht, Cillian", sagte ich mit zusammengebissenen Zähnen. „Ich bin ein großes Mädchen und kann mit deiner Abweisung umgehen. Also … hör einfach auf mit dem, was auch immer du da machst, und lass mich weiterziehen."

Ich versuchte mich erneut aus seinem Griff zu befreien und fand mich plötzlich zwischen seinem heißen Körper und der kalten Duschwand eingeklemmt wieder.

„Fühlt sich das hier an, als würde ich dich bemitleiden, Ivana?", fragte Cillian. Seiner Stimme wohnte eine tödliche Note inne, die mir Gänsehaut bereitete.

Ich schluckte hart. Seine Wärme brannte auf meiner Haut, vor allem der Teil von ihm, der an meinen Unterleib gepresst war.

„Cillian …"

Er ließ seine Hand von meinem Nacken an meinen Hals gleiten. Sein Blick ließ keine Sekunde von mir ab und zwang mich in die Unterwerfung. „Jetzt rede ich, Omega."

Ich erschauderte. Seine dominante Aussage kam mit einer willkommenen Liebkosung über mich, die meine Wölfin innerlich nach mehr wimmern ließ.

Der Gefährte, den sie begehrte, war nackt, erregt und presste uns gegen eine Wand. Für sie hatte diese Situation nur einen Ausgang.

Leider kannte ich unzählige andere.

Es war dieses Wissen, das mich davon abhielt, laut zu stöhnen, als Cillian mit seinem Daumen Kreise auf meiner Halsschlagader zu ziehen begann.

„Ich habe dich geküsst, weil ich das wollte", sagte er, noch immer mit sehr aggressivem Tonfall.

„Das war keine Lektion. Ich habe es nicht getan, weil du mir leidgetan hast, sondern weil ich dich *will*. Weil ich dich schon sechs Jahre lang für meine halte. Und ich hadere damit, das Richtige zu tun und dich gehen zu lassen."

Seine Worte gingen mir im Kopf herum und

beschworen eine Welle der Verwirrung herauf. „Wenn du ..."

Sein Griff wurde fester. „Ich war noch nicht fertig, Omega."

Meine Wölfin bibberte angesichts der Dominanz und der Grazie, mit der er das gesagt hatte. Ein Alpha, der das Kommando übernahm und seine Gefährtin zwang, *zuzuhören*.

Aber die Frau in mir war stärker, sodass ich meine Augen trotzig zusammenkniff.

„*Das*", knurrte er und in seinen Augen wütete ein stürmischer Blick. „Genau *deswegen* finde ich dich so unwiderstehlich, Vana. Du fürchtest dich nicht vor mir, obwohl du das solltest. Und du hebst mich nicht auf ein Podest. Du forderst mich jeden verdammten Tag heraus, überraschst mich immer wieder aufs Neue und schenkst mir dieses einzigartige Gefühl des Friedens. Und das alles gleichzeitig."

Er presste seine Stirn an meine und schloss seine Augen, bevor er tief einatmete.

„Verdammt, Vana. Du hast nicht die geringste Ahnung, was du mit mir anstellt. Wie schwierig es ist. Wie sehr ich mir wünschte, dass ich dich zu meiner machen könnte. Aber ich bin nicht gut genug für dich. Es bedarf all meiner Kraft, all meiner *Macht*, dich gehen zu lassen. Teufel, dich zu *zwingen*, mich zu vergessen. Aber es ist das Richtige. *Für dich*."

„Warum?", flüsterte ich und legte meine Finger um seine nackten Arme. „*Warum* ist es das Richtige? Wenn du mich willst, warum ...? Wozu dagegen ankämpfen?"

Ich verstand es nicht.

Nichts davon ergab irgendeinen Sinn.

„Weil ich dich nie an erste Stelle setzen kann." Er wich

zurück, seine Augen jetzt wieder geöffnet, und sah mich an.

„Du verdienst jemanden, der dir die Welt zu Füßen legt, Vana. Jemanden, der dich immer über alles und jeden stellt. Und dieser Jemand kann ich nicht sein."

„Wer sagt, dass ich so jemanden will?", erwiderte ich. „Wer sagt, dass du entscheidest, was oder wen ich wollen sollte?"

Er seufzte. „Ich tue, was getan werden muss, um sicherzustellen, dass du glücklich wirst."

Ich sah ihn mit gerunzelter Stirn an. „Warum entscheidest du, was mich glücklich machen wird und was nicht?"

Er musterte mich. „Ivana …"

„Nein, Cillian. Du hast gesagt, dass du mich nicht bemitleidest. Dann hast du mir gesagt, dass du mich willst. Und jetzt sagst du mir, dass du mich nicht haben kannst, weil ich etwas Besseres verdiene. Aber es bin doch ich, die entscheidet, wen und was sie verdient. Nicht du."

Er ließ von meinem Nacken ab und nahm einen Schritt zurück.

Also ging ich auf ihn zu.

„Entweder lügst du oder du erfindest Ausreden. Ich weiß nicht, was von beidem es ist. Aber in jedem Fall redest du kompletten Stuss, Cillian. Wenn du mich willst, beweise es." Genau das hatte er zu mir gesagt, als ich erwähnt hatte, dass ich auf mich selbst aufpassen kann. Also konnte ich den Gefallen auch erwidern.

Denn wenn er auch nur etwas von dem, was er gesagt hatte, auch so meinte, sollte er seinen Worten Taten folgen lassen.

„Sag mir nicht, was ich verdiene oder was für einen Alpha ich haben wollen sollte. Respektier mich genug, um mich meine eigenen Entscheidungen treffen zu lassen und kämpfe um mich."

Er fuhr sich mit den Fingern durch sein dichtes, feuchtes Haar. Die Duschbrause hatte Wasser über seinen Kopf und seine breiten Schultern rieseln lassen, als er die Dusche betreten hatte. „Ich kann nicht um dich kämpfen, Ivana. Ich kann keine Gefährtin haben."

„Warum nicht?", wollte ich wissen. „Warum kannst du keine Gefährtin haben?"

Er sah mich eindringlich an. „Die Antwort darauf kennst du bereits."

„Dann sag es mir noch einmal."

„Meine Treue gilt Kieran. Er wird immer an erster Stelle stehen."

„Okay. Und er will nicht, dass du eine Gefährtin hast?"

„Das habe ich nicht gesagt."

„Du hast gesagt, dass du keine Gefährtin haben kannst, weil Kieran immer an erster Stelle stehen wird. Wenn er dir nicht befohlen hat, allein zu bleiben, warum kannst du dann keine Gefährtin haben?"

„Weil er an erster Stelle steht", sagte er mit zusammengebissenen Zähnen. „Ich werde keine Gefährtin haben, nur damit sie der zweitwichtigste Wolf in meinem Leben sein wird. Das ist ihr gegenüber nicht fair. Es wäre *dir* gegenüber nicht fair."

„Was nicht fair ist, ist, dass du mir sagst, was gut genug ist und was nicht. Hast du mich überhaupt gefragt, ob es mir etwas ausmacht, nach Kieran deine zweite Priorität zu sein?"

„Vana …"

„Beantworte die Frage, Cillian. Hast du mich je nach *meiner* Meinung gefragt?"

Er biss die Zähne zusammen. „Ich werde nicht zulassen, dass du deine Glückseligkeit opferst, Ivana."

„Sehe ich für deinen Geschmack glücklich aus?", fragte ich ihn. „Habe ich in den vergangenen Wochen den Eindruck gemacht, dass ich glücklich bin?"

Der Muskel in seinem Kiefer zuckte erneut. „Du hast mit Prinz Cael gelacht."

Ich schnaubte. „Echt jetzt? Das ist deine Antwort?"

„Es ist eine Antwort auf deine Frage, Ivana."

„Es ist eine Ablenkung", entgegnete ich. „Ich finde es echt das Letzte, dass du an meiner Stelle Entscheidungen triffst."

„Ich fälle eine Entscheidung für uns beide. Ich werde weder dich noch jemand anderen zu meiner Gefährtin machen. Und nichts, was du sagst, wird mich umstimmen."

Er drehte sich zum Gehen um, was mich seinen Rücken anstarren ließ. „Du bist ein Feigling."

Cillian erstarrte. „Was hast du da gerade gesagt?" Seine Stimme hörte sich bedrohlich ruhig an, und das Wasser, das aus der Brause lief, übertönte ihn um ein Haar.

„Du bist ein Feigling", wiederholte ich. Denn irgendetwas enthielt er mir vor. Einen Grund, den zu erwähnen er sich weigerte. „Ich würde verstehen, dass Kieran Vorrang hat. Und das weißt du auch. Aber du gibst uns nicht einmal eine Chance. Weil wir vielleicht ein gutes Paar wären. Und davor fürchtest du dich."

Ich hatte keine Ahnung, *warum* ihn der Gedanke beängstigte, aber so war es. Ich war mir sicher.

„Entweder das oder alles war nur eine Lüge, mit der du mich trösten wolltest. Aber ich glaube nicht, dass es daran liegt. Meine Wölfin wollte dich, seit du uns zurück in deinen Bau gebracht hast. Und sechs lange Jahre war ich mir sicher, dass es dir auch so ging. Bis ich deine Unterhaltung mit Lorcan mitbekommen habe …"

Ich verstummte und zuckte zusammen. Der Schmerz war noch zu frisch.

Aber alles, was er heute Abend zu mir gesagt hatte …, deutete darauf hin, dass meine Instinkte richtig gelegen hatten. Dass Cillian *wirklich* für mich schwärmte. Er wollte mich bloß nicht mögen.

Weil er das Gefühl hat, nicht gut genug für mich zu sein.

Weil er glaubt, dass ich etwas Besseres verdiene.

Weil er zum Schluss gekommen ist, dass wir nicht zusammen sein können.

„Feigling", hauchte ich ein weiteres Mal und mein Blick wanderte zum Wasser, das den Abfluss hinabströmte. „Ich … habe es nie gesehen. Bis jetzt."

Das … änderte alles.

Wenn Cillian sich zu sehr davor fürchtete, um mich – um *uns* – zu kämpfen, dann … hatte er vielleicht von Anfang an recht gehabt. *Vielleicht sollten wir nicht zusammen sein.*

„Sag das noch einmal, Omega", meinte Cillian mit einem seltsamen Tonfall. „Das würdest du nicht wagen."

„Du bist ein Feigling", wiederholte ich, ohne ihn anzusehen.

Wozu mache ich mir die Mühe?, dachte ich und fühlte mich wieder völlig geschlagen. *Wenn er es nicht versuchen wird und nicht einmal in Betracht ziehen will, mit mir zusammen zu sein, dann …*

Meine Schultern trafen auf die kalten Fliesen und ein strammer, männlicher Körper presste sich an mich. Ich rang nach Luft, als er seine Finger in mein Haar wandern ließ und meinen Kopf zurückzog, während er mich mit brennendem Blick ansah. „Das ist eine ganz schön gefährliche Aussage, Ivana. Vor allem, wenn man sie von sich gibt, während man vor einem Alpha steht."

Ich starrte zurück, fühlte mich leer. Wie vorhin, als ich

die Dusche betreten hatte. „Mag schon sein. Aber es stimmt."

Er stieß ein Knurren aus. „Glaubst du wirklich, dass ich es genieße, dich mit anderen Alphas zu sehen, Ivana? Denn das tue ich nicht. Kein bisschen. Aber ich bin bereit, zu leiden, wenn das bedeutet, dass du glücklich sein wirst. Nichts an meinem Opfer ist *feige*."

„Wen versuchst du, zu überzeugen, Cillian?", fragte ich. „Mich oder dich?"

CILLIAN

Ivana hatte ein Händchen dafür, mich herauszufordern, und trieb mich auf die beste und schlechteste Art zur Weißglut.

„Du bist ein Feigling."

Die drei Worte suchten mich heim. Ich hatte die plötzliche Einsicht über sie kommen sehen, als sie das gesagt hatte. Die Aussage war nicht böse gemeint, sie hatte ganz einfach eine Erkenntnis in Worte gefasst.

Es war eine Erkenntnis, die mir nicht gefiel.

Überhaupt nicht.

Denn ein kleiner Teil von mir flüsterte jetzt: *Hat sie recht? Bin ich ein Feigling?*

Ivana schien das zu denken und das veränderte alles. Ich konnte es in ihren Augen sehen – wie sie mich jetzt ansah. Im Bruchteil einer Sekunde hatte sich alles geändert

188

und dieser neugierige Ausdruck in ihren Augen, der für gewöhnlich da war, war von einem enttäuschten Blick abgelöst worden.

Mein Magen zog sich zusammen.

Die Veränderung gefiel mir überhaupt nicht. Sie störte mich fast so sehr wie ihr dabei zuzusehen, wie sie mit anderen Alphas auf Dates ging.

Was passiert, wenn dieser verliebte Blick einem von ihnen gilt?, fragte ich mich und in meiner Brust breitete sich ein Knurren aus.

Ein Teil von mir verstand, dass ich es trotz allem nur ausgehalten hatte, weil Ivana mich tief drinnen immer noch gewollt hatte.

Dieser Umstand hatte mir auf einer Ebene gefallen, die ich nicht genauer betrachtet hatte, was mich selbstverständlich zu einem Arschloch machte. Ich konnte sie nicht abweisen und mich insgeheim darüber freuen, dass sie immer geblieben war.

Verdammt.

Ivana seufzte und wandte ihren Blick von mir ab. Ich spürte tief in meiner Seele, dass ich sie verlor. Dieser Augenblick war tiefgreifend auf eine Art, die meinen Wolf auf- und abgehen ließ.

Wenn ich jetzt ging, wäre es aus.

Sie wäre endlich frei von ihrem Schwarm.

Und ich wäre allein.

Endgültig.

„Ich muss mich für meine Verabredung mit Prinz Cael vorbereiten", sagte Ivana leise. Ihr Verhalten und Tonfall bestätigten meine tiefsten Ängste.

Sie machte einen Schritt zur Seite und versuchte, sich aus meinem Griff zu lösen. Ich umklammerte sie instinktiv fester, weil mein Körper sich weigerte, sie gehen zu lassen.

Das … das darf nicht das Ende sein.

Sie gehört mir.

Nein, tut sie nicht.

Doch, *tut sie.*

Die Stimmen in meinem Kopf rangen miteinander und erzeugten eine Kakofonie des Wahnsinns. Diese Omega … diese Frau … *Ivana …*

„*Verdammt*", keuchte ich. Mit meiner Hand, die in ihrem Haarschopf lag, zog ich ihren Kopf ein weiteres Mal nach hinten, damit unsere Blicke sich trafen. „Ich habe keine Angst, Ivana. Nicht … nicht so, wie du denkst. Ich … ich habe mir vor über tausend Jahren geschworen, dass ich nie eine Gefährtin haben würde. Dass ich nie wie mein Vater werden würde. Dass ich dafür sorgen würde, dass seine Blutlinie … mit mir endet."

Das hatte ich noch niemandem anvertraut.

Klar, Kieran wusste es. Lorcan auch.

Aber ich hatte ihnen meine Absichten nie offenbart.

Aber Ivana … Ich wollte, dass sie verstand. Dass sie mich nicht für einen Feigling hielt. Dass sie realisierte, dass ich versuchte, sie zu beschützen – *vor mir.*

„Er war ein Tyrann", sagte ich zu ihr. „Der vormalige Alpha-Prinz des Sektors der Finsternis. Kieran hat ihn niedergestreckt, weil ich es nicht konnte." Weil ich zu schwach gewesen war, um es zu tun. „So wurde er zu einem Alpha-Prinzen." Es war gut möglich, dass sie das bereits flüchtig irgendwo aufgeschnappt hatte. Vielleicht aber auch nicht. Die meisten Wölfe im Blutsektor waren nicht alt genug, um die Entstehungsgeschichte des Sektors der Finsternis zu kennen.

Weil mein Vater die meisten Alphas getötet und ihre Omegas vergewaltigt hat.

Und das war geschehen, nachdem er jeden Beta im Sektor der Finsternis ausgelöscht hatte.

Ich zuckte angesichts der schrecklichen Bilder der

Vergangenheit, die sich in meinem Kopf ausbreiteten, zusammen. Mein beschissener Vater hatte auch viele meiner Brüder und Schwestern umgebracht. Und all ihre Omega-Mütter.

Darunter auch meine.

„Mein Vater war geisteskrank", vertraute ich ihr mit leiser Stimme an. „Und ich übertreibe nicht. Er wurde von seinem Wahnsinn in einen Blutrausch getrieben." Ich schluckte hart. „Ich weiß nicht, was ihn hervorgerufen hat, aber was auch immer es war, existiert auch in mir. Wenn wir also über Ängste sprechen wollen, Ivana … *Davor* fürchte ich mich. Wie mein Vater zu werden."

Weshalb ich mein Leben der Rettung von Omegas aus gefährlichen Situationen verschrieben hatte.

Mein Vater hatte einen Harem aus unwilligen Omegas gehabt und sich ohne ihre Zustimmung mit den Frauen verknotet und sie mit Alphas anderer Clans rund um den Globus geteilt. Er hatte sich nicht mit den V-Clan-Wölfen abgegeben – er hatte die Gesinnung der Z-Clan- und X-Clan-Wölfe vorgezogen.

Einiges davon erzählte ich Ivana, ließ jedoch die blutrünstigen Details aus. Dann ergänzte ich: „Er hat alle im Sektor der Finsternis über fünfzehn ausgelöscht. Dazu all seine Alpha-Söhne. Bis auf mich. Ich habe nur überlebt, weil er sich in mir wiedererkannte."

Eine Tatsache, die er nur zu gern erwähnt hatte, wann immer wir uns in die Augen gesehen hatten. „Es ist, als würde ich in einen Spiegel blicken", hatte er immer voller Freude gesagt. „Ich muss dich nur noch etwas abhärten, Junge."

Mein Griff um Ivanas Haar wurde sanfter und mein Magen verkrampfte sich angesichts der Erinnerungen an meine Vergangenheit. Angesichts der Erinnerungen an *ihn*.

„Ich war dreizehn Jahre alt, als er endlich starb",

murmelte ich. „Es dauerte viel zu lange, bis ihn jemand umbrachte, und am Ende war ich nicht in der Lage, es zu tun." Damals hatte Kieran übernommen und meinem Vater den Kopf abgeschlagen.

Und dann hatte Lorcan die Überreste meines Vaters in seinen ganzen Stolz gekippt: seinen Verbrennungsofen im Kerker.

Der Gestank dieses verdammten Ortes verfolgte mich bis heute, obwohl er längst zerstört worden war.

„An jenem Tag war ich ein Feigling", gab ich zu. „Aber was dich anbelangt, bin ich keiner, Ivana. Ich versuche, stark zu sein und dich zu ermutigen, einen besseren Gefährten zu finden und sicherzustellen, dass du in keiner Weise mit meiner Dunkelheit in Verbindung stehst."

Ich ließ von ihrem Haar ab, um meine Hand an ihre Wange zu führen.

„Ich verdiene keine Omega-Gefährtin, Liebste. Es ist ein Schicksal, das ich schon vor langer Zeit akzeptiert habe. Obwohl du mich verführt hast, es mir anders zu überlegen, kann ich mir nicht erlauben, derart selbstsüchtig zu sein. Denn ich verdiene es nicht, ein Geschenk wie dich in meinem Leben zu haben." Ich strich mit meinen Lippen kaum spürbar über ihre. „Wenn ich dich haben könnte, würde ich das, ohne darüber nachzudenken. Aber das wäre falsch, Vana. Sehr falsch."

Jetzt, wo ich ihr die Wahrheit gesagt hatte, fühlte sich mein Herz irgendwie leichter an.

Ich wünschte, sie könnte mir gehören.

Aber das konnte sie nicht.

„Ich habe vor langer Zeit gelobt, mein Leben dem Schutz der verbleibenden Bewohner des Sektors der Finsternis und ihren Angehörigen zu widmen. Dieser Schwur hat sich auf den Blutsektor ausgeweitet, als Kieran ihn übernommen und alle Wölfe mitgebracht hat. Ich diene ihm aus freiem Willen, weil er sich meine Treue verdient hat. Und ich werde den Rest meiner Tage darauf verwenden, Wiedergutmachung für die Schandtaten meiner Blutlinie zu leisten."

Das schuldete ich dem Volk. Zu viele Wölfe hatten ihre Eltern verloren, bevor sie sie überhaupt gekannt hatten. Alles nur, weil ich nicht in der Lage gewesen war, meinen Vater aus eigener Kraft auszuschalten.

Ich hatte Kierans Hilfe gebraucht.

„Das hört sich nach einem einsamen Leben an", flüsterte Ivana, was meinen Blick auf ihren Mund zog. Etwas an ihrem Tonfall hypnotisierte mich. Oder vielleicht war es auch ganz einfach die Frau selbst.

Alles, was sie tat, faszinierte mich. Ließ mich mein Schicksal anzweifeln. Brachte mich dazu, mich nach etwas zu sehnen, wonach ich mich nicht sehnen sollte. Entlockte meinem Mund Worte, die ich nicht von mir geben sollte …

„Allein zu sein, hat mir nie etwas ausgemacht", murmelte ich. „So ist mein Leben nun einmal."

„Dein Leben muss nicht einsam sein, Cillian." Sie ließ ihre Hände an den Seiten meines Körpers hochwandern und ihre warme Berührung ließ meinen Wolf innendrin erstarren. Ein Gefühl der Erwartung rauschte durch meine Adern und mein inneres Biest war neugierig, zu erfahren, was sie als Nächstes tun würde.

Sie ließ ihre Finger über meine Brust tanzen, was mich meinen Atem anhalten ließ.

Ich wollte mich keinen Zentimeter bewegen.

Wollte die mich erforschende Omega nicht erschrecken.

Wollte diesen einzigartigen Augenblick zwischen uns nicht zerstören.

Ich hatte ihr Dinge erzählt, die ich noch niemandem zuvor gesagt hatte. Hatte ihr ein Stück Geschichte offenbart, das mir als Alpha das Gefühl gegeben hatte, nicht gut genug zu sein. Hatte ihr all die Gründe aufgezählt, aus denen wir nicht zusammen sein konnten.

Und doch … näherte sie sich mir jetzt.

„Du musst nicht allein sein", sagte sie zu mir. Ihre sanfte Stimme war eine Wohltat für meine Sinne. Ihre Wärme wanderte hoch in mein Gesicht, als sie ihre Hand auf meine Wange legte. Ich lehnte mich an sie, wollte unbedingt mehr davon und verlor mich in ihrer zärtlichen Geste.

Ich ließ meine Hände an ihre Hüften wandern und krallte meine Finger mit einem Verlangen in sie, das ich kaum noch unterdrücken konnte.

Verdammt. Ich hatte nicht die geringste Ahnung, was hier vor sich ging, aber es war tiefgründig. Mächtig. *Wir.*

Und ich wollte nicht länger dagegen ankämpfen.

Ich wollte mich in ihrer zärtlichen, weiblichen Berührung verlieren. Mich von ihr streicheln lassen. Ihre Worte aufnehmen. Sie ihr glauben, wenn auch nur für ein paar wenige kostbare Sekunden.

Ivana ließ ihre Finger in meine Haare wandern, während ihre andere Hand auf meiner Wange verweilte.

Ich schluckte hart, fühlte mich seltsam verwundbar. Es war … merkwürdig. Sah mir überhaupt nicht ähnlich. Aber ich wollte einfach mit ihr verschmelzen und jedes bisschen ihrer Zuneigung annehmen.

Es war selbstsüchtig.

Ich verdiente das hier nicht. Und sie genauso wenig.

Aber ich ließ sie das Kommando übernehmen. Ließ zu, dass sie ihre Lippen auf meine presste. Ließ sie mich einatmen, als wäre ich der Sauerstoff, den sie begehrte.

Oder vielleicht war ich es, der stattdessen sie einatmete.

Denn plötzlich hatte ich das Gefühl, in ihr verankert zu

sein. Abhängig davon, dass sie mich an Ort und Stelle behielt. Dass sie mich erdete. Mich *ausglich*.

„Vana", sagte ich voller Ehrfurcht und atmete schwer aus, ehe ich meine Lippen an ihre schmiegte.

„Schhh", erwiderte sie. „Lass mich dir zeigen, wie es sein könnte, Cillian. Lass mich bei dir sein. Nur für einen winzig kleinen Augenblick."

Mich durchfuhr ein Schaudern und irgendwo tief in meiner Psyche ging ein Alarm los. *Mach, dass das aufhört*, verlangte dieser Teil von mir. *Greif ein, bevor es …*

Sie ließ ihre Zunge über meine Unterlippe gleiten und meine Gedanken damit verstummen.

Zum ersten Mal in meinem Leben gab ich die Kontrolle ab.

Ich gab meiner Omega, was sie begehrte: einen Teil von mir.

Nein, nicht nur einen Teil. *Alles* von mir.

Wenn auch nur für eine winzige Sekunde würde ich ihr Zugriff auf meinen Geist, meinen Körper, mein Herz und meine Seele geben. Sie war die erste Omega, die mich jemals in Versuchung geführt hatte. Die erste Omega, die mich jemals dazu gebracht hatte, einen alternativen Pfad zu erwägen.

Und ich hatte darauf reagiert, indem ich sie abgewiesen hatte.

Während mein Wolf für sie geschwärmt hatte und es noch immer tat.

Unsere Omega.

Unsere Gefährtin.

Unsere Vana.

Ich stöhnte, als sie ihre Zunge in meinen Mund gleiten ließ. Der Kuss war weitaus zurückhaltender als jener nach ihrem Date.

Der war von Hunger durchzogen gewesen.

Bei dem hier … ging es um etwas weitaus Tiefgreifenderes. Eine Verbindung, gegen die ich mich viel zu lange gewehrt hatte. Eine Sehnsucht, die zwischen unseren Seelen bestand.

Aber als ihre Zunge meine berührte, ließ sie etwas weitaus weniger Zurückhaltendes in mir erwachen. Etwas Instinktives. Etwas *Wildes*.

Ich krallte meine Finger in ihre Hüften und zog sie fester an mich. Mit dem nächsten Atemzug presste ich meinen Mund auf ihren.

Ich brauchte mehr.

Ich brauchte sie.

Ich brauchte *das hier*.

Ihren Geschmack. Ihre Zunge. Ihre Bereitschaft.

Hier ging es nicht darum, ihr beizubringen, was sie verdiente, oder ihr zu zeigen, wie eine Omega von einem Alpha geküsst werden sollte. Es ging darum, wie *ich* sie liebkosen würde. Wie *ich* sie berühren würde. Wie *ich* sie verehren würde.

Als ich sie ein weiteres Mal gegen die Wand presste, stöhnte sie und ich ließ meine Hände an ihrem nassen, nackten Körper hochwandern, um sie dann auf ihre straffen Brüste zu legen. Sie hatten die perfekte Größe für meine Hände. Ihre Kurven waren für meine Berührungen gemacht. Für *mich*.

Weil sie mir gehört.

Mein Wolf knurrte innerlich, stimmte der Aussage zu. Sein Knurren wurde so laut, dass ich es nicht länger verbergen konnte. Meine Brust wurde an Ivanas gedrückt von der Vibration heimgesucht, während ich sie erbitterter küsste. Inniger. *Leidenschaftlicher.*

Cillian. Die mentale Stimme gehörte nicht zu meiner Omega, also blendete ich sie aus.

Alles, was zählte, war Ivana.

Ihre Berührung. Ihre Hitze. Ihr *Nektar*.

Heiliger Strohsack, stöhnte ich und mein inneres Tier kam vor Verlangen fast um den Verstand, weil er unsere Omega zwischen ihren Schenkeln kosten wollte. Ihr zitroniger Duft hatte sich in ein Aroma verwandelt, das meine Sinne betörte.

Mein Knoten bebte.

Mein Bauch zog sich angenehm zusammen.

Mein Herz pochte wie wild.

Ich wollte auf meine Knie sinken und jeden verdammten Zentimeter von ihr ablecken.

Doch ihre Finger waren in meine Haare gelegt und ihre Zunge lieferte sich ein erbittertes Duell mit meiner.

Jetzt waren die Küsse nicht mehr sanft oder süß oder liebevoll. Sie waren menschgewordene Leidenschaft.

Sie schlang eines ihrer Beine um meine Hüfte, und ihr an meine Lippen gehauchtes Stöhnen hörte sich an wie eine Einladung.

Ohne darüber nachzudenken, hob ich sie hoch und mein pulsierender Schwanz wanderte direkt an ihre sich zusammenziehende Muschi. „Vana", knurrte ich und drückte mich an sie, genoss die Hitze, in die mein Schwanz getunkt wurde.

Daraufhin drückte sie ihren Rücken durch und rieb ihre Klitoris mit einem lusterfüllten Wimmern an meiner Eichel.

Das geht alles zu schnell, dachte ich. *Viel zu schnell, verdammt.*

Aber wir hatten schon jahrelang getanzt.

„*Fuck*." Wieder verlor ich die Kontrolle. Aber ich konnte nicht recht sagen, ob ich Ivana das Steuer überließ oder meinem Wolf.

Ich wollte unbedingt in ihr sein.

Wollte sie *begatten*.

Mich mit ihr *verknoten.*

Sie *beanspruchen.*

Während sie ihre süße Muschi an meinen pulsierenden Schwanz presste, kratzte sie mit ihren Fingernägeln an meinem Rücken hinab. „*Cillian.*"

Ich wusste nicht einmal, ob sie bereit war, mich zu nehmen. *Wurde sie jemals von einem Alpha genommen?*, fragte ich mich.

Und wünschte mir augenblicklich, dass ich es nicht getan hätte.

Denn der Gedanke daran, dass jemand anderes sie gefickt haben könnte, brachte mich dazu, jeden umbringen zu wollen, der es gewagt hatte, Hand an *meine* Omega anzulegen.

Und außerdem wollte ich in sie stoßen und beanspruchen, was mir bestimmt war. Sicherstellen, dass sie alles und jeden vergaß, der sie vor mir berührt hatte. Und dafür zu sorgen, dass kein Alpha jemals gut genug für sie sein würde.

Das hier ist so verdammt falsch.

Es fühlt sich so verdammt richtig an.

Ich ließ meine Handflächen abermals an ihrem Körper hochwandern, um ihre perfekten Titten erneut zu berühren. Ich spielte mit ihren harten Nippeln, während ich sie mit meinem Unterleib fest gegen die Wand drückte.

Es wäre ein Leichtes gewesen, in sie zu dringen.

Aber dieses unablässige Ziehen in meinem Kopf hielt mich davon ab und erinnerte mich daran, sanft mit ihr umzugehen. Sie zu schätzen, wie es sich für einen Alpha gehörte.

Mein Wolf knurrte innerlich, weil sein Verlangen nach ihr geradezu gewalttätig wurde. Es war sechs sehr lange Jahre her, seit ich eine Frau ins Bett mitgenommen hatte.

Ich hatte kein zölibatäres Leben führen wollen, aber

nachdem ich Ivana begegnet war, hatte ich schlicht und ergreifend jegliches Interesse an allen anderen verloren.

Sie hatte meine gesamte Aufmerksamkeit auf sich gezogen und mich in einen der härtesten Kämpfe meines Lebens gezogen.

Es war ein Kampf, den ich derzeit verlor.

Ein Kampf, den ich nicht länger führen wollte.

Nicht, wo diese gefügige, willige Omega sich an mein hartes, erigiertes Glied presste.

Ivana nahm meine Unterlippe zwischen ihre Zähne, woraufhin ich sie mit weit aufgerissenen Augen anblickte.

Wenn sie zubiss, würde sie ein Gefährtenband zwischen uns schaffen. Ein Band, das dadurch vervollständigt würde, dass ich sie zurückbiss.

Führe mich nicht in Versuchung, Macushla, dachte ich in ihre Richtung und begriff erst dann, dass mir ihre Gedanken wieder offenstanden.

Was auch immer für eine Schranke sie errichtet hatte, war zu Staub zerfallen, sodass ich jetzt die sinnlichen Absichten lesen konnte, die ihr durch den Kopf gingen.

Bei den Göttern, ächzte ich, betört von ihrer Fantasie. Aber der darunterliegende Hauch von Unschuld sagte mir, dass sie keine Erfahrung hatte.

Und das …

Das brachte mich dazu, innezuhalten.

Einen Atemzug zu nehmen.

Und meine Lippen vorsichtig von ihren Zähnen zu befreien, damit ich ihre Wange mit Küssen übersäen konnte.

Sie brauchte Zärtlichkeit. Anbetung. *Verehrung*.

Meine Hände wanderten zurück an meine Hüften und ich führte meine Lippen an ihr Ohr. „Hat sich schon mal ein Alpha mit dir verknotet, Vana?"

Ihre Fingerspitzen rasten an meinen Oberkörper

hinunter, nahe an mein Gemächt. „Kein echter Alpha, nein."

Ich runzelte die Stirn. „Spielst du mit mir, Liebling?" Denn das schien mir wie etwas, das Ivana tun würde.

„Ich habe ein Spielzeug", flüsterte sie. Sie sah mich mit ihren blauen Augen an, nur um ihren Blick einen Augenblick später abzuwenden und hinzuzufügen: „Für meine Östrus-Zyklen. Weil … du nie …" Sie schluckte hart und schüttelte den Kopf. „Ich glaube nicht, dass es sich so anfühlt wie ein Knoten, aber es … hilft."

Ein Hauch von Trauer fand in ihre Gedanken und schob einige ihrer lusterfüllten Eingebungen beiseite.

Er ist nie gekommen, dachte sie. *Er hat mich sie allein durchleiden lassen. Weil er mich nie wollte.*

„Verdammt, Vana, ich …"

Ein lautes Klopfen an der Badezimmertür unterbrach mich mitten im Satz. Meine Kräfte orteten den Eindringling umgehend und ich kniff meine Augen zusammen, bevor ich in seine Richtung herumwirbelte.

Ich hätte seine Ankunft spüren sollen. Hätte angesichts seines *Geruchs* wissen sollen, dass er hier war.

Aber ich war so eingenommen von Ivana und ihrem betörenden Duft gewesen, dass ich unsere Umgebung nicht anständig überwacht hatte.

Natürlich war der *Beta* einfach durch die Schatten ins Iglu gewandelt – etwas, das ich herausfand, indem ich seine Gedanken durchforstete. Wenigstens war ich nicht derart verloren, dass selbst meinem Wolf ihn nicht gewittert hatte.

Leider hätte ich aufmerksam genug sein sollen, um seine mentalen Absichten mitzubekommen.

Das war ein Problem, das ich *umgehend* beheben würde.

Wehe, du unterbrichst uns ohne Grund, Beta, sagte ich telepathisch zu Benz.

Lorcan hat mich geschickt, war alles, was er darauf erwiderte. Aber ich hörte – und *spürte* – seine darunterliegende Verärgerung.

Es gefiel ihm nicht, dass ich mit Ivana hier drinnen war.

Und er hieß den verlockenden Duft von ihrem Nektar in der Luft nicht gut.

Ich blendete ihn aus und verband mich mit Lorcans Gedanken. *Du hast Benz geschickt, um mich zu holen?*

Du hast nicht auf meine Rufe reagiert. Der für meinen alten Freund sonst typische stoische Tonfall war hörbar von einem verärgerten ersetzt worden. *Wir haben ein Problem.*

Was für ein Problem?

Lorcan kam direkt auf den Punkt. *Omega Sylvia wurde vor dreißig Minuten bewusstlos in ihrem Iglu gefunden.*

Ich erstarrte. *Wie bitte?*

Jemand hat sie betäubt, Cillian. Ich heile sie, aber es handelt sich um ein Östrus-Stimulations-Elixier. Wenn sie aufwacht, wird sie läufig sein.

Mir kam ein Knurren über die Lippen. Ein Knurren der nicht zurückgehaltenen *Wut*.

Einen Östrus einzuleiten, war bei anderen Wolfsarten üblich. Einige Alphas wollten nicht darauf warten, ihre auserwählte Omega zu begatten.

Aber so hoppelte der Hase in den V-Clan-Sektoren nicht. Wir respektierten unsere Omegas und ihre Zyklen.

Einer der Alphas hält sich nicht an die Spielregeln, ging mir durch den Kopf und ich ballte meine Hände zu Fäusten. *Und dieses Arschloch hat die Regeln gebrochen, während ich anderweitig beschäftigt war.*

„Was ist los?“, wollte Ivana wissen und riss mich damit aus meinen Gedanken und zwang mich, den Grund für meine Ablenkung anzusehen.

„Ich muss los", sagte ich zu ihr. Die Worte kamen mir mit einem Rumpeln in der Brust über die Lippen.

Verdammt. Ich hätte überhaupt nicht hier sein sollen.

Es war meine Aufgabe, die Omegas zu beaufsichtigen.

Meine *Pflicht*, sie zu beschützen.

Und ich hatte mich zu sehr in Ivana verloren, um auf meine Aufgabe fokussiert zu bleiben. Auf meinen *Schwur.*

Das … genau das war der Grund, aus dem ich mich nicht mit ihr verpaaren konnte. Sie war eine gefährliche Ablenkung. Ein verlockendes Schicksal. *Ein unerreichbares Ziel.*

„Cillian", sagte sie und griff nach meinem Arm. „Sag mir, was los ist."

„Benz wird dir alles erklären", erwiderte ich, bevor ich durch die Schatten aus der Dusche wandelte und nach einem Handtuch griff. Der Beta öffnete die Tür, was mich dazu brachte, ihn düster anzublicken. „Du kannst Ivana alles erklären, *nachdem* sie sich etwas angezogen hat."

„Du tust so, als hätte ich sie noch nie zuvor nackt gesehen", flötete er gegen den Türrahmen gelehnt und blockierte meinen Weg. „Sie ist meine beste Freundin, Alpha Cillian. Wir rennen oft in unserer Wolfsform zusammen. Sie ist wie eine Schwester für mich."

Das hörte sich mehr nach einer Warnung als einer Erklärung an. Als versuchte er, mir zu sagen, dass ich vorsichtig mit ihr sein sollte, weil er dafür sorgen würde, dass ich es bereute, wenn ich ihr wehtat.

Ich hätte gelacht, wenn mir die vorliegende Situation nicht so große Sorgen bereitet hätte. „Aus dem Weg, Beta."

Er sah mir etwas zu lange in die Augen, dann stieß er einen Seufzer aus und machte einen Schritt zurück, damit ich an ihm vorbeigehen konnte.

„Cillian!", rief Ivana, die nach einem Handtuch griff und mir folgte.

Als sie das Hauptzimmer betrat, hatte ich meine Hose bereits an. „Ich muss los", sagte ich abermals und griff nach meinem Oberteil.

Bevor sie einen Versuch starten konnte, mich aufzuhalten, wandelte ich durch die Schatten.

Tut mir leid, Vana, flüsterte ich in ihre Gedanken. *Aber ich kann nicht dein Gefährte sein.*

Nicht jetzt.

Niemals.

Denn allem voran war ich meiner Pflicht verschrieben.

Alles andere musste hinten anstehen.

Andernfalls passierten schlimme Dinge.

Dinge, wie … das.

IVANA

Cillians Entschuldigung ließ mich genervt mit den Zähnen knirschen.

Du kannst mein Gefährte sein, keifte ich zurück. *Du musst nur anfangen, mit mir zu kommunizieren, verdammt.*

Entweder ignorierte er meine Antwort oder er hatte mich ausgeblendet, denn er erwiderte nichts.

Stures Alphaloch, murmelte ich ihm zu.

„Was ist los?", fragte ich Benz, ohne ihn anzusehen. Ich war zu beschäftigt damit, mir was zum Anziehen zu suchen. Ich hatte weder meine Haare noch meinen Körper gewaschen, aber zum Glück hatte ich gestern Abend geduscht.

„Sonnenschein", sagte Benz bedächtig. „Bist du dir sicher, dass du dir das antun willst?"

Ich sah ihn mit gerunzelter Stirn an. „Und mit *das* meinst du …?"

Er warf mir einen vielsagenden Blick zu. „Du weißt ganz genau, was ich meine."

„Nein, tue ich nicht."

„Ich bin ein Wolf, Ivana. Ich mag nicht gesehen haben, was ihr hier drinnen getrieben habt, aber ich konnte es riechen", sagte er zu mir, was meine Wangen ganz warm werden ließ.

„*Benz.*"

„Was?" Er zog seine dunklen Augenbrauen hoch. „Dieses Arschloch hat dir das Herz gebrochen. Und jetzt hast du endlich die Gelegenheit, jemand anderen zu finden. Aber wenn du ihn mit deinem Herzen spielen lassen willst …"

„Er spielt nicht mit meinem Herzen", wandte ich ein. „Er …" Er hatte sich mir anvertraut. Er hatte mir persönliche Dinge verraten. Dinge, die er nicht vielen anderen, wenn überhaupt jemandem, offenbart hatte. „Cillian ist kompliziert."

Benz stieß ein abschätziges Schnauben aus. „Das kannst du laut sagen."

Ich zog mir eine Jeans an. „Ich will jetzt nicht über Cillian reden, Benz. Sag mir einfach, was los ist."

Das wäre eine willkommene Ablenkung von den frustrierten Gedanken, die mir pausenlos im Kopf herumgingen.

Cillian hatte mich endlich geküsst.

Dann hatte er sich entschuldigt.

Dafür, dass er durch die Schatten gewandelt ist, nachdem er mir die Seele aus dem Leib geküsst hat? Einfach dafür, mich geküsst zu haben? Für etwas völlig anderes?

Ich wollte knurren, schreien und jubeln gleichzeitig. Es war eine Mischung aus Gefühlen, die ich zwang, zu verebben, während ich mir ein Oberteil anzog und Benz' Antwort abwartete.

Als er nichts sagte, erwiderte ich seinen ungläubigen Blick mit hochgezogener Augenbraue.

Er stieß einen Seufzer aus und schüttelte den Kopf. „Wenn er dir wehtut …"

„Dann tut er mir eben weh", erwiderte ich, wollte das Thema nicht weiter bereden. „Und jetzt sag mir, was Cillian in Alpha-Modus hat geraten lassen."

„Wann ist er nicht im Alpha-Modus?", murmelte Benz und fuhr sich mit den Fingern durch sein dichtes, braunes Haar.

„*Benz.*"

„Hat dir schon einmal jemand gesagt, dass du für eine Omega ganz schön fordernd bist?"

Ich kniff meine Augen zusammen. „Hör auf, Zeit zu schinden, und spuck es aus." Denn ich konnte es riechen, wenn mich jemand abzulenken versuchte.

Und das Funkeln in seinen türkisblauen Augen verriet mir, dass ich ins Schwarze getroffen hatte.

Ganz wie das Fluchwort, das ihm entwischte, bevor er seinen Kopf zurückfallen ließ und an die Decke starrte. Als er mich wieder ansah, hatte ein finsterer Ausdruck in seine Augen gefunden, der mir sagte, dass etwas gehörig falsch war. „Lorcan hat Sylvia bewusstlos in ihrem Iglu gefunden."

Ich runzelte die Stirn. „Hat sie jemand bewusstlos geschlagen?"

Er presste die Lippen aufeinander. „So in der Art."

„Was meinst du mit *so in der Art*?"

„Sie wird läufig", erwiderte er. „Gezwungenermaßen."

Ich blinzelte, verstand nicht. „Weil jemand sie bewusstlos geschlagen hat …?" Damit konnte man keinen Zyklus einleiten. Und außerdem war Sylvia eine V-Clan-

Wölfin. „Unsere Östren beginnen erst in ein paar Monaten."

Wir wurden nur während der Sommermonate läufig. Das war einer der Gründe, aus denen unsere Art nachts wach war. Omegas schliefen während der sonnigen Monate in ihren Nestern.

Wegen unserer Zyklen.

Wenn Sylvia jetzt läufig wurde, dann …

Ich schluckte hart.

Dann hat jemand dafür gesorgt, dass ihr Zyklus jetzt beginnt.

Und deswegen hat sie auch das Bewusstsein verloren.

„Oh", hauchte ich. „*Oh*." Das war nicht gut. *Gar* nicht gut.

Was noch schlimmer war … *Es war geschehen, während Cillian über uns hätte wachen sollen. Während er bei mir war.*

Es tut mir leid, Vana, hatte er mental zu mir gesagt. *Aber ich kann nicht dein Gefährte sein.*

Weil er zweifelsfrei mir die Schuld daran gab, ihn von seinem Auftrag abgelenkt zu haben.

Er hatte es mir erklärt und gesagt, warum er das Gefühl hatte, keine Omega zu verdienen. Warum er nicht gut genug für mich war. Warum er sein Leben dem Schutz anderer verschrieben hatte, während er allein bleiben würde.

Cillian trug das Gewicht der V-Clan-Welt auf seinen Schultern und badete die Sünden seines Vaters aus.

Und jetzt war Cillian da draußen und versuchte wiedergutzumachen, was auch immer Sylvia angetan worden war. Alles, während er sich vermutlich Vorwürfe dafür machte, Zeit mit mir verbracht zu haben.

Mir kam um ein Haar ein frustriertes Knurren über die Lippen.

Sturer. Verdammter. Alpha.

Ich hoffte, dass er das gehört hatte.

Aber vermutlich hatte er mich bereits aus seinen Gedanken ausgeschlossen.

Warts nur ab, dachte ich in seine Richtung. *Denn ich kann genauso stur sein.*

Er mochte mich. Wollte mich. Hatte das Gefühl, dass ich zu gut für ihn war. Er wollte mehr von mir, redete sich aber ein, dass ihm das nicht vergönnt war.

Was es zu meiner Aufgabe machte, ihm zu zeigen, dass er falsch lag.

Wir konnten zusammen sein. Es wäre perfekt. Ich brauchte nicht seine oberste Priorität zu sein. Wäre es schön, wenn ich das ab und zu wäre? Klar. Aber ich konnte sein Verlangen, andere zu beschützen, nachvollziehen. Und ich respektierte dieses Verlangen.

Und das war der perfekte Zeitpunkt, um es unter Beweis zu stellen.

„Mal sehen, wie wir ihm helfen können", sagte ich zu Benz und zog mir ein Paar Schneeschuhe an.

Ich wartete nicht darauf, dass mein bester Freund mir zustimmte – er wusste, dass es zwecklos war, mich vom Gegenteil zu überzeugen zu versuchen, wenn ich mir etwas in den Kopf gesetzt hatte – und wandelte durch die Schatten nach draußen.

Meine Nase sagte mir, wo ich Cillian und Sylvia finden würde.

Denn Benz hatte recht gehabt: Sie wurde läufig.

Der Gedanke, dass man mich gegen meinen Willen in einen Östrus zwingen könnte, ließ mir das Blut in den Adern gefrieren. Einige Clans taten ihren Omegas genau das an. V-Clan-Wölfe taten es nicht.

Das machte die vorliegende Situation umso verstörender.

Draußen standen mehrere Omegas mit um sich geschlungenen Armen und besorgtem Blick.

Ashlyn war eine von ihnen. Sie sah mir mit ihren kristallblauen Augen in meine, als ich auf die Gruppe zukam. Sie und Sylvia waren befreundet, und doch schien sie nicht besonders besorgt. „Es hat begonnen", murmelte sie leise, als ich nur noch ein paar wenige Schritte von ihr entfernt war.

„Bitte rufe dir in Erinnerung, was ich dir gesagt habe."

Ich sah sie mit gerunzelter Stirn an. „Worüber?"

Ehe sie etwas erwidern konnte, umgab uns alles einnehmende Alpha-Energie. Die Kraft und die Lebendigkeit kündigte Prinz Caels Ankunft an, bevor er sich mir gegenüber materialisierte.

„Ivana" grüßte er mit einem sanften Lächeln auf seinem gut aussehenden Gesicht, das jedoch umgehend erstarb.

Langsam wandte er seinen Blick Sylvias Iglu zu, während zwei Elite-Männer neben ihm durch die Schatten wandelten. Der Geruch der furchteinflößenden Männer breitete sich umgehend in der Luft aus und sie folgten Caels Blick mit ihren Augen.

„Was zum Teufel …?" Prinz Cael verstummte und der Blick in seinen blaugrünen Augen wanderte zu Dixon, seinem Bruder. „Du bist vor neunzig Minuten hergekommen, um eine Sicherheitsrunde zu drehen und sagtest, dass alles gut wäre."

Sein Bruder biss auf die Zähne. „Das war es auch. Offensichtlich haben sich die Dinge in der Zwischenzeit geändert." Der scharfsinnige Blick in seinen grünen Augen wanderte durch die Menge und landete schließlich eine Hundertstelsekunde lang auf mir, ehe er die anderen Omegas musterte. „Wir sollten …"

Cillian materialisierte sich zwischen mir und Prinz Cael und unterbrach damit, was immer Dixon sagen wollte, und versperrte mir die Sicht auf die drei Männer.

„Kieran ist auf dem Weg. Er will sich mit allen teilnehmenden Alphas unterhalten. Dir inklusive."

Eine weitere Welle von maskuliner Kraft schwang Prinz Caels Antwort mit. „Verstehe."

Es wurde still.

Ich erschauderte, weil Cillians anziehende Energie mit jeder Sekunde an Kraft gewann. Er schien seine Kräfte mit Cael und seinen beiden Elitemännern zu messen.

Oder vielleicht führten er und Cael ein mentales Gespräch.

Was immer es auch war, es breitete sich eine nervöse Angespanntheit aus, die die Omegas aufgewühlt auf der Stelle treten ließ.

Ich räusperte mich und sah die anderen Frauen an. „Vielleicht sollten wir frühstücken gehen", schlug ich vor und versuchte, die beiden Alphas auf die anwesenden Damen aufmerksam zu machen.

Cillian, ergänzte ich im Flüsterton. *Du und Cael macht die Omegas noch unruhiger, als sie ohnehin schon sind.*

Er erwiderte nichts.

„Abend-Frühstück hört sich nach einer guten Idee an", sagte Benz. „Lasst uns in die Haupthütte gehen und sehen, was …"

„Nein", unterbrach Cillian ihn. „Die Omegas werden mit Lorcan in den Nachtsektor zurückkehren. Das Flugzeug wird gerade vorbereitet."

„Aber es wird erst in ungefähr einer Stunde bereit sein", fügte Fritz hinzu, der aus Sylvias Iglu trat. „Vielleicht ist Frühstück keine schlechte Idee."

Es war ein mutiger Schritt, die Anordnungen des Alphas infrage zu stellen. Aber Cillian starrte nach wie vor Cael an. Die beiden Männer weigerten sich, ihre Blicke voneinander abzuwenden.

Das hilft jetzt auch nicht.

Weil ich genug von ihrem Gehabe hatte, wandelte ich durch die Schatten zwischen die beiden und wandte Cillian meinen Rücken zu, damit ich Prinz Cael ansehen konnte. „Kannst du uns zum Frühstück begleiten?", fragte ich ihn mit dem sanftesten Tonfall, den ich anschlagen konnte.

Cillian legte seine Hände bestimmt an meine Hüften, was Cael nicht entging.

Aber ich tat so, als würde ich es nicht bemerken und ergänzte: „Ich glaube, die Omegas würden sich in Anwesenheit eines Alpha-Prinzen sicherer fühlen."

Denn was immer sich zwischen ihm und Cillian gerade abspielte, hatte das Gegenteil zur Folge. Und was die Omegas jetzt brauchten, war eine Ablenkung.

„Bitte", legte ich nach. Endlich blickte mir der Prinz in die Augen. Seine kantigen Züge schienen sanfter zu werden, als er sich auf mich konzentrierte, und der gutmütige Ausdruck nahm den Muskeln in seinem Kiefer die Spannung.

„Es wäre mir eine Ehre", erwiderte er mit geschmeidiger Stimme.

„Danke." Ich warf ihm ein kleines Lächeln zu, bevor ich zu Benz blickte. „Kannst du vorangehen?"

Seit wann hast du das Kommando über meine Männer?, wollte eine samtweiche Stimme in meinen Gedanken wissen. Die Worte wurden mit einem sanften Drücken meiner Hüften in meinen Kopf gesprochen.

Ich schaute mir etwas von Cillian ab und ignorierte ihn. Stattdessen richtete ich meine Aufmerksamkeit auf Benz und die Omegas.

„Bin gleich da", meinte ich zu Benz. „Ich muss mich nur kurz mit Cillian unterhalten."

Das ist jetzt nicht der richtige Zeitpunkt, Vana, sagte der Alpha telepathisch. *Mir ist klar, dass ich einen abrupten Abgang gemacht habe, aber ich …*

Schhh, erwiderte ich. *Ich versuche, mich zu konzentrieren.*

„Oh, und Ashlyn, wenn es geräucherten Lachs gibt, kannst du mir ein Stück aufheben?", fragte ich und gab mir alle Mühe, mich komplett unberührt anzuhören. Als ob mich die Tatsache, dass die Omega im Iglu gerade im Begriff war, läufig zu werden, nicht im Geringsten beunruhigte.

Die hellhaarige Z-Clan-Omega zog ihre Mundwinkel hoch, als wüsste sie, was ich da machte, und nickte. „Jepp. Hättest du auch gern ein Stück Toast mit Frischkäse?"

„Sehr gern." Es überraschte mich, dass sie wusste, welche Beilagen ich zu Lachs am liebsten aß. Dann wiederum schien mir, dass an Ashlyn mehr dran war als nur ein paar kryptische Aussagen.

Zum Beispiel die über Prinz Cael und die Dunkelheit, die ihn umgibt, erinnerte ich mich und blickte zu ihm.

Nichts an ihm deutete auf ein *dunkles* Gemüt oder *dunkle* Absichten hin. Wenn überhaupt machte er einen ziemlich entspannten, beinahe gelangweilten Eindruck.

Sein Blick wanderte auf Cillians Hände, die auf meinen Hüften lagen.

Er biss die Zähne zusammen, als Cillian mit seinen Fingern kleine Kreise auf meinem Körper zog, um sein Revier zu markieren. Der Alpha in meinem Rücken war sich der Wirkung seiner Berührungen zweifelsfrei im Klaren.

Oder vielleicht tat er es auch unbewusst.

Ich würde später nachfragen müssen. Vorerst wollte ich, dass das Testosteron abklang, das in der Luft lag, und dass die Omegas sich entspannten.

„Ich werde dir einen Platz freihalten, Ivana", sagte Cael zu mir.

Ich warf ihm ein Lächeln zu. „Danke, Cael."

Er zwinkerte mir zu – vermutlich erfreut darüber, dass ich ihn ohne seinen Titel angesprochen hatte – und wandte sich dann Benz zu, um alle in die Hütte zu begleiten und mit ihnen zu frühstücken.

Sobald ich überzeugt war, dass alle außer Hörweite waren, wandte ich mich Cillian zu. Seine Hände passten sich an die Bewegung an, damit ich mich umdrehen konnte, bevor er sie wieder auf meine Hüften legte.

„Hör zu, es tut mir leid, was zwischen uns geschehen ist, aber …"

„Sei still", fiel ich ihm ins Wort. „Darüber können wir später reden. Ich will wissen, wann das Flugzeug hier ist, wer es steuern wird und ob es direkt in den Nachtsektor fliegt oder zuerst im Blutsektor zwischenlandet." Denn genau das würden die Omegas auch wissen wollen.

Er starrte mich etwas misstrauisch an, bevor er erwiderte: „In einer Stunde. Von Lorcan. Es fliegt direkt in den Nachtsektor."

Ich nickte. „Müssen wir alle in den Nachtsektor reisen oder ist der Blutsektor eine Option?"

„Du willst nicht in den Nachtsektor?"

„Mir wäre mein eigenes Nest lieber", gab ich zu. „Aber wenn man mir erlaubt, in den Blutsektor zu reisen, werden andere womöglich dasselbe wollen. Bevor ich also eine Entscheidung treffe, will ich wissen, was für Optionen es gibt."

„Ich kann mir gut vorstellen, dass allen anderen der Nachtsektor lieber ist, weil sie dort zu Hause sind."

„Da stimme ich dir zu", erwiderte ich. „Aber nur für den Fall, dass sich jemand plötzlich umentscheidet und lieber in den Blutsektor reisen würde, will ich wissen, ob das überhaupt zur Debatte steht."

Er starrte mich an. „Du kannst in dein Nest im Blutsektor zurückkehren, Ivana. Und wenn jemand anderes auch dorthin gehen möchte, geht das in Ordnung."

Ich nickte. „Okay. Gut. Und jetzt … Was kannst du mir über Sylvias Zustand sagen? Denn sie werden nach ihr fragen."

Er schüttelte den Kopf. „Ich weiß noch nichts. Sie … ist bewusstlos. Lorcan versucht, sie zu heilen, aber was auch immer in ihrem System ist, kann nicht ungeschehen gemacht werden." Der frustrierte Tonfall in seiner Stimme wurde mit jedem Wort stärker und schließlich entfernte er seine Hand von meiner Hüfte, um sich mit der Hand übers Gesicht zu streichen. „Das ist alles meine Schuld. Ich war abgelenkt und …"

„Hast du sie betäubt?", fiel ich ihm ins Wort.

„Wie bitte?" Er sah mich an, als hätte ich ihm eine Ohrfeige verpasst. „Nein, natürlich nicht. Wie kannst du so etwas …?"

„Wenn du sie nicht betäubt hast, ist es auch nicht deine Schuld", schnauzte ich ihn an und fiel ihm abermals ins Wort. „Also hör auf, dir Vorwürfe zu machen, und konzentrier dich stattdessen darauf, das Problem zu beheben. Was ich brauche, sind Details, die ich den anderen weiterleiten kann, um sie zu beruhigen. Was kann ich ihnen sagen?"

Er blinzelte mich wortlos an.

„Großartig, das ist wirklich sehr hilfreich, Cillian. Vielen Dank auch."

Er kniff seine Augen zusammen. „Empfindest du das hier für den angemessenen Zeitpunkt, um frech zu werden, Omega?"

„Zu dir werde ich immer frech sein, Alpha. Jetzt hör auf, um den heißen Brei herumzureden, und beantworte meine Frage, damit ich mich um die Omegas kümmern kann, während du in Erfahrung bringst, wer Sylvia das angetan hat."

Cillian blickte mich kurz mit spürbarer Erschütterung an, erholte sich aber rasch wieder und räusperte sich leise.

„Sag ihnen die Wahrheit. Sylvias Läufigkeit wurde nicht auf natürlichem Wege herbeigeführt. Kieran wird bald hier sein, um sie zu untersuchen, und dann werden wir alle Alphas befragen, die Zugriff auf diesen Sektor haben. Denn einer von ihnen hat ihr etwas eingeflößt. Und wir werden den betroffenen Alpha entfernen."

Er brauchte nicht zu erläutern, was er mit *entfernen* meinte.

„Danke. Ich werde tun, was ich kann, um ihnen das alles so sanft wie möglich beizubringen", versprach ich ihm. „Und ich werde sie auch fragen, ob jemand etwas Verdächtiges gesehen oder gehört hat."

Angefangen bei Ashlyn.

Nachdem ich den Entschluss gefasst hatte, wollte ich um Cillian herum und auf die Hütte zugehen.

Doch ich stellte fest, dass ich mich nicht bewegen konnte, weil seine Hand um meinen Hals geschlungen war.

Er zog mich sanft zurück, sodass ich ihn ansah, und legte seine Stirn für einen langen Augenblick still an meine. *Wir werden bald darüber reden*, versprach er mir in Gedanken.

Es gibt nichts zu bereden, konterte ich und legte meine Hand an seine Wange. „So fühlt es sich an, einen Partner zu haben, Cillian", ergänzte ich. „Du musst das nicht aus eigener Kraft schaffen." Ich stellte mich auf meine Zehenspitzen, um mit meinen Lippen über seine zu streichen.

Dann wandelte ich durch die Schatten zur Hütte, bevor er mit einer widersprüchlichen Aussage oder einer bissigen Bemerkung antworten konnte.

Dieses Mal würde ich das letzte Wort haben.

Und ich würde ihm zeigen, was es hieß, einen Partner zu haben.

Indem ich mich um die Omegas im Nachtsektor kümmerte und versuchte, sie zu beruhigen.

Das war leichter gesagt als getan.

Aber ich musste es versuchen. Nicht nur für sie, sondern auch für Cillian.

CILLIAN

Nachdem Ivana verschwunden war, blieb ich etwas zu lange betreten auf der eisigen Straße stehen.

Sobald ich Caels Ankunft gespürt hatte, war ich durch die Schatten nach draußen gewandelt, um mich zwischen ihn und Ivana zu stellen. Es war nicht so, dass ich ihn verdächtigte, Sylvia etwas eingeflößt zu haben, ich wollte ihn nur nicht in Ivanas Nähe wissen. Es war meine Aufgabe, sie zu beschützen. Sie zu … Na ja, sie war ganz einfach *mein*.

Ich schien nicht in der Lage, meinen Wolf davon abhalten zu können, sie zu beanspruchen, obwohl ich wusste, dass es falsch war.

„Verdammt", murmelte ich und strich mir mit der Hand übers Gesicht. Der Tag entwickelte sich überhaupt nicht so, wie ich es mir vorgestellt hatte.

„Mach sie zu deiner Gefährtin", sagte Lorcan, als er neben mir erschien.

Ich warf ihm mit hochgezogener Augenbraue einen Seitenblick zu. „Wie bitte?"

„Du hast richtig gehört. *Mach. Sie. Zu. Deiner. Gefährtin.*"

Ich brauchte nicht zu fragen, wen er meinte. „Du hörst dich an wie Kieran."

Er zog eine seiner breiten Schultern hoch und sah mich mit nichtssagendem Ausdruck an. Lorcan meldete sich nur selten zu Wort, was seinen Aussagen umso mehr Gewicht verlieh. Offensichtlich hatte er es für nötig empfunden, seine Gedanken laut auszusprechen – etwas, das er nie tun würde, wenn er es nicht so meinte.

„Wo wir gerade von Kieran sprechen", begann ich und versuchte, das Thema zu wechseln. „Wie lautet seine Entscheidung?" Er und Lorcan hatten gerade besprochen, was sie mit Sylvia tun sollten, als ich Caels Ankunft gespürt hatte. Ich war instinktiv durch die Schatten nach draußen gewandelt und hatte Kieran und Lorcan die nächsten Schritte ohne mich besprechen lassen.

So eine Reaktion war untypisch für mich, aber mein Wolf hatte darauf bestanden, dass ich mich zu Ivana begebe. Und ich war zu verloren in der Empfindung gewesen, um dagegen ankämpfen zu können.

Wenn Lorcan sich daran gestört hatte, hatte er nichts gesagt.

Und auch über den Themenwechsel verlor er kein Wort.

„Er will, dass ich Sylvia durch die Schatten in den Blutsektor bringe. Ich habe ihr den Schmerz so gut es geht genommen. Der Rest wird Kieran übernehmen müssen."

„In den Blutsektor? Nicht in den Nachtsektor?", fragte ich nach.

Lorcan nickte. *Er will Quinnlynn nicht unbewacht zurücklassen*, informierte er mich mental.

Verstehe, erwiderte ich mit einem Stirnrunzeln. *Er macht sich Sorgen, dass das hier der Anfang von etwas Schrecklichem ist, nicht wahr?*

Lorcan zuckte abermals die Schulter. *Wenn dem so ist, werden wir uns damit befassen.*

Ganz genau, stimmte ich zu.

„Mach sie zu deiner Gefährtin", sagte er zum dritten Mal, was mich meine Augen zusammenkneifen ließ. *Du bist nicht der Einzige, der sich auf abrupte Themenwechsel versteht*, dachte er in unbarmherzigem mentalem Tonfall und mit gefühlskaltem Ausdruck.

„Sie verdient jemand Besseren als mich", gab ich zähneknirschend zurück.

„Das ist mir bewusst", erwiderte er mit unberührtem Tonfall. „Also sei besser."

Mit diesen Worten verschwand er. Eine Sekunde später begann der Geruch einer läufigen Omega abzunehmen, was mir verriet, dass er Sylvia in den Blutsektor gebracht hatte.

„Er hat recht", meldete sich eine andere Stimme, ehe Cael durch die Schatten wandelte und sich neben mich stellte. „Sie verdient jemand Besseren."

Wieder kniff ich die Augen zusammen, dieses Mal aber aus einem völlig anderen Grund. „Lass mich raten … Du hältst dich für die bessere Wahl?"

„Oh, ich weiß, dass ich die bessere Wahl bin", flötete er, was mich meine Hände zu Fäusten ballen ließ. „Aber ich glaube, du könntest der Beste für sie sein, wenn es dir endlich gelingen würde, den Kopf aus deinem Arsch zu ziehen."

Ich zog meine Augenbrauen hoch und war kurz

sprachlos. Ich fühlte mich geehrt und angegriffen zugleich, allem voran aber war ich schockiert.

„Ivana ist die ideale Gefährtin", fuhr er fort. „Sie ist intelligent, selbstbewusst, geistreich, umwerfend und sie will Welpen. Sie wäre die perfekte Partie für mich, wäre da nicht ein großer Makel."

Ich knirschte mit den Zähnen. *Sie hat keine Makel.* Die Worte schwebten aus meinem Kopf in seinen, weil ich sie nicht zurückhalten konnte. *Sie ist perfekt.*

„Sie ist verliebt in dich", sagte Cael mit nüchternem Tonfall. „Und obwohl ich mit vielen Makeln leben könnte, ist das einer, den mein Wolf nicht akzeptieren kann."

Ich biss die Zähne noch fester zusammen. *Sie ist nur verknallt. Das hat nichts mit Liebe zu tun*, wollte ich einwenden. *Und daran ist nichts falsch, du Arschloch.*

Obwohl ich ehrlicherweise zugeben musste, dass es das war. Denn ich könnte eine Omega genauso wenig zu meiner Gefährtin machen, wenn sie einen anderen Alpha begehrte.

„Dann reiß dich zusammen, Cillian", fuhr er fort, ohne mir die Gelegenheit einzuräumen, etwas zu erwidern. „Andernfalls werde ich versucht sein, deinem Weibchen zu zeigen, wie ein wahrer Alpha seine auserwählte Gefährtin behandelt. Und ich kann dir verdammt noch mal versichern, dass dieser kleine Fehler an ihr zu einer fernen Erinnerung wird, den sie irgendwann vergisst, während dich deiner bis in die Ewigkeit verfolgt."

Ich hatte das Gefühl, dass meine Kieferknochen gleich brechen würden, weil ich die Zähne so fest zusammenbiss. „Warum hört sich das nach einer Herausforderung an?", fragte ich ihn, während mein inneres Biest auf- und abging und ganz begierig darauf war, diesem *Alpha-Prinzen* eine Kostprobe meiner Kraft zu geben.

Cael war mächtig und wir wären einander ebenbürtig.

Aber diesen Kampf würde ich gewinnen.

„Weil ich drohe, mir zu nehmen, was dir gehört", erwiderte Cael und in seinen blaugrünen Augen loderte ein Versprechen, als er mir die Worte praktisch aus dem Kopf zog.

Ich würde diesen Kampf gewinnen, weil es dabei um Ivana geht.

„Entweder behandelst du sie, wie es jemand wie sie verdient", sagte er zu mir, „oder du ziehst Leine."

„Es ist nicht deine Aufgabe, sie zu beschützen", knurrte ich ihn an. „Wenn also einer Leine ziehen sollte, dann du."

Er schnaubte verächtlich. „Du hast recht. Es ist deine Aufgabe. Also sei *besser*, Cillian." Die Betonung des Wortes *besser* brachte uns zurück an den Anfang dieser seltsamen Unterhaltung.

Aber anstatt durch die Schatten zu wandeln, wie es Lorcan getan hatte, wandte sich Cael ganz einfach von mir ab, was meinen Wolf fuchsteufelswild machte und dazu anregte, seine Klauen von innen in mir zu versenken.

Ich war gerade ordentlich *zurechtgewiesen* worden.

Und der Alpha, der mich zurechtgewiesen hatte, wandte mir ungerührt seinen Rücken zu.

„Wenn ich es nicht besser wüsste, würde ich behaupten, dass du versucht hast, einen Streit mit mir anzuzetteln. Vielleicht, um mich von den Ereignissen des heutigen Abends abzulenken?", neckte ich. Die Idee kam mir, bevor ich Zeit hatte, sie zu durchdenken.

Cael erstarrte.

Und wandte sich dann langsam zu mir um.

„Wenn du glaubst, ich hätte etwas mit dem zu tun, was Sylvia widerfahren ist, hast du nicht aufgepasst, *Elitemann*."

Die Erwähnung meines Rangs war bewusst gewählt und diente als eine Erinnerung. Eine, die mich dazu bewegte, ihn anzusehen, ohne mit der Wimper zu zucken.

„Warum mischst du dich dann plötzlich in meine

persönlichen Angelegenheiten ein, Cael?", fragte ich und ließ seinen Adelstitel bewusst weg.

„Deine ‚persönlichen Angelegenheiten' interessieren mich nicht im Geringsten, Cillian", entgegnete er. Ich konnte seinen Wolf in seinen Augen lauern sehen – wie er die blaugrünen Iriden in ein dunkleres Blau verwandelte. „Aber Ivana hat mein Interesse geweckt. Sie verdient etwas Besseres. Wenn du dich also nicht zusammenreißt – und zwar bald – wirst du deine Omega an einen echten Alpha-Prinzen verlieren."

Die Luft um uns herum wurde eiskalt, während unsere Wölfe sich anstarrten. „Du forderst mich schon wieder heraus."

„Ich fordere nur ebenbürtige Gegner heraus." Seine Pupillen weiteten sich, als er mich von Kopf bis Fuß musterte. „Und in dir sehe ich keinen."

Das ließ mich einen Schritt nach vorn machen. Mein inneres Tier wütete in mir. „Vor dir steht jemand, der dir überlegen ist."

„Nein", keifte er zurück. „Vor mir steht ein verdammter Feigling. Also reiß dich zusammen, Cillian. Kämpfe um deine Omega. Behandle sie gut. Andernfalls werde ich dir zeigen, wie eine richtige Herausforderung aussieht."

Der Mistkerl wandelte durch die Schatten, bevor ich etwas entgegnen konnte, was mich die leere Stelle vor mir anknurren ließ. *Und du nennst* mich *einen Feigling*, knurrte ich in seine Gedanken, was er mit einem Schnauben erwiderte, ehe er seine mentalen Gedankengänge den Omegas in seiner Nähe zuwandte.

Oder besser gesagt: einer spezifischen Omega.

Meiner Omega.

Eine winzig kleine Sekunde ließ er mich seine anerkennenden Worte hören, als er Ivana in die Augen sah. Dann sperrte er mich mit einem mentalen Schubser aus, der mich um ein Haar auf den Po plumpsen ließ.

Ich kniff meine Augen zusammen. Entweder sollte das alles vom vorliegenden Problem ablenken oder …

Oder er hat alles, was er gesagt hat, wirklich so gemeint.

Ich ballte meine Hände zu Fäusten. Zuerst Kieran, dann Lorcan und jetzt auch noch Cael. Dass Kieran und Lorcan sich etwas aus meinem Privatleben machten, ergab Sinn – immerhin waren sie meine besten Freunde. Aber Cael? Cael und ich … wir waren nicht direkt befreundet. Aber wir waren auch nie Feinde gewesen. Tatsächlich war er vielmehr ein Verbündeter, wenn ich einen brauchte.

Und außerdem trieb er gern Spielchen. In der Regel beschränkten sie sich auf die Politik, und er brillierte in ihnen. Daher auch unsere Beziehung. Es war eine, die gehörig auf den Prüfstand gestellt würde, wenn er versuchte, mir Ivana wegzunehmen.

Aber sie gehörte ja gar nicht mir.

Noch nicht, dachte ich.

Nein. Niemals. Ich schüttelte meinen Kopf und ein Knurren sauste durch meine Brust, weil mein innerer Wolf nicht mit der Richtung einverstanden war, die meine Gedanken eingeschlagen hatten. Oder aber mein Tier reagierte auf den Umstand, dass Prinz Cael sich verdammt noch mal in der Nähe unserer Omega aufhielt.

Denn ich konnte seine Gedanken hören – wie er Ivana und Cael beobachtete, während sie den Anwesenden Mahlzeiten ausgaben.

Sie sehen gut aus zusammen, dachte Ashlyn, deren Stimme abnormal laut in meinem Kopf zu vernehmen war und mir gehörig auf die Nerven ging. *Ich frage mich, wie ihre Welpen aussehen werden.*

Ich biss die Zähne zusammen und blendete sie aus, doch dann wurde ich in Ransoms Gedanken gezogen, der sich innerlich über unfaire Konkurrenz aufregte und maulte, dass er mit einem Alpha-Prinzen nicht mithalten konnte.

Ich schnaube höhnisch. *Wenn du so denkst, wirst du ihm nie das Wasser reichen können*, sagte ich um ein Haar zu ihm. Aber stattdessen schluckte ich die mentale Aussage herunter und wandelte durch die Schatten in den Speisesaal, in den Ivana alle Omegas gebracht hatte.

Ich lehnte mich gegen eine dunkle Wand und die Schatten schienen mich zu schlucken, während ich das Zimmer musterte.

Fast alle saßen an einem Tisch und die meisten Omegas hatten sich in Stille zusammengetan, während die Alphas sich an andere Tische gesetzt hatten und jetzt mit aufmerksamen Blicken zu den Ausgängen sahen.

Niemandem war meine Ankunft aufgefallen, weil ich nicht zugelassen hatte, dass man meine Präsenz spüren konnte. Es war mir lieber, an einem Ort zu verweilen, ohne gesehen zu werden. Situationen wie diese waren der Grund, warum ich meine Tarnfähigkeiten perfektioniert hatte.

Ich lauschte den mich umgebenden mentalen Stimmen und versuchte, irgendwelche Hinweise zu vernehmen, die mir verraten würden, was Sylvia zugestoßen war.

Alles, während mein Blick unablässig auf einen Punkt gerichtet war: *Ivana*.

Sie stand neben einem Tisch voller Omegas, ihr blonder Haarschopf geneigt, während sie mit beruhigender Stimme sagte: „Sylvia wird schon wieder. König Kieran ist ein Heiler. Er wird nicht zulassen, dass ihr etwas zustößt."

„Aber sie ist läufig", flüsterte eine dunkelhaarige Omega namens Glory. „Und im Blutsektor gibt es unverpaarte Alphas."

Ivana nickte. „Ja, das stimmt, aber im Blutsektor ist ein System in Kraft, das die Zustimmung der Omegas sicherstellt."

„Was für ein System?", wollte Glory mit gerunzelter Stirn wissen.

„Die Omegas im Blutsektor fertigen für ihre Östren eine Liste mit Alpha-Kandidaten an", erklärte Ivana leise, was mein Herz schmerzen ließ.

Denn ich wusste von Ivanas Liste.

Und dass nur ein einziger Name darauf stand.

Meiner.

„Nur den notierten Alphas ist es erlaubt, sich in dieser angreifbaren Zeit in der Nähe unseres Nests aufzuhalten", ergänzte sie.

„Aber Sylvia hat keine Liste", warf Omega Brie ein, deren dunkler Teint im schummrigen Licht, das von oben einfiel, etwas blass wirkte. „Und in ihrem derzeitigen Zustand kann sie keine verfassen. Sie würde nicht einmal wissen, wen sie auswählen sollte."

„Nicht alle Omegas haben eine Liste", sagte Ivana zu ihr. „Es gibt Orte mit, ähm … angemessenen Annehmlichkeiten, für jene, die keinen Alpha haben, der sie durch ihre Läufigkeit begleitet."

Glorys Stirnrunzeln vertieften sich. „Was für Annehmlichkeiten?"

„Die Art von Annehmlichkeiten, die einem Erleichterung verschaffen", sagte Ivana bedächtig.

„Spielzeuge", fügte Brie an.

Ivana errötete leicht, als sie bejahte.

Und jetzt begann mein Knoten zu pulsieren.

„Ich habe ein Spielzeug", hatte sie zu mir gesagt. *„Für meine Hitzezyklen. Weil … du nie …"*

Ich zuckte zusammen, als ich mir in Erinnerung rief, welche Richtung unser Gespräch eingeschlagen hatte, kurz bevor wir von Benz unterbrochen worden waren. Verdammt. *Ich schulde Ivana eine Entschuldigung. Eine Erklärung. Irgendwas. Alles, um ehrlich zu sein.*

Plötzlich fühlte sich meine Kehle wie zugeschnürt an und ich horchte angestrengt, während ich meinen Fokus wieder auf Ivana und ihr Gespräch mit den Omegas richtete.

„Im Refugi…?", sagte Glory, verstummte dann aber mit einem Husten – was die Worte, die sie von sich gab, nicht im Geringsten überdeckte. „Ich meine, ähm, im Nachtsektor?"

„Ich … ich weiß nicht, was ihr dort benutzt", legte Ivana nach, „aber ich bin mir sicher, dass sie ähnlich sind."

Verdammt, sie reden immer noch über Sexspielzeug. Ich sollte meine Aufmerksamkeit schleunigst auf die anderen im Saal richten, aber mein pulsierender Knoten behielt mich an Ort und Stelle, mein Blick auf Ivana und ihren verlockenden Mund gerichtet. Sie streckte ihre Zunge leicht raus, um über die volle Unterlippe zu streichen – fast so, als könnte sie spüren, dass ich sie beobachtete.

Wie ich Ivana kannte, tat sie das vermutlich auch.

Die kleine Wölfin schien mich immer spüren zu können. Es war ein Wunder, dass sie noch nicht in meine Richtung geblickt hatte.

„Das hast du also getan? Spielzeuge benutzt?", fragte Glory Ivana. „Hast du keine Liste?"

Ich schluckte hart, als Ivana murmelte: „Nein, ich … ich habe eine Liste. Aber es steht nur ein Name …" Sie presste ihre Lippen aufeinander. „Nur weil eine Omega einem Alpha die Erlaubnis erteilt, heißt das nicht, dass er dieses Angebot ausschöpft."

Glory und Brie gafften Ivana an.

„Alphas können eine Omega in Not abweisen?" Brie hörte sich schockiert an.

„Sture Alphas, ja", fügte Ashlyn, die den Dreien gegenübersaß, hinzu. Die Z-Clan-Omega hatte das ganze Gespräch über kein Wort gesagt. „Wer das Geschenk vor seiner Nase nicht als solches erkennt, ist blind."

Cael kam hinter Ashlyn zum Stehen. Ein Lächeln zupfte an seinen Mundwinkeln. „Wie recht du doch hast, meine Gute", murmelte er, bevor er ein Tablett mit Getränken auf den Tisch stellte. „Aber die meisten Alphas, die etwas auf sich halten, wissen das Geschenk zu schätzen und nehmen es, ohne zu zögern, an." Sein Blick wanderte hoch zu Ivana, während er das sagte, was meine Omega angesichts seiner offenkundigen Bewunderung erröten ließ.

Ich biss die Zähne zusammen und mein Wolf wütete abermals in meiner Brust. *Du bist wohl lebensmüde*, sagte ich zu Cael. Er mochte in der Lage sein, mich davon abzuhalten, seine Gedanken zu lesen, aber er konnte meine telepathischen Fähigkeiten nicht blockieren. *Ich sehe keinen anderen Grund, aus dem du mich sonst provozieren würdest.*

Vielleicht macht es mir Spaß, entgegnete er, die Worte klar und deutlich, fast so, als würde ich seine Gedanken lesen. Aber nein, er hatte nur den oberflächlichen Gedanken durch diese magische Barriere schlüpfen lassen, die in seinem Kopf bestand. *Oder vielleicht will ich, dass du glücklich wirst. Das kommt ganz darauf an, für wie altruistisch du mich hältst, was?*

Wieder schnellte sein Blick zu mir in die Schatten – nur für eine winzige Sekunde –, ehe er sich den aufgetragenen Speisen und Getränken zuwendete, um sich etwas zu trinken zu genehmigen.

Kieran und ich würden ein langes Gespräch über *Prinz Cael* führen, wenn er hier ankam. Obwohl ich nicht das Gefühl hatte, dass der Alpha-Prinz etwas mit Sylvias Zustand zu tun hatte, so hatte er im vergangenen

Jahrhundert unmissverständlich an Macht zugelegt. Und das war Anlass zur Sorge.

Denn Lorcan, Kieran und ich hatten immer ein Auge auf Cael und die anderen Prinzen. Aber wir hatten Cael als ein Verbündeter mit ausreichenden Fähigkeiten kategorisiert.

Jetzt fragte ich mich, ob er ein Verbündeter mit bemerkenswerten Fähigkeiten war.

Oder vielleicht sogar ein beeindruckender Feind, der sich als harmloser Verbündeter ausgab.

Er erhob ein Glas in meine Richtung in gespielter „Zum Wohl"-Art, fast so, als könnte er meine kalkulierenden Gedanken hören, bevor er das Wasserglas an seinen Mund führte und es austrank, als befände sich Schnaps darin. Dann stellte er es beiseite, griff nach einem anderen Tablett und brachte es an den nächsten Tisch, wo Ivana noch vor wenigen Sekunden gestanden hatte.

Aber jetzt war sie weg.

Ich sah mich um und erstarrte, als sie sich neben mir im Schatten materialisierte. Ihr Körper schien trotz ihrer hellen Merkmale geradezu mit meinem zu verschmelzen.

CILLIAN

HAST DU ETWAS IN ERFAHRUNG BRINGEN KÖNNEN?, FRAGTE Ivana mich telepathisch, während sie einen Schluck vom Getränk in ihrer Hand nahm. Der Inhalt war blassgelb und der süß-saure Geruch ließ vermuten, dass es sich dabei um Limonade handelte. *Über Sylvia, meine ich*, fügte sie an.

Ich bewunderte ihre langen, schlanken Finger, die um den Stiel ihres Glases geschlungen waren, und wie ihr Hals sich mit jedem Schluck leicht bewegte. Eine Unmenge an sinnlichen Bildern ging mir durch den Kopf, und jedes von ihnen zeigte sie dabei, wie ihre Lippen um etwas weitaus Größeres – und Härteres – geschlungen waren, während ihr Rachen ähnliche Bewegungen machte.

Es war falsch.

Der Zeitpunkt war völlig unangemessen.

Und trotzdem schien ich den Gedankenfluss nicht aufhalten zu können.

Sie ist eine unverschämt gefährliche Ablenkung, sagte ich mir. *Und genau darum kann ich sie nicht haben.* Sollte *sie nicht haben.*

Cillian?, fragte sie, ihr Blick auf den Anwesenden im Zimmer verweilend, obwohl ihre Gedanken an mich gerichtet waren.

Ja?

Sie presste ihre Lippen leicht aufeinander. *Ich habe dich gefragt, ob du etwas in Erfahrung bringen konntest.*

Oh. Stimmt.

Ich arbeite noch daran, log ich. Na ja, technisch gesehen, war es keine Lüge. Ich versuchte, daran zu arbeiten. Es war nur … *Verdammt. Ivana. Es tut mir leid. Ich …*

Sie griff mit ihrer freien Hand nach meiner und drückte sie. *Tu das nicht. Nicht hier. Nicht jetzt. Wir haben beide einen Auftrag zu erledigen. Finde heraus, wer Sylvia betäubt hat und ich sehe zu, dass die Omegas Ruhe bewahren.*

Und wer sorgt dafür, dass du Ruhe bewahrst?, fragte ich. Ich wusste nicht, was ich dieser wunderbaren Frau sonst sagen sollte.

Sie wandte sich mir zu und zog ihre blonde Augenbraue hoch. *Muss ich denn beruhigt werden?*, fragte sie, ihr Tonfall von einem bemerkenswerten Maß an Geduld unterlegt, das ich nur respektieren konnte. *Denn ich fühle mich ziemlich ruhig, Cillian.*

Wie?, fragte ich sie. *Wie schaffst du es, so ruhig zu bleiben?*

Sie zuckte mit der Schulter, bevor sie, scheinbar unberührt, einen weiteren Schluck von ihrem Getränk nahm.

Ich weiß, dass du das Kind schon schaukeln wirst und uns beschützt, Cillian. Und ich weiß, dass Sylvia im Blutsektor in Sicherheit ist. Meine einzige Sorge gilt den Omegas im Refugium. Sie haben nicht dieselbe Erfahrung und daher auch nicht dasselbe

Vertrauen wie ich. Das alles ist ziemlich neu für sie. Sie müssen rückversichert werden und genau das kann ich. Und du kannst dazu beitragen, indem du herausfindest, wer Sylvia wehgetan hat.

Sie drückte meine Hand ein weiteres Mal, dann entfernte sie sich.

Oder zumindest versuchte sie das.

Bevor sie einen Abflug machen konnte, verflocht ich unsere Finger und zog Ivana zu mir. Ihre Wärme war eine willkommene Empfindung an meiner Haut.

Aus irgendeinem Grund war ich noch nicht ganz bereit, sie gehen zu lassen.

Vielleicht lag es an ihrer ruhigen Aura.

Vielleicht an der Tatsache, dass ich sie nicht in Caels Nähe wissen wollte.

Oder vielleicht brauchte ich sie ganz einfach bei mir.

Wer wusste es schon? Ich konnte sie ganz einfach nicht loslassen. Nicht jetzt. Nicht, nachdem sie mich in den Schatten gefunden hatte. Sie hatte das schon dutzende Male zuvor getan, aber jetzt war etwas anders. Ich war nicht sicher, ob es an unserer Begegnung in der Dusche lag oder am verbotenen Kuss, den ich ihr gestohlen hatte. Vielleicht war es eine Kombination von beidem?

Alles, was ich wusste, war, dass ich sie nicht gehen lassen konnte. Weder physisch noch mental.

Cillian?, fragte sie in meine Gedanken.

Nur noch eine Minute, erwiderte ich und ließ meinen Daumen über ihre Hand wandern. *Nur noch sechzig Sekunden.*

Okay, erwiderte sie und verlangte keine weitere Erklärung.

Stattdessen stand sie wortlos neben mir und trank ihr Glas leer, ihre Gedanken so ruhig wie immer. Sie strahlte eine Gelassenheit aus wie keine andere und allein ihre Anwesenheit erlaubte es mir, etwas freier zu atmen.

Ich hatte so viele Jahre darauf verwendet, gegen diese

Anziehung zwischen uns anzukämpfen – diesem Bedürfnis, ihr in die Arme zu fallen und ihr zu erlauben, sich um mich zu kümmern. So viele angespannte Momente. So viel physische und mentale Zurückhaltung.

Es war, als wäre ich jahrelang ertrunken und hätte mich geweigert, mich von ihr an die Oberfläche ziehen zu lassen, um Luft zu schnappen. Aber ich war für sie ertrunken. Ich hatte sie vor dem turbulenten Sog beschützt und sichergestellt, dass sie in der Sonne verweilen konnte und ich sie nicht am Meeresgrund ankerte.

Einige würden es selbstlos nennen.

Andere würden mich als selbstsüchtig bezeichnen.

Ich schätzte, das kam auf die Perspektive an, denn im Moment fühlte ich mich selbstsüchtiger als jemals zuvor, weil ihre Hand in meiner lag und ich sie damit auf Distanz zu den Alpha-Umwerbern vor Ort hielt. Ich erhob einen Anspruch, den zu erheben mir nicht gestattet sein sollte.

Aber es fühlte sich zu gut an. Zu richtig. Zu *nötig*.

Ich schluckte hart, musterte den Raum vor uns und bemerkte das leise Murmeln der Omegas – und die wachsamen Blicke der Alphas. Sie alle stellten die Absichten des anderen infrage und wunderten sich, ob einer der anderen versucht hatte, Sylvia wehzutun.

Der zugrundeliegende Unterton von Wut deutete darauf hin, dass sie alle unschuldig waren. Keiner von ihnen war erfreut darüber, dass Sylvia betäubt worden war.

Es war eine Wut, die ich teilte.

Eine Wut, die die Omega neben mir auf wundersame Weise minderte.

Aus unserer Minute wurden zwei. Dann fünf. Und schließlich zehn. Ivana verweilte wortlos neben mir, sodass ich meine Aufmerksamkeit darauf verwenden konnte, alle um uns herum zu mustern – darunter auch die Bewohner des Gletschersektors, die sich nicht in diesem Raum aufhielten.

Eine Unmenge an emotionsgeladener Gedanken gingen mir durch den Kopf und ich konnte jeden von ihnen nach nützlichen Informationen absuchen.

Sorge. Wut. Angst. Verärgerung.

Aber keine Reue.

Und die Angst ging von den Omegas aus – nicht von einem Alpha, der fürchtete, entlarvt zu werden.

Ich biss die Zähne zusammen, dann entspannte ich meinen Kiefer wieder. Es gab nur drei Alphas, die ich nicht im Geringsten lesen konnte: Cael und seine beiden Elitemänner.

Kieran wird nicht erfreut sein, sagte ich zu Ivana. *Es wird Tage dauern, alle zu vernehmen.* Was dazu führen würde, dass er von seiner schwangeren Gefährtin getrennt war.

Alle?, wiederholte sie.

Ich habe keinen einzigen Hinweis oder Spur in den Gedanken der anderen finden können, was bedeutet, dass mir etwas entgeht. Eine Tatsache, die mich alles anzweifeln ließ. Sylvia war unter meiner Aufsicht angegriffen worden, während ich abgelenkt war. Und jetzt hatte ich keine Fährte, der ich folgen konnte.

Oder aber niemand hier ist der Täter, murmelte sie. *Vielleicht hat sich der oder die Verantwortliche aus dem Staub gemacht, bevor jemand die Person hat spüren können. Oder vielleicht wurde die Tat begangen, bevor wir überhaupt hier angekommen sind.*

Ich erschrak über ihren Gedankengang. *Bevor wir angekommen sind?*, wiederholte ich und dachte über ihre Worte nach.

Beruhigungsmittel entfalten ihre Wirkung im System einer Omega erst nach einigen Wochen. Sie sah mich an. *Könnte ein Läufigkeits-Auslöser nicht ähnlich wirken?*

Was weißt du über Beruhigungsmittel?, fragte ich. Der Gedanke bereitete mir Gänsehaut. *Hast du …?*

Ich habe nie welche genommen, fiel sie mir ins Wort, bevor ich meine Frage zu Ende formulieren konnte. *Aber ich weiß von ihnen. Und ich weiß auch vieles über die Beruhigungsmittel, die im Bariloche-Sektor zum Einsatz kommen. Quinn weiß vermutlich so einiges über die Läufigkeits-Auslöser.*

Mir drehte sich der Magen um, als sie das Höllenloch erwähnte, aus dem Kieran, Lorcan und ich Quinnlynn vor ein paar Monaten gerettet hatten. Zum Glück war sie größtenteils unverletzt gewesen – nur energetisch völlig ausgelaugt davon, alle Omegas in ihrer Nähe geheilt zu haben.

Aber einige der anderen Omegas hatten sich in weitaus schlechterem Zustand befunden und viele von ihnen waren vom vormaligen Alpha des Bariloche-Sektors und seiner Bande aus sadistischen Unterstützern mehrmals betäubt worden.

Ich werde mit Quinnlynn sprechen, informierte ich Ivana und wandte mich zu ihr herum, sodass mein Rücken dem Zimmer zugewandt war. Aber das nächste Wort musste laut ausgesprochen werden, nicht in ihre Gedanken geflüstert.

Sie musste verstehen, wie wichtig das, was sie da gerade gesagt hatte, war. Nicht nur die Ideen in ihren Gedanken, sondern auch den stillen Trost, den sie mir gespendet hatte, als ich ihn brauchte. Und dass sie ihre Führungsqualitäten unter Beweis gestellt hatte, als sie die Omegas in den Speisesaal geführt hatte.

„Danke", sagte ich leise und legte meine Hand an ihre Wange, bevor ich meine Stirn an ihre führte. „Danke, Ivana." Es war nur angebracht, mich zu wiederholen.

Du brauchst dich nicht bei mir zu bedanken, Cillian.

Doch, tue ich, sagte ich in ihre Gedanken. *Wenn das alles überstanden ist, werden wir uns unterhalten.*

Ihr darauffolgender Seufzer sandte einen Hauch Luft an meine Lippen. Ihre Verärgerung war ihr anzusehen, aber ich drückte ihr einen Kuss auf den Mund, ehe sie auf meine Bemerkung etwas erwidern konnte.

Denn wir würden darüber reden.

Darüber, was heute passiert war. Was vor dem heutigen Tag passiert war. Was nach dem heutigen Tag passieren würde. Einfach … über *alles*.

Leider musste ich die Sache fürs Erste bei einem flüchtigen Kuss belassen, versuchte aber, ihr damit meine Absichten und Gefühle wortlos zu zeigen.

Dann machte ich einen Schritt zurück und ließ endlich von ihr ab.

Lorcan wird bald eintreffen, um alle in den Blutsektor zu fliegen. Ich erwarte, dass du in dieses Flugzeug steigst, Ivana.

Sie sah mich lange mit ihren blauen Augen an, dann nickte sie. *Okay.*

Okay, wiederholte ich, meine Hand noch immer an ihre Wange gelegt. Ich strich ihr mit dem Daumen über die Unterlippe und ließ meinen Blick der Bewegung folgen. *Pass auf dich auf, Macushla, aber rufe mich, wenn du mich brauchst.*

Sie starrte mich einen Augenblick länger mit suchendem Blick an. Dann nickte sie erneut und verschwand, um sich den Omegas anzuschließen.

Ashlyn rückte umgehend rüber, um Platz für Ivana zu machen. Meine Omega musterte sie kurz, ehe sie ihr leeres Glas auf den Tisch stellte und sich auf den freien Stuhl setzte. Sie schien fast schon etwas misstrauisch und der Austausch der beiden Frauen kam mir etwas seltsam vor.

Doch alles, was die Z-Clan-Omega betraf, war

irgendwie seltsam. Sogar ihre Gedanken – die jetzt wieder oberflächlich zugänglich waren und direkt an mich gerichtet zu sein schienen: *Viel besser, Alpha. Viel besser.*

Ich erwiderte nichts. Stattdessen zog ich mich noch tiefer in die Schatten zurück und projizierte mithilfe meiner Uhr einen Bildschirm an die Wand, damit ich Kieran eine Nachricht senden konnte. Mir war klar, dass sie ihm nicht gefallen würde, aber Ivanas Anmerkung war absolut richtig.

Bitte Quinnlynn, sich Sylvia anzusehen. Vor allem soll sie dir sagen, ob der Zustand sie an etwas aus dem Bariloche-Sektor erinnert.

Sie hatte einst gesagt, dass ein V-Clan-Alpha die gefangenen Omegas besucht hatte, und wir hatten noch nicht herausgefunden, wer dieser Alpha gewesen war.

Es war reine Spekulation, aber wenn diese Omegas sich in einem ähnlichen Zustand befunden hatten wie Sylvia jetzt, könnten wir es mit demselben Alpha zu tun haben.

Und an Ivanas Bemerkung, dass man Sylvia das Serum noch vor ihrer Ankunft im Gletschersektor verabreicht hatte, könnte durchaus etwas dran sein.

An meinem Handgelenk machte sich ein Summen bemerkbar, als Kieran antwortete: *Ich werde mit Quinnlynn sprechen.*

Lass mich wissen, was du herausfindest. Hier gibt es nichts Neues.

Na ja, bis auf die Sache mit Caels wachsenden Kräften.

Aber das war ein Gespräch, das ich persönlich mit Kieran führen musste.

Ich verkleinerte den Bildschirm, lehnte mich gegen die Wand und sah mich weiter im Raum um.

Gib mir Bescheid, wenn du etwas zwischen die Zähne brauchst, dachte Ivana in meine Richtung. *Dann werde ich etwas zu dir schmuggeln.*

Auf meinen Lippen breitete sich um ein Haar ein Lächeln aus. *Fürs Erste bin ich versorgt, aber danke.*

Okay, aber auch sture Alphas müssen etwas essen, Cillian.

Das Einzige, was ich im Moment verschlingen will, bist du, Vana, erwiderte ich, bevor ich mich davon abhalten konnte.

Ein lautes Scheppern zog meinen Blick zu ihrem Tisch, wo sie sich gerade dafür entschuldigte, ihre Gabel fallen gelassen zu haben.

Jetzt konnte ich mir das Grinsen nicht länger verkneifen. *Vorsichtig, Liebste. Du solltest die Omegas doch beruhigen, nicht erschrecken.*

Cillian, knurrte sie fast schon zurück, was mein Lächeln noch breiter werden ließ. *Du kannst nicht … Hör auf … Bäh!*

Ich kann was nicht? Dich verschlingen? Ich neigte meine Kopf leicht zur Seite. *Ich bin mir ziemlich sicher, dass ich dich verschlingen kann, Macushla. Mehrere Male, sogar.*

Hör auf, zischte sie. *Du lenkst mich ab.*

Hm, dieses Problem kenne ich gut, flötete ich. *Und ich erwidere den Gefallen nur zu gern.*

Sie knurrte abermals, doch ich erwiderte nichts. Sie erkundigte sich bei Ashlyn nach dem Notizbuch, das auf dem Tisch lag. Die Z-Clan-Omega murmelte etwas von wegen, es sei ihr Skizzenbuch.

„Die echten sind … na ja, das habe ich dir bereits verraten. Ich hoffe, du erinnerst dich daran", schloss Ashlyn.

Ich meldete mich um ein Haar erneut zu Wort, nur um Ivana ein weiteres Mal erröten zu sehen, beschloss aber, es gut sein zu lassen.

Denn sie hatte recht gehabt. Das war jetzt nicht der richtige Zeitpunkt.

Vielleicht später.

Oder vielleicht auch nie, dachte ich. Mein Lächeln erstarb und ich strich mir mit der Hand übers Gesicht.

Zuerst hatte ich einen Auftrag zu erledigen.

Und dann ... dann würde ich ... mich zusammenreißen.

TEIL IV

Liebe Sterne

Leider sitze ich wieder im Flugzeug, in Richtung Heimat - zum Blutsektor.

Um ehrlich zu sein, fühlt sich das alles ziemlich seltsam an. Ich ... ich weiß nicht so recht, was ich anderes sagen soll. Vorwiegend, weil mein Frieden von einem Eindringling gestört wird. Ashlyn. Ja, ich sehe, wie du mir über meine Schulter schaust. Warum drängst du dich ...?

———

Ivana,

hat dir schon einmal jemand gesagt, dass es sehr unhöflich ist, über andere Leute zu schreiben? Mir hat man das gesagt. Obwohl man einwenden könnte, dass es die Situation manchmal erfordert. Natürlich weißt du nicht, was ich damit sagen will. Noch nicht. Aber bedauerlicherweise wirst du das. Bald.

Bitte vergiss nicht, was ich dir gesagt habe. Unter den Dielen, Ivana.

Oh, und sag Cillian, dass ein neues Leben wichtiger ist als ein altes. Ich packe das schon.

Süße Träume (oder geschieht das alles wirklich?). Ashlyn

———

Liebe Sterne … oder sollte ich das an dich richten, Ashlyn?

Ich habe keine Ahnung, was ich darauf sagen soll, also schließe ich jetzt mein Tagebuch.

Ivana

IVANA

Mehrere Stunden später

TRAUTES HEIM, GLÜCK ALLEIN.

Nur war ich nicht besonders *glücklich* darüber, hier zu sein.

Mit einem tiefen Seufzer ließ ich mich in mein Nest fallen und sah an die Decke. Der Flug nach Hause war lang gewesen. Ich hätte durch die Schatten in den Blutsektor wandeln können, aber ich hatte die anderen Omegas nicht allein zurücklassen wollen. Sie brauchten jemanden – *eine Ortskundige* –, der sie beruhigte.

Ich hatte getan, was ich konnte. Jetzt waren die Omegas aus dem Refugium bei Quinn und Kyra. Sie konnten sie besser beruhigen, wegen ihrer gemeinsamen Vergangenheit.

Anstatt zu bleiben, war ich hierhergekommen. Allein. Vor allem, um über Cillian nachzudenken.

Er war im Gletschersektor geblieben, wo alle Alpha-Kandidaten sich zu einem Treffen zusammenfanden. Kieran würde sich ihnen jede Sekunde anschließen. Er hatte warten wollen, bis alle Omegas sich in seinem Palast eingefunden hatten, ehe er sich auf den Weg machte. Sobald er das tat, würde Lorcan zum agierenden Blutsektor-Alpha werden. Oder zum König, schätzte ich.

Oder wird er zum Blutsektor-Prinz? Ich knurrte. *Wer zum Teufel weiß schon, was die richtige Bezeichnung ist?*

Gähnend zog ich die Knie an die Brust und ließ meine Gedanken zu Cillian wandern. Allem voran zu seinem *Knoten*. Denn jetzt wusste ich, wie er aussah. Wie er sich anfühlte. Und ja, mein Spielzeug – ich sah zur Schublade, in dem sich das erwähnte Objekt befand – war nicht einmal annähernd so groß.

Ich presste meine Schenkel aneinander, als ich mir in Erinnerung rief, wie sein Knoten sich an meiner Mitte angefühlt hatte – wie heiß und prall er zwischen meinen Beinen gelegen hatte.

Bei den Sternen, das war jetzt nicht der richtige Zeitpunkt, um darüber nachzudenken. Nicht, nach allem, was heute Abend passiert war.

Zuerst die Sache mit Sylvia.

Und dann, dass alle Omegas sich über das Geschehene und was geschehen könnte, Sorgen gemacht hatten.

Und dann war da noch Ashlyn.

Sie war ... interessant. Die Z-Clan-Omega war auf dem Weg nach Hause auffällig ruhig gewesen – mal abgesehen davon, dass sie in mein Tagebuch geschrieben hat. Ich habe sie deswegen ankeifen wollen, aber etwas in ihrem Blick hat mich auf die Zunge beißen lassen.

Verzweifelt, ging mir jetzt, wo ich daran zurückdachte, durch den Kopf. *Sie hat so verzweifelt ausgesehen.*

Sylvia war eine Freundin von ihr. Natürlich war Ashlyn besorgt. Aber das Gefühl reichte tiefer, beinahe, als hätte sie alle Hoffnung verloren.

Anstatt ihr eine Standpauke über Tagebuch-Etikette zu halten, hatte ich sie – und mehrere andere – davon zu überzeugen versucht, dass der Blutsektor sicher war. Dass Sylvia sich erholen würde. Dass die Alphas hier ihnen nicht wehtun, sondern sie alle beschützen würden.

Sagen Quinn und Kyra ihnen das alles in diesem Moment auch?, fragte ich mich.

Vermutlich.

Ich stieß einen tiefen Seufzer aus und schloss meine Augen.

Ich war noch nie gut darin gewesen, Freundschaften zu schließen, aber heute hatte ich versucht, eine Freundin zu sein. Wenn die anderen Omegas mir nicht geglaubt hatten, würden sie Kyra und Quinn glauben.

Wenn das nicht funktionierte, würde dieses ganze Programm vermutlich den Bach runtergehen.

„Wenn es das nicht schon ist", murmelte ich zu mir selbst, während ich mich in meinem Nest aufrappelte. „Ich brauche eine Ablenkung. Vielleicht etwas zu essen."

Und jetzt führte ich schon Selbstgespräche.

„Gut gemacht, Ivana", grummelte ich.

Ich streifte die Gedanken ab und konzentrierte mich stattdessen darauf, mir eine warme Mahlzeit zuzubereiten. *Nudeln. Frischkäse. Tomatensauce. Mozzarella. Und dann für dreißig Minuten in den Ofen.*

Sobald der Timer losging, verschlang ich eine große Portion meines Pasta-Auflaufs.

Alles, während ich an die vergangene Nacht und an

Cillian dachte. *Hat er irgendwelche Fortschritte in seinen Ermittlungen gemacht?*

Ich hätte ihn gefragt, wollte ihn aber nicht bei der Arbeit stören. Zumindest noch nicht.

Jetzt, wo ich wusste, was er für mich empfand und dass er das Gefühl hatte, einer Omega nicht würdig zu sein, war ich entschlossen, um ihn zu kämpfen. Um *uns*.

Wenn er also versuchte, mich loszuwerden – und ich hatte keinen Zweifel daran, dass er das würde –, würde ich ihm hinterherlaufen. Ich würde ihm alles geben. Und wenn er mich dann immer noch abwies …

Ich schluckte hart.

An diesen Ausgang wollte ich gar nicht denken. Noch nicht. Nicht jetzt.

Ich zwang mich, mir den Gedanken aus dem Kopf zu schlagen, und räumte die Küche auf, während draußen gerade die Sonne aufging. An Schlaf war in nächster Zeit nicht einmal zu denken. Ich war nicht einmal müde. Was seltsam war, weil ich gestern kaum ein Auge zugetan hatte.

Was ich brauchte, war Entspannung.

Ich sah zu meinem Nest, dann auf den Nachttisch dahinter. *Das wäre eine Art, sich zu entspannen*, ging mir durch den Kopf und ich erschauderte, als ich an das Spielzeug in der Schublade dachte.

Aber nachdem ich Cillians Knoten gespürt hatte – wie er an mich gedrückt pulsiert hatte …

Mir schnürte sich die Kehle zu.

Keine Chance. Kein Spielzeug. Aber vielleicht ein Bad.

Dreißig Minuten später lag ich in der Badewanne, das Wasser mit meinen liebsten Badesalzen versehen, und dachte noch immer an Cillians Schwanz.

Ich knurrte.

Das angestaute Verlangen, das ich für ihn verspürte, hatte sich in dieser Dusche in ein Inferno verwandelt, das dann aber mit einem Eimer Eiswasser übergossen worden war, als Benz angetanzt war.

Aber jetzt, wo ich allein mit meinen Gedanken war, entzündete sich dieses Feuer, das durch meine Adern rauschte, erneut. *Gedanken an Cillian. An seinen groß gewachsenen, muskulösen Körper. Nackt. Feucht. Steif.*

Ich schloss meine Augen und stellte mir die harten Züge seines wunderschönen Körpers vor. Die kleinen Dellen an seinen Hüften, die definierten Muskeln seines Unterleibs und seine beeindruckenden Brustmuskeln.

Ach, wem machte ich etwas vor?

Ich sah nicht nach oben, sondern nach *unten.*

Auf seinen Knoten.

Der pulsierte.

Und sich nach meiner Berührung *verzehrte.*

Ich wollte meine Hand um sein Glied schlingen und zudrücken. Langsam. Mir alles einprägen. Ihn *beanspruchen.*

Meinen Alpha. Mein Wolf. Mein Cillian.

Du kannst versuchen, wegzulaufen, aber ich werde dir hinterherjagen, warnte ich ihn, im Wissen, dass er mich nicht hören konnte, weil er vermutlich noch immer im Gletschersektor war. *Es ist dir bestimmt, mein zu sein, Alpha. Ich will nichts von diesem Mist von wegen ‚unwürdig‘ hören. Meins, meins, meins.*

Aber er war nicht hier, damit ich ihn hätte anknurren können. Und doch war sein Duft im ganzen Zimmer verteilt. Es war seltsam, weil er noch nie zuvor in meinem Zuhause gewesen war. Dennoch hätte ich schwören können, dass ich ihn roch.

Er ist in meine Haut eingebrannt. In mein Herz. In meine Seele, verdammt.

Oh, wie sehr ich mir wünschte, dass er an einer anderen Stelle in mir wäre. Zwischen meinen Beinen, um genau zu sein. Der Gedanke ließ mich ein Stöhnen ausstoßen und mein Körper ging bei der Aussicht darauf in Flammen auf.

Ich war den ganzen Tag über völlig durcheinander gewesen. Die anderen Omegas hatten mich kaum von dem Verlangen, das tief in mir wütete, abgelenkt. Ein Verlangen, das Cillian erweckt hatte, als er mich gegen die Duschwand gepresst hatte.

Bei den Sternen, ich wäre um ein Haar gekommen. Ich war so nahe dran gewesen, die Berührung eines Alphas zu erfahren.

Oder vielleicht seinen Mund zu spüren, dachte ich staunend und erinnerte mich an die Worte, die er mir in den Kopf geflüstert hatte. Von wegen, dass er mich *verschlingen* würde.

Er hatte in diesem Speisesaal mit mir geflirtet und mich wie eine Omega behandelt, die er begehrte, anstatt mich abzuweisen.

Und es hatte mir unheimlich gut gefallen. Klar, vielleicht war es nicht der ideale Zeitpunkt für seine mentale Bemerkung gewesen, aber sie hatte mir Hoffnung gegeben.

Daran zu denken, entfachte keine Hoffnung, sondern eher Lust in mir, weil ich mir sein Gesicht zwischen meinen Schenkeln ausmalen konnte – und seine Zunge an meiner feuchten Mitte.

Cillian, stöhnte ich in Gedanken und ließ meine Hand an meinem Bauch hinunter und an die Stelle wandern, die meine Aufmerksamkeit bitter nötig hatte.

Ich hätte das Spielzeug ins Badezimmer mitnehmen sollen. Hätte wissen sollen, dass ich mich berühren würde.

Bei den Göttern, ich will deinen Knoten in mir spüren, wollte ich Cillian sagen. Aber er war nicht hier. Also dachte ich es nur für mich, während ich meine Finger an meine feuchte Mitte hinab wandern ließ. *Das ist nicht dasselbe …*

Meine Berührung war nicht annähernd warm oder hart genug.

Ich hatte beinahe das Gefühl, läufig zu werden, weil ich mich derart nach meinem Alpha verzehrte. So viel Lust hatte sich seit unserer Eskapade in der Dusche angesammelt. Und das alles wurde nur noch von dem Umstand verstärkt, dass ich sechs Jahre lang einen Mann haben wollte, den ich nicht haben konnte.

Einen Mann, der mich die ganze Zeit über begehrt, sich aber gegen die Anziehung zwischen uns gewehrt hatte, weil er dachte, dass ich etwas Besseres verdiente.

Du gehörst mir, Cillian, knurrte ich in Gedanken. *Ich werde nicht zulassen, dass du mich erneut abweist.*

„Ich habe dich gar nie abgewiesen, Vana", erwiderte er, was mich meine Augen schlagartig öffnen ließ.

Er stand in der Tür zum Badezimmer, eine Schulter gegen den Türrahmen gelehnt und seine muskulösen Arme vor der Brust verschränkt, während er mich mit heißem Blick ansah.

„Cillian", keuchte ich, bevor mir der Atem stockte.

„Ivana", erwiderte er und ließ diesen verruchten Blick an meinem nackten Körper hinab wandern, den er durch das klare Wasser offensichtlich sehen konnte. Plötzlich wünschte ich mir, dass ich ein Schaumbad eingelassen hätte, anstatt bloß Badesalze zu verwenden.

Ich zog meine Hand augenblicklich von meiner Mitte weg und errötete.

„Meinetwegen musst du nicht aufhören", murmelte er, während sein Blick langsam wieder zu meinem Gesicht hochwanderte. „Ich habe die Show sehr genossen."

Ich ballte meine Hand zu einer Faust. „Was hast du hier drinnen zu suchen?", stammelte ich und blendete seine Bemerkung zur *Show* aus.

„Na ja, ich war im Flur und wollte gerade anklopfen,

aber dann hast du gedroht, mir hinterherzujagen, wenn ich wegrenne, also bin ich stattdessen durch die Schatten hineingewandelt." An seinen Mundwinkeln zupfte ein Lächeln. „Wenn du mich in deiner derzeitigen Stimmung jagen würdest, würdest du mich vermutlich sehr schnell fangen."

Ich schluckte hart und meine Wangen wurden noch heißer. „Du hast das alles gehört?"

„Es war ziemlich schwierig, dich zu überhören, Macushla", erwiderte er mit sanfter Stimme. „Du hast mich angeschrien und dann zu stöhnen begonnen." Sein Blick wanderte abermals nach unten. „Bitte, fahre fort. Ich würde gern wissen, wie es ausgeht."

Ich war so durch den Wind, dass ich nicht einmal wusste, wie ich darauf antworten sollte.

Natürlich sagte ich das Erstbeste, was mir in den Sinn kam: „Du solltest im Gletschersektor sein."

„Hm", summte er. „Ja, und das war ich auch. Aber es gibt nichts weiter zu bereden. Die Alpha-Kandidaten scheinen alle unschuldig zu sein. Darum muss Sylvia uns sagen, was geschehen ist, und es wird eine Weile dauern, bis sie wieder genug bei sich ist, um einen zusammenhängenden Satz von sich zu geben. Also werde ich mir die Zeit damit vertreiben, dir beim Kommen zuzusehen."

„*Cillian*", gab ich gewürgt von mir, weil ich nicht einmal ansatzweise wusste, wie ich auf den abrupten Themenwechsel reagieren sollte.

„Ja, ich würde es bevorzugen, wenn du meinen Namen sagst, wenn du kommst." Er stieß sich vom Türrahmen ab und schlenderte auf mich zu. „Zeig mir, wie du es dir machst, Vana. Vielleicht werde ich dich dann mit einer ähnlichen Demonstration belohnen."

Mein Herz begann wie wild zu klopfen und ein Pochen

füllte meine Ohren aus. Seinen Worten wohnte ein Versprechen inne – eine klare *Absicht* –, sodass ich ihn bloß anstarren konnte.

„Mach's dir selbst", sagte er zu mir mit einem Hauch Dominanz. „Ich will sehen, wie du berührt werden möchtest." Er stand direkt vor der Badewanne, seine Arme lose an den Seiten hängend. „Zeig es mir, Vana. Zeig mir, was dir gefällt."

CILLIAN

Das war nicht der Grund für meinen Besuch gewesen. Ich hatte nur nach ihr sehen wollen, bevor ich nach Hause ging.

Teufel, ich hatte erwartet, dass sie schlief.

Aber nein.

Sie hatte lauthals an mich gedacht. Hatte mich mit ihren Gedanken gefesselt. Und alle Gedanken daran, was ein Gentleman tun würde – wie zum Beispiel, sie ein für alle Mal gehen zu lassen –, hatten sich in Luft aufgelöst.

Sie war wunderschön. Nackt. Feucht. Erregt. Und verzehrte sich nach *meinem* Knoten.

Es bedurfte physischer Zurückhaltung, hier, angezogen über ihr zu stehen und sie nicht zu berühren. Aber ich wollte beenden, was sie angefangen hatte. Ich wollte zusehen, wie sie aus den Fugen geriet. Wollte hören, wie sich ihre Atmung beschleunigte. Ihre Erregung – *ihren Nektar* – riechen.

„Mach's dir selbst", wiederholte ich. „Sofort, Ivana."

Ich musste sie kommen sehen. Musste jede qualvolle Sekunde davon bezeugen. Musste wissen, was mir all die Jahre entgangen war. Musste herausfinden, wie sehr meine Fantasie von der Realität abwich.

Es wäre eine Strafe und ein Geschenk zugleich. Wunderbare Folter. Wilde Leidenschaft.

Es war dumm von mir gewesen, uns beiden diese Verbindung zu verwehren. Oder vielleicht war es dumm, mich ihr jetzt hinzugeben.

Die Nuancen waren nicht mehr wichtig. Die Realität konnte sich zusammen mit meinen vormaligen Schwüren verziehen.

Denn das Einzige, was mir im Moment wichtig war, war Ivanas Hand und die zögerliche Bewegung, die sie auf ihre feuchte Mitte zumachte.

„Trau dich, Macushla", ermutigte ich sie. „Zeig mir, was ich in den vergangenen sechs Jahren verpasst habe."

Sie blähte die Nasenflügel und ein herausfordernder Blick zog in ihren Augen auf.

Da ist ja meine Wölfin. Meine Omega. Diejenige, die sich nie vor mir gefürchtet hat.

Ich ließ sie meine Gedanken hören, meine mentale Stimme in ihren Kopf fließen. Es schien mir nur fair, da ich so vieles von ihr mitbekommen hatte.

Ihr wildes Verlangen.

Ihre Drohung, mir hinterherzujagen.

Wie sie um meinen Knoten gefleht hat.

Ihr Anspruch.

Es war verrückt. Intensiv. Ein grässliches Schicksal.

Aber diese Omega wollte mich, selbst nach allem, was ich zu ihr gesagt hatte. Sie war entschlossen, mir zu zeigen, was wir zusammen sein könnten. Das Wenige anzunehmen, was ich zu geben hatte.

Ich verdiente sie nicht.

Dann sei besser, hatten Lorcan und Cael gesagt.

Bei den Göttern, ich würde mehr als nur *besser* sein müssen. Und ich hatte nicht die geringste Ahnung, wo ich anfangen sollte. Ob ich diese Zukunft überhaupt wollte. Ob ich sie überhaupt in die Tat umsetzen könnte.

Aber diese Ungewissheit – die wenige, die noch übrig war – verging, als Ivana ihre Klitoris mit ihren Fingern streifte. Sie zuckte daraufhin zusammen und drückte ihren Rücken durch, was die Nippel ihrer wunderschönen Brüste über die Wasseroberfläche ragen ließ.

Verdammt, ich wollte mich nach unten beugen und sie lecken. An ihr knabbern. Sie *beißen*. Jeden verdammten Zentimeter ihres Körpers markieren. Sie beduften. Sicherstellen, dass alle anderen wussten, dass sie *mir* gehörte.

Dieses alles einnehmende Verlangen würde mein Ende sein. Würde mir alle Kontrolle rauben. Mir die wenige Entschlossenheit nehmen, die ich noch hatte, das Richtige zu tun. Zum Teufel, ich konnte nicht einmal mehr abschätzen, was richtig und was falsch war.

Und diese Hand zwischen ihren Beinen war auch keine Hilfe.

Bei den Göttern, sie sah unglaublich aus.

Sie war ganz rot im Gesicht und keuchte.

Ihr Geist flehte nach mehr. Nach meinem Knoten. Dass ich sie fickte, wie ein Alpha seine Omega ficken sollte.

„Mach weiter", sagte ich mit dem Hauch eines Knurrens. Weil ich diese Vorführung liebte und zugleich hasste. Ich wollte ihr helfen. Wollte sie berühren. Wollte sie küssen. Wollte sie *beanspruchen*.

Aber ich brauchte diese Strafe. Ich *verdiente* sie.

Sechs lange verdammte Jahre hatte ich uns beiden *das hier* vorenthalten. Ihre leicht geöffneten Lippen. Die vor Lust geweiteten Pupillen. *Ihr feuchtes Geschlecht.*

Ich konnte durch das klare Wasser hindurch sehen, wie ihr Finger mühelos in sie glitt. Immer, wenn sie ihre kleine Klitoris leicht berührte, spannte sie sich an und stöhnte dann in ihrem Kopf.

„Sprich mit mir", verlangte ich. „Behalt nichts für dich, Macushla. Foltere mich mit deinen Worten."

„Cillian", keuchte sie und drückte ihren Rücken erneut durch. „Du bist es, der …", sie verstummte, um nach Luft zu schnappen, dann hauchte sie den Rest des Satzes, „mich foltert."

Ich zog meine Augenbraue hoch. „Inwiefern foltere ich dich, Vana?"

„Indem du mich nicht berührst", flüsterte sie und ihre Wimpern senkten sich auf ihre Wangenknochen. „Indem du mir jahrelang nicht gegeben hast, was ich brauchte. Indem du mich *abgewiesen* hast."

In meiner Brust machte sich ein Knurren breit und ich kniete mich auf den Boden. „Ich habe dich nie *abgewiesen*", sagte ich abermals zu ihr, während ich mich neben die Badewanne sinken ließ, mit den Händen nach der Kante aus Porzellan griff und mich über sie lehnte.

„Doch, hast du." Sie begann ihre Augen zu schließen, während sie ein sichtliches Schaudern durchfuhr.

„Sieh mich an, Vana." Ich stellte sicher, dass ich einen angemessenen dominanten Tonfall anschlug – einen sinnlichen, keinen bedrohlichen. Denn auch wenn das, was sie sagte, mich wütend machte, wollte ich nicht, dass sie mich deswegen ansah. Ich wollte ihr zusehen. Wollte sehen, wie sie sich dem Punkt näherte, von dem es kein Zurück gab. Ich wollte sehen, wie sie sich lusterfüllt wand.

Sie schlug die mit blonden Wimpern umrahmten

Augen auf. Ihre wunderschönen blauen Iriden schienen sich zu verdunkeln und ihrer Wölfin ein Fenster in die Welt zu bieten.

„Du bist so schön, Liebste", flüsterte ich und meine Verärgerung verebbte umgehend. Ihre Wangen trugen ein wunderbares Rosa, in ihren Augen loderte Sehnsucht und ihre vollen Lippen waren erwartungsvoll geöffnet. „Verdammt, Vana, ich könnte dich nie abweisen. Du bist die Einzige, die ich sechs lange Jahre wollte."

Sie begann, ihren Kopf zu schütteln und überlegte sich bereits, was sie entgegnen könnte.

Aber ich hatte es satt, über Kleinigkeiten zu streiten. Ich wollte meiner wunderschönen Omega dabei zusehen, wie sie kam.

Ich schob die Ärmel meines Langarmshirts an meine Ellbogen hoch.

„Aber du …"

Ich griff abermals nach dem Badewannenrand und ließ meine andere Hand ins Wasser gleiten, was sie verstummen ließ. Sie riss ihre Augen auf, als ich ihr Handgelenk berührte, und rang nach Atem, als ich sie davon abhielt, sie von mir wegzuziehen. „Wenn du es nicht beendest, Schätzchen, werde ich es tun", sagte ich und strich mit meinem Finger über ihren.

Sie stöhnte ausgedehnt und laut, während ich ihre Handfläche gegen ihre Klitoris presste und sich unsere Hände trafen, sodass ich einen ihrer Finger – zusammen mit einem von meinen – in ihre feuchte Mitte gleiten lassen konnte. „*Cillian*", keuchte sie und hob ihre Hüften etwas aus dem Wasser, um den Druck zu vergrößern, den unsere Hände erzeugten.

Ich drückte sie sanft wieder nach unten und krümmte dann unsere Finger in ihr. „Du bist so eng, Macushla", sagte ich leise. „Daran werden wir arbeiten müssen, wenn du meinen Knoten willst."

Ihre Mitte zog sich daraufhin zusammen und ihre Gedanken schienen allein wegen meiner Worte wild herumzufliegen. Vor allem, weil sie nicht glauben konnte, dass ich hier war, sie berührte und ihr sagte, dass ich sie ficken würde.

Hat mich für eine so lange Zeit abgewiesen, dachte sie.

Mir entfuhr um ein Haar ein Seufzer, als sie dieses Wort erneut benutzte. Es passte meiner Meinung nach einfach nicht in einen Satz mit Ivana. Hatte ich ihr gesagt, dass sie sich anderswo umschauen sollte? Ja. Aber ich hatte nie das Wort *abweisen* benutzt.

Doch in diesem Fall waren meine Taten und Worte …

Ich neigte meinen Kopf. „Du hast recht", gab ich zu und hasste mich ein kleines bisschen mehr. „Ich habe dich in gewisser Hinsicht abgewiesen, aber nicht, weil ich dich nicht wollte, Ivana. Ich hoffe, dass dir zumindest das klar ist. Und wenn nicht, dann werde ich dir gleich *sonnenklar* machen, wie sehr ich dich will."

Ich ließ einen zweiten Finger in sie gleiten und hielt ihren an Ort und Stelle, woraufhin sie ihre Schenkel anspannte. „Cillian", stöhnte sie und versuchte wieder, ihre untere Körperhälfte aus dem Wasser zu heben. Aber dieses Mal war ich darauf vorbereitet und presste sie, die Hand direkt auf ihre Klitoris gelegt, zurück nach unten.

„Du wirst für mich kommen, Ivana", informierte ich sie. „Und dann werde ich dich aus dieser Wanne heben, dich in dein Nest bringen und jeden einzelnen Zentimeter von dir ablecken, während du wieder und wieder kommst." Denn ich schuldete ihr sechs Jahre Orgasmen. Sechs Jahre der Lust. Sechs Jahre der *Gesellschaft*.

„Oh, bei den Sternen …" Die Worte kamen ihr mit einem Zischen über die Lippen, während sie scharf ausatmete und ihre freie Hand nach unten wandern ließ, um sie um mein Handgelenk zu schlingen. Dann presste sie sich an unsere Hände und gab den wunderbarsten Laut von sich, den ich je von ihr vernommen hatte. Einen, den ich mir umgehend einprägte und für immer in mein Erinnerungsvermögen eingebrannt sein würde.

Zu einem Teil war es ein Schrei, zum anderen ein Stöhnen und zu hundert Prozent Ivana.

Ihr Körper erzitterte angesichts der Wucht ihres Höhepunktes und ihre inneren Muskeln zogen sich so fest um meine Finger herum zusammen, dass mein Knoten pulsierte. Denn, verdammt, ich konnte es kaum erwarten, in ihr zu sein, während sie das tat. Sie würde so eng sein. So perfekt. Durch und durch *mein*.

Ich ließ von ihr ab, sobald das Zucken aufhörte, und hob sie aus der Wanne, was das Wasser in alle Richtungen spritzen ließ. Aber das war mir egal. Ich musste von ihr kosten. Musste sie mit meiner Zunge beanspruchen. Musste ihr diesen Laut entlocken, sobald ich konnte.

Sie schrie auf, als ich ihren feuchten Körper in ihr Nest legte und mein Name kam ihr mit tadelndem Tonfall über die Lippen – einem Tonfall, der mir allzu bekannt war.

Aber ich blendete sie aus.

Spreizte ihre Beine.

Und presste meinen Mund auf ihre angeschwollene Knospe.

Ivana entfuhr ein Kreischen und sie versuchte, mich von sich wegzuschieben. „Zu viel", sagte sie. „Zu schnell."

Ich lachte schnaubend an ihre feuchte Muschi gepresst. „Du kannst es vertragen, Vana. Vertrau mir."

Was auch immer sie entgegnen wollte, verwandelte sich in einen Wirrwarr aus Worten, als ich ihre pulsierende kleine Knospe in den Mund nahm und zwei Finger in sie schob.

Meine Omega reagierte genau so, wie ich erwartet hatte – indem sie noch mehr Nektar über meine Hand fließen ließ. *Bei den Göttern, Ivana, es ist, als wärst du läufig,* sagte ich zu ihr und liebte, wie sie auf meine Berührungen reagierte. *Dein Körper fleht mich geradezu an, mich mit dir zu verknoten.*

Jaaaa, zischte sie in meine Gedanken und wand sich unter mir.

Ich presste meine freie Hand auf ihren Bauch, um sie an Ort und Stelle zu halten, während ich sie verschlang. Jeden Zentimeter ihres Körpers ableckte, wie ich es versprochen hatte. Sanft an ihr knabberte. Sie innig küsste. Den Geschmack ihrer süßen Muschi verinnerlichte. Ihre enge Muschi mit meinen Fingern fickte.

Sie rief meinen Namen und zog an meinen Haaren, während sie mich zeitgleich noch fester an ihre heiße Mitte presste. Diese Rufe verwandelten sich in ein Kreischen, das man vermutlich im ganzen Sektor hören konnte, während sie ein weiteres Mal kam und angesichts der Ekstase erzitterte.

Als ich nicht aufhörte, sie zu lecken, begann sie zu schreien und ihre heisere Stimme hörte sich an wie ein sanftes, protestierendes Wimmern.

Aber dieser Protest erstarb binnen weniger Minuten, in denen ich sie antrieb. Ihre Omega war dafür gemacht, meinem sinnlichen Angriff standzuhalten.

Du wurdest für das hier geschaffen, Omega, erinnerte ich sie, ließ meine Zunge sanft über ihre pulsierende Spalte gleiten und genoss ihren zitrusartigen Geschmack. *Und als dein Alpha wurde ich dazu geschaffen, dich zu befriedigen. Es tut mir leid, dass ich so lange damit gewartet habe, dich ins Land der Wonne zu bringen, Liebste. Es tut mir so verdammt leid.*

Ich würde die nächsten Stunden – *Tage* – damit verbringen, es wiedergutzumachen.

Und genau das ließ ich sie in meinen Gedanken sehen. Meine liederlichen Versprechen, laut und detailliert, während ich all meine Fantasien in ihren Kopf sandte.

Sie erzitterte und ihre Muschi zog sich um meine Finger herum zusammen, bevor ich sie wieder im selben Rhythmus zu befriedigen begann.

Bei den Sternen, oh, bei den Sternen, dachte sie.

Das Wort ‚Sternen' wurde allmählich zu etwas ganz anderem. Zu etwas Unverständlichem. Denn das Einzige, was sie tun konnte, war zu spüren. Anzunehmen. Zu *akzeptieren*.

Als sie ein drittes Mal kam, lächelte ich. Es gefiel mir, wie durcheinander sie jetzt war.

Ich presste meine Lippen an ihre sensible Mitte und flüsterte ihr lobende Worte zu. Ich sagte ihr, wie gut sie war, wie sehr ich es liebte, es ihr zu besorgen und dankte ihr dafür, dass sie mich hatte von ihr kosten lassen. „Du bist wirklich vorzüglich", murmelte ich, küsste sie erneut und lachte, als sie erstarrte. „Machst du dir Sorgen, dass ich dir noch einen Orgasmus entlocke, Liebste?" Ich ließ meine Lippen über ihren getrimmten Hügel und zu ihrem Hüftknochen hochwandern.

„J...ja", stammelte sie zitternd.

„Hm, das war eine verdächtig zusammenhängende Antwort", meinte ich. „Du brauchst definitiv mehr Orgasmen. Plural, Vana. Viele mehr."

Sie versuchte, ihre Beine zu schließen, aber ich lag zwischen ihnen und hielt sie davon ab.

„Nein, Liebste. Wenn ich dein Alpha bin, dann bist du meine Omega. Und ich habe fest vor, mich in deine Seele einzubrennen, Macushla." Ich versenkte meine Zähne in ihrer Haut und ließ einen Abdruck auf ihrer Hüfte zurück. Sie hatte mich vorhin nicht gebissen, weshalb dieser Biss kein Band heraufbeschwor. Aber er zeigte meine Absicht.

Und sie verstand, was diese Absicht beinhaltete, denn sie erstarrte umgehend und riss ihre Augen auf. „Cillian …"

Ich leckte über die Wunde, die ich an ihrer Hüfte zurückgelassen hatte, und ließ das Blut auf meine Zunge fließen, bevor ich mich über sie beugte, damit sie mir zusehen konnte, wie ich es schluckte.

„Entweder tun wir es ganz oder gar nicht, Ivana. Denn sobald ich mich mit dir verknote, gehörst du mir." Ich hatte ihr das schon in der Dusche versprochen – dass es keinen anderen Alpha für sie geben würde, wenn ich mich mit ihr verknotete. „Ich teile nicht."

Es war hart genug gewesen, ihr dabei zuzusehen, wie sie mit anderen Alphas auf Dates gegangen war. Ich würde nicht in der Lage sein, es erneut zu tolerieren, nachdem ich sie mit meinem Knoten beansprucht hatte.

„Also solltest du dir sicher sein, dass du das hier willst", fuhr ich fort. „Du hast in Gedanken gesagt, dass ich dir gehöre, dass du meinen Knoten willst. Jetzt spreche ich laut aus, was das mit sich bringt. Wenn ich dich ficke, mache ich dich zu meiner. Auch wenn du mich vorher nicht beißt."

Denn das würde jeden Schwur brechen, den ich mir selbst gegenüber je abgelegt hatte.

Ich hatte geschworen, allein zu leben.

Hatte geschworen, mir keine Gefährtin zu nehmen.

Dass die Blutlinie meines Vaters mit mir ein Ende finden würde.

Dass ich die Nachkommen des Sektors der Finsternis bis zu meinem letzten Atemzug beschützen würde.

Aber Ivana – *mich mit ihr zu verknoten* – würde meinem Wolf die volle Kontrolle über meine Triebe geben. Ihm waren meine Versprechen egal. Für ihn zählte nur *sie*. Und ich konnte nicht gegen mein Tier ankämpfen. Nicht in dieser Angelegenheit. Nicht, wo ich Ivana doch genauso sehr wollte und begehrte wie er.

Ich hatte so kurz davorgestanden, sie gehen zu lassen – war so nahe dran gewesen, sie zu *verlieren*. Ich hatte es in ihren Augen gesehen, als sie mich einen Feigling genannt hatte. Hatte es gespürt, als sie sich kurz davor mental von mit distanziert hatte. Und ich hatte eingesehen, dass ich nicht ohne sie leben wollte. Ich wollte ihr nicht dabei zusehen, wie sie sich in einen anderen Alpha verliebte. Ich wollte, dass sie mir gehörte.

Es war ein so verdammt selbstsüchtiges Verlangen.

Aber sie wollte mich auch.

Sie hatte die vergangenen sechs Jahre lang unermüdlich um mich gekämpft und nie aufgegeben – jedenfalls bis vor Kurzem. Und das hatte mehr wehgetan als ich zugeben wollte.

„Ich verdiene es nicht, dich zu lieben, Ivana", sagte ich keuchend, musste laut aussprechen, was mir auf dem Herzen lag. „Und dich zu lieben, ist selbstsüchtig. Es lässt mich Dinge wollen, die ich nicht wollen sollte. Dinge, die ich in meinem ganzen Leben nie verdient habe. Es jagt mir eine Heidenangst ein."

Ich legte meine Hände an ihre Wangen und stemmte mich auf meine Ellbogen.

Ihre Augen waren glasig geworden und ein Teil der trunkenen Lust war ihrem Gesicht gewichen.

„Ich sage das alles nicht, um dir wehzutun", fuhr ich fort, „ich will nur, dass du verstehst, wie komplex das alles für mich ist. Ich weiß, dass ich nicht gut genug für dich bin, Vana. Zur Hölle, die letzten sechs Jahre sind Beweis genug dafür. Was für ein Alpha weist eine perfekte Omega ab?"

Ich verwendete bewusst ihre Wortwahl, da sie technisch gesehen zutreffend war, zumindest auf den ersten Blick.

„Einer, der glaubt, dass er das Richtige für sein Volk tut", flüsterte sie und überraschte mich, indem sie ein weiteres Mal bewies, wie gut sie zu mir passte.

Denn sie verstand mich.

Nicht nur das, sie *vergab* mir. Ich konnte in ihren Gedanken hören, dass sich mich trotz all des Schmerzes nicht hasste, wie sie es tun sollte. Nein, sie erkannte meine Beweggründe an und erachtete sie für berechtigt.

„Ich verdiene dich nicht", wiederholte ich. Mir war bewusst, dass ich das bereits Millionen Mal gesagt und gedacht hatte, aber anstatt mich von ihr zu entfernen, wie ich es sollte, entschied ich mich, eine neue Richtung einzuschlagen.

Einen neuen Weg zu begehen.

Einen zögerlichen Schritt zu nehmen.

Denn ich wollte gut genug für sie sein. Zu ihr. *Mit* ihr.

Aber um das zu tun, musste sie wissen, was ich ihr bieten konnte und was nicht.

„Ich habe all die Jahre damit verbracht, dir zu sagen, dass du einen besseren Alpha brauchst, der dich an erste Stelle setzt und dich so liebt, wie du geliebt werden solltest. Und ich werde vielleicht nie dazu in der Lage sein." Vermutlich würde ich es nie schaffen.

Ich konnte damit leben, meinen Schwur zu brechen, mir keine Gefährtin zu nehmen.

Aber ich weigerte mich, mein Versprechen gegenüber den vormaligen Bewohnern des Sektors der Finsternis und ihren Nachfahren nicht zu erfüllen. Darum würde Ivana immer an zweiter Stelle stehen; weil meine Pflichten als Elitemann Vorrang hatten.

Ich sagte ihr das alles und fügte dann hinzu: „Es ist selbstsüchtig von mir, dich behalten zu wollen. Nur, indem ich das eingesehen und akzeptiert habe, konnte ich gegen den Drang ankämpfen, dich beanspruchen zu wollen. Ich kann nach wie vor dagegen ankämpfen, Vana."

Sie schluckte hart, doch dann zog ein herausfordernder Blick in ihren Augen auf, der mir sagte, dass sie sich eine scharfe Antwort überlegte.

Aber ich war noch nicht fertig.

Sie musste verstehen, was zwischen uns passieren würde, wenn wir diesen Weg einschlugen. Wie die Dinge sich ändern würden. Was ich gezwungen wäre, zu tun. Denn ein Alpha wie ich war nicht an One-Night-Stands interessiert. Nicht, wenn es um sie ging. *Niemals.*

„Wenn du mir sagst, dass ich mich mit dir verknoten soll, Vana, werde ich das Verlangen danach, dich zu beißen, nicht mehr ausblenden können. Ich werde dich beanspruchen, wenn auch nur in übertragenem Sinne, und ich werde jeden Alpha herausfordern, der versuchen wird, dich mir wegzunehmen."

Dessen war ich mir sicher.

Wenn ich sie fickte, würde sie mir gehören. Ende der Diskussion.

„Du solltest dir sicher sein, Liebste", sagte ich und ließ meine Lippen über ihre wandern. „Aber du musst dich nicht sofort entscheiden. Lass dir Zeit. Denk darüber nach. Und ich …"

Sie versenkte ihre Zähne in meiner Unterlippe und biss so fest zu, dass Blut floss.

Ich wich leicht zurück − vorwiegend, weil ich nicht gefasst auf den Biss gewesen war, doch dann saugte sie meine blutende Lippe in ihren Mund.

Und schluckte.

IVANA

MEINS. ICH ERSCHAUDERTE. *MEINS. MEINS. MEINS*

Cillians Blut benetzte meine Zunge und rieselte meinen Rachen hinab. Er schmeckte wie ein erfrischender Tag. Klar. Neu. *Inspirierend.*

Ich sog an seiner Lippe, wollte mehr von seinem süchtig machenden Geschmack aufnehmen. Er war Stärke und Männlichkeit, unterlegt mit einem Gefühl der Frische. Einem Gefühl der Freiheit. Einem Gefühl von erneuertem Leben.

Vana, ächzte er in meine Gedanken.

Meins war alles, was ich darauf erwiderte.

Als hätte ich zweimal über sein Angebot nachdenken müssen. Was für ein irrsinniger Gedanke. Ich hatte mich sechs Jahre lang nach seinem Alpha verzehrt. Ich würde nicht mehr Zeit verlieren als nötig, um eine Entscheidung zu treffen.

„Verdammt", knurrte er und verschlang mich im nächsten Augenblick mit seinem Mund.

Es war weder ein zögerlicher noch ein sanfter Kuss. Er war barsch. Hungrig. *Bestrafend.*

Ungezogene kleine Omega, sagte er mir telepathisch. *Du hast mich nicht einmal meinen Satz zu Ende führen lassen.*

Ich hatte es satt, darauf zu warten, dass du endlich auf den Punkt kommst, neckte ich zurück. *Und außerdem gab es nichts mehr zu sagen.*

Er knurrte.

Ich knurrte zurück.

Dann schlang er seine Hand um meinen Hals und dominierte meine Zunge mit seiner. Sein Blut vermischte sich mit dem Geschmack meiner Erregung, der an seinen Lippen klebte, was unserer Liebkosung einen erotischen Unterton einhauchte.

Dieser Mann hatte mir gerade drei Orgasmen entlockt und doch war ich schon wieder bereit für die nächste Runde. *Mehr als bereit.*

Bei den Sternen, ich hatte noch nie etwas Vergleichbares erlebt. Es war intensiver als meine Läufigkeit. Einschneidender. *Bedeutender.*

Cillian drückte zu. „Immer versuchst du mir zu sagen, was ich tun und lassen soll."

„Das ist einer meiner Makel", schoss ich zurück, was ihn, an meine Lippen gepresst, grinsen ließ.

„Das ist eine deiner Stärken", konterte er und küsste mich dann abermals leidenschaftlich.

Heißes Verlangen flutete meine Adern und entzündete ein Feuer in mir. Jeder einzelne Teil von mir stand in Flammen und mein Körper war angespannt, während ich in jeder einzelnen Nervenzelle ein lusterfülltes Kribbeln verspürte.

Cillian trieb die in mir wütenden Flammen mit seiner Zunge an und jeder Zungenschlag sorgte irgendwie dafür, dass mir noch heißer war, bis ich schließlich das Gefühl hatte, dass ich allein wegen seines Mundes kommen würde.

Aber bevor das geschehen konnte, zog er kleine Kreise auf meiner Halsschlagader und entfernte seinen Mund von meinen Lippen, um mir kleine Küsse aufzudrücken und zu meinem Ohr zu wandern. „Ich werde mich mit dir verknoten, Omega. Und dann werde ich dich beißen."

Ich erschauderte. Die Worte kamen zu mir wie in einem Traum. „Ja", stöhnte ich. „Ja, Alpha." Ich wollte ihn tief in mir – wollte ihn in mir pulsieren spüren, dass er mich als seins markierte.

Aber er war immer noch angezogen.

Ich konnte sein erigiertes Glied durch seine Hose hindurch spüren, aber das reichte nicht einmal annähernd. Ich brauchte ihn näher bei mir. Nackt. Hart und unablässig an meinen Körper gedrückt.

Er musste meine Gedanken gelesen haben – oder vielleicht ging es ihm genauso wie mir –, denn er kniete sich hin und richtete sich auf, um sein Langarmshirt über den Kopf zu ziehen. Mir lief das Wasser im Mund zusammen, als ich die Sehnen und Muskeln erblickte, die angesichts der Bewegung hervortraten.

Dann führte er seine Hand an seine Hose und öffnete den Knopf, bevor er den Reißverschluss nach unten zog.

Ich schluckte hart und ließ meinen Blick über jeden einzelnen entblößten Zentimeter von ihm wandern.

Mir entfuhr ein leises Wimmern, als er sich vom Bett entfernte und mir war, ohne seine Berührung, plötzlich kalt.

Er grinste mich an, weil er den Laut ganz offensichtlich gehört hatte. „Ich glaube, es würde mir gefallen, dich um meinen Knoten flehen zu hören, Macushla. Aber nicht heute. Wir beide haben schon viel zu lange warten müssen."

Und wessen Schuld ist das?, fragte ich um ein Haar. Anstatt es laut auszusprechen, blieb es aber ein Gedanke, den er ganz bestimmt vernommen hatte.

Denn daraufhin fügte er hörbar hinzu: „Meine. Und ich werde den ganzen Tag damit verbringen, meinen Fehler wiedergutzumachen. Ich hoffe, du hattest nicht vor, dich irgendwann in der nächsten Zeit schlafen zu legen, denn uns wird nicht viel Zeit bleiben, um uns auszuruhen."

Ein kalter Schauer rann an meinem Rücken hinab und die Empfindung trieb die in mir tobende Hitze an.

„Du wirst gleich meins werden, Omega", fuhr Cillian fort. „Und dann gibt es kein Zurück mehr."

Bei den Sternen, das alles fühlte sich an wie ein Traum. Eine Fantasie. *Unecht.*

Alphas waren besitzergreifend, aber Cillian … Cillian hatte mich immer abgewiesen. Hatte mir immer gesagt, dass ich mir einen anderen Alpha suchen sollte. Hatte sich geweigert, mit mir zu tanzen. Hatte sich Wortgefechte mit mir geliefert.

Doch jetzt … jetzt drohte er mir, mich für sich zu *beanspruchen*.

Und ich hieß diese Beanspruchung willkommen, indem ich meine Beine weiter für ihn spreizte. „Verknote dich mit mir, Alpha", sagte ich zu ihm. Doch anstatt als Befehl über meine Lippen zu kommen, hörten sich die Worte eher nach einem Flehen an. Eines, das seinen Schwanz – ich hätte es nicht für möglich gehalten – noch größer werden ließ.

Das hier würde wehtun – auf die beste aller Arten.

Zum Glück hatten sein Mund und seine Finger mich bestens auf ihn vorbereitet.

Aber er krabbelte nicht umgehend über mich, um in mich zu gleiten.

Nein.

Stattdessen griff er nach einem meiner Beine und presste einen Kuss auf meinen Fußknöchel. Dann ließ er seine Lippen hoch an mein inneres Knie wandern und beugte sich vor. Ich spürte seine Zähne an meinem Schenkel entlang wandern, was mein Herz einen Satz machen ließ.

Wird er mich dort beanspruchen?, fragte ich mich benommen.

Ich werde dich zuerst mit meinem Knoten beanspruchen und dann mit meinen Zähnen, Omega, flüsterte er in meinen Kopf. *Ich will dich verehren. Dich lieben. Sicherstellen, dass du auch wirklich bereit bist, von mir* gefickt *zu werden.*

Meine Schenkel spannten sich an und meine Mitte sehnte sich plötzlich fieberhaft nach Reibung. Dieser Mann ... Die Dinge, die er sagte ... *O Gott, Cillian ...*

Cillian genügt, erwiderte er, ehe er seinen Mund ein weiteres Mal an meine bebende Mitte führte. Er leckte ausgedehnt an meiner Öffnung und durch seine Brust ging ein zustimmendes Knurren. *Du schmeckst so verdammt gut, Macushla.* Er ließ seine Zunge über meine sensible Mitte gleiten, was meine Zehen sich krümmen ließ.

Dann wanderten zwei Finger in mich, die meine Welt kopf stehen ließen. Denn alles, was ich spüren konnte, war ihn, seine Berührung, seine intime Liebkosung ... Einfach alles von ihm.

Ein weiteres Knurren ging durch die Luft, dieses um einiges wilder. Es war eine Warnung. Eine, die auch in seinen dunklen Augen zu erkennen war, als er, zwischen meinen Schenkeln eingeklemmt, zu mir hochblickte. Sein

Wolf war angespannt und drohte, die Kontrolle komplett zu übernehmen.

Ich konnte das gut verstehen, denn auch mein Tier ging in mir auf und ab und verlangte, dass unser auserwählter Gefährte den Gefallen mit seinem Biss erwiderte.

Aber anstatt seine Zähne in meiner Haut zu versenken, leckte er mich. Ausgedehnt. Fest. *Eingehend*. Alles, während er meine Mitte mit seinen Fingern dehnte. Er fügte einen dritten hinzu, was mich zusammenzucken ließ.

Vielleicht war ich nicht so bereit, wie ich gedacht habe, ging mir durch den Kopf, während ich meine Hüften von der Matratze hob und mich an ihn drückte.

Du bist fast so weit, murmelte er zurück, hatte meine mentale Stimme ganz offensichtlich gehört. *Es wird trotzdem wehtun, Liebste, aber ich werde dir Zeit geben, um dich daran zu gewöhnen.*

Das wird nicht nötig sein, versprach ich ihm. *Ich habe zu lange auf dich gewartet, Cillian. Habe zu lange auf deinen Knoten gewartet. Ich will alles von dir. Jeden einzelnen Zentimeter. Jeden wilden Stoß. Ich wurde für dich geschaffen, Alpha. Lass mich dich haben. Bitte, lass mich dich haben.*

„Ich hatte recht", knurrte er. „Ich genieße es wahrhaftig, dich um meinen Knoten betteln zu hören." Er krabbelte hoch, seine Lippen mit meinem Nektar benetzt. „Das nächste Mal werde ich dir aber sagen, dass du dich hinknien sollst, wenn du bettelst. Dann werde ich diesen wunderschönen Mund ficken und dich meinen Schwanz lutschen lassen."

Ich keuchte an seine feuchten Lippen gepresst. Das Bild, das seine Worte malten, machte mich noch feuchter. Aber er räumte mir keine Gelegenheit ein, auf seine Bitte einzugehen – oder ihn anzuflehen, es jetzt zu tun –, denn in der nächsten Sekunde küsste er mich erneut.

Leidenschaftlich.

Besitzergreifend.

Gezielt.

Cillian …

Vana, erwiderte er und führte seine Hüften an meine. „Schling deine Beine um mich, Liebste."

Meine Gliedmaßen setzten sich in Bewegung, bevor er den Satz überhaupt zu Ende geführt hatte, und meine feuchte Mitte traf auf sein hartes Glied. Ich wollte ihn in mir. Wollte, dass er mich beanspruchte. Wollte, dass er sich mit mir *verknotete*.

Er stützte sich auf einem Arm ab, griff dann nach meiner Hand und führte sie nach unten zwischen meine Beine. Meine Finger kribbelten, als sie die Wurzel seines Schafts berührten – direkt da, wo sein Knoten war.

„Greif nach meinem Schwanz, Ivana", verlangte er. „Und zeig mir, wo du mich haben willst."

Jeder einzelne Teil von mir brannte noch heißer als zuvor. Seinen Worten schwang ein autoritärer Tonfall mit, doch er wollte auch sichergehen, dass ich das hier wollte.

Dieser Alpha wollte sich nicht wahllos *nehmen*, er wollte auch *geben*.

Und ich wollte nur zu gern *annehmen*, was er zu geben hatte.

Ich führte ihn an meine Öffnung und meine Muskeln spannten sich in Erwartung seines großen Schwanzes an. *So groß. So Alpha. So …*

Meins, fiel er mir in den Gedanken, bevor er seine Hüften nach vorn presste und mich mit einem mächtigen Stoß zwang, ihn in mir aufzunehmen.

Ich erstarrte umgehend, als er in mich drang.

Doch der Schmerz hielt nur ein paar Sekunden an, bevor die Wonne überhandnahm und meine Welt sich plötzlich unglaublich *richtig* anfühlte.

Denn er füllte mich komplett und seine Eichel berührte eine so tief liegende Stelle in mir, dass es sich fast schon verboten anfühlte.

So viel besser als mein Spielzeug, dachte ich und atmete mental aus. *Bei den Göttern, so viel besser.*

Cillian schnurrte. Der Laut verwandelte sich rasch in ein furchteinflößendes Knurren und dann ließ er seine Eichel aus mir und wieder in mich gleiten. „Du wirst nie wieder ein Spielzeug benutzen", informierte er mich und presste meine Hand gegen die Matratze neben meinem Kopf. „Nur *meinen Schwanz*. Für immer."

Meine Schenkel spannten sich um seine Hüften geschlungen an. Mit dieser neuen Regel war mein Körper mehr als einverstanden. „Nur *deinen Knoten*."

Ein zustimmendes Knurren wanderte durch seine Brust, dann presste er seine Lippen auf meine, um mich leidenschaftlich zu küssen, bevor er sein Tempo im unteren Bereich beschleunigte.

Ich legte meine Finger in seine und griff mit der anderen Hand nach seiner muskulösen Schulter. Dort vergrub ich meine Nägel in seiner Haut. Alles in mir spannte sich an und pulsierte angesichts seines sinnlichen Angriffs.

Es war intensiv und doch zärtlich. Ich konnte spüren, dass er einen Teil seiner Kraft zurückhielt und er schien mich mit seinem Körper eher zu umarmen, anstatt mich besitzen zu wollen.

Ich wollte ihn dazu bringen, sich zu bewegen – ihn zwingen, mich härter zu nehmen.

Aber das konnte ich nicht.

Vor allem, weil sich das hier richtig anfühlte. Es fühlte sich gut an. Dieser Liebkosung wohnte so viel Gefühl inne, so viel Geschichte, so viel *Verlangen*.

Seine Lippen, die auf meine gepresst waren, wurden heiß und seine Zunge lenkte mich von seinen Bewegungen weiter unten ab. Alles, was ich tun konnte, war, ihn einzuatmen, mich von ihm verschlingen zu lassen, mich seiner dominanten Art zu unterwerfen und … einfach nur zu *sein*.

Es war befreiend.

Erlösend.

Erleuchtend.

Ich hatte mich noch nie so wertgeschätzt und beschützt gefühlt. Seine Stärke umgarnte mich auf eine Art, die keinen Zweifel an seinem Anspruch ließ.

Er wird mich beißen, dachte ich staunend und freute mich darauf, seine Zähne in meiner Haut zu spüren. Seinen Anspruch zu erfahren. *Oh, aber zuerst … zuerst wird er sich mit mir verknoten …*

Meine Mitte spannte sich an, mein Körper bereit für seinen erotischen Anspruch.

Bei den Sternen, das hier war besser als alles, was ich jemals zuvor erlebt hatte. Besser als die intensive Lust, die meine Läufigkeit mir verschaffte.

Und das lag daran, dass Cillian in mir steckte. Mein auserwählter Gefährte. Der Alpha meiner Träume.

„Du fühlst dich unglaublich an", sagte er an meinen Mund gedrückt. „Verdammt, ich will für immer hier bleiben und deine süße, warme, enge Muschi nie wieder verlassen."

Er nahm meine Unterlippe in seinen Mund und knabberte sanft daran, bevor er von meiner Hand abließ, um sie an meine Brust zu führen.

„Ich will jeden verdammten Zentimeter von dir markieren", fuhr er fort. „Dich mit meinem Samen überschütten und dich dann all den anderen Alphas vorführen, damit sie wissen, dass du mir gehörst."

Er führte seinen Mund an meinen Hals und versenkte seine Zähne in meiner Halsschlagader.

Doch er durchbrach die Haut nicht. Er biss nur gerade fest genug zu, um einen Abdruck zu hinterlassen.

Oder vielleicht einen blauen Fleck.

Es war mir egal. Ich liebte diese besitzergreifende Seite von ihm. Seine verruchten Worte, seine intimen Versprechen.

„Ich werde dich hier beißen", flüsterte er. „Und dann noch mal in beide Titten." Er kniff in meinen Nippel, während er das sagte. „Und dann zwischen deinen Beinen. Ich werde jeden Teil von dir beanspruchen, verdammt. Vana. Und dann wirst du dasselbe mit mir tun."

Er führte seine Hand an meinen Hals und strich mit seinem Daumen an meinem Kiefer entlang, bevor er seine Lippen abermals auf meine presste.

„Ich will, dass du in meinen Knoten beißt und dann meinen Schwanz lutschst." Die verruchte Forderung wurde an meine Lippen gesprochen, während er mich mit intensivem Blick ansah. „Du wirst mich besitzen, Vana. Jeden einzelnen Zentimeter von mir. Und ich werde dich belohnen, indem ich in deinem hübschen kleinen Hals komme."

Ich erschauderte. Das gab mir den Rest. „O Gott, Cillian …"

„Cillian genügt", erinnerte er mich und führte dabei seine Hüften nach vorn. „*Dein* Cillian."

Meine Mitte spannte sich um ihn geschlungen an. Seine Worte machten etwas mit mir. Ich liebte es, dass er mir gehörte. Jetzt wollte ich *ihm* gehören. „Bitte, Cillian. Gib mir deinen Knoten. *Bitte*."

Er knabberte an meiner Unterlippe. „Immer sagst du mir, was ich tun und lassen soll", witzelte er und leckte den Abdruck ab, den er gerade auf meinem Mund hinterlassen hatte. „Verdammt, du bist perfekt. Macushla. So verdammt perfekt."

Seine Zunge ließ jegliche Antwort verstummen, die ich hätte von mir geben können, und er ließ seine Hände an meinen Seiten hinabgleiten. Ich zuckte zusammen, als er nach meinen Hüften griff und meine Beine sich instinktiv fester um ihn schlangen, als er Kontrolle über meine untere Körperhälfte nahm.

Mir entwich ein gewürgtes Geräusch, als er in mich zu dringen begann und seinen Schwanz noch tiefer in mich gleiten ließ.

Bei den Sternen, ich hatte vorhin geglaubt, er hätte mich gefickt. Ich lag falsch. Das war im Vergleich hierzu sanft gewesen. Eine langsame Einführung in seine Kräfte und Stärke.

Jetzt … *jetzt* übernahm Cillian die Kontrolle und ließ seiner Bestie freien Lauf. Er war ein Alpha, der seine auserwählte Omega beanspruchte. Es war … *pure Wonne.*

Ich drückte meine Hüften nach oben, mein Körper seinem Befehl unterstellt. Und mein Mund öffnete sich wie aus eigenem Antrieb, um seine Zunge zu empfangen.

Ja, ja, ja, sang ich in Gedanken. Die Realität verblasste zusehends und wurde von der Leidenschaft eingenommen, die mein Wesen flutete.

Cillian stieß ein Knurren aus, das tief in mir Widerhall fand. Ein Alpha-Ruf. Ein Weg, noch mehr Nektar aus seiner Omega fließen zu lassen. Es war eine natürliche Reaktion, eine Art von Beherrschung, die einen Strudel der Gefühle in mir auslöste.

Dunkel.

Licht.

Hitze.

So. Viel. *Hitze.*

Während ich in Gedanken schrie, kam mir sein Name

über die Lippen. Meine Gliedmaßen zitterten und als eine Lawine der ungezügelten Ekstase über mir zusammenbrach, verlor ich die Kontrolle.

Zu viel, dachte ich fieberhaft. *Oh, bei den Sternen, es ist zu viel …*

Der Druck in mir …

Der Schmerz …

Sein Knoten, realisierte ich erschrocken. *Das ist sein Knoten.* Er war mir über die Schwelle ins Tal der Wonne gefolgt und band uns mithilfe seines beeindruckenden Knotens aneinander. Ich konnte ihn in mir pulsieren spüren und wie sein Samen mich mit der Absicht füllte, mich zu befruchten.

Obwohl ich nur schwanger werden konnte, wenn ich mich im Östrus befand.

Also hatten wir nichts zu befürchten.

Aber …

Ich runzelte die Stirn.

Aber das hier fühlt sich zu intensiv an …

Cillian flüsterte meinen Namen, und obwohl er direkt über mir schwebte, hörte es sich an, als wäre er weit weg. Ich starrte zu ihm hoch, konnte sein Gesicht aber wegen der Tränen in meinen Augen nur verschwommen erkennen.

Ich versuchte, zu antworten, eine Frage zu stellen, aber dann wurde meine Mitte von einem Zucken heimgesucht, das so stark war, dass ich nichts weiter tun konnte, als zu stöhnen.

Oh, bei den Göttern, ich brauchte *mehr*. Sein Knoten pulsierte zwar jetzt nicht mehr in mir, war aber nach wie vor da und band uns aneinander, sodass wir in einer qualvoll starren Umarmung gefangen waren.

Beweg dich, flehte ich ihn an. *Oh, bitte, beweg dich!*

Er musste erneut für mich kommen. Musste mich ein

weiteres Mal um den Verstand bringen. Musste mich erneut derart füllen, dass ich ihn *schmecken* konnte.

Er sagte meinen Namen erneut – dieses Mal mit einem barscheren Tonfall.

Aber ich konnte mich nicht auf ihn konzentrieren. Ich wollte noch mal kommen. Und noch mal. Und *noch mal.*

Das hier war so viel schlimmer als mein Östrus. Es … es *tat weh.*

Mir schossen Tränen in die Augen, und zwar nicht, weil ich Lust erfuhr, sondern weil ich Schmerzen hatte.

Cillian hielt mein Gesicht in seinen Händen und sah mich wutentbrannt an.

Es tut mir leid, versuchte ich ihm zu sagen. *Ich … ich weiß nicht … ich weiß nicht, was hier geschieht.*

Wenn er mich hörte, so sagte er nichts. Oder vielleicht tat er das und ich konnte ihn wegen des Rauschens, das meine Ohren ausfüllte, bloß nicht hören.

Alles *brannte*. Und ich fühlte mich leer. So, so leer …

Wie ich es während meiner Läufigkeit immer tat.

Oh, bei den Göttern, Cillian wird mir nicht helfen. Er hilft mir nie. Er ist nie da …

Jahre der Folter fanden zu mir zurück. All die Augenblicke, in denen ich versucht hatte, mich mit dem Spielzeug zu befriedigen, nur um dann schreiend in meinem Nest zu liegen. Allein. Schmerzgeplagt. Ohne einen Alpha, der sich angemessen um meine Bedürfnisse kümmerte.

Ich hatte Cillian auf meine Liste gesetzt, weil er der einzige Alpha war, dem ich vertraute – weil er der einzige Alpha war, den ich begehrte.

Aber er ist nie gekommen.

Er will mich nicht.

Er hat mich nie gewollt.

Ich schloss meine Augen, verloren in der Folter meiner Vergangenheit, und trieb in einem Meer der Einsamkeit.

Ich brauche mein Spielzeug. Ich brauche den Knoten-Ersatz. Etwas, das mir diesen Druck nimmt. Etwas, um mir durch diese Hölle zu helfen!

Mein Nest fühlte sich plötzlich überhaupt nicht mehr gemütlich an und ich wand mich. Ich brauchte … brauchte … *Bei den Sternen!*

Habe ich das gerade laut geschrien?

Denn mein Rachen … fühlte sich … wund an.

Was ist hier los? Es ist noch zu früh, dachte ein logischer Teil von mir.

Doch dann sauste ein weiterer Krampf durch mich hindurch und begrub mich unter einer heißen Lavawelle, die mich nach Luft ringen ließ.

Ich ertrinke.

Das ist bloß die Läufigkeit, sagte ich zu mir. *Es … wird alles gut.*

Aber er kommt nicht.

Er kommt nie.

Cillian … kommt … nie.

CILLIAN

Was zum Teufel ist hier los?

Im einen Augenblick hat sich Ivana vor Lust gewunden und im nächsten hat sie geschrien.

Geweint.

Und sich dann plötzlich in den Wogen eines intensiven Östrus befunden.

Kieran, sagte ich, verband mich mit dem Geist meines besten Freundes. Bevor er antworten oder mich dafür tadeln konnte, ihn aufgeweckt zu haben, fügte ich hinzu: *Ivana ist gerade läufig geworden.*

Und drei weitere Omegas mit ihr, erwiderte er, ohne zu zögern. *Ich wollte gerade nach dir rufen.*

Verdammt. Ich hielt Ivanas Gesicht in meinen Händen und versuchte sie festzuhalten, doch sie wand sich wie wild und ihre Gedanken rasten kreuz und quer in ihrem Kopf umher. Sie dachte immer wieder an ihr Spielzeug. Dass sie es brauchte.

Weil *ich* nicht kommen würde, um ihr zu helfen.

„Ich bin bei dir, Liebste", sagte ich zu ihr, doch sie schien mich nicht zu hören. Sie war zu verloren in ihren Gedanken und ihre vergangenen Erfahrungen spielten sich laut in ihrem Kopf ab.

„Ivana, ich bin bei dir", versuchte ich erneut, doch dann hörte ich Kieran meinen Namen rufen.

Entschuldige bitte, kannst du das noch mal sagen?, fragte ich, mein Blick auf Ivanas tränenüberströmtem Gesicht. Sie schien durch mich hindurchzusehen.

Ich habe Lorcan am Draht – zwei der Omegas im Nachtsektor sind auch gerade läufig geworden.

Ich runzelte die Stirn. *Zwei Kandidatinnen?*

Ja. Eine kleine Gruppe hat beschlossen, sich zurück in ihre Nester zu teleportieren, anstatt im Blutsektor zu bleiben.

Sie vertrauen uns nicht, überlieferte ich.

Nein, tun sie nicht. Und diese neuste Entwicklung ist auch keine Hilfe, murmelte er. *Wir müssen …*

Er verstummte abrupt, was mich erstarren ließ. *Kieran?*

Es folgte keine Antwort, was mich tiefer in seine Gedanken vordringen ließ.

Wo ich zusammen mit ihm erfuhr, dass eine weitere Omega-Kandidatin im Nachtsektor gerade läufig geworden war.

„Verdammt", keuchte ich. Ivana, die unter mir lag, begann sich zu beruhigen.

„C…Cillian?", flüsterte sie und ihr Blick schien sich kurz etwas zu klären.

Doch das hielt nicht lange an, denn im nächsten Augenblick war sie zurück in ihrer dunklen Vergangenheit und ihre Gedanken redeten ihr umgehend ein, dass sie keine Hoffnung schöpfen sollte. *Er kommt nie,* schärfte sie sich zum tausendsten Mal ein. *Bei den Sternen, er kommt* nie.

„Iv…"

Sie wandelte unter mir durch die Schatten, landete dann aber unbeholfen neben dem Bett auf dem Boden, weil ihre Fähigkeiten aufgrund ihres angreifbaren Zustands ins Wanken geraten waren. Omegas verloren oft Kontrolle über ihre Gaben, wenn sie sich im Östrus befanden, weil das Einzige, was ihre Körper tun wollten, sich zu *paaren* war.

Ivana riss die Schublade ihres Nachttisches auf und legte ihre Hand um einen breiten Dildo, den sie prompt an ihre feuchte Öffnung führte.

Ich knurrte, als sie ihn ohne jegliche Vorbereitung hineinschob und sich seitlich zu einer Kugel einrollte, während ihr Körper von Schluchzern heimgesucht wurde.

„Verdammt, Ivana", flüsterte ich, während ich sie auf eine Art kommen sah, wie ich es *nie wieder* sehen wollte.

Aber ich konnte nichts anderes tun, als eine lange Zeit anzustarren, was sich vor mir abspielte – was ich da *erfuhr* – und mir das Herz brach.

So hatte sie ihre Hitzezyklen durchgestanden. So hatte sie sie *immer* durchstehen müssen.

Weil ich nie gekommen war.

Weil ich sie diesem Schicksal überlassen hatte.

Sie leiden lassen hatte.

Sechs ganze Jahre lang.

Cillian!, schrie Kieran in meine Gedanken. Ganz offensichtlich hatte er schon eine ganze Weile versucht, meine Aufmerksamkeit zu erregen. Jetzt redete er über Alpha Carlos – dem vormaligen Anführer des einstigen Bariloche-Sektors – und zog mich etwas tiefer in seine Gedanken. Doch Ivanas schmerzerfülltes Wimmern riss mich umgehend zu ihr zurück.

„Bei den Göttern, Macushla …" Sie hörte sich so verzweifelt und gebrochen an. So anders als die Omega, die ich kannte und liebte.

Ich wandelte durch die Schatten vom Bett zum Boden und hob sie in meine Arme. Durch meine Brust wanderte augenblicklich ein tiefes, lautstarkes Schnurren.

„Tut mir leid", sagte ich zu ihr. „Es tut mir so verdammt leid." Ich brachte sie zurück in ihr Nest und schmiegte meinen Körper an ihren, während sie dieses verdammte Ding weiterhin zwischen ihren Beinen benutzte und fieberhaft ihre Klitoris mit ihrem Daumen massierte.

Nicht genug. Nicht genug. Nicht genug, gab sie im Singsang gedanklich von sich.

Ich presste meine Lippen an ihren Hals und schnurrte laut und fordernd in ihrem Rücken. Ihr schien nicht einmal aufzufallen, dass ich hier war, und sie zog ihre Knie noch fester an die Brust, während ich sie von hinten löffelte.

„Vana", keuchte ich und ließ meine Zähne über ihre pulsierende Halsschlagader wandern. Ich hatte sie noch nicht gebissen, weil sie in dem Moment, in dem ich das hatte tun wollen, läufig geworden war. „Ich bin bei …"

Cillian, sagte Kieran erneut und zog damit meine Aufmerksamkeit zurück auf ihn. *Hast du gehört, was ich über die Östrus-Feiern gesagt habe?*

Östrus-Feiern?, wiederholte ich, mehr für mich als für ihn. Dann schüttelte ich meinen Kopf. Denn es spielte keine Rolle. *Kieran, ich kann jetzt nicht darüber sprechen*, sagte ich zum ersten Mal in unserer langjährigen Freundschaft. *Ivana … Ivana braucht mich. Ich kann mich nicht darauf konzentrieren, was du sagst, wenn sie …* Ich verstummte und schluckte hart. *Sie braucht mich*, wiederholte ich und zog sie fester an mich.

Du richtest deine Aufmerksamkeit lieber auf Ivana als auf das vorliegende Problem?, fragte Kieran nachdenklich und seiner mentalen Stimme wohnte eine Angespanntheit inne, die mich mit den Zähnen knirschen ließ.

Sie ist Teil dieses ‚Problems‘, wie du es nennst, wandte ich ein. *Und jemand muss sich um sie kümmern.* Etwas, das ich viel zu lange nicht getan hatte.

Und dieser Jemand bist du?, hakte er nach, noch immer mit diesem angespannten Tonfall. Es war nicht Ungläubigkeit, aber definitiv eine Emotion.

Nichtsdestotrotz verfügte ich jetzt nicht über das nötige Maß an Geduld, um herauszufinden, was sein Tonfall zu bedeuten hatte, oder warum er sich wie ein verdammter Mistkerl verhielt.

Ja, knurrte ich ihn an. *Sie gehört mir. Und sie braucht mich. Also verzieh dich.*

Meine Worte wurden mit Schweigen erwidert, was mich nur geringfügig beruhigte.

Denn Ivana schluchzte und benutzte dieses verdammte Spielzeug an sich anstatt meines Knotens.

Anstatt *mir*.

Weil sie noch nicht begriffen hatte, dass ich hier war, obwohl ich an ihren Rücken gepresst schnurrte.

„Iv…“

Cillian, unterbrach Kieran mich erneut. Tausend Jahre lang mit ihm verbunden zu sein, machte es ihm leicht, nach mir zu rufen.

Was?, wollte ich wissen.

Es wird höchste Zeit, dass du diese Frau für dich beanspruchst, sagte er zu mir. *Jetzt konzentrier dich voll und ganz auf sie und hör auf, auf mich zu hören.*

Ich blinzelte und lachte dann schnaubend in Gedanken. *Du bist ein Arschloch.*

Gleichfalls. Jetzt geh und kümmere dich um deine Frau. Im

nächsten Augenblick schien zwischen uns eine mentale Mauer hochzuschießen, von der ich nicht einmal gewusst hatte, dass er sie schaffen konnte.

Oder vielleicht war ich das gewesen.

Ich würde später darauf zurückkommen. *Nachdem* ich Ivana geholfen hatte.

Ich drückte ihr einen weiteren Kuss auf den Hals, dann ließ ich eine meiner Hände an ihrem Körper hinab an jene Stelle wandern, wo sie ihre Hand zwischen den Beinen hatte. „Nimm diesen verdammten Dildo raus, Omega", sagte ich in ihr Ohr und packte sie am Handgelenk. „Und stell dich auf alle viere."

Ihr ganzer Körper zuckte an meinen gepresst und ihre Gedanken schienen sich ein weiteres Mal zu klären. „Alpha?"

„Ja, ich bin hier und ich will dich ficken. Also zieh diesen erbärmlichen Knoten-Ersatz raus und lass mich dich besteigen."

Ivana stieß einen Laut aus, der sich zu einem Teil nach einem Wimmern, zu einem Teil nach einem erleichterten Seufzer anhörte, und zog den Gegenstand zwischen ihren Beinen hervor.

Doch dann, als ihre Gedanken sich auflehnten, erstarrte sie. Ihr Kopf redete ihr ein, dass das alles nur eine Fantasie war, dass ich nicht wirklich hier war, weil ich nie zu ihr kommen würde.

Das Chaos mitanzuhören – und der verweilende Schmerz, den diese Gedanken auslösten –, brachten mich dazu, an ihren Hals gepresst zu knurren, wie es nur ein Alpha konnte. „*Sofort*, Omega", verlangte ich. „Heb diesen heißen Arsch in die Lüfte, spreiz deine verdammten Beine und präsentiere dich mir."

Sie erschauderte angesichts der dominanten Energie,

die ich verströmte, und die Wolke in ihrem Kopf verdunstete augenblicklich.

Du bist wirklich hier, dachte sie.

Ja, bin ich. Und mein Knoten ist so verdammt angeschwollen, dass ich kurz davorstehe, dich einfach so zu nehmen. Also begibst du dich entweder in Stellung oder krallst dich in die Matratze, denn ich werde dich ficken, Omega. Und zwar hart.

Wieder durchfuhr sie ein Zittern – dieses brachte sie endlich in Bewegung und in die Position, in der ich sie haben wollte.

Sie zitterte am ganzen Leib, während sie sich auf ihre Hände und Knie stellte und ihr Nektar an ihren Schenkeln hinabtriefte. Ich legte meine Hand an ihre Mitte und berührte ihre bebende Öffnung mit meinen Fingern, die sie umgehend mit Nektar benetzte.

„Ich war gerade erst in dir, Omega", erinnerte ich sie. „Und habe dich mit meinem Samen gefüllt. Erinnerst du dich nicht?"

Ich zog meine Hand weg und kniete mich hinter sie, dann brachte ich meine Hand an ihren Mund.

„Leck meine Finger ab", befahl ich ihr. „Koste uns."

Denn mein Sperma hatte sich mit ihrer Essenz vermengt und eine erotische Mischung kreiert, von der ich wusste, dass sie sie genießen würde. Vor allem in ihrem derzeitigen Zustand.

Läufige Omegas liebten den Geschmack von allem, was sich auf Sex mit einem Alpha bezog. Und unseren gemeinsam geschaffenen Lustsaft zu kosten, würde als Beweis dienen, dass ich wirklich hier war. Dass ich sie nicht wie all die vielen Male zuvor im Stich gelassen hatte. Dass ihr Alpha sich ihr endlich in ihrem Nest angeschlossen hatte.

Sie streckte ihre Zunge zögerlich aus und führte sie an

meine Hand, was das Schnurren in meiner Brust erneut entfachte.

Dieses Schnurren verwandelte sich in ein tiefes Knurren, als sie ihre vollen Lippen um meinen Finger schlang und ihn tief in den Mund nahm.

Mit meiner freien Hand packte ich sie an der Hüfte und positionierte ihr Hinterteil, um meinen Schwanz an ihre bebende Muschi bringen zu können.

Ich griff nach ihrem Kiefer und zwang sie, einen zweiten Finger in ihren Mund zu nehmen, während ich tief in sie drang.

Sie schrie mit meinen Fingern im Mund und krallte ihre Fingernägel in die Laken.

Dann saugte sie wie verrückt an meinen Fingern, während sie ihren Po an meinen Körper presste und mich wortlos anflehte, sie zu nehmen. Sie zu ficken. Sie ins Tal der Wonne zu bugsieren.

Ich ging es nicht langsam an, wie ich es vorhin getan hatte. Vorhin hatte ich unseren Instinkten endlich nachgeben wollen, damit wir einander zum ersten Mal erfahren konnten.

Jetzt wollte mein Alpha seine Omega befriedigen.

Sie war angreifbar, hatte Schmerzen und brauchte meinen Knoten. Ganz zu schweigen von all der anderen Umsorgung und Zuneigung, die sie während dieser erzwungenen Läufigkeit brauchen würde.

Sie wimmerte und bewegte ihre Zunge um meine Finger, um jeden letzten Tropfen unserer Essenz aufzulecken.

Er ist hier, sagte sie sich immer wieder. *Mein Alpha ist hier. Er ist hier.*

Ich beugte mich über sie und führte meine Lippen an ihren Hals, ehe ich leicht zubiss und sie auf eine Art dominierte, die ihr das Gefühl gab, in Sicherheit zu sein.

Ja, ich bin hier, bestätigte ich ihr in Gedanken. *Keine Spielzeuge mehr, Vana. Du musst deine Läufigkeit nicht mehr allein durchstehen. Ich bin hier.* Ich betonte das letzte Wort mit einem Hüftstoß und zwang sie, meinen bebenden Knoten an der Wurzel zu spüren.

Ihr darauffolgendes Wimmern veranlasste mich dazu, meine Hand von ihrer Hüfte zu lösen, um sie zwischen Ivanas Schenkel wandern zu lassen und meinen Daumen an ihre geschwollene Knospe zu bringen, um ihr längst fällige Aufmerksamkeit zu schenken.

Sie kam unmittelbar, weil ihr Östrus sie zwang, pausenlos angeheizt zu sein.

Ihr kam ein leiser Schrei über die Lippen, der von meiner Hand gedämpft wurde.

Nicht genug, dachte sie. *Nicht genug.*

Ich knurrte an ihren Hals gelehnt und presste meine Hüften schneller und gnadenloser an sie. „Willst du meinen Knoten, Omega?"

„Jaaaa", zischte sie, woraufhin mein Finger aus ihrem Mund glitt.

Dann schlang ich meine feuchte Hand um ihren Hals und drückte zu, während meine andere Hand noch immer zwischen ihren Beinen verweilte und ich sie um den Verstand fickte.

Es war lange her, seit ich in den Genuss einer Omega-Muschi gekommen war. Es war lange her, seit ich mich mit jemandem verknotet hatte.

Bis heute Abend.

Bis ich Ivana endlich genommen hatte.

„Über sechs Jahre lang", keuchte ich an ihren Hals gelehnt, im Wissen, dass sie vermutlich keine Ahnung hatte, was ich da sagte oder warum.

„Ich habe seit über sechs Jahren keine Omega mehr durch ihre Läufigkeit begleitet, Vana. Seit dem Tag, an dem ich dich gefunden habe, wollte ich niemand anderen. Nur dich."

Es war ein Geständnis, das ich vermutlich später noch einmal von mir geben müsste.

Oder vielleicht würde sie sich daran erinnern.

Jede Omega erlebte ihre Läufigkeit anders und ihr Geist und ihre Seele gingen individuell mit der Erfahrung um.

Ivana reagierte, indem sie sich an mich zurücklehnte. Ihr zierlicher Körper zitterte wie verrückt.

„Mach dir keine Sorgen, Macushla", sagte ich und brachte meine Lippen an ihr Ohr. „Mag sein, dass ich etwas aus der Übung bin, aber ich habe über die Jahre hinweg jede Menge Fantasien angehäuft, die ich mit dir ausleben will."

So. Viele. Verdammte. Fantasien.

„Wenn ich mit dir fertig bin, wirst du so verdammt wund sein", warnte ich sie, „aber ich werde es wiedergutmachen, Vana. Ich werde jeden blauen Fleck und jede Wunde küssen. Werde deine süße Mitte lecken, bis dir die Orgasmen das Bewusstsein rauben. Dich baden. Dich füttern. Und dann werde ich dich noch einmal ficken."

Ihre Muschi spannte sich um mich herum an und allein meine Worte verschafften ihr einen weiteren Höhepunkt.

Sie wollte all das und mehr.

Wenn sie nur verstanden hätte, was *mehr* bedeutete. Aber wenn sie von ihrer Läufigkeit erwachen würde, würde sie es wissen.

Und dann würde ich sie offiziell zu *meiner* machen.

Der Gedanke daran, sie zu meiner Gefährtin zu machen, ließ meinen Knoten hervortreten und zeigte meine tierische Beanspruchung. Mein Tier brüllte in mir und ich knurrte, während ich kam.

Verdammt, ächzte ich, während der Orgasmus eine intensive Welle vorzüglichen Schmerzes durch mich jagte.

Ivana schloss sich mir an und ihr Höhepunkt entlockte ihr einen Lustschrei, gefolgt von einem wilden Zucken, bevor sie der Wonne zum Opfer fiel.

Mein Knoten pulsierte in ihr und ich füllte sie mit meinem Samen. Jedes Beben brachte ein orgastisches Zucken mit sich, das sie befriedigt zurückließ, ihr Körper froh über unsere Verbindung.

Leider würde es nicht lange so bleiben.

Sie musste ununterbrochen befriedigt werden, weil ihr überhitzter Körper nur ein Ziel hatte: *Fortpflanzung*.

Ich hatte keine Ahnung, ob sie sich in diesem Zustand überhaupt fortpflanzen konnte, weil es sich hierbei nicht um einen normalen Hitzezyklus handelte. Und es war zu spät, um etwas gegen eine Schwangerschaft zu unternehmen. Es gab Pillen für die Männchen meiner Art, aber diese musste man geplant einnehmen.

Doch das hier war nicht geplant gewesen. Das hier hatte sich aus einer verzweifelten Sehnsucht heraus ergeben.

Eine Sehnsucht, die Ivana jetzt wieder zu spüren begann.

Sie stieß ein Knurren aus und ihre enge Muschi zog sich um meinen Knoten herum zusammen, während sie versuchte, sich von mir wegzurobben und damit dafür zu sorgen, dass wir von vorn anfingen.

Ich versenkte meine Zähne in ihrem Hals, während ich meine Hand von ihrer Muschi wegzog, um ihr meinen Arm um die Mitte zu schlingen.

„Halt still", sagte ich zu ihr. Denn wenn sie jetzt versuchen würde, sich zu entfernen, würde mein Knoten aus ihr gleiten. Und obwohl sie den Schmerz in ihrem derzeitigen Zustand nicht registrieren würde, würde sie das später ganz bestimmt.

Ivana knurrte daraufhin, was meinen Wolf zurück knurren ließ.

Dann stieß sie ein Wimmern aus und ihr Körper unterwarf sich meinem, ihre Instinkte voll und ganz eingenommen vom Verlangen und den Bedürfnissen ihres Tieres.

Ich schnurrte und gab ihr damit wortlos zu verstehen, dass ich es zu schätzen wusste, dass sie auf mich hörte, und ich sie dafür belohnen würde. *Bald.*

„Bitte, Alpha", sagte sie mehrere Minuten später.

Ich ließ sie verstummen und mein Schnurren hallte an ihrem Rücken wieder, während ich ihren Hals küsste. „Du machst das so gut, Ivana. So gut."

Ich kam nicht mehr, aber mein Knoten band uns weiter aneinander. Keiner von uns konnte etwas dagegen tun, da mein Körper dazu gemacht war, sie zu begatten.

Verdammt, ich wollte keinen Welpen zeugen. Meine Blutlinie hätte mit mir enden sollen.

Und doch stellte der Gedanke an eine schwangere Ivana … etwas mit mir an. Er entfachte diesen wilden Drang, mit ihr verbunden zu bleiben, bis ich sicher war, dass mein Samen Wurzeln geschlagen hatte.

Ich presste meine Lippen an ihren Hals, völlig benommen von der Idee.

Es ist ihr Geruch, sagte ich mir. *Ihre Läufigkeit. Ich kann nicht klar denken.*

Aber … ich war mir einer Sache noch nie so sicher gewesen. Ich wollte diese Frau. Ich hatte sie schon jahrelang begehrt. Und jetzt hatte ich sie unter mir liegen.

Meine hübsche Omega.

Meine kühne kleine Wölfin.

Sie mochte sich mir jetzt unterwerfen, aber ich wusste, dass sie mich herausfordern würde, sobald ihre Läufigkeit ein Ende fand.

Was bedeutete, dass ich das hier in vollen Zügen genießen musste. Dass ich aufhören musste, nachzudenken, und unsere Bestien einander ficken lassen sollte.

Endlich fand mein Knoten zurück an meine Wurzel. Ganz offensichtlich hatte mein Körper mitgehört. Ich drang unmittelbar aus ihr und drehte sie herum, um ihr in die Augen zu sehen. Es war ein Verlangen, das ich nicht abschütteln konnte.

„Sieh mich an", befahl ich mit einem Knurren.

Ivana schlug die von langen blonden Wimpern umrahmten Augen auf und sah mich – ganz trunken von den Endorphinen – an. „Ja, Alpha."

Götterverdammt, diese Worte machten mich umgehend hart. „Ich werde es genießen, dich zu ficken, Omega. Auf alle nur vorstellbare Arten."

Sie schlang ihre Beine um meine Hüften und presste ihre feuchte Mitte an mein Glied. „Ja, Alpha", wiederholte sie, was mich erschaudern ließ.

„Halt dich an meinen Schultern fest, Macushla", sagte ich zu ihr. „Und fürchte dich nicht davor, deine Krallen einzusetzen."

Denn ich würde sie um den Verstand ficken. Würde sie in ein durch Lust hervorgerufenes Koma versetzen. Und dann würde ich sie zwingen, etwas zu trinken und zu essen, wenn sie aufwachte.

Und mich wieder und wieder mit ihr verknoten …

IVANA

MEIN ALPHA IST HIER. ABER ER BENIMMT SICH WIE EIN echter Mistkerl.

Meine Gedanken wurden mit einem Schnauben erwidert. *Iss dein Sandwich*, sagte er.

Meine Wölfin knurrte, verärgert darüber, dass mein Alpha darauf bestand, dass ich etwas aß. Alles, was wir tun wollten, war, zu *ficken*. Aber immer, wenn ich meinen Hintern in die Höhe hob, verpasste er mir einen Klaps.

„Ich werde dich erst wieder ficken, wenn ich sicher bin, dass deine Grundbedürfnisse gestillt sind", sagte er mir zum gefühlt hundertsten Mal. „Hör auf, so stur zu sein, Vana."

Ich? Stur? Jetzt war ich es, die schnaubte. *Du bist es, der vom Essen besessen ist.*

Er tat mir das immer wieder an – ordnete Pausen an und verlangte, dass ich etwas aß.

„Es waren jetzt schon sieben Tage, Macushla. Du musst etwas trinken. Ich würde meiner Aufgabe nicht nachkommen, wenn ich nicht dafür sorgen würde, dass du etwas isst."

„Hmpf", gab ich zurück, bevor ich gezwungenermaßen einen weiteren Bissen nahm. Das Essen fühlte sich trocken an. Langweilig. Ihm fehlte der Geschmack, nach dem ich mich verzehrte.

Mein Blick wanderte auf sein Gemächt und den beeindruckenden Knoten, der sich an der Wurzel seines Schwanzes befand. Ich leckte mir die Lippen und sehnte mich nach einer Kostprobe.

„Nimm drei weitere Bissen, dann darfst du meinen Schwanz lutschen, Omega", sagte er zu mir.

Mein Blick wanderte hoch und ich schaute in seine dunklen Augen. Der Ausdruck, der in ihnen stand, ließ meine Nippel hart werden. Er war genauso erregt wie ich, gab sich aber unnahbar. Oder vielleicht hatte er ganz einfach eine Vorliebe für verzögerte Belohnung.

Was es auch war, ich zwang mich, vom Sandwich abzubeißen, kaute und schluckte dann, bevor ich die Mahlzeit auf den Teller legte und zurück in Richtung Bett krabbelte, wo er saß.

„Nein, Vana. Noch zwei Bissen."

Ich knurrte ihn an, hatte dieses Spiel satt. „Knoten. Sofort."

Auf seinen Lippen breitete sich ein kleines Lächeln aus. „Ich hätte wissen sollen, dass du selbst läufig noch versuchen würdest, mir zu sagen, was ich tun und lassen soll." Er lehnte sich nach vorn und presste seine Nase an meine. „Und nein. Zwei Bissen, dann ficken wir."

Er führte seine Mahlzeit an meinen Mund.

Ich zog die Nase kraus, weil der Geruch nicht besonders verlockend war. Dennoch zwang ich mich, zu gehorchen und meinen Alpha zu befriedigen.

„Braves Mädchen", lobte er, was meine Wölfin stolz die Brust rausstrecken ließ. „Ich hoffe schwer, dass du dich später hieran erinnern wirst, Macushla. Es ist wirklich höchst unterhaltsam."

Warum würde ich mich nicht daran erinnern?, fragte ich mich. *Dummer Alpha.*

Und außerdem nannte er mich immer wieder *Macushla*. Ich hatte nicht die leiseste Ahnung, was das zu bedeuten hatte, aber meiner Wölfin schien es zu gefallen. Mir gefiel Omega besser.

„Noch einen Bissen, *Omega*", sagte er, als könnte er meine Gedanken lesen.

Vielleicht konnte er das auch.

Er grinste mich erneut an, als würde ihn etwas amüsieren. Mir gefiel dieser Ausdruck, also tat ich, worum er gebeten hatte, und schluckte.

„So eine gute kleine Omega", flötete er und strich mir mit den Fingerknöcheln über die Wange. „Ich glaube, du gefällst mir in diesem Zustand, Vana. So wild vor Lust und besessen von meinem Knoten. Es ist wirklich herzallerliebst."

Das Einzige, was mich interessierte, war die Erwähnung seines Knotens. *Meiner*, dachte ich und beäugte die riesige Beule. *Mein Knoten.*

Er lachte.

Ich blendete ihn aus und krabbelte zwischen seine ausgespreizten Beine, damit ich das Objekt meiner Begierde ablecken konnte.

Über mir vernahm ich Bewegung – stellte er da diesen elenden Teller mit Essen weg? –, dann griff er nach meinem Hinterkopf. Ich stöhnte, als er mit seinen Fingern durch meinen Haarschopf fuhr und seinen heißen Schwanz an meine Lippen drückte.

„Mach mich bereit für dich, Liebste", sagte er zu mir. „Mach mich so verdammt hart, dass ich an nichts anderes mehr denken kann als mich mit dir zu verknoten."

Mmh, das war eine Herausforderung, die ich verstand und annahm.

Ich ließ meine Zunge an der Unterseite seiner beeindruckenden Länge entlangwandern, bis ich bei der Eichel angelangte. Dort erwartete mich bereits ein Lusttropfen, der mich begierig auf mehr machte.

Ich nahm ihn in den Mund und ließ ihn so tief in meinen Rachen gleiten wie nur möglich. Aber meine Lippen berührten seinen Knoten nicht einmal annähernd. Sein Schwanz war zu lang und zu breit, um ihn komplett in mir aufnehmen zu können, was mich ein frustriertes Wimmern ausstoßen ließ.

„Schhh", sagte er. „Benutz deine Hand. Omega. Massiere meinen Knoten, während du den Rest von mir mit deinem Mund und deiner Zunge verwöhnst."

Ich erschauderte. Es gefiel mir, wie er mich anleitete.

Er hatte es in den vergangenen paar Minuten schon getan, fast so, als hätte er gewusst, dass ich in diesem Bereich nicht besonders erfahren war.

Ein Teil von meinem Geist registrierte diesen Gedanken und ein tief gelegener Teil von mir begann, an die Oberfläche zu treten. Ein Teil von mir, der die Verbindung zu Cillian nachvollziehen konnte.

Cillian, dachte ich und sprach den Namen probeweise aus. *Mmh, mein Cillian.*

Dein Cillian, sagte mein Alpha und bestätigte, dass ich richtig lag. *Wie es scheint, neigt sich deine Läufigkeit dem Ende zu.*

Hm?, summte ich verwirrt.

Lutsch weiter, Liebste. Ich will mich noch ein paarmal mit dir verknoten, bevor du zu klar denken kannst, um zu spüren, wie wund du bist.

Wund?, wiederholte ich und zog die Nase kraus. Ich war überhaupt nicht wund, nur *leer.*

Etwas, dem ich entgegenzuwirken gedachte, indem ich meinen Alpha dazu brachte, mir seinen Knoten zu geben.

Ich fuhr mit den Zähnen über seine sensible Haut, was ihn ein Knurren ausstoßen ließ, und schlang dann meine Hand um seine breite Wurzel. Sein Knurren wurde tiefer, als ich Druck auf seinen Knoten ausübte, was meine Wölfin voller Vorfreude frohlocken ließ.

Meine Mitte spannte sich in freudiger Erwartung auf das Erwachen meines auserwählten Biestes an. Bei den Göttern, er war leidenschaftlich, beschützerisch und *stark.*

Ich legte meine freie Hand auf seinen Oberschenkel und krallte meine Fingernägel in das muskulöse Bein, während ich meinen Mund hoch an seine Eichel gleiten, dann wieder nach unten wandern ließ und versuchte, mehr von ihm aufzunehmen.

„Du weißt, dass ich nicht will, dass du dir die Luft abschneidest", sagte er zähneknirschend. „Ich will dich atmen und keuchen hören, Omega, nicht ersticken und husten."

Ich zog mich leicht zurück und hörte auf den Befehl meines Alphas, dann ließ ich meine Zunge um seine Eichel tanzen – ein Trick, den ich neulich erlernt hatte und den mein auserwählter Gefährte mochte.

„Braves Mädchen", lobte er und der Druck an meinem Kopf lichtete sich ein kleines bisschen. „Das fühlt sich so verdammt gut an, Vana."

Ich spannte die Muskeln in meinen Beinen an. Meine Innenschenkel waren klatschnass von meinem Nektar. Ich genoss es, mit seiner Bestie zu spielen. Und ich liebte es, wenn er mir sagte, dass ihm meine Bemühungen gefielen.

Ich drückte seinen Knoten erneut, woraufhin er stöhnte und mich mit noch mehr Lustsaft belohnte.

Dann lag ich plötzlich auf meinem Rücken und sah in zwei dunkle Augen, in denen ein intensiver Blick loderte. „Du bist unverschämt gut darin geworden, meinen Schwanz zu lutschen, Omega", informierte er mich, sein Schwanz bereits an meiner Öffnung. „Aber ich will in deiner Muschi kommen, nicht in deinem Hals."

Mir entfuhr ein Schrei, als er in mich stieß. Sein abruptes Eindringen raubte mir den Atem – auf die beste aller Arten.

Ich griff nach seinen Schultern und versenkte meine Fingernägel in seiner Haut, um ihn mit kleinen sichelförmigen Wunden zu markieren. Dann hob ich meine Hüften an, damit er besser in mich stoßen konnte.

Ja, ja, ja, keuchte ich, verloren in der Beanspruchung meines Alphas.

Aber es war nicht wirklich eine Beanspruchung, weil er mich noch nicht zurückgebissen hatte.

Warum hat er mich noch nicht gebissen?, fragte sich ein Teil von mir, was eine seltsame Empfindung in meiner Magengegend heraufbeschwor.

Doch diese Verwirrung verblasste im nächsten Augenblick und wurde von einer Hitze abgelöst, die mein Inneres flutete und diesen brennenden Schmerz in meinem Magen in die wunderbarste Lust verwandelte, die ich je erlebt hatte.

Sein Knoten, dachte ich benommen, während mein Körper sich, verloren in den Wogen wunderbarer Ekstase, zusammenzog.

Die Welt rückte in den Hintergrund. Die Realität verblasste. Und das Einzige, was noch zählte, war sein Knoten, der in mir pulsierte.

Mit einem Seufzer machte ich es mir im Bett – *unserem*

Nest – bequem und genoss jedes einzelne wonnehafte Beben, bis sie sich viel zu bald schon verflüchtigten. Doch der Schmerz von vorhin kam nicht direkt zurück. Stattdessen fühlte ich mich voll.

Endlich, dachte ich erschöpft. *Endlich kann ich schlafen … zumindest ein Weilchen.*

Ich musste meine Augen geschlossen haben, denn das Nächste, woran ich mich erinnerte, war, wie ich an den harten Körper meines Alphas gekuschelt lag und von seinem starken Körper eingehüllt wurde, während ich döste.

Auf meinen Lippen breitete sich ein Lächeln aus und eine Freude wie keine andere wärmte mir das Herz und die Seele. *Er ist hier. Cillian ist hier.*

Langsam driftete ich in wohlige Besinnungslosigkeit ab, nur um einen winzigen Augenblick später – na ja, vielleicht war es auch mehrere Stunden später – von einem stechenden Schmerz in meinem Bauch geweckt zu werden.

Etwas Süßes benetzte meine Lippen im nächsten Augenblick, was mich meinen Mund öffnen, kauen und schlucken ließ. Ein Teil von mir registrierte, dass ich Früchte aß. *Beeren*, um genau zu sein.

Nachdem ich den Geschmack einige Minuten lang genossen hatte, spähte ich unter meinen Wimpern hervor und sah Cillian mit einer Erdbeere in der Hand neben dem Bett knien. Ich nahm sie ihm mit meinen Zähnen ab und setzte mich dann auf, um mich im Zimmer umzusehen.

Unser Nest war das reinste Chaos.

Stirnrunzelnd begann ich mich im Bett zu bewegen, um es zu richten. Zuerst die Kissen. Dann die Laken. Aber das genügte nicht. Etwas … fehlte.

Ich krabbelte aus unserem weichen Refugium, spürte

wiederholt ein Stechen in meinem Körper und suchte nach dem, was ich brauchte.

Meine Nase führte mich zu einem Kleiderhaufen, der sich in einem Korb am Fuße des Bettes befand. Ich schnüffelte in der Luft, beugte mich vor und begann, durch die seidenen Stoffe darin zu wühlen. Meine Wölfin war umgehend besänftigt.

Eine Gabe unseres Alphas, erkannte ich. Sein minziger Geruch war ein willkommener Duft.

Ich sammelte alle Kleidungsstücke ein und begann mein Nest neu zu ordnen. Zwar behielt ich die Kissen, ersetzte die Laken aber mit denen, die nach Pfefferminze rochen. Nachdem ich die Falten darin glatt gestrichen hatte, platzierte ich die schmutzigen Laken im Korb und setzte mich zurück, um die verbesserte Zufluchtsstätte zu betrachten.

Hm, hm, hm … Ich brauche noch etwas anderes. Etwas …

Langsam drehte ich den Kopf zum Alpha herum. Er hatte sich keinen Zentimeter bewegt und kniete noch immer nackt neben dem Bett. Das Einzige, was er getan hatte, war, die Schale mit Früchten auf den Nachttisch zu stellen.

Er sah mich mit hochgezogener Augenbraue an. „Ja, Macushla?"

Ich zeigte auf das Nest. „Leg dich hin."

Auf seinen Lippen formte sich ein amüsiertes Lächeln. „Solche Befehle befolge ich nur, wenn sie aus deinem Mund kommen." Vorsichtig krabbelte er in die Mitte meiner kleinen neuen Oase, legte sich auf den Rücken, breitete sich aus und verschränkte die Hände hinter dem Kopf. „Komm und reite mich, Omega."

Solche Befehle befolge ich nur, wenn sie aus deinem Mund kommen, entgegnete ich, was ihn seine Augen zusammenkneifen ließ.

„Du wirst nicht nur meine Befehle *befolgen*", erwiderte er, als ich mich rittlings auf ihn setzte. „Du wirst flehen und kriechen."

Er stieß seine Hüften nach oben und füllte mich mit einem einzigen Hüftstoß, bevor er mich auf meinen Rücken legte.

„Und jetzt küss mich, Macushla", verlangte er. „Denn deine erzwungene Läufigkeit kommt zu einem Ende und ich will den Rest unserer Zeit damit verbringen, zu ficken."

Ich schlang meine Beine um seine Hüften, mein Körper seinem Befehl untertan.

Aber mein Geist ... Mein Geist hielt sich an diesen Worten fest und ein kleiner Teil von mir fragte sich, was er mit *zu einem Ende kommen* und den *Rest unserer Zeit* gemeint hatte.

Aber im nächsten Augenblick traf sein Schwanz auf eine so tiefe Stelle in mir, dass ich vergaß, was ich gesagt hatte.

Und das Einzige, woran ich noch denken konnte, war: *mehr, mehr, mehr ...*

IVANA

WARM.

    Sicher.

    Aber, bei den Sternen, nein!

Ich machte den Fehler, meine Beine auszustrecken, und jetzt wollte ich mich keinen Zentimeter weiter bewegen. *Was habe ich gestern Abend getrieben?*

Wir *haben* es *getrieben*, erwiderte eine tiefe Stimme. *Wiederholt. Mehrere Tage lang.* Sinnliche Lippen trafen auf meinen Hals, wanderten dann an mein Ohr und dann flüsterte Cillian: „Gern geschehen."

Ich erstarrte. *Wie bitte?*

Ich schlug die Augen auf.

Mein Herz setzte mehrere Schläge aus.

Und meine Gedanken … meine Gedanken brachten

Erinnerungen an mehrere sehr heiße, sehr *intensive*, intime Liebkosungen an die Oberfläche.

Die allesamt Cillians Knoten mit einschlossen. Seine Hände. Seine Zunge.

Erschrocken führte ich meine Hand zwischen meine Beine, dann ließ ich sie an meinen Hintern wandern, konnte sie aber nicht weiter hinab bewegen, weil er sein Gemächt an meinen Arsch presste.

„Ja, dort habe ich dich genommen", bestätigte er an mein Ohr gelehnt. „Ich habe dich überall genommen, Vana."

Mir rann ein kalter Schauer über den Rücken, während ich verzweifelt die Erinnerungen zu erkennen versuchte, die durch meine Gedanken flogen. Ich versuchte, sie zu ordnen und nachzuvollziehen, wie es dazu gekommen war.

Ich bin läufig geworden. So viel ist klar.

Ich hatte nur keine Ahnung, *wie* ich läufig geworden war.

Vor neun Tagen, staunte ich und wühlte durch mehrere Ausschnitte von Sex und versuchte gleichzeitig den Grund für meinen Östrus zu finden. *Gab es Hinweise, die mir entgangen sind? Eine Art …?* Meine Gedanken schweiften ab und ich erinnerte mich daran, meine Zähne in Cillians Lippe versenkt zu haben. *O nein.*

Ich hatte ihn für mich beansprucht.

Ich hatte … ihn zu *meinem* gemacht.

Aber … das Band war noch nicht komplett geschlossen.

Er hat mich nicht zurückgebissen, realisierte ich im nächsten Augenblick. *Ich kann die Sache immer noch ungeschehen machen.*

Cillian bewegte sich hinter mir. Er entfernte seinen Mund von meinem Ohr und rückte etwas zurück. Ich hätte mich um ein Haar mit ihm umgedreht, weil mein Körper sich auf natürliche Art und Weise zu ihm hingezogen fühlte, aber ich konnte mich nicht bewegen.

Denn unsere Verbindung war noch nicht vollendet.

Er hatte mich nicht als seine beansprucht.

Wenn ein anderer Alpha sich mit mir verknotet, begann ich zu denken, schob den Gedanken aber beiseite, bevor ich ihn zu Ende führen konnte. Allein der Gedanke an den Knoten eines anderen Alphas ließ mir flau im Magen werden.

Cillian war der einzige Alpha, den ich begehrte – der einzige Alpha, mit dem ich mich jemals verbinden konnte.

Aber er hat mich nicht für sich beansprucht … Unsere Verbindung ist nicht von Dauer.

Mir wurde speiübel, zum einen wegen des Gedankens, der mir durch den Kopf geschossen war, zum anderen, weil …

Ich schlug die Augen auf. „Ich bin schwanger", keuchte ich. Mein Hals fühlte sich wund an. *Oh, bei den Sternen …*

Ich hatte Cillian gebissen.

Er hatte mich gefickt, während ich läufig gewesen war.

Hatte mich nicht für sich beansprucht.

Und doch … hatte er mich *geschwängert.*

„Es blieb keine Zeit für Verhütung", sagte er mit schuldbewusstem Tonfall.

Dieser schuldbewusste Tonfall brach mir beinahe das Herz – denn er deutete darauf hin, dass Cillian bereute, was geschehen war.

Was durchaus Sinn ergab.

Was hatte er noch mal zu mir gesagt? Über seinen Vater?

„Ich habe mir vor über tausend Jahren geschworen, dass ich nie eine Gefährtin haben würde. Dass ich nie wie mein Vater werden

würde. Dass ich dafür sorgen würde, dass seine Blutlinie … mit mir endet."

Ich schluckte hart, konnte seine Stimme glasklar in meinem Kopf hören.

Er hatte geschworen, nie Kinder zu haben – sich nie eine *Gefährtin* zu nehmen.

Aber ich hatte ihn gebissen.

Ich hatte mich ihm aufgedrängt.

Warum?, fragte ich mich jetzt. Mir drehte sich der Kopf. *Warum habe ich …?* Die Frage verklang, als ich mich an einen Teil dessen erinnerte, was Cillian gesagt hatte. Etwas von wegen, dass er sein Tier nicht kontrollieren könnte, wenn wir fickten. Dass er mich beißen würde. *Aber das … das hat er nicht. Warum hat er mich nicht …?*

Cillian, der immer noch hinter mir lag, seufzte, was mir im Herzen wehtat. „Es tut mir leid, Ivana."

Ich zuckte zusammen. Seine Worte trafen mich noch mehr, als sein Seufzer es hatte.

„Tatsächlich, nein. Es tut mir nicht leid", fuhr er fort und mir verschlug es den Atem. „Auch wenn ich es hätte tun können, glaube ich nicht, dass ich es getan hätte."

Alles um mich herum begann sich zu drehen. Sein Geständnis trennte meine Seele auf. „Warum?", keuchte ich und ließ den Rest des Sauerstoffs in meiner Lunge entweichen. „Warum, Cillian?"

„Weil ich es nicht gewollt hätte", antwortete er, ohne zu zögern.

Weil er es nicht gewollt hätte, wiederholte ich in Gedanken.

Er hatte mich nicht gebissen, weil er mich nicht hätte beißen wollen.

Das … Das …

Ich schluckte hart und in meiner Brust breitete sich ein Brennen aus.

Cillian wollte mich nicht beanspruchen.

Und ich hatte es gewusst. Er hatte es so viele Male gesagt. Aber ihn auszuerwählen – ihn zu *beißen* – und dass er den Anspruch nicht erwidert hatte …

Bei den Sternen, es tat weh.

Es tat so *verdammt* weh.

Und jetzt bin ich schwanger, dachte ich und führte meine Hand an meinen Bauch, während meine Lunge mich anflehte, den nächsten Atemzug zu nehmen. *Oh, bei den Göttern …*

Was hatte das zu bedeuten?

Ich … ich war eine unverpaarte Omega, die das Kind eines Alphas in sich trug, der sie nicht wollte.

Warum hast du mir durch meine Läufigkeit geholfen?, wollte ich ihn fragen. *Was machst du hier?*

„Vana." Wie er meinen Namen sagte – mit einem weiteren verdammten Seufzer –, verleitete mich dazu, ihn aus meinem Nest schubsen zu wollen. „Ich dachte, dass du mich hierhaben wolltest. Zum Teufel, ich bin der Einzige, der auf deiner Liste steht. Und du hast an all die Male gedacht, in denen ich nicht hier gewesen bin. Wie *weh* es getan hat. Ich … ich wollte dir helfen."

Ich blähte die Nasenflügel und die Schranke in mir schien sich zu erheben – wie damals, als er meine Kräfte blockiert hatte.

Denn wieder hatte er etwas aus Mitleid für mich getan.

Er hat sich verdammt noch mal aus Mitleid mit mir verknotet.

Wie damals, als er mich aus Mitleid geküsst hat.

Wie all die anderen Male.

„Ivana."

„Ich will nicht weiter darüber reden", knurrte ich und versuchte in Gedanken die Erinnerungen an meinen unerwarteten – und *ungebetenen* – Östrus zu verdrängen.

Es gab Bruchstücke, die keinen Sinn ergaben.

Bruchstückhafte Erinnerungen daran, dass er geschworen hatte, mich zu beißen. Etwas von wegen Liebe.

Ist das wirklich geschehen oder habe ich mir das bloß eingebildet?, fragte ich mich.

Wirklich wissen wollte ich es aber nicht. Nicht jetzt. Ich war zu erschöpft, zu *wund*, um klar denken zu können.

Ich brauchte eine Dusche. *Oder ein Bad.*

Der Gedanke ließ mich innehalten. *Dort hat es angefangen … In der Badewanne.*

Nein. Ich werde die Erfahrung jetzt nicht erneut aufleben lassen.

Es schmerzte zu sehr.

Dusche. Etwas zu essen. Und dann würde ich … alles andere regeln.

Ich begann mich von ihm zu entfernen, wimmerte aber, als sich in meinem Körper – angefangen bei meiner Mitte – ein stechender Schmerz ausbreitete.

Bei den Göttern, er hat sich echt gut mit mir verknotet …

Und irgendwie hasste ich ihn dafür.

„Ich will mich um dich kümmern", sagte Cillian mit sanfter Stimme. „Ich …"

„Ich glaube, du hast genug getan", fiel ich ihm knurrend ins Wort. „Ich schaffe das allein."

Daran würde ich mich jetzt sowieso gewöhnen müssen. Denn ich würde ihm auf keinen Fall erlauben, unser Kind aus Mitleid großzuziehen.

„Ivana", knurrte er.

„Ich will nicht mehr darüber reden", wiederholte ich mit schroffer Stimme und wandelte um ein Haar aus dem Nest. Doch dann erinnerte ich mich daran, dass ich nicht durch die Schatten wandeln *konnte*.

Weil ich schwanger bin.

Die Hand auf meinen Bauch gelegt, rollte ich mich zu einer Kugel ein und gab einen frustrierten Seufzer von mir.

„Verdammt, Vana", keuchte er und legte mir den Arm um die Schulter. „Ich …"

Er verstummte und zwischen uns breitete sich eine Stille aus, während ich versuchte, meine wilden Emotionen zu beruhigen.

Ein Teil von mir wusste, dass das auf die Überbleibsel meiner Läufigkeit zurückzuführen war, und der Nebel in meinem Kopf erlaubte es mir nicht, klar zu denken. Und die Schwangerschaftshormone waren auch keine Hilfe.

Bei den Göttern, ich war völlig durcheinander.

Ich musste mich beruhigen, alles überdenken und meine Frustrationen in Worte fassen. Aber ich wusste gar nicht, wo ich anfangen sollte.

Die Erinnerungen an unsere gemeinsame Zeit, die zu einem Baby geführt hatte, vermischten sich und brauten sich zu einer chaotischen Wolke aus Lust, Freude und starken Emotionen zusammen.

Unser Welpe.

„Ich muss mit Kieran sprechen", sagte Cillian mit leiser Stimme. „Lass uns … über alles reden, wenn ich zurück bin, okay?"

Natürlich ließ er mich wegen Kieran sitzen. Warum auch nicht?

„Ich kann dich nie an erste Stelle setzen", hatte Cillian mich gewarnt. *„Du verdienst jemanden, der dir die Welt zu Füßen legt, Vana. Jemanden, der dich immer über alles und jeden stellt. Und dieser Jemand kann ich nicht sein."*

Ich hatte zurückgeschossen: *„Wer sagt, dass ich diesen Jemand will?"*

Damals hatte ich daran geglaubt.

Aber jetzt? Hier? Jetzt … wollte ich diesen Jemand. Einen Alpha, der sich für mich entschied. Der mich biss. Der mich zu seiner *Gefährtin* machte.

Aber Cillian würde nicht dieser Gefährte sein. Das

hatte er vor wenigen Augenblicken klipp und klar gesagt. *„Auch wenn ich es hätte tun können, glaube ich nicht, dass ich es getan hätte."*

Er hatte mich nicht gebissen, weil er mich nicht beißen wollte.

Was gab es dem noch hinzuzufügen?

„Ivana?", fragte Cillian.

„Ja?", fragte ich geistesabwesend.

„Hast du mir zugehört?"

„Ja", wiederholte ich. „Du musst zu Kieran." Weil er Cillians oberste Priorität war. Der König des Blutsektors würde bei ihm immer an erster Stelle stehen – und die Wölfe, die unter Kierans Schutz standen, auch.

Ich käme als Letzte.

Wäre unwichtig.

Wird unser Welpe ähnlich behandelt werden?, fragte ich mich. *Wird Cillian ihn oder sie überhaupt in seinem Leben haben wollen?*

Bei den Göttern, dazu durfte ich es nicht kommen lassen.

Unsere Verbindung war noch nicht permanenter Natur. Ich konnte … ich konnte mir einen anderen Alpha suchen.

Vorausgesetzt, dass einer von ihnen mich jetzt überhaupt noch wollte.

Dass ich das Baby eines anderen Wolfs in mir trug, würde mich bei den besitzergreifenden Wölfen meiner Art ganz bestimmt nicht besonders beliebt machen.

Ich rollte mich noch fester ein und konnte Cillians Stimme kaum noch hören, während er hinter mir etwas sagte. Etwas von wegen, er würde zurückkommen.

Ich zuckte bloß die Achseln.

Es spielte keine Rolle, wann oder ob er zurückkam. „Tu, was du tun musst", sagte ich zu ihm. Meine Stimme hörte sich an, als wäre sie weit entfernt.

Er drückte mir einen Kuss auf den Nacken, den ich kaum spürte, dann fielen die Laken von seinem Körper, als er vom Bett aufstand. *Mein Nest.*

Aber es fühlte sich überhaupt nicht richtig an. Es fühlte sich ... fremd an. Überwältigt von seinem minzigen Duft.

Ich presste meine Nase in die Laken und wimmerte, dann wurde mir bewusst, dass ich irgendwann die Laken gewechselt hatte. Vermutlich hatte ich dafür sorgen wollen, dass mein Zufluchtsort nach dem Alpha roch, den ich auserwählt hatte.

Aber er hatte mich nicht auserwählt.

Er hatte mich abgewiesen.

Hatte gesagt, dass er mich nie beißen würde.

Aber ... da war diese Erinnerung in meinem Hinterkopf. Eine, in der er gesagt hatte, dass er mich beanspruchen würde, wenn wir das durchzogen – wenn er sich mit mir verknoten würde.

War das wirklich geschehen oder war es bloß ein Traum gewesen?

Fantasie oder Realität?

Er küsste mich erneut, dieses Mal aber auf die Schläfe. „Ich werde dir etwas zu essen bringen", sagte er zu mir.

Ich schnaubte spöttelnd. Der Gedanke an Essen bekam mir überhaupt nicht.

Und brachte ein paar weitere merkwürdige Erinnerungen an Cillian zurück, der mir ein Sandwich und frische Früchte aufgezwungen hatte.

„Vielleicht solltest du dich etwas ausruhen, Macushla", flüsterte er und ließ seine Lippen an meiner Stirn verweilen.

Mich ausruhen, dachte ich mürrisch. *Ja, klar. Das wird bestimmt alles richten.*

Er stieß einen weiteren dieser schweren Seufzer aus,

dann verschwand er und ließ mich in meinem seltsamen Nest zurück.

Schwanger.

Unverpaart.

Allein.

Er hat mich gewarnt, dachte ich traurig und presste meine Knie noch fester an die Brust. Ich habe nicht hören wollen. *Ich bin selbst schuld.*

CILLIAN

Mein Wolf knurrte in mir, wutentbrannt über meine Entscheidung, unsere auserwählte Gefährtin allein zurückzulassen. Ich hatte anfangs geplant, sie zu beißen, sobald sie wieder klar genug denken konnte, um meine Absicht zu verstehen, aber dann war alles fürchterlich schiefgelaufen.

Ich hatte nicht jeden ihrer Gedanken hören können. Jetzt, wo ihre Läufigkeit vorbei war, schien ihre natürliche Schranke wieder an Ort und Stelle zu sein. Aber ich hatte genug gehört, um zu wissen, was sie von ihrer Schwangerschaft hielt. Dass sie mir die Schuld an ihrem derzeitigen Zustand gab.

Und das mit gutem Grund.

Sie hatte sich nicht bereiterklärt, Mutter zu werden. Klar, die meisten Omegas wünschten sich genauso sehr

Welpen wie ihre Alphas – wenn nicht gar noch mehr. Aber das alles zwischen uns war neu. Wir hatten kaum darüber gesprochen, was sich miteinander zu verbinden bedeuten würde.

Und ich hatte klar gesagt, dass ich meine Blutlinie nicht weiterführen wollte.

Aber jetzt, wo Ivana schwanger war …, konnte ich mir kein anderes Leben mehr vorstellen.

Es bedeutete genau das, was ich ihr gesagt hatte: Ich hätte keine Verhütungsmittel benutzen wollen, auch wenn die Möglichkeit bestanden hätte. Ich hatte sie schwängern wollen. Hatte sie auf alle erdenkliche Arten zu meiner machen wollen. Hatte eine Zukunft zusammen beginnen wollen.

Was mich offensichtlich zu einem Arschloch machte, denn Ivana hatte nichts davon gewollt.

Klar, sie hatte mich beansprucht, aber nachdem ich ihre Reaktion auf die Schwangerschaft mitbekommen und ihre Gedanken darüber, dass die Verbindung nicht permanenter Natur war, gehört hatte, begann ich mich zu fragen, ob sie zum Zeitpunkt ihres Bisses in der richtigen geistigen Verfassung gewesen war.

Genau deshalb musste ich mit Kieran sprechen – um mehr über ihre forcierte Läufigkeit und den mentalen Zustand, der mit ihr einhergegangen war, in Erfahrung zu bringen.

Wenn ich sie biss, würde unsere Verbindung endgültig sein. Es würde kein Zurück geben. Ich war nicht sicher, ob ich ihr das antun konnte, im Wissen, dass sie das zwischen uns nicht wirklich wollte. Zumindest noch nicht.

Ich hatte viel Arbeit vor mir, was Ivana anging, vor allem, mich ihrer als würdig zu erweisen. Das war mir bewusst. Ich hatte bloß eine andere Reaktion auf ihre Schwangerschaft erwartet.

Aber ich hatte sie nie gefragt, ob sie Welpen haben wollte.

Sie hatte mir gesagt, dass sie kein Problem damit hätte, wenn ich meine Pflicht vor sie stellte, und hatte mehrere Male gesagt, dass ich ihre Gefühle nie berücksichtigt hätte, was uns anging. Dass ich Entscheidungen für uns beide getroffen hatte.

War das eine weitere dieser Entscheidungen?

Ich knurrte wütend – nicht nur auf mich, sondern auch auf sie. Weil ich ihre Reaktion nicht verstand. Und dann hatte sie gesagt, dass sie nicht weiter darüber sprechen wollte, und mir zu verstehen gegeben, dass ich Leine ziehen sollte.

Die meisten Omegas wünschten sich nach ihrer Läufigkeit Liebe und Zuwendung. Sie brauchten die sanfte Seite ihrer Alphas, damit sie sich um sie kümmerten, während sie heilten.

Nicht so Ivana.

Nein, Ivana würde das nie.

Warum würde sie auch normal sein?

Denn sie war nie wie die anderen, verdammt. Sie war eine Göttin. Ein Rätsel, auf dessen Lösung ich nie kam.

Ich strich mir mit der Hand übers Gesicht, verkniff mir ein weiteres Knurren und konzentrierte mich darauf, ein paar Klamotten zusammenzusuchen. Ich hatte meine Sachen von letzter Woche in Ivanas Zimmer gelassen, sodass ich nackt in meinen Bau zurückwandeln musste.

Es war kalt hier drinnen. Isoliert. Und der Geruch war falsch.

Vielleicht sollte ich zurückgehen und Ivana hierherbringen, ging mir durch den Kopf. *Sie sich in meinen Laken wälzen lassen, während ich zu Kieran gehe und mit ihm spreche.*

Der Gedanke hätte mir ein Lächeln auf die Lippen

gezaubert, wenn meine Omega derzeit nicht so wütend auf mich gewesen wäre.

Bei den Göttern, ich hätte nie gedacht, dass sie so auf eine Schwangerschaft reagieren würde. *Habe ich sie völlig falsch eingeschätzt?*

Wie war es dazu gekommen, dass wir uns an zwei völlig verschiedenen Enden des Spektrums befanden?

Ich hatte nie einen Welpen gewollt. Allein der Gedanke daran, meinen Samen zu pflanzen, hatte meine Eier umgehend schrumpfen lassen.

Aber Ivanas Läufigkeit hatte alles geändert. Ein Teil von mir war besessen vom Gedanken gewesen, sie zu schwängern. Ich hatte sie so voll mit meinem Samen haben wollen, dass sie ihn schmecken konnte. Und ich hatte diese Entscheidung keinen Moment bereut.

Aber jetzt … jetzt tat ich das. Denn ich hatte ihr keine Wahl gelassen.

Ich hätte es besser wissen sollen. Diese Läufigkeit war nicht geplant und schon gar nicht erwartet gewesen. Sie hatte sich nicht darauf vorbereiten können.

Kein Wunder, dass sie mich so übereifrig beansprucht hatte.

„Verdammt", murmelte ich und riss eine Jeans hervor. Dann griff ich nach einem schwarzen Pullover – die Farbe passte gut zu meiner Stimmung – und zog ihn über den Kopf.

Ich würde mich auf keinen Fall duschen. Ich wollte Ivanas Duft an meinem Körper haften haben. Wir mochten noch nicht miteinander verpaart sein, aber sie gehörte mir und ich wollte, dass alle anderen von uns wussten.

Sie mochte im Moment wütend auf mich sein, aber sie würde mir vergeben.

Hoffentlich.

Ich schluckte hart und zog mir Socken und Stiefel an, dann sah ich auf meine Uhr. Es war kurz nach Mitternacht, was meinen knurrenden Magen erklärte. Ivana war bestimmt auch hungrig, aber sie hatte nur ein wütendes Schnauben ausgestoßen, als ich ihr versprochen hatte, mit einer Mahlzeit zurückzukehren.

Und dann hatte sie angedeutet, dass sich auszuruhen gar nichts wiedergutmachen würde.

Diesen Gedanken hatte ich klar und deutlich vernommen.

Vermutlich wollte sie damit sagen, dass sich auszuruhen die Schwangerschaft nicht ungeschehen machen würde.

Ich hatte versucht, mich zu entschuldigen, hatte aber feststellen müssen, dass ich es nicht so gemeint hatte. Denn es gefiel mir, dass sie schwanger war. Und das machte mich zu einem Arschloch.

Wenigstens bin ich ein aufrichtiges Arschloch, sagte ich mir.

Ich fuhr mir mit den Fingern durchs Haar und ging auf die Tür zu.

Dann überlegte ich es mir anders und verband mich mental mit Kierans Gedanken. Diese Mauer, die er während Ivanas Läufigkeit hochgezogen hatte, war noch immer da, aber ich konnte spüren, wie durchlässig sie war. Sie war hauchdünn. Eher wie eine temporäre Schranke, die mich davon abhalten sollte, abgelenkt zu werden.

Kieran, murmelte ich und versuchte, durch die Schranke zu dringen, die er erschaffen hatte. *Ich muss mit dir sprechen.*

Wie geht es Ivana?, erwiderte er wenige Sekunden später.

Genau darüber will ich mit dir reden.

Hm. Wir sehen uns in zwei Minuten in meinem Büro. Seine Gedanken blieben offen, nachdem er den Satz zu Ende geführt hatte, sodass ich ihn an Quinnlynn denken hören konnte.

Ich entfernte mich umgehend aus seinen Gedanken, weil ich nicht stören wollte, und wandelte durch die Schatten in seinen Bau, stellte mich neben den Schreibtisch und wartete. Weil ich nichts Besseres zu tun hatte, versuchte ich, mich in Ivanas Gedanken zu begeben, weil ich mich danach sehnte, ihre mentale Stimme zu hören. Aber sie war still.

Vielleicht hat sie sich meinen Rat zu Herzen genommen und ruht sich aus?, hoffte ich.

Ein anderer Teil von mir war besorgt, dass sie mich wieder ausgesperrt hatte, wie damals, als ich ihre Fähigkeiten blockiert hatte.

Ich krallte meine Finger in das dicke Holz des Mahagoni-Tischs in Kierans Büro und sah aus dem nahegelegenen Fenster, in dem ich mein Spiegelbild aufgrund des Lichts im Büro erkennen konnte.

Wie habe ich es geschafft, es derart zu vermasseln?

Ich hatte ihr Einverständnis eingeholt, bevor ich mich mit ihr verknotet hatte, und mir war nicht bewusst gewesen, dass ihre Läufigkeit unmittelbar bevorgestanden hatte.

Eine Läufigkeit, über die ich immer noch nichts wusste. Zum Beispiel, wodurch sie ausgelöst worden war, warum sie nur neun Tage angedauert, wie sie sie fruchtbar gemacht oder was für Einflüsse sie auf ihren Geisteszustand gehabt hatte.

Ich neigte meinen Kopf und atmete tief ein, während mein Wolf nervös auf- und abging. Es gefiel ihm nicht, dass unsere auserwählte Gefährtin uns mental ausgesperrt hatte. Und es gefiel ihm auch nicht, getrennt von ihr zu sein. Aber ich musste mit Kieran sprechen, um in Erfahrung zu bringen, was er in der vergangenen

Woche über die anderen Omegas hatte herausfinden können.

Was hat die plötzliche Läufigkeit ausgelöst? Hat sie etwas an Ivanas Fähigkeit, einzuwilligen, verändert? Gibt es sonst noch etwas, das ich wissen muss, bevor ich zu ihr zurückkehre? Das waren allesamt Fragen, auf die ich Antworten brauchte.

Und dann hatte ich noch einige darüber, wie die Dynamik zwischen ihm und mir zukünftig aussehen würde.

Denn ich hatte Ivana über meine Pflicht gegenüber dem Blutsektor gestellt und es hatte sich nicht falsch angefühlt. Ganz im Gegenteil. Es war gewesen, als hätte es gar keine andere Wahl gegeben.

Das Holz ächzte unter meinen Händen, während ich meine Muskeln aufgrund meiner zunehmenden Frustration anspannte.

„Sei vorsichtig damit", sagte Kieran, der neben dem Fenster in Erscheinung trat. „Dieser Schreibtisch ist eines der wenigen Reliquien, die ich vom Sektor der Finsternis behalten habe, und ich wüsste es zu schätzen, wenn er intakt bliebe."

Ich knirschte mit den Zähnen und zwang mich, vom Mahagoni abzulassen und mich aufzurichten.

„Für einen Mann, der die vergangenen eineinhalb Wochen darauf verwendet hat, sich im Nest einer Omega zu vergnügen, bist du ganz schön mies drauf", flötete er und machte es sich im Stuhl gemütlich. Er zog eine seiner dunklen Augenbrauen hoch. „Ich kann sie an dir riechen, was mir sagt, dass du deine Aufgabe erfüllt hast. Will ich wissen, warum du das Verlangen verspürst, meinen Schreibtisch in Kleinholz zu verwandeln? Hat er dir etwas getan?"

Ich sah ihn mit zusammengekniffenen Augen an. „Deinen Sarkasmus kannst du dir sparen."

„Und du dir deinen Missmut", entgegnete er. „Was ist los, Cillian? Warum hast du Ivana nicht für dich beansprucht?"

Natürlich konnte er das auch riechen.

Ich trug ihr Mal an meiner Haut, sie aber nicht meines.

Jeder Alpha in einer Machtposition würde das umgehend riechen.

„Sie ist schwanger", schaffte ich zähneknirschend von mir zu geben.

„Das ist die natürliche Folge einer Läufigkeit. Ich glaube, das wusstest du, bevor du dich entschieden hast, sie durch den Prozess zu begleiten?" Er formulierte das als Frage, die mich dazu brachte, ihm ins Gesicht schlagen zu wollen.

Aber wenn ich das getan hätte, hätte ich ihn bloß als Ventil für meine Wut missbraucht – und ich ahnte, dass er mir das anbieten würde, wenn ich so ein Ventil brauchte. Andernfalls hätte er mich nicht derart angestachelt.

„Du musst mir sagen, was du über den Läufigkeits-Auslöser oder das Serum oder was auch immer zur derzeitigen Lage geführt hat, herausgefunden hast. Ich …" Ich atmete tief ein und versuchte mein Herz davon abzuhalten, aus meiner Brust zu springen. „Ich muss wissen, dass Ivana mich aus den richtigen Gründen beansprucht hat."

Kieran starrte mich einen langen Augenblick an und sein Ausdruck ging über von neugierig zu ungläubig. „Das ist ein Scherz, oder?", wollte er wissen. Anstatt Englisch zu sprechen, benutzte er unsere uralte Sprache. „Diese Omega ist seit sechs Jahren regelrecht besessen von dir und du zweifelst die Beweggründe für ihre *Beanspruchung* an?"

Ich atmete hörbar aus und ließ mich dann in den Ledersessel gegenüber seinem Schreibtisch plumpsen, bevor ich den Kopf in den Nacken legte und die dunklen Balken an der Kassettendecke musterte.

Dass Kieran in unsere uralte Sprache gewechselt hatte, sagte mir, dass ich ihn wütend gemacht hatte. Für gewöhnlich zog er es vor, in Englisch oder modernem Irisch mit mir zu reden. Jeder andere hätte seinen Sprachenwechsel als Warnung verstanden.

Mein Wolf sah ihn bloß als eine Herausforderung zum Spielen an.

Kieran war mein bester Freund – einer von zwei Männern, denen ich mehr vertraute als jedem anderen in dieser Welt.

Und genau deshalb gab ich zurück: „Ivana reagiert nicht gut auf die Schwangerschaft." Ich schluckte hart und schaffte es dann endlich, ihm in die Augen schauen. „Tatsächlich scheint sie geradezu wütend auf mich, dass ich nicht verhütet habe. Aber dafür blieb keine Zeit. Und wenn ich ehrlich bin, hätte ich keine Verhütungsmittel benutzen wollen, auch wenn ich es hätte tun können."

Kieran schnaubte lachend. „Du hast sechs verdammte Jahre darauf gewartet, dich mit ihr zu verknoten, also überrascht mich das kein bisschen." Er lehnte sich in seinem Sessel zurück und neigte seinen Kopf zur Seite. „Aber ich verstehe nicht, warum Ivana deswegen so aufgebracht ist."

„Weil ich ihr keine Wahl gelassen habe, vielleicht?", schlug ich vor. „Weil sie nicht im richtigen Geisteszustand war, als sie mich beansprucht hat? Weil man ihr etwas eingeflößt hat, vielleicht?"

„Hast du sie gefragt?", konterte er und sah mich wieder mit dieser elenden hochgezogenen Augenbraue an.

„Nein. Ich bin hierhergekommen, um mit dir zu sprechen."

Er starrte mich an. „Weißt du, ich habe dich in

politischen Verhandlungen und Wandler-Angelegenheiten immer als Experte gesehen. Ich hatte ja keine Ahnung, dass du in Sachen Frauen so ahnungslos bist, aber ich schätze, es sollte mich nicht überraschen, da es sechs verdammte Jahre gedauert hat, bis du Ivana beansprucht hast. Und du hast es immer noch nicht getan."

„Willst du dich pausenlos wiederholen?", wollte ich wissen. „Ich bin mir bewusst, dass ich sechs Jahre gebraucht habe, um es zu raffen."

„Wie es scheint, hast du gar nichts gerafft", schoss er zurück. „Frag Ivana, warum sie aufgebracht ist. Ziehe keine voreiligen Schlüsse. Komm schon, das gehört zum Frauen-Grundwissen, Cillian. Verdammt noch mal, es ist, als hättest du dich noch nie mit einem Weibchen verknotet."

„Langsam habe ich das Gefühl, dass du willst, dass ich dir ins Gesicht schlage", knurrte ich ihn an. „Bist du in Stimmung für einen Kampf, Kieran?"

Ein wölfisches Grinsen zog auf seinen Lippen auf. „Tatsächlich bin ich das. Es waren ziemlich verrückte eineinhalb Wochen und ich könnte einen Boxsack gut gebrauchen."

Jetzt knurrte ich ihn an. „Du wirst keine zwei Treffer landen, bevor ich dich flach auf den Boden drücke, *mein König.*"

„Also willst du doch ein Alpha-König sein?", flötete er.

Ich rollte die Augen. „Hör auf, mich anzustacheln und sag mir, was du über dieses verdammte Serum weißt."

Er ernüchterte etwas und seine Belustigung verging. „Na ja, erst einmal ist es kein Serum, sondern ein Getränk."

Ich runzelte die Stirn. „Ein Getränk?"

„Ja. Offenbar hat der kürzlich verstorbene Alpha des Bariloche-Sektors – *Carlos* – eine trinkbare Droge entwickelt. Er benutzte sie gern für seine berüchtigten Östrus-Feiern."

Östrus-Feiern, wiederholte ich in Gedanken und rief mir den Begriff von unserer mentalen Unterhaltung von letzter Woche in Erinnerung. „Will ich überhaupt wissen, wofür der Begriff steht?"

„Ich bin mir ziemlich sicher, dass du es dir denken kannst", gab er zähneknirschend von sich – ein Zeichen, dass seine gute Laune von eben jetzt von einer Wolke der Wut überschattet wurde.

Es war ein Gefühl, das ich gut nachvollziehen konnte.

Denn, ja, ich konnte mir verdammt noch mal denken, was das bedeutete.

Aber …

„Du musst mir jedes noch so kleine Detail erzählen, Kieran." Erst dann konnte ich mit Ivana sprechen. „Ich muss verstehen, was meiner Omega angetan wurde. Dann kann ich meinen Fehler berichtigen."

IVANA

Ich starrte an die Decke, die Hand auf meinen Bauch gelegt.

Der Alpha hatte mir gesagt, dass ich mich ausruhen sollte.

Ich wollte mich nicht ausruhen, aber bewegen wollte ich mich genauso wenig. Ich wollte ganz einfach … sein. Aber mein Nest roch falsch. *Sehr falsch, sogar.*

Zu minzig.

Zu männlich.

Zu sehr nach *ihm*.

Nach meinem Alpha.

Nach dem Alpha, den ich als Gefährten auserwählt hatte.

Nach demjenigen, der mich immer wieder abgewiesen hatte.

Und jetzt wies er unser Kind ab.

Ich fuhr mit dem Daumen über meinen flachen Bauch. Das Leben, das in mir heranwuchs, war noch zu klein, um es überhaupt spüren zu können, und doch vernahm ich den heranwachsenden Geist – die Seele, die in mir erblühte.

Keine Sorge, flüsterte ich meinem ungeborenen Kind zu. *Mama wird nicht zulassen, dass dir jemand etwas antut.*

Mir inklusive.

Was bedeutete, dass ich etwas zu mir nehmen musste.

Der Alpha hatte gesagt, dass er mir etwas zu essen bringen würde, aber seither waren gefühlt Stunden vergangen. Vielleicht war es auch erst dreißig Minuten her – ich wusste es nicht.

Und ich wollte nicht darauf vertrauen, dass er sein Versprechen hielt.

Gewisse Erinnerungen traten an die Oberfläche, eine davon immer wieder und unablässig.

„Wenn du mir sagst, dass ich mich mit dir verknoten soll, Vana, werde ich das Verlangen danach, dich zu beißen, nicht mehr ausblenden können. Ich werde dich beanspruchen, wenn auch nur in übertragenem Sinne, und ich werde jeden Alpha herausfordern, der versuchen wird, dich mir wegzunehmen."

Seine Stimme hallte durch meinen Kopf, was mich ein lautes Schnauben ausstoßen ließ.

Denn er hatte *gelogen*.

Nur ein weiterer Mitleidsakt, dachte ich wütend.

„Scheiß auf ihn", gab ich heiser von mir. Mein Hals fühlte sich trocken an, weil ich tagelang gefickt worden war und aus voller Kehle geschrien hatte.

Der Alpha hatte etwas Wasser auf den Nachttisch gestellt, aber ich hatte es bisher nicht anrühren wollen. Ich wollte nichts von ihm. Nicht mehr.

Ich setzte mich auf. *Mit dem bin ich fertig.*

Aber es ging hier nicht mehr länger nur um mich.

Für dich werde ich aufstehen und etwas essen, sagte ich zu meinem Kleinen. *Für dich werde ich alles tun.*

Meine Gliedmaßen protestierten, als ich mich bewegte – allem voran meine Innenschenkel, die ganz wund waren.

„Daran werde ich mich erst einmal gewöhnen müssen", sagte ich mir und stieß ein Wimmern aus, als meine Füße den Boden berührten.

Als V-Clan-Formwandlerin heilte ich für gewöhnlich fast augenblicklich.

Aber jetzt war ich schwanger.

Und eine Schwangerschaft brachte so einige Komplikationen mit sich.

„Aber es wird sich lohnen", sagte ich zu meinem ungeborenen Kind, während ich meine Hand wiederholt auf meinen Bauch legte und an meinem nackten Körper hinabsah.

Ich stellte überrascht fest, dass ich ziemlich sauber war, was mir verriet, dass der Alpha mich vor Kurzem gebadet hatte. *Okay, ich schätze, das war ganz nett von dir*, dachte ich düster.

Nicht, dass er meine Gedanken vernehmen konnte.

Ich hatte eine weitere Mauer hochgezogen und mit allen mentalen Blockaden verstärkt, die ich erschaffen konnte.

Er konnte nicht erwarten, dass ich mich ihm weiterhin öffnete, nachdem er mich hinters Licht geführt und mich dazu bewegt hatte, ihn zu beanspruchen, mich dann geschwängert und mir dann bestätigt hatte, wie unwichtig ich ihm war, indem er einen Abflug gemacht hatte, obwohl ich noch ganz erschöpft von meinem Hitzezyklus war.

Nein.

Mit dem bin ich fertig, wiederholte ich und zwang mich, ins Badezimmer zu gehen, um kurz zu duschen.

Das heiße Wasser, das auf meine Schultern herabprasselte, fühlte sich gut an und die Muskeln an meinen Armen schienen sich ein kleines bisschen zu entspannen.

Meine *kurze* Dusche wurde zu einer *langen*. Ich stand einfach nur da und starrte die Kacheln an der Wand an.

Aber irgendwann erinnerte mich das Stechen in meinem Bauch daran, warum ich mein Nest verlassen hatte.

„Schon gut, schon gut", knurrte ich, bevor ich nach einem Handtuch griff.

Ich machte mir keine Mühe, mir etwas anzuziehen und steuerte stattdessen auf direktem Wege auf die Küche zu. Als ich in meinen leeren Kühlschrank starrte, kam mir ein Knurren über die Lippen.

Der Alpha hatte alles aufgebraucht, vermutlich, um uns beide während meiner Läufigkeit zu ernähren. Ich schätzte, es war ohnehin nicht viel da gewesen, da ich mich bis vor Kurzem im Gletschersektor aufgehalten hatte.

Ich presste die Lippen aufeinander. *Wie hat mich Cil... –* der Alpha – *während meines Östrus gefüttert?*

Ich erinnerte mich an frische Früchte.

An ein Sandwich.

Und sogar an eine Mahlzeit mit Nudeln.

Jemand musste ihm Mahlzeiten gebracht haben.

Obwohl der neulich benutzte Geschirrspüler – und dessen Inhalt – auf etwas anderes schließen ließ.

Hat er für mich gekocht?, fragte ich mich und legte meine Hand abermals auf den Bauch, bevor ich die Stirn tiefer in Falten legte. *Das deutet darauf hin, dass er sich etwas aus mir macht.*

Es sei denn, ich interpretierte zu viel in seine Taten hinein.

Oder vielleicht hatte ich vorhin auch etwas überreagiert.

Aber … aber er hatte freiheraus gesagt, dass er kein Interesse daran hegte, mich zu beißen. Na ja, eigentlich … So hatte er das nicht gesagt. Aber er hatte gesagt, dass er es nicht getan hätte, auch wenn er es hätte tun können.

„Weil ich es nicht gewollt hätte", hatte er gesagt. Die Worte brachen mir abermals das Herz.

Der Alpha hatte nie eine Gefährtin gewollt – und würde das auch nie. So viel hatte er auf die herzloseste aller Arten klargemacht.

Ich lehnte mich gegen den Kühlschrank und stieß ein Schnauben aus. „Dann wollen wir ihn auch nicht", sagte ich und sprach damit für mich und das Leben in mir.

Leider tat das meinem Hunger keinen Abbruch.

Also stapfte ich in mein Zimmer, zog mir etwas über und verließ meine Wohnung, um mir etwas zu essen zu holen.

Anders als im Gletschersektor gab es im Blutsektor mehrere Orte, an denen man einkaufen, essen und sich mit anderen treffen konnte. Aber wir teilten uns den Raum mit den Menschen, die unter König Kierans Schutz standen, was die Bevölkerung der Stadt um einiges vergrößerte.

Die Sterblichen blieben mehrheitlich unter sich, was durchaus Sinn ergab. Um hier leben zu können, mussten sie Blut spenden – das meine Art sich einverleibte, um unsere Verbindung zur V-Clan-Magie aufrechtzuerhalten.

Aus diesem Grund kam es manchmal zu ein paar merkwürdigen Zusammentreffen.

Obwohl … es ein paar Menschen gab, denen das nichts ausmachte und denen es sogar gefiel, Blut auf sinnliche Art und Weise zu spenden.

Eine Gruppe dieser Menschen stand direkt vor meiner

liebsten Pizzeria, ihre Blicke auf zwei Betas gerichtet, die auf der gegenüberliegenden Straßenseite standen.

„Bei den Göttern … was ich nicht alles darum geben würde, all die Kraft in mir zu spüren", sagte eine von ihnen.

„Ich frage mich, ob Beta Yuko mir anbieten wird, mich noch mal zu beißen, wenn ich Yasmina einlade, sich uns anzuschließen?", fragte eine weitere, was mich die Stirn runzeln ließ.

„Ich wette, es fühlt sich so gut an, aber ich werde es nie wissen. Ich bin nicht so hübsch wie Isla."

Blinzelnd sah ich zur Gruppe und versuchte mir einen Reim darauf zu machen, wer den letzten Satz von sich gegeben hatte.

„Salami hört sich gut an", sagte eine schlanke Frau. Ihre Stimme erinnerte mich an diejenige, die gerade etwas über Beta Yuko gesagt hatte. *Aber nicht so gut wie Beta-Schwanz*, hörte ich sie in Gedanken hinzufügen. Der Blick in ihren dunklen Augen wanderte zum erwähnten Beta, während sie ihre Unterlippe mit der Zunge befeuchtete. *Bei den Göttern, was ich nicht alles tun würde, um seine Reißzähne noch mal in meinem Hals zu spüren.*

„Können wir etwas Wurst hinzufügen?", fragte ein weiteres Mädchen, was meinen Blick zu ihr wandern ließ. *Seit ich diesen Alpha vorhin sich habe in seine Wolfsform verwandeln sehen, habe ich plötzlich Lust darauf. Beeindruckend ist eine Untertreibung*

Ich gaffte die Blondine an. *Wie machst du das?*

Sie erschrak sichtlich und sah mich mit ihren braunen Augen an. „Wie bitte?"

Ich blinzelte abermals. *Du hast das gehört?*

Sie riss ihre Augen noch weiter auf. „Ich … ich …" Ihre blassen Wangen röteten sich und plötzlich flogen ihre Gedanken wild umher.

Sie kann in Gedanken mit mir sprechen. Oh, bei den Göttern, sie hat meine Gedanken gelesen. Sie hat gehört, wie ich an diesen Alpha gedacht habe. Ich hoffe, das ist nicht ihr Alpha. Sie ist eine Omega, oder etwa nicht? Ich … ich muss hier weg. Ich muss etwas sagen. Ich muss …

„Hör auf", flehte ich und hielt mir den Kopf mit beiden Händen, um gegen den sich anbahnenden Kopfschmerz anzukämpfen.

Doch jetzt begannen die anderen auch in meine Richtung zu denken. Oder ganz allgemein zu denken. Sie waren plötzlich alle besorgt und ihre Gedanken an die Betas verwandelten sich in eine Wolke aus bizarren Vorurteilen.

Was ist denn mit der los?

Warum hält sich diese Omega den Kopf?

Was ist hier los?

Sollten wir jemanden rufen?

Sie sieht nicht gut aus.

Ich schob mich an der Gruppe vorbei, meine Hände noch immer an den Kopf gepresst, während ich versuchte, sie alle *aus* meinen Gedanken zu vertreiben, und begann die Straße hinabzurennen, um von ihnen wegzukommen.

Irgendwann verstummten ihre Stimmen, doch mir drehte sich der Kopf. *Wie ist das möglich?*, fragte ich mich. *Was passiert mit mir?*

Ich lehnte mich gegen eine Wand, deren Kälte durch meinen dünnen Pullover sickerte. Es fühlte sich gut an, weil mir so heiß war.

Atme, sagte ich zu mir und saugte langsam etwas von der angenehm kühlen Luft ein. *Tief einatmen.*

Es vergingen mehrere Minuten.

Vielleicht waren es auch nur einige Sekunden.

Was es auch war, mein Kopf fühlte sich plötzlich etwas klarer an.

Zumindest bis ich eine Stimme vernahm, die mir Gänsehaut bereitete.

„Erbärmlich", spie Miranda in meine Richtung. Ihre Stimme klang wie das schrille Geräusch von Fingernägeln, die über eine Tafel kratzen.

Ich kniff meine Augen noch fester zusammen, weil ich nicht in Stimmung war, mich in diesem Augenblick mit ihrem Fiese-Mädchen-Kram zu befassen.

„Sieht aus, als hätte sie Cillian endlich dazu gebracht, sich mit ihr zu verknoten", meinte Chastain, eine ihrer Anhängerinnen. „Oder vielleicht hat ein anderer Alpha das erledigt?"

„Oh, bei den Göttern, ist sie *schwanger*?", fuhr Miranda fort.

Ich konnte praktisch hören, wie sie in der Luft schnüffelte.

Oder vielleicht bildete ich mir das auch bloß ein.

Mein Kopf, wiederholte ich in Gedanken und blickte hoch. Miranda, Chastain und Mindy standen fast einen Block von mir entfernt und starrten mich an.

Ja, ist sie! Sie ist schwanger!, brüllte Miranda praktisch, obwohl sich ihr Mund nicht bewegte. *Aber sie ist … sie ist unverpaart.*

Wenn es nicht Cillian ist, der sie geschwängert hat, wer dann?, dachte Chastain zeitgleich. Ihre Gedanken waren glasklar zu vernehmen, als würde sie sie laut aussprechen. Doch ihr Mund blieb geschlossen, ganz wie Mirandas.

Ach. Du. Meine. Götter. Schwanger und unverpaart. Jetzt ist sie noch erbärmlicher als zuvor. Mirandas Worte waren ein Schlag ins Gesicht, den ich normalerweise erwidern würde.

Aber mir fehlte die nötige Energie und außerdem wollte ich keinen Aufwand betreiben.

Wozu auch? Miranda hatte nicht unrecht. Cillian hatte

sich während meiner Läufigkeit mit mir verknotet und meinen Biss nicht erwidert.

Es war erbärmlich.

Ich bin erbärmlich, sagte ich mir. Und dumm. *Und naiv. Und so ... so müde.*

Meine Knie zitterten und meine Beine drohten, einzuknicken. Alles, während ich Miranda und Chastain mich verurteilen hörte. Und Mindy auch.

Ich griff mir abermals an den Kopf, wusste nicht, wann ich davon abgelassen hatte, und versuchte, das Zittern zu unterdrücken, das meine Gliedmaßen fest im Griff hatte.

Aber es gelang mir nicht ... Ich konnte meine Beine nicht davon abhalten, zu zittern.

Ich ... ich konnte die Stimmen nicht ausblenden.

Unverpaart.

Schwanger.

Armes Ding.

Schätze, sie hat endlich bekommen, was sie wollte; den einzigen Teil von Cillian, den er ihr je geben wird.

Aufhören, flehte ich und versuchte die Stimmen auszublenden, während die Welt um mich herum zu verschwimmen schien. *Bitte, hört auf.* Meine Schienbeine schlugen auf dem Boden auf. Oder waren es meine Knie? Ich haderte damit, etwas zu fühlen oder meine Umgebung wahrzunehmen. Es war so *laut.* So *intensiv.*

Sieh sie dir nur einmal an. Sie bricht praktisch auf offener Straße zusammen.

Etwas stimmt nicht, ging Mindy mir angsterfüllter Stimme durch den Kopf. „Ivana", hörte ich sie laut sagen.

Oder vielleicht auch in Gedanken.

„*Cillian!*", schrie sie, was ein Wimmern tief aus meinem Herzen hervorbrechen ließ.

Tu das nicht, wollte ich ihr sagen. Aber ich … ich konnte nicht … *Ich kann nicht … Oh, bei den Göttern …*

Cillian! Cillian! Cillian!

Jedes Kreischen bohrte sich wie eine Kugel mitten in mein Herz. Ich wollte seinen Namen nicht hören, aber er hallte in meinem Kopf wider und drang tief in meine Seele.

Meine Sicht wurde von Tränen getrübt und ungewollte Gedanken sorgten dafür, dass sich mir der Kopf drehte. Es folgten ohrenbetäubend laute Schreie. *Und wolfsähnliche Knurrgeräusche.*

Ein lautes Knurren brach aus einer Stelle tief in mir und die Vibration war so stark, dass ich meine Knie an die Brust zog, um das Geräusch verhallen zu lassen.

Aber es war nicht von mir gekommen.

Cillian, hörte ich mehrere Leute denken.

„Ivana." Seine Stimme sandte ein Rumpeln durch mich, als würde er über mir ragen. Mich umgeben. Mich mit seiner Wärme ummanteln. „*Ivana.*"

Es folgte ein Schnurren, was meine Wölfin ein begieriges Wimmern ausstoßen ließ. Wir wollten, dass ein Alpha für uns schnurrte. Dass sich ein Alpha um uns kümmerte. Dass ein Alpha uns umsorgte.

Ein Alpha, der uns liebte.

Der uns wollte.

Der uns *auserwählte*.

Aber ich war allein. *Wir* waren allein. Ich. Meine Wölfin. *Das Baby.*

Ich legte die Arme in schützender Geste um meinen Bauch und meine Gedanken schienen angesichts der vielen Ungewissheiten zu zerbrechen.

Die Stimmen. So viele Stimmen. Zu viele Stim…

Hör mir zu, verlangte eine von ihnen. *Nur mir, Ivana. Hör auf meine Gedanken. Auf meine Worte. Nur auf mich.*

Ich versuchte, den Kopf zu schütteln, schien aber gegen etwas Hartes und Heißes gedrückt zu sein. Vielleicht gegen den Bordstein? *Nein. Dafür fühlt es sich zu warm an. Ich … ich …*

Ivana. Der tiefe Laut hallte durch meinen Kopf, was meine Wölfin zum Wimmern brachte, weil der Stimme ein so dominanter Tonfall innewohnte.

Konzentrier dich auf mich, Macushla. Stell dir vor, in deinem Geist gibt es Türen. Schlag alle zu, bis auf diejenige, die zu mir führt.

Nein, nein, dachte ich und versuchte abermals, den Kopf zu schütteln. Denn nein. Nein, ich wollte ihn nicht hören. *Er will uns nicht. Weder mich noch das Baby.*

Mein Herz setzte einen Schlag aus und gerade, als mir das letzte bisschen Kraft zu entgleiten drohte, schlang jemand seine muskelbepackten Arme um mich. Oder vielleicht waren sie auch schon eine ganze Weile da? Ich war nicht sicher.

Und mittlerweile war es mir auch egal.

Denn endlich war alles still geworden.

Stille, dachte ich staunend und dankbar für die Erleichterung. *Endlich … ist es still.*

CILLIAN

Vor wenigen Minuten

ICH STARRTE KIERAN AN, ANGEWIDERT UND SCHOCKIERT zugleich über das, was er gerade über Alpha Carlos und seine berüchtigten Östrus-Feiern gesagt hatte.

Kieran teilte meinen Ekel und seine Gedanken verrieten mir, was er Alpha Carlos gern antun würde. Leider war der Mistkerl bereits tot.

Aber es gab jede Menge Alphas, die diese Feiern besucht hatten und noch lebten. So zum Beispiel der V-Clan-Alpha, den Quinnlynn schon einige Male gerochen hatte.

Bedauerlicherweise stimmte keiner der Alpha-Kandidaten-Duftmarken mit dem berüchtigten Geruch überein. Offenbar hatten Kieran und Quinnlynn das überprüft, während ich mit Ivana beschäftigt gewesen war.

„Also ist es keiner der Kandidaten", sagte ich jetzt. „Was ist mit den Gletschersektor-Alphas?"

„Sie hat sich bisher mit zwanzig von ihnen getroffen – sie wurden alle von Lykos hierhergebracht –, aber bisher haben wir keine Übereinstimmung", erwiderte Kieran mit hörbarer Verärgerung. „Sogar Tadhg hat ein paar Alphas hergebracht. Sie alle waren genauso charmant wie ihr verdammter Prinz."

Mir entging der sarkastische Tonfall nicht. Tadhg war nicht direkt bekannt für seinen Charme, auch wenn er sich anlässlich seiner letzten Besuche im Blutsektor etwas nahbarer gegeben hatte. Aber das war alles nur Fassade. Ein freundliches Gesicht für die politische Arena.

Unter der Maske versteckte sich ein Krieger.

Und zwar ein mächtiger.

Verdammt.

Ich konnte mir nur vorstellen, wie viel Beherrschung es Kieran gekostet hatte, sich zurückzuhalten und dabei zuzusehen, wie seine schwangere Gefährtin an anderen Alphas geschnüffelt hatte. Wenn – oder *falls* – von einem von ihnen der Geruch ausging, den sie wiedererkannte, würde Kieran den Wolf auf der Stelle töten.

„Lykos hat vor, heute Abend fünf weitere Alphas hierherzubringen, aber langsam beschleicht mich das Gefühl, dass …"

In diesem Augenblick erschien Lorcan im Büro und unterbrach Kieran mitten im Satz. Lorcan sah mich erst überrascht, dann mit gerunzelter Stirn an. „Du bist nicht verpaart", sagte er.

„Nein, bin ich nicht", flötete ich und versuchte mein Bestes, die Empfindung in meinem Magen auszublenden.

„Wie aufmerksam von dir. Wo dir solche Dinge doch sonst nie auffallen."

Die Furchen an seiner Stirn wurden tiefer. „Warum?"

„Weil er ein Volltrottel ist, der nicht kommunizieren kann", unterbrach Kieran. „Was hast du über Ashlyn in Erfahrung bringen können?"

Ich meldete mich zu Wort – nicht nur, um mich gegen Kierans beiläufige Beleidigung zu wehren, sondern auch, um auf seine Bemerkung über Ashlyn einzugehen. „Was ist mit Ashlyn?"

„Sie wird vermisst", sagte Kieran abgelenkt. „Lorcan?"

„Vermisst?", wiederholte ich, bevor Lorcan etwas erwidern konnte. „Eine Omega wird *vermisst* und du hast es nicht für nötig empfunden, mir das zu sagen?"

„Ich kann mich nur mit einem Omega-Problem auf einmal befassen, und ich will, dass du dich auf Ivana konzentrierst, nicht auf Ashlyn."

„Das hast nicht du zu entscheiden."

Er sah mich mit funkelnden Augen an. „Tatsächlich, Cillian, liegt es als dein *König* an mir, diese Entscheidung zu treffen."

Ich biss die Zähne zusammen und die Lehnen meines Stuhls begannen zu knarzen, wie es Kierans Schreibtisch vor wenigen Augenblicken noch hatte. Aber dieses Mal krallte ich meine Finger in Holz, das mit Leder bezogen war.

„Wenn du mir meine Position streitig machen willst, werde ich deine Bitte gern überdenken", fuhr er fort. „Aber da du kein Bedürfnis danach gezeigt hast, werde ich für dich führen. Ivana ist im Moment deine oberste Priorität, nicht Ashlyn."

„Ashlyn ist *meine* oberste Priorität", fiel Lorcan ihm ins Wort. „Sie ist eine Omega aus meinem Sektor. Und um deine ursprüngliche Frage zu beantworten, Kieran: Nein, niemand weiß, wohin sie gegangen sein könnte oder wie sie verschwunden ist."

Kieran lehnte sich fluchend in den Stuhl zurück.

„War sie im Nachtsektor, als sie verschwunden ist?", fragte ich und versuchte in Erfahrung zu bringen, was ich verpasst hatte.

Kierans Antwort wurde von jemandem übertönt, der meinen Namen in Gedanken schrie.

Verdammt! Ich suchte augenblicklich nach der Person, zu der die Stimme gehörte. *Mindy.*

Cillian! Cillian! Cillian!, kreischte sie.

Was zum Teufel ist los? Wo bist du?, wollte ich wissen, machte ihren Standort dann aber kurz darauf ausfindig, als mehrere weitere Gedanken auf mich einprasselten.

„Ivana", keuchte ich und wandelte durch die Schatten auf eine Straße, die sich mehrere Blocks von ihrer Wohnung entfernt befand. „Oh, Ivana." Ich hob sie mit einem Knurren in der Brust hoch. „Was ist passiert, Macushla?"

Sie sagte nichts. Ihre Gedanken waren still.

Das änderte sich im nächsten Augenblick.

Sie wurden *laut*.

Und vermischten sich mit den mentalen Stimmen der Leute um uns herum.

„Oh, verdammt." Ich hätte es kommen sehen sollen. Manchmal erlangten Omegas – vor allem die mächtigen – während der Verpaarung die Fähigkeiten ihres Alpha-Gefährten. Es spielte keine Rolle, dass ich sie noch nicht zurückgebissen hatte – der Prozess hatte bereits begonnen.

Dasselbe war bei Quinnlynn und Kieran geschehen. Sie hatte einen Teil seiner Heilkräfte abbekommen, sodass sie all die Omegas im Bariloche-Sektor beinahe ein Jahrhundert lang hatte heilen können.

Hätte Quinnlynn mit einem anderen Alpha geschlafen,

wäre das Band gebrochen worden. Aber sie war ihm treu gewesen, weshalb ihr die Kraft geblieben war.

Und jetzt dürfte Ivana in der Lage sein, die Gedanken aller zu lesen und vielleicht sogar telepathisch mit ihnen zu kommunizieren. Beide Fähigkeiten würden nur noch stärker werden, wenn ich sie biss.

Vorausgesetzt, sie will überhaupt, dass ich sie beiße.

„Ivana", sagte ich und blendete den ungebetenen Gedanken aus. Ich drückte sie fest an mich, um sie zu schützen. Um sie zu stützen. Um ihr zu *helfen*. *„Ivana. "*

In meiner Brust breitete sich ein Schnurren aus, weil das Verlangen danach, sie zu beruhigen, sich in mir meldete.

Ivana entspannte sich kurz, dann zuckte sie zusammen und legte ihre Hand auf den Bauch. Ich blickte stirnrunzelnd auf ihre Hand, im Wissen, dass sie versuchte, unser ungeborenes Kind zu schützen. Ich verstand nur nicht, vor wem sie das Baby beschützen wollte.

Vor den Stimmen?

Vor mir?

Ich war mir nicht sicher, weil ich sie wegen all der anderen Gedanken in ihrem Kopf nicht hören konnte.

Hör mir zu, verlangte ich. *Nur mir, Ivana. Hör auf meine Gedanken. Auf meine Worte. Nur auf mich.*

Sie erschauderte – oder war das ein Versuch gewesen, sich zu bewegen?

Ivana, begann ich erneut – dieses Mal untermauerte ich die Worte mit der Dominanz meines Wolfes.

Daraufhin vernahm ich ein leises Wimmern. Ihr Tier nahm meine Präsenz und meine Kraft war.

Also machte ich weiter.

Konzentrier dich auf mich, Macushla. Stell dir vor, in deinem Geist gibt es Türen. Schlag alle zu bis auf diejenige, die zu mir führt.

Nein, nein, erwiderte sie mit leiser Stimme. Zu leise. Als wäre sie verloren in einem langen, dunklen Tunnel. *Er will uns nicht. Weder mich noch das Baby.*

Ich zog die Stirn kraus. *Was bringt dich auf die Idee?*, fragte ich sie verwirrt.

Nichts.

Ivana, warum glaubst du, ich …?

Sie erschlaffte in meinen Armen und ihre Gedanken verhallten wieder.

Mit einem Seufzer legte ich meine Stirn an ihre. „Du und ich werden ein langes Gespräch führen, wenn du wieder aufwachst, Vana."

„Das wäre ratsam", flötete Kieran, der hinter mir stand. Er und Lorcan waren mir gefolgt, weil sie eine Bedrohung erwartet hatten. Es war mir gar nicht aufgefallen, weil ich zu konzentriert auf Ivana und das Chaos in ihrem Kopf gewesen war. Aber jetzt konnte ich Kieran und Lorcan klar und deutlich hören.

„Etwas zu essen braucht sie auch", ergänzte Kieran.

Was du nicht sagst, dachte ich. Mir war bereits bewusst, dass meine Omega Nahrung brauchte. Ich hatte vorgehabt, ihr auf dem Rückweg von meinem Gespräch mit Kieran etwas mitzubringen.

„Schwangere Omegas haben unentwegt Hunger", fuhr er fort, als wäre ich komplett belämmert und würde rein gar nichts über die Bedürfnisse meines Weibchens wissen.

Ivana fest an meine Brust gedrückt, drehte ich mich langsam zu meinem ältesten Freund um. „Hast du noch weitere Beziehungstipps für mich?", fragte ich ihn mit finsterem Blick und alles andere als amüsiert von seinen offenherzigen Hänseleien.

„Nur, dass Kommunikation das A und O ist", sagte er mit einem Grinsen. „Geh und kümmere dich um deine Omega."

Wir werden dich informieren, wenn wir etwas Neues über Ashlyn heraufgefunden haben, ergänzte Lorcan in Gedanken.

Danke, sagte ich zu den beiden.

Ich begann auf Ivanas Wohnung zuzulaufen – anstatt durch die Schatten zu wandeln, lief ich, weil sie schwanger war – und ging einen Block hinab, bevor mir bewusst wurde, dass ich sie soeben über alles und jeden gestellt hatte. Es war eine ganz natürliche Reaktion gewesen.

Meine auserwählte Gefährtin braucht mich. Wie soll ich mich auf etwas anderes als sie konzentrieren?

Auf diesen Gedanken folgte ein weiterer, der mich zusammenzucken ließ. *Genau darum habe ich mir nie eine Gefährtin genommen. Das verändert alles.*

Aber … ist das wirklich so schlimm?, fragte ich mich, die Stirn in Falten gelegt.

Ich hatte über tausend Jahre allein verbracht und Wiedergutmachung dafür geleistet, es nicht übers Herz gebracht zu haben, meinen Vater zu töten. Ich hatte geschworen, seine Blutlinie mit mir enden zu lassen. Dass ich nie eine Gefährtin nehmen würde.

Aber was, wenn ein neues Leben zu schaffen, die Lösung gewesen war?

Konstant im Schatten meines Vaters zu leben, verunmöglichte es mir, seinem Geist zu entfliehen. Aber mit Ivana … fühlte ich mich gut … erneuert. Wie ein völlig anderer Mann.

Vielleicht konnte ich die Vergangenheit meines Vaters ausradieren, indem ich sie mit einer besseren Zukunft ersetzte.

Eine Zukunft mit Ivana, dachte ich, während wir uns dem Gebäude näherten.

Sie war nach wie vor still und lag schlaff in meinen Armen, ihre Haut blasser, als mir lieb war. Angesichts dessen, wo ich sie gefunden hatte, war klar, dass sie sich nicht, wie ich ihr gesagt hatte, ausgeruht und vermutlich auch nichts gegessen hatte.

Benz!, rief ich. In den vergangenen zwei Wochen hatte ich die telepathische Verbindung zu ihm einige Male benutzt. Zuerst im Gletschersektor, dann im Blutsektor.

Nur ihm hatte ich erlaubt, uns während Ivanas Läufigkeit Nahrung zu bringen.

Ja?, dachte er mit spürbarer Verärgerung zurück. Ich hätte schwören können, dass er das Wort *Meister* anhängen wollte, aber er schien sich große Mühe zu geben, den sarkastischen Titel nicht zu erwähnen.

Ivana hat das Bewusstsein verloren, sagte ich zu ihm, was seine Aufmerksamkeit umgehend auf sich zog. In seinem Kopf breiteten sich auf der Stelle unzählige Fragen aus, aber ich ignorierte sie und ergänzte: *Sie braucht etwas zu essen, und zwar schnell. Kannst du eine Käsepizza mit Salami und grünen Oliven vom San Marinos holen?* Ich wusste von meinen vergangenen Beobachtungen, dass das eine ihrer Leibspeisen war.

Und jetzt, wo sie nicht mehr läufig war, konnte ich sie anständig füttern.

Vorher hatte ich mit den Einkäufen, die Benz vorbeigebracht hatte, bloß ein paar Sandwiches und leichte Mahlzeiten zaubern können.

Sag Diego, er soll es auf meinen Namen anschreiben. Und es wäre großartig, wenn du Ivana auch etwas Erdbeerlimonade besorgen könntest. Denn Ivana liebte frische Erdbeerlimonade.

Benz antwortete nicht umgehend, weil er zuerst alles verdauen musste, was ich von ihm verlangt hatte. Seinen Gedanken schwang ein Hauch Überraschung mit, und etwas Respekt. *Okay*, erwiderte er nur. *Ich bin in dreißig bis vierzig Minuten da.*

Danke, erwiderte ich und konzentrierte mich dann wieder auf meine Omega.

Sie bewegte sich keinen Zentimeter, während wir das Gebäude betraten und die Treppe hochgingen. Ihr Kopf war an meine Schulter gelegt und sie schlief.

Ich positionierte sie leicht um, um meine Hand in die Hosentasche ihrer Jeans zu führen und den Schlüssel hervorzuziehen, bevor ich die Tür aufschloss und mich mit ihr in meinen Armen aufs Sofa setzte.

„Ich habe nie gesagt, dass ich unser Kind nicht haben will", sagte ich zu ihr und rief mir die Gedanken von vorhin in Erinnerung. „Was bringt dich dazu, so etwas zu denken, Macushla?"

In Gedanken ging ich alles durch, was seit ihrem Erwachen aus der Läufigkeit geschehen war, entsann mich all unserer Aussagen und ließ sie mir durch den Kopf gehen.

„Ich dachte, *du* wolltest unser Kind nicht", fuhr ich fort, während ich mit den Fingern durch ihr feuchtes Haar strich. Sie musste geduscht haben, ehe sie das Haus verlassen hatte. Mein Wolf und ich waren nicht allzu angetan davon, weil unser Geruch jetzt nicht mehr auf der Haut unserer Omega lag. „Ich dachte, du seist wütend auf mich, weil ich nicht verhütet habe."

Noch immer nichts.

Kein Laut.

Nicht einmal ein Gedanke.

Es sei denn, sie hat mich schon wieder ausgesperrt.

Ein Biss hätte dieses Problem beseitigt. Aber ich wollte, dass sie bei Sinnen war – und mich wollte –, bevor ich sie beanspruchte.

„Aber es wird ganz bestimmt passieren", ergänzte ich hörbar. „Ich werde dich beißen, Vana. Auch wenn ich dich wochen- oder jahrelang anbetteln muss, es mich tun zu lassen. Du gehörst mir, Macushla. Ich glaube, du warst seit dem Tag, an dem wir uns begegnet sind, meine."

Was erklärte, warum ich sie an diesem Tag in meinen Bau zurückgebracht hatte, anstatt zu einer der vielen Wohnungen, über die der Blutsektor verfügte.

Es erklärte, warum kein anderer Alpha jemals gut genug für sie war. Warum keiner der Alphas im Blutsektor überhaupt *versucht* hatte, sie zu umwerben.

„Es war dumm von mir, es so lange zu umgehen", gab ich zu, mein Blick auf die gegenüberliegende Wand gerichtet, während ich alles hörbar durchging.

Ich würde das alles noch einmal sagen müssen, wenn sie wieder wach war, aber das machte mir nichts aus. Ich hätte alles für sich getan. Verdammt, das hatte ich bereits – es war mir nur nicht klar gewesen.

„Du bist meine oberste Priorität, Vana. Ich glaube, das warst du schon immer. Aber dich auf Abstand zu halten, hat es mir erleichtert, mich auf den Blutsektor zu konzentrieren. Oder vielleicht hat es mir das nur leichter gemacht, mir vorzugaukeln, dass ich das Richtige für uns beide getan habe." Ich schluckte hart und strich ihr weiterhin mit den Fingern durchs Haar.

Sie fühlte sich so zerbrechlich an.

So winzig und schlaff.

Ich wollte sie kämpfen spüren. Wollte ihre Stimme hören. Wollte ihre *Gedanken* erforschen.

Stattdessen redete ich weiter – in der Hoffnung, dass meine Stimme, die mit meinem Schnurren unterlegt war, dabei helfen würde, sie zu beruhigen.

„Erst jetzt sehe ich ein, wie falsch ich lag. Denn das Richtige ist das, was ich jetzt tue: dich an erste Stelle setzen. Auch wenn es mich umbringt, Lorcan und Kieran nicht dabei zu helfen, Ashlyn zu finden, weiß ich, dass ich im Augenblick hier bei dir sein muss. Und ich weiß, dass ich darauf vertrauen kann, dass sie sie finden werden. Ganz wie sie sich …"

„Sie finden?", wiederholte Ivana, was meinen Blick nach unten schnellen ließ. Mir war nicht einmal aufgefallen, dass sie aufgewacht war – und schon gar nicht, dass sie mich ansah. Sie hatte regungslos und still dagelegen, weshalb ich angenommen hatte, dass sie noch immer bewusstlos war.

„Wie lange bist du schon wach?", wollte ich wissen.

„Lange genug", erwiderte sie mit suchendem Blick. „Was ist mit Ashlyn geschehen?"

„Mach dir keine Sorgen um Ashlyn", murmelte ich. „Lorcan und Kieran kümmern sich darum."

Sie versuchte, mich wegzudrücken, um sich aufzusetzen, aber ich umklammerte sie fester.

„Ivana …"

„Nein, ich will sofort wissen, was mit Ashlyn los ist", sagte sie und setzte jetzt etwas mehr Kraft ein, als sie mich erneut schubste.

Dieses Mal ließ ich sie sich aufrichten. Allem Anschein nach wollte sie mich nicht berühren.

Aber anstatt von meinem Schoß zu krabbeln, positionierte sie sich bloß um und griff nach meinen Schultern. „Erzähl mir von Ashlyn."

Ich schüttelte meinen Kopf. „Viel weiß ich nicht", gab ich zu. „Nur, dass sie vermisst wird und niemand weiß, wie oder wann sie verschwunden ist." Ich strich mit meiner Hand über ihren Rücken. „Lorcan hatte Kieran gerade auf den neuesten Stand bringen wollen, als Mindy nach mir geschrien hat. Ich bin gegangen, um dir zu helfen."

Ivana blinzelte mich an. „Hat Kieran dich deshalb vorhin zu sich beordert? Wegen Ashlyn?"

Ich runzelte die Stirn. „Kieran hat mich nicht zu sich beordert."

„Aber du hast gesagt, dass du mit ihm sprechen

müsstest. Ich bin davon ausgegangen, dass er nach dir gerufen hat."

„Nein, ich musste mit ihm über deine Läufigkeit und das Serum – oder ich schätze, es war ein *Getränk* – sprechen, das sie eingeleitet hat."

Sie starrte mich an. „Du hast mich zurückgelassen, um mit ihm über mich zu sprechen?"

„Um über das Serum zu sprechen, das man dir eingeflößt hat, ja. Ich wollte wissen, ob es etwas an deiner Fähigkeit, einzuwilligen, verändert haben könnte." Meine Hand wanderte an ihre Hüfte, während ich ihr in die Augen sah. Anstatt um den heißen Brei herumzureden, entschied ich mich, direkt zu sein. „Ich wollte sichergehen, dass du mich nicht wegen des Serums beansprucht hast."

Sie riss die Augen auf. „*Wie bitte?*"

„Na ja, du warst wütend auf mich, weil ich nicht verhütet habe – und das mit gutem Grund. Ich hätte dich vorher fragen sollen, ob du Welpen willst …" Ich verstummte und zuckte zusammen. Kieran hatte recht – *ich verhalte mich wirklich so, als hätte ich mich noch nie mit einer Omega verknotet.*

Mit einem Räuspern wagte ich einen neuen Versuch.

Doch Ivana kam mir zuvor. „Ich war – *bin* – nicht wegen der mangelnden Verhütung wütend, sondern weil du mich nicht beansprucht hast, Cillian. Weil du mich *nicht beanspruchen willst*. Weil du gesagt hast, dass du es nicht getan hättest, selbst wenn sich dir die Möglichkeit geboten hätte. Und …"

Ich presste meine Lippen auf ihre und ließ sie verstummen.

Was, wie sich herausstellte, die falsche Reaktion gewesen war, denn die kleine Wölfin *biss* mich erneut. Und zwar doll. So fest, und wieder an derselben Stelle wie letzte Woche.

Wage es nicht, mich zu küssen, knurrte sie in meine Gedanken. *Du hast mich und unser Kind abgewiesen. Du kannst mich nicht mehr küssen. Nie wieder.*

Ich wich zurück und starrte sie verblüfft an. „Ich habe dich nicht abgewiesen."

Sie rollte die Augen und öffnete ihre Lippen, um Einwände zu erheben.

Ich packte sie am Hals und zwang sie, mir in die Augen zu sehen, während ich wiederholte: „Ich habe dich *nicht* abgewiesen, Ivana Michaels. Und unser Kind schon gar nicht."

„Du hast gesagt, dass es dir nicht leidtut und dass du mich nicht gebissen hättest, selbst wenn du es hättest tun können."

„Ich habe gesagt, dass ich es nicht bereue, nicht verhütet zu haben, und dass ich es nicht getan hätte, selbst wenn sich die Möglichkeit ergeben hätte", korrigierte ich umgehend. „Was mich zu einem Arschloch macht, ich weiß. Aber der Gedanke, dass du unser Kind in deinem Bauch trägst, macht mich so verdammt hart, dass ich kaum noch klar denken kann. Und als du läufig warst, hatte ich kein Verlangen danach, den Ausgang zu verändern, weil das alles ist, was ich will."

Sie riss die Augen auf und öffnete ihren Mund, um etwas von sich zu geben.

Doch ihr kam kein Wort über die Lippen.

„Und alles, was ich neun verdammte Tage lang tun wollte, war, dich zu beißen", fügte ich hinzu. „Aber ich wollte, dass du bei klarem Verstand und willens bist. Nicht Trübsal blasend und wütend auf mich, weil ich dich ohne deine Zustimmung geschwängert habe."

Sie blinzelte. „Trübsal blasend und wütend …?" Sie schüttelte ihren Kopf, schien vergessen zu haben, was sie sagen wollte.

Er will das Baby.

Er will mich beißen.

Er ... er bereut es nicht, mich geschwängert zu haben.

Ich verkniff mir das Knurren, das mir angesichts des letzten Gedankens entfahren wollte, und im nächsten Augenblick presste Ivana ihren Mund auf meinen, ehe sie ihre Zunge über die Wunde gleiten ließ, die sie auf meiner Lippe zurückgelassen hatte.

Ich legte meine Arme um sie und mein Wolf schnurrte erfreut, als sie sich rittlings auf mich setzte und ihre heiße Mitte an meine Leiste presste.

Es war ein derart herber Kontrast zu den Bewegungen von eben – als sie ausgesehen hatte, als wollte sie mir die Augen auskratzen. Jetzt schien sie mich verschlingen zu wollen.

Ich ließ sie führen und stimmte in ihren Kuss ein, während sie mir die Arme um den Nacken schlang und ihre Zunge mit meiner rang, um nach mehr zu suchen. Nach etwas Tiefliegendem.

Meine Hand wanderte an ihrem Rückgrat hoch an ihren Nacken, damit ich sie an mich pressen konnte. Dann eröffnete ich ihr meine Gedanken, damit sie meine tiefsten Geheimnisse vernehmen konnte. Meine Ängste. Meine Vergangenheit. Meine Wünsche. *Meine Liebe.*

Sie erschauderte. Ein Teil von ihr schien überwältigt von den Informationen zu sein, die sich ihr offenbarten, während eine intrinsische Seite von ihr sich an die Wahrheit klammerte – *meine* Wahrheit.

Ich will dich. Ich will das hier. Ich will das zwischen uns. Ich will unser Kind. Unsere Zukunft. Unsere Leben, die miteinander verflochten sind. Ich hatte keine Ahnung, wie allein ich mich gefühlt habe, bis du kamst. Wie bedeutungslos mein Leben war, bis du gekommen bist. Du bist jetzt mein Ein und Alles. Meine oberste

Priorität. Mein Lebenszweck. Ich liebe dich, Vana. Für mich gab es immer nur dich. Nur dich.

Sie begann zu weinen, was mich meine Hände an ihre Wangen führen ließ. Aber sie war nicht traurig. Sie war … *erleichtert*.

Weil sie mich verstand. Weil sie alles verstand.

„Du gehörst mir, Macushla", flüsterte ich. „Und ich dir."

Beweis dafür war kein Biss, sondern unsere Seelen. Unsere Herzen. Unsere Körper.

Doch als sie erneut über meine Unterlippe leckte, spürte ich meinen Wolf knurren. Er sehnte sich danach, den Gefallen zu erwidern und sie endlich zu *kosten*.

Ich ließ Ivana dieses Verlangen – diese unablässige *Sehnsucht* – vernehmen. Dieses Bedürfnis in mir, das danach verlangte, das hier zu Ende zu bringen. Dass ich sie ein für alle Mal beanspruchte.

„Ja", flüsterte sie. „Bitte."

Ich wollte ihr gerade sagen, dass sie sich *sicher sein* musste, doch dann wurden wir von einem Klopfen unterbrochen, das durch das Wohnzimmer hallte und mir ein Knurren entlockte.

Im nächsten Augenblick betrat Benz das Zimmer – indem er durch die Schatten wandelte, anstatt die Tür zu benutzen.

Ich ließ meinen Kopf auf Ivanas Schulter sinken.

Elender Beta. „Dein Timing ist perfekt wie immer."

IVANA

Blinzelnd befreite ich mich vom erotischen Nebel, der mich eingenommen hatte, und richtete meinen Blick auf meinen besten Freund. „B...Benz?", stammelte ich überrascht von seinem plötzlichen Auftritt in meiner Wohnung.

„Diener Benz, zu Euren Diensten", flötete er und verbeugte sich mit einer Pizzaschachtel in der einen und einem Getränk in der anderen Hand. „Ich bin froh, dass du halbwegs bei Sinnen bist, Sonnenschein. Ich wünschte, ich könnte dasselbe von deinem Alpha behaupten."

Cillian sah Benz mit zusammengekniffenen Augen an. „Vorsicht, Beta."

Benz sah ihn an und sagte: „Gern geschehen, *Alpha*", bevor er die Sachen auf meinen Küchentresen stellte.

„Gibt es sonst noch etwas, was ich für dich tun kann, *Alpha?*"

Cillian erschauderte unter mir. „Du hast Glück, dass meine Omega dich so sehr mag, Benz. Das ist das Einzige, was mich davon abhält, dir eine sehr wichtige Lektion zu erteilen."

Benz grinste. „Vielleicht würde mir die Lektion gefallen, Alpha. Schon mal darüber nachgedacht?"

Mein scharfzüngiger Freund verschwand, bevor Cillian etwas erwidern konnte, was den Alpha ein Knurren ausstoßen ließ. „Hat er mir da gerade ein Angebot gemacht?"

„Ich glaube schon", meinte ich, während ein Lächeln an meinen Mundwinkeln zupfte. „Ich schätze, das bedeutet, dass er dich langsam ins Herz zu schließen beginnt."

Cillians Gesichtsausdruck sagte mir, dass ihm diese Entwicklung überhaupt nicht gefiel. „Er muss mich nicht *ins Herz schließen*. Ich bin ein Elitemann. Er muss mich nur respektieren."

„Er ist mein bester Freund. Dass er dich mag, ist mir wichtig", sagte ich.

Cillians verärgerter Ausdruck schlug in einen milden Blick um. „Könnte Quinnlynn nicht stattdessen deine beste Freundin werden?"

Ich konnte die Unbeschwertheit, die der Frage mitschwang, hören, was mein Lächeln noch breiter werden ließ, ehe ich erwiderte: „Nein. Du wirst lernen müssen, Benz zu lieben."

Er ließ seinen Kopf mit einem Ächzen in den Nacken fallen. „*Lieben?* Das ist zu viel verlangt, Omega. Die Einzige, die ich liebe, bist du. Und sonst niemanden."

Mein Lächeln verblasste. „Niemanden?", wiederholte ich. „Nicht einmal Kieran oder Lorcan?"

Er dachte einen langen Augenblick nach, bevor er sagte: „Ich respektiere die beiden und sie liegen mir am Herzen. Sie sind wie Brüder für mich. Aber dich liebe ich anders als sie. Intensiver. Einnehmender. Einfach … *mehr*.“

Mein Herz machte einen Satz. Ich hätte nie erwartet, dass er diese Worte jemals von sich geben würde. Ich hatte gehofft, dass wir uns verpaaren würden, vielleicht sogar darauf, dass wir einen Welpen zusammen großziehen würden.

Aber das?

Dass Cillian mir seine Liebe gestand? Dass er nicht nur heiß auf mich war?

Ich …

„Ich liebe dich auch“, hauchte ich und legte meine Hände an sein Gesicht. „Bei den Göttern, Cillian. Ich liebe dich auch. Aufrichtig.“

Er drückte mit der Hand, die um meinen Hals geschlungen war, leicht zu und sah mir tief in die Augen.

Und dann küsste er mich.

Nein, er küsste mich nicht nur, er *besaß* mich.

Nichts an unserer Liebkosung war zaghaft oder zurückhaltend. Sie war ein Befreiungsschlag. Eine ganz neue Ebene des Seins. Ein monumentales Ereignis.

„Bei den Göttern, ich will dich beißen, Vana, aber zuerst musst du etwas essen.“ Er küsste mich abermals, ehe ich antworten konnte.

Aber das Essen war mir egal.

Ich will, dass du mich beanspruchst, dachte ich zu ihm. *Bitte, Cillian.*

„Das will ich, Macushla. Fuck, das *muss* ich. Aber du hast gerade das Bewusstsein verloren, weil du meine Kraft geerbt hast, und du hast nichts mehr gegessen, seit du heute früh aufgewacht bist. Du musst etwas zu dir nehmen,

Liebste. Du brauchst die Energie. Denn sobald ich dich beiße, werde ich dich begatten. Und zwar *hart*."

Das Bild, das vor meinen Augen aufzog, ließ mich erschaudern. *Ja. Ja!*

Er knurrte und legte seine Stirn an meine. „Ich habe Benz gebeten, deine Leibspeise zu bringen: Pizza mit Salami und grünen Oliven. Iss wenigstens ein Stück, okay? Wenn nicht für mich oder dich, dann für unser Baby." Er ließ von meinem Hals ab und legte seine Hand auf meinen Bauch.

Ich hielt inne. Diese bedeutsame Geste ließ mein Herz einen Schlag aussetzen.

Unser Baby.

Dann legte ich meine Hand auf seine und verflocht unsere Finger, während ich nach unten blickte.

Unser Baby, dachte ich abermals.

„Unser Baby", wiederholte Cillian mit hörbarem Stolz. „Du wirst eine wunderbare Mutter sein, Ivana."

Ich hatte Tränen in den Augen. „Ich fühle mich alles andere als wunderbar."

Er legte seine freie Hand an meine Wange. „Du bist eine Inspiration, Macushla. Du bist im Moment nur etwas müde, und das mit gutem Grund. Lass uns etwas essen, dann sehen wir weiter, okay?"

Ich knabberte an meiner Unterlippe und mein Magen schien Purzelbäume zu schlagen.

Vermutlich lag es daran, dass ich mit einem halben Gefährtenband und einem Baby in meinem Bauch aufgewacht war und geglaubt hatte, dass mein Alpha keinen von uns beiden wollte.

Und dann …

Ich kann Gedanken lesen, ging mir staunend durch den Kopf und zuckte zusammen. *So in der Art, zumindest?*

Ich hatte gerade festgestellt, dass alles, was ich über Cillian zu wissen geglaubt hatte, überhaupt nicht stimmte.

Oh, und zu allem Überfluss war ich schwanger.

Alles in allem war es also nicht verwunderlich, dass mir schwindlig war und meine Augen tränten, mein Herz einen komischen Rhythmus angeschlagen hatte und mir der Magen knurrte. Und dann war da noch die Hitze in meinem Bauch, direkt an jener Stelle, wo Cillians Hände meine berührten.

Das war ganz schön viel auf einmal.

„Essen", sagte ich mit belegter Stimme und während ich mit tausenden verschiedenen Gedanken rang. Ich räusperte mich. „Essen hört sich gut an."

Cillian lächelte mich an und wischte mir mit dem Daumen die Tränen weg. „Dann lass uns etwas essen."

Nickend begann ich von ihm zu klettern – mit der festen Absicht, Teller zu holen und meinen Tisch für zwei zu decken, der sich im kleinen Essbereich neben der Küche befand.

Doch Cillian packte mich an den Hüften und setzte mich sanft auf das Sofa. „Ich werde das machen", sagte er zu mir, bevor er sich vom Sofa erhob und in die Küche ging.

Er fand die Teller und das Besteck auf Anhieb, was mir bestätigte, dass meine Wohnung eine vertraute Umgebung für ihn war. *Vermutlich, weil er mich während meiner Läufigkeit gefüttert hat.*

Der Gedanke ließ mich meine Schenkel aneinanderpressen und ich räusperte mich erneut. Meine Haut fühlte sich plötzlich ganz warm an.

Wenn es Cillian auffiel, war er höflich genug, nichts zu bemerken und brachte mir stattdessen einen Teller. Der Geruch von geschmolzenem Käse und scharfer Salami ließ mir das Wasser im Mund zusammenlaufen. Dann vernahm ich den herben Geruch der grünen Oliven, was mich fast schon zum Sabbern brachte.

„Hat Benz dir verraten, dass das meine Leibspeise ist?", fragte ich, während ich den Teller mit der italienischen Köstlichkeit entgegennahm.

„Nein", erwiderte Cillian, bevor er sich ein Stück nahm.

Oder zumindest glaubte, ich dass er das tat, doch stattdessen brachte er mir etwas zu trinken.

Diesen Geruch hätte ich überall wiedererkannt.

„Erdbeerlimonade", sagte ich seufzend, bevor ich einen großen Schluck nahm. Mein Körper frohlockte förmlich – zum einen wegen des Geschmacks, zum anderen aber auch, weil ich endlich etwas zu mir nahm. „Hat Benz die hier zufällig mitgebracht?"

„Nein", murmelte Cillian und griff dieses Mal nach einem Teller für sich. Er kam aber nicht direkt zurück, was mich die Stirn runzeln ließ.

„Also magst du Erdbeerlimonade?", riet ich. „Und Pizza mit Salami und grünen Oliven?"

„Erdbeerlimonade schmeckt ganz gut." Er drehte sich zu mir um, ein verunstaltetes Stück Pizza auf dem Teller. „Salami ist auch ganz in Ordnung, aber grüne Oliven hasse ich."

Das erklärte das übel zugerichtete Stück Pizza auf seinem Teller. „Warum hast du dann Pizza mit grünen Oliven bestellt?", fragte ich verwirrt.

„Weil du sie magst – zumindest von San Marinos. Mir ist aufgefallen, dass du keine Pizza mit Oliven bestellst, wenn du dir eine Pizza von Eddies am Ende der Straße holst. Du magst San Marinos definitiv lieber, weshalb ich Benz gebeten habe, dorthin zu gehen." Er nahm einen Bissen von seinem Essen, während ich ihn schockiert anstarrte.

„Du kennst meine Lieblingspizza?", fragte ich erstaunt.

„Ich kenne viele deiner Lieblingssachen, Vana", informierte er mich zwinkernd. „Und jetzt iss bitte etwas, bevor die Pizza kalt wird."

Ich war nicht sicher, was mich mehr überraschte – dass er das gerade zugegeben hatte oder dass er bitte gesagt hatte.

Was es auch war, ich tat, worum er mich gebeten hatte und gab beinahe ein Stöhnen von mir, als sich auf meiner Zunge eine Geschmacksexplosion ausbreitete.

Aber die lenkte mich nur ein paar Bissen lang ab, bevor meine Neugier überhandnahm. „Was weißt du sonst noch?" Ich konnte mir den misstrauischen Tonfall nicht verkneifen. Vor allem, weil ich nicht glauben konnte, dass er all diese intimen Dinge über mich wusste. Ich hätte nie für möglich gehalten, dass ich ihm wichtig genug war, um sie sich zu merken.

„Hm, mal sehen."

Er stellte seinen fast leeren Teller beiseite – ich hätte schwören können, dass er das Stück in drei Bissen verschlungen hatte. Ein Häufchen Oliven war alles, was noch übrig war.

„Du magst dein Pfefferminz-Schokoladeneis lieber mit Schokoladensplittern anstatt regenbogenfarbenen", begann er. „Bourbon-Hühnchen ist eine deiner Leibspeisen. Und gegrillter Käse, Brokkoli-Salat und ab und zu auch ein paar Piroggen magst du auch. Und trinken tust du am liebsten Wodka Tonic."

Ich glotzte ihn an.

Jedes einzelne Detail stimmte.

„Und deine Steaks hast du am liebsten leicht angebraten, für gewöhnlich mariniert mit Zitrone und Pfeffer, und außerdem magst du Fisch nicht besonders – was angesichts unserer Heimat sehr schade ist. Aber du kannst ihn essen, solange du ihn in Sauce ersäufen kannst. Und Pilze, Karotten, Himbeeren und schwarze Oliven kannst du nicht ab."

Das stimmte.

„Woher weißt du das alles? Hast du das aus meinen Gedanken?"

Er schüttelte den Kopf. „Nein, ich passe nur auf."

„Oh." Das ergab Sinn. Er hatte die Aufgabe, alle in diesem Sektor zu beschützen. „Ich schätze, das musst du wegen deines Jobs und allem."

„Nein, Ivana." Er lehnte sich nach vorn und legte eine Hand an meine Wange. „Meine Aufmerksamkeit galt ganz einfach dir. So war es immer schon. Und es wird auch immer so sein."

Oh, wiederholte ich in Gedanken. *Oh.*

Ich hatte nicht die geringste Ahnung, was ich darauf erwidern sollte. Ich hatte immer geglaubt, dass Cillian keinen Gedanken an mich verschwendete und meine Anwesenheit nur anerkannte, wenn ich direkt vor ihm stand.

Aber das …

„Ich hatte ja keine Ahnung", flüsterte ich.

Seine Mundwinkel zuckten leicht. „Jetzt tust du es." Er deutete mit dem Kinn auf meinen Teller. „Iss auf, Macushla."

Ich erschauderte angesichts des Versprechens, das diesen Worten mitschwang, und mein Bauch spannte sich erwartungsvoll an.

Er wird mich beißen.

Ja, werde ich, stimmte er in meinen Gedanken zu. *Aber erst, wenn du aufgegessen hast.*

Seine dominante Haltung ließ ein weiteres Schaudern durch meinen Körper sausen. Sein Alpha-Tonfall sprach meine innere Omega auf einer intimen Ebene an.

Ich nahm einen weiteren Bissen, gefolgt von einem Schluck himmlischer Limonade, während er mir zusah.

Sein Blick schien immer verruchter zu werden und machte mir klar, was er vorhatte, aber ich konnte es mir nicht verkneifen, mich zu wundern, was ihm wirklich durch den Kopf ging. Was er ausheckte. *Was er sich vorstellt …*

Er eröffnete mir seine Gedanken im nächsten Augenblick und zeigte mir, was er mir zeigen wollte.

Wie und wo er mich beißen wollte.

Es gab drei – nein, *vier* – Stellen, die er im Sinn hatte. Und im Moment hatte er vor, sich allen vier Stellen zu widmen.

Mein Rachen fühlte sich plötzlich unglaublich trocken an, was mich zwang, ein paar weitere Schlucke von der Limonade zu nehmen. Bei den Göttern, ich brauchte eine Ablenkung – andernfalls würde ich diese Mahlzeit nicht aufessen.

Etwas, das mich erdete.

Etwas … etwas Unerotisches.

Das Baby, dachte ich und legte eine Hand auf meinen Bauch. *Ja, ich werde an das Baby denken … nicht an den Prozess, der vonnöten war, um das Baby zu zeugen … oder an meine Läufigkeit … oder … oder an Cillians Verlangen, mich zu beanspruchen …*

Ich kniff die Augen zu.

Und hätte schwören können, dass ich Cillian daraufhin lachen hörte.

Aber als ich ein Auge öffnete und zu ihm sah, machte er ein ernstes Gesicht.

Was bedeutete, dass er in Gedanken gelacht hatte.

Gedanken lesen ist … überwältigend. Ich hatte das zu Cillian gesagt, aber anstatt es zu denken, wie ich es sonst tun

354

würde, versuchte ich, direkt in seinen Kopf zu sprechen, wie er es bei mir konnte.

„Nicht ganz", murmelte er. „Das war immer noch nur ein Gedanke. Aber es ist durchaus möglich, dass du meine telepathischen Fähigkeiten nicht erlangen wirst, nur die Gabe, Gedanken zu lesen."

„Nur Gedanken lesen", wiederholte ich und griff nach meinem Stück Pizza. „Als wäre das nichts Besonderes." Ich biss in die käsige Leckerei und zwang mich, zu kauen, während ich über alles nachdachte, was ich draußen mitbekommen hatte.

Jede Beleidigung.

Jeden *Gedanken*.

Obwohl … ich mir nicht sicher war, ob alle Bemerkungen aus ihren Gedanken gestammt oder sie einige davon laut ausgesprochen hatten. Bei Miranda war es schwer zu sagen.

„Ach. Du. Meine. Götter. Schwanger und unverpaart. Jetzt ist sie noch erbärmlicher als zuvor."

Ich zuckte zusammen, als ich mich an ihre herzlosen Worte zurückerinnerte, dann erschauderte ich, weil an sie zu denken mich in ihre Gedanken zu ziehen schien.

Sie las derzeit eine Speisekarte und versuchte sich für eine Mahlzeit zu entscheiden.

„Ivana." Cillians tiefe Stimme zog mich zu ihm zurück und er sah mir in die Augen. „Ich werde dir beibringen müssen, wie man die Stimmen ausblendet."

Ich schluckte hart. Der Appetit war mir vergangen. „Ich bin nicht sicher, ob mir diese neue Fähigkeit gefällt." Vor allem, weil ich Miranda noch immer in meinem Hinterkopf flüstern hören konnte. Ihre Worte waren herzlos und ihre Gedanken noch grausamer.

Und es war nicht nur ihre Stimme, die ich hören konnte …

Ich schloss meine Augen abermals, als eine Unmenge an Stimmen plötzlich in meinen Kopf drang und scheinbar alle gleichzeitig sprachen.

Endlich hat Limus den Käse wieder aufgefüllt. Dank sei den Göttern.

Warum sieht der Beta mich so an?

Sie hat ein schönes Lächeln. Oh, aber diese Lippen würden besser aussehen, wenn sie um meinen …

Ivana.

Wie lautet die Geheimzahl noch mal? Drei, fünf, sechs? Nein. Ach. Drei, vier, sechs?

Ashlyn würde nicht einfach so davonrennen.

Ich zog die Stirn kraus. *Ist das Quinnlynns Stimme?*

Aber bevor ich versuchen konnte, dem Strang zu folgen, drangen ein Dutzend weitere Stimmen auf mich ein. All ihre Gedanken drehten sich um Alltagsarbeiten, Essen oder *Sex*.

Ich griff mir an den Kopf, weil ich mich auf nichts mehr in meiner direkten Umgebung konzentrieren konnte. Auf nichts Greifbares. Nur auf *Gedanken*.

B-Positiv ist immer so herb.

Warum wird die Milch immer auf dem verdammten Tresen stehen gelassen, verdammt noch mal?

Von zehn runterzählen und atmen.

Diese kleine Rebellin hat schon wieder Bissspuren auf meinem Tisch hinterlassen!

Verdammt, es gerät außer Kontrolle. Wenn sie herausfinden, wo …

Ivana!

Ich erschauderte. Diese dominante Stimme ließ alle anderen in den Hintergrund rücken.

Aber nur eine Sekunde lang.

Fast augenblicklich drangen *noch mehr* Stimmen auf mich ein.

Sie alle vermischten sich zu einem Wirrwarr aus Worten, Knurren und Lauten, die ich nicht zuordnen konnte. Es war zu viel. Zu überwältigend. Zu …

Ein Knurren hallte durch meinen Kopf. Das Geräusch beruhigte meine Gedanken umgehend und hüllte mich in ein Meer aus wiederkehrenden Vibrationen ein.

Es war rhythmisch.

Beruhigend.

Still.

Ich schmiegte mich an die Quelle dieses wiederkehrenden Bebens und begriff erst sehr spät, dass es sich dabei um Cillians Schnurren handelte. Seine Arme waren um mich gelegt und er presste mich an seine Brust, während er mir leise ins Ohr summte.

Ich werde dir beibringen, wie man sie aussperrt, flüsterte er in meine Gedanken. *Es wird ganz leicht sein, sobald du weißt, wie man die mentalen Mauern erschafft, Ivana. Du besitzt bereits eine natürliche Begabung dafür.*

T…tue ich das?, fragte ich zitternd.

Ja. Du hast die Fähigkeit schon unzählige Male eingesetzt. Deswegen sind deine Gedanken immer so friedlich – du bewachst deine intimsten Gedanken. Nur die lautesten entwischen dir. Er strich mir mit den Lippen über die Stirn. „Wir werden das Kind schon schaukeln, Liebste", fuhr er fort. „Ich werde dir helfen."

Als ein weiteres Beben an meinem Rückgrat hinabwanderte, lehnte ich mich an ihn. Das Einzige, was ich tun wollte, war, mich in seinem Schnurren zu verlieren und dort für immer zu bleiben.

Meine Augen waren noch immer geschlossen und mir war übel von den überwältigenden Geräuschen, die gerade in meinen Kopf eingedrungen waren. Doch langsam, aber sicher, begann ich mich zu entspannen. Zumindest ein bisschen.

Ich hörte all diese Aussagen ununterbrochen, obwohl ich nicht wusste, wer sie von sich gab.

Außer Quinn.

Ihre Stimme hatte sich hervorgetan.

Ashlyn würde nicht einfach so davonrennen.

Ich schlug die Augen auf. „Ashlyn wird vermisst." Mir war entfallen, dass Cillian das bereits gesagt hatte, als er davon sprach, dass er mich über die Suche nach ihr stellte. Zwar hatte ich mich zunächst danach erkundigt, war dann aber von seinem Geständnis und dem Grund für seinen Besuch bei Kieran abgelenkt worden.

Wegen mir. Wegen des Serums. Weil es etwas an meiner Fähigkeit, mein Einverständnis zu geben, hätte verändern können.

Aber jetzt … jetzt erinnerte ich mich ganz klar daran, was wir vor dieser Unterhaltung besprochen hatten.

„Du hast mich zu deiner obersten Priorität gemacht, obwohl Ashlyn vielleicht in Gefahr schwebt", fuhr ich fort. Das hatte er gesagt, als ich ihm ins Wort gefallen war und mich nach ihr erkundigt hatte.

Nein, *vielleicht* war das falsche Wort.

Ashlyn schwebt *in Gefahr.*

Und Cillian war zu beschäftigt damit, sich um mich zu sorgen, um Lorcan dabei zu helfen, sie zu finden.

Ich hatte erst neulich realisiert, dass ich seine oberste Priorität sein wollte, aber nicht, wenn jemand deswegen sein Leben verlor.

Ashlyn würde nicht einfach so davonrennen, hatte Quinn gedacht.

Obwohl ich die Z-Clan-Omega nicht besonders gut kannte, stimmte ich Quinn zu.

„Ja, ich habe dich vorangestellt", erwiderte Cillian, was mich die Stirn runzeln ließ.

Was?

„Es war das Natürlichste der Welt, Vana", fügte er an,

was mich noch mehr verwirrte. „Und es war die richtige Entscheidung." Er legte seine Hand an meine Wange und strich mir mit dem Daumen unter dem Auge hindurch. „Aber jetzt verstehe ich, dass ich dich abgewiesen habe, weil ich mich nur so auf Kieran und den Blutsektor konzentrieren konnte. Das hier – *uns* – anzunehmen, verändert alles für mich."

Ich blinzelte.

Er hatte das bereits gesagt, während er mich in den Armen gehalten hatte.

Direkt, bevor Ashlyn zur Sprache gekommen ist.

Ich schüttelte den Kopf. „Hör auf, mich abzulenken", sagte ich zu ihm, was ihn das Gesicht verziehen ließ.

„Ich habe erklärt, warum ich dich an erste Stelle gesetzt habe. Oder viel eher, warum ich dich immer vorangestellt habe. Ich …"

„Nein, das habe ich begriffen. Ich …" Ich schloss meine Augen für einen kurzen Augenblick, dann öffnete ich sie erneut. „Ashlyn ist verschwunden."

„Ja, ich weiß."

„Sie würde nicht weglaufen."

Er verzog das Gesicht noch mehr. „Okay."

„Nein, ich meine … Ich habe Quinn darüber nachdenken gehört und stimme ihr zu." Und ich ergab keinen Sinn, weil ich das Thema immer wieder wechselte.

Ich schüttelte meinen Kopf und versuchte, ihn zu klären.

Etwas an der Sache war wichtig.

Etwas wegen Ashlyn.

„Sie … führt Tagebuch", murmelte ich, sprach meine Gedanken laut aus. „Ich meine, sie schreibt. Und sie hat im Flugzeug in mein Tagebuch geschrieben. Aber … sie … sie hat mir auch von …" Ich verstummte und rief mir das

Gespräch in Erinnerung, das wir während des Flugs in den Gletschersektor geführt hatten.

Sie war immer so kryptisch, als würde sie eine Warnung aussprechen.

„Als Z-Clan-Omega ist sie prophetisch", sagte ich nachdenklich. „Und sie bringt ihre Visionen in ihren Tagebüchern zu Papier." Was bedeutete, dass sie es hätte kommen sehen sollen.

Vielleicht hat sie das, ging mir durch den Kopf. *Vielleicht hat sie mir deswegen gesagt, wo ihre Tagebücher zu finden sind …*

„In meinem Nest liegen schon so viele Hefter, die ich mit meinen Gedanken gefüllt habe. Aber nur wenn man weiß, wo man danach suchen muss, findet man meine Tagebücher auch."

Dass sie das Bedürfnis verspürt hatte, mir das anzuvertrauen, hatte mich verwirrt, aber langsam begann ich zu glauben, dass es vielleicht einen guten Grund dafür gegeben hatte.

„Ich verstecke meine Tagebücher unter meinem Nest, unter den Dielen. Das ist mein Geheimnis."

„Und das vertraust du mir an, weil …?"

„Falls du jemals etwas wissen musst."

„Gibt es etwas, das ich wissen sollte?"

„Eine Unmenge an Dingen, dessen bin ich mir sicher."

Ich riss die Augen auf. „Wir müssen diese Tagebücher finden."

CILLIAN

Lorcan?, rief ich mittels meiner telepathischen Verbindung zu meinem alten Freund und wartete nicht auf eine Antwort. *Ivana sagt, dass jemand Ashlyns Nest nach ihren Tagebüchern absuchen soll. Sie befinden sich unter den Holzdielen.* Den letzten Teil hatte Ivana nicht laut ausgesprochen – ich hatte es ihren Gedanken entnommen.

Tagebücher?, wiederholte Lorcan, ohne weiter darauf einzugehen.

Ja. Sollte aussehen, wie ein Notizbuch. Soweit sie Ivana erzählt hat, schrieb Ashlyn ihre Visionen oft in ihre Notizbücher. Was bedeutete, dass wir vielleicht Hinweise auf ihren Aufenthaltsort erschließen könnten, wenn wir sie durchgingen.

Ich musste daran glauben, dass sie Ivana diese Information aus einem guten Grund anvertraut hatte.

Und Ivana schien dasselbe zu denken.

„Und außerdem hat sie mich vor Prinz Cael gewarnt", fuhr sie, jetzt mit zusammengekniffenen Augen, fort. „Sie hat gesagt, dass er von Dunkelheit umgeben sei. Ich habe ihr eingeschärft, es Quinn zu sagen, aber sie meinte nur, dass Prinz Cael nicht gefährlich wäre, und dass ich einfach vorsichtig sein sollte. Ich dachte, sie hat nur versucht, mies zu mir zu sein, also habe ich sie ignoriert."

Jetzt breiteten sich Schuldgefühle in Ivanas Kopf aus und ihre Gedanken wanderten in gefährliches Gebiet.

„Dich trifft keine Schuld", sagte ich eindringlich.

„Das ist mir bewusst, aber ich habe sie völlig falsch eingeschätzt." Sie sah mich mit traurigem Blick an. „Ich bin einfach davon ausgegangen, dass sie wie Miranda und die anderen ist. Und ich … ich habe nicht darauf geachtet, was sie mir zu sagen versucht hat."

„Oder aber du hast dich zum perfekten Zeitpunkt daran erinnert, was sie gesagt hat." Ich schmiegte meine Lippen an ihre, die Arme fest um ihren Körper gelegt, und umarmte sie, während sie in meinem Schoß saß. „Soweit du gesagt hast, hat dir Ashlyn Informationen gegeben, von denen sie zweifellos hoffte, dass du sie in im richtigen Moment verwenden würdest."

Und jetzt, wo ich so darüber nachdachte, könnte Ashlyn mir auch ein paar Hinweise zurückgelassen haben.

Ich rief mir unser Gespräch in Erinnerung, das wir an jenem Tag, an dem sie in den Eisteich gefallen war, geführt hatten. Wie erschrocken sie über Greys Ankunft gewesen war.

„Ich habe ihn nur nicht kommen sehen, also hat seine Ankunft … mich überrascht. Was gelinde gesagt sehr selten vorkommt", hatte sie gesagt.

Aber das war nicht alles gewesen, was sie zu diesem Thema geäußert hatte.

„Quinn hat mich gefragt, ob es mir recht ist, wenn er sich anschließt", hatte sie gemurmelt und damit gemeint, dass Grey einer der Alpha-Kandidaten im Gefährten-Programm war. *„Ich kämpfe nicht gegen das Schicksal an, also habe ich zugestimmt. Obwohl ich davon ausgegangen bin, dass sich unsere Wege erst später kreuzen würden. Nicht heute."*

Hat er etwas mit ihrem Verschwinden zu tun?, fragte ich mich und presste die Lippen aufeinander.

Möglicherweise.

Aber sie hatte auch gesagt: *„Grey und Henrik wollen mir nichts Böses."*

Der Rest unseres Gesprächs war genauso kryptisch verlaufen und dann hatte sie mich praktisch dafür zusammengestaucht, dass ich sie zu ihrem Iglu zurückbegleitet hatte.

Aber jetzt fragte ich mich, ob ihre Worte sich eher auf Ivana bezogen hatten.

„Mach dir keine Sorgen um mich, Cillian. Ich weiß deinen Beschützerinstinkt zu schätzen, aber er ist komplett überflüssig."

„Dir ist schon klar, dass du mit deinem Verhalten nicht nur dich selbst bestrafst, oder?"

„Aus einem deplatzierten Verlangen der Reue heraus zu leiden, hat nicht nur Einfluss auf dich, Cillian. Diese Entscheidung – dass du alle anderen immer voranstellst – hat auch Einfluss auf sie. Wenn du auch nur etwas aus diesem Gespräch mitnimmst, hoffe ich, dass es dieser Gedanke ist."

Damals dachte ich, sie hätte mich dafür getadelt, die anderen Omegas zurückgelassen zu haben, um mich um sie zu kümmern.

„Ich war wirklich ausgesprochen stur", murmelte ich. *„Und vielleicht auch etwas schwer von Begriff."*

Ivana schnaubte lachend und ihr gingen eine Unmenge an sarkastischen Entgegnungen durch den Kopf.

Ich packte sie an der Hüfte und vergrub meine Finger sanft in ihre Haut.

Sie stieß ein Kreischen aus und sah mich mit weit aufgerissenen Augen und ungläubigem Ausdruck an. „Hast du mich gerade *gekitzelt*?"

Ich lachte. „Ja, Macushla, habe ich." Und ich tat es erneut, was ihr ein noch lauteres Kreischen entlockte, während sie versuchte, sich aus meinem Griff zu winden.

Aber das konnte sie vergessen. Ich würde sie nicht gehen lassen.

Sie gehörte mir, und genau das zeigte ich ihr, indem ich sie auf das Sofa drückte und mich über sie lehnte.

„*Cillian*", schnaubte sie mich an und wand sich vergeblich.

„Ivana", erwiderte ich und verlagerte mein Gewicht noch mehr auf sie.

Ihr darauffolgendes Knurren verleitete mich dazu, einen ähnlichen Laut auszustoßen – nur mit einem deutlich erotischeren Unterton.

Leider hielt mich Lorcans Stimme, die sich in meinem Kopf meldete, davon ab, ehe ich das tun konnte. *Kyra sucht jetzt danach. Hat Ashlyn ihr gesagt, unter welchen Dielen in ihrem Nest sich die Tagebücher befinden?*

Ich werde mich direkt bei ihr erkundigen, erwiderte ich und stellte Ivana die Frage.

„Nein, sie hat nur gesagt, dass sie ihre Tagebücher unter den Dielen in ihrem Nest versteckt. Vielleicht also direkt unter dem Bett?", schlug Ivana vor.

Ich leitete die Nachricht an Lorcan weiter.

Meine Bemerkungen wurden mit Schweigen erwidert.

„Kyra sucht", informierte ich Ivana.

„Ja, das habe ich deinen Gedanken entnehmen können."

Ich zog eine Augenbraue hoch. „Du hast Lorcans Gedanken gehört?"

An ihren Mundwinkeln zupfte ein Lächeln und sie sah mich mit nachdenklichem Blick an. „Nein, nicht direkt. Ich … ich habe dich darüber nachdenken gehört, wenn das Sinn ergibt?" Sie stieß einen Atem aus. „Es ist echt ganz schön kompliziert …"

Ich grinste. „Ja, Macushla, ist es. Aber ich werde dir helfen."

Sie schluckte hart, nickte aber. „Ich kann irgendwie bereits sehen, wie du die verschiedenen Gedanken in Untergruppen unterteilst."

„Wirklich?", fragte ich überrascht.

„Ich glaube schon, ja." Sie kaute auf ihrer Unterlippe herum und runzelte die Stirn. „Vielleicht ist *sehen* nicht das richtige Wort, aber … aber ich konnte spüren, wie du Lorcans Gedanken vorgezogen und die anderen in den Hintergrund rücken lassen hast. Und ich glaube, ich weiß auch, wie du das gemacht hast."

„Interessant", murmelte ich und stocherte durch ihre Gedanken, um ihr dabei zuhören zu können, wie sie sich den Prozess zusammenreimte. Einige Gedanken waren zusammenhangslos, aber ich konnte hören, wie sie sich durch das Chaos arbeitete.

Das meiste davon verstand ich nicht.

Tatsächlich konnte ich es nicht recht hören.

Weil sie mich auf natürliche Art und Weise davon abhielt, zu tief in ihre Gedanken vorzudringen.

„Ich frage mich, ob deine natürliche Immunität gegen meine Gedankenlesekraft etwas mit der Zusammensetzung deines Geistes zu tun hat", meinte ich. „Und jetzt vermischen sich diese Gaben und schaffen etwas völlig anderes."

Sie verzog das Gesicht. „Was willst du damit sagen?"

„Damit will ich sagen, dass ich die Vorgänge im Kopf von jemand anderem nicht nachvollziehen kann – ich höre nur ihre Gedanken. Aber du scheinst nicht nur zu wissen, wie ich mit meiner Fähigkeit umgehe, sondern kannst das Konzept auch nachahmen. Das deutet darauf hin, dass du über eine einzigartige Form der Gedankenlesekraft verfügst, die tiefer geht als eine mentale Unterhaltung."

„Aber ich habe deine Kraft gespürt, Cillian. Du hast mich schon zuvor mit deiner Kraft gebändigt, und zwar nicht nur neulich im Gletschersektor."

Ich zuckte zusammen, wollte die Erinnerung daran nicht an die Oberfläche holen. Aber in ihrem Kopf war sie ganz vorn. „Das hätte ich nicht tun sollen."

„Nein, hättest du nicht", stimmte sie zu. „Aber darum geht es jetzt nicht. Deine Kraft kontrolliert im Grunde genommen die Rezeptoren im Hirn, wo der freie Wille sitzt. Und du bist in der Lage, diesen freien Willen einzuschränken. Und das macht deine Gabe weitaus mächtiger, als bloß Gedanken lesen zu können."

„Ich habe nie gesagt, dass Gedanken zu lesen ein einfaches Unterfangen ist", erwiderte ich leise, während ich das Gesagte verarbeitete. „Und mir war nie bewusst, dass ich andere meinem Willen unterwerfe – ich tue es einfach. Aber es hört sich an, als könntest du es nicht nur spüren, sondern es auch sehen?"

Sie starrte mich an. „Ja. Ich bin davon ausgegangen, dass das alle können."

„Es spüren, vielleicht", stimmte ich zu. „Aber ich bezweifle, dass die meisten Wölfe – wenn überhaupt welche – es sehen können. Willst du damit sagen, dass du immer gewusst hast, wenn ich die Kräfte von Alphas blockiert habe? Zum Beispiel damals, als Quinnlynn vor ein paar Monaten angegriffen wurde?"

Sie nickte bedächtig. „Du hast alle Alphas im Sektor an

diesem Tag gebändigt und sichergestellt, dass keiner von ihnen durch die Schatten wandeln konnte."

„Und hast du das gespürt oder gesehen?"

Ivana dachte einen Augenblick nach. „Ich glaube beides? Für mich fühlt sich das eine wie das andere an. Ich war mir ganz einfach bewusst, dass es geschah."

„Das ist ... faszinierend", sagte ich und blickte voller Staunen auf sie hinab. „Aber du konntest meine Gedanken nicht lesen und auch nicht sehen, wie es in meinem Kopf aussieht, richtig?"

Sie schüttelte ihren Kopf. „Nein, ich habe es nur gespürt. Und ich wusste, was du machst."

„Kannst du spüren, wenn Lorcan und Kieran ähnliche Kontrolle auf andere ausüben?"

„Ja. Sie sind genauso mächtig wie du."

„Mächtiger", korrigierte ich. „Aber vermutlich ähnlich."

„Genauso mächtig, Cillian", entgegnete sie. „Ihr drei verströmt alle eine mentale Stärke furchterregenden Ausmaßes."

Ich knurrte. „Furchterregend ist vielleicht etwas übertrieben."

Sie sah mich bewusst an. „Du weißt, dass du furchteinflößend bist. Ich höre es dich in deinem Kopf bestätigen."

Es war erstaunlich und beeindruckend zugleich, mit was für einer Leichtigkeit sie sich durch die Schichten in meinem Kopf arbeitete. „Ganz offensichtlich besitzt du ein Talent dafür, die Komplexität mentaler Fähigkeiten nachzuvollziehen, was auch erklärt, warum du so gut darin bist, ihnen zu entgehen."

Und jetzt, wo sie Zugriff auf meine Gedankenlesekräfte hatte, vertiefte sie ihr Wissen.

„Faszinierend", sagte ich abermals.

„Wird dasselbe mit dir geschehen, wenn du mich beißt?", wollte sie wissen. „Ich meine, ähm, *erbst* du dann meine angebliche Gabe?"

„Es ist keine *angebliche* Gabe, Vana. Du besitzt wirklich eine Gabe. Und zu allem Überfluss eine bemerkenswerte." Ich hatte mich immer gewundert, warum ihre Gedanken so still gewesen waren. Jetzt verstand ich, zumindest im Ansatz, warum.

Was ihre Frage anging, ob ich ihre einzigartige Fähigkeit erlangen würde, wenn ich sie beanspruchte …

„Ich weiß es nicht, aber wir werden es bald herausfinden", versprach ich ihr und ließ meinen Blick auf ihren Mund wandern. „Oder vielleicht jetzt." Denn ich wollte sie wirklich von ganzem Herzen beanspruchen. Sie begatten. Sie mein ma…

Kyra hat die Tagebücher gefunden, unterbrach Lorcan. Sein Timing war echt unverschämt. *Es sind Hunderte von ihnen, Cillian. Kann Ivana uns einen Tipp geben, wo wir anfangen sollen?*

Ich verkniff mir ein Knurren und leitete die Frage an Ivana weiter.

„Ich …" Sie blinzelte. „Nein, sie hat mir nur gesagt, wo sie zu finden sind." Dann zog sie die Stirn kraus. „Aber … ist sie zurück in den Nachtsektor gegangen, bevor sie verschwunden ist?"

Da ich die Antwort auf die Frage nicht kannte, stellte ich sie Lorcan.

„Ja", erwiderte ich, nachdem ich seine Antwort erhalten hatte.

„Dann frage ich mich, ob sie will, dass wir das Tagebuch finden, in das sie an jenem Tag geschrieben hat", sagte Ivana bedächtig. „Das ergäbe durchaus Sinn. Sie hat sichergestellt, dass ich einen Blick darauf erhaschen konnte. Aber ich … ich müsste sie sehen, um es zu erkennen, weil ich mich an diesem Tag nicht allzu sehr darauf konzentriert habe."

Wieder breiteten sich schuldbewusste Gedanken in ihrem Kopf aus. *Bei den Göttern, warum habe ich das Schlimmste in ihr vermutet?*, ging ihr durch den Kopf.

Tu das nicht, flüsterte ich ihr zu. *Du hilfst jetzt und das ist alles, was zählt.*

Sie schluckte schwer und nickte leicht.

Ich leitete die Informationen an Lorcan weiter.

Kyra wird sie in Kierans Büro bringen. Es sei denn, ihr wollt euch bei Ivana treffen? Die Frage war mit einem sarkastischen Tonfall unterlegt.

Denn mein bester Freund kannte meine Antwort bereits, ohne zu fragen.

Halt dich vom Nest meiner Gefährtin fern.

Also hast du sie immer noch nicht beansprucht?, neckte er.

Fick dich, Lor.

Er lachte neckisch, was ein Knurren in meinen Rachen steigen ließ.

Ivana erschauderte unter mir.

„Tut mir leid", murmelte ich und gab mein Bestes, um mein inneres Tier zu besänftigen. „Lorcan stachelt mich an."

„Irgendwie hast du es verdienst", erwiderte sie, was mich meine Augenbrauen hochziehen ließ.

„Habe ich das?"

Sie nickte. „Du hättest mich beanspruchen sollen, als ich läufig war. Stattdessen hast du beschlossen, zu warten. Also ja, du verdienst es, von deinen Freunden angestachelt zu werden. Tatsächlich freut es mich, dass sie dich meinetwegen foppen. Ich finde, sie hätten das schon jahrelang tun sollen."

Ich gaffte sie an. „Du bist eine freche, kleine Verräterin."

Sie zuckte die Schultern und gab sich unschuldig. „Ich bin nur ehrlich."

„Hm", summte ich und lehnte mich nach vorn, um an ihrer Lippe zu knabbern. „Das werde ich mir für später merken, wenn du mich anflehst, kommen zu dürfen."

Sie riss ihre Augen auf. „Wie bitte?"

„Du hast richtig gehört, meine liebe, freche Omega." Ein weiteres Knabbern an ihrer Lippe, dann krabbelte ich langsam von ihr. „Ich werde dir eine Lektion in Sachen Belohnungsaufschub erteilen."

„Weil die vergangenen sechs Jahre mir nicht unmissverständlich klargemacht haben, was ich lernen sollte?", schoss sie zurück, ohne zu zögern.

Bei den Göttern, ich liebte diese Frau. „Wenn du so weitermachst, werde ich die Tagebücher vergessen und dich stattdessen ficken, Ivana."

Sie schnaubte höhnisch. „Dann solltest du dir vielleicht diese Lektion in Sachen *Belohnungsaufschub* selbst erteilen, Cillian. Denn jetzt will ich deinen Knoten nicht mehr."

Ich lachte. „Deine feuchte Muschi sagt etwas anderes, Omega."

Sie blähte die Nasenflügel und stand vom Sofa auf, bevor sie die Hände in die Hüften stemmte. „Ich bin im Augenblick gar nicht feucht, *Alpha*."

Mir kam ein weiteres Lachen über die Lippen. „Und jetzt lügst du mich auch noch an."

„Nein, tue ich nicht."

„Doch, tust du", versicherte ich ihr und packte sie an der Hüfte, bevor sie überhaupt daran denken konnte, wegzulaufen.

Ihr kam ein erschrockenes Kreischen über die Lippen, als ich meine Hand an ihre Muschi führte und an ihre verlockende Mitte presste.

„Ich kann es sogar durch die Jeans hindurch spüren,

Vana." Ich lehnte mich nach vorn und brachte meine Lippen an ihr Ohr. „Und riechen kann ich es auch." Ich biss sanft auf ihr Ohrläppchen und massierte sie durch die Hose hindurch. „Du bist so verdammt feucht, dass du dir etwas anderes anziehen musst."

Ich presste mich an sie und stellte sicher, dass sie meinen harten Schwanz spürte.

„Mach dir keine Sorgen, Vana. Ich will dich genauso sehr wie du mich. Vielleicht sogar noch mehr." Ich leckte über ihren Hals und streifte mit den Zähnen über ihre bebende Halsschlagader. „Bei den Göttern, ich kann es kaum erwarten, wieder in dir zu sein. Dich zu *beißen*. Ich würde es am liebsten gleich jetzt tun. Alles andere vergessen."

Sie als das wichtigste Wesen in meinem Leben markieren.

Ihr beweisen, dass sie meine oberste Priorität war.

Sie mein machen.

„Nein", keuchte Ivana und legte ihre Hände auf meine Schultern, um zu versuchen, mich wegzudrücken. „Wir müssen Ashlyn finden."

Ich seufzte. „Ivana …"

„Nein, Cillian." Sie entfernte sich von mir und nahm mein Gesicht in ihre Hände. „Ich will, dass du mich an erste Stelle setzt. Das habe ich begriffen, als du mich allein zurückgelassen hast, um zu Kieran zu gehen. Also kann ich das auch offen zugeben. Ich lag falsch, was meine Erwartungen an einen Gefährten anging. Du hattest recht, als du sagtest, dass ich einen Alpha verdiene, der mich voranstellt."

„Und genau das versuche ich gerade zu tun", erwiderte ich. „Ich …"

Sie legte ihre Finger sanft auf meine Lippen, was mich verstummen ließ.

„Ich war noch nicht fertig", tadelte sie mich leise. „Ich weiß, dass du mich voranstellen willst, und dafür liebe ich dich. Aber es geht hier darum, wie wir als verpaarte Gefährten agieren, Cillian. Ich will nur in deine Pläne eingeweiht sein und wissen, dass du mich genug respektierst, um mir zu sagen, was los ist. Ich will, dass du meine Hilfe annimmst. Also lass mich dir zeigen, wie das aussieht. Lass mich dir zeigen, wer wir sein könnten."

Sie strich mit dem Daumen über meine Wange und sah mich mit suchendem Blick an.

„Bring mich in Kierans Büro", fuhr sie fort. „Zusammen werden wir Ashlyn finden. Als Team. Als ein vereintes Paar. Als *uns*."

Ich starrte sie an, fasziniert von der starken Omega, die vor mir stand. „Du bist unglaublich, Ivana", sagte ich staunend und meinte es auch so. „Einfach unglaublich."

Und es war dumm von mir gewesen, das nicht früher zu sehen. Dass ich versucht hatte, mich vor ihr zu verstecken. Sie wegzustoßen.

Diese wunderschöne, mutige, wunderbare Omega hatte mich gewollt seit dem Tag, an dem wir uns begegnet waren. Ich hatte sie um ein Haar verlieren müssen, um zu realisieren, was für ein Glückspilz ich war, dass sie sich überhaupt für mich entschieden hatte.

„Ich werde den Rest unserer Leben damit verbringen, gut genug für dich zu sein", schwor ich. Und dann besiegelte ich mein Versprechen mit einem Kuss, der sie dazu brachte, sich an mich zu pressen, während ich ihr einen Arm um den Rücken und den anderen um die Schulter legte, um meine Hand an ihren Hals zu führen.

Sie stöhnte und ihr Geist stand mir komplett offen. Ich konnte ihre Wünsche hören. Ihre Bedürfnisse. Ihre *Begierden*. Aber alles davon war von einer Entschlossenheit unterlegt, Ashlyn zu finden.

Alles, was Ivana wollte, war, meine Partnerin zu sein. Meine Vertraute. Meine Gefährtin.

Und jetzt begriff ich endlich, was das bedeutete.

Es ging nicht darum, Kieran oder den Sektor vor meine Gefährtin zu stellen. Es ging darum, mit meiner Gefährtin zusammenzuarbeiten, um noch mehr zu erreichen. Es ging um Teamwork. Um Kommunikation. Darum, einander zu unterstützen – komme, was wolle.

Diese Omega hatte mir gerade eine Lektion erteilt, die ich unbewusst bitter nötig gehabt hatte.

Ich dankte ihr mit meiner Zunge, verehrte sie in Gedanken und liebte sie bedingungslos mit meinem Herzen.

Lass uns Ashlyn finden, flüsterte ich in ihren Kopf. *Und dann mache ich dich offiziell zu meiner Gefährtin.*

IVANA

ASHLYNS TAGEBÜCHER LAGEN ÜBERALL AUF BODEN verstreut und sahen alle gleich aus.

So viel dazu, dass ich eines davon wiedererkennen würde, dachte ich und atmete schwer aus.

Die einzige Kennzeichnung auf den Heften war ein Symbol in der rechten unteren Ecke. Aber niemand schien zu wissen, was die Symbole zu bedeuten hatten.

Und mit niemand meinte ich mich, Cillian, Kieran, Lorcan, Quinn und Kyra.

Mehrere von uns hatten angefangen, die Bücherstapel zu durchsuchen, während Lorcan und Cillian die Symbole in den Datenarchiven nachschlugen.

Aber selbst drei Stunden später hatte keiner von uns etwas herausgefunden.

„Irgendwas entgeht uns", sagte ich mit Blick zu Cillian.

„Sie hat mir von diesen Tagebüchern erzählt. Sie hat mir gesagt, dass ich vorsichtig mit Prinz Cael sein soll, dass er von Dunkelheit umgeben ist. Und sie hat mir gesagt, dass ich dir sagen soll, dass ein neues Leben wichtiger ist als ein altes."

Der letzte Teil ergab noch immer keinen Sinn für mich.

Hatte sie damit unser Baby gemeint? Oder etwas ganz anderes?

Und wen meint sie mit dem alten Leben? Sich?

„Was genau hat sie zu dir gesagt?", fragte Kieran, dessen Blick ebenfalls auf Cillian ruhte.

„Sie hat mich stur genannt und mir gesagt, dass meine Entscheidungen nicht nur mein Leben, sondern auch jenes von jemand anderem beeinflussen würden – womit sie vermutlich Ivana gemeint hat. Und sie schien ziemliche Angst vor Grey zu haben." Cillian runzelte die Stirn, als er den letzten Satz von sich gab. „Aber sie hat auch gesagt, dass er ihr nichts Böses will. Sie war nur überrascht, dass ihre Schicksale sich schon so früh kreuzten."

Kyra und Quinn tauschten einen Blick aus.

„Sie hat sich diesem Programm nicht angeschlossen, um einen Gefährten zu finden", sagte Quinn. „Wir beide wissen das."

Kyra nickte. „Sie war immer interessiert an Alphas, aber nicht daran, sich mit ihnen zu verpaaren." Sie sah zu Lorcan und ergänzte: „Sie wollte wissen, wie man sie bekämpfen kann."

„Wie man sich gegen sie zur Wehr setzt", stellte er klar.

Kyra zuckte mit den Achseln. „Ist doch dasselbe."

Ihr Gefährte lachte schnaubend. „Nur für dich, kleine Mörderin."

Er meldet sich jetzt viel öfter zu Wort, ging mir durch den Kopf und ich sah Lorcan blinzelnd an.

Ja, es ist echt nervtötend, erwiderte Cillian mit belustigtem Tonfall.

„Worauf ich hinauswill, ist, dass wir von Anfang an gewusst haben, dass sich Ashlyn diesem Programm aus einem Grund angeschlossen hat, der nichts mit der Gefährtensuche zu tun hatte", meinte Quinn. „Und langsam beginne ich zu glauben, dass sie die anderen Omegas beschützen wollte."

„Aber ihnen wurde das Serum von den Östrus-Feiern eingeflößt", erwiderte Kieran mit aufmerksamem Blick, während er seine Königin musterte.

„Ja, aber Sylvia wurde als Erste betäubt." Quinns Ausdruck wurde bei diesen Worten nachdenklich. „Was, wenn das unabsichtlich geschehen ist? Und als Zeichen gemeint war? Damit die anderen aus dem Gletschersektor gebracht wurden, bevor alle läufig wurden?"

„Du glaubst, Ashlyn hat ihr etwas eingeflößt?", fragte Kyra ungläubig.

„Nein ... Ich weiß es nicht. Ich versuche nur ..." Quinn hielt inne und atmete schwer aus. „Hört zu, alles, was Ashlyn tut, hat einen Grund. So war es schon immer. Und sie hat darum gebeten, sich mit Sylvia ein Zimmer teilen zu dürfen."

„Vielleicht hat sie gesehen, was mit ihr geschehen ist, und wer auch immer dahintersteckt, hat Ashlyn entführt, um sie zum Schweigen zu bringen", schlug Kyra vor.

„Oder vielleicht wusste sie bereits, was geschehen würde, und wollte sichergehen, dass wir Sylvia fanden", konterte Quinn.

Die beiden sahen einander lange an, als würden sie das Gespräch alleinig mit Blicken weiterführen.

Sie waren beste Freundinnen, und Momente wie dieser brachten das klar zum Ausdruck.

Ich ließ sie ihre stille Diskussion weiterführen und

wandte mich wieder den Tagebüchern zu. Spezifisch gesagt, den Symbolen.

„Glaubst du, die hier gehören zu einer Sprache?", fragte ich, eher Cillian als die anderen. „Vielleicht eine, die die Z-Clan-Wölfe benutzen, um miteinander zu kommunizieren?"

Denn die Buchstaben sahen irgendwie aus wie Runen. Dennoch hatte ich diese Schrift noch nie zuvor gesehen – und angesichts dessen, was Lorcan und Cillian in ihren Archiven gefunden hatten, war sie ihnen auch nicht bekannt.

Was etwas heißen wollte. Immerhin waren die beiden uralt.

Vielleicht brauchten wir eine unabhängige Meinung.

„Wir sollten Alpha Grey fragen", meinte ich und riss die Augen auf. „Sie hat dir gesagt, dass es ihnen bestimmt war, dass ihre Schicksale sich kreuzen, richtig? Vielleicht war das ein Hinweis. Vielleicht meinte sie damit, dass sie sich jetzt – also *heute* – kreuzen sollten."

„Oder sie wollte darauf hinweisen, dass Grey die Bedrohung ist", unterbrach Lorcan.

„Nein, sie hat ganz klar gesagt, dass er ihr nichts Böses will", entgegnete Cillian. „Und ich bezweifle, dass sie damit nur den Vorfall am Eisteich gemeint hat."

„Das hört sich ganz nach der Ashlyn an, die wir kennen und lieben", meinte Kyra. „Alles, was sie von sich gibt, ist ein vielschichtiges Rätsel."

„Für gewöhnlich magst du diese Rätsel", bemerkte Quinn trocken.

„Nicht, wenn Ashlyn sich in Gefahr bringt", knurrte Kyra mit finsterem Ausdruck. „Ich werde ihr den Hals umdrehen, wenn wir sie finden."

„Hört sich gut an", flötete Lorcan.

Kyra funkelte ihren dunkelhaarigen und dunkeläugigen Gefährten an. „Willst du, dass ich dich umbringe?"

Auf seinen Lippen breitete sich ein Lächeln aus. „Ich liebe es, wenn du mit mir flirtest, kleine Mörderin."

„Hör auf, mich abzulenken."

„Hör auf, mir Angebote zu machen", konterte er.

„Du bist echt nervig." Sie sagte die Worte mit eiserner Entschlossenheit und warf ihm dann die Arme um den Hals, ehe sie ihr Gesicht an seinen Hals kuschelte und er sie umarmte. „Danke."

Ich habe nicht den geringsten Schimmer, was gerade passiert ist, sagte ich zu mir selbst – und damit auch zu Cillian.

Doch dann erhaschte ich ein paar Antworten aus Kyras und Lorcans Köpfen.

Lorcan hatte seine Gefährtin absichtlich angestachelt, um sie einen winzigen Augenblick von den Gedanken an Ashlyn abzulenken.

Denn sie gab sich die Schuld daran, nicht nachgehakt zu haben, als sie Ashlyn wegen ihrer Absichten befragt hatte.

Tatsächlich, wenn ich mich so umsah, machten sich alle Anwesenden Vorwürfe.

Als Ashlyns Beschützer fühlten sich Cillian, Lorcan und Kieran alle verantwortlich.

Und Quinn und Kyra machten sich Vorwürfe, weil sie Ashlyn nicht zum Reden gebracht hatten.

„Sie hätte nichts sagen können, auch wenn ihr versucht hättet, sie zu einem Geständnis zu bringen", brach es aus mir.

„Sie hat mir gesagt, dass sie anderen ihre Visionen nicht *verraten* darf. Darum hat sie sie auch zu Papier gebracht." Ich hielt zwei ihrer Tagebücher hoch. „Und die hier sind voller Kritzeleien ohne jegliche Zeitangabe. Sie alle durchzugehen, würde Wochen dauern. Aber wenn wir herausfinden können, was diese Symbole zu bedeuten haben …"

„Könnten sie uns helfen", beendete Cillian den Satz für mich. „Du hast recht. Und ich stimme dir zu – wir brauchen Grey. Ich bezweifle, dass Ashlyn an jenem Tag von dem Vorfall am Teich gesprochen hat. Ich glaube, sie hat versucht, mir etwas ganz anderes zu sagen."

„Was ist mit der Dunkelheit, die Cael umgibt?", fragte Kieran. „Hat sie uns warnen wollen, dass er irgendwie in die Sache verwickelt ist?"

Ich schüttelte bedächtig den Kopf. „Das bezweifle ich. Sie hat bewusst *umgeben* von Dunkelheit gesagt. Und sie hat mir auch gesagt, dass er nicht gefährlich sei."

Kieran nickte. „Dann werden wir Cael und Grey rufen. Mal sehen, ob sie die Symbole erkennen. Dann sehen wir weiter."

„Können wir ihnen trauen?", fragte Kyra, die ihren Kopf an Lorcans Brust gelegt hatte. Er umarmte sie nach wie vor, doch ihr Blick verweilte auf Kieran.

„Nein", erwiderte er. „Aber ich bin bereit, es zu erwägen."

„Ich auch", meinte Cillian und seine Gedanken verrieten mir, warum.

Ich riss die Augen auf, als er alles durchging, was Cael ihm über mich gesagt hatte. Dass er Cillian meiner nicht würdig genannt und ihm gesagt hatte, dass er *besser werden soll.*

Offensichtlich hatte Lorcan dasselbe getan.

Ich gaffte ihn, dann Cillian an. *Das haben sie gesagt?*

Er erwiderte meinen Blick und an seinen Mundwinkeln zupfte ein Lächeln. *Überrascht dich das?*

Ja.

Warum?

Ich … ich weiß es nicht. Es ist nur … Ich runzelte die

Stirn. *Lorcan sagt sonst nie etwas.* Das war eine echt lausige Begründung, aber es war das Erste, was mir in den Sinn kam. Was Cael anging … dazu konnte ich nichts sagen. Ich war … völlig verdattert.

Wie du bereits gemerkt hast, ist Lorcan mittlerweile etwas redefreudiger, flötete Cillian und legte mir den Arm um die Schultern. *Und du liegst ihm am Herzen. Und mir auch. Deshalb will ich Caels Motive hören.*

Dann wechselte er das Thema und erzählte Kieran hörbar von Caels wachsenden Kräften.

Ich hörte aufmerksam zu, immer noch überrascht von allem, was ich seinen Gedanken entnommen hatte – und noch verblüffter darüber, was er über Cael, und dass er ihn abgeblockt hatte, sagte.

Es hörte sich an, als verfügte er über dieselbe Fähigkeit wie ich. So in der Art, jedenfalls.

Aber meine *Gabe* – wie Cillian es genannt hatte – schien sich auf Prozesse, die sich im Hirn abspielten, zu beschränken. Oder diese Prozesse zu spüren, zumindest. Oder vielleicht konnte ich ganz einfach die mentalen Fähigkeiten anderer ausmachen.

Das alles war ziemlich verwirrend.

Trotzdem war ich begierig darauf, mehr über Cael und seine potenziellen Fähigkeiten zu erfahren.

Nein, sagte Cillian in meine Gedanken und griff nach meinem Kinn. „Hör auf, an Cael zu denken. Du gehörst mir."

Ich schnaubte höhnisch. „Du hast mich noch nicht gebissen."

„Ivana", knurrte er tief und warnend. „Wenn es sein muss, werde ich dich hier und jetzt beißen und begatten, damit Cael kapiert, dass du mir gehörst."

Der besitzergreifende Tonfall sandte einen angenehmen Schauer an meinem Rücken hinab. „Ich …"

„Ich kann dir versichern, dass das nicht nötig sein wird", unterbrach Prinz Cael, als er ohne Vorwarnung in Kierans Büro auftauchte. „Obwohl ich hier und da gern zusehe, ist es im Moment eher unpassend." Er drehte sich zum König des Blutsektors um. „Wir müssen reden, O'Callaghan."

„Ja, das sehe ich auch so", murmelte Kieran und neigte seinen Kopf zur Seite. „Ich wollte dich gerade rufen."

Prinz Cael lächelte. „Ich weiß. Darum bin ich auch hier."

„Das wirst du mir erklären müssen", knurrte Cillian, seine beschützerischen Instinkte entfacht.

„Ja, das und viele andere Dinge", erwiderte Prinz Cael. „Aber zuerst muss Alpha Grey sich diese Tagebücher ansehen. In einem von ihnen liegt die Antwort, nach der wir alle verzweifelt suchen."

„Du meinst eine Bestätigung", meinte eine tiefe Stimme, bevor Grey sich im Zimmer materialisierte. Sein langes blondes Haar wehte auf mysteriöse Art um ihn herum.

Ich habe keinen der beiden ankommen spüren, knurrte Cillian Kieran und Lorcan zu, aber dank meiner neuen Fähigkeit konnte ich die Worte auch vernehmen.

„Fang an, zu reden", sagte Kieran, die Aussage unterlegt mit seiner Kraft.

„Wir glauben, zu wissen, wo Ashlyn ist", erwiderte Prinz Cael. „Und wir glauben auch zu wissen, wer sie entführt hat."

„Wer?", wollte Kieran wissen.

Prinz Cael sah ihm in die Augen und knurrte: „Prinz Tadhg."

TEIL V

Liebes Orakel der Sterne,

wenn du das liest, ist es an der Zeit, dass du einige meiner Entscheidungen nachvollziehen kannst. Einige meiner Visionen. Einige meiner ...

Nein.

Reagiere nicht. Lass sie nicht wissen, was du gefunden hast. Hast du verstanden?

Also, wo waren wir? Genau ... Es ist Zeit, also musst du jetzt gut zuhören, Sternchen.

Wenn ich recht habe, verändert sich deine Kraft. Du kannst gewisse Dinge spüren, richtig?

Schhh. Lass dir nichts anmerken. Ich meine es ernst, Sternchen. Konzentrier dich und blockiere einfach alles andere.

Konzentriere dich auf deine Gabe.

Spürst du etwas Merkwürdiges?

Nimmst du komische Schwingungen wahr?

Vielleicht ein potenzielles Puzzle, das es zusammenzusetzen ... oder auseinanderzunehmen gilt?

Das hier ist einer dieser Schlüsselpunkte, in

denen du dir deine Verbündeten mit Bedacht
aussuchen musst.

Alle potenziellen Wege betrachten ...

Und aufpassen musst, wo du hintrittst ...

Vor uns liegen eine Menge Minen, Sternchen.
Landminen, die unseren Feind auf unsere Ankunft
hinweisen werden.

Sei vorsichtig. Geh behutsam vor.

Und vergiss nicht ...

Gib. Keinen. Ton. Von. Dir.

Ich hoffe ... ich hoffe, dass das genügt. Mehr
kann ich nicht sagen. Wir sind an einem
Scheideweg angelangt, Sternchen. Ich ... ich sehe
zwei Wege, die das Schicksal einschlagen könnte.

Vielleicht findest du einen dritten.

Bis bald.

Ashlyn

PS: Herzlichen Glückwunsch zu eurem Kleinen. Ich
sende euch meinen Segen aus dem Grab.

PPS: Unsere Vergangenheit macht uns stärker,
nicht schwächer. Vergiss das nicht. Erinnere dich
daran, woher du kommst. Und krieg es endlich in
deinen Kopf: Du bist nicht wie er. Aber manchmal
musst du denken wie er, um die Wahrheit zu
finden. Um ... mich zu finden.

CILLIAN

Ich musste mich beherrschen, um nichts zu sagen und Cael ausreden zu lassen. Seine unerwartete Ankunft ließ alle Alarmglocken in meinem Kopf losgehen.

Macht.

Ein obszönes Maß an Macht.

Er ist fast so stark wie Kieran. *Wie ich. Und* Lorcan.

Ganz offensichtlich ein Rivale.

Eine potenzielle Bedrohung.

Doch als er weitersprach, galt meine Beunruhigung nicht mehr Caels unerwarteter Ankunft, sondern der Situation, von der er jetzt sprach.

„Diese Operation, die ihr und die X-Clan-Wölfe im Bariloche-Sektor zerschlagen habt, war nur eine von vielen", sagte er, was mich zutiefst schockierte.

Er hatte unsere Beteiligung an der Zerstörung des

Bariloche-Sektors so beiläufig erwähnt, als wäre das allgemein bekannt, obwohl wir keinem außerhalb unseres sehr kleinen Zirkels davon erzählt hatten.

Wir waren nur wegen Quinnlynn dort gewesen – ein Detail, das Kieran, Lorcan und ich keiner Seele anvertraut hatten.

„Und außerdem wurde er verfrüht ausgeschaltet", fuhr Cael fort. „Wir hatten einen Informanten, jemanden, der mit dem System gearbeitet hat. Aber dann seid ihr eingefallen und habt den Sektor niedergebrannt."

Grey knurrte, seine Arme vor der breiten Brust verschränkt. Er hatte seit seiner unerwarteten Ankunft noch fast nichts gesagt, aber seine Gedanken hatten mir allerhand Informationen geliefert. Anmerkungen in Bezug auf den Omega-Sklavenhändlerring, den Cael und er offensichtlich schon jahrelang beschattet hatten.

„Was genau heißt *mit dem System arbeiten*?", fragte Kieran, seine Gedanken tödlich still, während er sich vollends auf Grey und Cael konzentrierte.

„Das Omega-Auktions-Netzwerk", verdeutlichte Cael. Der Begriff wich von Greys innerem Monolog ab, der ihn als Sklavenhändlerring beschrieben hatte.

„Was für ein Omega-Auktions-Netzwerk?", wollte Kieran wissen. „Von so etwas habe ich noch nie gehört."

„Weil es von einem geheimen Alpha-Kollektiv betrieben wird. Wir haben jahrelang versucht, ihr Netzwerk zu infiltrieren."

Cael stieß einen tiefen Seufzer aus und strich sich mit den Fingern durch den dunklen Haarschopf. „Wir haben versucht, Tadhg dazu zu bringen, sich bei unserem Kontaktmann im Bariloche-Sektor zu melden, damit wir ihn entlarven können."

„Um zu beweisen, dass er ein Mitglied des Kollektivs ist", ergänzte Grey mit einem Knurren und seine

Gedanken verrieten mir, dass es dabei um mehr ging als bloß Tadhgs Beteiligung an den Omega-Auktionen.

Dieses Puzzle hatte noch weitere Teile. Er versuchte, etwas zu beweisen, das Tadhg getan hatte. Aber bevor ich dieses Stück genauer betrachten konnte, schloss er mich aus und durchbohrte mich mit seinem eiskalten Blick.

Ich habe dich genug herumstochern lassen, dachte er in meine Richtung. *Ich bin nicht hier, um euch oder jemand anderem im Blutsektor wehzutun, was du bereits weißt, weil du schon öfters in meinem Kopf herumgewühlt hast. Also hör auf, zu graben.*

Hinter der Sache steckt mehr, als ihr uns sagt, erwiderte ich.

Natürlich, aber meine persönlichen Beweggründe gehen dich nichts an.

Für uns ist die Sache auch persönlich, bemerkte ich.

Nicht auf dieselbe Art, entgegnete er, während sein Blick mich durchbohrte. Hörbar fügte er an: „Ich muss mir Ashlyns Tagebücher ansehen. Ich kann sie entschlüsseln, wie keiner von euch es kann."

Kieran erschauderte, als er das hörte. „Nicht, bis ich verstehe, was hier wirklich vor sich geht."

„Was hier vor sich geht, ist, dass ein paar hochrangige Sektoren-Alphas zu Beginn der Infizierten-Ära einen Omega-Sklavenhändlerring ins Leben gerufen haben", fasste Grey ausdruckslos zusammen. „Sie haben flüchtende Omegas aller Art entführt, sie in Auktionen gesteckt und sie an die Höchstbietenden rund um den Globus verkauft. Das alles haben sie über Jahrzehnte fortgeführt, wobei es aufgrund Omega-Knappheit zu weniger Auktionen kam. Und ihre besten Kunden sind Arschlöcher wie Carlos."

Mehrere andere Namen rauschten durch Greys Kopf – allesamt Namen, die er mich hören ließ. Keiner der Alphas, die er aufzählte, waren eine Überraschung. Orte wie den Bariloche-Sektor gab es auf der ganzen Welt, die allesamt von Alphas angeführt wurden, welche Omegas als

Güter sahen, die man benutzen konnte und nicht etwa als Schätze, die man verehren sollte.

„Oh, und dass ihr vor Kurzem das Refugium öffentlich angekündigt habt, hat vermutlich ihr Interesse geweckt", schloss Grey.

„Denn wir haben keinen Zweifel daran, dass Tadhg die Information an sie weitergeleitet hat", ergänzte Cael.

„Ganz genau", knurrte Grey. „Darum muss ich mir Ashlyns Tagebücher ansehen, um zu beweisen, dass er involviert ist, und um in Erfahrung zu bringen, was sie darüber weiß."

„Woher weißt du überhaupt von den Tagebüchern?", schaltete sich Ivana ein, ihr Blick auf Grey gerichtet. „Wir haben euch nicht gerufen und keiner wusste von den Tagebüchern, bis ich Cillian gesagt habe, wo sie zu finden sind. Aber du und Prinz Cael seid durch die Schatten hierhergereist, um sie zu lesen. *Woher* wusstet ihr davon?"

Grey starrte sie mit spürbarer Dominanz an, was meinen Wolf sich regen ließ. Wenn er auch nur einen Schritt auf meine Omega zu machte, würde ich gezwungen sein, einzuschreiten.

Keiner forderte Ivana heraus.

Keiner außer mir.

„Zeig ihn ihr", sagte er, ohne seinen Blick von meiner Frau abzuwenden. „Zeig ihr den Brief."

Cael steckte seine Hand in sein Jackett und zog einen kleinen weißen Umschlag hervor, den er meiner Omega hinhielt.

Ich nahm ihm den Umschlag ab, bevor sie auf ihn zugehen konnte, weil ich nicht wollte, dass mein Weibchen seiner prinzenhaften Berührung in irgendeiner Weise ausgesetzt war. Seine Mundwinkel zuckten, doch er sagte nichts. Stattdessen sah er zu, wie ich den Brief an meine Frau weiterreichte, damit sie ihn lesen konnte.

Sie musterte den Namen, der darauf geschrieben war – *Grey* – und das Symbol in der unteren linken Ecke. Es sah aus wie diejenigen auf den Umschlägen der Tagebücher.

Ohne ein Wort zu sagen, öffnete sie den Umschlag und zog eine weiße Karte daraus.

Sie werden deine Führung brauchen, stand darauf. *Und dich braucht sie auch. Gib nicht auf, Grey. Zähl die Tage. Übersetze die Tagebücher. Gehe die Visionen durch. Und vergiss nicht, dass Zeit von größter Wichtigkeit ist. Tick tack. Tick tack. Tick …*

Darunter befanden sich mehrere Symbole, die selbst für meinen uralten Blick keinen Sinn ergaben. Ganz wie jene in den Tagebüchern.

„Es ist eine primitive Sprache", erklärte Grey, als Ivana ihn mit fragendem Blick ansah.

„Ähnlich wie Hieroglyphen, nur älter und aus einer anderen Region. *Meiner* Region. Aber auf dieser Zeile hier steht *Blutsektor* und darunter ist das heutige Datum vermerkt, zusammen mit der Uhrzeit – was vor zehn Minuten war."

„Wir haben uns gedacht, dass ihr alle hier sein würdet", ergänzte Cael. „Aber wir waren nicht sicher. Darum sind wir ein paar Minuten vor der genannten Uhrzeit eingetroffen."

„Wie lange hattest du die hier schon?", wollte ich wissen und deutete auf Ashlyns kryptische Nachricht.

„Seit heute Morgen", murmelte Grey und zog die Aufschläge seines Ledermantels zurecht. „Ich habe ihn in meiner Jackentasche gefunden. In einer Jacke, die ich nicht getragen habe, seit ich letzte Woche hier war."

Weil die clevere Omega gesehen haben muss, dass ich diese Lederjacke erst heute wieder tragen könnte, dachte er. Die Worte schienen nur für ihn gedacht, doch er versuchte nicht, mich auszusperren und ließ mich seine Gedanken hören.

Sogar noch, als er ergänzte: *Und sie muss es getan haben, nachdem sie mich mit diesem elenden Kuss abgelenkt hat.*

Ich zog meine Augenbrauen hoch. *Kuss?*, wunderte ich mich.

Doch ich fragte nicht nach, weil Kieran bereits das Wort ergriff.

„Das alles war höchst interessant, aber wo, glaubt ihr, ist Ashlyn?" Kieran sah Grey und Cael abwechselnd an. „Und warum seid ihr euch so sicher, dass Tadhg involviert ist?"

Grey biss die Zähne zusammen und seine Gedanken verstummten.

Da war definitiv mehr dran.

Eine Vergangenheit, die er mir vorenthalten wollte.

Was mich die Augen zusammenkneifen ließ. *Je mehr du verheimlichst, desto verdächtiger wirkst du.*

Vor dir habe ich keine Angst, Elitemann, entgegnete er und sah mir in die Augen. *Ich fürchte mich vor niemandem. Beschuldige mich, soviel du willst, aber außer Zeit zu verschwenden, tust du damit nichts.*

Die mentale Tür zwischen uns wurde erneut zugeschlagen und ließ mich um ein Haar einen Schritt zurückweichen.

Er ist sehr mächtig, flüsterte Ivana mir zu. *Ich … ich kann spüren, wie sich seine Energie um uns alle legt. Fast so, wie du deine um die Alphas schlingst. Aber das hier … das hier ist noch intensiver. Als würde er etwas mit uns anstellen, das keiner von uns spüren kann.*

Das hörte sich beunruhigend an. Ich leitete Ivanas Ausführungen direkt an Kieran weiter.

Aber er war zu beschäftigt damit, Caels Erklärungen zu lauschen, die mir entgangen waren, weil ich mit Grey gesprochen hatte.

Zum Glück konnte ich das Versäumte nachholen, indem ich den Gedanken meines besten Freundes zuhörte.

Leider gefiel mir nicht, was ich dort vernahm.

Sie benutzen gefallene Sektoren als ihren Spielplatz für ihren Händlerring – gefallene Sektoren wie den Sektor der Finsternis.

Wir haben keine handfesten Beweise für Tadhgs Beteiligung, aber wir wissen, dass ein mächtiger V-Clan-Alpha Mitglied dieser Organisation ist und wir konnten Tadhgs Geruch an mehreren Orten feststellen, die in Zusammenhang mit den Schwarzhandelsauktionen stehen.

Kieran sah seine Gefährtin an. „Ist Tadhg der Alpha, den du im Bariloche-Sektor gerochen hast?"

Sie runzelte die Stirn. „Nein, ich habe ihn in letzter Zeit oft genug gesehen, um mit Sicherheit sagen zu können, dass er es nicht war."

„Das stimmt. Tadhg hat den Bariloche-Sektor nie besucht, nur mein Bruder." Der unerwartete Kommentar ließ Kierans Blick umgehend zu Cael zurückwandern. „Es war Dixon, der den Bariloche-Sektor infiltriert hat – der unser Informant war, und dessen Bemühungen ihr zunichtegemacht habt, als ihr mit den X-Clan-Wölfen Carlos' Operation zerschlagen habt."

„Dein Bruder hat den Bariloche-Sektor besucht? Um Omegas zu vergewaltigen?", fragte Kieran. Seine leise Stimme war mit einem tödlichen Tonfall unterlegt.

„Er hat niemanden vergewaltigt", knurrte Cael. „Aber er war gezwungen, einige von Carlos' Spielchen mitzumachen. Er hat es nicht genossen."

Quinnlynn schnaubte höhnisch.

Kyra tat es ihr gleich.

Was den beiden einen Seufzer von Cael einhandelte. „Ihr kennt meinen Bruder nicht so gut wie ich, aber ihm ist Zustimmung wichtig. Jede der Omegas, mit denen er sich vergnügt hat, wird das auch bestätigen. Ich glaube, alle drei sind jetzt im Andorra-Sektor, wenn ihr sie anrufen und befragen möchtet."

Dass er ihren Aufenthaltsort kannte, bestätigte, dass er den Vorfall im Bariloche-Sektor aufmerksam beobachtet hatte.

Ein Vorfall, der ihn nicht hätte interessieren müssen.

Und doch hatte er herausfinden wollen, wohin die Omegas hinterher gebracht worden waren. *Interessant.*

„Ich habe einige dieser Omegas geheilt", sagte Quinnlynn mit zusammengebissenen Zähnen. „Ich weiß, was man ihnen angetan hat."

„Aber er war es nicht. Du bist immer weggerannt, wenn er sich dem Bariloche-Sektor genähert hat. Er hat spüren können, dass du wegläufst." Cael starrte Kieran an. „Und deswegen weiß ich auch, dass ihr den X-Clan-Alphas geholfen habt, den Bariloche-Sektor zu zerschlagen. Du warst wegen Quinnlynn dort. Übrigens … Hat auch lange genug gedauert, bis du sie gefunden hast."

Kieran machte einen Schritt nach vorn. „Vorsichtig, Prinz Cael. Der anschuldigende Tonfall in deiner Stimme gefällt mir überhaupt nicht."

Cael kniff seine Augen zusammen. „Wir können unsere Kräfte gern messen, wenn du das willst, *König Kieran*, aber dann verschwenden wir bloß kostbare Zeit. Wenn Ashlyn da ist, wo ich vermute, wird sie bald versteigert werden. Und ist das erst einmal geschehen, wird sie zurückzubekommen um ein Vielfaches schwieriger sein."

„Hör zu", sagte Grey, machte einen Schritt nach vorn und ließ seine Hände an die Seiten fallen. „Ich verstehe, dass vieles davon unglaublich klingt. Darum haben wir auch jahrzehntelang darauf hingearbeitet, Tadhg auf frischer Tat zu ertappen. Wir brauchen handfeste Beweise dafür, was er getan hat, damit wir ihn seiner gerechten Strafe zuführen können."

„Und genau das hat Dixon im Bariloche-Sektor zu bewerkstelligen versucht. Er hat versucht, sich bei Tadhg als interessierten Kunden beliebt zu machen, damit er vielleicht einen Platz am Tisch bekommt", ergänzte Cael.

„Ja, Dixon und Cael sind davon ausgegangen, dass, wenn Tadhg herausgefunden hätte, dass ein weiterer V-Clan-Alpha Interesse an Carlos' Lebensstil hatte, er sich bei diesem Alpha melden und einen Termin vereinbaren würde." Grey hörte sich gelangweilt an. „Dazu ist es nicht gekommen."

„Das scheint dich nicht sonderlich zu überraschen", bemerkte Kieran. Ich teilte seine Ansicht.

„Nein, tut es nicht. Tadhg hat ein Jahrhundert, wenn nicht sogar länger, damit verbracht, unserer Welt vorzuenthalten, wer er wirklich ist. Er hat Dixon vermutlich mühelos durchschaut."

Cael atmete schwer aus und schüttelte seinen Kopf. Seine Haltung und sein Gesichtsausdruck deuteten darauf hin, dass er und Grey diese Worte nicht zum ersten Mal sagten. „Wir mussten es versuchen."

„Klar", flötete Grey. „Und jetzt hat Ashlyn ihr Schicksal in die eigenen Hände genommen und sich als Köder anerboten. Sie hat gesehen, was mit diesen Omegas im Refugium geschehen wird, und versucht, es zu verhindern. Und genau deswegen muss ich mir diese Tagebücher ansehen. Und zwar *sofort*."

„Scheiße", fluchte Kyra. „Scheiße, Scheiße, *Scheiße*."

„Ich weiß", murmelte Quinnlynn.

Ivana runzelte die Stirn. „Was?"

„Das sieht Ashlyn ähnlich", zischte Kyra und in ihren katzenähnlichen Augen zog ein genervter Ausdruck auf. „Sie stürzt sich immer in Gefahr, um andere zu beschützen. Wir wussten, dass sie sich dem Gefährten-Programm nicht angeschlossen hat, um einen Alpha zu finden. Wir wussten es und haben nicht nachgefragt."

„Es hätte nichts genützt", wandte Quinnlynn ein. „Du weißt, wie stur sie sein kann."

Kyra schüttelte ihren Kopf. „Echt jetzt … Wenn wir sie finden, werde ich sie umbringen."

Dieses Mal erwiderte Lorcan nichts auf Kyras wiederholte Drohung. Er musterte seine Gefährtin eingehend und vernahm zweifellos Worte durch ihr Gefährtenband. Oder vielleicht konnte er spüren, wie ihr zumute war.

All das blendete ich aus und konzentrierte mich auf Cael und Grey. „Du glaubst also, dass sie sich hat entführen lassen, um zu verhindern, dass den anderen Omegas wehgetan wird", fasste ich zusammen.

„Ganz genau", erwiderte Grey. „Und für mich ergibt das durchaus Sinn. Tadhg hat bestimmt von Hawk oder einem der anderen Alpha-Kandidaten in seinem Sektor erfahren, dass Ashlyn hellsichtig ist. Oder vermutlich hat er das bereits gewusst, weil sie eine Z-Clan-Omega ist. Wie dem auch sei, er hat sie bestimmt als Bedrohung angesehen, die er unschädlich machen musste. Und sie hat sich entführen lassen."

„Indem sie sich freiwillig gemeldet hat, in den Blutsektor zurückzukehren, um jenen zu helfen, die während ihrer Läufigkeit hiergeblieben sind", murmelte Kyra kopfschüttelnd und machte sich mental Vorwürfe, es nicht gesehen zu haben.

„Und sie war eine der wenigen, die nicht läufig wurden, und sagte, dass es vermutlich daran läge, dass ihre Art nicht auf das Serum ansprach", grummelte Quinnlynn. „Aber ich wette, sie hat das Getränk gar nicht erst zu sich genommen."

„Vorausgesetzt, das Serum wird mittels eines Getränks eingeflößt", erwiderte Kyra. „Wir wissen noch immer nicht, wie es dazu gekommen ist."

„Es war zweifelsohne ein Östrus-Feier-Serum. Ich habe es wiedererkannt, als ich versucht habe, einige der Omegas zu heilen." Quinnlynn sah Cael mit zusammengekniffenen Augen an. „Ein Serum, auf das dein Bruder Zugriff hatte."

„Das stimmt, wenn der Bariloche-Sektor noch existieren würde", erwiderte er mit hochgezogener Augenbraue. „Ich kann ihn hierherbringen, damit Cillian ihn vernehmen kann, wenn das hilft."

„Er verfügt über eine natürliche Blockade in seinen Gedanken, was dieses Unterfangen erheblich erschweren dürfte", bemerkte ich. „Und ich glaube, das weißt du auch."

„Er kann die Mauer verschwinden lassen." Cael tat genau das und öffnete mir seinen Geist, damit ich die Wahrheit sehen konnte. „Geht ganz leicht."

Ich erwiderte nichts. Stattdessen wühlte ich in seinen Gedanken und konnte deren Aufrichtigkeit vernehmen.

Und Sorge um Ashlyn auch.

Denn er wusste nur zu gut, was mit ihr geschehen würde. So gut, dass mir klar war, dass es jemandem schon einmal widerfahren war.

Und zwar jemandem, der ihm nahestand.

Nein, nicht ihm.

Grey, realisierte ich.

Grey war es, der die Auktionen dieser Organisation schon miterlebt hatte.

Er hatte den Schmerz, den dieser Verrat mit sich brachte, erlebt. Der Schmerz, der mit *Verlust* einherging.

Alles hiervon – die Anschuldigungen gegenüber Tadhg, das Verlangen, ihn niederzustrecken – war wegen Grey. Irgendwie wusste er, dass der Alpha-Prinz verantwortlich für das war, was ihm in seiner Vergangenheit widerfahren war.

Tadhg hat Greys Schwester an den Sklavenhändlerring verkauft, dachte Cael in meine Richtung und in seinen türkisblauen Augen schwirrte kaum zurückgehaltene Wut. *Und er versucht schon über hundert Jahre, das zu beweisen. Ich habe mich seiner Mission erst kürzlich, vor ein paar Jahrzehnten, angeschlossen.*

Warum habt ihr uns nichts gesagt?, wollte ich, erstaunt über seine Offenbarung, wissen.

Aus demselben Grund, aus dem ihr uns nichts vom Bariloche-Sektor erzählt habt, schoss er zurück. *Aus demselben Grund, aus dem ihr uns erst vor Kurzem über das Refugium informiert habt. Es braucht Zeit, um Vertrauen aufzubauen, Cillian. Ich glaube, das weißt du besser als jeder andere.*

Hm, summte ich und bestätigte, verneinte aber auch nicht. Denn wir beide wussten, dass ich das auf mehreren Ebenen verstand.

Wir können euch noch mehr sagen, fuhr er fort. *Wir haben noch mehr herausgefunden, während wir Tadhg verfolgt haben – vor allem über diese Schattenorganisation, die für ihre Omega-Auktionen bekannt ist. Aber es hat keinen Sinn, dieses Gespräch fortzuführen, wenn ihr glaubt, wir würden euch anlügen.*

„Cillian?", fragte Kieran, was meinen Blick zu ihm wandern ließ. „Müssen wir Dixon hierherholen?"

Ich sah zurück zu Cael. Das war der entscheidende Moment. Entweder würden wir mit Grey und Cael zusammenarbeiten oder wir würden uns gegen sie stellen.

Im Augenblick sah ich keinen Grund, den zweiten Weg einzuschlagen.

Denn in Caels Gedanken fand ich nichts anderes als das Verlangen nach einem neuen Bündnis. Respekt für Kieran. Anerkennung unserer geteilten Kräfte.

Und eine Akzeptanz, dass Ivana mich auserwählt hatte.

Diese letzte Einsicht hing zwischen mir und Cael und der aufrichtige Gedanke verweilte an der Front seines Geistes, als wollte er sicherstellen, dass ich ihn hörte.

Sorg einfach dafür, dass du ihrer würdig bist, ergänzte er. *Denn sie verdient nur das Beste. Kein Mittelmaß. Nicht einmal nur gut. Das* Beste.

Ich weiß, erwiderte ich in Gedanken und sah dann zu Kieran, um seine Frage zu beantworten. „Nein, wir müssen Dixon nicht herbringen. Aber wir müssen Grey die Tagebücher geben, denn ich glaube, die beiden sagen die Wahrheit. Und wie sie bereits erwähnt haben, läuft die Zeit gegen uns."

IVANA

Auf dem Boden standen Unmengen an Tagebücherstapeln, die Grey nach Datum ordnete.

Oder zumindest hatte er das gesagt, als Kyra gefragt hatte, was die Stapel sollten.

„Die hier sind von den letzten drei Jahren", hatte er uns gesagt und auf einen Stapel von einem Dutzend Tagebüchern gezeigt. Ich hatte eines in meinem Schoß, das mit zusammenhangslosen Gedanken und bizarren Illustrationen gefüllt war.

Ich musterte die Seiten und suchte nach etwas, das mir bekannt vorkam.

Sie beschrieb verschiedene Momente, hatte kryptische Sätze zu Papier gebracht und wahllos Kreise über die Seiten gepfeffert. Manchmal hatten diese Kreise Pfeile, andere Male waren nur jede Menge von ihnen übereinander gemalt, was mich etwas an ein deliriöses schwarzes Loch erinnerte.

„Sagen dir die hier etwas?", fragte ich Grey und zeigte ihm all die Kritzeleien.

Er musterte die Seite, die ich hochhielt, und schüttelte seinen Kopf. „Nein, noch nicht." Dann richtete er seine Aufmerksamkeit zurück auf das Heft in seiner Hand. Der Muskel in seinem Kiefer begann zu zucken, als er las, was auch immer auf der aufgeschlagenen Seite stand.

Ich errichtete eine Mauer, bevor seine Gedanken mich erreichen konnten, weil ich bereits völlig überwältigt von all den Gedanken war, die im Zimmer umhersausten.

Zum Teufel, sie beschränkten sich nicht auf das Zimmer.

Sie schwirrten im ganzen Sektor umher.

Ich hatte keine Ahnung, wie Cillian so leben konnte.

Na ja, das stimmte so nicht. Ich hatte eine Ahnung, weil ich diesen Trick mit der mentalen Schranke aus seinem Kopf hatte. Aber ich musste mich unheimlich konzentrieren, um sie aufrechtzuerhalten, damit die Gedanken, die im Blutsektor herumschwirrten, nicht in meinen Kopf drangen.

Ich schloss meine Augen, atmete tief ein und beruhigte meine Gedanken. Ich ließ alles und jeden um mich herum verstummen.

Dann widmete ich mich wieder der Suche nach Hinweisen in Ashlyns chaotischen Notizen.

Dieses Tagebuch umfasste gut und gern dreihundert Passagen. Einige davon waren auf eine Seite gepackt, andere waren über zwei Seiten verteilt.

Ich las weiter.

Und weiter.

Bis gefühlt mehrere Stunden vergangen waren. Alle

anderen vor Ort waren still geworden, weil wir alle von Ashlyns rätselhaften Worten eingenommen waren.

Ich massierte meine Schläfen, machte dann aber weiter.

Liebes Orakel,

es ist fast so weit.
    Ich vermisse meine Träume.
    Ashlyn

Ich musterte das Gekritzel darunter und zählte die Kreise. *Siebzehn. Okay.*

Und auf der nächsten Seite waren es siebenundzwanzig.

Und auf der übernächsten zwei.

Ist das eine Zahlenfolge?, fragte ich mich und schrieb die Zahlen auf ein leeres Blatt Papier neben mir.

Die nächste Seite hatte sieben.

Siebzehn. Siebenundzwanzig. Zwei. Sieben.

Stirnrunzelnd blätterte ich zum nächsten Eintrag um und begann zu zählen. Als ich die erste Zeile las, blinzelte ich.

Liebes Orakel der Sterne.

Das Wort *Sterne* war eingekreist worden.

Aber es war nicht das, was mir ins Auge gesprungen war.

Ich blätterte ein paar Seiten zurück und begann die Titel von allen Einträgen vor diesem zu lesen.

Liebes Orakel.

Liebes Orakel.

Liebes Orakel.

Ich griff nach einem weiteren Heft und sah mir mehrere Einträge an. Alle begannen mit *Liebes Orakel* und nie mit *Liebes Orakel der Sterne*.

Ich runzelte die Stirn tiefer.

Ich schrieb *Liebe Sterne* in meine Tagebücher, was Ashlyn wusste, weil sie das Konzept von Privatsphäre nicht verstand und sie mir beim Schreiben eines meiner Einträge zugesehen hatte.

Zufall oder Absicht?, fragte ich mich und widmete mich wieder dem Eintrag.

Liebes Orakel der Sterne, las ich erneut. *Wenn du das liest, ist es an der Zeit, dass du einige meiner Entscheidungen nachvollziehen kannst. Einige meiner Visionen. Einige meiner …*

Nein.

Reagiere nicht. Lass sie nicht wissen, was du gefunden hast. Hast du verstanden?

Ich sah mich blinzelnd um und zog die Stirn kraus. Sie konnte doch nicht wirklich mich meinen, oder? Das … Diese …

Ich räusperte mich.

Wir sprechen hier von Ashlyn. Alles ist möglich.

Ich musterte den letzten Satz, von wegen, ob ich verstanden hätte, wurde dann aber von einem lauten Seufzer abgelenkt. „Nein", sagte Prinz Cael und presste einen Knopf in sein Ohr. „Es ist alles in Ordnung. Ich werde dich anrufen, wenn sich etwas daran ändert."

Cillian, Lorcan und Grey starrten Prinz Cael an.

Ich konnte nicht hören, mit wem er sprach, vernahm nur ein leises Summen und Prinz Caels darauffolgendes Knurren. „Okay, na gut. Wenn du nur sonst nur schmollen wirst, komm hierher und sitz tatenlos rum. Mir soll es recht sein." Er ließ seine Hand sinken, was mir sagte, dass er den Anruf soeben beendet hatte.

„Dixon?", fragte Grey.

„Nein, Granger", knurrte Cael. „Er besteht darauf, dass einer meiner Elitemänner vor Ort sein muss."

Kieran schnaubte höhnisch. „Kommt mir bekannt vor."

Cillian und Lorcan zogen beide ihre Augenbrauen hoch und sahen ihn an. „Du wirst einsam ohne uns", flötete Cillian.

„Ja, ganz bestimmt", flötete Kieran zurück.

In der Luft machte sich ein Schimmern breit, ehe Granger im Büro auftauchte und seine Umgebung mit ernster Miene musterte. „Was zum Teufel macht ihr hier überhaupt?", fragte er.

„Lesen", erwiderte Grey und widmete sich dann wieder dem Heft in seiner Hand.

„Was lesen?", wollte Granger wissen.

Prinz Cael seufzte und begann ihm alles über Ashlyns Tagebücher zu erzählen, was meinen Blick wieder zum Eintrag wandern ließ, den ich gelesen hatte, bevor ich abgelenkt worden war.

Also, wo waren wir?, lautete die nächste Zeile, was mich meine Augenbrauen hochziehen ließ. *Genau … Es ist Zeit, also musst du jetzt gut zuhören, Sternchen.*

Okay, jetzt war ich … ungefähr achtzig Prozent sicher, dass diese Nachricht an mich gerichtet war. Vielleicht.

Wenn ich recht habe, verändert sich deine Kraft. Du kannst gewisse Dinge spüren, *richtig?*

Ich blinzelte. *Das ist unmöglich*, flüsterte ich in Gedanken.

Vana?, fragte Cillian, als ich die nächste Zeile in Ashlyns Tagebuch las, in der stand: *Schhh.*

Heilige Sterne, dachte ich.

Lass dir nichts anmerken, hieß es als Nächstes. *Ich meine es ernst, Sternchen. Konzentrier dich und* **blockiere** *einfach alles andere.*

Das Wort *blockiere* war mehrere Male nachgefahren worden, sodass es aussah, als wäre es in Fettschrift geschrieben. Es zu sehen und daran zu denken, ließ mich instinktiv Mauern um meine Gedanken errichten, aber nicht gegenüber Cillian.

Nein, ihm gewährte ich freien Zugriff und flüsterte: *Ich glaube, ich habe etwas gefunden, aber wir können es niemandem sagen. Noch nicht. Nicht, bis ich verstehe, was es zu bedeuten hat.*

Aus dem Augenwinkel heraus konnte ich ihn einen Schritt auf mich zu machen sehen. *Nein, du darfst dir nichts anmerken lassen. Lass mich einfach … lass mich einfach herausfinden, was Ashlyn mir zu sagen versucht.*

Er kam trotzdem auf mich zu, was mich mit den Zähnen knirschen ließ. Doch alles, was er tat, war, nach meinem Kinn zu greifen und mich in einen Kuss zu ziehen.

Sie haben bereits gesehen, dass ich zu dir geblickt habe, flüsterte er in meinen Kopf, während er seine Zunge in meinen Mund gleiten ließ. *Jetzt lenke ich sie nur ab, damit sie sich nicht fragen, was meine Aufmerksamkeit erhascht hat.*

Er vertiefte unsere Liebkosung, indem er seine Hand an meinen Hals führte und zudrückte.

Für den Bruchteil einer Sekunde vergaß ich, was ich tun wollte. Zur Hölle, ich war mir ziemlich sicher, dass ich meinen eigenen Namen vergaß.

Weil Cillian mich küsste.

Vor den Augen seiner Freunde.

Vor den Augen ihrer Gefährtinnen.

Ich werde dich vor den Augen der ganzen verdammten Welt küssen, Vana, sagte er leise zu mir. *Was immer nötig ist, um zu beweisen, dass du mir gehörst.*

LEXI C. FOSS

Alles, was du dazu tun musst, ist mich zu beißen, erinnerte ich ihn.

Ein leises Knurren wanderte durch seine Brust und rauschte mit einer bebenden, besitzergreifenden Welle durch mich.

Ich würde es auf der Stelle tun, Macushla, aber ich bezweifle, dass du dir wünschst, vor einem Publikum von mir begattet zu werden. Und ich bin mir nicht sicher, ob ich dich teilen will. Er knabberte an meiner Unterlippe, dann entfernte er sich von mir. *Wende dich wieder deiner Lektüre zu. Ich werde zuhören. Und halte deine Mauern aufrecht.*

Der abrupte Themenwechsel ließ mir den Atem stocken und ich sah mich etwas durcheinander im Zimmer um.

Alle gafften Cillian an.

Na ja, nicht alle.

Prinz Cael grinste. „Versuchst du, mir etwas zu sagen?"

Cillian drehte sich abrupt um und küsste mich erneut, was mich noch ärger erschreckte. *Zurück an die Arbeit*, verlangte er in Gedanken. *Ich will wissen, was sonst noch in dieser Passage steht.*

Ich fragte um ein Haar: *Was für eine Passage?*

Doch dann entsann ich mich, was ich gemacht hatte, bevor er sich völlig seltsam zu verhalten begonnen hatte, und zuckte an ihn gedrückt zusammen.

Immer mit der Ruhe, Liebste, murmelte er. *Wir dürfen uns nichts anmerken lassen, schon vergessen?*

Er ließ seine Zähne über meine Unterlippe streifen und sah mich mit seinen dunklen Augen und brennendem Blick an. „Wie gefällt dir die Nachricht, Prinz?", fragte er, ohne seinen Blick von mir abzuwenden.

„Ich hätte etwas mehr Zunge benutzt", erwiderte Prinz Cael.

In Cillians Augen entzündete sich ein Feuer, das sich tief in meine Seele fraß.

„Wenn ihr beide euch streiten wollt, tut es draußen", unterbrach König Kieran. „Mein Büro ist zu voll für solchen Quatsch."

„Aber genau das wolltest du doch, oder?", sagte Prinz Cael mit geschmeidiger Stimme. Cillian und ich sahen beide zu ihm. „Du hast mich gebeten, mich dem Gefährten-Programm anzuschließen, damit dein Elitemann in Aktion tritt, oder?"

König Kieran starrte ihn mit hochgezogener dunkler Augenbraue an. „Habe ich das gesagt?"

Prinz Cael lächelte abermals. „Nein, aber wir beide wissen, dass das deine Absicht war. Und wie es aussieht, hat es funktioniert."

Wende dich wieder Ashlyns Passage zu, flüsterte Cillian in meine Gedanken. *Und blende das Gespräch aus, das wir gleich führen werden.*

Wie bitte?

Mach dir die Ablenkung zunutze, Vana, sagte er zu mir und ließ dann von mir ab, um sich den anderen anzuschließen, als Kieran fragte: „Würde ich so etwas tun?"

„Ja, absolut", murmelte Cillian. „Und an den Zimmerverteilungen würdest du auch schrauben, damit ich und Ivana uns ein Iglu teilen müssen. Oh, Moment mal, genau das hast du getan."

König Kieran schnaubte, doch seinen Gedanken konnte ich eine gewisse Belustigung entnehmen.

Er spielte ein Spiel.

Und wie es schien, hatte Cillian ihn gebeten, es zu spielen.

Als Ablenkung, dämmerte mir und ich erinnerte mich daran, was Cillian gerade gesagt hatte. *Sie lenken alle ab, damit ich mich darauf konzentrieren kann, was ich gefunden habe.*

Ich sah nach unten und las einige von Ashlyns Zeilen erneut.

Ich meine es ernst, Sternchen. Konzentrier dich und blockiere einfach alles andere.

Ich schluckte hart und tat, was sie mir befohlen hatte, las weiter.

Konzentriere dich auf deine Gabe.

Okay, dachte ich.

Spürst du etwas Merkwürdiges?, lautete die nächste Zeile. *Nimmst du komische Schwingungen wahr? Vielleicht ein potenzielles Puzzle, das …*

Ich zog die Stirn kraus, während ich ihre rätselhaften Worte durchging. Die einzigen *komischen Schwingungen* im Zimmer gingen von Cillian und Prinz Cael aus, die gegeneinander zu kämpfen schienen.

Was Granger und Lorcan, die in ihrer Nähe standen, angespannt werden ließ.

Grey aber nicht.

Grey war in etwas anderes vertieft.

Die seltsame Kraft, die ich nicht hatte entziffern können, ging noch immer von ihm aus. Aber es war nicht seine Gabe, die meine Aufmerksamkeit auf sich zog, als ich den Raum musterte, sondern Grangers. Seine Gedanken … seine Gedanken waren wie …

Ein Puzzle, wurde mir bewusst. Blinzelnd sah ich zurück auf den Tagebucheintrag und fokussierte mich auf das Wort.

Das hier ist einer dieser Schlüsselpunkte, in denen du dir deine Verbündeten mit Bedacht aussuchen musst.

Alle potenziellen Wege betrachten …

Und aufpassen musst, wo du hintrittst …

Okay … meinte sie damit, dass ich das Puzzle zusammensetzen sollte? Dass ich aufpassen sollte, wie ich es zusammensetzte? *Potenzielles Puzzle, das es zusammenzusetzen … oder auseinanderzunehmen gilt*, hatte sie gesagt. Also ergab es durchaus Sinn, dass sie mir einschärfte, es vorsichtig zu entschlüsseln.

Vor uns liegen eine Menge Minen, Sternchen, hatte Ashlyn als Nächstes geschrieben. *Landminen, die unseren Feind auf unsere Ankunft hinweisen werden.*

Sei vorsichtig. Geh behutsam vor.

Und vergiss nicht …

Gib. Keinen. Ton. Von. Dir.

Ich schluckte hart. Ihre Warnungen fühlten sich ominös an. Aber als ich Grangers Gedanken betrat und die vielen Schichten darin erkannte …, ergab alles Sinn.

Er versteckte sich hinter einer mächtigen Mauer aus Kraft, die nur seine oberflächlichen Gedanken verriet. Aber ich konnte die Dunkelheit spüren, die dahinter lauerte.

Ich riss meine Augen um ein Haar auf. *Hüte dich vor Prinz Cael*, hatte sie in diesem Flugzeug geschrieben. *Er ist von Dunkelheit umgeben.*

Meint sie mit der Dunkelheit Granger?, fragte ich mich jetzt.

Prinz Cael und Grey hatten nicht ihn verdächtigt, Ashlyn entführt zu haben, aber vielleicht … vielleicht hatten sie sich geirrt?

Ich schluckte schwer und las weiter.

Ich hoffe … ich hoffe, dass das genügt. Mehr kann ich nicht sagen. Wir sind an einem Scheideweg angelangt, Sternchen. Ich … ich sehe zwei Wege, die das Schicksal einschlagen könnte.

Vielleicht findest du einen dritten.

Bis bald.

Ashlyn

Unter ihrem Namen standen zwei nachträgliche Einträge. Der Erste ließ mich erschaudern, aber ich konnte das Gefühl nicht abstreifen, dass er für mich gedacht war.

PS: Herzlichen Glückwunsch zu eurem Kleinen. Ich sende euch meinen Segen aus dem Grab.

Aber beim Zweiten war ich nicht so sicher.

PPS: Unsere Vergangenheit macht uns stärker, nicht schwächer. Vergiss das nicht. Erinnere dich daran, woher du kommst. Und krieg es endlich in deinen Kopf: Du bist nicht wie er. Aber manchmal musst du denken wie er, um die Wahrheit zu finden. Um … mich zu finden.

Vielleicht würde dieser Teil mehr Sinn ergeben, wenn ich das Puzzle in Grangers Gedanken zusammengesetzt hatte.

Es sei denn, ich sollte Grey entschlüsseln, dachte ich und musterte den anderen Mann.

Das hier ist einer dieser Schlüsselpunkte, in denen du dir deine Verbündeten mit Bedacht aussuchen musst, hatte Ashlyn geschrieben. *Alle potenziellen Wege betrachten … und aufpassen musst, wo du hintrittst …*

Ich … ich wusste nicht, was für einen *Weg* ich ihrer Meinung nach einschlagen sollte.

Wieder wanderte mein Blick nach unten und ich las die Zeile erneut, in der stand: Ich … *ich sehe zwei Wege, die das Schicksal einschlagen könnte.*

Aber dann hatte sie einen dritten Weg erwähnt.

Was ist der dritte Weg?, wunderte ich mich.

Ich glaube nicht, dass es Grey ist, sagte Cillian zu mir, während er König Kieran eine Standpauke dafür hielt, dass er sich *eingemischt* hatte.

„Was zum Teufel ist in dich gefahren?", wollte Quinnlynn wissen.

„Dein *Gefährte* mischt sich immer wieder in meine persönlichen Angelegenheiten ein", sagte Cillian zu ihr. „Und du musst gar nicht lachen, Cael. Du bist genauso schlimm."

Hör auf, mir zuzuhören, ergänzte er in Gedanken. *Versuch, dich in Grangers Kopf umzusehen. Ich werde ihn gleich ablenken.*

Indem du …?

Ich riss die Augen auf, als Cillians Faust mit Prinz Caels Gesicht kollidierte. „*Cillian*", zischte ich.

Versuche herauszufinden, was er verbirgt, verlangte er in meinen Gedanken. *Jetzt.*

Prinz Cael warf sich nach vorn und die beiden Männer stürzten knurrend zu Boden.

Ich schrak aus meinem Sessel hoch, das Tagebuch fest umklammert, und rannte weg, um mich gegen die Wand zu pressen, während König Kieran Quinnlynn aus dem Zimmer führte.

Kyra schüttelte bloß ihren Kopf.

Lorcan tat es ihr gleich.

Und Grey … Grey war zu eingenommen von seiner Lektüre, um sich um das Chaos, das sich hinter ihm abspielte, zu scheren.

Ich runzelte die Stirn. Meine Neugier stieg kurz an, während ich seine Gedanken flüchtig eingehender musterte.

Diese Kraft, die er verströmte, hatte etwas abgenommen und sein Fokus lag voll und ganz auf Ashlyns Worten. *Hast du etwas gefunden?*, wollte ich ihn fragen.

Doch als ich aus dem Augenwinkel heraus sah, wie sich etwas bewegte, wanderte mein Blick zurück auf die Schlägerei neben Kierans Schreibtisch. Granger hatte ein Messer gezogen, sein Blick unentwegt auf Cillian.

Ich öffnete meinen Mund, wollte Cillian gerade warnen, doch dann zogen mich Grangers mörderischen Gedanken in seinen Kopf. Nein, es waren nicht seine Gedanken, sondern … seine *Kraft*.

Sie pulsierte.

Wirbelte herum.

Und regenerierte sich mit jeder Sekunde, um eine weitere Schicht zu erzeugen, die ich durchbrechen musste.

Was für eine einzigartige Fähigkeit, staunte ich und verlor mich im mentalen Prozess. Er trug immerzu eine Maske und verbarg nicht nur seine Gedanken, sondern auch alles andere von sich.

Alles, was ihn zu einem Wolf machte.

Zum Beispiel seine Stimme.

Sein Knurren.

Sein Geruch, dämmerte mir, als ich diesen Strang um ihn herumwirbeln sah.

Er war buchstäblich ein Puzzle, dessen Teile er immer wieder neu anordnete, um für jede Situation ein neues Gesicht zu haben.

Alles, während er sich hinter ein paar eisernen Schutzwällen versteckte. Sie erinnerten mich an Stahlbänder, die zu einem gewissen Grad biegsam, aber undurchdringbar waren.

Ich wob mich vorsichtig zwischen ihnen hindurch und wollte tiefer dringen, um seine innersten Gedanken zu hören. Denn er hatte definitiv etwas zu verbergen.

Alles um mich herum wurde still, als ich mich auf mein Ziel konzentrierte und das Tagebuch an meine Brust presste.

Was hast du zu verbergen?, wollte ich wissen. *Wer bist du wirklich?*

Denn alles an ihm war eine Lüge. Eine Maske. Ein Alter Ego.

Er hatte Jahrzehnte darauf verwendet, seine Identität zu perfektionieren, mit dieser Stimme, diesem Knurren, diesem *Geruch* zu leben. Aber unter all diesen Schichten lauerte eine ganz andere Version von ihm.

Ich ließ nicht locker und zog die Stränge vorsichtig aus

dem Weg, auf der Suche nach der wahren Identität hinter all seinen mentalen Barrikaden.

Zeig es mir, verlangte ich und schwamm durch das mentale Minenfeld. *Das hat Ashlyn gemeint, als sie gesagt hat, dass ich aufpassen soll, wo ich hintrete. Dass ich vorsichtig sein soll, um den Feind nicht zu …*

Im nächsten Moment blieb mir die Luft weg. Ein Zementblock rauschte in mich und raubte mir den Atem.

Alles drehte sich.

Pulsierte.

Die Welt … die Welt … war zu dunkel. Zu schwarz. Zu …

Ivana!, schrie Cillian. Hatte ich das bloß in Gedanken vernommen? Oder schrie er wirklich? Ich … ich konnte es nicht sagen.

Ich … ich weiß nicht, wo ich bin …

Ich wartete auf seine Antwort.

Sie kam nicht.

Nur Stille.

Dunkelheit.

Nichts.

Tod.

CILLIAN

Vor einer Minute

Verdammt, Cael konnte ordentlich zuschlagen.

Ich biss die Zähne zusammen und entging seiner Faust nur um Haaresbreite, indem ich mich duckte.

Er knurrte.

Ich erwiderte den Laut.

Und dann lieferten wir uns ein Duell in unseren Köpfen und versuchten, den anderen zu unterwerfen.

Dieses Ablenkungsmanöver würde nicht mehr lange anhalten. Cael wusste, dass ich etwas im Schilde führte. Er hatte es mir mittels eines Gedankens gesagt, als ich den ersten Schlag ausgeführt hatte. *Ich weiß nicht, wozu wir das hier tun, aber ich werde mitspielen, Elitemann. Zeig mir, was du drauf hast.*

Ich hatte seine Aussage mit einem Schlag in sein Gesicht erwidert.

Was Granger fuchsteufelswild gemacht hatte.

Aber Cael hatte ihm befohlen, sich zurückzuhalten. „Es geht mir gut. Ich mach das schon."

„Er ist dir gerade respektlos gegenübergetreten", hatte Granger zähneknirschend gesagt.

„Ich sagte, *ich mach das schon.*"

Und das hatte er auch.

Indem er sich in den vergangenen paar Minuten im Zimmer hin und her teleportiert hatte. Mich geschlagen hatte. Getreten hatte. Mich verbal beleidigt hatte. *Und der Mischung hier und da ein mentales Lachen beigefügt hat.*

Dieses Arschloch amüsierte sich viel zu gut.

Widerwillig musste ich zugeben, dass es einem Teil von mir auch so ging. Und ich verabscheute es dass wir einander so ebenbürtig waren. Wenn ich ihn in Zukunft besser leiden könnte, würde ich mich öfter zum Sparren mit ihm treffen.

Aber leider …

Mein Fuß traf auf seinen unteren Rücken, während ich um ihn herum durch die Schatten wandelte und versuchte, ihn aus dem Gleichgewicht zu bringen. Der Tritt sorgte dafür, dass er direkt auf Kierans Schreibtisch landete und mehrere Gegenstände zu Boden purzelten.

Wenn du mein Büro in Kleinholz verwandelst, kannst du dich auf was gefasst machen, informierte mich Kieran und Cael rappelte sich knurrend vom Schreibtisch auf.

Ich würde die Angelegenheit ja gern draußen regeln, aber ich brauche Zugriff auf Grangers Gedanken. Ivana steht kurz davor, seine letzten mentalen Schranken zu durchbrechen. Ich konnte seine wahren Gedanken jetzt schon fast hören und sehen, was immer er …

Ich wandelte durch die Schatten auf die

413

gegenüberliegende Seite des Raumes und entging damit Caels Klauen nur um Haaresbreite.

Denn der Mistkerl hatte seine Hand gerade in eine Pfote verwandelt.

„Beeindruckend", gab ich schnaubend zu.

Der Mistkerl grinste mich an, dann löste er sich in Luft auf.

Ich wirbelte herum und versuchte abzuschätzen, wo er wieder auftauchen würde.

„Ich könnte dich aufschlitzen", flüsterte er mir ins Ohr und presste seine Krallen im nächsten Augenblick an meinen Hals. *Denn du gibst dir überhaupt keine Mühe*, ergänzte er in Gedanken, während ihm, an meinen Rücken gepresst, ein Knurren durch seine Brust ging. *Was ist hier los, Cillian?*

Ich gab murmelnd ein Fluchen von mir.

Er wusste, dass ich den Angriff nicht ernst meinte. Ich hätte nie einen Kampf angezettelt, wenn Ivana im selben Zimmer war. Und genau das teilte er mir mental mit.

Und er hatte recht – ich gab mir keine Mühe. Kein bisschen.

Seit meinem ersten Faustschlag waren erst wenige Minuten vergangen und mein Ablenkungsmanöver damit sehr kurzlebig.

Doch anscheinend war es lange genug, damit Ivana sich ihren Weg in Grangers Gedanken hatte bahnen können.

Zeig es mir, hörte ich sie verlangen, während Cael seine Krallen in meinen Hals versenkte.

Spuck es aus, dachte er zu mir.

Doch ich war zu beschäftigt damit, Ivanas Gedanken über Minenfelder in Grangers Kopf zu lauschen. *Das hat Ashlyn gemeint, als sie gesagt hat, dass ich aufpassen soll, wo ich hintrete. Dass ich vorsichtig sein soll, um den Feind nicht zu …*

Im nächsten Augenblick ging eine Explosion los, die mich meinen Kopf halten ließ, während sich ein brennender Schmerz in jedem meiner Nervenenden ausbreitete.

An meinem Hals machte sich ein unerträglicher Schmerz bemerkbar, bevor meine Knie einknickten und ich auf den harten, kalten Boden fiel.

Vergöttert noch mal, was war das denn? Ich konnte nicht atmen. Rang nach Luft. Ertrank. In einem Meer aus ewiger Dunkelheit.

Aber …

Aber um mich herum wurde geknurrt. Ich konnte Widerhall um mich herum ausmachen. *Kraft.*

Ich schlug meine Augen auf, als Kieran seine Heilkräfte an mir einsetzte und plötzlich stand meine Welt wieder richtig herum.

Na ja, als richtig konnte man den Anblick, der sich mir bot, nicht bezeichnen.

Granger hatte seine Hand um Ivanas Hals geschlungen und presste ihren erschlafften Körper gegen die Wand. Was hatte der Mistkerl ihr angetan?!

Ivana!, schrie ich in ihre Gedanken.

Nichts.

Sie gab keinen Laut von sich.

Kein Lebenszeichen.

In der nächsten Sekunde war ich auf den Beinen und aktivierte meine Gabe, um in seine Gedanken zu dringen. Die geballte Dominanz meines Wolfes floss in diesen Laut, mit dem ich *verlangte*, dass er sich ergab.

Seine Beine zitterten, doch seine Hand blieb um den Hals der Omega geschlungen.

Zum Nachdenken blieb keine Zeit – ich schritt zur Tat. Indem ich ein weiteres donnerndes Knurren in seinen

Kopf sandte. Der Laut hallte in meiner Brust wider und ließ das Zimmer erzittern.

Oder zumindest fühlte es sich so an.

Ich schenkte weder dem Zimmer noch den Personen in meiner Nähe Beachtung. Mein Fokus lag voll und ganz auf dem Alpha, der mein Weibchen gefangen hielt. Und auf ihrem schlaffen Körper. Ihren blassen Wangen. *Ihrem leblosen Zustand.*

Ein drittes Knurren drang von meinen Gedanken in seine und befahl ihm, zu gehorchen. Meine Omega loszulassen. Sich *hinzuknien.*

Schweißperlen sammelten sich an seiner Stirn und seine mentalen Mauern erzitterten angesichts der erdrückenden Befehle.

Cillian?, flüsterte Ivana. Ihre mentale Stimme zu hören, rüttelte ein Urbedürfnis in mir wach. *Ich … ich …* Sie verstummte und ihre Gedanken schienen bei mir nach Trost und Unterstützung zu suchen.

Nein.

Nicht nur Trost und Unterstützung.

Wissen.

Ich konnte spüren, wie sie es aufnahm und es mit einer Entschlossenheit anwandte, die bis in ihre Seele reichte.

Dann stieß sie selbst ein Knurren aus und ihre neu erlernte Kraft erwachte zum Leben, bevor sie durch Grangers Unterbewusstsein rauschte und die Schranken zerstörte, die seine wahren Gedanken verbargen.

Ich ergriff die günstige Gelegenheit, nahm seine Gedanken mit meinen ein und fesselte ihn mit meiner Macht. Mit meiner Kraft. Mit meiner *Dominanz.*

Mit einem Knurren ließ er von Ivana ab. Ich wandelte durch die Schatten zu ihr, um sie aufzufangen, und schlang meine Arme um sie, bevor Granger zu Boden fiel. Ein weiterer kräftiger Kraftschub raubte ihm das

Bewusstsein, sodass ich mich auf Ivana konzentrieren konnte.

Sie lag zitternd in meinen Armen, die Augen geschlossen, ihre Haut klamm. *Kieran!*, rief ich in Gedanken.

Er stand im nächsten Augenblick neben mir und ließ seine Hand über Ivanas Körper schweben. *Es geht ihr gut*, sagte er mir. *Und dem Baby auch.*

Warum ist sie dann bewusstlos?, fragte ich mit knirschender Stimme. *Warum atmet sie kaum noch?*

„Sie atmet völlig normal", erwiderter er. „Gib ihr kurz Zeit, um sich zu erholen, Cillian."

Ich hatte keine Zeit.

Sie musste aufwachen, und zwar sofort.

Sie musste mir gehören.

Musste leben.

Meine Gefährtin.

Bei den Göttern, die Kraft, die sie gerade ausgestoßen hatte – die wunderschöne Gabe … Wie wir Granger gerade mit vereinten Kräften ausgeschaltet hatten … Ich drückte sie fester an mich und führte meine Lippen an ihr Ohr. „Wach auf", verlangte ich. „Wach sofort auf, damit ich dich beißen kann."

Denn ich konnte keine Sekunde länger warten.

Dieses Weibchen gehörte mir. Und ich brauchte sie, um die Sache zu Ende bringen. Musste unsere Verbindung vervollständigen. Musste unsere gemeinsame Zukunft annehmen.

Bitte, Vana, flüsterte ich in ihre Gedanken. *Bitte, wach auf.*

Kieran und die anderen unterhielten sich miteinander, doch ich hörte ihnen nicht zu. Es war mir egal, was sie zu sagen hatten. Ivana war das Einzige, was zählte. Unser unvollständiges Band. Unsere verbundenen Seelen. Wir mussten vereint werden – zu einer Einheit verschmelzen.

Blinzelnd öffnete sie die Augen und schien meine Gedanken mit ihren zu streifen. *Granger?*, fragte sie.

Ist ein toter Mann, schwor ich und sandte einen weiteren Kraftschub in seinen zerbrochenen Kopf, um das Maß vollzumachen. Dann fiel mir auf, dass er von jemandem festgehalten wurde.

Grey, wurde mir bewusst.

Aber dann wanderte meine Aufmerksamkeit umgehend zurück zu meiner wunderschönen Omega. Sie sah mit ihren umwerfenden, blauen Augen langsam zu mir hoch und ihre Wangen waren noch immer ganz blass, was mein Herz schneller klopfen ließ.

„Vana", flüsterte ich mit ehrfürchtigem Tonfall.

Diese Frau war einfach unglaublich.

Mächtig.

Wunderschön.

Entschlossen.

Selbstbewusst.

Sie hatte so lange um mich gekämpft und ich hatte es ihr gedankt, indem ich sie abgewiesen hatte – etwas, das ich bisher abgestritten hatte. Doch jetzt wurde mir klar, dass der Begriff mehr als nur angebracht gewesen war.

Ich hatte sie immer wieder abgewiesen.

Ihr gesagt, dass sie sich einen anderen Alpha suchen sollte.

Jemanden, der ihrer würdig war. Jemand Besseren. Alles, während ich nicht einmal in Betracht gezogen hatte, dass ich dieser Alpha sein könnte.

Weil ich mich davor fürchtete, wie mein Vater zu werden. Ich hatte Angst davor, seine Blutlinie weiterzuführen. Ich fürchtete mich davor, alle anderen im Stich zu lassen, wenn ich eine Gefährtin über ihre Sicherheit stellte.

Aber indem ich das getan hatte, hatte ich diesen

Ängsten Raum gegeben. Ich hatte in der Vergangenheit gelebt. Hatte zugelassen, dass der Geist meines Vaters mich schon über tausend Jahre lang heimsuchte.

Das hatte jetzt ein Ende.

Ich hatte es satt, mir meine Wünsche und Bedürfnisse von einem toten Mann diktieren zu lassen.

Ich hatte die Nase voll davon, dieser Stimme in meinem Kopf Beachtung zu schenken, die mir immer wieder sagte, dass ich nicht gut genug für eine Gefährtin oder ihrer nicht würdig war.

Ivana und ich waren zusammen mächtiger als getrennt. Der heutige Tag hatte das bewiesen. Zum Teufel, die letzten sechs Jahre hatten das bewiesen.

Ohne sie war ich einsam gewesen. Es war mir unbewusst schlecht gegangen.

Und sie hatte mich einen Feigling nennen müssen, um mir den Kopf zurechtzurücken.

Ich hatte sie mit anderen Alphas sehen müssen, um zu begreifen, dass ich sie vielleicht für immer verlieren könnte. Um endlich aufzuwachen und zu beanspruchen, was schon jahrelang mir gehört hatte.

Und dann hatte ich es während ihrer Läufigkeit erneut vermasselt. Und nach ihrer Läufigkeit auch. Sogar jetzt, verdammt.

Ich strich ihr mit den Fingern durchs Haar und sah ihr tief in die Augen. „Du gehörst mir, Vana."

Sie schluckte hart und sah mich mit suchendem Blick an, während ich jeden einzelnen dieser Gedanken in ihren Kopf sandte. Meinen Schmerz. Meine Sehnsucht. Meine unerfüllten Wünsche. Meine Frustration. Meine Ängste. Einfach *alles*.

Am wichtigsten war jedoch, die Liebe zu ihr, die ich ihr offenbarte. Meine Hingabe. Meine Absicht. Mein *Anspruch*.

Ihr stiegen Tränen in die tiefblauen Augen, was sie zum Glitzern brachte.

Dann neigte sie ihren Kopf leicht zur Seite, um ihren Hals freizulegen. Mir war klar, was sie mir damit sagen wollte. „Beiß mich, Alpha", flüsterte sie mir mit ihren vollen Lippen zu.

Mir war nicht bewusst gewesen, wie sehr ich diese Worte hatte hören müssen. Dass sie danach *verlangte*. Es war nur ein weiterer Beweis dafür, dass wir füreinander bestimmt waren. „Immer sagst du mir, was ich tun und lassen soll", murmelte ich zu ihr zurück.

Sie atmete scharf ein, was mir sagte, dass sie noch etwas hinzufügen – vielleicht einen weiteren Befehl von sich geben – wollte.

Doch dann, als ich meine Reißzähne in ihren Hals bohrte, stockte ihr der Atem.

Im nächsten Augenblick rieselte ihr Blut auf meine Zunge und entlockte mir damit ein besitzergreifendes Knurren, das durch meine Brust rauschte. Ein Knurren, das sich umgehend in ein Schnurren verwandelte. Denn ihre Essenz schmeckte *himmlisch*. Zitronig und doch herb. Verlockend. Und hundertprozentig *meins*.

Ich schluckte dreimal, bevor ich mich von ihr löste und meine atemberaubende Gefährtin ansah. Ihr glückseliger Ausdruck sagte mir, dass ihr der Biss gefallen hatte und ihn nur zu gern erneut spüren wollte.

Ich erfüllte ihr diesen Wunsch, lehnte mich nach vorn und knabberte gerade fest genug an ihrer Lippe, um die Haut zu durchbrechen. Dann leckte ich den Schmerz weg und beanspruchte sie mit meinem Mund.

Küsste sie nach Herzenslust.

Beanspruchte sie mit jedem Zungenschlag.

Alles, während sie sich in meinen Armen wand und stöhnte.

Es fiel mir schwer, mich von ihr zu lösen und meine Stirn an ihre zu legen, aber ich musste sichergehen, dass es ihr wirklich gut ging. Dass sie wirklich geheilt war. Dass sie wirklich *lebte*.

Denn diese wenigen Sekunden ohne sie hatten sich wie eine trostlose Ewigkeit angefühlt.

Ein Teil von mir erkannte, wie verrückt dieses Verlangen war – *natürlich war sie am Leben, verdammt* –, aber ich musste sicherstellen, dass ich nicht träumte. Alles fühlte sich zu fantastisch an, um echt zu sein. Um *mir* zu widerfahren.

Aber als ich in ihre Augen sah und den lusterfüllten Blick darin erhaschte, erkannte ich darin meine Zukunft. Meinen neuen Lebenssinn. Mein *Ein und Alles*.

„Ich liebe dich", sagte ich zu ihr. „Ich liebe dich so verdammt sehr."

Sie streichelte mir mit der Hand über die Wange und ließ ihren Daumen unter meinem Auge hindurchwandern. „Gut, Alpha. Und jetzt sag mir, dass du mich für immer lieben wirst."

Ihre freche Antwort ließ ein Lachen aus mir herausbrechen. Ihre Vorliebe dafür, mir zu sagen, was ich tun und lassen sollte, zeigte sich in all ihrem Glanze. „Wie könnte ich einer so schönen Omega widersprechen?", meinte ich. „Einer, die ich zweifelsfrei *für immer lieben* werde."

Ivanas Augen strahlten. „Endlich", sagte sie mit einem Seufzer, während ich sie langsam auf die Beine stellte und ihr die Hände um die Hüften schlang. „*Endlich* hörst du mir zu."

Ich zog sie lachend in eine Umarmung. „Ich habe dir immer zugehört, Vana." Das war nie das Problem gewesen. „Ich musste nur lernen, zu *verstehen*, was du sagst."

Sie legte ihren Kopf in den Nacken und warf mir ein

anzügliches Grinsen zu. „Es hat geholfen, dass du deinen Kopf aus dem Arsch gezogen hast."

Ich stieß ein weiteres Lachen aus und schüttelte den Kopf. „Du hast Glück, dass ich dich liebe, Omega. Andernfalls wäre ich versucht, dir *deinen* Arsch zu versohlen, weil du dir so dreiste Aussagen erlaubst."

Sie erschauderte. „Das hört sich eher nach einer Belohnung an als nach einer …"

Ein Räuspern brachte meinen Wolf dazu, die unerwartete – und *ungebetene* – Unterbrechung anzuknurren.

„Obwohl das alles sehr unterhaltsam war, wäre ich froh, wenn mir jemand erklären könnte, was gerade mit meinem Elitemann geschehen ist", sagte Cael mit etwas ungeduldiger Stimme.

„Er hat meine Gefährtin angegriffen", erwiderte ich, ohne ihn anzusehen. „Also haben Ivana und ich ihn angegriffen."

„Ja, und zwar mit beeindruckender Kraft", sagte Cael tonlos. „Aber ich würde gern wissen, was dazu geführt hat. Ich nehme an, deine schwachen Kampfkünste waren darauf zurückzuführen?"

Ich stieß ein Knurren aus und sah ihn an. „Mit meinen Kampfkünsten war nichts verkehrt."

„Bitte verkauf mich nicht für dumm, Cillian. Irgendwann werde ich es persönlich nehmen und dich zu einem echten Kampf herausfordern. Draußen. In Wolfsform. Mit unseren Zähnen und Klauen." Er schien seine Augen mit jedem Wort enger zusammenzukneifen. „Sag mir, was hier los ist."

„Granger hat uns hinters Licht geführt", knurrte Grey und stieß einen Stapel Tagebücher, der neben Grangers regungslosen Körper stand, um. „Ich weiß, wo Ashlyn ist."

„Wo?", wollte Cael wissen.

Grey sah mich mit seinen eisblauen Augen an und antwortete: „Im Sektor der Finsternis."

CILLIAN

„IM SEKTOR DER FINSTERNIS?", WIEDERHOLTE ICH. „STEHT das in einem von Ashlyns Tagebüchern?" Denn basierend auf den Einträgen, die ich gesehen hatte, sah es ihr nicht ähnlich, so direkt zu sein.

„Nein", erwiderte Grey.

Und fügte nichts hinzu.

Gab uns keinen Kontext.

Und ließ keine Erklärung folgen.

„Wie hast du ihren Standort ausfindig gemacht?", fragte ich, brauchte mehr als seine selbstbewusste Aussage.

„Meine Fähigkeiten sind für dieses Gespräch irrelevant", informierte er mich mit gelangweiltem Tonfall. „Benutz deine eigenen Gaben, um zu bestätigen, was ich gesagt habe. Durchsuche Grangers Gedanken. Die Informationen liegen direkt vor deiner Nase."

Ich biss die Zähne zusammen. Unbekannte Gleichungen konnte ich nicht ausstehen, und wie sich herausstellte, besaßen Grey und Cael *unbekannte* Fähigkeiten. Fähigkeiten, die eine Bedrohung darstellen konnten.

Wir haben den Lunarsektor krass unterschätzt, sagte ich zu Kieran.

Ja, sagte er bloß, zu fokussiert darauf, die Umgebung zu mustern. Grey hatte Granger irgendwie gefesselt, und zwar nicht mit etwas Greif- oder Sichtbarem, sondern mit einer mentalen Fessel, die fast so funktionierte wie die Schattenwandelfähigkeiten eines Wolfs.

Mit dem Unterschied, dass Greys Energie sich dichter anfühlte. Schwerer. Intensiver.

Ich wollte Ivana gerade fragen, was sie spürte, doch dann wurde mir klar, dass ihr Fokus voll und ganz auf Granger gerichtet war und sie versuchte, durch seine Gedanken zu wühlen, um etwas zu finden, das mit Ashlyn zusammenhing.

Mitgerissen von Ivanas Gedanken folgte ich ihr in Grangers Kopf. Mehr über Grey und seine unbekannten Fähigkeiten zu erfahren, konnte warten. Ashlyn nicht. Sie war irgendwo da draußen, litt vermutlich und wartete darauf, gerettet zu werden.

Ich hoffe bloß, dass es nicht zu spät ist, dachte Ivana und suchte immer fieberhafter. *Ich weiß nicht einmal, wo ich anfangen soll, zu suchen.*

In seinen Erinnerungen, murmelte ich.

Dann zeigte ich ihr, was ich meinte, indem ich in die Teile seines Kopfes vordrang, in denen seine Vergangenheit abgespeichert war. Seine Geheimnisse. Seine Identität.

Ein tiefes Knurren hallte durch meinen Geist und zog

meine Aufmerksamkeit auf die Geräuschquelle. W*as ist?*, fragte ich und sah Kieran in die Augen.

Der Geruch, knurrte er in Gedanken. *Quinnlynn erkennt ihn wieder.*

Ich zog eine Augenbraue hoch. *Der Geruch, den sie im Bariloche-Sektor gewittert hat, gehört Granger und nicht Dixon?*

Ja, bestätigte er und sein Verlangen danach, den Mistkerl in Stücke zu reißen, erwärmte das Zimmer. Nach außen hin ließ er sich aber nichts anmerken. Er war der Inbegriff von Ruhe und Gelassenheit. Aber innendrin plante er bereits einen langsamen, schmerzhaften Tod für den Wolf, der am Boden lag.

„Glaubst du, er hat Tadhgs Geruch an den Tatorten gepflanzt?", fragte Cael leise. Die Frage schien an Grey gerichtet.

„Ich weiß es nicht", erwiderte er. „Aber ich habe fest vor, es herauszufinden. Nachdem wir Ashlyn aufgespürt haben."

Cael nickte und sah mich mit seinen türkisblauen Augen an. „Konntest du Greys Vermutung, dass Ashlyn im Sektor der Finsternis ist, bestätigen?"

„Noch nicht", erwiderte ich und wühlte dann weiter durch Grangers Erinnerungen.

Ivana lauschte still und beobachtete mich dabei, wie ich nach der Information suchte, die wir brauchten.

Es dauerte nicht lange, bis ich eine Erinnerung aus jüngster Zeit fand, die seine düsteren Absichten in Bezug auf Ashlyn freilegte. *Dieses Miststück wird alles ruinieren*, war ihm durch den Kopf gegangen. *Ich muss sie beseitigen.*

Ich konnte seine Vergangenheit nicht sehen, vernahm nur Bruchstücke einiger Ereignisse.

Aber als ich über Gedanken an den Sektor der Finsternis und das weitläufige, zombieerfüllte Land, das dort existierte, stolperte, wurde mir ziemlich schnell klar, dass er Ashlyn dorthin teleportiert und sich selbst überlassen hatte.

„Verdammt", murmelte ich. „Grey hat recht."

Der erwähnte Mann gab nur ein Knurren von sich.

Ich blendete ihn aus und versuchte mithilfe von Grangers Gedanken herauszufinden, wohin genau er die Z-Clan-Omega gebracht hatte, aber die Details waren schwammig. Als hätte er dem genauen Standort, an den er sie gebracht hatte, keine Beachtung geschenkt und sie einfach irgendwo an einer der Stelle abgeworfen, die er in der Vergangenheit im Sektor der Finsternis besucht hatte, und dann verschwunden war.

Allem Anschein nach, hatte er sie so schnell wie möglich loswerden wollen.

„Hast du irgendeine Ahnung, wo genau in den Sektor der Finsternis er sie gebracht hat?", fragte ich Grey und wunderte mich, ob er mithilfe seiner mysteriösen Gabe noch weitere Details ausfindig machen konnte.

„Nein, ich hatte gehofft, dass du mir mit diesem Teil behilflich sein könntest."

Ich schüttelte den Kopf. „Granger hat sich nur auf den Sektor als Ganzes konzentriert." Was bedeutete, dass er sie irgendwo an einem unbestimmten Ort in Irland ausgesetzt hatte.

„Was ist mit ihrem Tagebucheintrag?", fragte Ivana und sah sich nach dem Notizheft um. „Das Tagebuch, das ich gelesen habe. Darin stand …" Sie verstummte, als sie es einige Meter weit entfernt entdeckte.

Ich ließ von ihr ab, damit sie sich bewegen konnte, und sah ihr dabei zu, wie sie sich bückte und das erwähnte Tagebuch aufhob. Sie blätterte durch die Seiten und suchte nach dem Eintrag, der mit den Worten *Liebes Orakel der Sterne* begann.

„Da stand etwas am Ende", sagte sie, während sie

suchte. „Etwas, das ich nicht ganz … Hier. Das hier." Sie begann erneut zu lesen und ging die Worte durch, bis sie das Postskriptum am Ende fand. „Dieser Teil hat bewiesen, dass sie mit mir gesprochen hat."

Ivana lief an meine Seite, ihr Finger auf den ersten Teil gelegt, in dem sie ihr zum *Kleinen* gratulierte. Ich sah die letzte Zeile stirnrunzelnd an.

„Ich sende euch meinen Segen aus dem Grab", las ich laut vor. Ganz schön morbide. „Was das wohl zu bedeuten hat?"

„Keinen Schimmer, aber sieh dir den nächsten Teil an."

Grey stellte sich neben uns, während ich das Post-Postskriptum betrachtete und die Worte laut vorlas.

„Unsere Vergangenheit macht uns stärker, nicht schwächer. Vergiss das nicht. Erinnere dich daran, woher du kommst. Und krieg es endlich in deinen Kopf: *Du bist nicht wie er.* Aber manchmal musst du denken wie er, um die Wahrheit zu finden. Um … mich zu finden."

Das war zweifelsohne ein Hinweis.

Aber was hatte er zu bedeuten?

„Erinnere dich, woher du kommst", wiederholte ich. „Okay, angesichts dessen, dass sie sich im Sektor der Finsternis befindet, würde ich sagen, dass die Zeile mir, Lorcan oder Kieran gewidmet ist."

Aber der nächste Teil …

„Du bist nicht wie er", las ich. „Aber manchmal musst du denken wie er, um die Wahrheit zu finden. Um … mich zu finden."

Dein Vater, dachte Ivana zu mir. *Du bist nicht wie dein Vater.*

Ich legte die Stirn in Falten. War die Lösung wirklich so einfach? Ich hatte gerade denselben Schluss gezogen, als ich Ivana für mich beansprucht hatte. Ich war nicht wie mein Vater. Verdammt, ich war nicht im Geringsten wie er.

Aber manchmal musst du denken wie er, um die Wahrheit zu finden.

Ich runzelte die Stirn noch tiefer. *Was hätte mein Vater in dieser Situation getan?* Es wäre ihm egal gewesen und er hätte Ashlyn ihrem Tod überlassen.

Aber das meinte sie nicht damit.

Vergleicht sie Granger mit deinem Vater?, fragte Ivana.

Möglich ist es. Aber sie waren sich auch nicht besonders ähnlich. Mein Vater hätte Ivana ganz einfach in eine Grube geworfen und sie ihrem Tod überlassen. Er hätte sie nicht an einen anderen Ort gebracht. Das wäre zu viel Aufwand gewesen. Und er hätte alle dazu gezwungen, ihr beim Leiden zuzusehen, um ein Zeichen zu setzen.

Ich hatte mehrere Wölfe in diesen Gruben verenden sehen.

Irgendwann hatte er sie geköpft und ihre Überreste – wiederum als öffentliche Zurschaustellung – verbrannt.

Weil er ein verdammtes Monster gewesen war.

Bei den Göttern, allein an ihn zu denken, brachte mich dazu, seine Leiche ausgraben und seine Überreste verbrennen zu wollen. Aber es war nichts mehr von ihm übrig. Dafür hatten Kieran, Lorcan und ich vor langer Zeit gesorgt.

Also, was wolltest du mir sagen, Ashlyn?, fragte ich mich, während ich ihre Zeilen musterte. *Befindest du dich in einer dieser alten Gruben?* Das schien unmöglich, wo seit ihrer letzten Benutzung doch Jahrhunderte vergangen waren. Aber vielleicht war sie am Lieblingsfolterort meines Vaters zurückgelassen worden.

Oder ganz in der Nähe der Stelle, wo er gestorben war.

Ich sende euch meinen Segen aus dem Grab.

Okay, kleine Hellseherin, dachte ich. *Ich werde deinem Rätsel nachgehen.*

„Es könnte sein, dass sie sich unter dem Erdboden versteckt. Vielleicht in der Nähe der alten Hügel", sagte ich zu Kieran. „Wo Abbán seine Nachrichten immer überbracht hat."

„Und was für Hügel wären das?", wollte Grey wissen.

Ich atmete schwer aus und legte meine Hand an den Nacken. „Sie befinden sich neben dem Giants Causeway, aber irgendwie auch nicht." Verdammt, ich konnte ihm nicht einfach so eine Karte zeichnen. Wenn er den Ort im Sektor der Finsternis noch nie besucht hatte, würde er nicht wissen, wohin er sich teleportieren musste.

Zeig es ihm, sagte Ivana zu mir.

Was?

Bring ihn dorthin, verdeutlichte sie, was meinen Blick zu ihr wandern ließ.

Ich werde dir nicht von der Seite weichen, Vana. Ich hatte sie gerade erst beansprucht. Zum Teufel, im Moment sollte ich nichts anderes tun, als sie in ihrem Nest zu ficken. In *unserem* Nest.

Scheiße. Diese ganze Sache war der reinste Albtraum.

Ich ließ von meinem Nacken ab und führte meine Hand an ihre Wange. *Du bist meine oberste Priorität*, erinnerte ich sie. *Ich werde dich nicht allein lassen.*

Sie legte ihre Hand auf meine. *Du lässt mich nicht allein*, stimmte sie zu. *So sind wir nun einmal, Cillian. Du wirst mit Grey, Cael und Kieran oder Lorcan gehen und Ashlyn finden.*

„Du sagst mir schon wieder, was ich tun und lassen soll", sagte ich.

„Jetzt gehörst du mir, Alpha. Gewöhn dich also lieber dran", entgegnete sie. *Und jetzt geh*, ergänzte sie in Gedanken. *Wir sind ein Team, Cillian. Und Ashlyn ist im Augenblick deine* – unsere – *oberste Priorität. Also geh und finde sie.*

Ich lehnte mich zu ihr und schmiegte meine Lippen an ihre. *Nur, damit das klar, ist, Omega: Wenn ich zurück bin, werde ich mich tagelang mit dir verknoten.* Denn dass sie darauf bestand, dass wir das zusammen machten, und mir wiederholt zeigte, was es hieß, verpaart zu sein, ließ mich nur noch heißer für sie brennen.

Ich werde dich an dieses Versprechen erinnern, Alpha, flüsterte sie und erwiderte meinen Kuss. *Komm schnell zurück.*

Ich legte meine Stirn an ihre und hielt sie einen langen Augenblick in meinen Armen, bevor ich zu Kieran und Lorcan sah. Sie standen nebeneinander und sahen mich an. „Wer hat Lust auf einen Ausflug?"

„Ich", erwiderte Lorcan, ohne zu zögern.

Kieran sah ihn an. „Du weißt schon, dass ich auf mich selbst aufpassen kann, oder?"

„Ja, tue ich", flötete sein Cousin. „Aber ich habe Lust, ein paar Zombies zu töten."

„Und ich etwa nicht?"

„Nein, du nicht. Du hast Lust, jemanden zu foltern", ließ Lorcan ihn wissen. „Tob dich an Granger aus, während wir weg sind." Er machte einen Schritt nach vorn. „Erster Halt Grabstätte?"

Ich nickte. „Jepp."

„Sieh zu, dass er am Leben bleibt", unterbrach Cael, mit Blick zu Kieran. „Wir müssen ihm noch ein paar Antworten entlocken."

Kieran zuckte die Schultern. „Ich werde es versuchen."

„Halte dich zurück", knurrte Cael. „Du hast keine Ahnung, was er getan hat."

„Vielleicht solltest du mir das sagen, wenn ihr zurückkommt", schlug Kieran vor.

„Vielleicht werde ich das", gab Cael zähneknirschend zurück. Sein wütende Haltung passte überhaupt nicht zum sonst so charismatischen, unbeschwerten Alpha-Prinzen.

Unter dem charmanten Äußeren lauerte ein gewiefter, mächtiger Wolf.

Freund oder Feind?, fragte ich mich. Die Zeit würde es zeigen.

„Wir werden Waffen brauchen", bemerkte Lorcan.

Ich nickte. „Ja, und ein Ablenkungsmanöver."

„Jepp." Seine Augen strahlten. „Willst du ein paar Zombies mit uns jagen, kleine Mörderin?"

Kyra schlüpfte schnaubend ins Zimmer. Ihre Gedanken sagten mir, dass sie in den vergangenen paar Minuten im Flur gestanden und auf eine Gelegenheit gewartet hatte, um einzutreten. Lorcan musste sie auch gespürt haben. Oder vielleicht wollte er sie bloß ausführen. Wer wusste das schon?

Sie balancierte ein paar Messer zwischen ihren Fingern und grinste. „Sag mir einfach, wohin wir gehen."

„Mir auch", ergänzte Grey. „Und ich brauche keine Pistole. Ihr könnt euch um die Zombies kümmern, während ich nach der kleinen Geheimniskrämerin suche."

Ich nahm an, dass er mit *Geheimniskrämerin* Ashlyn gemeint hatte.

„Ich brauche auch keine Waffen", murmelte Cael. „Ich werde andere Fähigkeiten einsetzen."

Lorcan zuckte mit den Achseln und wandelte ohne ein weiteres Wort durch die Schatten. Seine Gedanken sagten mir, dass er die Waffenkammer plünderte. Keine sechzig Sekunden später kehrte er mit zwei unserer Einsatzbeutel zurück. Er schmiss mir einen zu und ich wühlte darin nach meinem Holster und meinen Lieblingsspielzeugen.

Ich wollte gerade eine kugelsichere Weste überziehen, als ich hörte, wie Ivana mich von hinten begutachtete.

Gefällt dir, was du siehst, Omega?, fragte ich und aktivierte die Verbindung, die unser Band geschaffen hatte. Wir hatten sie bisher noch nicht benutzt und hatten vorwiegend auf meine telepathischen und Gedankenlese-Fähigkeiten zurückgegriffen. Aber es fühlte sich richtig an, auf diesem Wege mit ihr zu sprechen. Es war … intimer und … passte viel besser zu uns.

Ja, das tut es, Alpha, murmelte sie zurück und verband sich mühelos mit derselben Verbindung. *Sehr sogar.*

Hm, summte ich. *Das merke ich mir für später.*

Dann nickte ich Lorcan zu. „Lass uns gehen."

IVANA

Kieran musterte sein derangiertes Büro und schüttelte seinen Kopf. „Was für ein Chaos."

Meine Mundwinkel zuckten. „Es könnte schlimmer sein."

„Hm", summte er und sah die Gegenstände an, die querbeet über den Boden verteilt waren, bevor sein Blick zu Granger wanderte, der noch immer am Boden lag. „Du solltest dich in unserem Nest ausruhen."

Ich blinzelte ihn, verwirrt über seine Aussage, an, dann betrat Quinn das Zimmer, ihre Hand auf ihren wachsenden Bauch gelegt. „Und du solltest aufhören, mir zu sagen, was ich tun und lassen soll."

„Ich bin ein Alpha, Schätzchen. So bin ich nun einmal."

Quinn stieß ein Schnauben aus und lief zu mir

hinüber. Mit jedem Schritt, den sie nahm, wurde ihr Lächeln etwas breiter. Erst, als sie direkt vor mir stand und sich zu mir lehnte, um an meinem Hals zu schnüffeln, verstand ich, warum sie grinste. „Er hat dich gebissen!"

Ich sah sie mit hochgezogener Augenbraue an. „Das ist eine ganz schön merkwürdige Begrüßung, Quinn."

„Ich bin ein Wolf. Ich bin schwanger. Mir tut alles weh. Lass mir wenigstens die Freude, Ivana. Denn eines Tages wirst du verstehen. Glaub mir." Dann breitete sie ihre Arme aus und umarmte mich wie aus dem Nichts und freudig kreischend. „Es hat funktioniert! Ich bin so froh, dass es funktioniert hat!"

Ich erwiderte ihre Umarmung, etwas erschrocken über die ungestümen Emotionen und das merkwürdige Verhalten. Vorwiegend, weil ich fürchtete, dass sie recht hatte und ich mich bald auch so aufführen könnte, wahllos Leute beschnüffeln und merkwürdige Dinge sagen würde. „Was hat funktioniert?", wollte ich wissen.

„Das Gefährten-Programm!" Sie ließ mich los und wirbelte zu einem amüsiert aussehenden Kieran herum. „Ich habe dir doch gesagt, dass es funktionieren würde."

„Ich habe Cael dazu gebracht, mitzumachen", flötete er.

„Ja, weil ich gesagt habe, dass sie ein gutes Paar abgeben würden."

„Ganz genau", stimmte er zu.

Ich runzelte die Stirn. „Moment mal … also habt ihr Prinz Cael dazu gebracht, mitzumachen, um Cillian eifersüchtig zu machen?", wollte ich wissen. Sie hatten vorhin darüber gesprochen, als ich Ashlyns Tagebücher durchgegangen war, aber Kieran hatte sich unschuldig gegeben.

Jetzt sah er ungeheuer selbstgefällig aus.

435

Quinn strahlte. „Wurde auch langsam Zeit, dass er dich beansprucht."

Ich schüttelte den Kopf. „Ihr beide seid wirklich ungeheuerlich. Was, wenn ich mich in Prinz Cael verliebt hätte?"

„Dann wärt ihr ein gutes Paar gewesen", wiederholte Kieran. „Und Cillian hätte es für den Rest seines langen, einsamen Lebens bereut, dich verloren zu haben."

Der Gedanke ließ mich zusammenzucken, weil er mir überhaupt nicht gefiel. „Er trägt viel Verantwortung auf seinen Schultern."

Kieran ernüchterte etwas. „Das weiß ich. Und einen Großteil davon unrechtmäßig."

Ich schluckte hart und nickte, weil ich keine Lust mehr hatte, das Thema eingehender zu besprechen. Es fühlte sich falsch an, mit dem besten Freund von Cillian über meinen Gefährten zu sprechen.

Gefährte, wiederholte ich in Gedanken. *Mein Gefährte.*

Denn Cillian hatte mich gebissen. *Zweimal, sogar.*

Ich erschauderte, als ich an das heiße Versprechen zurückdachte, das er mir gemacht hatte – an die verruchten Absichten, die seiner Stimme mitgeschwungen hatten.

Bei den Göttern, ich wollte ihn.

Ich wollte ihn so sehr, dass ich kaum mehr klar denken konnte.

Ich spannte meine Schenkel an und errötete. Ich brauchte eine Ablenkung. Sofort. Etwas, das mir dabei helfen würde, das Inferno zu löschen, das sich in mir zusammenbraute.

Cillians Beanspruchung ließ nach wie vor ein Summen durch meine Adern fließen, auf das mein Körper reagierte.

Wir mussten unsere Gelübde noch sagen. Uns zu

einem Wirrwarr aus Armen und Beinen *verknoten. Einander tagelang verwöhnen.*

Es würde wieder werden wie mein Östrus.

Mal abgesehen davon, dass ich überhaupt nicht läufig sein würde – nur sehr, *sehr* heiß.

Mit einem Räuspern sah ich mich erneut im Büro um und suchte nach etwas, worauf ich mich konzentrieren konnte.

Granger fiel mir ins Auge. Sein regungsloser Körper lag auf dem Boden. „Glaubst du, er hat uns das Östrus-Serum eingeflößt?", platzte mir heraus, in einem verzweifelten Versuch, meine Hormone in den Griff zu bekommen.

Mein Themenwechsel schien auch bei Kieran und Quinn zu wirken, denn ihr Gesichtsausdruck verfinsterte sich umgehend. Quinn sah den Mann an und rümpfte ihre Nase angewidert. „Es war ohne jeden Zweifel er, der den Bariloche-Sektor besucht hat, also weiß er vom Serum."

„Es war also nicht Dixon?" fragte Kieran sie mit plötzlich geschäftlichem Tonfall.

„Es gab nur einen V-Clan-Wolf, den ich gerochen habe, und es war dieser Alpha." Sie funkelte den Mann an. „Aber was ich nicht verstehe, ist, warum ich ihn die anderen Male nicht erkannt habe, als ich ihm begegnet bin. Warum erkenne ich seinen Geruch erst jetzt wieder?"

„Weil Ivana etwas getan hat, das in demaskiert hat", erklärte Kieran.

Quinn sah mich mit offen stehendem Mund an. „Was hast du getan?"

„Ich …" Ich verstummte und presste meine Lippen aufeinander, während ich darüber nachdachte, wie ich in Worte fassen sollte, was ich getan hatte. „Cillian sagt, dass ich ein natürliches Verständnis für psychische Prozesse besitze, also habe ich … habe ich mich ganz einfach durch

Grangers mentale Barrikaden gearbeitet und nach der Wahrheit gesucht, die hinter der Fassade lauerte."

Das brachte mich auf eine Idee. Cillian hatte mir gezeigt, wie ich Grangers Erinnerungen anzapfen konnte. Vielleicht konnte ich eine finden, die mit dem Östrus-Serum zu tun hatte.

Anstatt meine Absichten laut auszusprechen, drang ich ganz einfach wieder in Grangers Gedanken, um herauszufinden, in was für einem Zustand er sich nach dem, was Cillian mit ihm angerichtet hatte, befand. Es hatte sich wie ein mentaler Kraftschub angefühlt, den ich nie am eigenen Leibe erleben wollte. Vermutlich fühlte es sich ähnlich an, wie eine Kugel in den Kopf zu bekommen. Oder vielleicht eher so, als würde einem der Kopf komplett abgerissen.

Ich erschauderte und ignorierte die Empfindung, die dieser Gedanke hervorrief, und konzentrierte mich stattdessen auf Granger.

Alles schien verschwommen, was seltsam war. Zuvor war alles sehr vielschichtig und nach Kategorie geordnet gewesen, aber jetzt … jetzt schien es fast schon … fremd. Als handelte es sich gar nicht um seinen Geist.

Merkwürdig, dachte ich, stocherte weiter herum und erstarrte, als ich auf etwas Bekanntes stieß.

Oder sollte ich sagen, etwas komplett Fremdes?

Diese seltsame Energie, die Grey vorhin verströmt hatte, lag auch auf Granger. Ich konnte sie nicht ganz definieren oder verstehen, aber ich konnte ihre Macht *spüren*. Ihre Gefahr. *Ihre bösen Absichten.*

Ich riss meine Augen auf.

Kieran und Quinn sprachen gerade darüber, was sie im Bariloche-Sektor erlebt hatte – wie sie sich versteckt hatte, wann immer der V-Clan-Alpha zu Besuch gekommen war. Aber sie kannte seinen Geruch. Er hatte auf einigen der Omegas verweilt, mit denen er sich dort vergnügt hatte.

„Bist du dir sicher, dass es Granger ist?", fragte ich mit zittriger Stimme, woraufhin mich die beiden stirnrunzelnd ansahen, weil ich Quinn ins Wort gefallen war.

„Es ist definitiv dieser Geruch", sagte sie bedächtig. „Warum fragst du?"

Weil ich nicht mehr überzeugt davon bin, dass er tatsächlich zu ihm gehört, erwiderte ich um ein Haar. Aber dieses Flackern in seinem Geist – ein Hauch von etwas, *das auf mehr schließen ließ* – bewegte mich dazu, nichts zu sagen.

Irgendetwas stimmte hier nicht.

Ich folgte diesem Flackern und suchte nach seiner Quelle, stieß dann aber gegen eine Wand aus undurchdringbarer Energie. Ich wich zurück und lief gegen eine Wand.

„Ivana?", fragte Kieran.

Ich sah ihn an. „Etwas ist im Anflug, Kieran. Etwas …"

Er erstarrte und sein Blick schnellte zu den Fenstern hinter seinem Schreibtisch. „*Verdammt. Rennt weg!*"

Quinn griff nach meiner Hand, bevor er den Befehl überhaupt ausgesprochen hatte, doch jemand schlang seine Hand um mein anderes Handgelenk, ehe ich ihr folgen konnte.

Diese Hand riss mich zurück, was mich mit einem dumpfen Aufprall zu Boden gehen ließ.

Im nächsten Augenblick schwebte Granger über mir und sah mich mit wildem Blick an, während er seine Hände um meinen Hals schlang, als hätte er vor, mir den Kopf abzureißen.

Mein Schrei blieb mir im Hals stecken, denn ich bekam keine Luft. Er krallte seine Fingernägel so fest in meine Haut, dass Blut floss.

Bei den Göttern, er wird mir wahrhaftig den …

„Du verdammte Schlampe", knurrte er mit einem wahnsinnigen Ausdruck in den Augen. Fast so, als hätte er seinen Verstand verloren.

An etwas anderes? An jemand anderen? Ist das überhaupt er?

Ich kratzte seine Handgelenke und versuchte, ihn von mir zu reißen, aber seine Hände waren zu groß. Zu kräftig. *Zu stark.*

Er stieß einen Laut aus, der mich an einen tollwütigen Hund erinnerte, und sein Blick schien kurz etwas klarer zu werden. Ein schockierter Ausdruck zog darin auf.

Es war ein krasser Kontrast zur blinden Wut, die gerade eben noch in seinen Augen zu sehen gewesen war.

Und dann verschwand er.

Löste sich in Luft auf.

Kieran stand über mir und streckte mir seine Hand hin.

Ich sah zu meiner Linken und suchte nach Grangers Körper.

Aber er war nicht da.

Er hatte … er hatte sich *durch die Schatten* aus dem Büro teleportiert, bevor Kieran hatte zu ihm gelangen können.

So schnell war er gewesen.

Ich rang nach Luft und führte meine Finger an die Wunden an meinem Hals. Als Kieran mich packte und auf die Beine zog, kam mir ein Wimmern über die Lippen. Sein Blick wanderte an meinen übel zugerichteten Hals und kurz darauf spürte ich, wie seine Heilkräfte sich auf meiner Haut ausbreiteten.

Dann schubste er mich abrupt in Quinns Richtung und brüllte: „*Geht!*"

Alles um mich herum schien sich zu drehen. Ich war völlig verwirrt.

Alles war so schnell gegangen.

Und als Quinn abermals nach mir griff, erlebte ich ein Déjà-vu. Dieses Mal riss sie mich nach vorn und aus Kierans Büro, bevor hinter uns Glas zerbarst und in alle Richtungen flog.

Ich erschauderte und versuchte mit der jetzt davon rennenden Quinn Schritt zu halten. Für eine Frau, die hochschwanger war, war sie ungeheuer schnell.

Sie steuerte zunächst auf eines der Zimmer zu, hielt dann aber inne und machte kehrt, um auf die Treppe zuzugehen.

Hinter uns brach das Chaos los. Kierans Knurren hallte durch das Gebäude und ein metallischer Geruch stieg mir in die Nase. *Blut.*

Bald darauf folgte sein Brüllen, was Quinn ins Stolpern geraten ließ.

Ich fing sie am Arm ab und zog sie auf die Beine, bevor sie hinfallen konnte. Doch sie hielt komplett an und blickte mit entsetztem Ausdruck über ihre Schulter.

Dann heulte Kieran. Dem Laut wohnte eine Warnung inne.

Und dann rannte Quinn weiter.

Keine Worte. Keine Schreie. Kein Zischen und kein Knurren. Still und leise huschten wir die Treppe hoch und den Flur hinunter auf ihre Gemächer zu.

Ich war schon mal in diesem Flur gewesen, aber nicht in ihrem Nest.

Quinn riss mich ins Zimmer und knallte die Tür hinter uns zu.

Dann rannte sie zur Wand.

Dort angekommen, riss sie eine Platte weg, hinter der ein Keypad hervorkam, in das sie eine Zahlenfolge tippte. Ich sah fassungslos dabei zu, wie ein geheimer Schutzraum hervorkam, der über Sicherheitskonsolen verfügte, die sich einschalteten. „Was …?"

Sie blendete mich aus, setzte sich hin und öffnete ein Bildschirm, auf dem Kierans Büro zu sehen war – und der Kampf, der sich darin zutrug.

Kieran wehrte drei oder vier Alphas ab. Ich konnte sie nicht recht zählen, weil die Männer sich zu schnell bewegten, sodass die Kameralinse sie nicht scharf einfangen konnte.

Aber sein Knurren war bis hierhin zu spüren und zu hören. Es fühlte sich fast so an, als würde er direkt neben uns stehen.

Quinn fluchte und öffnete dann ein paar weitere Aufnahmen, die das Areal zeigten, auf denen mehrere Alphas zu sehen waren, die die Treppe hochrannten.

Die Treppe, die wir gerade erklommen hatten.

„Rein da!", kreischte sie. Der Befehl brachte mich dazu, hochzuschießen. Ich wandte mich der Tür zu und zitterte, als die Eingangstür zu ihrem Nest dem kräftigen Tritt eines Alphas erlag.

Ich sah ihm für einen Bruchteil einer Sekunde in die vielfarbigen Augen, bevor ich die Eisentür zuschlug. Quinn schnellte hervor, um ein automatisiertes Schloss einrasten zu lassen, just als der Hüne von einem Mann sich von außen gegen die Tür schmiss.

Das Eisen hielt stand.

Und mehrere weitere Schlösser rasteten ein.

Gefolgt von einem dünnen metallenen Schild, der sich über die gesamte Wand erstreckte.

„Hier drinnen sind wir sicher", flüsterte sie. „Der Schutzzauber hält sie davon ab, durch die Schatten hineinzuwandeln, und das Eisen sollte standhalten. Zumindest für eine Weile."

Ich schluckte hart. „Was zum Teufel ist hier los?"

Offensichtlich wurden wir angegriffen. Aber von wem? Und warum?

Sie schüttelte bloß ihren Kopf. „Ich weiß es nicht, aber ich muss die anderen warnen."

Ich wollte gerade fragen, wen sie mit den *anderen* meinte, doch dann öffnete sie einen Bildschirm und tippte eine Nachricht ein, in der stand: BUB. Dann wählte sie Jas' Namen und drückte auf *Senden*.

„BUB?", wiederholte ich.

„Blutsektor unter Beschuss", erwiderte sie, kurz bevor ein Surren an ihrem Handgelenk zu vernehmen war. Sie tippte auf den Bildschirm und zeigte mir Jas' Antwort: *V*. „Und das bedeutet, dass sie sich vorbereiten."

„Um uns zu Hilfe zu kommen?"

„Nein, um das Refugium zu verteidigen", antwortete sie. „Für den Fall, dass mir etwas zustößt. Oder Kieran." Sie sah auf die Bildschirme, während sie den letzten Satz von sich gab, und biss dann die Zähne zusammen. „Es sind zu viele."

Aber gerade, als sie das gesagt hatte, stieß Kieran ein lautes Brüllen aus und warf mehrere Wölfe aus dem Fenster auf die Straße.

Dann *sprang* er ihnen hinterher.

„Scheiße", murmelte Quinn und öffnete ein weiteres Fenster, gerade, als Kieran am Boden angelangte. Er musste sich aus der Luft hinaus auf die Straße teleportiert haben – ein echt beeindruckender Trick – und hatte sich bereits vom bisherigen Kampf erholt.

Seine Kraft erwärmte die Luft, stellte alles im Sektor unter seinen Befehl und bewies, dass er sein König war.

Quinn erschauderte, sank dann in ihren Stuhl zurück und presste die Hand auf den Bauch. „Ja, dein Papa ist ein ziemlich krasser Typ", flüsterte sie. „Aber du musst dich beruhigen und Mama nachdenken lassen, okay?"

„Kannst du Cillian oder Lorcan eine Nachricht schicken?", fragte ich.

„Ja, ich …"

Der Sektor wurde von einer weiteren Energiewelle überrollt, was sie mitten im Satz innehalten und die Bildschirme um uns einfrieren und schließlich komplett ausgehen ließ.

Sie versuchte, einen Knopf zu drücken, um das Gerät wieder anzuschalten.

Aber im nächsten Augenblick versagte der Strom komplett, sodass wir im Dunkeln saßen.

„Die Generatoren werden in ein paar Minuten angehen", flüsterte sie merklich beunruhigt.

Ein Gefühl, das ich gut nachvollziehen konnte.

Denn in der Spanne von ein paar Minuten konnte vieles geschehen.

„Aber ich sollte in der Lage sein, Cillian zu rufen." Quinn machte eine Handbewegung mit ihrer Armbanduhr und projizierte einen Nachrichten-Bildschirm an die Wand. Doch leider blinkte in der oberen rechten Ecke eine Dialogbox in der stand: „Nicht verbunden". Das bestätigte, was wir beide bereits befürchtet hatten.

Dieser Kraftschub hatte nicht nur das Stromnetz zusammenbrechen lassen, es hatte uns auch von den Satelliten abgetrennt.

Was bedeutete, dass, wer auch immer den Blutsektor angriff, zerstörerische Waffen hatte.

Und über eine Unmenge an übernatürlicher Kraft verfügte …

CILLIAN

Vor mehreren Minuten

MIR LIEF ES KALT DEN RÜCKEN HINUNTER, ALS ICH AN meinem Geburtsort ankam. Ein Land, das ich liebte und zugleich hasste. Ich liebte es, weil es mein Zuhause war, hasste es aber wegen des Mannes, der mich hier großgezogen hatte.

Mein Vater.

Alpha Abbán.

Verdammt, ich hätte schwören können, dass sein Geist irgendwo noch sein Unwesen trieb. Ich konnte seinen eiskalten Atem an meinem Nacken spüren, seine herzlosen Kommentare in meinem Ohr hören. Es war scheußlich. Herzzerreißend. Fast schon überwältigend.

Und der Grund, warum ich nie herkam.

Der Grund, warum ich diesen Ort *verabscheute*.

Einen Atemzug zu nehmen, schmerzte. Hier zu existieren. Zu *denken*.

Aber … diese kalte, bekannte Brise verflüchtigte sich schon bald. Viel schneller als jemals zuvor. Und dahinter konnte ich eine unbekannte Wärme hervorkommen spüren. Eine Hitze, die aus meinem Herzen strömte und durch meine Seele rauschte.

Ivana, dachte ich und legte eine Hand auf meine Brust.

Sie war nicht physisch bei mir und doch irgendwie da. Sie war *an* mir festgemacht. Mein neuer Lebenssinn. Meine Rettungsleine. *Meine Gegenwart und meine Zukunft.*

Ich schüttelte den Kopf und damit auch die heimsuchende Vergangenheit ab und konzentrierte mich auf das Hier und Jetzt.

Das hatte doch auf Ashlyns Notiz gestanden, richtig? Dass unsere Vergangenheit uns stärker machte. Dass ich einsehen sollte, dass ich nicht wie mein Vater war. Aber auch, dass ich wie er denken musste, um sie zu finden.

Lorcan und Kyra reisten ein paar Meter neben mir durch die Schatten. Offensichtlich wusste mein alter Freund ganz genau, wo ich landen wollte. Dann hörte ich, wie Cael und Grey mich irgendwo in der Nähe der Klippen zu finden versuchten.

„Sie sind am Ufer", sagte ich leise zu Lorcan.

Er nickte und machte sich ohne ein weiteres Wort auf den Weg, um sie hierherzubringen – an den Ort, wo alles angefangen hatte.

Klar, die Umgebung hatte sich im vergangenen Jahrtausend verändert und die Gerüche in der Luft waren auch anders, aber ich erkannte die Seele dieses Ortes dennoch wieder. Die Vergangenheit. Die Geschichten, die in der Erde eingebettet waren.

Ich begann herumzustreifen, die Waffe gezückt und an meiner Seite.

Es war immer noch mitten in der Nacht – der perfekte Zeitpunkt, um zu jagen. Aber das Morgenrot rückte heran und bald schon würde die Sonne am Horizont aufziehen.

Nicht, dass das eine Rolle spielte.

Sonnenlicht konnte mir nichts anhaben. Leider galt dasselbe für die Infizierten. Oder die *Zombies*, wie Lorcan sie nannte.

Obwohl … ich niemanden in der Nähe hören konnte. Nur das sanfte Schwappen der Wellen, die gegen das Ufer schlugen und mich an ein anderes Leben erinnerten. An ein altes Leben.

Okay, Ashlyn, wo bist du?, fragte ich mich und suchte nach ihren Gedanken.

Als ich sie nicht orten konnte, reiste ich tiefer durch die Schatten in die Hügel und hielt ein weiteres Mal inne, um zu horchen.

Noch immer keine Spur von den Infizierten oder Ashlyns Gedanken.

Ich warf meine Kraft wie ein weites Netz aus, fand jedoch nichts. Entweder war Ashlyn bewusstlos oder nicht hier.

Zähneknirschend rief ich mir die Worte auf der Notiz von ihr in Erinnerung und versuchte mir zu überlegen, wie ich wie mein Vater *denken* konnte.

Vorausgesetzt, sie meint überhaupt ihn. Aber wen könnte sie sonst meinen?

Stirnrunzelnd wandte ich eine neue Taktik an und reiste durch die Schatten an den Ort, von dem ich buchstäblich stammte: an den Ort, an der meine Omega-Mutter mich geboren haben musste.

Er befand sich nicht weit entfernt von der Stelle, an der ich mich mit Lorcan und Kyra getroffen hatte, nur ein

Stück weiter den Hügel hoch. Obwohl ich mich nicht daran erinnern konnte, wo ich geboren worden war, wusste ich, dass Omegas des Sektors der Finsternis an diesen Ort gegangen waren, um zu gebären. Meine Mutter hatte bestimmt dasselbe getan.

Ich schluckte hart und dachte an die Frau, die mir das Leben geschenkt hatte. Ich erinnerte mich an nichts von ihr. Sie war gestorben, als ich noch ganz klein gewesen war – vielleicht ein paar wenige Monate alt.

Schon früh hatte ich erfahren, dass mein Vater sie umgebracht hatte, und dieses Wissen hatte das Verlangen in mir verstärkt, ihn zu töten.

Aber als es so weit war, war ich wie erstarrt, dachte ich und kniff meine Augen zu.

Es war ein Augenblick, auf den ich schon lange voller Abscheu zurückblickte. Ein Augenblick, den ich bereute. Ein Augenblick, der mich – so fürchtete ich – zu einem unwürdigen Alpha machte.

Aber jetzt, wo ich so darüber nachdachte, fragte ich mich, ob das die Vergangenheit war, von der Ashlyn gesprochen hatte. Die Nacht, in der ich gescheitert war, meinen Vater zu töten.

„Du hast erwähnt, dass der Sektor der Finsternis in der Vergangenheit Teil dieses Omega-Sklavenhändlerrings war." Kyras Stimme war irgendwo zu meiner Linken zu hören. Zwar konnte ich sie nicht sehen, und ihre Stimme war nur sehr leise zu vernehmen, aber dank meines verbesserten Gehörs konnte ich ihr Flüstern hören. „Wie?"

„Als Markt oder potenzielles Auktionshaus", erwiderte Cael. „Oder zumindest gehen wir davon aus. Es ist möglich, dass sie hier draußen auch Jagdpartys veranstaltet haben."

„Jagdpartys?", wiederholte sie. Der Begriff sandte ein weiteres Schaudern an meinem Rücken hinab.

Denn ich wusste, was eine Jagdparty war. Mein Vater hatte sie geliebt. Hatte sich nach ihnen *verzehrt*. Er hatte es verdammt noch mal geliebt, Frauen zum Schreien zu bringen.

„Es ist ein Anlass, an dem die Omegas davonrennen und die Alphas sie jagen", knurrte Grey. Seine vulgäre Zusammenfassung ließ mich ein Knurren ausstoßen. „Wir haben es nie hautnah miterlebt, wir haben nur von ihnen gehört. Aber wir wissen, dass es sie gibt."

„Und du glaubst, sie veranstalten diese Jagdpartys hier?", hakte Kyra nach und stellte damit eine Frage, deren Antwort ich nur zu gern wüsste.

„Nicht regelmäßig." Caels Antwort war besser zu vernehmen. Ich konnte seinen Geruch klar wahrnehmen, was mir verriet, dass sie ganz in der Nähe waren. „Aber mindestens einmal haben sie das. Es sei denn, es war keine Jagd, sondern eine Auktion oder ein Handel."

„Zu viele Gerüche für einen Handel", murmelte Grey. „Eine Auktion, vielleicht, aber höchstwahrscheinlich eine Jagd. Dieses Land ist wie dafür gemacht."

„Zumindest würde es zu dem passen, was sich in der Vergangenheit in diesen Hügeln zugetragen hat", ergänzte ich, als sie zu meiner Linken erschienen.

Grey nickte. „Ja, tut sie."

Ich war mir nicht sicher, was er darüber wusste – mal abgesehen von Gerüchten, die man sich erzählte. Aber der heimgesuchte Blick in seinen Augen ließ mich wundern, ob er mehr über die Geschehnisse wusste. Ob es etwas damit zu tun hatte, was er verbarg. Vielleicht mit seiner Gabe?

Ich brachte es nicht übers Herz, ihn zu fragen, wo wir uns doch auf Ashlyn konzentrieren mussten.

„Ich kann sie nirgendwo hören", sagte ich ohne Umschweife zu ihnen und lenkte das Thema weg vom *Omega-Sklavenhandel*. Wir … würden uns mit diesem Thema befassen, nachdem wir uns mit dem derzeitigen Problem auseinandergesetzt hatten. „Riechst du sie?" Meine Frage war vorwiegend an Grey gerichtet. Ich hatte so ein Gefühl, dass er ihren natürlichen Geruch am besten von uns allen kennen würde.

Leider schüttelte er seinen Kopf.

Ich stieß einen Seufzer aus und wollte gerade vorschlagen, dass wir uns aufteilen und in verschiedene Richtungen gehen sollten, doch dann knurrte er: „Aber sie ist definitiv hier."

„Kannst du sie spüren?", fragte Cael.

„Nein."

„Woher weißt du dann, dass sie hier ist?", fragte Kyra ähnlich genervt, wie ich war.

„Ich habe nur …" Er verstummte und räusperte sich dann. „Vertrau mir. Sie ist hier."

Dir vertrauen, dachte ich und knurrte innerlich. *Das würde dir so passen.*

Wo sind all die Infizierten?, dachte Lorcan und richtete seinen Blick auf mich. *Ich kann keinen von ihnen riechen.*

Vermutlich in den vormaligen Städten, erwiderte ich telepathisch. Unser letzter Besuch lag lange zurück. Vielleicht so um die fünf oder sechs Jahrzehnte. Es hatte schlichtweg keinen Grund gegeben, vorbeizuschauen, nachdem wir alle in den Blutsektor gebracht hatten.

Aber keinen einzigen? Er sah sich mit zusammengekniffenen Augen um. *Ich weiß ja nicht, C. Die Sache stinkt doch bis zum Himmel.*

Ich pflichtete ihm bei. Es gefiel mir überhaupt nicht. Der kryptische Tagebucheintrag. Grangers unerwarteter Verrat. Caels und Greys mysteriösen Kräfte. Der Omega-Sklavenhandel. Ivana zurückzulassen. *Hier* zu sein.

Etwas stimmte nicht.

Was entgeht mir?

Ich nehme meine Vergangenheit an, wie du gesagt hast. Ich bin hier. Ich bin nicht wie mein Vater. Aber du willst, dass ich denke wie er …

Er hat Omegas in Gruben geworfen. Ashlyn hat ihren Segen aus dem Grab geschickt.

Aber sie ist nicht hier.

Ich runzelte die Stirn und in meinem Kopf flogen lauter unsinnige Gedanken umher. Es fühlte sich fast so an, als ob …

Ich riss die Augen auf.

Das hier fühlt sich an wie ein Ablenkungsmanöver.

Eines, das uns alle von der Wahrheit ablenken sollte.

Nicht ganz so anders als in jener Nacht, in der Kieran meinen Vater umgebracht hatte. Wir hatten ihn mit einer läufigen Omega in die Hügel gelockt. Oder zumindest hatte er das gedacht. Wir hatten ihn mit dem Geruch ausgetrickst und ihn dann umstellt.

Und Kieran hatte den Rest erledigt.

Jetzt waren wir hierhergelockt worden, um nach einer Omega zu suchen. Nach einer Z-Clan-Omega. Alles basierend darauf, dass Grey wusste, dass sie hier war.

„Woher?", fragte ich Grey und wandte mich ihm zu. „*Woher* weißt du, dass sie hier ist? Du kannst sie nicht spüren. Niemand von uns kann sie riechen. Also sag mir, woher du weißt, dass sie hier ist. Liegt es an deiner Gabe? Ist sie deine Gefährtin? Oder weißt du es aus einem ganz anderen Grund?"

Sein eiskalter Blick schien noch gefühlloser zu werden. „Ich muss mich nicht vor dir rechtfertigen."

„Doch, tust du", entgegnete ich. „Denn ich glaube nicht, dass sie hier ist. Ich glaube, wir wurden in die Irre geführt."

„Glaubst du, die Fantasie ist mit uns durchgegangen?", fiel mir Cael ins Wort. „Dass wir ein Spielchen treiben?"

„Nein", erwiderte ich. „Ich glaube, dass man Grey ausgetrickst hat." Das würde die merkwürdige Kraft erklären, die Ivana gespürt hatte. Wir waren davon ausgegangen, dass sie von seiner Gabe stammte. Aber was, wenn sie gar nicht zu ihm gehörte? Was, wenn jemand sein Urteilsvermögen getrübt hatte?

Und was, wenn Granger nur eine weitere Ablenkung war?, dachte ich mit dem nächsten Atemzug. *Hat er gelogen, als er gedacht hat, dass Ashlyn hier war? Hat er deswegen keine klare Erinnerung daran, wohin er sie gebracht hat? War die Erinnerung überhaupt echt?* Ich riss die Augen auf. *Was, wenn er die sprichwörtliche läufige Omega war – der Köder, der die Beute in die Falle locken sollte?*

Kieran.

Nein. Nicht Kieran.

Quinnlynn und den Blutsektor-Erben, der in ihrem Bauch heranwuchs.

Mit ihnen würde die MacNamara-Blutlinie ihr Ende finden, und die verzauberte Schranke um den Nachtsektor herum – und das Omega-Refugium, zu dem es gehörte – würde fallen.

Wenn Cael und Grey richtig lagen, was dieses geheime Netzwerk von Omega-Auktionen anging, dann waren die Omegas von Anfang an das Ziel gewesen. Und all die Geschehnisse mit dem Östrus-Feier-Serum waren nur Ablenkungsmanöver gewesen.

Ashlyns Verschwinden ein weiteres.

Granger war eines gewesen.

Das hier war eine Ablenkung.

„Wir müssen sofort zurück in den Blutsektor", sagte ich zu Cael und Grey, bevor ich zu Lorcan und Kyra sah. „Und ihr beide müsst in den Nachtsektor." Denn wenn jemand versuchte, die MacNamaras auszulöschen, warteten andere auf die Gelegenheit, die Omegas, die unter Quinnlynns Schutz standen, anzugreifen.

„Was ist mit Ashlyn?", wollte Grey wissen.

„Sie ist nicht hier", sagte ich. „Nichts und niemand ist hier." Was von Anfang an ein Hinweis hätte sein sollen.

Die Infizierten waren seit Ewigkeiten nicht mehr hierhergekommen, was bestätigte, dass hier unlängst kein Leben geherrscht hatte.

„Sie war nie hier", ergänzte ich. „Geh tief in dich. Du wirst feststellen, dass ich recht habe."

In Greys eisblauen Augen glitzerte ein wütender Ausdruck und eine immense Kraft strömte aus ihm. Aber anstatt wütend auf mich zu sein, nahm er einen tiefen Atemzug.

Dann legte er seinen Kopf in den Nacken und stieß einen *Heuler* aus.

Ich machte einen Schritt zurück. Nie zuvor hatte ich so viel Kraft gespürt. Lorcan griff nach Kyra und sagte mir in Gedanken, dass er sie in Sicherheit bringen würde.

Doch auf Greys intensiven Kraftausstoß folgte nichts.

Die Kraft versengte fast so schnell, wie sie sich entzündet hatte.

„Ich werde Tadhg umbringen, verdammt noch mal."

Im nächsten Augenblick war er weg.

„Verdammt", keuchte Cael. „*Verdammt!*"

Ich schnappte seine Absichten in seinen Gedanken auf, als er Grey folgte.

„Sie reisen zurück in den Blutsektor", sagte ich zu Lorcan. „Ich werde dir eine Nachricht schicken, sobald ich weiß, was Sache ist."

„Und ich dir", erwiderte er.

In der nächsten Sekunde wandelte ich durch die Schatten direkt in Kierans Büro.

Das voller Glasscherben und Blut war.

Ivanas verängstigter Geruch lag in der Luft, was den Wolf in mir aufbrausen ließ.

Ich knurrte ihren Namen und meine Gedanken suchten augenblicklich nach ihren. *Wo bist du?*, knurrte ich.

Quinn und ich sind im Sicherheitsraum ihres Nests eingeschlossen.

Ein Teil von mir entspannte sich. Nicht vollends, nur ein bisschen. *Bist du verletzt?*

Es geht mir gut, aber Kieran …

Bist du verletzt?, wiederholte ich. Denn ich konnte ihr Blut in der Luft wittern.

Es geht mir gut, Cillian. Geh und hilf Kieran!

Das Grinsen auf meinem Gesicht fühlte sich wie jenes eines wild gewordenen Tieres an. Wenn Ivana mir Befehle erteilte, dann ging es ihr wirklich gut.

Aber jemand hatte sie bluten lassen.

Dieser Jemand musste bezahlen.

Wer hat dir wehgetan?, wollte ich wissen.

O meine Götter, Cillian, geh …

Wer?, wiederholte ich und stellte sicher, dass dem Wort meine Ungeduld anzuhören war.

Granger, flüsterte sie. Ihr Zugeständnis war ein Geschenk, das ich in jenem Moment zu schätzen wusste.

Weil ich diesen Namen gebraucht hatte.

Er wird sterben, versprach ich ihr, bevor ich durch die Schatten nach draußen wandelte.

Kieran stand mitten auf der Straße, sein Anzug in Fetzen gerissen, und starrte Tadhg mit glühenden schwarzen Augen an.

Mieser Verräter, dachte ich und funkelte den glatzköpfigen Prinzen des Alpha-Sektors an. Bald würde er der *vormalige* Prinz des Alpha-Sektors sein. Denn Kieran sah aus, als wäre er drauf und dran, ihn in Stücke zu reißen.

Wenn Tadhg meine Ankunft gespürt hatte, zeigte er es nicht. Sein Blick lag einzig und allein auf Kieran.

„Du wagst es, mich, den V-Clan-König, in meinem Zuhause anzugreifen?", zischte er. „Und denkst daran, Hand an meine Königin zu legen? An meine Omega? *An meine Gefährtin*, verdammt noch mal?"

Kierans Knurren ließ den gesamten Sektor erzittern und seine Kraft strömte mit einer solchen Wildheit aus ihm, dass mir fast die Luft wegblieb.

Mehrere Wölfe in der Nähe sanken auf ihre Knie und neigten ihre Köpfe.

Aber Tadhg grinste bloß. „Dein Bellen jagt mir keine Angst ein, *König*."

Der Alpha-Prinz stieß eine Welle der Kraft aus, deren Wucht mich mitten in die Brust traf und mich zurückstolpern ließ.

Aber Kieran blieb stehen und kniff seine Augen noch fester zusammen. „Du musst dich etwas mehr anstrengen, *Prinz*."

Cillian.

Die Stimme gehörte nicht zu Kieran, sondern zu Cael.

Unsere Blicke trafen sich. Er stand auf der gegenüberliegenden Straßenseite und ich war überrascht, ihn gelassen gegen eine Wand gelehnt zu sehen.

Cael, erwiderte ich.

Wo ist Königin Quinnlynn?, fragte er.

Ich sah ihn finster an. *In Sicherheit.*

Bist du dir da sicher? Er sah sich um und biss auf die Zähne. *Denn das hier fühlt sich an wie eine Ablenkung. Diese räudigen Hunde waren zu einfach zu bändigen. Und jetzt kann ich Grey nirgendwo finden.*

Ich begriff erst einige Sekunden später, was er damit sagen wollte. Erst jetzt spürte ich, dass er die anderen Alphas auf der Straße kontrollierte. Viele von ihnen waren blutüberströmt und atmeten schwer und ihre Anzüge waren ähnlich zerfleddert wie Kierans.

Seine Gedanken halfen mir, die Puzzleteile zusammenzufügen, und verrieten mir, dass er mehrere von ihnen in seinem Büro bekämpft hatte, bevor er die Sause nach draußen verlegt hatte.

Wo er Tadhg begegnet war.

Aber Cael hatte recht. Das hier … war zu einfach.

Tadhg hatte uns aus einem Grund vom Blutsektor weggelockt. Vielleicht hatte ich seine Absichten schneller durchschaut als er erwartet hatte, aber er schien für meinen Geschmack immer noch viel zu entspannt.

Also, wo ist Grey?, fragte ich mich und meine Gedanken suchten umgehend nach dem erwähnten Alpha. Mörderische Gedanken wüteten im Kopf des Mannes, was meinen Blick abrupt zum dunklen Gebäude hinter mir schnellen ließ.

Ich dachte nicht nach, sondern wandelte direkt durch die Schatten in Kierans Privatgemächer.

Und fand Grey umringt von drei Alphas. Er zeigte ihnen, wie mächtig ein Z-Clan-Alpha wirklich war.

Vana!, schrie ich mittels unseres Bandes und ihr Geruch legte sich um mich wie eine liebevolle Umarmung. Nur dieser Hauch von Eisen, der ihren natürlichen Duft unterlegte, ließ mich wutentbrannt knurren. Ich hatte gewusst, dass sie verletzt war, aber jetzt fragte ich mich …

Es geht mir gut, erwiderte sie, bevor meine Bedenken mich überkommen konnten. *Aber mit Quinn stimmt etwas nicht. Dieser seltsame Nebel, den ich bei Grey und Granger gespürt habe, er … er stellt etwas mit ihr an.*

Granger?, wiederholte ich.

Ja, direkt vor dem Angriff habe ich ihn in Granger gespürt. Aber jetzt ist er in Quinn und ich … ich weiß nicht, was er zu bedeuten hat. Aber sie benimmt sich merkwürdig.

Kannst du herausfinden, wie man den Nebel lichtet?, fragte ich sie.

Ich versuche es, aber immer, wenn ich einen Teil davon auflöse, erscheint mehr.

Kannst du herausfinden, woher er kommt?, fragte ich, während ich mich im Zimmer umsah und nach weiteren Bedrohungen Ausschau hielt. Aber außer ein paar toten Alphas, um die Grey sich bereits gekümmert hatte – oder zumindest nahm ich das an – fand ich nichts.

Er bestätigte meine Annahme im nächsten Augenblick, als ein weiterer Alpha seinen Kopf verlor, der zusammenbrach und zum makabren Anblick am Boden beitrug.

Nicht schlecht, dachte ich, bevor ich mich wieder auf Ivana konzentrierte.

Sie hatte meine Frage nicht beantwortet, aber ich hörte, wie sie die Quelle des Nebels zu finden versuchte, der Quinns Kopf einnahm.

Während sie das tat, suchte ich den Blutsektor ab und prüfte die Gedanken aller – für den Fall, dass sie üble Absichten hatten.

Es gab mehrere Arschlöcher draußen bei Tadhg, die auf eine Gelegenheit warteten, um zuzuschlagen. Aber wie es schien, hatte Cael seine Kraft bereits um sie geschlungen und hielt sie zurück, während Tadhg und Kieran ihre Alpha-Kräfte spielen ließen.

Doch da waren noch ein paar Nachzügler, die Cael entgangen waren. Ich hörte, wie sie sich durchs Gebäude bewegten, die Treppe hochkamen und sich zu uns schlichen, um zu ihrem Preis zu gelangen.

Du hattest recht. Das da draußen ist als Ablenkung gedacht, sagte ich zu Cael. *Grey ist hier oben und befasst sich mit drei der Schurken. Es sind insgesamt sechs, nein, sieben, die auf ihrem Weg nach oben sind.*

Brauchst du mich?

Ich lächelte. *Nein, mit diesen Idioten kann ich es allein aufnehmen.*

Denn einer von ihnen war Granger.

Und wir hatten noch eine Rechnung offen.

Eine sehr blutige, gewalttätige Rechnung.

IVANA

„Wir sollten die Tür öffnen", sagte Quinn wie aus dem Nichts.

„Wie bitte?", entgegnete ich, erschrocken über ihren Vorschlag.

„Es ist zu dunkel hier drinnen."

„Wir sind Wölfe, wir können im Dunkeln sehen", erinnerte ich sie. „Und der Strom ist doch gleich zurück, richtig?" Zumindest hatte sie mir das gesagt, nachdem der Strom ausgefallen war. Aber seither schien sie irgendwie anders als sonst.

Weshalb mir der mysteriöse Nebel in ihrem Kopf überhaupt aufgefallen war.

Wie bei Grey.

Und Granger.

Cillian, Quinn will die Tür öffnen.

Auf keinen Fall, verdammt, zischte er mittels unseres Bandes zurück. *Es befinden sich mehrere Feinde auf dem Weg nach oben, darunter auch Granger.*

Ich bin mir nicht so sicher, ob er ein Feind ist, sagte ich stirnrunzelnd. *Ich … ich weiß nicht, was er ist.*

Ein toter Wolf, informierte Cillian mich. *Das ist er.*

Halt dich einfach zurück mit deinem Urteil, bis ich die Quelle …

„Quinn", zischte ich und brach den in Gedanken gesprochenen Satz zu Cillian abrupt ab. Sie war aufgestanden und stand jetzt ganz in der Nähe des Keypads neben der metallenen Schranke.

„Wir müssen hier raus", sagte sie rundheraus.

„Wir müssen hierbleiben", knurrte ich sie an, stand von meinem Stuhl auf und lief zu ihr. Sanft schob ich ihre Hände weg vom Keypad und konzentrierte mich auf ihre Gedanken – in einem erneuten Versuch, die Quelle des seltsamen Nebels auszumachen. Die Kraft war stärker geworden und hatte eine undurchsichtige Schicht geschaffen, die mit elektrischen Strömungen versehen war.

Wer tut dir das an?, fragte ich mich, während ich die Stränge abermals auflöste.

Sie blinzelte. „Was geschieht mit mir?"

„Jemand … Ich weiß nicht, wie ich es beschreiben soll … Jemand verhext dich? Oder zwingt dich, falsche Informationen für wahr zu halten?"

„Wie zum Beispiel, dass ich die Tür öffnen soll?"

„Ja, genau", murmelte ich und fing die Wolke ab, die sich in ihrem Kopf zusammenbraute, und blies sie in Gedanken weg, bevor sie sich festsetzen konnte.

Dann, als der Nebel auf mich zukam und mit meinem Urteilsvermögen zu spielen versuchte, zuckte ich zusammen.

Das kannst du vergessen, dachte ich in seine Richtung und

errichtete eine mentale Mauer, damit er meinen Verstand nicht trüben konnte.

Ein Stromschlag rauschte an meinem Rücken hinunter und die Magie wurde stärker. Die mentale Energie verlangte, dass meine Schranke zerfiel.

„Oh", keuchte ich und stützte mich mit der Hand an der Wand ab, weil meine Knie nachgaben.

Cillian sagte etwas, aber ich konnte ihn nicht hören, weil mein Kopf versuchte, sich vor allen eindringenden Eindrücken zu schützen.

Nur ein Alpha konnte mich unterwerfen, und die übergriffige Kraft – diese manipulative Wolke, dieser Zwang – kam nicht von ihm.

Verzieh dich, knurrte ich und meine mentale Schranke erzitterte widerwillig. Entschlossen. Sie wollte sich nicht beugen.

Als die Kraft ein weiteres Mal auf mich eindrang, rang ich nach Luft. Dieses Mal fühlte es sich an, als hätte mir jemand eine Klinge in den Kopf gejagt, weil sich darin ein Schmerz breitmachte, den ich tief in meiner Seele spürte.

Aber mein Schild hielt stand.

Er bekam nicht einmal Risse.

Oder etwa doch?

Ich … ich wusste es nicht.

Plötzlich war alles zappenduster.

Und fühlte sich fremd an.

Mir wurde eiskalt.

Warum bin ich so allein hier?

Ich erschauderte und blinzelte im Dunkeln. *Was ist passiert? Wo bin ich?*

Ivana!, schrie Cillian, was mich blinzeln ließ.

Cillian?

Verdammt, Vana. Komm zurück zu mir, Macushla! Kämpfe!

Ich runzelte die Stirn. *Gegen was?*

Im nächsten Augenblick spürte ich es. Diese erdrückende Präsenz. Die Kraft, die durch meine mentalen Barrikaden gedrungen war und jetzt drohte Kontrolle über meine Gedanken zu nehmen. *Nein!*

Im nächsten Augenblick zerbarst der schwarze Schleier in einen Haufen obsidianschwarzer Steine.

Und ich konnte wieder sehen.

Ich war immer noch im selben Zimmer wie vorhin. Quinn war bei mir.

Sie versuchte schon wieder, die Tür zu öffnen und ihre Finger flogen über das Keypad.

Ich packte sie am Handgelenk und riss sie zurück, gerade, als ein Klicken zu hören war.

„Quinn!", schrie ich hörbar und in ihren Gedanken. Dann schob ich diesen verdammten Nebel in ihrem Kopf erneut beiseite und sandte ihn zurück an seinen Besitzer.

Zum Schuldigen da draußen.

Aber dabei handelte es sich nicht um die Person, die ich vermutet hatte.

Es … es war nicht einmal ein Alpha. Es war eine *Omega.*

Ich spürte, wie sie ins Wanken kam. Hörte sie schreien. Dann spürte ich, wie sie ihre Kräfte sammelte, um zurückzuschlagen.

Aber dieses Mal war ich gefasst auf sie. Ich fing ihren Angriff mit einer mentalen Faust ab und erwiderte ihn mit ihrer eigenen Kraft, die in ihren Kopf drang und sie in die Knie zwang.

Cillian ließ daraufhin eine seiner übernatürlichen Druckwellen folgen, was der Frau endgültig das Bewusstsein raubte.

Ein Heulen war zu hören. Eines, das den Boden unter meinen Füßen und die Wände um uns herum erzittern ließ.

Dieses Heulen verlangte nach Aufmerksamkeit. Wollte Unterwerfung. Forderte *Respekt*.

König Kieran, dachte ich und erzitterte, als er erneut aufheulte – dieses Mal noch wilder.

Ich stützte mich am Schreibtisch neben mir ab, als die Tür zum Schutzraum sich zu öffnen begann.

Ich hatte Quinn nicht rechtzeitig aufhalten können. Sie rannte los, um ihren Fehler zu korrigieren.

Aber es war zu spät.

Die Wand öffnete sich und offenbarte ihr blutiges Nest. Der Boden war von Leichen übersät und Grey stand auf der anderen Seite des Zimmers, benetzt von den Überresten der Alphas, die zu seinen Füßen lagen.

Er knurrte. Der bedrohliche Laut ließ Quinn zurückstolpern.

Seine Augen waren tiefschwarz und der Blutrausch, der ihn überkommen hatte, war seinen Zügen klar abzulesen. *Ein wütender Z-Clan-Alpha*, dachte ich und schluckte schwer.

Ich hatte Gerüchte über seine Art gehört und wusste, dass sie brutal und gnadenlos waren. Aber im nächsten Augenblick ging das Schwarz in Greys Iriden in ein Eisblau über und sein Gesichtsausdruck wurde merklich sanfter.

Cillian wandelte durch die Schatten ins Zimmer, seine dunklen Klamotten übersät von den Spuren seines Kampfes, seine Hände blutverschmiert. Aber das hielt ihn nicht davon ab, mich am Kragen zu packen und mich an sich zu reißen. Er presste seine Lippen auf meine. Sein Kuss war hungrig, fordernd und ... *verwirrend*.

Es war ein Kampf im Gange.

Es herrschte Krieg.

Und er küsste mich, als beabsichtigte er, mich hier und jetzt zu ficken, in Quinns verwüstetem Nest.

Als er sich von mir löste, stockte mir der Atem und mein Körper und mein Geist waren so eingenommen von ihm, dass ich die Realität anzuzweifeln begann.

Doch dann sagte er: „Bei den Göttern, ich liebe dich." Er knabberte an meiner Unterlippe, bevor ich die Worte erwidern konnte, dann zog er mich auf den Flur zu, wo Quinn bereits wartete.

Grey war spurlos verschwunden.

Ein weiteres Heulen hallte von der Wand wider. Das Heulen eines Alphas, der sein Rudel zusammenrief. Es war laut. Markerschütternd. Und ließ meine Knie weich werden.

Doch ein Schnurren von Cillian hielt mich auf den Beinen. Er legte seine Finger in meine. „Wir müssen zu Kieran."

Quinn lief, weitaus sichereren Schrittes als ich, in seine Richtung. Vielleicht lag es am Laut, den ihr Gefährte ausstieß. Oder vielleicht daran, dass sie über genauso viel Macht verfügte wie er. Sie war aus gutem Grund unsere Königin.

Als sie bei der Treppe angelangte, hielt sie inne. „Wo sind die Leichen?"

Ich war nicht sicher, wovon sie sprach, bis wir sie einholten und die blutverschmierten Wände sah. Ich riss die Augen auf. *Warst du das?*

Ja, bestätigte Cillian. „Ich habe die bewusstlosen Alphas auf die Straße hinausteleportiert, damit Cael sie fesseln kann. Die Toten wurden neben Tadhg zu einem Haufen zusammengetragen."

Ich schluckte schwer. „Und wo ist Tadhg?"

„Draußen, auf seinen Knien", erwiderte Cillian. „Kieran macht ein Beispiel aus ihm. Eines, das keinen Worten bedarf."

Quinn erschauderte merklich und ihre Pupillen

weiteten sich, als sie Cillians Worte vernahm. Was auch immer Kieran machte, sie konnte es zweifellos spüren. Und das sanfte Lächeln auf ihren Lippen verriet mir, dass sie es guthieß.

Wo ist die Omega?, fragte ich mich.

Sylvia ist bewusstlos, erwiderte er, was mich mitten im Schritt innehalten ließ.

„*Sylvia?*", wiederholte ich laut, was Quinn ebenfalls zu einem Halt bewegte. „*Sylvia* ist die Omega, die Einfluss auf andere nehmen kann?"

Er biss die Zähne zusammen und nickte. „Ja."

„Wie ist das möglich?", wollte ich wissen. „Sie lebt doch im Refugium."

„Wie lange war sie schon dort?", fragte er. „Ist sie erst kürzlich dorthin gezogen? Wisst ihr, woher sie stammt?"

„Ich …" Sie verstummte und legte die Stirn in Falten. „Jas hat alle Omegas durchleuchtet. Und nach dem Vorfall mit Fritz hat sie alle erst vor Kurzem erneut überprüft."

Cillian nickte. „Und vermutlich geht sie davon aus, dass sie Sylvia ebenfalls durchleuchtet hat. Sylvia hat sie vermutlich dazu gebracht, das zu glauben."

Quinn biss merklich die Zähne zusammen und ihr Gesichtsausdruck verfinsterte sich, während sie entschlossenen Schrittes weiterlief.

„Aber Sylvia wurde doch auch etwas eingeflößt", sagte ich stirnrunzelnd. „Wozu sollte sie sich selbst betäuben?"

„Um Zugriff auf den Blutsektor zu bekommen", antwortete Cillian. „Zugriff auf Kieran und Quinn. Auf ihre Kräfte. Auf ihre *Gedanken*."

Mir fiel alles aus dem Gesicht. „Oh, Scheiße."

„Und dann hat Granger allen anderen das Serum eingeflößt, um für eine Ablenkung zu sorgen. Er hat es in die Getränke geschüttet, die Cael und Dixon ausgeschenkt haben, nachdem Sylvia angegriffen worden war."

Ich riss die Augen noch weiter auf. „Ich habe diese Getränke verteilt."

„Du hättest es nicht wissen können, Vana."

„Ja, dich trifft keine Schuld", stimmte Quinn zu. „Das hier … das war *ihr* Werk."

Sie stampfte noch wütender die Treppe hinab, ihre Wut eine merkliche Präsenz, die mich zusammenzucken ließ. Die Gefühle während einer Schwangerschaft waren … intensiv. Aber im Augenblick ging es mir genauso wie ihr.

Denn ich hatte Granger geholfen.

Unbewusst vielleicht.

Aber das änderte nichts daran, was geschehen war.

„Was wollten sie damit bezwecken?", fragte ich mich. „Warum haben sie uns betäubt?" Denn ganz offensichtlich hatten sie nichts von der Östrus-Feier gehabt, die sie eingeleitet hatten. Sie hatte erst angefangen, als wir zurück im Blutsektor gewesen waren.

„Anfangs hatten sie vor, uns anzugreifen, während wir beschäftigt damit waren, uns um die läufigen Omegas zu kümmern – aber Ashlyn hat sie irgendwie aufgehalten. Ich weiß noch nicht, was sie getan hat, nur, dass es zu einem Problem für sie geworden ist und sie ihre Pläne ändern mussten."

„Das alles hast du Sylvias Gedanken entnehmen können? Oder Grangers?"

„Beiden", erwiderte er. „Und Tadhgs Gedanken haben einen Teil davon auch bestätigt."

„Ich werde es genießen, Kieran dabei zuzusehen, wie er Tadhg umbringt", sagte Quinn mit zusammengebissenen Zähnen. „Aber um Sylvia werde *ich* mich kümmern."

„Es könnte nach wie vor sein, dass sie auch ein Opfer war", gab Cillian zu bedenken. „Soweit ich in Grangers

Gedanken sehen konnte, hat Tadhg sie zu seiner persönlichen Waffe herangezogen. Eine Waffe, die er nach Gutdünken losschicken konnte."

„Aber … aber woher wusste er, dass er sie ins Refugium schicken müsste?", fragte ich. „Ihr habt der Öffentlichkeit doch erst vor geraumer Zeit davon erzählt, richtig?"

Cillian biss die Zähne zusammen. „Die Schattenorganisation, die Cael und Grey erwähnt haben, war ganz offensichtlich bereits seit einiger Zeit im Bilde über das Refugium, aber sie wussten nicht, wie sie die Schranke durchqueren können. Sie haben Sylvia – und potenziell auch andere – als Lockvogel benutzt."

Quinn knurrte, als sie das hörte und stellte ihren Stiefel mit einem letzten kräftigen Schritt auf den Boden. Hätte sie Schuhe mit Absatz getragen, wäre einer von ihnen angesichts der Wucht garantiert abgebrochen.

„Also stimmt es … Es gibt einen Sklavenhändlerring", flüsterte ich.

„Ja", murmelte Cillian. „Den gibt es ohne jeden Zweifel." Ich konnte seine Genervtheit in unserem Band vernehmen. Sie galt nicht dem Konzept selbst – Omega-Sklavinnen waren nichts Neues in unserer Welt –, sondern seiner Ignoranz gegenüber dieser spezifischen Organisation.

Wer auch immer sie waren; sie hatten sich für eine sehr lange Zeit bedeckt halten können.

Und das besorgte Cillian.

Und mich auch.

Ich schluckte hart und folgte ihm und Quinn aus dem Gebäude auf das Schlachtfeld hinaus.

Überall waren Alphas und Betas, die meisten auf ihren Knien und mit gesenkten Häuptern, andere bewusstlos auf dem Boden und eine Handvoll von ihnen auf den Beinen, ihre Blicke auf Kieran fokussiert.

Na ja, fokussiert konnte man nicht sagen.

Niemand sah ihm direkt in die Augen.

Nur Cillian schien dazu in der Lage, und selbst er zuckte leicht zusammen, weil Kieran so viel Kraft verströmte.

Es war beeindruckend

Fast so beeindruckend wie die Tatsache, dass sich Benz unter den stehenden Alphas befand. Er war der einzige Beta, der sich nicht unterwürfig auf die Knie gesenkt hatte. Er sah mich mit erleichtertem Ausdruck in seinen türkisblauen Augen an. Ich erwiderte den Blick und nickte ihm leicht zu. Es fühlte sich an, als wäre es eine Ewigkeit her, seit ich ihn zuletzt gesehen hatte. Es gab so vieles zu sagen, so vieles zu erzählen.

Später, dachte ich und wusste, dass Benz verstand, auch wenn er mich nicht hören konnte. Ganz offensichtlich hatte mir das Band zu Cillian keine telepathischen Fähigkeiten verliehen. Es machte mir nichts aus. Gedanken zu lesen war … mehr als genug.

Kieran warf Quinn einen Blick zu und streckte seine Hand mit unausgesprochenem und doch klarem Befehl in ihre Richtung.

Sie ging selbstbewussten Schrittes auf ihn zu und schmiegte sich an ihn. Seine andere Hand legte er auf ihren wachsenden Bauch und sein Knurren verwandelte sich in ein leises Schnurren.

Zumindest bis er auf Tadhgs kahl rasierten Schädel hinabblickte.

Der Alpha war, wie viele andere, auf seinen Knien, aber das Zucken und Beben seines Körper verriet mir, dass er diese Haltung nicht aus freiem Willen eingenommen hatte. Alle anderen schienen aus Respekt vor Kieran zu knien, nicht aber Tadhg. Er wurde von Kierans Willenskraft dazu gezwungen.

Grey wandelte eine Sekunde darauf durch die Schatten und hielt eine bewusstlose Sylvia in den Armen.

Langsam und behutsam legte er sie auf den Boden. Allem Anschein nach meldeten sich seine Alpha-Instinkte, wo er es doch mit einer weitaus zierlicheren Person als er selbst zu tun hatte.

Diese *Güte* teilte ich nicht.

Als ich Sylvia ansah, sah ich eine Verräterin. Eine Verbrecherin. Jemand, der mit den Köpfen anderer gespielt hatte, um ein unbekanntes Ziel zu verfolgen.

Doch dann gingen mir Cillians Worte von vorhin durch den Kopf.

Es könnte nach wie vor sein, dass sie auch ein Opfer war.

Möglich war es durchaus, aber ihre Kraft hatte sich nicht besonders unschuldig angefühlt. Sie hatte sich angefühlt, als würde sie bewusst eingesetzt. Übergriffig. *Tödlich.*

„Prinz Tadhg vom Alpha-Sektor, du und deine Gefolgsleute haben heute Hochverrat begangen", verkündete König Kieran so laut, dass seine Stimme meilenweit zu hören war, seine Alpha-Kräfte in vollem Gange. „Es wird keinen Prozess geben. Du wirst dich nicht verteidigen können. Dein und die Leben deiner Kohorten sind verloren."

Er hielt inne, als würde er abwarten, ob jemand Einwände erhob.

Aber Tadhg … *lachte* bloß.

Das Klanggewitter war fast so laut wie König Kierans und der spöttische Tonfall hallte meilenweit.

„Du bist ein Narr", gab Tadhg zähneknirschend von sich.

„Ein Narr?", wiederholte König Kieran und neigte seinen Kopf bedrohlich zur Seite.

„Ihr alle seid Narren", bekräftigte Tadhg. „Fragt Grey. Er muss es wissen."

Der erwähnte Alpha funkelte Tadhg an und seine Augen nahmen denselben Farbton an wie vorhin, als ich den Schutzraum verlassen hatte. Aber er sagte nichts. Gab keine Erklärung ab. Er starrte Tadhg nur so hasserfüllt an, dass unmissverständlich klar war, dass die beiden eine Geschichte verband.

Tadhgs Kopf zuckte, während er gegen die Kontrolle ankämpfte, die Kieran auf ihn ausübte, und schaffte es, Grey anzusehen. „Du verlierst deine Reliquien immer wieder, was? Zuerst Nikiski, jetzt Ashlyn." Er gab ein weiteres höhnisches Schnauben von sich. „Du lässt deine Omegas einfach immer im Stich, nicht wahr, Grey?"

Grey ballte die Hände zu Fäusten. „*Wo* ist meine Schwester?"

„Du ziehst sie also Ashlyn vor?", neckte Tadhg. „Stellst dein eigenes Blut über eine potenzielle Gefährtin? Ich werde sie über deine Entscheidung in Kenntnis setzen."

Kieran stieß ein Knurren aus. „Du wirst niemanden über etwas in Kenntnis setzen." Im nächsten Moment prasselte eine Welle der Kraft auf den Prinzen nieder, sodass seine Nackenmuskulatur sich anspannte und er knurrend auf die Zähne biss.

„Wo ist sie?", wollte Grey wissen und machte einen Schritt auf Tadhg zu. „Wo zum Teufel hast du sie hingebracht?"

Blut floss aus Tadhgs Mund. Kierans Energie schien wie ein physischer Angriff zu wirken. „Ich habe sie im Kodiak-Sektor abgeworfen", gab er zähneknirschend von sich. „Diese aufdringliche kleine Schlampe ist mittlerweile ohne jeden Zweifel tot. Den Göttern sei Dank."

Grey starrte ihn lange an. Sein Ausdruck schien sanfter zu werden und seine Wut erstarb, als sein Blick von Tadhg zu Prinz Cael wanderte.

Er stand an der Seite, die Arme vor der Brust verschränkt und die Schulter gegen eine Gebäudewand gelehnt. Der Prinz war der Inbegriff von Langeweile, aber ich konnte spüren, dass seine Fähigkeit uns alle nach wie vor umgarnte.

Cillian hatte gesagt, dass er alle Alphas in Prinz Caels Hände übergeben hatte.

Jetzt verstand ich, was er gemeint hatte.

Er schien sie alle in seiner geistigen Faust zu halten und sie, ähnlich wie König Kieran jetzt Tadhg an Ort und Stelle behielt, zu fesseln.

„Diese letzte Notiz war nicht für Cillian oder Ivana bestimmt, sondern für mich", sagte Grey, was mich die Stirn runzeln ließ.

„Was für eine letzte Notiz?", fragte Cillian, ehe ich dasselbe sagen konnte.

„Die Notiz, in der stand, dass unsere Vergangenheit uns stärker macht und dass ich endlich in den Kopf kriegen soll, dass ich nicht wie er bin." Grey sah Cillian an. „Dieses Postskriptum war für mich bestimmt. Und jetzt weiß ich, wo Ashlyn ist." Er sah auf Tadhg herab. „Danke, du warst sehr hilfreich."

Mit dieser kryptischen Bemerkung löste er sich in Luft auf.

CILLIAN

Kierans Gedanken verrieten mir, dass er ganz versessen darauf war, zu *töten*.

Er kochte vor Wut. So wütend hatte ich ihn noch nie gesehen.

Aber er dachte selbst in seinem Zorn pragmatisch.

Zerstöre seine Gedanken, sagte er zu mir. *Finde jedes noch so kleine Detail über die Schattenorganisation, das ...*

Sein mentaler Befehl wurde von einem Schrei unterbrochen. Die Quelle des Lauts wand sich am Boden.

Sie war weiblich. Hatte Schmerzen. Und war *wütend*.

Quinn sprang nach vorn, bereit, zu intervenieren, während die Omega sich schmerzerfüllt wand. Das Kreischen war von ihr gekommen.

Tadhg zuckte zusammen und begann sich dann zeitgleich mit ihr zu winden.

Ivana, die neben mir stand, rang nach Luft und ihre Gedanken schritten sofort zur Tat, um ungeschehen zu machen, von dem ich erst jetzt begriff, was geschah.

Nein!, schrie Ivana und aktivierte ihre mentalen Fähigkeiten.

Aber es war zu spät.

Im nächsten Augenblick war es geschehen. Diesen Notfallplan hatte ich nicht kommen sehen.

Eine Selbstmord-Sequenz, die den Geist sprengte.

Sylvias Schreie verklangen abrupt und ihr Körper erstarrte, während Tadhg neben ihr zu Boden ging. Die beiden … waren hirntot.

Kieran fluchte und kniete sich hin, um die beiden zu heilen. Aber selbst er konnte sie nicht aus dem Reich der Toten zurückbringen.

Was auch immer für einen Schalter diese Omega gerade umgelegt hatte, war vor langer Zeit programmiert worden, um sie und Tadhg auszuschalten.

Cael knurrte, Kieran tat es ihm gleich.

Quinn und Ivana sahen völlig schockiert aus.

Und Granger … Granger war ganz blass geworden und seine Gedanken flogen wirr umher. Denn er realisierte in diesem Moment, dass er der Einzige war, der noch lebte und über die Informationen verfügte, die wir so dringend brauchten.

Aber er wusste nicht genug, um uns von Nutzen zu sein.

Ich konnte tief drinnen in ihm hören, dass er mir bereits alles gesagt hatte, was er über das Geschehene wusste. Die Schattenkontakte waren alle Tadhgs gewesen. Er hatte am Tisch gesessen, die Anrufe entgegengenommen, an *Jagdausflügen* teilgenommen und hatte Granger nie in seinen inneren Zirkel aufgenommen.

Er war praktisch nutzlos für uns.

Und so gut wie tot.

„Verdammter Feigling", murmelte Cael und machte einen Schritt nach vorn, um auf Tadhgs Leiche zu spucken. „Wenigstens hatte Grey etwas von ihm, bevor der Mistkerl sich umgebracht hat."

„Aber seine Schwester …?", flüsterte Quinn und sah zu Cael hoch, während sie über Sylvia gebeugt war. Sie hatte versucht, sie zu heilen, während Kieran seine Heilkräfte auf Tadhg verwendet hatte, aber keiner von ihnen hatte etwas bewegen können. Was auch immer für einen Trick Sylvia angewandt hatte, war von permanenter Natur.

„Er hat Tadhgs Erwartungen gegen ihn verwendet", sagte Cael zu ihr mit etwas sanfterer Stimme. „Tadhg wusste, dass Grey schon jahrzehntelang nach Nikiski sucht. Er hat angenommen, dass Grey nach seiner Schwester und nicht nach Ashlyn fragen würde. Also hat Grey mitgespielt – im Wissen, dass Tadhg ihm die andere Information geben würde."

„Ashlyns Standort, nicht Nikiskis", überlieferte ich. Jetzt verstand ich, was passiert war.

„Ganz genau. Er hat es sich anhören lassen, als würde er Ashlyn immer noch irgendwo festhalten, und wir alle wissen, dass das nicht stimmt. Granger hat es so aussehen lassen, als hätte er sie in den Sektor der Finsternis gebracht, aber wir haben den Braten gerochen. Ich wette, sie hat sich gar nie in Grangers Gewalt befunden." Er drehte sich zu seinem vormaligen Elitemann um. „Habe ich recht?"

Granger biss bloß auf die Zähne und sagte nichts.

Aber seine Gedanken bestätigten mir, dass Cael richtig lag.

Diese *Erinnerung* war Sylvias Werk gewesen. Die mächtige Omega hatte viel zu viel Kraft über die Psyche anderer gehabt und konnte sie meisterhaft manipulieren. Aber jetzt, wo sie weg war, konnte ich alles glasklar sehen.

Tadhg hatte Sylvia durch Sklavenhandel erworben. Sie war eine Omega mit einzigartigen Wurzeln – mehrheitlich eine V-Clan-Omega, die aber auch über einen Hauch Vampirgene verfügte. In dieser Hinsicht war sie Kyra ähnlich und doch völlig anders.

Tadhg hatte sie erworben, als sie noch ein Kind gewesen war, und sie zu einer Waffe herangezogen, ganz so, wie ich Quinn und Ivana gesagt hatte.

In gewisser Hinsicht war sie unschuldig, weil sie von ihrem Besitzer im Grunde genommen einer Gehirnwäsche unterzogen worden war.

Aber das machte ihre Taten nicht weniger grausam.

„Was hat Ashlyn getan, um eure Pläne zu durchkreuzen?", fragte ich Granger.

Er funkelte mich stumm an.

Das war in Ordnung.

Er musste seinen Mund nicht aufmachen. Mit etwas Hilfe von meiner Gefährtin konnte ich ganz einfach in seinen Kopf dringen.

Vana, murmelte ich. *Kannst du mir helfen, seine Mauern zu umgehen?* Denn die waren ganz klar von ihm geschaffen worden. Ich hatte keinen Zweifel daran, dass seine Fähigkeit, seine Identität verschleiern zu können, Mitgrund dafür gewesen war, warum Tadhg ihn rekrutiert hatte.

Ivana drückte meine Hand und lehnte sich an mich, dann schloss sie ihre Augen und machte sich an die Arbeit.

Zunächst kämpfte Granger gegen sie an und versuchte, sie aus seinem Kopf zu vertreiben. Doch sie umging ihn mit Leichtigkeit und wurde mit jedem Schritt selbstbewusster.

Sie hatte ihr ganzes Leben damit zugebracht, sich

hinter Mauern zu verstecken, ohne je realisiert zu haben, dass das eine spezielle Fähigkeit ist, über die nicht jeder verfügte. Es überraschte mich überhaupt nicht, wie einfach es ihr fiel, diese Erweiterung ihrer Kraft anzunehmen. Sie war ein Naturtalent. Intelligent. *Wunderschön.*

Zwischen uns machte sich ein Surren der Kraft breit, während sie arbeitete. Sie war so fokussiert auf Granger, dass sie den Blick für alles andere verlor. Ihr entging das Stöhnen und Ächzen der Alphas, die Kieran einen um den anderen tötete – und zwar mit bloßen Händen.

Ihr entging das Zittern der Zuschauer.

Das Knurren von Kieran, der seine Kraft zur Schau stellte und jeden V-Clan-Wolf vor Ort daran erinnerte, wozu er imstande war.

Ihr entging das Feuer, das entzündet worden war und in dem die Körper unserer Feinde verbrannten.

Ihr entging alles.

Sie war voll und ganz auf Granger konzentriert.

Granger hingegen war sich des Todes, der ihn umringte, mehr als bewusst. Sein Schicksal war besiegelt.

Er würde sein Ende finden, aber nicht durch Kierans Hand. Diese Freude würde mir gebühren, sobald ich jedes letzte Detail aus seinen Gedanken gesogen hatte.

So, dachte Ivana zu mir, ihr Kopf an meine Schulter gelehnt. *Er ist bereit.*

Danke, Macushla. Ich rollte meinen Nacken, dann sah ich Granger in die Augen. *Machen wir uns an die Arbeit.*

Granger knirschte mit den Zähnen und sein Geist versuchte umgehend, gegen mein Eindringen anzukämpfen. Aber Ivana hielt seine Kraft auf Distanz, während ich tief in die Abgründe seines Bewusstseins tauchte und nach etwas Brauchbarem suchte.

Ich fand die Erinnerung an den Tag, an dem er Tadhg begegnet war. Die beiden waren Freunde geworden, weil sie beide die Ansicht vertraten, dass Omegas Eigentum waren und keine Gefährtinnen. Zuerst hatte Tadhg Granger nicht für seine Zwecke benutzt. Erst viel später, als Granger eines Abends zu ihm gegangen war und ihm gesagt hatte, was Cael und Grey im Schilde führten. Dass sie ihn verdächtigten, Greys Schwester entführt zu haben.

Zunächst hatte Tadhg es bestritten.

Aber Granger hatte ihm nicht geglaubt.

Anstatt es Cael zu sagen – dem er eigentlich hätte treu sein sollen –, hatte er Tadhg immer wieder Bericht erstattet. Er hatte zu Tadhgs Elitemann werden wollen, weil er naiverweise geglaubt hatte, dass er durch Tadhg mehr Macht erlangen würde.

Nein, nicht nur Macht.

Auch Omegas.

Im Lunarsektor gab es nicht viele davon und diejenigen, die es gab, standen unter Caels Schutz. Granger wusste, dass man ihm nie eine geben würde, mit der er sich vergnügen konnte. Denn Cael glaubte an Verpaarungen und daran, dass Omegas freie Wahl haben sollten.

Dieses Konzept missfiel Granger.

Und er war eifersüchtig, weil Dixon favorisiert worden war. Weil er Caels Bruder war, obwohl er ganz offensichtlich der schwächere Elitemann war. Der letzte Gedanke ließ mich höhnisch schnauben. Granger verstand die Bedeutung von schwach nicht, sonst hätte er gewusst, wie falsch er lag. Granger hielt sich aufgrund seiner geistigen Fähigkeiten für überlegen. Obwohl es eine beeindruckende Gabe war, zeugte seine Nutzung dieser davon, dass er einer der schwächsten Männer überhaupt war.

Alphas hätten von denen, die sie als schwächer

ansahen, nicht nehmen sollen, sondern jene *beschützen*, die Schutz brauchten.

Und Omegas waren weder schwach noch sollten sie besessen werden. Sie waren mächtig, was Ivana immer wieder aufs Neue bewies.

Aber diesen Gedanken sandte ich nicht in Grangers Kopf. Stattdessen wühlte ich weiter durch seine Gedanken und Erfahrungen.

Wie ich bereits geahnt hatte, wusste er nichts Nützliches über die Schattenorganisation. Nur, dass sie existierte. Er hatte darauf gewartet, dass Tadhg ihn dazuholen würde, und hatte auf eine Belohnung gehofft, weil er ihn mit all den Insider-Informationen versorgt hatte.

Erbärmlich, murmelte ich, dann setzte ich meine Suche fort.

Es schienen Stunden zu vergehen, während ich jede Ecke seines Bewusstseins durchleuchtete und nach allem suchte, was er über Ashlyn wissen könnte. Darüber, wie sie den Plan durchkreuzt hatte.

Als ich das fehlende Puzzleteil endlich fand, konnte ich mir ein Lachen nicht verkneifen.

Die Hellseherin hatte in Sylvias Zimmer gewartet, als er und Tadhg durch die Schatten dorthin gewandelt waren, um ihren Angriff zu starten.

Sie hatte ihnen zugewunken und gemurmelt: „Ich hoffe, ihr habt euch nicht darauf verlassen, dass Sylvia irgendwann in nächster Zeit aufwacht. Könnte sein, dass ich eines der Getränke aus dem Gletschersektor benutzt habe. Ihr wisst schon, diejenigen, die für mich und die anderen bestimmt waren. Ich wollte sichergehen, dass Sylvia während ihrer Läufigkeit nicht dehydriert. Wie ihr sehen könnt, befindet sie sich, na ja, immer noch mittendrin."

Tadhg hatte die Fassung verloren, Ashlyn angeknurrt und ihr gesagt, dass sie die reinste Pest war.

Woraufhin sie bloß mit der Schulter gezuckt und erwidert hatte: „Mir wurde schon Schlimmeres gesagt."

Er hatte sie fuchsteufelswild am Arm gepackt und war verschwunden.

Granger hatte über eine Stunde lang auf seine Rückkehr gewartet, und irgendwann hatte er sich beleidigt in den Lunarsektor zurückbegeben.

Erst ein paar Tage später hatte sich Tadhg mit einem überarbeiteten Plan an ihn gewandt.

„Diese hellseherische Schlampe hat jetzt auch ihren Part", hatte er, selbstzufrieden über seine neue Idee, gesagt. „Wir werden sie auf eine Jagd durch den Sektor der Finsternis schicken. Irgendwie passend, angesichts der jüngsten Ereignisse dort. Währenddessen werden wir Quinnlynn MacNamara töten und mit ihr auch diese verdammte Schranke um die Insel herum zerstören. Dann werde ich meine Kontaktperson informieren, damit die Sause starten kann."

Granger hatte gefragt, wer die Kontaktperson war und von was für einer *Sause* er sprach, aber Tadhg war nicht darauf eingegangen und hatte bloß erwidert: „Lass uns einfach sagen, dass es die bisher beeindruckendste Östrus-Feier überhaupt sein wird."

Granger, dieser Idiot, hatte keine weiteren Fragen gestellt.

Er war durch und durch ein Gefolgsmann.

„Warum dieses Arschloch dein Elitemann war, werde ich nie verstehen", sagte ich zu Cael, im Wissen, dass er sich vor einiger Zeit neben mich gestellt hatte. Er hatte sich nicht in meine Arbeit eingemischt, sondern still und leise gewartet, bis Ivana und ich uns durch die Psyche seines Elitemanns gegraben hatten.

Anstatt auf meine Bemerkung einzugehen, erwiderte er bloß: „Und, hast du was Nützliches finden können?"

Kieran hatte sich uns angeschlossen und bedeutete mir mit einem Blick und seinen Gedanken, Caels Frage zu beantworten.

Also tat ich das und offenbarte ihnen alles, was ich gerade herausgefunden hatte. Darunter auch, wie Ashlyn ihre Pläne über den Haufen geworfen hatte.

„War er mir jemals treu?", fragte Cael mit müder Stimme.

„Ja", sagte ich. „Er vertritt nur nicht dieselben Moralvorstellungen wie du. Tadhg hat ihm in dieser Hinsicht mehr entsprochen."

Cael nickte. „Dixon konnte Granger nie leiden. Ich werde meinen Bruder darüber in Kenntnis setzen müssen, dass er recht gehabt hat und ich falsch lag." Seine Stimme wurde tiefer, als er den letzten Teil sagte, was darauf hindeutete, dass er sich nicht gewohnt war, Fehler einzugestehen zu müssen. Aber die Tatsache, dass er sie so offen zugeben konnte, sprach Bände über seinen Charakter.

„Töte ihn", verlangte Kieran. Die Worte schienen an Cael gerichtet zu sein.

Der Alpha-Prinz funkelte mich an. „Ich rieche Ivanas Blut an ihm."

„Er hat sie angegriffen."

Er nickte, als hätte er das bereits geschlossen. „Dieser Mistkerl hat mich hintergangen, und das auf die schlimmstmögliche Art. Aber ich hätte es nie erfahren, wenn du und deine Gefährtin die Wahrheit nicht offengelegt hättet. Was hältst du von einer Zusammenarbeit?"

Ich zog eine Augenbraue hoch. „Was willst du damit sagen?"

„Du reißt ihm den Kopf ab, ich werde den Körper verbrennen." Er sagte das so gelassen, als würde er Granger nicht direkt vor seiner Nase seinen Tod ankündigen.

„Ich will meine Hände benutzen."

„Geht klar." Cael warf mir ein Lächeln zu, in dem das Raubtier in ihm klar zu sehen war. „Ich bin der Meinung, dass es wehtun sollte."

Ivana machte ein Geräusch, was mich auf sie herabsehen ließ. Sie war nicht angewidert von dem Gedanken – so viel war mir klar, weil es kein Würgegeräusch und auch kein missbilligender Laut gewesen war. Sie hatte *gegähnt*.

Ein Blick zu ihr verriet mir, warum.

Es war ein echt langer Tag gewesen, der noch länger geworden war, weil wir eine unbekannte Zeit in Grangers Kopf verbracht hatten. Wenn die zu Asche verbrannten Alphas und die hoch am Himmel stehende Sonne ein Hinweis waren, waren einige Stunden vergangen, wie ich bereits geahnt hatte.

Meine Omega – meine wunderschöne, *schwangere* Omega – war erschöpft.

Es geht mir gut, flüsterte sie in meine Gedanken.

Du bist müde.

Sie zuckte mit den Schultern. *Wenn wir hier fertig sind, werden wir in unser Nest zurückkehren.*

In unser Nest?, wiederholte ich. Das hörte sich wunderbar an.

Ja. Du schuldest mir noch eine Runde mit deinem Knoten.

Ich zog eine Augenbraue hoch. *Ich bin blutüberströmt, Macushla.*

Dessen bin ich mir bewusst. Ihr Blick wanderte interessiert an meinem Körper hinab. *Mein tödlicher, sexy, gewalttätiger Alpha.*

Hm, summte ich und genoss den Blick in ihren Augen.

Ich wollte, dass er in Lust umschlug.

Was mich auf eine Idee brachte.

Weshalb ich von ihrer Hand abließ, auf Granger zuging und ihm den Kopf abriss, ohne mit der Wimper zu zucken. *Ich werde jeden töten, der auch nur daran denkt, dir wehzutun*, sagte ich zu ihr. *Vergiss das nie. Darauf kannst du dich verlassen.*

Ihre Pupillen weiteten sich noch mehr. *Ich habe mich immer auf dich verlassen, Cillian. Ich vertraue dir.*

Es tut mir leid, dass es so lange gedauert hat, bis ich mir selbst auch vertrauen konnte, erwiderte ich, bevor ich zu ihr zurücklief und sie am Hals packte, um sie innig zu küssen.

Cael knurrte: „Ich hab's gerafft, Elitemann. Sie gehört dir."

„Prinz", korrigierte Kieran, was mich an Ivana gelehnt erstarren ließ. „Vorausgesetzt, er will den Alpha-Sektor."

Ich wich etwas zurück, um ihn anzusehen. „Fick. Dich."

Kieran warf seinen Kopf in den Nacken und lachte schallend.

Ich stimmte nicht mit ein.

„Ich werde den Alpha-Sektor nicht übernehmen. Gib ihn Hawk. Oder von mir aus Grey." Ich ging davon aus, dass er bald mit Ashlyn zurück sein würde. Er schien zu wissen, wohin er gehen musste, was gut war, denn der Kodiak-Sektor war ein Niemandsland für V-Clan-Wölfe.

Der Ort wimmelte nur so von Z-Clan-Alphas, mit denen niemand von uns etwas zu tun haben wollte.

Aber das war nicht der springende Punkt unseres derzeitigen Gesprächs.

„Ich hege kein Interesse daran, zu herrschen, Kieran. Ich weiß, dass ich das könnte. Ich bin mächtig. Aber ich will kein Alpha-Prinz sein. Es liegt nicht an mangelnden

Qualifikationen oder meiner Herkunft. Es gefällt mir ganz einfach, dein Stellvertreter zu sein. Also hör auf, mir etwas aufzuzwingen."

In seinen Augen stand ein belustigter Ausdruck. „Mein Stellvertreter, was?"

Ich rollte die Augen. „Dein Elitemann. Du weißt, was ich gemeint habe."

„Ja, ich glaube, das tue ich", erwiderte er. „Und *Stellvertreter* hört sich richtig an. Oder vorübergehender König, wenn ich mal eine Pause brauche. Zum Beispiel in ein paar Monaten, wenn meine Gefährtin gebärt?"

Ich sah ihn grimmig an. „Hast du mich gerade dazu gebracht, den Blutsektor zu übernehmen, damit du die Beine hochlegen kannst?"

„Soweit ich gehört habe, ist Vaterschaftsurlaub nicht wirklich zur Erholung gedacht."

Elender Mistkerl, dachte ich zu ihm.

Was ihn natürlich nur ein weiteres Mal zum Lachen brachte.

Er war echt guter Laune, wenn man bedachte, dass er gerade eine ganze Horde Alphas ausgelöscht hatte.

„Oh, der Nachtsektor ist übrigens gesichert", ergänzte Kieran beiläufig und der plötzliche Themenwechsel erwischte mich kalt. „Wenn du mein Stellvertreter sein willst, solltest du öfters auf deine Uhr sehen. Lorcan hat dir schon vor Stunden geschrieben und du weißt, dass er nicht gerade gesprächsfreudig ist."

Dann begann er, davonzulaufen, während er dachte: *‚König Cillian' hört sich gut an.*

‚Toter Kieran' auch, dachte ich zurück.

Er lachte abermals. *Ich sterbe nicht so leicht, König Cillian. Ich glaube, das habe ich heute bewiesen.*

Das werden wir ja sehen, wenn wir das nächste Mal kämpfen, sagte ich zu ihm.

Ich werde mir nächste Woche Zeit dafür einplanen. Bis dahin hast du dich um eine Omega zu kümmern. Und ich ahne, dass du dir ein paar Tage freinehmen musst, um ihre Bedürfnisse zu befriedigen.

Ich wollte ihm sagen, dass er kein Wort über die *Bedürfnisse* meiner Omega verlieren sollte, beschloss aber, dass es die Energie nicht wert war. Er würde nur etwas Geistreiches zurückfeuern.

Und außerdem hatte er recht.

Ivana brauchte mich.

Und ich sie.

„Glaubst du, Grey wird Ashlyn finden?", wollte sie wissen. Die Frage schien an Cael gerichtet, da sie ihn jetzt ansah.

Er hatte bereits damit begonnen, Grangers Überreste zu verbrennen und sicherzustellen, dass dieses Arschloch auch wirklich tot war. Typischerweise mussten V-Clan-Wölfe geköpft und verbrannt werden, um zu sterben.

Offensichtlich funktionierte das Gehirn zu frittieren auch, wie Tadhg und Sylvia bewiesen hatten.

Sie war wahrhaftig eine Waffe gewesen.

Eine, die falsch eingesetzt worden war, was mich traurig stimmte. Dennoch war ich erleichtert darüber, dass sie keine weiteren Schandtaten vollbringen konnte.

„Ja", sagte Cael, was meine Aufmerksamkeit auf ihn zog. „Es könnte eine Weile dauern, aber ich glaube, sie hat ihm genug Hinweise gegeben, mithilfe derer er sie finden wird."

„Wegen der Notiz, die sie Ivana dagelassen hat?", fragte ich.

„Neben anderen Einträgen, ja", murmelte er. „Zwischen ihm und Ashlyn ist mehr, als er uns weismachen will. Die beiden kryptischen Wölfe verdienen einander."

„Machst du dir denn gar keine Sorgen?", hakte Ivana nach.

Cael lächelte. „Ich mache mir immer Sorgen, Schätzchen. Aber es gibt einen Grund, warum ich Grey mein Leben und meinen Sektor anvertraue. Er ist der widerstandsfähigste Mistkerl, dem ich je begegnet bin. Wenn jemand Ashlyn befreien kann, dann er. Du wirst schon sehen."

Ivana schluckte hart, nickte aber. „Ich hoffe, du hast recht."

„Für gewöhnlich habe ich das", erwiderte er und sah dann zu mir. „Frag deinen Gefährten."

Ich starrte ihn an. „Du treibst gefährliche Spielchen, *Prinz*."

„Du auch, *Stellvertreter*."

„Für dich bald schon *König*", scherzte ich.

Er grinste. „Dann sollte ich wohl üben, wie man sich richtig verbeugt."

„Tu das. Und sag Bescheid, wenn du von Grey hörst."

Ashlyns Verschwinden würde mir keine Ruhe lassen, bis ich von ihm hörte. Aber ich musste eingestehen, dass ich an diesem Punkt nichts weiter tun konnte.

Sie hatte Ivana aufgetragen, mir zu übermitteln, dass ein neues Leben wichtiger sei als ein altes, und dass sie es überstehen würde.

Jetzt verstand ich endlich, was sie damit gemeint hatte.

Sie hatte von *meinem* neuen Leben gesprochen. Das Leben, das Ivana mir geschenkt hatte. Und sie hatte versprochen, dass sie überleben würde.

„Aus einem deplatzierten Verlangen der Reue heraus zu leiden, hat nicht nur Einfluss auf dich, Cillian. Diese Entscheidung – dass du alle anderen immer voranstellst – hat auch Einfluss auf sie. Wenn du auch nur etwas aus diesem Gespräch mitnimmst, hoffe ich, dass es dieser Gedanke ist."

Ashlyn hatte recht.

Wenn ich versuchen würde, sie zu finden, würde ich

mich nur selbst in Gefahr bringen. Was wiederum Ivana in Gefahr bringen würde.

Meine Entscheidungen waren Ivanas Entscheidungen und umgekehrt.

Wir waren jetzt ein Team.

Ein Paar.

Ich musste sie an erste Stelle setzen. Immer.

Aber wie Ivana mir gezeigt hatte, bedeutete das nicht, dass ich andere Dinge ihretwegen vernachlässigen musste. Wir funktionierten am besten als Einheit. Als ein *Uns*.

Und ich freute mich darauf, herauszufinden, was das beinhaltete.

Zum ersten Mal in meinem Leben sah die Zukunft rosig aus.

Wegen der Omega an meiner Seite.

Meine Ivana.

Mein Herz.

Meine Gefährtin.

IVANA

Rote Wassertropfen flossen an Cillians Brust hinab, was das Biest in mir in Wallung brachte.

Es war falsch.

Niederträchtig.

Und doch wurde mir ganz warm.

Mein Alpha hatte heute gezeigt, wie stark er war. Er hatte gekämpft. Er hatte getötet. Er hatte *gewonnen*.

Und etwas daran schürte den tierischen Instinkt in mir, der mich dazu brachte, ihn erneut beißen zu wollen. Sicherzustellen, dass er wusste, dass er mir gehörte. Dass alle *wussten*, dass er mir gehörte.

Dieser besitzergreifende Drang machte sich nicht nur in mir bemerkbar, er war auch in seinen Augen zu sehen. Ich konnte seine Sehnsüchte, seine Absichten und seine dunklen Gelüste hören.

So wollte er sich mit mir verknoten – wollte mich beanspruchen, während das Wasser die Überreste des Todes wegwusch. Er wollte in mir kommen und ein neues Leben feiern. Mir zeigen, dass er mich – *uns* – über alles andere gestellt hatte.

„Meine Omega", flüsterte er an meine Lippen gepresst.

„Mein Alpha", flüsterte ich zurück und stöhnte, als er mich küsste.

Es fühlte sich an, als wären wir Jahre und nicht nur ein paar Stunden getrennt gewesen. Als hätten wir einander vor einem Jahrzehnt beansprucht und nicht erst im Laufe des vergangenen Tages.

Ihn zu küssen, fühlte sich an, als würde ich nach Hause kommen.

Als wäre ich wieder am Leben.

Und würde meine Zukunft in dieser Welt annehmen.

Bei den Sternen, ich hatte ihn schon so lange gewollt. So, *so* lange.

Ihn endlich in meinen Armen zu halten …, fühlte sich fast schon an wie ein Traum. Aber es war Realität.

Er presste mich gegen die Marmorwand und drückte seinen heißen Knoten gegen meinen Unterleib. „Ich werde dich hart und schnell ficken, Vana", warnte er mich. „Im Nest werden wir es langsamer angehen, aber ich habe zu viel Zeit ohne dich verbracht, und ich hatte noch nicht einmal annähernd genug von dir."

„Und wessen Schuld ist das?", keuchte ich, während ich mich an ihn drückte.

Er knabberte an meiner Unterlippe. „Immer sagst du mir, was ich tun und lassen soll."

„Und ich werde nie damit aufhören", versprach ich, ehe er mich hochhob.

Er räumte mir keine Gelegenheit ein, mich auf das Kommende vorzubereiten oder überhaupt darüber nachzudenken, was folgen würde. Nein, er glitt mit einem einzigen Stoß in mich. Ich schrie. Es tat weh, als er in mich drang, war aber auf jeden Fall das, was wir beide gebraucht hatten.

Ich wollte das hier spüren.

Wissen, dass er es war, der mich dehnte. Der mich beanspruchte. *Der mich fickte.*

„Bei den Göttern, ich liebe dich", murmelte er. Sein minziger Atem strich über meinen Mund. „Ich liebe dich so verdammt sehr, Ivana."

Seine Zunge verunmöglichte es mir, darauf zu antworten und zwang mich, stattdessen in Gedanken zu ihm zu sprechen. *Ich liebe dich auch.*

Er knurrte. Offensichtlich hatte ihm diese Aussage gefallen. Vielleicht hatte ich es nicht oft genug gesagt.

Also sagte ich es noch mal.

Und noch mal.

Und noch mal.

Während er mich fickte, wie er es versprochen hatte. *Hart. Schnell. Gründlich.*

Er klammerte sich so fest an meine Hüften, dass ich wusste, dass blaue Flecken zurückbleiben würden. Aber ich war zu beschäftigt damit, mit meinen Fingernägeln an seinem Rücken hoch und runter zu kratzen, um mich darum zu scheren.

Das hier war eine wilde Beanspruchung.

Ein tierisches *Verlangen.*

Eine lang ersehnte Vereinigung zweier frisch verpaarter Wölfe.

„Beiß mich", verlangte ich. „Lass mich bluten, Gefährte."

Ich versenkte meine Zähne in seiner Lippe, was ihn an meinen Mund gepresst grinsen ließ.

Dann ließ ich meinen Mund an seinen Hals wandern

und biss erneut zu. Fester. Direkt oberhalb seiner Halsschlagader. Sein Blut benetzte meine Zunge und ich war gezwungen, seine Essenz zu schlucken. Er schmeckte himmlisch. Mein ganz persönlicher Leckerbissen.

Denn genau das war er: *meiner*.

Er knurrte zustimmend und schmiegte seine Hüften an meine, zwang mich, ganz neue Höhen der Lust zu erfahren. Ich kratzte und biss ihn erneut, dieses Mal auf der anderen Seite seines Halses.

Eine seiner Hände ließ von meiner Hüfte ab, um in mein Haar zu wandern und mich an ihn zu pressen. Damit gab er mir den wortlosen Befehl, von ihm zu trinken.

Bei den Sternen, es war verrückt. Wild. Alles, wovon ich je geträumt hatte.

Aber er machte diesen Traum jetzt noch heißer, indem er meinen Kopf von sich riss und nach hinten zog, damit er den Gefallen erwidern konnte. Ich zuckte zusammen, als ich seine Zähne und seine heißen Lippen direkt über meiner Halsschlagader spürte.

Es war ungebändigt.

Wunderschön.

So wild, dass ich mir einen weiteren Schrei nicht verkneifen konnte.

Ja, lobte er in Gedanken. *Sorg dafür, dass dich jeder hört, Vana. Sag dem ganzen Sektor, dass du mir gehörst. Dass es falsch war, je etwas anderes denken oder zu behaupten. Du. Gehörst. Mir.*

Er sagte das so entschlossen, dass ich erschauderte und mir der Atem stockte.

Dann legte er seinen Kopf in den Nacken und *heulte*.

Seine Aussage war so unerwartet gekommen, dass ich mich gegen die Wand gepresst wand. Seine dominante Kraft war so stark, dass sich jeder Teil von mir an ihn gepresst anspannte.

Er sagte dem Sektor, wer ich war.

In meinem Nest.

In *unserem* Nest.

Er fickte mich.

Nahm mich.

Beanspruchte mich.

Das ließ keinen Zweifel offen, was er beabsichtigte. Dass ich ihm gehörte. Dass er mich *liebte*.

Er wollte die ganze Welt wissen lassen, dass ich zu ihm gehörte und stellte mit einem weiteren Heuler sicher, dass es alle wussten.

Oh, bei den Göttern … Der Widerhall dieses Lauts … Er war markerschütternd. So primitiv. So *Alpha*.

Er ließ ein Knurren darauf folgen, was Nektar aus mir strömen ließ. Sein autoritäres Knurren bewegte mich umgehend dazu, mich zu unterwerfen.

Ich gehöre dir, sagte ich in Gedanken.

Dann sprach ich es laut aus.

Und *schrie* es aus voller Lunge.

Er ließ seine Hand zwischen uns gleiten und massierte meine Klitoris mit seinem Daumen, während er knurrte: *„Beweise es."*

Jede einzelne Nervenzelle in meinem Körper ging in Flammen auf. Er entfachte ein Inferno der Wahrnehmungen und Wonne in mir. Ich schlang meine Schenkel und Arme um ihn und zog ihn nahe zu mir.

Dann ließ ich alles los. All meine Sorgen. Meinen Schmerz. Die Vergangenheit. Jede Wunde. Ich … ließ einfach alles los. Und erlaubte mir, das Hochgefühl zu genießen, das *unsere* Verbindung mir schenkte.

Lust.

Hitze.

Liebe.

All das existierte hier. Erblühte hier. Pulsierte hier. Kursierte voller Leben.

Eine rosige Zukunft.

Eine vergessene Vergangenheit.

Und ein Sektor voller Wölfe, die ganz genau wussten, was gerade zwischen uns geschehen war.

Ich konnte ihre Gedanken hören, blendete sie aber alle aus und konzentrierte mich nur auf die Köpfe, die zählten: meinen und Cillians.

Durch seine Brust sauste ein zustimmendes Knurren und er lobte mich in Gedanken dafür, ihm zu gehören und bedankte sich dafür, dass ich ihn auserwählt hatte. Für meine unendliche Geduld. Dafür, ihm gesagt zu haben, *was er tun und lassen soll.*

Letzteres brachte mich zum Schmunzeln. Dann keuchte ich: „*Verknote dich mit mir, Alpha.*"

„Mmmh, immer sagst du mir, was ich tun und lassen soll." Der Satz schien zu einem seiner Lieblingssprüche geworden zu sein.

Das machte mir nichts aus. Mir gefiel er auch.

Weil er fast immer genau das tat, was ich von ihm verlangte.

Sogar jetzt. Er presste mich noch fester gegen die Wand und nahm mich härter, massierte meine Knospe wie wild und zwang mich, um ihn geschlungen zu kommen.

„Bei den Göttern, ich liebe es, wie du dich anfühlst, wenn du um meinen Schwanz kommst", sagte er zu mir und ließ seine Zähne über meine Unterlippe streifen. „Drück weiter zu, Macushla. Ja, genau so."

Er zog fester an meinen Haaren, dann riss er meinen Kopf ein weiteres Mal zurück. Doch dieses Mal versenkte er seine Zähne in meiner Brust.

Ich kreischte und die Empfindung sandte trotz meines

derzeitigen orgastischen Zustands einen heißen Schauer des Verlangens durch meine Adern.

Bei den Göttern, dieser Mann …

Dieser Wolf.

Dieser Alpha.

Er ließ mich los und ich konnte das Blut an seinem Mund sehen, bevor er mich mit einer solchen Wildheit küsste, dass es mir beinahe den Atem verschlug. Dass ich kaum noch denken konnte. Kaum noch … *existieren* konnte.

Ich verlor jegliches Zeit- und Raumgefühl und fand erst wieder zur Besinnung, als sein Knoten in mich schnellte und mich innerlich beanspruchte, während er seinen Samen pulsierend in mich fließen ließ.

Er atmete in meinen Mund und erinnerte mich damit daran, einen Atemzug zu nehmen, ehe er mich erneut küsste. Seine Zunge nahm mein gesamtes Wesen ein und dominierte mich, was mir das Gefühl von Sicherheit und Geborgenheit gab, zeitgleich aber auch das Gefühl, wertgeschätzt und befriedigt zu werden.

Ein ekstatischer Rausch überkam mich und mein Orgasmus schien unendlich lange anzuhalten, während sein Knoten pausenlos in mir pulsierte. Möglich, dass sogar Stunden vergingen, ich war mir nicht sicher. Und es war mir auch egal. Ich war bei Cillian. Er war alles, was zählte.

Und das Leben in mir, dachte ich mit einem Seufzer, als mich ein warmes Gefühl einnahm.

Cillian hatte irgendwann die Dusche ausgemacht, während er in mir steckte, und jetzt waren wir auf dem Weg in unser Nest, um eine weitere Runde zu starten.

Denn sein Knoten begann, abzuschwellen.

Aber er war noch immer stahlhart.

„Ich werde dich ficken, bis du das Bewusstsein verlierst,

Vana", informierte er mich. „Und dann werde ich dich mit meinem Knoten aufwecken."

Das ließ mich lustvoll erschaudern. „Okay", erwiderte ich. Denn das hörte sich fantastisch an. „Und jetzt sag mir, dass du das von nun an jeden Tag tun wirst. Für den Rest unseres Lebens."

Er lachte und presste mich auf die weiche Matratze, bevor er seine Arme neben meinen Kopf legte. „Ich werde mich für die Ewigkeit mit dir verknoten, Vana."

Ein Lächeln umspielte meine Lippen. „Guter Alpha."

„Du hast ja keine Ahnung, wie gut ich bin, aber ich werde es dir zeigen, Omega." Er zog seinen Schwanz bis zur Spitze aus mir, nur um ihn dann wieder in mich zu pressen. „Ich werde dich verehren." Er tat dasselbe erneut. „Mich mit dir verknoten." Ein weiterer Stoß. „Und dich von ganzem Herzen lieben."

Wieder machte sich ein angenehmer Schauer an meinem Rücken bemerkbar. „Du bist meiner würdig, Cillian", keuchte ich, wollte, dass er die Worte hörte. Denn ich hatte ihn an jenem Tag flüstern gehört, dass er meiner eines Tages würdig sein würde. Dass er tun würde, was immer nötig war, um zu *genügen*. „Du bist meiner so was von würdig."

Bevor er etwas erwidern konnte, schaute ich mir etwas von ihm ab und küsste ihn.

Dann sprach ich in Gedanken zu ihm, wiederholte immer wieder, dass er mich verdient hatte, bis er mir einen weiteren Höhepunkt verschaffte und mir jeglicher kohärenter Gedanke abhandenkam.

Eine lange Zeit später, als ich unter ihm einzuschlafen begann, hörte ich ihn flüstern: „Ich verspreche dir, dass ich *Ja* sagen werde, wenn du mich das nächste Mal zum Tanz aufforderst. Ich werde immer … *Ja* sagen."

TEIL VI

Liebe Sterne,

ich habe einen Gefährten. Und nicht nur irgendeinen Gefährten, sondern Cillian. Elitemann Cillian. Alpha Cillian. Mein Cillian. Mein Alpha. Meiner. Meiner. Meiner.

Er sieht mir zu, während ich das hier schreibe.

Er findet mich süß (auch wenn sein Blick gerade etwas anderes sagt).

Ich glaube, ich werde mich rittlings auf ihn setzen. Und zwar nackt. Mal sehen, wie er mich dann ans—

(Cillian hat sich mit mir verknotet, bevor ich diesen Eintrag zu Ende schreiben konnte).

Wie dem auch sei … Ich bin verliebt in einen Alpha namens Cillian. Jetzt gehört er mir und ich ihm.

Ende.

In Liebe
Ivana

PS: Grey hat Ashlyn gefunden. Die Geschichte hat's ganz schön in sich. Ich werde sie im nächsten Eintrag zu Papier bringen ...

EPILOG

ASHLYN

ICH HABE IMMER GEWUSST, WIE ICH MEINEM GEFÄHRTEN begegnen würde.

Oder zumindest dachte ich das.

Bis es dann im Gletschersektor dazu gekommen ist.

Ich habe immer geglaubt, dass es hier, an den eisigen Ufern des Kodiak-Sektors geschehen würde.

Ich habe schon so viele Male von diesem Moment geträumt und bin immer voller Erwartung und Reue zugleich aufgewacht.

Denn ich weiß, wie weh das Kommende tun wird. Wie unsere Geschichte anfangen und vielleicht sogar enden wird.

Es ist keine schöne Geschichte. Manchmal frage ich mich, ob ich es wirklich durchstehen kann.

Aber ich würde nichts an den Entscheidungen, die mich hierhergeführt haben, ändern. Die alternativen Wege sind viel schlimmer für alle anderen. Zu viele Todesfälle und zu viel Schmerz.

Wenn ich das hier ertragen muss, damit alle anderen in Sicherheit sind, dann soll es so sein.

Ich hoffe nur, dass Grey einen Zahn zulegt.

Ein Blick zum sonnigen Himmel sagt mir, dass es Nachmittag ist.

Sollte bald so weit sein, geht mir durch den Kopf. *Vorausgesetzt, er hat die Nachrichten, die ich für ihn zurückgelassen habe, richtig interpretiert.*

Es ist nicht meine Absicht, so kryptisch zu sein, aber ich habe gelernt, dass es der beste Weg ist, um verborgene Hinweise weiterzugeben, ohne die Zukunft zu verändern.

Mit dem Schicksal zu spielen, hat ernstzunehmende Konsequenzen. Konsequenzen, die ich nicht tragen will.

Ich erschaudere, als mich eine eisige Brise erfasst. Nur so kann ich dafür sorgen, dass mein Duft nicht vom Wind weggetragen und verteilt wird und damit die Kodiak-Alphas auf meine Anwesenheit aufmerksam macht.

Aber mein lieber Herr Orakelverein, ich bin erschöpft.

Ich bin schon tagelang wach und sitze im eiskalten Wasser, während mein Körper versucht, genug Wärme zu speichern, um zu überleben. Ich sehe aus wie ein blaues, durchnässtes Alien. Vermutlich wird mich Grey gar nicht wiedererkennen.

Wenn er überhaupt nach mir sucht, denke ich.

Ich schließe meine Augen und weigere mich, diese Möglichkeit in Betracht zu ziehen.

Dieser Weg ist für uns beide nicht gut.

Das ist der einzig richtige Weg. Der beste …

„Okay, du kleine Geheimniskrämerin." Die tiefe Stimme lässt mich die Augen aufschlagen.

Ein paar Meter entfernt und blutüberströmt – wie in meinen Visionen – steht Grey. Ich zittere – aus Angst und Freude zugleich. „D…du bist hier", stammle ich mit so leiser Stimme, dass sie angesichts der schlagenden Wellen kaum zu hören ist.

Er runzelt die Stirn und streckt dann seine Hand aus. „Komm, ich bringe dich an die Wärme."

Ich denke länger darüber nach als ich sollte, doch dann greife ich nach der Hand, direkt, als ein Heulen in der Ferne erklingt.

Grey schnellt nach vorn, packt mich und wandelt dann durch die Schatten aus dem Kodiak-Sektor, bevor uns jemand aufhalten kann.

Aber er bringt mich nicht zurück in seinen Bau.

Sondern an einen ganz anderen Ort.

An einen Ort, den ich gefürchtet habe, seit ich zum ersten Mal von diesem Augenblick geträumt habe.

Ich weiß, was jetzt kommt. Die Worte. Der Ärger. *Der Schmerz.*

Er zieht mich umgehend in seine Arme und legt eine Wolldecke um mich. Doch sein Blick ist ernst und er legt seinen Finger unter mein Kinn, damit ich ihn ansehe.

„Ich werde dich aufwärmen", sagt er zu mir. „Dann werden wir über deine kleinen Notizen über Nikiski sprechen. Und dann wirst du mir helfen, sie zu finden."

Da ist es.

Unser Schicksal.

Das Schicksal, das uns entweder zusammenbringen … oder auseinandertreiben wird.

Wir müssen rechtzeitig zurückkehren.

Zu einer Vergangenheit, an die keiner von uns denken will.

Eine potenzielle Zukunft annehmen, die uns beide zerstören könnte.

Zum … Kodiak-Sektor zurückkehren.

**Ashlyns Geschichte kannst du in ‚Kodiak-Sektor'
verfolgen …**

Willkommen im Kodiak-Sektor – dem Zuhause der
gnadenlosesten Alphas der Z-Clan-Welt.
Ein tödlicher Ort für eine Omega wie mich.
Aber mein auserkorener Gefährte ist entschlossen, mich in
die Hölle zurückzuschleppen, aus der ich gekommen bin.
Alles nur, damit er seine Schwester retten kann.

Er glaubt, ich wüsste, wie man sie aufspüren kann.
Tue ich aber nicht.
Ich *sehe* nur Dinge. Darunter auch die Zukunft.
Und im Moment ist sie prall gefüllt mit Grausamkeit und
Schmerz.

Doch dann verschwinden meine Visionen plötzlich.

Was ein weitaus schlimmeres Schicksal als den Tod
verspricht.
Eines, das ich erst zu verstehen beginne, als ich in den
untertägigen Höhlen des Kodiak-Sektors läufig werde.

Mein Gefährte muss sich plötzlich entscheiden: ich oder
seine Schwester?
Zum ersten Mal sehe ich nicht, was geschehen wird.
Aber in meinem Herzen weiß ich, wen er retten wird.
Denn für mich hat sich noch nie jemand entschieden.

Anmerkung der Autorin: *Kodiak-Sektor* ist ein
eigenständiger Wandler-Liebesroman in einer düsteren
Welt, in der es ums Verknoten, den Nestbau, Knurren und
Schnurren geht. Denn Ashlyn mag es nicht ‚sehen‘, aber
Grey ist auf die beste aller Arten besessen von ihr. Sie
gehört ihm und er beschützt, was ihm gehört …

USA Today Bestsellerautorin Lexi C. Foss ist eine
Schriftstellerin, verloren in der Welt der Computer. Sie lebt
mit ihrem Mann und ihren pelzigen Freunden in North
Carolina. Wenn sie nicht gerade schreibt, ist sie mit
Sicherheit auf Reisen. Viele der Orte, die sie schon
besucht hat, lassen sich in ihren Büchern wiederfinden,
einschließlich der mystischen Welt von Hydria, die auf der
griechischen Insel Hydra basiert.

Lexi ist ein bisschen verschroben, trinkt viel zu viel Kaffee
und schwimmt gern. Tschüss!

Würden Sie gern über Neuerscheinungen informiert
werden? Dann tragen Sie sich für ihren Newsletter ein:
https://www.lexicfoss.com/deutschen-newsletter

Besuchen Sie Lexi im Netz!
https://www.lexicfoss.com/aktuell

E-Mail: lexicfoss@gmail.com